清代小说序跋研究

Research on preface and postscript of novels in Qing Dynasty

王军明 著

图书在版编目(CIP)数据

清代小说序跋研究/王军明著. —合肥：安徽大学出版社，2023.11
ISBN 978-7-5664-2658-1

Ⅰ.①清… Ⅱ.①王… Ⅲ.①古典小说－序跋－研究－中国－清代 Ⅳ.①I207.41

中国国家版本馆CIP数据核字(2023)第118228号

清代小说序跋研究
Qingdai Xiaoshuo Xuba Yanjiu

王军明 著

出版发行：	安 徽 大 学 出 版 社
	（安徽省合肥市肥西路3号 邮编230039）
	www.ahupress.com.cn
印　　刷：	合肥远东印务有限责任公司
经　　销：	全国新华书店
开　　本：	710 mm×1010 mm　1/16
印　　张：	26.5
字　　数：	497千字
版　　次：	2023年11月第1版
印　　次：	2023年11月第1次印刷
定　　价：	79.00元

ISBN 978-7-5664-2658-1

策划编辑：李　君		装帧设计：李　军	
责任编辑：汪　君		美术编辑：李　军	
责任校对：张明举		责任印制：陈　如　孟献辉	

版权所有　侵权必究

反盗版、侵权举报电话：0551－65106311
外埠邮购电话：0551－65107716
本书如有印装质量问题，请与印制管理部联系调换。
印制管理部电话：0551－65106311

国家社科基金后期资助项目
出版说明

后期资助项目是国家社科基金设立的一类重要项目,旨在鼓励广大社科研究者潜心治学,支持基础研究多出优秀成果。它是经过严格评审,从接近完成的科研成果中遴选立项的。为扩大后期资助项目的影响,更好地推动学术发展,促进成果转化,全国哲学社会科学工作办公室按照"统一设计、统一标识、统一版式、形成系列"的总体要求,组织出版国家社科基金后期资助项目成果。

全国哲学社会科学工作办公室

《清代小说序跋研究》序

小说在古代许多人心目中被视为"末技小流",得不到应有的重视,小说的批评研究资料也只是散见于序、跋等中,没有系统的理论专著。20世纪初,邱炜萲、王国维、胡适等学者首开小说研究之风气,一扫小说评论家零星、随意的评点方式,先后发表了《金圣叹批小说说》《〈红楼梦〉评论》和《〈水浒传〉考证》等论著,这些论著从理论的高度对中国古代小说予以批评论证。随后方孝岳、朱东润、阿英、杨世骥等学者继往开来,对明清小说理论进行研究梳理,明清小说序跋研究逐日繁荣起来。

文学家唐弢在《晦庵序跋》中说:"序在中国古代是应用得相当广泛的文体……至于梓印书文,一卷行世,自不免前序后跋,抒其所见,言之有物,成为一篇篇美丽的散文,一个个深邃的感情的渊薮,令人反复讽诵,莫逆于心。"由于序跋大都出自学人乃至名家之手,且多为精心结撰之作,所以序跋一般都具有丰厚的文化内涵和较高的文化价值。对于读者来说,序跋犹如一把钥匙,可以用它开启书中世界的大门,可以窥见与作品有关的广阔世界。

中国古代小说序跋是研究中国古代小说史和小说理论的重要文献资料,魏晋时期小说序跋便已出现。一般认为,晋代干宝的《搜神记自序》是第一篇小说家的自序,郭璞的《山海经序》是第一篇学者为小说所作的序言。此后,历代为小说作序跋者日见其多。时至明清两代,小说创作的各类题材和体裁已相当完备,小说的概念在序跋中已被逐步确立下来。历代小说序跋不仅记录了我国古代小说观念的来龙去脉,描述了历代小说观念演进的大致轮廓与彼此间的内在联系,清理出了小说发展的基本脉络,而且反映了小说概念由浅入深、由混沌到精确的变化过程,从一个侧面揭示了古代小说理论发展的内在规律。小说序跋中的很多资料是对当时小说这一文学形式的理论概括,它们从不同的角度,在不同的程度上探讨了小说的本质特征、小说的创作方法、小说的欣赏和批评等重要理论问题,在此基础上有了比较深刻的认识。这些认识的水平之高、范围之广、覆盖之全面,使得后来的学者能不断地从中汲取养分,对今天的小说创作和批评仍具有指导意义和现实价值。

中国古代小说序跋数量极为可观,其中不仅蕴含着丰富的古代小说史料,而且特别值得重视的是从中可以挖掘出古代小说的理论资料。研究者们不仅从序跋出发纵向勾勒小说发展的历史轮廓,介绍序跋中所涉及的小说理论家及其主要观点;还有横向介绍古代小说序跋对小说的性质、人物形象塑造及情节结构等问题的基本态度。既有对古代小说序跋的萌芽、形成、发展、繁荣的历时性描述,又有对同一部作品在不同时期所作序跋的分析。王军明的新著《清代小说序跋研究》便是这一研究领域的重要成果。

2010年,我招收了最后一名博士生王军明和最后一名硕士生史欣。此时我正在着手"中国古代小说序跋研究"的课题申报事宜,于是便决定将两人都作为课题组成员,分别承担"清代小说序跋研究"和"元代小说序跋研究"的撰写任务,他们二人并以此分别作为各自的学位论文题目。三年之后,两人均顺利完成学业,并获得相应学位。值得欣慰的是,王军明并未就此止步,而是在学位论文的基础上不断搜集资料,深入思考,以同样的题目获得了国家社科基金后期项目的资助。经过十年的努力,完成了这部近五十万言的新著,应当说这是他十年心血的结晶。现在这部新著就要付梓面世了,在表示祝贺的同时,希望王军明在学术领域继续深耕细作,以期培育出更为丰硕的果实。

是为序。

王　平
2023年大暑次日于山东大学之乌菱居

目 录

清代小说序跋研究弁言 …………………………………………… 1

第一章 清代小说生态与小说序跋 ……………………………… 9
第一节 清代小说序跋产生的政治生态剖析 ………………… 9
第二节 清代小说序跋产生的文化环境 ……………………… 30

第二章 清代小说序跋与小说的现实接受 ……………………… 45
第一节 清代小说的现实接受 ………………………………… 45
第二节 清代小说序跋与小说读者 …………………………… 67
第三节 清代小说序跋的广告价值 …………………………… 84

第三章 清代小说序跋与小说的传播 …………………………… 109
第一节 清代小说序跋与通俗小说的传播 …………………… 109
第二节 通俗小说序跋与小说类型传播 ……………………… 127
第三节 清代文言小说序跋与小说传播 ……………………… 208

第四章 清代小说作者与序跋者关系考论 ……………………… 245
第一节 清代通俗小说作者与序跋者关系考论 ……………… 245
第二节 清代文言小说作者与序跋者关系考论 ……………… 266

第五章 清代小说序跋与小说批评 ……………………………… 276
第一节 清代小说序跋与小说的文学特征 …………………… 276

第二节　清代小说序跋与小说的审美意蕴 …………………… 318
第三节　清代小说序跋与人物性格论 ………………………… 336
第四节　清代小说序跋与文学功能论 ………………………… 357

参考文献 ………………………………………………………… 406

清代小说序跋研究弁言

先圣孔子有云:"视其所以,观其所由,察其所安。"①经历了两次鸦片战争和太平天国运动,看起来已经崩溃了的清王朝不仅又延续了六十年,而且西学东渐之后,清代小说在时代思潮的激荡之下,悄然完成了由古典向近代的转型。而作为架起小说作者和小说读者之间沟通的桥梁,清代小说序跋不仅不遗余力地披露作者创作的心路历程和评议小说的社会功用,而且对小说艺术美的揭示也为作品的接受和后期的阐释提供了方向性的导引,更不要说其中留存的大量的与清代小说发展相关的社会学、传播学、历史学、文化学、文献学等非文学信息。

一、清代小说序跋研究现状

前辈学人从20世纪初就开始了小说书目的整理工作,古代小说的版本和目录的研究成果洋洋大观,为中国古代小说序跋的搜集和整理提供了重要的线索。如黄人先生的《小说小话》记录了当时所见的小说87种;董康先生开启了赴日访求中国古代小说戏曲的先河,其《书舶庸谭》录有日藏中国古代小说16种,其中多孤本善本;徐兆玮先生的《黄车掌录》是目前所知最早的通俗小说资料汇编,收录通俗小说60种,间有他书所未收者;周越然先生的《孤本小说十种》所著录的小说文献价值极高;马廉先生在其"不登大雅之堂"中收藏小说372种,其中有海内孤本、万历年间王慎修刊刻的《三遂平妖传》,嘉靖年间洪楩清平山堂刊刻的《清平山堂话本》残本(十二篇)等;郑振铎先生的《中国文学研究》《中国俗文学史》《插图本中国文学史》第一次按照短篇小说(又细分为平话派和传奇派)和长篇小说的分类对中国古代小说予以分梳整理,并将其在日本和巴黎搜寻的古代小说资料,撰成《日本最近发见之中国小说》《关于〈游仙窟〉》《巴黎国家图书馆中之中国小说与戏曲》等,介绍了流失到海外的众多罕见的小说版本;孙楷第先生的《中国通俗小说书目》《日本东京所见小说书目》《大连图书馆所见小

---

① 孔丘著,杨伯峻、杨逢彬译注:《论语译注》,长沙:岳麓书社,2009年,第14页。

说书目》是中国小说目录学的开山之作,而其《小说旁证》或致力于小说本事的考证,或讨论版刻源流,或探究名物制度,或征其故实,考其始末;蒋瑞藻先生的《小说考证》钩稽了小说戏曲研究资料470余种;钱静方先生的《小说丛考》著录了诸如《封神传》《西汉演义》《三国演义》《西游记》《包公案》《残唐演义》《水浒演义》《金瓶梅》《岳传演义》《英烈演义》《游龙传演义》《儒林外史》《野叟曝言》《梼杌闲评》《铁冠图演义》等15种小说的考证;鲁迅先生的《古小说钩沉》辑录了自周迄隋的古代小说36种,确为研究汉魏六朝小说的宝库,《小说旧闻钞》是鲁迅先生为讲授《中国小说史》而采掇自中央图书馆、通俗图书馆、教育部图书馆等的小说史料,今日看来虽无异书,但实为鲁迅先生创制《中国小说史略》的学术根基。另,谭正璧先生的《日本所藏中国佚本章回小说述考》、柳存仁先生的《伦敦所见中国小说书目》、美籍华裔学者马幼垣先生的《〈水浒〉书首资料六种》(外一种)、萧相恺先生的《珍本禁毁小说大观——稗海访书录》、韩国学者崔溶澈和朴在渊的《中国小说绘模本·韩国所见中国通俗小说书目》都著录了世界各地图书馆所藏小说的序跋状况。

  20世纪50年代以后整理出版的各种研究资料汇编和古代小说总集也为清代小说序跋的搜集整理提供了诸多便利。这一时段出版的研究资料汇编包括华东作家协会编纂的《儒林外史资料汇编》(1954)、上海人民出版社的《〈水浒〉评论资料》(1957)、一粟的《红楼梦研究汇编》(1964)、西北大学史文系编的《水浒评论资料》(1975)、马蹄疾先生的《水浒传资料汇编》(1977)、南京大学中文系资料室编的《水浒研究资料》(1980)、张菊玲先生的《明清章回小说研究资料》(1980)、李汉秋先生的《儒林外史研究资料汇编》(1984)、侯忠义和王汝梅两位先生合编的《金瓶梅资料汇编》(1985)、方铭先生的《金瓶梅资料汇录》(1986)、魏子云先生的《金瓶梅研究资料汇编上编——序跋、论评、插图》(1987)、黄霖先生的《金瓶梅资料汇编》(1987)、刘荫柏先生的《西游记研究资料》(1990)等。古代小说总集的出版则迟至20世纪八九十年代,如台湾天一出版社1985年到1994年陆续出版的《明清善本小说丛刊》;中华书局从1987年至1991年陆续出版的《古本小说丛刊》;上海古籍出版社从1990年至1995年陆续出版的《古本小说集成》;大英百科股份有限公司1994年出版的《思无邪汇宝》;双笛出版社1997年出版的《中国历代禁毁小说集萃》等。

  中国历代小说序跋的汇编是小说序跋研究的基础,前辈学人业已取得巨大的成绩,如曾祖荫先生等选注的《中国历代小说序跋选注》(长江文艺出版社1982年版);大连图书馆参考部编的《明清小说序跋选》(春风文艺出版社1983年版);黄清泉先生主编的《中国历代小说序跋辑录:文言笔记小说序跋部分》(华中师范大学出版社1989年版)专门辑录文言小说序跋500篇左右,是文言小说序跋研究之渊薮;孙逊、孙菊园两位先生的《中国古典小说美学资料汇粹》(上海古籍出版社1991年版)从笔记、评点和序跋等三个方面节选古代小说资料。在上述诸位先生的基础上,丁锡根先生编著的《中国历代小说序跋集》(人民文学出版社1996年版)基本完成了小说序跋原始文献的整理,虽然限于当时的条件而未成完璧,但是嘉惠后人,功德无量。黄霖、韩同文两位先生选注的《中国历代小说论著选》(江西人民出版社2000年版)系统地收集整理了从汉代到近代各种有关小说的批评史料,其中也有数量颇多的小说序跋。

　　清代小说序跋的个案研究始于胡适先生1928年结集的《中国章回小说考证》。在小说史料匮乏的时代,胡适先生就以程伟元序、高鹗序及程乙本引言为材料支撑,论证了《红楼梦》大致的创作流传时间及后四十回的作者等问题。之后是鲁迅先生的《中国小说史略》,以毛宗岗评改本的序言为据,总结出了毛本存在的改、增、削古本的问题。

　　经过三四十年的沉潜,清代小说序跋个案研究取得了一些具有代表性的成绩,如20世纪50年代初期,聂绀弩先生在其《论〈水浒〉的繁本和简本》中提出了一个观点:《天都外臣序》可能是康熙年间书商伪造的,而非汪道昆本人手笔。而徐朔方先生的《关于张凤翼和天都外臣的〈水浒传序〉》则针锋相对,认为《天都外臣序》不仅确为汪道昆所作,而且《天都外臣序》本《水浒传》中的另一位序作者张凤翼与汪道昆交情颇深。同时参与讨论的还有吴晓铃先生的《漫谈天都外臣序本〈忠义水浒传〉》,介绍了康熙年间石渠阁重印本《忠义水浒传》的发现过程、汪道昆的生平细节等。陈翔华先生的《毛宗岗的生平与〈三国志演义〉毛评本的金圣叹序问题》将毛评本金圣叹序与康熙年间刊刻的醉耕堂本所附李渔序比较,认为金圣叹序是在李渔序的基础上改托而来的,日本学者小川环树《〈三国演义〉的毛声山批评本和李笠翁本》和袁行霈《毛本〈三国志演义〉新序》二文得出同样的结论。冯广隶先生的《〈红楼梦〉的〈凡例〉是曹雪芹写的》在将刘铨福所藏《脂砚斋重评石头记》中的《凡例》与小说正文进行比较之后,从《凡例》对于《红楼梦》书名、小说内容、作者的创作态度等内容的说明及脂砚斋对《凡例》的评价,认定《凡例》为曹雪芹所写;而刘梦溪先生的《论脂铨本〈石头记〉的〈凡例〉:与冯广隶同志商榷》从《凡例》的内容、空空道人和石头的对话重复、自身的前后矛盾与自乱体例、与书中内容的矛盾、对书名的并不符合作者原意的解释、《凡例》最后的七律诗非曹雪芹作、独缺批语和违反常情等七个层面,进而断言《凡例》是在曹雪芹去世后增补入书的,恰好说明脂铨本是晚出版本。

20世纪八九十年代,中国古代小说序跋研究已呈现出细化研究的趋势。敏泽先生的《中国文学理论批评史》、复旦大学中文系古典文学教研组编的《中国文学批评史》、成复旺先生的《中国文学理论史》、张少康先生的《中国文学理论批评史教程》、王运熙和顾易生合著的《中国文学批评通史》均设专章探讨小说理论,虽未将古代小说序跋作为研究重点,但均有所涉及。随着对小说及其理论批评的重视,20世纪90年代以后,方正耀的《中国小说批评史略》、王先霈和周伟民的《明清小说理论史》、刘良明的《中国小说理论批评史》、王汝梅和张羽的《中国小说理论史》都对清代小说序跋研究有所涉猎。国外有一批研究成果,如日本学者白木直也的《对杨定见本〈水浒传〉"发凡"的解释》《一百二十回水浒全传"发凡"研究:水浒传注本研究(其二)》、魏子云的《论谢肇淛〈金瓶梅跋〉》《〈金瓶梅〉的叙跋》等也被陆续介绍进来。还有台湾学者康来新的《晚清小说理论研究》则设专章,较为系统地梳理和研究晚清小说序跋,且在文献梳爬和理论阐释上都颇有建树。

21世纪以来,清代小说序跋研究在文献资料的整理、个案研究方面均有所突破。高玉海的《古代小说续书序跋释论》则由其博士论文《明清小说续书研究》增补而成,更偏重于小说续书的文献资料的钩稽;习斌的《晚清稀见小说鉴藏录》在收录诸家书目失录的晚清小说方面厥功至伟;付建舟、朱秀梅的《清末民初小说版本经眼录》虽重在版本介绍,但小说序跋也多有收录;陈大康先生的《中国近代小说编年史》按照时代先后,著录近代小说的出版情况,且整理了相关的小说序跋;萧相恺先生多年来致力于中国古代小说序跋的收集和整理工作,其编著的《中国古代小说序跋题记汇编》已于2019年由国家出版基金资助,由人民文学出版社出版。

本时段用力甚勤且著述丰硕的单篇论文的作者有王平、欧阳健、纪德君、王猛、温庆新等,论述各有侧重。如恩师王平的《从〈山海经〉序跋看其成书性质》厘清了困惑学界多年的系列难题;《试论清人〈红楼梦〉序跋的多重价值》则从"一声两歌、一手二牍""注彼而写此,目送而手挥""辟旧套开生面""不敢以无稽小说薄之""今得后四十回合成完璧"等五个方面,全面考察了《红楼梦》小说序跋的文论价值,对程伟元、高鹗后四十回续书的性质作出了精辟的论断。欧阳健先生的《〈聊斋志异〉序跋涉及的小说理论》则系统地梳理了康熙朝唐梦赉、高珩序跋的"辨异"理论、"虚无"之辨及雍乾时期蒲立德、余集、赵起杲、孔继涵等的序跋对"寄托"说的论列。纪德君的《关于历史演义序跋评点研究的几点思考》批评了清代历史演义小说的序跋者没有认识到艺术虚构才是历史演义的基本特征的时代局限性。温庆新的《"辨异"与"正名":明清文治视域下的神怪小说序跋透视》则从规避政道风险的角度考校,指出序跋者利用温柔敦厚、经世致用的文治功用的"辨异"选择与裨益圣道的"正名"以摆脱神怪小说邪教惑民的尴尬。其他的还有颜湘君的《清代骈文中兴与小说序跋》、万晴川的《明清小说序跋的广告艺术》、王猛的《清代才子佳人小说序跋中的小说观念》《清代〈红楼梦〉序跋中的读者接受》《古代小说传播与小说序跋关系脞论》、温庆新的《作为一种意义建构的阅读史——序跋与〈红楼梦〉之接受》、钟晓华的《论才子佳人小说序跋的程式特征与文化意蕴》、姜丽娟的《明清人的小说序跋中小说本体探析》、姜丽娟和牛军伟的《从明清的小说序跋中看实录思想对小说批评的影响》、毛庆其的《明清小说序跋初探》、杨玉军的《明清人小说序跋研究》、张翠丽的《中国古代小说序跋价值研究》、朱斌和何静霞的《小说作者序跋的文本阐释价值》、吴波的《〈阅微草堂笔记〉序跋辑考及其文献价值》、宋昭的《浅析清代文言小说序跋的骈化》、王向峰的《明清小说序跋中的理论建构》、杨艳华的《张新之及其〈妙复轩评石头记〉序跋作者考论——以台湾宦游文人的记述为中心》、王群的《明清艳情小说序跋研究》、刘璇的《明清通俗小说序跋研究述评》、王军明的《艳情小说流行现象透视与清代小说序跋》《小说序跋与〈水浒传〉在清代的接受》、胡文雯《清代世说体小说序跋研究》、宾瑶《论〈儒林外史〉序跋的批评价值》等,都在各自的研究领域取得了不俗的成绩。

二、研究路径的思考

拙著以清人创作的小说序跋为研究对象,其中的"小说"不仅包括《四库全书总目提要》所圈定的 123 部 1359 卷文言小说,还包含被《四库全书总目提要》所忽视了的传奇小说和宋元以来的通俗小说。清代小说序跋的分期则依从张俊先生《清代小说史》之成说而稍加变通：清代前期(1644—1735)、清代中叶(1736—1839)、清代后期(1840—1911)。

清代的小说市场极为繁荣，首先体现在所刊刻的小说的绝对数量上。时至今日，虽然对其具体数目已无法作出确切的统计，但前辈学人的皇皇巨著对此已是著述颇夥，如孙楷第先生的《中国通俗小说书目》和胡士莹先生的《话本小说概论》收录了清人编刊的拟话本集和选集近50种；欧阳健先生的《中国通俗小说总目提要》收录了1000多部通俗小说，其中清代通俗小说的数量在400种左右；江苏省社科院明清小说研究中心编的《中国通俗小说总目提要》收录清人创作的章回小说330多部；袁行霈先生和侯忠义先生编的《中国文言小说书目》收录清代文言笔记小说547种。上述数字虽然可观，但是恐不足以准确反映清代小说的繁荣状貌，因为据阿英先生《晚清小说史》："《涵芬楼新书分类目录》，文学类一共收翻译小说近四百种，创作约一百二十种，出版期最迟是宣统三年(1911)。杂志《小说林》所刊东海觉我《丁未年(1907)小说界发行书目调查表》，就一年著译统计，有一百二十余种……当时成册的小说，就著者所知，至少在一千种上。"①陈大康先生的《中国近代小说编年》收录1840年至1911年间通俗小说1653种、文言小说99种、翻译小说1003种。数字本身已经廓清了一个基本的事实：清人创作的小说数量已是相当可观，更遑论清人刊刻的历代小说了。

清代小说繁荣的另一个重要表征——小说序跋的创作，其绝对数量之多，竟占据了中国古代小说序跋的半壁江山。和小说创作相较，清代小说序跋表现出以下五大特点：

第一，虽然清代小说序跋的数量无法与清人创作的小说数量相比，但据丁锡根《中国历代小说序跋集》，清人创作的小说序跋多达730篇，远胜过明代246篇的小说序跋存量，其他朝代更是要瞠乎其后了，而且清代以小说序跋名家者比比，又非明代所能追拟，如顺康年间的金圣叹、天花藏主人、余怀、湖上笠翁李渔、心斋居士张潮、张竹坡、秦中觉天者谢颐、汪士汉、睡乡祭酒杜濬、鸳湖烟水散人徐震、荻岸散人张劭、四雪草堂主人褚人获、吴任臣等；康乾年间的渔洋山人王士禛、西堂老人尤侗、紫霞道人高珩、豹岩樵史唐梦赉、观弈道人纪晓岚、烟霞散人、崔市道人、脂砚斋（也有学人认为这是一个品评《红楼梦》的早期读者群）、戚蓼生、冰玉主人怡亲王弘晓、

---

① 阿英：《晚清小说史》，北京：东方出版社，1996年，第1页。

绵州童山蠢翁李调元等；嘉道咸年间的阮元、梁章钜、梁恭辰、黄丕烈、鲍廷博、张新之、马国翰、钱熙祚等；同光年间的桃源居士、叶德辉、王韬、吴趼人、俞樾、梁启超等。其中，毛宗岗的《三国演义读法》、张竹坡的《金瓶梅·杂录小引》《读法》、金丰的《说岳全传序》、闲斋老人的《儒林外史序》、蔡元放的《东周列国志读法》、天花才子的《快新编凡例》、戚蓼生的《红楼梦序》、王希廉的《红楼梦批序》、梁启超的《译印政治小说序》等清代小说序跋更以其超越时代的先锋文论而著称于世。

第二，作为特殊读者的清代小说序跋者的身份很复杂，不仅包罗了作者、书坊主或作者的亲朋，而且有后世的拥趸。既有学界公认的来自社会中下层的文人，又有大批的达官贵宦，据不完全统计，仅是清代前中期，拥有官员身份的小说序跋者多达91人，其中进士出身的有53人，还有清朝皇族成员，如怡亲王弘晓，不仅是己卯本和庚辰本《石头记》的抄主，而且是才子佳人小说《平山冷燕》的序跋者。

第三，清代小说序跋者虽也有"崔颢题诗在上头"的苦恼，但对过往名著的解读热情依旧丝毫不减，有近一半的清代小说序跋是为前代小说而作。清人为明代四大奇书《三国演义》《水浒传》《西游记》《金瓶梅》所作的序跋竟多达56篇，为清代的《聊斋志异》《儒林外史》《红楼梦》《阅微草堂笔记》所作的序跋也就只有59篇。明清时期的八部著名的小说受到了清代小说序跋者的热捧，115篇的存世序跋，占到了清代序跋总量的约15%，如《西游记》22篇，《聊斋志异》21篇，《红楼梦》18篇，《金瓶梅》11篇，《水浒传》11篇，《三国演义》12篇，《儒林外史》9篇，《阅微草堂笔记》11篇。八大名著，每部小说拥有的序跋平均数约为15篇。

第四，小说序跋的广告意识有所弱化。清代流通的大批小说没有序跋，900多部（种）清人创作的小说竟然只有不到400篇序跋，由此可知，序跋对于清代的小说出版而言似乎并不是一个不可或缺的内容。有的小说即使有序跋，如艳情小说，也有的是从其他小说序跋那儿挪借过来的，和小说的内容没有任何关系。

第五，在清人的文学接受中，小说算是一种很特殊的存在，一方面是因为小说序跋的宣传与鼓动、小说评点的引领而获得了广泛的接受；另一方面是因为清代小说序跋竟需要屡屡通过攀缘史传文学的高枝而为小说这一通俗的文体正名。清代小说序跋者在对明代后期文化思潮及其小说创作加以反思的基础上，更加讲求文以载道。虽然大部分小说序跋者都能够从对作品内容和价值、小说主旨、小说创作过程和动机、创作理论、版本源流、接受效果等层面予以介绍,并借此来扩大小说的影响力和传播力,但读者从来都不是精神产品的被动接受者,他们通过对小说的选择,宣示着一己之好尚,有趋雅尚奇的,也有追求不良审美趣味的,可是,如果要打造一个小说的精品时代,就必须有一个健康的小说消费市场,所以,无论是作家、书坊主,还是序跋者,都有引领读者健康阅读的责任和义务。清代小说序跋者文道并重,在明道的同时,讲求内容和手法的新奇,但"奇"和"奇而不奇"的两极追求、征史尚实和崇尚虚构两条文学路线的并行不悖、尚情和崇理的和而不同共同促成了清代小说的繁荣。在性格多元化和模糊化问题上,金圣叹、毛纶父子、张竹坡、戚蓼生前后相继,对于小说人物塑造的艺术成就进行了精当的解读。

第一章　清代小说生态与小说序跋

决定文学走向的并不仅仅是文学自身,还有太多的非文学因素。作为一代文学之代表,小说在清代各类文体的文学接受中算是一种很特殊的存在,一方面是读者被拓展至社会的各个层面,小说影响力之大,以至于不仅堂而皇之地登上了清代文学的坛坫,而且大有取诗文两千年文坛盟主之位而代之之势;另一方面又需要通过攀缘史传文学的高枝和占据道德伦常的高地来为自己正名。造成这种矛盾的文学现象的原因无外乎清代的文学生态环境,清廷在地方政府和正统文人的配合下,挟政治和文化的双重威权,间断性地发布关于小说淫词的禁毁令,给清代的小说文本传播带来了一定的负面影响。

第一节　清代小说序跋产生的政治生态剖析

清廷和地方政府关于小说淫词的禁毁令对小说传播的影响需要从正反两方面来审视:一方面,清代小说作家和序跋者大都能因应清廷的禁毁令,不管态度是积极的还是消极的;另一方面,虑及明末心学左派思想对于文学的负面影响,清廷和地方政府的禁毁令及正统文人的呼吁逼使清代小说家完成题材的净化,使小说远离色情、暴力,对于小说的发展而言未尝不是好事,虽然题材的禁区或多或少束缚了小说家的手脚,无法对人性作全面而深入的挖掘与揭示,但是某种意义上阻碍了清代小说的繁荣。

一、清代前期小说政治生态环境

清代前期文学生态可谓时世险危,章炳麟指出:"自清室滑夏,君臣以监谤为务。当康熙时,戴名世以记载前事诛夷矣。雍正兴诗狱,乾隆毁故籍,姗谤之禁,外宽其名,而内实文深。士益偷窳,莫敢记述时事以触罗网。"[①]正如阿尔维托·曼古埃尔所说:"那些欲阻止他人学习阅读的威权

[①] 章炳麟著,徐复注:《訄书详注·哀清史第五十九》,上海:上海古籍出版社,2000年,第838页。

读者,那些决定何者可读何者不可读的狂热读者,那些拒绝为乐趣而阅读、要求只重述他们坚持为真之事实的禁欲读者;所有这一切都企图限制读者巨大且多样的能量。但是检察官也可能以不同的方式来运作,不需要焚火或法庭。他们可以重新诠释书本,让书本只遂自己的目的,以合理化他们的独裁权利。"①顺康雍三朝文字狱络绎不绝,因之而招致惨祸的实繁有徒,光是原北平故宫博物院文献馆编的《清代文字狱档》(10 辑,共收录 70 件大案)和黄裳先生的《笔祸史谈丛》中所呈现的部分史实就已触目惊心。

> 自多尔衮死去,顺治帝亲政,顺治七年政策渐变。那时除了福建、两广、云南尚有问题外,其余全国大部分,都已在实力统治之下。那群被"诱奸"过的下等"念书人",不大用得着了。于是板起面孔,抓着机会便给他们点苦头吃吃。其对于个人的操纵,如陈名夏、陈之遴、钱谦益、龚鼎孳那班贰臣,糟蹋得淋漓尽致。其对于全体的打击,如顺治十四年以后连年所起的科场案,把成千成万的八股先生吓得人人打噤……对于真正知识阶级,还兴许多文字狱,加以特别摧残。最著名的,如康熙二年湖州庄氏史案,一时名士如潘力田柽章、吴赤溟炎等七十多人同时遭难。此外,如孙夏峰于康熙三年被告对簿,顾亭林于康熙七年在济南下狱,黄梨洲被悬购缉捕。②

严迪昌先生用"世事波诡云谲,文坛诗苑几皆万籁俱寂,缙绅士大夫每成寒蝉仗马"③来形容清代的诗文生态环境,可谓不刊之论。

清廷对于不符合"三纲五常""四维八德"等主流意识形态的小说最直接的手段就是予以禁毁,而间接的手段就是重塑小说文本,通过增、删、改、易及小说的评点,悄然完成了小说文本的文化重塑和主题再造。《三国演义》《水浒传》在清初的被改写,将小说的意义指向限定在一个窄狭的视域,诱导读者全盘接受对小说文本意义的全新诠释。有清一代,《水浒传》一再被禁,但金圣叹的七十回本却依旧畅销。很难相信,如果没有清廷的助力,何至于出现"一时学者爱读圣叹书,几于家置一编"的局面?

---

① [加]阿尔维托·曼古埃尔著,吴昌杰译:《阅读史》,北京:商务印书馆,2002 年,第 353 页。
② 梁启超:《中国近三百年学术史》,北京:东方出版社,2004 年,第 16 页。
③ 严迪昌:《往事惊心叫断鸿——扬州马氏小玲珑山馆与雍、乾之际广陵文学集群》,载《文学遗产》,2002 年第 4 期,第 105 页。

小说虽然不同于诗文,它只是大众的消遣物,但是清廷也从未忽视对于小说接受的掌控。"山雨欲来风满楼",禁毁小说淫词的诏令和地方政府的禁毁令从未消歇过。

清代前期,天下动荡,虽然清廷把更多的精力放在国家安宁和人心稳定的维护上,但是清朝统治者从入关之始就充分认识到了小说对于社会发展和人心稳定的深远影响,所以,禁毁小说淫词的谕旨频下。顺治九年(1652),清廷便发布了第一道小说淫词禁毁令:"坊间书贾,止许刊行理学政治有益文业诸书;其他琐语淫词,及一切滥刻窗艺社稿,通行严禁。违者从重究治。"①诏令明确了禁毁的范围:琐语淫词和滥刻的窗艺社稿,但由于天下粗安,此时清廷禁毁令刀锋所向的还只是政治倾向上有问题的作家及其作品,如伪斋主人张缙彦因党争和文字狱被流放宁古塔,他资助出版的李渔的《无声戏》因此而遭禁,李渔的短篇小说集《无声戏二集》因收入了张缙彦的作品也被列为禁书。

康熙前期,由于国内政局动荡,清廷还无力、也无心加强对淫词小说的管制,小说禁毁也没有其他大的动作,只是在康熙二年(1663)重申了顺治九年(1652)的小说禁毁令,但第一个撞枪口的丁耀亢的《续金瓶梅》于康熙三年(1664)被举报有违碍之语,却不完全是因为小说中的情色描写,而是因为影射时事,讽刺满人入主中原,"多背谬妄语,颠倒失伦,大伤风化"。②康熙四年(1665)结案的时候,丁耀亢虽然被免罪,但是十三卷《续金瓶梅》却被礼部查封焚毁。

随着康熙二十年(1681)三藩之乱的平定和康熙二十二年(1683)台湾的收复,国家归于一统,意识形态的统一很自然地就被摆在桌面上来了,严禁淫词小说,加强对小说淫词的管制,自然也就成了应有之义。在这个问题上,清帝慢了一步,康熙二十三年(1684),著名理学家孙奇逢的关门弟子汤斌任江苏巡抚,一不小心就成了禁毁淫词小说的急先锋:

> 为政莫先于正人心,正人心莫先于正学术。朝廷崇儒重道,文治修明,表章经术,罢黜邪说,斯道如日中天。独江苏坊贾,惟知射利,专结一种无品无学、希图苟得之徒,编纂小说传奇,宣淫

---

① 素尔纳等纂修:《钦定学政全书》卷七《书坊禁例》,见沈云龙主编:《近代中国史料丛刊》第三十辑,台北:文海出版社,1966年,第165页。

② 刘廷玑撰,张守谦点校:《在园杂志》卷三《续书》,北京:中华书局,2005年,第181页。

诲诈,备极秽亵,污人耳目,绣像镂板,极巧穷工。游侠无行与少年志趣未定之人,血气摇荡,淫邪之念日生,奸伪之习滋甚。风俗陵替,莫能救正,深可痛恨,合行严禁。仰书坊人等知悉:除《十三经》《二十一史》及《性理》《通鉴纲目》等书外,如宋元明以来大儒注解经学之书,及理学、经济、文集、语录,未经刊板,或板籍毁失者,照依原式,另行翻刻,不得听信狂妄后生,轻易增删,致失古人著述意旨。今当修明正学之时,此等书出,远近购之者众,其行广而且久,尔等计利亦当出此。若曰古书深奥,难以通俗,或请老成醇谨之士,选取古今忠孝廉节、敦仁尚让、实事善恶、感应凛凛可畏者,编为醒世训俗之书,既可化导愚蒙,亦足检点身心,在所不禁。若仍前编刻淫词小说戏曲,坏乱人心,伤败风俗者,许人据实出首,将书板立行焚毁。其编次者、刊刻者、发卖者,一并重责,枷号通衢,仍追原工价,勒限另刻古书一部,完日发落。①

汤斌"学问纯正,言行相符"②,做江苏巡抚期间,民间有"三汤巡抚"之誉。建社学,以之为平台,宣扬儒家经典,同时毁弃五座神淫祠,禁毁小说淫词,令地方教化大行,"民皆悦服"。③ 巡抚汤斌因禁毁淫词小说而声名陡涨,但让书坊主心悦诚服地联名禁毁淫词小说,则到近一百年后的乾隆四十三年(1778)才见实效。

让康熙帝痛下决心、开始全力禁毁淫词小说的是康熙二十六年(1687)刑科给事中刘楷的上疏:

> 窃思学术人心,教育之首务也。我皇上天纵生知,躬亲讨论,重经史以劝士,颁十六谕以劝民,海内蒸蒸然,莫不观感而兴起矣。昔孟轲云:"杨墨之道不息,孔子之道不著。"自皇上严诛邪教,异端屏息,但淫词小说犹流布坊间,有从前曾禁而公然复行者;有刻于禁后而诞妄殊甚者。臣见一二书肆,刊单出货小说,上列一百五十余种,多不经之语、诲淫之书。贩卖于一二小店如此,其余尚不知几何。此书转相传染,士子务华者,明知必无其事,佥

---

① 汤斌:《禁邪说示》,见贺长龄编:《皇朝经世文编》卷六十八《礼政十五》,道光七年刊本,第61页。
② 赵尔巽等撰:《清史稿》卷一百九十,北京:中华书局,1977年,第3186页。
③ 赵尔巽等撰:《清史稿》卷二百六十五,北京:中华书局,1977年,第9932页。

谓语尚风流;愚夫鲜识者妄拟实有其徒,未免情流荡佚。其小者甘效倾险之辈,其甚者渐肆狂悖之词,真学术人心之大蠹也……臣请敕部通行五城直省,责令学臣并地方官,一切淫词小说及妄谈语录等类,立毁旧板,永绝根株。①

诏令皇皇:"淫词小说,人所乐观,实能败坏风俗,蛊惑人心。朕见乐观小说者多不成材,是不惟无益,而且有害……俱宜严行禁止。"②但文学发展的惯性并不能简单地靠一纸公文来彻底扭转局面,不仅淫词小说迎合了读者的不良嗜好,间接稀释了汉族人心中挥之不去的"华夷之辨",而且由明末延续下来的阅读习惯并不会因朝代的鼎革而迅速消融瓦解,市场需求也在间接操控着题材的选择,顺康年间涌现的才子佳人小说即是明证。更何况清廷要做的仅是占据道义的制高点,如顺治御注《孝经》,康熙御纂《日讲四书解义》《周易折中》,雍正御纂《孝经集注》,利用对汉族人文化经典的御注,大幅地提升满族政权的话语权,树立治统与道统合一的正统地位。

相较于清朝前期的励精图治,康熙皇帝又或多或少有着怠政的嫌疑,故而才会有康熙帝于康熙四十年(1701)、康熙四十八年(1709)和康熙五十三年(1714)的频下诏令,而频下诏令的背后隐隐透露着诏令执行不力的尴尬。《大清圣祖仁皇帝实录》卷二百五十八载:

(康熙五十三年夏四月)乙亥,谕礼部:"朕惟治天下,以人心风俗为本,欲正人心,厚风俗,必崇尚经学,而严绝非圣之书,此不易之理也。近见坊间多卖小说淫辞,荒唐俚鄙,殊非正理;不但诱惑愚民,即缙绅士子,未免游目而蛊心焉,所关于风俗者非细,应即行严禁。其书作何销毁,市卖者作何问罪,着九卿詹事科道会议具奏。"寻议,凡坊肆市卖一应小说淫辞,在内交与八旗都统、都察院、顺天府,在外交与督抚,转行所属文武官弁,严查禁绝,将板与书一并尽行销毁。如仍行造作刻印者,系官革职,军民杖一百,流三千里;市卖者杖一百,徒三年。该管官不行查出者,初次,罚俸六个月;二次,罚俸一年;三次,降一级调用。从之。③

---

① 刘楷:《禁刊邪书疏》,见贺长龄编:《皇朝经世文编》卷六十八《礼政十五》,道光七年刊本,第62页。
② 《圣祖仁皇帝实录》卷一百二十九,见《清实录》第五册,北京:中华书局,1985年,第385页。
③ 《圣祖仁皇帝实录》卷二百五十八,见《清实录》第六册,北京:中华书局,1985年,第552页。

康熙帝深知淫词小说的广泛传播对世道人心的恐怖后果,所以诏令严惩著述者、刊刻者、市卖者,同时也严惩禁毁淫词小说失职的官员,试图从小说淫词传播的源头对其进行全面的封杀。

尽管时世险危,但康熙一朝对于小说的打击行动收效甚微,官员沉迷于小说淫词,这一点有他们所作的小说序跋及笔记体小说中的诸多小说评论为证,大批的士子乃至举人、进士对于小说的喜爱给诏令的执行画上了一道休止符。更不要说在宗法制的中国,虽然地方豪强的力量在清代受到极大的遏制,但是如果没有他们的强力支持,光靠清廷一次次的运动式禁毁,小说禁毁令收效甚微;更何况,即使官府有所动作,只不过是给胥吏一次敲诈勒索的机会罢了。

虽然禁毁不力,但是康熙一朝,不论是朝廷还是地方政府,甚至是民间,对于小说淫词的态度大体上是一致的,可刘廷玑的态度却颇值得玩味。

刘廷玑承祖父辈的荫护,先后任浙江台州府通判、处州府知府、江西按察使等,为官三十余载。康熙五十一年(1712),就任徐淮道的刘廷玑针对当时的小说界作如是说:

> 近日之小说若《平山冷燕》《情梦柝》《风流配》《春柳莺》《玉娇梨》等类,佳人才子,慕色慕才,已出之非正,犹不至于大伤风俗,若《玉楼春》《宦花报》,稍近淫佚,与《平妖传》之野,《封神传》之幻,《破梦史》之僻,皆堪捧腹,至《灯月圆》《肉蒲团》《野史》《浪史》《快史》《媚史》《河间传》《痴婆子传》,则流毒无尽。更甚而下者,《宜春香质》《弁而钗》《龙阳逸史》,悉当斧碎枣梨,遍取已印行世者,尽付祖龙一炬,庶快人心。然而作者本寓劝惩,读者每至流荡,岂非不善读书之过哉。天下不善读书者,百倍于善读书者。读而不善,不如不读;欲人不读,不如不存。①

虽然刘廷玑批评艳情小说为艳情而艳情,没有更多的主旨延展和情志寄托,但是充分肯定了《金瓶梅》的"深切人情世务",这种观点在严打小说淫词的康熙年间确实是有些惊世骇俗了。刘廷玑固然也强调劝惩,但其着眼点更关注于读者,强调读者也须善体作者创作本意。刘廷玑认为在小说文本的接受过程中,读者的品性才是占主导地位的,而非作品本身,其"善

---

① 刘廷玑撰,张守谦点校:《在园杂志》卷二《历朝小说》,北京:中华书局,2005年,第82~85页。

读""不善读"的主张揭示出了在小说接受的过程中存在着文本阐释的多种可能性。这一抽绎于东吴弄珠客的《金瓶梅序》的观点,被刘廷玑赋予了更为广泛的意义,"天下不善读书者,百倍于善读书者"不幸成为禁毁小说淫词的现实动因。

顺康雍年间,有刘廷玑同样想法的当大有人在,如与其三十多年来书信交往却素未谋面的孔尚任。《桃花扇》虽然令孔尚任享大名于寰宇,但是毕竟有"私物表情,密缄寄信"的情节,"又事之猥亵而不足道者也"①,孔尚任因之折戟宦途,可孔尚任坚信只有这样的《桃花扇》才能"不独令观者感慨涕零,亦可惩创人心,为末世之一救矣"。② 二人对于文学的见解如此相似,难怪要在"瓶花茗碗之侧,雅歌薄醉之余,语默相对,形神不分,觉两人知己,自足千古"了。③ 孔尚任在清江浦期间不仅拜读了刘廷玑的《在园杂志》,还热情地为之作序,认为这是一部"写心怡情"之著,读之者"油然以适,跃然欲舞","盖晋唐之后又一机轴也"。④

顺康年间,小说的政治生态环境相较于明末只是渐趋白热化而已,雍正王朝才是文网密布,文化高压达到了极致。"致治之要,首在风化,移风易俗,莫先于良善,使人人知彝伦天则之为重,忠孝廉节之宜敦"。⑤ 雍正三年(1725),在修订《大清律例》时,将康熙五十三年(1714)禁毁淫词小说的这一谕旨载入《大清律例·刑律》"造妖书妖言"条:

> 凡坊肆市卖一应淫词小说,在内交与八旗都统、都察院、顺天府,在外交督抚等。转行所属官弁严禁,务搜板、书,尽行销毁。有仍行造作刻印者,系官革职,军民杖一百,流三千里。市卖者杖一百,徒三年。买看者杖一百。该管官弁不行查出者,交与该部,按次数分别议处。仍不准借端出首讹诈。⑥

清廷第一次在法理层面确立了对小说传播的威压,小说创作、小说刊

---

① 孔尚任撰,吴书荫校点:《桃花扇·桃花扇小识》,沈阳:辽宁教育出版社,1997年,第4页。
② 孔尚任撰,吴书荫校点:《桃花扇·桃花扇小引》,沈阳:辽宁教育出版社,1997年,第3页。
③ 孔尚任、刘廷玑:《长留集》卷首《长留集序》,北京:中国书店,1991年。
④ 孔尚任:《在园杂志序》,见刘廷玑撰,张守谦点校:《在园杂志》,北京:中华书局,2005年,第1页。
⑤ 《世宗宪皇帝圣训》卷二十六《厚风俗》,见《文渊阁四库全书》第四百一十二册《史部·诏令奏议类》,台北:台湾商务印书馆,1983年,第346页。
⑥ 姚润原纂,胡仰山增辑:《大清律例会通新纂》卷二十二《刑律·贼盗上》,同治十年刊本。

印及小说序跋等三方面数字的大幅下滑很能证明雍正帝小说禁毁令的效果。雍正朝的小说禁毁使处于社会中上层的作家大都退出了小说创作领域,甚至这一时期的小说序跋者都难觅达官贵宦的踪影,清代小说创作和小说刊刻第一次出现全面萧条的态势,但这一颓势只是短短的十三年,随着这位中国古代史上最勤政的皇帝的宾天,历史再次出现了物极必反的诡异循环。

二、清代中期日趋收紧的文化政策

乾隆朝的文化政策前松后紧。前期,因为怀柔政策的被执行,使得文坛一度出现政策宽松的迹象。乾隆十八年(1753),孙嘉淦伪稿案历时三年终于结案,牵连众多,研究者一般都认为这个案件是乾隆朝文化政策收紧的转折点。作为中国古代小说发展的巅峰期,乾隆一朝特殊的小说政策是一个重要的外因。但到了嘉道年间,随着政局的恶化,小说禁毁日趋收紧,且随着小说禁毁详细书目的出笼,禁毁令更具可操作性。

乾隆初年的文化政策出现了松动的迹象。乾隆元年(1736)五月,江西巡抚俞兆岳上奏查禁扮演淫戏,以期醇化风俗,乾隆帝却谕旨批复道:"先王因人情而制礼,未有拂人情以发令者。忠孝节义,固足以兴发人之善心,而媟亵之词,亦足以动人心之公愤,此郑卫之风,夫子所以存而不删也。若能不行抑勒,而令人皆喜忠孝节义之戏,而不观淫秽之出,此亦移风易俗之一端也,汝试姑行之。"①乾隆帝对于戏曲的态度与雍正帝的偏激有所不同,对戏曲演出的管制因此渐趋宽松。在戏曲演出管理政策宽松的同时,地方官员对于小说刊刻的管理也不像雍正朝那样严厉,向来被视作"淫词小说"的通俗小说也开始大量地刊刻与传播。乾隆三年(1738),广韶学政王丕烈的奏折曾经言及当时的小说传播情形:"查淫词小说,原为风俗人心之害,故例禁綦严。或地方官奉行不力,日久法弛,致向来旧书,至今销毁未尽;甚至收卖各种,公然叠架盈箱,列诸市肆,租赁与人,供其观看。若不并行申禁,不但旧板又复刷印,且新板接踵刊行,实非拔本塞源之计。"②乾隆三年(1738)五月,刑部及九卿遵诏核准的条例得到了乾隆帝的批准:

---

① 《高宗纯皇帝实录》(一)"乾隆元年五月下",见《清实录》第九册,北京:中华书局,1985年,第485页。
② 右汾山人:《劝毁淫书征信集》,见王利器辑录:《元明清三代禁毁小说戏曲史料》,上海:上海古籍出版社,1981年,第42页。

乾隆三年议准,查定例:凡坊肆市卖一应小说淫词,在内交八旗都统、都察院、顺天府,在外交督抚等,转饬所属官,严行查禁,务将书、板尽行销毁。有仍行造作刻印者,系官革职,军民杖一百,流三千里;市卖者杖一百,徒三年。该管官弁不行查出者,一次罚俸六个月,二次罚俸一年,三次降一级调用……应再通行直省督抚,转饬该地方官,凡民间一应淫词小说,除造作刻印,定例已严,均照旧遵行外;其有收存旧本,限文到三月,悉令销毁。如过期不行销毁者,照买看例治罪。其有开铺租赁者,照市卖例治罪。该管官员任其收存租赁,明知故纵者,照禁止邪教不能察缉例,降二级调用。①

吴敬梓为其成书于乾隆十四年(1749)前后的《儒林外史》所作自序的时间竟标注为"乾隆元年",不知与此诏令是否有关。但乾隆三年(1738)的诏令应该没有得到忠实地贯彻执行,如怡僖亲王弘晓在乾隆五年(1740)还在为其刊刻的静寄山房大字本《新刻批评平山冷燕》题词:"莫不模拟神情,各有韵致,足以动人观感,起人鉴戒,与唐宋之小说,元人之传奇,借耳目近习之事,为劝善惩恶之具,其意同也。"②(按:弘晓是怡亲王胤祥的第七子,雍正八年袭怡亲王爵,乾隆四十三年薨。)其藏书楼"明善堂""安乐堂"藏有己卯(乾隆二十四年)残本《石头记》和庚辰(乾隆二十五年)抄本《石头记》,而己卯本的弥足珍贵之处在于,"合计起来脂评系统的《石头记》,共有十一种之多。这十一种本子,惟独过录己卯本已确知它的抄主是怡亲王弘晓,因而也可大致确定它抄成的年代约在乾隆二十五年到三十五年之间。其他的各种抄本,至今都还不能确知它的抄主和抄成的确切年代。即此一点来说,这个己卯本也就弥足珍贵了"。③ 诡异的是,己卯本和庚辰本都没有被收录在钤有第三代怡亲王"讷斋珍赏"印的《怡府书目》之中。

从乾隆中期开始,文化政策开始收紧。乾隆十九年(1754)三月,福建监察御史胡定上奏道:

---

① 素尔纳等纂修:《钦定学政全书》卷七《书坊禁例》,见沈云龙主编:《近代中国史料丛刊》第三十辑,台北:文海出版社,1966年,第168页。
② 丁锡根编著:《中国历代小说序跋集》,北京:人民文学出版社,1996年,第1246页。
③ 冯其庸:《影印〈脂砚斋重评石头记〉己卯本序》,见曹雪芹:《脂砚斋重评石头记》,上海:上海古籍出版社,1981年,第1页。

阅坊刻《水浒传》，以凶猛为好汉，以悖逆为奇能，跳梁漏网，
惩创蔑如。乃恶薄轻狂曾经正法之金圣叹，妄加赞美；梨园子弟，
更演为戏剧；市井无赖见之，辄慕好汉之名，启效尤之志，爰以聚
党逞凶为美事，则《水浒》实为教诱犯法之书也。①

胡定的奏折透露了一个苗头：《水浒传》被视作"教诱犯法"的教材，似乎它的传播将直接影响到国家政局的稳定，此时的清廷有意识地把文学问题、道德问题上升为政治问题，这说明清廷查禁小说行动的性质和目的至此已悄然发生了改变。当胡定的奏折两次提到《水浒传》的叙事立场是"以凶猛为好汉，以悖逆为奇能"，定会诱使市井无赖们"聚党逞凶"时，《水浒传》的被禁止传播就与清廷政治秩序的维护捆绑在一起了。那么，《水浒传》的被查禁也不再是单纯的社会道德净化问题，在这种政治背景下，刊刻、售卖、阅读违反禁令的淫词小说自是大逆不道，都会人祸临门。

乾隆朝中后期小说禁毁的历史真相到底如何，我们从对《四库全书》禁毁书目的梳理中发现乾隆时期对小说的禁毁并非普遍查禁，而是重点突出，如《水浒传》《辽海丹忠录》《剿闯小说》《樵史演义》《英烈传》《说岳全传》《虞初新志》等。据陈乃乾《索引式的禁书总录》统计，乾隆朝借编修《四库全书》的名义，禁毁书籍多达 2453 种，被抽毁的有 402 种，两者合计，总数多达 2855 种，约为《四库全书》所收 3470 种的 82.28%，而被禁毁的通俗小说却依然寥寥无几。据姚觐元《禁毁书目四种》、陈乃乾《索引式的禁书总录》、孙殿起《清代禁书知见录》、雷梦辰《清代各省禁书汇考》、王利器《元明清三代禁毁小说戏曲史料》的辑录，乾隆一朝禁毁的通俗小说总共只有 10 种，约占禁书总数的 0.35%。

表 1　乾隆朝禁毁小说一览

小说篇名	小说作者	初版时间	奏缴者	奏缴时间	奏缴者按语
《英烈传小说》	郭勋		湖南巡抚刘墉	乾隆四十六年十一月七日	语句混杂，应销毁，计四本。

---

① 王利器辑录：《元明清三代禁毁小说戏曲史料》，上海：上海古籍出版社，1981 年，第 44 页。

续表

小说篇名	小说作者	初版时间	奏缴者	奏缴时间	奏缴者按语
《镇海春秋》			浙江巡抚陈辉祖	乾隆四十六年六月十四日	吴门啸客编,事词指,俱多违碍。
			江苏巡抚□□□	乾隆□十□年□月□□日	明吴门啸客述。
《辽海丹忠录》			归安姚氏刊《禁书总目》		
《剿闯小说》			违碍书籍目录	乾隆四十三年江宁布政使刊	残缺不全,无著作姓氏。
			两江总督萨载	乾隆四十五年正月初十	
《退虏公案》			违碍书籍目录	乾隆四十三年江宁布政使刊	
《樵史演义》或《樵史》	江左樵子(一说陆应旸)		两江总督萨载	乾隆四十六年二月初八	不载著书人姓名,纪天启、崇祯事实,中有违碍之处,应请销毁。
			湖南巡抚刘墉	乾隆四十六年十一月七日	无撰人姓氏,虽系小说残书,于吴逆不称名于本朝,多应冒犯,应销毁,计一本。
《定鼎奇闻》	蓬蒿子	辛卯八年(1651)庆云楼刊本	违碍书籍目录	乾隆四十三年江宁布政使刊	系蓬蒿子编。
			两江总督桂林	乾隆四十三年九月十八日	
《归莲梦》或《归莲梦小说》			湖北巡抚姚成烈	乾隆四十□年□月□□日	刊本,无编辑姓氏,计四本全。
			两江总督萨载	乾隆四十六年四月二十四日	未著姓名。
《精忠传》三本			江西巡抚郝硕	乾隆四十七年七月十三日	坊间刻本,多有未经敬避字样,及指斥金人之语,应请销毁。

续表

小说篇名	小说作者	初版时间	奏缴者	奏缴时间	奏缴者按语
《说岳全传》十本	钱彩	甲子(康熙二十三年,1684)孟春上浣,永福金丰识于余庆堂(据清大文堂刊本)	江西巡抚郝硕	乾隆四十七年七月十三日	仁和钱彩编次,内有指斥金人语,且词内多涉荒诞,应请销毁。

据上表可知,乾隆帝借编纂《四库全书》之机,禁毁了一批有违碍字句的小说,这一点有其上谕可证:

> 朕屡经传谕,凡有字义触碍,乃前人偏见,与近时无涉。其中如有诋毁本朝字句,必应削板焚篇,杜遏邪说,勿使遗惑(感)后世。然亦不过毁其书而止,并无苛求。朕办事光明正大,断不肯因访求遗籍罪及收藏之人。①

至于淫词小说,乾隆帝并不特别关注,如康熙帝第十四子胤禵的孙子永忠不仅是《红楼梦》的早期读者,而且藏有《金瓶梅》,乾隆五十一年(1786),永忠应友人庆来(莲峰)请,曾检出成桂遗牍二十一通相赠,其中竟然有乾隆丙子科进士成桂向永忠借看《金瓶梅》的札:

> 前者相晤许借之《金瓶梅》,特使走领,望乞付与。观音普济丹乞更赐五、七丸,以此处有人寻也。右启,臞仙主人阁下。成桂顿首。

永忠以成桂遗帙赠庆来附函云:"觉罗雪田遗牍,藏敝匣者颇夥,今承足下赏爱之,捡出十数纸奉上。以此名士而声沉影绝久矣,足下能掇拾之,可谓'一番提起一番新'也。"②以此比照成桂向永忠索借《金瓶梅》函,二人并没有张竹坡当年阅读《金瓶梅》的那种惊惧之感。

在清朝后期,《红楼梦》被丁日昌等地方官禁毁,但在乾隆中后期,《红楼梦》的传播并未受阻。在《红楼梦》的早期抄本中,蒙古王府本、怡亲王府

---

① 黄裳:《笔祸史谈丛》,北京:北京出版社,2004年,第62~63页。
② 史树青:《延芬室集序》,见爱新觉罗·永忠:《延芬室集》,上海:上海古籍出版社,1990年,第5页。

本、杨畹耕所购的八十回抄本、苏大司寇藏抄本赫然在列,当可为《红楼梦》不在乾隆年间小说禁书之列的证据之一,且乾隆后期炙手可热的新睿亲王淳颖还留下了一首《读〈石头记〉偶成》:

> 满纸喁喁语不休,英雄血泪几难收。痴情尽处灰同冷,幻境传来石也愁。怕见春归人易老,岂知花落水仍流。红颜黄土梦凄切,麦饭啼鹃认故丘。①

"英雄血泪",出语不俗,淳颖对《红楼梦》的激赏远超其他皇室成员如墨香、永忠、明义、裕瑞、敦诚、敦敏等《红楼梦》的早期读者,可为《红楼梦》不在乾隆年间小说禁书之列的证据之二。

证据之三,乾隆三十三年(1768),雍正的同母弟允禵之孙永忠题写了《因墨香得观红楼梦小说吊雪芹三绝句》。曾为罪臣之后的永忠面对着《红楼梦》"陋室空堂,当年笏满床;衰草枯杨,曾为歌舞场"的转瞬沧桑的小说情节,心中该有着怎样的伤痛和悔恨:"传神文笔足千秋,不是情人不泪流。可恨同时不相识,几回掩卷哭曹侯。""颦颦宝玉两情痴,儿女闺房语笑私。三寸柔毫能写尽,欲呼才鬼一中之。""都来眼底复心头,辛苦才人用意搜。混沌一时七窍凿,争教天不赋穷愁。"清宗室、奉恩将军弘旿(字恕斋、醉迂,号一如居士、瑶华道人)在该诗上方批道:"此三章诗极妙。第《红楼梦》非传世小说,余闻之久矣,而终不欲一见,恐其中有碍语也。"②弘旿作为乾隆帝的堂兄弟,尚如此忌讳"碍语",避祸唯恐不及,乾隆朝中后期禁毁政治上违碍的小说的严厉程度由此可窥一斑,但《红楼梦》当不在被毁禁之列。

证据之四,据周春《阅红楼梦随笔》,徐嗣曾在乾隆五十年(1785)至乾隆五十五年(1790)之间的福建巡抚任内"以重价购钞本两部:一为《石头记》,八十回;一为《红楼梦》,一百廿回,微有异同。爱不释手,监临省试,必携带入闱,闽中传为佳话"。③ 可见王公贵族们并没有因为《红楼梦》而受到值得一提的政治压力。

证据之五就是石韫玉,乾隆五十五年(1790)状元,仅仅是因为《四朝闻见录》里有攻讦朱熹的文字,就要摘下老婆的金手镯,尽数买来书并烧毁,其道学之态可掬,其迂腐之态亦可掬。

---

① 陈大康、胡小伟:《说红楼》,上海:上海辞书出版社,2007年,第266页。
② 爱新觉罗·永忠:《延芬室集》,上海:上海古籍出版社,1990年,第4页。
③ 周春:《阅红楼梦随笔》,见一粟编:《红楼梦资料汇编》,北京:中华书局,1964年,第66页。

石韫玉,字执如,负文章盛名,而实道学中人也。尝谓予曰:"我辈著书,不能扶翼名教,而凡遇得罪名教之书,须拉杂摧烧之。"家置一纸库,名曰"孽海",盖投诸浊流,冀勿扬其波也。一日阅《四朝闻见录》,拍案大怒,急谋诸妇,脱臂上金条脱,质钱五十千,遍访坊肆,得三百四十余部,将投诸火。予适过其斋,怪而问之,石曰:"是书所载,俱前朝掌故。名士著述,无可訾议,而中有劾朱文公一疏,荒诞不经。逆母欺君,窃权树党,并及闺阃中秽事,有小人所断不为者。乃敢形诸奏牍,污蔑我正人君子。且编书者,又逆料后人必不深信,载入文公谢罪一表,以实其过。嗟乎! 小人之无所忌惮,至于此极乎?"①

石韫玉曾将《红楼梦》改编为戏曲,因此,他必须是《红楼梦》的热心读者。如果《红楼梦》被明令查禁,石韫玉又怎会公然将《红楼梦》改编为戏曲并刊行于世呢?

嘉庆帝在执政初期对所有的小说态度是一律禁毁,甚至连坊肆都禁止开设了。嘉庆十年(1805),嘉庆帝通谕全国,严禁淫词小说:"将各坊肆及家藏不经小说,现已刊播者,令其自行烧毁,不得仍留原板,此后并不准再行编造刊刻,以端风化而息诐词。将此通谕知之。"②

嘉庆中后期,文化政策趋向于实用,对待涉淫和涉暴小说的政策软硬有差。嘉庆十五年(1810),御史伯依保曾奏疏查禁《灯草和尚》《如意君传》《浓情快史》《株林野史》《肉蒲团》等艳情小说。伯依保奏疏的意义在于小说禁毁从此进入可实操阶段。此奏疏虽然得到了嘉庆帝的支持,但是令人大跌眼镜的是,嘉庆只是谕令"五城御史出示晓谕禁止"而已,而且要求胥吏等不得"借端向坊市纷纷搜查",因为艳情小说虽然背离了封建道德观念,但是并不影响其政权根本,而"好勇斗狠"的诲盗小说直接影响了清廷政治局势的稳定。

嘉庆、道光、咸丰、同治年间虽也禁毁小说,但对小说坊肆还没有如此严厉。嘉庆十八年(1813),御史蔡炯奏疏销毁稗官小说,嘉庆帝御批:"至稗官小说,编造本自无稽,因其词多俚鄙,市井粗解识字之徒,手挟一册。

---

① 沈起凤:《谐铎》卷三《烧录成名》,见《笔记小说大观》第二十一册,扬州:江苏广陵古籍刻印社,1984年,第13页。

② 《大清仁宗睿皇帝实录》(二)卷一百零四"嘉庆十年十月",见《清实录》第二十九册,北京:中华书局,1986年,第400页。

薰染既久,斗狠淫邪之习,皆出于此,实为风俗人心之害。坊肆刊刻售卖,本干例禁,并着实力稽查销毁,勿得视为具文。"①同年的十月和十二月又接连两次下诏,十二月的谕示说:"至稗官野史,大多侈谈怪力乱神之事,最为人心风俗之害,屡经降旨饬禁。此等小说,未必家有其书,多由坊肆租赁,应行实力禁止,嗣后不准开设小说坊肆,违者将开设坊肆之人,以违制论。"②嘉庆统治下的二十五年间竟然没有一种《聊斋志异》的刻本出现,恐与嘉庆帝对小说坊肆的严厉禁止有关。

最具讽刺意味的是,当礼亲王代善的第六世孙、铁帽子王之一的爱新觉罗·昭梿还在为淫词的广泛传播而忧心不已的时候,"近日有秦腔、宜黄腔,乱弹诸曲名,其词淫亵猥鄙,皆街谈巷议之语,易入市人之耳。又其音靡靡可听,有时可以节忧,故趋附日众。虽屡经明旨禁之,而其调终不能止,亦一时习尚然也"。③ 嘉庆帝竟在内廷点演起了官方明令禁止民间演出的《西厢记·佳期·拷红》《玉簪记·琴挑》《风筝误·逼婚》,甚至连极其鄙俗的民间小戏如《倒打杠子》《打面缸》《花鼓》《懒妇烧锅》也输入宫廷,成为宫廷娱乐的玩笑戏。面对运转失灵的政府,嘉庆帝左支右绌却无济于事,只能在靡靡之音中来逃避现实的内外交困,成为其文化政策的反面教材。

在社会矛盾日趋激化的社会背景下,嘉庆帝对于斗狠的诲盗小说的管理力度相应地加强了,而对于淫邪的"淫词小说"的查禁政策相应地趋向于宽松,如作为淫词小说的《红楼梦》,嘉道年间竟是其续书问世的高峰期。至于《红楼梦》的禁毁,不过是官员个人和地方职能部门的行为,与清廷无涉。最早查禁《红楼梦》的是嘉庆年间的安徽学政玉麟(满洲正黄旗,乾隆六十年进士):

> 《红楼梦》一书,我满洲无识者流,每以为奇宝,往往向人夸耀,以为助我铺张,甚至串成戏出,演作弹词,观者为之感叹唏嘘,声泪俱下,谓此曾经我所在场目击者,其实毫无影响,聊以自欺欺人,不值我在旁齿冷也。其稍有识者,无不以此书为诬蔑我满人,可耻!可恨!若果尤而效之,岂但书所云"骄奢淫佚,将由恶终"者哉。我做安徽学政时,曾经出示严禁,而力量不能及远,徒唤奈

---

① 《大清仁宗睿皇帝实录》(四)卷二百七十六"嘉庆十八年十月",见《清实录》第三十一册,北京:中华书局,1986年,第769页。
② 王利器辑录:《元明清三代禁毁小说戏曲史料》,上海:上海古籍出版社,1981年,第56页。
③ 昭梿撰,何英芳点校:《啸亭杂录》卷八《秦腔》,北京:中华书局,1980年,第235~236页。

何。有一庠士,颇擅才笔,私撰《红楼梦节要》一书,已付书坊剞劂,经我访出,曾褫其衿,焚其板,一时劝听,颇为肃然。惜他处无有仿而行之者。①

玉麟任安徽学政是在嘉庆十二年(1807)至嘉庆十四年(1809),其禁毁之所以不能及远,是因为其见解几不为时人所接受。因为当时《红楼梦》的读者不仅为数众多,而且不乏贵胄,更何况《红楼梦》早已被改编为戏曲广为传唱,据阿英先生的《红楼梦戏曲集》,嘉庆十二年(1807)前已面世的"红楼梦戏曲"有四种:嘉庆元年(1796)荃溪的《葬花》;嘉庆四年(1799)仲云涧的《红楼梦传奇》;嘉庆五年(1800)万玉卿的《醒石缘传奇》;嘉庆十一年(1806)吴兰征的《绛蘅秋传奇》等。

如果说顺、康、雍、乾、嘉五朝的小说禁毁更多的还是一场自上而下的运动,而且限于中国农业大国的性质及由此带来的乡绅对于政府管理的渗透,再加上地方政府对于朝廷禁毁淫词小说的诏令执行不力,清代前中期的小说禁毁一直处于禁而不毁的尴尬之中。

三、清朝后期小说禁毁政策的具化

这一时期的小说禁毁出现了一些新的特点:以行政威权为后盾,以经济手段为着力点,自下而上和自上而下相结合为基本模式。

从道光朝开始,清朝后期社会动荡,秘密宗教犯案繁多,且多受到淫盗小说传播的影响。但奇怪的是,在清王朝最后的九十一年中,以上谕的形式号令全国开展小说禁毁的仅有三次:咸丰元年(1851)、同治十年(1871)、光绪十一年(1885)。

> 该匪传教惑人,有《性命圭旨》及《水浒传》两书,湖南各处坊肆皆刊刻售卖,蛊惑愚民,莫此为甚。并着该督抚督饬地方官严行查禁,将书板尽行销毁。仍当严饬各属,勿令吏胥借端滋扰。②
> 御史刘瑞祺奏请饬销毁小说书版一折。坊本小说,例禁綦严,近来各省书肆,竟敢违禁刊刻,公然售卖,于风俗人心,殊有关

---

① 梁恭辰:《池上草堂笔记》卷四《劝戒四录》,台北中研院傅斯年图书馆藏同治九年刊本,第12~13页。
② 《大清文宗显皇帝实录》卷三十八"咸丰元年七月乙巳",见《清实录·文宗实录(一)》,北京:中华书局,1986年,第527~528页。

系,亟应严行查禁。着各直省督抚、府尹饬属查明应禁各书,严切晓示,将书版全行收毁,不准再行编造刊印,亦不得任听吏胥借端搜查,致涉骚扰。①

和中央政府的无所作为相比,这一时期出手严禁淫盗小说的多为地方政府和民间的士绅。道光十八年(1838),江苏按察使司按察使裕谦再次痛下杀手:"苏郡坊肆,每将各种淫书翻刻市卖……炫人心目,亵及闺房,长恶导淫,莫此为甚。"②不久,公局便"收得一百余种,并板片二十余种,照估给价毁讫",考虑到"各坊铺中所藏淫书板本尚多","特将收过各种书目开后",敦促众书铺"自行检点,一并送局,幸勿遗漏自误"。③江苏苏州地方政府召集各书坊共同议定条约,公布禁止出版淫书的目录。道光二十四年(1844),浙江仿效江苏的做法,设公局收缴淫词小说,开列《应禁各种书目》凡一百二十种,与裕谦的《计毁淫书目单》基本相同。

(江南按察使苏松太道周)禁苏州刊行淫书小说:"爰集同志公议,设局在吴县学惜字局内,备价收买各种淫书,如藏有板片书本者,检送局内,照刻印钞工纸料,酌量给价,随时在惜字局内,公同督毁。"④

道光二十四年九月浙江学政严禁淫书

道光二十四年九月浙江杭州知府禁淫词小说

道光二十四年九月浙江湖州知府禁淫词小说

道光二十四年九月浙江仁和县禁淫书小说

道光二十四年十月浙江巡抚禁淫词小说:"尔等从前售卖淫书淫画,本干例禁;今本部院不咎既往,自示之后,省城各铺户,务将各种书画,即日送交仙林寺公局,听该绅士等给价销毁;其省外各府属,现已札饬劝谕绅士捐资设局收买,限一月内送交销毁,断不准片板片幅,隐匿存留。"⑤

---

① 《大清穆宗毅皇帝实录》卷三百十三"同治十年六月丁卯",见《清实录·穆宗实录(一)》,北京:中华书局,1987年,第142页。
② 余治:《得一录》卷十一之一,同治十一年刻本,第768页。
③ 余治:《得一录》卷十一之一,同治十一年刻本,第774~775页。
④ 王利器辑录:《元明清三代禁毁小说戏曲史料》,上海:上海古籍出版社,1981年,第132页。
⑤ 王利器辑录:《元明清三代禁毁小说戏曲史料》,上海:上海古籍出版社,1981年,第118页。

表 2　被禁毁的艳情小说

被禁的出处	小说名
俞正燮《癸巳存稿》载嘉庆十五年御史伯依保奏禁小说、《劝毁淫书征信录》载禁毁小说书目及《得一录》载计毁淫书目单、同治七年丁日昌查禁淫词小说	《浓情快史》
嘉庆十五年御史伯依保奏禁	《灯草和尚》《如意君传》《株林野史》《肉蒲团》
道光十八年	《三妙传》
同治七年江苏巡抚丁日昌奏准查禁淫词小说	《龙图公案》《品花宝鉴》《昭阳趣史》《玉妃媚史》《浓情快史》《绣榻野史》《幻情逸史》《梦袜姻缘》《灯月缘》《万恶缘》《邪观缘》《水浒传》《桃花影》《隔帘花影》《姣红传》《红楼梦》《补红楼梦》《红楼重梦》《呼春稗史》《隋炀艳史》《禅真后史》《株林野史》《巫梦缘》《寻梦》《一夕缘》《雪雨缘》《诒痴符》《西厢》《梧桐影》《如意君传》《循环报》《续红楼梦》《红楼圆梦》《金瓶梅》《春灯迷史》《巫山艳史》《禅真逸史》《浪史》《金石缘》《五美缘》《梦月缘》《桃花艳史》《何必西厢》《鸳鸯影》《三妙传》《贪欢报》《后红楼梦》《红楼复梦》《唱金瓶梅》《续金瓶梅》《紫金环》《前七国志》《牡丹亭》《七美图》《桃花艳》《灯草和尚》《怡情阵》《两交欢》《同拜月》《蜃楼志》《石点头》《蒲芦岸》《情史》《碧玉塔》《艳异编》《天豹图》《增补红楼》《脂粉春秋》《八美图》《载花船》《痴婆子》《倭袍》《一片情》《皮布袋》《锦上花》《奇团圆》《八段锦》《醒世奇书》(即《空空幻》)《碧玉狮》《日月环》《天宝图》《红楼补梦》《风流野志》《杏花天》《闹花丛》《醉春风》《摘锦倭袍》《同枕眠》《弁而钗》《温柔珠玉》《清风闸》《今古奇观(抽禁)》《汉宋奇书》《摄生总要》《梼杌闲评》《反唐》《凤点头》《国色天香》《拍案惊奇》《无稽谰语》《双珠凤》《绿牡丹》《锦绣衣》《芙蓉洞》《一夕话》《笑林广记》《岂有此理》《小说各种》《宜春香质》《北史演义》《女仙外史》《风流艳史》《妖狐媚史》《十二楼》《文武元》《摘双珠凤》《海底捞针》《乾坤套》《解人颐》
同治十年江苏巡抚丁日昌奏准查禁淫词小说	《隋唐》《文武香球》《五凤吟》《百鸟图》《换空箱》《九美图》《空空幻》《桯史》《十美图》《龙凤金钗》《二才子》《刘成美》《绿野仙踪》《一箭缘》《真金扇》《鸾凤双箫》《锦香亭》《绣球缘》《双剪发》《巫山十二峰》《钟情传》《白蛇传》《探河源》《花间笑语》《双玉燕》《百花台》《万花楼》《合欢图》《四香缘》《盘龙镯》《双凤奇缘》《玉连环》《金桂楼》《玉鸳鸯》

同治七年（1868），丁日昌调任江苏巡抚，上任伊始，四月十五日，即下令禁毁淫词小说122种。四月二十一日，另行颁示《续查应禁淫书》，凡34种。相较于清代前中期，同治时期江苏地区淫词小说的刊刻已呈蜂拥之势，"思无邪汇宝"也没能将其尽收囊中，时至今日，部分小说只存其目。

淫词小说的泛滥很大程度上是因为禁毁得不到全体官绅心悦诚服的认可。曾国藩喜读《红楼梦》的明文记载最早可追溯到咸丰十年（1860），其余的见于《曾国藩日记》的记录还有同治五年（1866）五月二十五日、二十六日。同治四年（1865），江苏按察使王大经禁毁《红楼梦》等，可作为从一品大员的两江总督曾国藩不仅私藏《红楼梦》，而且连其幕宾赵烈文都可以此事笑谑王大经（同治六年六月十三日）：

> 至涤师内室谭，见示初印本《五礼通考》，笔画如写，甚可爱。又示进呈之《御批通鉴》刊本，大几半桌，亦向所未见。又以余昨言王大经禁淫书之可笑，指示书堆中夹有坊本《红楼梦》。余大笑云："督署亦有私盐耶？"①

丁日昌并没有因为曾国藩的存在而使小说禁毁的动作有所迟缓，虽然曾国藩此时仍在两江总督任上（同治七年九月调任直隶总督）："该县查禁淫词小说，并不假手书差，遂得收缴应禁各书五十余部，及唱本二百余本，办理尚属认真，应即记功一次，以示奖励……已将焚缴尤多者记大功，余则记功。"②丁日昌和曾国藩之间并无隶属关系，但清末官场喜因循而惮改为，丁日昌做事的勇气令人钦佩。

同光时期小说出版的异变包括洋商的介入、报刊的涌现及翻译小说的流入。洋商利用租界的治外法权，创办中文报刊，如同治十一年（1872）英国商人美查在上海创办的《申报》，同时创办文学月刊《瀛寰琐记》。《申报》创刊不久就发布了英国小说家斯威夫特的《格列佛游记》中小人国部分的译文《谈瀛小录》和美国小说家欧文的《一睡七十年》。《瀛寰琐记》月刊上连续刊载了蠡勺居士翻译的英国作家利顿的《昕夕闲谈》。这些能"启发良心，惩创逸志"的小说，给清廷小说的禁毁带来不小的阻力。

附：申报馆出版的小说

---

① 赵烈文：《能静居日记》，见一粟编：《红楼梦资料汇编》，北京：中华书局，1964年，第378页。
② 丁日昌：《抚吴公牍》卷七《山阳县禀遵饬查禁淫书并呈示稿及收买书目由》，光绪三年印本，第5～6页。

同治十三年铅印《儒林外史》五十六回。
光绪元年铅印《西游补》十六回。
光绪元年铅印《快心编》初集十回;二集十回;三集十二回。
光绪二年铅印《红楼梦补》四十八回。
光绪二年铅印《红楼复梦》一百回。
光绪二年铅印《儒林外史》五十六回。
光绪三年铅印《水浒后传》四十回。
光绪三年铅印《林兰香》六十四回。
光绪四年铅印《台湾外记》三十卷。
光绪四年铅印《雪月梅传》六卷五十回。
光绪四年铅印《绘芳录》八卷八十回。
光绪四年铅印《儿女英雄传》四十回。
光绪四年铅印《何典》十回。
光绪四年铅印《青楼梦》六十四回。
光绪七年铅印《新刻三宝太监西洋记通俗演义》二十卷一百回。
光绪七年铅印《儒林外史》五十六回。
光绪八年铅印《第一奇书野叟曝言》二十卷一百五十四回。
光绪九年铅印《风月梦》三十二回。
光绪九年铅印《荡寇志》七十回。
光绪十六年铅印《忠烈小五义传》一百二十四回。
光绪十六年铅印《续小五义》。
光绪十七年铅印《新刻三宝太监西洋记通俗演义》一百回。
光绪三十一年铅印《苦社会》初集。
光绪铅印《封神演义》十九卷
光绪铅印《蟫史》二十卷。
光绪铅印《镜花缘》。
光绪铅印《十粒金丹》六十六回。
光绪铅印《笔生花》三十二回。
宣统元年铅印《梨云梦》。
1913年铅印《浓情快史》十二回。
铅印《女才子》十二卷。
铅印《第五才子书水浒传》七十回。

铅印《续水浒征四寇全传》四十九回。

铅印《西湖拾遗》四十四卷。

铅印《后西游记》四十回。

铅印《新平妖传》四十回。

铅印《品花宝鉴》六十回。①

虽然申报馆公开宣称从未出版过禁毁小说:"本馆历年所印之书籍,也已汗牛充栋,顾从未敢以淫亵之书印行牟利,此诸君子所共见共闻者也。昨蒙执事来函,责以印售《倭袍》有关风俗、劝弗再印等语。查《倭袍》一书久经宪禁,且词句鄙俚,微特本馆之所不敢印,且更不屑印者也。执事过听人言,为此忠告,本馆感其意而不欲受其诬,用敢布复数行,惟希洞鉴不宣。"②但是其所宣传的政治改良主义,对于清政府的统治造成了强有力的冲击。

光绪年间古典小说的生存环境并没有因为如火如荼的洋务运动和汹涌而来的西方文化思潮而有所好转。相反的是,光绪二十四年(1898),维新变法运动失败,为了教育人民,开发民智,以梁启超、夏曾佑、蒋观云、狄葆贤、柳亚子、陈去病、黄人等为代表的维新派和革命派文学家,发起了"三界革命"——诗界革命、文界革命和小说界革命。"今我国民,惑堪舆,惑相命,惑卜筮,惑祈禳,因风水而阻止铁路,阻止开矿,争坟墓而阖族械斗,杀人如草,因迎神赛会而岁耗百万金钱,废时生事,消耗国力者,曰惟小说之故。今我国民慕科第若膻,趋爵禄若鹜,奴颜婢膝,寡廉鲜耻,惟思以十年萤雪,暮夜苞苴,易其归骄妻妾、武断乡曲一日之快,遂至名节大防扫地以尽者,曰惟小说之故"。古典小说一不小心就成了"群治腐败之总根原"③,近代中国小说理论界最为流行的这一话语彻底地将古典小说推到了舆论的风口浪尖之上。梁启超的《中国唯一之文学报〈新小说〉》可视为其小说界革命的宣言:"本报宗旨,专在借小说家言,以发起国民政治思想,激励其爱国精神。一切淫猥鄙野之言,有伤德育者,在所必摈。"这既是他创办《新小说》的目的,又是小说界革命的宗旨。此外,光绪二十二年(1896),梁启超在其主笔的《时务报》上发表了《变法通议》,其中也有类似的表述,"今宜

---

① 王清原、牟仁隆、韩锡铎编纂:《小说书坊录》,北京:北京图书馆出版社,2002年,第90~91页。
② 《答无名氏书》,载《申报》光绪三年三月初八日(1877年4月21日)。
③ 梁启超:《梁启超全集》第四卷《论小说与群治之关系》,北京:北京出版社,1999年,第885页。

专用俚语,广著群书,上之可以借阐圣教,下之可以杂述史事,近之可以激发国耻,远之可以旁及彝情,乃至宦途丑态,试场恶趣,鸦片顽癖,缠足虐刑,皆可穷极异形,振厉末俗"①,在此时的梁启超眼中,小说不仅不再是小道、末技,而是"文学之最上乘"。小说的社会政治作用大到"欲新一国之民,不可不先新一国之小说。故欲新道德,必新小说;欲新宗教,必新小说;欲新政治,必新小说;欲新风俗,必新小说;欲新学艺,必新小说;乃至欲新人心,欲新人格,必新小说。何以故?小说有不可思议之力支配人道故"。② 作为那个时代的最强音,梁启超的小说理论唤醒了众多的小说家以小说为投枪匕首来实现强国富民新民的理想,如鸡林冷血生在其成书于宣统二年(1910)的醒世小说《英雄泪》的自序中,自陈著书之因由:"欲新一国之民,不可不先新一国之小说。盖小说所以振人之志气,动人之隐微也。庚戌中秋,日韩合并,其事关系奉省之命脉,中国之存亡,巨而且急,是中国志士电激于脑,想溢于胸,急求保全之策。吾校同人有感于此,遂立同志会,命余编辑小说,以鼓吹民气。余自愧谫陋,本不堪胜任,因同志责之甚殷,遂采韩国灭亡之历史,编辑成篇,当即石印。吾国中诸同志浏览是书,必可激发爱国之热诚,有断然也。"吴趼人在《月月小说序》中也宣称:"吾感夫饮冰子《小说与群治之关系》之说出,提倡改良小说,不数年而吾国之新著新译之小说,几于汗万牛充万栋,犹复日出不已而未有穷期也。"③

第二节 清代小说序跋产生的文化环境

人不能单纯地生活在"解释的世界"中,但也总是靠着"解释"才能心安理得地生活在这个世界上,无论这解释是可以证实的判断,抑或是客观性乏绝的信念,甚至完全是超验性的信仰。序跋者通过对于自身阅读体验的揭示,建构吻合主流文化价值的文本意义,从而在一定程度上消弭了小说文本与社会之间可能存在的紧张对立关系。

一、撕裂的时代文化与夹缝中的小说序跋

"康、雍、乾三代完成了有明一代所未能完全完成的工作,即真正确立

---

① 梁启超:《变法通议·论幼学》,载《时务报》第十八册。
② 梁启超:《梁启超全集》第四卷《论小说与群治之关系》,北京:北京出版社,1999年,第884页。
③ 吴趼人:《月月小说序》,载《月月小说》创刊号卷首(1906年11月1日)。

程朱理学的一尊地位"。① 清朝入关以后,天下学宫流布着清帝御制的大著,有顺治帝御注的《孝经》,康熙帝御纂的《诗经传说汇纂》《周易折中》《书经传说汇纂》《日讲四书解义》,雍正帝御编的《孝经集注》,乾隆帝的《周易述义》《仪礼义疏》《礼记义疏》《诗义折中》《春秋直解》《周官义疏》。理学对于清人而言都是必须直面的客观存在。"个人在做什么、信仰、思维和感觉什么,这不由个人,而由文化环境决定。精神只是文化的一种反射,只有通过思考文化,才能使人类意识成为可以理解的东西"。② 张竹坡在《金瓶梅读法五十六》中就点明了在社会思潮重压下胆战心惊的小说阅读心理:"今有读书者看《金瓶》,无论其父母师傅禁止之,即其自己亦不敢对人读。不知真正读书者,方能看《金瓶梅》,其避人读者,乃真正看淫书也。"③虽然张竹坡有所强辩,但是这种难以消除的阅读心理上的负罪感正是那个时代社会思潮的衍生物。在自刊《第一奇书》之后,张竹坡不仅不能利用张家为宦众多的社会关系网为之服务,反而要远离家乡,远至金陵推销,并仅仅因为评点了《金瓶梅》,从此便是"故园北望白云遥,游子依依泪欲飘。自是一身多缺陷,敢评风月惹人嘲"。④ 在其生命的最后三年竟至于有家难归。吴敢先生认为张竹坡秋闱第五次被点额与其评点《金瓶梅》不无关系,张竹坡为其评点、刊行《金瓶梅》的行为付出了极大的代价。⑤ 世易时移,近代淄素难辨的文坛大师苏曼殊已可以坦然地从接受学的立场去畅谈纵读《金瓶梅》的感悟了:"余昔读之,尽数卷,犹觉毫无趣味,后乃改其法,认为一种社会之书读之,始知盛名之下,必无虚也。凡读淫书者,莫不全副精神,贯注于秽淫之处,此外则随手披阅,不大留意,此殆读者之普遍性矣。至于《金瓶梅》,吾固不能谓为非淫书,然其奥妙,绝非在写淫之笔,盖此书是描写下等妇人社会之书也。论者谓《红楼梦》全脱胎于《金瓶梅》,乃《金瓶梅》之倒影云,当是的论。"⑥

"在民族歧视极深,绝对皇权专制的时期,帝王本身的思想意识往往就

---

① 胡益民、周月亮:《儒林外史与中国士文化》,合肥:安徽大学出版社,2005年,第260页。
② [美]莱斯利·A·怀特著,沈原、黄克克、黄玲伊译:《文化的科学——人类与文明研究》,济南:山东人民出版社,1988年,第178页。
③ 秦修容整理:《会评会校本金瓶梅》,北京:中华书局,1998年,第1506~1507页。
④ 张竹坡:《客虎阜遣兴》,见吴敢:《张竹坡与〈金瓶梅〉研究》,北京:文物出版社,2009年,第241页。
⑤ 吴敢:《张竹坡与〈金瓶梅〉研究》,北京:文物出版社,2009年,第195页。
⑥ 阿英:《阿英全集》第五卷《杂文》,合肥:安徽教育出版社,2003年,第361页。

能决定着政治发展的趋势"。① 明代四大名著如《三国演义》《水浒传》《西游记》《金瓶梅》在清初被评改的背后无一不彰显了宋明理学俨然已经成为收拾时代人心和维护国家稳定的压舱石的事实。龚鼎孳的幕客、戏曲作家范希哲于康熙元年为《偷甲记》所作的序,应该算是当时的社会主流文化从思想上对《水浒传》加以全新诠释的典型案例,和金圣叹的观点不谋而合:

> 人读《水浒传》,无不曰:剧盗中能假仁义、仗智数,凡所作为每每出人之意表,故其事虽不经,纵观全部,或钦其忠义,或壮其英侠,或喜其鸿毛一死,然诺如山,或怪其诡诈奸欺,粗豪莽烈。吾悉以为不然。《水浒传》之妙,妙在鼠窃、狗偷、娼优、乞丐,皆不弃绝。所以时迁盗甲、杰士倾心,忠义归诚,粉脂汲引,如此至微至贱之中,伏此揭地掀天之绩,凡于世人之有一技一能者,盖可忽置之哉……嗟乎! 呼延忠孝竟入网罗,气节武师亦迷本性,要知胸无把握者,皆缘平昔涵养未深,熏陶鲜述之故耳。由此观之,礼乐诗书之气,操持坚忍之功,乌容一日已哉。②

其中所谓的"涵养""操持坚忍之功",揭示了道学中人一生特有的历练的手段和人生境界。所谓的"格物致知",就是要做到在日常的生活琐事之中参悟大道,在任何险困的情境下都能够不改大丈夫的本色。正因为如此,范希哲才惋惜呼延灼、武松等因为没能参透"忠义"的真正内涵,在宋江等人的蛊惑下没能守住自己的本性,这不仅是呼延灼、武松个人的悲剧,还是社会个体在巨大的诱惑面前迷失自我的悲剧。

如果说范希哲是从文学接受前结构的角度来解读《水浒传》的悲剧性的话,乾嘉时期著名的学者钱大昕则从传播和接受的角度来谈小说的社会影响和禁毁小说的社会意义:

> 古有儒、释、道三教,自明以来,又多一教曰小说。小说演义之书,未尝自以为教也,而士大夫、农、工、商、贾无不习闻之,以至儿童妇女不识字者,亦皆闻而如见之,是其教较之儒、释、道而更

---

① 姚念慈:《再评"自古得天下之正莫如我朝"——〈面谕〉、历代帝王庙与玄烨的道学心诀》,见《清史论丛》,北京:中国广播电视出版社,2008年,第151页。
② 范希哲:《〈偷甲记〉序》,见吴毓华编:《中国古代戏曲序跋集》,北京:中国戏剧出版社,1990年,第331~332页。

广也。释、道犹劝人以善,小说专导人以恶。奸邪淫盗之事,儒、释、道书所不忍斥言者,彼必尽相穷形,津津乐道,以杀人为好汉,以渔色为风流,丧心病狂,无所忌惮。子弟之逸居无教者多矣,又有此等书以诱之,曷怪其近于禽兽乎!世人习而不察,辄怪刑狱之日繁,盗贼之日炽,岂知小说之中于人心风俗者,已非一朝一夕之故也。有觉世牖民之责者,亟宜焚而弃之,勿使流播。内自京邑,外达直省,严察坊市有刷印鬻售者,科以违制之罪,行之数十年,必有弥盗省刑之效。或訾吾言为迂,远阔事情,是目睫之见也。①

钱大昕认为,儒释道文化都是导人以善的,而小说则"专导人以恶",而小说之恶主要源于其叙事的倾向性,"以杀人为好汉,以渔色为风流"。钱大昕的言论当然不是空穴来风,它点中了当时流行小说的最重要的特征。顺康年间的才子佳人小说大有和艳情小说合流的倾向,小说作者们兴高采烈地展示如春宫画一般的"镜头",并以其满纸的色情来吸引读者的眼球。清代顺康雍乾四朝的小说有太多涉及两性话题,即使是《聊斋志异》《红楼梦》这样的巅峰力作也未能免俗。

钱大昕的担忧在当时也不无道理,小说中的淫秽桥段固然容易败坏社会风气,而涉暴的小说也很容易给血气方刚的年轻人灌输暴力倾向,因为自从有了金圣叹的评改,《水浒传》在当时颇为盛行,所以他提出"有刷印鬻售者,科以违制之罪",这是对朝廷禁毁令的最正面的回应。

清代流行过《水浒传》的不同版本,但其社会影响一直令正统文人焦心。

> 寄名义于狗盗之雄,凿私智于穿窬之手,启闾巷党援之习,开山林哨聚之端。害人心,坏风俗,莫甚于此。而李卓吾谓宇宙有五大部文字,并此于《史记》、杜诗、苏文、《李献吉集》,悖矣。若以其穿插起伏、形容摹绘之工,则古来写生文字供人玩味者何限,而必沾沾于此耶?②

---

① 钱大昕:《潜研堂文集》卷十七《正俗》,见陈文和主编:《嘉定钱大昕全集》(玖),南京:江苏古籍出版社,1997年,第272页。
② 龚炜著,钱炳寰整理:《巢林笔谈》,北京:中华书局,1981年,第27页。

龚炜从内容、社会影响到艺术成就等三个层面对《水浒传》进行全方位抨击,清晰地显示了《水浒传》在乾隆中期小说传播过程中遭遇巨大社会阻力的原因。嘉庆年间礼亲王昭梿从接受效果的角度来谈小说的危害,其对小说的态度与钱大昕相似,其在《啸亭续录》中云:"小说盲词,古无是物,自施耐庵作俑,其后任意编造,层见叠出,愚夫诵之,几与正史并行。助乱长奸,言之切齿。"①

虽然程朱理学已经成为时代的主流文化,但在二百九十六年间,清廷不得不一直被动地因应着诸如心学、原始儒学、汉学、经学及西方文化等的冲击。清初,原始儒学派以王夫之、顾炎武、黄宗羲为代表,他们在对明末社会思潮和文学潮流进行反思的基础上,提出治学要经世致用,反对不切实际的空虚之学,直击宋明理学的要害。但有意味的是,不少诗坛名家都向慕程朱理学,如"太仓十子"之一的黄与坚(顺治十六年进士)"善学南丰,且善学朱子"。②"金台十子"之一的一代廉吏宋荦"幼而失学,中年略事词章,经史理学诸书,毫未涉及。近偶读平湖陆稼书《三鱼堂集》,心颇好之。吾辈暮年,当于此中生活"。③ 以狂名著称于世的归庄于顺治十年(1653)结识了陆世仪之后竟然痛改前非,"惟以孔孟为师,而以程朱为入门之路"。④ 即使是理学思潮最兴盛的康雍两朝,思想界也并非没有杂音。康熙朝著名的思想家唐甄做学问就尊孟法王,力斥宋明以来理学家的主静无欲之说,自称平生只服膺王阳明的"致良知"和"知行合一"学说,并立足现实,强调以事功之学去救世,"儒之为贵者,能定乱、除暴、安百姓也。若儒者不言功……何以异于匹夫匹妇乎"?⑤ 不仅道出了"自秦以来,凡为帝王者皆贼也"的惊世骇俗之论⑥,而且认为"君子之为学也,不可以不知兵"。⑦ 就连时任都察院左副都御史许三礼、已故前工部尚书汤斌、侍读学士李光

---

① 昭梿撰,何英芳点校:《啸亭续录》,北京:中华书局,1980年,第512页。
② 熊赐履:《愿学斋文集·愿学斋文集序》,见《清代诗文集汇编》第七十四册,上海:上海古籍出版社,2010年,第1页。
③ 宋荦:《西陂类稿》卷二十九《答无山中丞》,见《清代诗文集汇编》第一百三十五册,上海:上海古籍出版社,2010年,第331页。
④ 归庄:《归庄集》卷五《与檗庵禅师》,上海:上海古籍出版社,2010年,第335页。
⑤ 唐甄:《潜书》上篇上《法王》,见陈祖武:《清儒学术拾零》,长沙:湖南人民出版社,2002年,第132页。
⑥ 唐甄:《潜书》下篇下《室语》,见陈祖武:《清儒学术拾零》,长沙:湖南人民出版社,2002年,第132页。
⑦ 唐甄:《潜书》下篇下《全学》,见陈祖武:《清儒学术拾零》,长沙:湖南人民出版社,2002年,第132~133页。

地等朝廷重臣都滑向了心学,为此,康熙二十八年(1689),康熙帝表达了他强烈的不满:"熊赐履所作《日讲四书解义》甚佳,汤斌又谓不然。以此观之,汉人行径殊为可耻!况许三礼、汤斌、李光地俱言王守仁道学,熊赐履惟宗朱熹,伊等学问不同。"①乾隆时期做过理藩院郎中、徽州知府、驻藏大臣的文康在他的《儿女英雄传》中也对程朱理学大加揶揄:"大凡我辈读书,诚不得不详看朱注,却不可过信朱注。不详看朱注,我辈生在千百年后,且不知书里这人为何等人,又焉知他行的这桩事是怎的桩事,说的话是怎的句话。过信朱注,则入腐障日深,就未免离情理日远,须要自己拿出些见识来读他,才叫作不枉读书。"②

被清初三大家猛烈抨击的心学思想也如瓣香一缕,在整个清代一直绵延不绝。理学虽然具有强有力的规范人心的作用,但生命的本能一旦被唤醒,就会以不可阻挡的趋势反抗理的制约。"性而味,性而色,性而声,性而安逸,性也"。③ 阳明心学对人欲合理的提倡使得明末社会的纵欲思想横溢一时,袁宏道的"五快活说"更是赤裸裸地传达了对于欲望的追逐:

> 然真乐有五,不可不知:目极世间之色,耳极世间之声,身极世间之鲜,口极世间之谭,一快活也。堂前列鼎,堂后度曲,宾客满席,男女交舄,烛气薰天,珠翠委地,金钱不足,继以田土,二快活也。箧中藏万卷书,书皆珍异。宅畔置一馆,馆中约真正同心友十余人,人中立一识见极高,如司马迁、罗贯中、关汉卿者为主,分曹部署,各成一书,远文唐、宋酸儒之陋,近完一代未竟之篇,三快活也。千金买一舟,舟中置鼓吹一部,妓妾数人,游闲数人,泛家浮宅,不知老之将至,四快活也。然人生受用至此,不及十年,家资田地荡尽矣。然后一身狼狈,朝不谋夕,托钵歌妓之院,分餐孤老之盘,往来乡亲,恬不知耻,五快活也。士有此一者,生可无愧,死可不朽矣。④

---

① 中国第一历史档案馆整理:《康熙起居注》卷二,康熙二十八年九月十八日辛亥条,北京:中华书局,1984年,第1902页。
② 文康:《儿女英雄传》,见《古本小说集成》第一辑第一百零七册,上海:上海古籍出版社,1991年,第2003页。
③ 何心隐著,容肇祖整理:《何心隐集》卷二,北京:中华书局,1960年,第40页。
④ 袁宏道著,钱伯城笺校:《袁宏道集笺校》卷五,上海:上海古籍出版社,1981年,第205~206页。

袁宏道的"五快活说"最具魅惑力的还在于其最后的结论:奢侈即可不朽,而"就奢侈而言,其关涉人之欲望而非需要。需要的有限性凝固了奢侈的发生,而欲望解禁的无限性发展推动奢侈成为动态化过程。在此意义上,个体性奢侈的官能化快感,必然激励其不断寻绎日趋完美的精致化形式"。①

明清之际的文人们自觉不自觉地走出了功名与仕途的藩篱,而在闲情上下起了功夫,如李渔的《闲情偶寄》就是一部中国人生活艺术的指南,"自从居室以至庭园,举凡内部装饰,界壁分隔,妇女的妆阁,修容首饰,脂粉点染,饮馔调治,最后谈到富人贫人的颐养方法,一年四季,怎样排遣忧虑,节制性欲,却病,疗病"。② 值得玩味的是,在明清易鼎之际,李渔绝不是仅有的例外,张岱也曾自承:"好精舍,好美婢,好娈童,好鲜衣,好美食,好骏马,好华灯,好烟火,好梨园,好鼓吹,好古董,好花鸟,兼以茶淫橘虐,书蠹诗魔"。③ 从正情到闲情,意味着一种人生观的变化和治国平天下信念的动摇。

"由俭入奢易,由奢入俭难",成也逸豫,败也逸豫,清代政权从一开始被汉族文人所接纳到最终的败亡正是源于对逸乐生活的追求。"性本能失去控制,必将溃决而不可收拾,则苦心建设而成的文化组织将被扫荡而去"。④ 艳情小说以华灯、罗绮、香风、繁弦等淫奢的意象,向读者提供了诸如视觉、听觉、嗅觉、味觉等全方位的感官刺激,宣泄的是自然生理欲望满足下的激情,从而丧尽了先民澄怀观道的感性思维之下的平和安详、娴雅淡远的审美传统。

在封建王朝末世这一特定的历史场景下,通俗小说序跋中出现的关于小说创作的经验和文论话语必然牵扯着颓败中的贵族私生活的糜烂气息和传统文化的失落,如爱日老人在其《续金瓶梅叙》中,巧妙地将艺术欣赏过程中主体的个体体验和社会道德价值结合在一起,特别强调了社会道德价值对于惯于放纵的人心的救拔:"不善读《金瓶梅》者,戒痴导痴,戒淫导

---

① 妥建清:《论晚明士人的颓废生活审美风格——以晚明士人任侈生活为中心》,载《人文杂志》,2013年第5期,第59页。
② 林语堂:《吾国与吾民》第九章《生活的艺术》,北京:中国戏剧出版社,1990年,第302页。
③ 张岱:《琅嬛文集·自为墓志铭》,长沙:岳麓书社,1985年,第199页。
④ [奥]弗洛伊德:《精神分析引论》,北京:商务印书馆,1996年,第246页。

淫。吴道子画地狱变相,反为酷吏增罗织之具。好事不如无矣。"① 对于"戒痴导痴,戒淫导淫"这种阅读效果的产生,爱日老人更多地归咎于读者而非作品自身。

> 其事虽近淫淫,而章法、笔法、句法、字法,无一不足启发后人。因悟圣叹批《会真记》《金瓶梅》诸书曰:"淫者见之谓之淫,文者见之谓之文。"而先生传《意外缘》之笔,亦近乎是。②

《载阳堂意外缘》多淫秽之笔,却被评论为"章法、笔法、句法、字法,无一不足启发后人",在欣赏其形式美的同时,龚晋一并将所有的责任都推卸给了读者,而将作者和书坊主的罪责洗刷得一清二白:"淫者见之谓之淫,文者见之谓之文。"而事实是,并非所有的读者都能够清心寡欲,不染一尘,特别是血气方刚的年轻读者,一旦碰触到这样的文字之后,很容易沉沦于淫乐之中而陷入不能自拔的境地,由龚晋和爱日老人等人的序跋可知清代部分文人对于艳情小说所持有的文学立场。

在经历了明末的阳明心学、朝政陵替和清初的思想界向原始儒学的集体回归等诸多事件之后,社会出现了与官方思想意识形态离心离德的倾向,而这一倾向直接动摇了清廷统治的思想根基。对理学最大的打击来自西学东渐,鸦片战争之后,随着国门被打破,西方的文化思潮被译介和输入,在文化的冲撞中,清代文人的精神境界和思想深度被拓宽。更何况艺术个性和审美习惯顽强的执拗性往往不是理性所能制约的,即使小说坏人心术、败坏社会道德、影响正常社会秩序的观念已深入人心,"淫词"已然成为小说的代名词。祁理孙的《奕庆藏书楼书目》中的第九家为"稗乘家",包括"演义",虽然并没有著录任何通俗小说书目。钱曾的《也是园书目》则开创性地在传统的经史子集的四部基础之上,设立了"戏曲小说"类,又细分为"古今杂剧""曲谱""曲韵""说唱""传奇""宋人词话""通俗小说""伪书"八个小类,其中,"宋人词话"收入《灯花婆婆》《种瓜张老》《紫罗盖头》(又名《错入魏王宫》,与《醒世恒言·勘皮靴单证二郎神》篇无涉),《女报冤》《风吹轿儿》《错斩崔宁》《小山亭儿》《西湖三塔》《冯玉梅团圆》《简帖和尚》《李

---

① 爱日老人:《续金瓶梅叙》,见《古本小说集成》第一辑第七十一册,上海:上海古籍出版社,1991年,第1页。
② 龚晋:《载阳堂意外缘序》,见丁锡根编著:《中国历代小说序跋集》,北京:人民文学出版社,1996年,第1337页。

焕生五阵雨》《小金钱》《宣和遗事》(四卷)、《烟粉小说》(四卷)、《奇闻类记》(十卷)、《湖海奇闻》(二卷)等话本小说 16 种。"通俗小说"录有《古今演义三国志》(十二卷)、《旧本罗贯中水浒传》(二十卷)、《黎园广记》(二十卷)等 3 种。

一边是强悍的国家机器和多元的文化争衡,一边是接受者的阅读嗜好和书坊主的迎合,清代小说序跋者必须通过对于自身阅读体验的揭示,建构起吻合主流文化价值的文本意义,从而在一定程度上消弭了小说文本与社会之间可能存在的紧张对立关系。

> 蜀伶陈银,走数千里来京师,入宜庆部……科诨诙谐,亵词秽语,丑状百出……剧中无陈银,举座不乐。①
>
> 时都下乐部中,有李玉儿者,色艺双绝,名冠梨园。达官巨贾或纨绔儿,如蝇蚋趋膻秽,日相征逐。②
>
> 然则男子中少知看书者,谁不看《金瓶梅》,看之而喜者,则《金瓶梅》惧焉,惧其不知所以喜之,而第喜其淫逸也。③

在清廷的国家文化战略和民众小说接受的娱乐化倾向的夹缝中,受命于书坊主或受邀于作者的序跋者只能骑墙两顾,一边在激赏充斥着血腥暴力或风花雪月的文字,另一边却大谈特谈小说的政教功能。

二、序跋对文化环境的因应与小说境界的开拓

受小说苛酷生存环境的连带影响,清代小说序跋多积极配合朝廷,强调小说的劝惩功能,甚至连艳情小说都不例外。序跋者整齐划一的言语背后分明透着怪异,如果不是小说接受环境的苛酷,则很难理解小说序跋者对于小说中淫秽情节的漠视与另类的诠释。清代小说序跋不仅对艳情小说的叙事倾向予以明晰的定性:"淫荡""淫风""淫亵""淫靡",还重点批评了其负面的接受效果:

---

① 俞蛟撰,骆宝善校点:《梦厂杂著》卷一《春明丛说》卷上《蜀伶陈银遇盗记》,上海:上海古籍出版社,1988 年,第 13 页。
② 俞蛟撰,骆宝善校点:《梦厂杂著》卷一《春明丛说》卷上《玉儿传》,上海:上海古籍出版社,1988 年,第 18 页。
③ 张竹坡《批评第一奇书金瓶梅读法》,见刘辉、吴敢辑校:《会评会校金瓶梅》(五),香港:天地图书有限公司,1998 年,第 2130 页。

稗史之行于天下者，不知几何矣。或作诙奇诡谲之词，或为艳丽淫邪之说。其事未必尽真，其言未必尽雅。方展卷时，非不惊魂眩魄。然人心入于正难，入于邪易。虽其中亦有一二规戒之语，正如长卿作赋，劝百而讽一。流弊所及，每使少年英俊之士，非慕其豪放，即迷于艳情。人心风俗之坏，未必不由于此。①

类似的言论还见于乾隆元年（1736）闲斋老人《儒林外史序》："至《水浒》《金瓶梅》诲盗诲淫，久干例禁。"②乾隆二十九年（1764）芙蓉主人《痴婆子传自序》："惟知云雨绸缪，罔顾纲常廉耻，岂非情之痴也乎哉！""与其贪众人之欢以沽名节，孰若成夫妇之乐以全家声乎？"③乾隆四十二年（1777）绿园老人《歧路灯序》："《金瓶》一书，诲淫之书也。"④乾隆五十九年（1794）王昙《古本金瓶梅考证》："（俗本）专铺张床笫等秽亵俚鄙之语。"⑤上至朝堂的禁令，下至士绅对于诏令的呼应及小说序跋的舆论造势，三者的合力必然会对清代小说的叙事倾向和文学品格产生一定的影响。

艳情小说的叙事立场在清代中后期遭到了强有力的抵制，其文学生态之惨烈不仅缘于政府的强力打击，而且部分小说序跋者也功不可没。相较于明代后期而言，艳情小说在清代的传播出现了严重的萎缩现象，特别是在严打期间，无论是创作，还是出版和售卖，都近乎销声匿迹了。但只要风头一过，书坊主又将此前被禁毁的艳情小说改头换面，如嘉庆十五年（1810）被查禁的《肉蒲团》后来改为《循环报》再版，序跋者再加以道德粉饰，又能为艳情小说重新赢得了较高的市场占有率。一方面是来自朝野的近于谩骂的批评，另一方面是艳情小说在整个清代的广泛传播，堪称清代小说传播史上一组很有意思的矛盾现象。

纵观整个清代，禁毁的淫词和暴力小说一直禁而不毁，王韬在其《水浒

---

① 许宝善：《娱目醒心编序》，见丁锡根编著：《中国历代小说序跋集》，北京：人民文学出版社，1996年，第826页。
② 闲斋老人：《儒林外史序》，见吴敬梓著，李汉秋辑校：《儒林外史会校会评本》，上海：上海古籍出版社，1984年，第763页。
③ 芙蓉主人：《痴婆子传自序》，见丁锡根编著：《中国历代小说序跋集》，北京：人民文学出版社，1996年，第1344页。
④ 绿园老人：《歧路灯序》，见丁锡根编著：《中国历代小说序跋集》，北京：人民文学出版社，1996年，第1633页。
⑤ 王昙：《古本金瓶梅考证》，见丁锡根编著：《中国历代小说序跋集》，北京：人民文学出版社，1996年，第1114页。

传序》中对这一文化现象作出了准确的阐释:"然禁之自上,而刻之自下,牟利者何知焉!况禁久则弛,仍复家置一编,人怀一箧,亦无有过而问焉者。"①在前期,虽然禁令不断,但是由于统治者自身的娱乐需要,再加上作为大众通俗读物的小说所先天具有的娱人的特性,统治者也难以从根本上对其加以遏制。到了后期,由于社会动荡,嘉庆帝、道光帝意识到要使天下长治久安,就必须收拾放纵的人心,使其重回儒家君君臣臣的道统,而小说作为大众读物,其对人心的影响是深远的,因而受到了清代中后期官府和正统文人的长期打压,自然也就成了这一场禁毁运动的主角。在清代前中期,清廷对小说采取有针对性地打击的策略,而非全面出击,既照顾到了大众的娱乐需求,同时又净化了文化市场,所以清廷的行动也赢得了相当一部分文人的理解和支持。清代后期,时政日非的朝局促使朝廷上下合力,终于完成了对小说传播的有效压制。虽然淫词小说的禁毁时断时续,被有效禁毁的时间加在一起不算很长,而且随着朝代的陵替,这一系列禁令也不复存在,但其对中国现当代小说发展的影响却是很深远的。

清代淫词小说禁而不毁的另一个重要的原因是有清一代近三百年的多元的文化环境。实学思潮蔚为大观,原始儒学也几与程朱理学相埒。更何况,情欲始终是儒家学派讨论的问题之一,从孔孟对情欲的适当肯定,到宋明理学对情欲的禁锢,再到晚明情欲的被认可、被肯定以至于放纵,除了经济的第一要素外,与王守仁的平等圣凡、李贽的肯定私欲有直接的关系。阳明心学在清朝依旧广有市场,高者追求"情不知所起,一往而深"的一往情深,中者也希望在广泛的婚外女性中寻求一异性知己,下者就不免为西门庆之流的皮肤烂淫之徒。政治品德有高下之分,而追逐声色却是一致的。

清代朝野驳杂的社会思潮为各类小说的传播与接受提供了较为坚实的思想基础和舆论支持,而清廷对于小说淫词的禁毁政策似乎又堵住了这种有限的可能性,但政策缺乏执行的可操作性和政策本身的不连贯性使得本应该毫无漏洞的清朝一统的文化政策变得千疮百孔,清代小说才得以在这一张千疮百孔的铁幕前后进退自如。

在文学观由缘情说向载道说的转变过程中,以灭情复性为起点的理学起到了不可抹杀的推动作用。清代学人谈道论学,不仅是在传播社会思

---

① 王韬:《水浒传序》,见丁锡根编著:《中国历代小说序跋集》,北京:人民文学出版社,1996年,第1502~1503页。

潮，还因此而可能会在文学创作与批评的倾向性上产生趋同性。遗民诗人王夫之在《诗广传》卷一《邶风》中阐述道："诗言志，非言意也；诗达情，非达欲也。心之所期为者，志也；念之所觊得者，意也；发乎其不自已者，情也；动焉而不自持者，欲也。意有公，欲有大，大欲通乎志，公意准乎情。但言意，则私而已；但言欲，则小而已。人即无以自贞，意封于私，欲限于小，厌然不敢自暴，犹有愧怍存焉，则奈之何长言嗟叹，以缘饰而文章之乎？"①在"志""意""情""欲"的概念的区隔背后，充溢着一代大儒王夫之对于人与外物命运同构或异构的玩味，而在文学观念上，王夫之认为，诗歌只有通过志意的感发，才能实现对人生哲理的彻悟及对情、欲的净化与升华，"于所兴而可观，其兴也深；于所观而可兴，其观也审。以其群者而怨，怨愈不忘；以其怨者而群，群乃愈挚。出于四情之外，以生起四情；游于四情之中，情无所窒。作者用一致之思，读者各以其情而自得"。②王夫之得风气之先，其对于文学创作"情""志"观的揄扬和对于"意""欲"观的贬斥，引领了时代潮流，提振了清人对于文学境界的认知。

和王夫之的文学观点相呼应，文言小说由明代的语带烟花、气含脂粉一变而为更侧重于义理的雅洁醇厚，清代文言小说序跋也表现出了对雅洁文风的偏爱，所流露出的理趣、博识及对文言小说文学性的忽视都是这种审美趣味的延伸。

> 三复之，益觉才思隽发，议论渊深，生平郁勃之气，流露于斯，可快也，亦可悲也。③

> 笔意殊雅洁，又在《齐谐》《夷坚》之外别有结构者。④

> 游迹则雁池凫渚，阅历偏赊；行装则玉格贝编，讨搜独富……粲花宾至，快雄辩之当筵；话雨人归，喜华笺之在箧。于是倾觚授简，抄以小胥，因而别地稽时，汇为全帙……维美昭于绣管，斯艳发乎香奁。更若大夫觏止，雅擅多能，君子至斯，凤推博物。疏不遗乎草木，学溯苞经；注兼及乎虫鱼，功期翼雅。爰以资其考索，

---

① 王夫之撰：《船山全书》第三册《诗广传》，长沙：岳麓书社，2011年，第325页。
② 王夫之：《姜斋诗话》卷一《诗译》，北京：人民文学出版社，1981年，第4页。
③ 补留生：《客窗闲话叙》，见丁锡根编著：《中国历代小说序跋集》，北京：人民文学出版社，1996年，第512页。
④ 周庆承：《鬼董狐跋》，见丁锡根编著：《中国历代小说序跋集》，北京：人民文学出版社，1996年，第590页。

非止袭夫传闻。①

作为乾隆年间文学批评风向标的《四库全书总目提要》，品评小说最重要的一个标准是文风的雅洁，如评价旧题陶渊明《搜神后记》"文词古雅"；刘敬叔《异苑》"词旨简淡，无小说家猥琐之言……有裨考证亦不少"；刘义庆《世说新语》"轶事琐语，足为谈助"；应劭《风俗通义》"因事立论，文辞清辨，可资博洽"②；而"诬漫失真""猥鄙荒诞"的小说是难以登上大雅之堂的。

随着文以载道说的独领风骚，通俗小说语言的雅化也成了新时代的选择。清代通俗小说也伴随着朝代的鼎革，迎来了自身重大转型时代的到来。

> 近今小说家不下数十种，皆效颦剽窃，文不雅驯，非失之荒诞，即失之鄙俗，使观者索然无味，奚足充骚人之游笈，娱雅士之闲着者哉？③

> 古人著书以相戒劝，正言之而不能行者，则微言之；微言之而不能行者，则创为传奇小说以告戒于世。庸夫愚妇，无不口谈心讲，以悦耳目，其苦心孤诣，更有功于警迷觉悟耳。④

> 检向时所鄙之《飞龙传》，为之删其繁文，汰其俚句，布以雅驯之格，间以清隽之辞，传神写吻，尽态极妍，庶足令阅者惊奇拍案，目不暇给矣。⑤

清代通俗小说语言的雅化还体现在对于淫秽的霸凌语言的较为刻意的规避上，而代之以富于理学意味的话语，从而使小说情节在可能发生人生价值滑坡的地方紧急转向。

---

① 钮琇：《觚剩自序》，见丁锡根编著：《中国历代小说序跋集》，北京：人民文学出版社，1996年，第158页。
② 永瑢等：《四库全书总目提要》，北京：中华书局，1965年，第1208页。
③ 白云道人：《赛花铃》，见侯忠义、安平秋编：《中国古代珍稀本小说》，沈阳：春风文艺出版社，1994年，第293页。
④ 珠湖渔隐：《云钟雁全传序》，见丁锡根编著：《中国历代小说序跋集》，北京：人民文学出版社，1996年，第1597页。
⑤ 吴璿：《飞龙全传序》，见《古本小说集成》第四辑第一百三十六册，上海：上海古籍出版社，1994年，第4～5页。

> 冰心小姐道:"游莫广于天下,然天下总不出于家庭;学莫尊于圣贤,圣贤亦不外乎至性。昌黎云:'使世无孔子,则韩愈不当在弟子之列。'此亦恃至性能充耳……妾愿公子无舍近求远,信人而不自信。"①
>
> 冰心小姐道:"……惟婚姻为人伦风化之始,当正始正终,决无用权之理。"②

当才子和佳人表达着对雅洁爱情的向往,追求着一种诗意流连的唯美情调的时候,作者甚至不惜放慢叙事进程而让这样一个唯美的世界能够稍留片刻。

文风雅洁的小说需要懂它的学者型读者,而学者型读者广博的知识、价值取向、审美倾向等也逆向促升了清代小说创作的艺术水平与文化品位。

> 当悲歌慷慨之场,思文采风流之裔,悬拟赏心乐事、美景良辰,谅在造化当不我忌。因以爱书于笔,绘儿女之情,虽无文藻可观,或有意趣可哂,亦庶使悲欢离合各得其平而不鸣耳。③
>
> 客伴虽有小说,多属郑卫之淫风,案前开卷,能不放荡性情者鲜矣。④
>
> 尝稽古今小说,非叙淫亵,则载荒唐,不啻汗牛充栋,使阅者目乱神迷,一旦丧其所守。⑤
>
> 予赋性迂拙,小说家无所好,于《红楼梦》之淫靡烦芜,尤鄙之。⑥

"没有考据学派及其所催生的学术气氛,以博学和知识见长的乾隆时

---

① 名教中人编次、廖祖灿点校:《好逑传》,合肥:安徽文艺出版社,2005年,第60页。
② 名教中人编次、廖祖灿点校:《好逑传》,合肥:安徽文艺出版社,2005年,第65页。
③ 李春荣:《水石缘自序》,见《古本小说集成》第二辑第九十三册,上海:上海古籍出版社,1992年,第3~4页。
④ 松林居士:《二度梅奇说序》,见丁锡根编著:《中国历代小说序跋集》,北京:人民文学出版社,1996年,第1327页。
⑤ 敏斋居士:《警富新书序》,见《古本小说集成》第二辑第一百零四册,上海:上海古籍出版社,1992年,第1页。
⑥ 五桂山人:《妙复轩石头记序》,见丁锡根编著:《中国历代小说序跋集》,北京:人民文学出版社,1996年,第1165页。

代的文人小说也就无从产生"。① 清代小说序跋者中从不乏深谙儒家之道的人、精通考据之学的学者型人物,如《儒林外史》的序跋者天目山樵张文虎长于考证,《民国南汇县续志》记载张文虎尝读"元和惠氏(惠栋)、歙江江氏(江声)、海阳戴氏(戴震)、嘉定钱氏(钱大昕)所著书,慨然悟为学之本原,取九经三礼,汉、唐、宋人注疏,博稽而约考之,融会而贯通之"②,"于群书讹文脱字,援误纠谬"。③ 另,举人、进士出身的小说的序跋者多达九十多人,都是浸淫儒学经年的。这些学者型、官员型的小说序跋者深明禁毁令下的小说的生存困境,精心规避着政道的影响。在恶劣的小说生存环境中,序跋者利用其广博的知识、价值取向和审美倾向,或者介绍小说的作者,以帮助读者更好地知人论文;或对小说本事予以揭示,以方便读者便捷地把握故事的流变;或对小说故事、人物进行道德评判,以引领风评走向;甚或大做广告,利用自身的声望扩大小说的社会知名度。

---

① [美]孙康宜、[美]宇文所安主编,刘倩等译:《剑桥中国文学史》(下卷),北京:生活·读书·新知三联书店,2013年,第383页。
② 《中国地方志集成·上海府县志辑·民国南汇县续志》,上海:上海书店出版社,1991年,第1085页。
③ 谢国桢编著:《明清笔记谈丛》,上海:上海古籍出版社,1981年,第319页。

第二章　清代小说序跋与小说的现实接受

一种文体的繁盛,固然需要一个庞大的消费群体的支撑,更需要借助于当权者的喜好乃至朝廷的提倡,清代小说序跋者作为读者群中的精英阶层,不仅借助于序跋,赢得当权者对于小说的优容甚至认可,而且利用具有明显导向性的序跋,说服或感召潜在的读者,进而扩大了小说的接受度。

第一节　清代小说的现实接受

清代小说,特别是通俗小说,可谓盛极一时,但又绝不是朝廷的提倡,因为乾隆年间敕编的多至三万六千二百七十五册的《四库全书》,不独平话体的通俗小说踪迹不见,就是文言小说如《聊斋志异》亦不见收,所以,它的繁盛只能归结为来自社会各个阶层的数目庞大的受众的撑持。虽然有学者认为,清代文字狱的严酷已经使得小说在整个清代的接受环境恶劣到了再也没有了重新思考的价值,但是事实上,不管是清朝的时局怎样地改换,该传播的小说还是在继续传播,就像戏曲,也是该禁的禁,如水浒戏从没有因朝廷的一纸禁令而消失在人们的视线之外。早在乾隆十九年(1754),清廷就已批准了福建道监察御史胡定查禁水浒戏的奏折:

> 吏部为敬陈习弊等事,考功司案呈吏科抄出本部会议得掌福建道监察御史胡定奏称……阅坊刻《水浒传》,以凶猛为好汉,以悖逆为奇能,跳梁漏网,惩创蔑如。乃恶薄轻狂曾经正法之金圣叹,妄加赞美;梨园子弟,更演为戏剧;市井无赖见之,辄慕好汉之名,启效尤之志,爱以聚党逞凶为美事,则《水浒》实为教诱犯法之书也。查康熙五十三年,奉禁坊肆卖淫词小说。臣请申严禁止,将《水浒传》毁其书板,禁其扮演,庶乱言不接,而悍俗还淳等语……乾隆十九年三月二十三日题,本月二十六日,奉旨依议,钦此。①

---

① 王利器辑录:《元明清三代禁毁小说戏曲史料》,上海:上海古籍出版社,1981年,第44页。

尽管诏令皇皇,但《义侠记》《水浒记·杀惜·杀嫂》《翠屏山·杀山》等剧目依然出现在了乾隆年间扬州的氍毹之上,盐商汪启源的家班名角许天福就以擅长表演"三杀三刺"(《水浒记·杀惜》《水浒记·杀嫂》《翠屏山·杀山》《一捧雪·刺汤》《渔家乐·刺梁》《铁冠图·刺虎》)而著称。另,乾隆中后期,著名的秦腔旦角演员魏长生"甲午夏入都,年已逾三旬外。时京中盛行弋腔,诸士大夫厌其嚣杂,殊乏声色之娱,长生因之变为秦腔。辞虽鄙猥,然其繁音促节,鸣鸣动人,兼之演诸淫亵之状,皆人所罕见者,故名动京师。凡王公贵位以至词垣粉署(翰林院),无不倾掷缠头数千百,一时不得识交魏三者,无以为人"。① 因演出场面"淫亵"的《滚楼》《烤火》《葡萄架》,诏令九门提督,只是将其赶出北京城,并没有将其赶尽杀绝。魏长生一路南下,到扬州后,被当时扬州盐商商总江春礼聘,在邗沟演出,一晚的出场费竟高达四千两纹银。

小说和戏曲不同的是,戏曲是视觉艺术,戏曲可以通过演员的表演来了解剧情,但小说则不一样,它必须借助于文本的阅读来加以完成。哪些人会来阅读小说文本呢?

序跋者作为传播者和传播信息链条的首端,据丁锡根的《中国历代小说序跋集》,其中收录的 730 篇清人执笔的序跋,有 91 位序跋者举人乃至进士出身。正是因为这一社会群体对小说的关注和厚爱,才使这一文体在当时的社会中得到了相当的关注。雍正十二年(1734)句曲外史《水浒传叙》:"近新城先生,最喜说部,一时才人,翕然从之。旁搜远采而进于剞劂者,莫不各极恢奇曲洽之美。"②光绪四年(1878)聚珍堂刊《儿女英雄传》附观鉴我斋《序》也说:"世之稗史,充栋折轴,惬心贵当者盖寡,自王新城喜读说部,其书始浸浸盛。"③作为《聊斋志异》尚未定稿期间的较早的读者,王士禛评骘了其中的二十多篇,并留下了一首诗:"姑妄言之妄听之,豆棚瓜架雨如丝,料应厌作人间语,爱听秋坟鬼唱

---

① 昭梿撰,何英芳点校:《啸亭杂录》卷八《魏长生》,北京:中华书局,1980 年,第 237~238 页。
② 句曲外史:《水浒传叙》,见丁锡根编著:《中国历代小说序跋集》,北京:人民文学出版社,1996 年,第 1499 页。
③ 观鉴我斋:《儿女英雄传序》,见丁锡根编著:《中国历代小说序跋集》,北京:人民文学出版社,1996 年,第 1589 页。

诗。"①而这首诗竟然成为各大书坊主争相宣传《聊斋志异》的重量级法宝。热衷于禁毁淫词小说的江苏巡抚丁日昌，也曾与《红楼梦》之类的通俗小说有过相当密切的关系。道光二十一年（1841），年仅十九岁的丁日昌为友人黄昌麟所著的《红楼二百咏》写了序和跋及二百条评语。综观其二百条评语，以赞誉诗作的笔法高超为主调，其间也偶见他对《红楼梦》人物表达看法。论及平儿、司琪、赵姨娘、王熙凤、鸳鸯等人物，无不透露出他对《红楼梦》的烂熟于心，丁日昌思想与行为的前后矛盾恰恰真实地反映了清代后期知识分子对待通俗小说的复杂心态。

表3 清代小说序跋者中的达官贵人

序号	序跋者	籍贯	仕宦的起点	序跋名
1	钱谦益(1582—1664)	江苏常熟	万历三十八年探花	《吴越春秋跋》
				《玉剑尊闻序》
2	梁维枢(1587—1662)	河北石家庄	万历四十三年举人	《玉剑尊闻引》
3	钱棻	浙江嘉兴	崇祯十五年举人	《玉剑尊闻序》
4	丁耀亢(1599—1669)	山东诸城	顺治五年拔贡	《续金瓶梅序》
5	张缙彦(1600—1672)	河南新乡	崇祯四年进士	《无声戏序》
6	李清(1602—1683)	江苏兴化	崇祯四年进士	《女世说自序》
7	吴伟业(1609—1672)	江苏太仓	崇祯四年榜眼	《梁水部玉剑尊闻序》
8	高珩(1612—1697)	山东淄川	崇祯十六年进士	《聊斋志异序》
9	王羌特(1615—1680)	甘肃甘谷	顺治四年拔贡	《孤山再梦序》
10	尤侗(1618—1704)	江苏苏州	康熙十八年博学宏词	《西游真诠序》
				《题板桥杂记》
				《坚瓠秘集序》
11	吴任臣(？—1689)	浙江杭州	康熙十八年博学宏词	《山海经广注序》
				《山海经序》

---

① 张维屏：《国朝诗人征略》，见朱一玄编：《聊斋志异资料汇编》，天津：南开大学出版社，2002年，第349页。

续表

序号	序跋者	籍贯	仕宦的起点	序跋名
12	丁澎(1622—1686)	浙江杭州	顺治十二年进士	《今世说序》
13	王望如(1623—?)	江苏南京	顺治九年进士	《评论出像水浒传总论》
				《五才子水浒序》
14	汪琬(1624—1691)	江苏苏州	顺治十二年进士	《说铃自序》
15	王士禄(1626—1673)	山东新城	顺治十二年进士	《说铃序》
16	唐梦赉(1628—1698)	山东淄川	顺治六年进士	《聊斋志异序》
17	朱彝尊(1629—1709)	浙江嘉兴	康熙十八年博学宏词	《鉴戒录跋》
18	徐嘉炎(1631—1703)	浙江秀水	康熙十八年博学宏词	《鉴戒录跋》
19	刘璋	山西太原	康熙年间举人	《飞花艳想序》
20	毛际可(1633—1708)	浙江淳安	顺治十五年进士	《坚瓠四集序》
				《今世说序》
21	王士禛(1634—1711)	山东桓台	顺治十五年进士	《唐阙史跋》
				《越绝书跋》
				《青琐高议跋》
				《世说新语跋》
				《池北偶谈自序》
22	顾贞观(1637—1714)	江苏无锡	康熙十一年举人	《坚瓠五集序》
23	孙致弥(1642—1709)	江苏嘉定	康熙二十七年进士	《坚瓠集总序》
				《坚瓠续集序》
24	钮琇(1644—1704)	江苏吴江	康熙十一年拔贡生	《觚剩续编自序》
				《觚剩自序》
25	严允肇	浙江归安	顺治十五年进士	《今世说序》
26	陈奕禧(1648—1709)	浙江海宁	康熙年间贡生	《女仙外史序》
27	佟世思(1649—1691)	汉军正蓝旗	荫生,临贺知县	《耳书自序》
28	查嗣瑮(1652—1733)	浙江海宁	康熙三十九年进士	《鉴戒录跋》

续表

序号	序跋者	籍贯	仕宦的起点	序跋名
29	曹寅(1658—1712)	辽宁辽阳		《鉴戒录跋》
30	汪士鋐(1658—1723)	江苏苏州	康熙三十六年会元	《鉴戒录跋》
31	叶旉			《女仙外史跋语》
32	张书绅	山西汾阳		《新说西游记总论》
33	卢见曾(1690—1768)	山东德州	康熙六十年进士	《北梦琐言序》
34	李从龙	山西太原	雍正八年进士	《原李耳载序》
35	杭世骏(1696—1772)	浙江仁和	乾隆元年博学宏词	《飞龙全传序》
36	徐述夔(1701—1763)	江苏东台	乾隆年间举人	《遍地金序》
37	李海观(1707—1790)	河南宝丰	乾隆元年举人	《歧路灯题识》
38	袁枚(1716—1797)	浙江杭州	乾隆四年进士	《原本金瓶梅跋》
				《子不语自序》
39	卢文弨(1717—1795)	浙江仁和	乾隆十七年探花	《书北梦琐言后》
				《三水小牍跋》
				《新雕西京杂记缘起》
40	弘晓(1722—1778)	满族人	怡亲王	《平山冷燕序》
41	王昶(1724—1806)	江苏青浦	乾隆十九年进士	《谐铎叙》
42	鲍廷博(1728—1814)	安徽歙县	嘉庆十八年举人	《江淮异人录跋》
43	周春(1729—1815)	浙江海宁	乾隆十九年进士	《影谈序》
44	毕沅(1730—1797)	江苏太仓	乾隆二十五年状元	《山海经新校正序》
45	周广业(1730—1798)	浙江海宁	乾隆四十八年举人	《桃溪客语序》

续表

序号	序跋者	籍贯	仕宦的起点	序跋名
46	王谟(1731—1817)	江西金溪	乾隆三十三年举人,乾隆四十三年进士	《神异经十洲记合序》
				《博物志跋》
				《搜神记序》
				《搜神后记序》
				《拾遗记序》
				《还冤记序》
				《述异记序》
				《续齐谐记序》
				《杂事秘辛跋》
47	许宝善(1731—1803)	江苏青浦	乾隆二十五年进士	《北史演义叙》
				《南史演义序》
				《娱目醒心编序》
48	李调元(1734—1802)	四川绵阳	乾隆二十八年进士	《江淮异人录识语》
				《丽情集序》
				《丽情集又序》
49	曾力行	河南固始	乾隆三十六年进士	《默斋先生穆传疏序》
50	钱棨(1734—1799)	江苏苏州	乾隆四十六年状元	《谐铎叙》
51	和邦额(1736—1795)	满族人	乾隆三十九年举人	《夜谭随录自序》
52	高鹗(1738—1815)	辽宁铁岭	乾隆六十年进士	《红楼梦序》
53	孔继涵(1739—1783)	山东曲阜	乾隆三十六年进士	《聊斋志异序》
54	王友亮(1742—1797)	安徽婺源	乾隆五十六年进士	《柳崖外编序》
55	屠绅(1744—1801)	江苏江阴	乾隆二十八年进士	《六合内外琐言序》

续表

序号	序跋者	籍贯	仕宦的起点	序跋名
56	吴锡麒(1746—1818)	浙江杭州	乾隆四十年进士	《吴门画舫录序》
57	赵怀玉(1747—1823)	江苏武进	乾隆四十五年举人	《鉴诫录跋》
58	杨复吉(1747—1820)	江苏吴江	乾隆三十七年进士	《影梅庵忆语跋》
				《妇人集补跋》
				《悦容编跋》
				《香天谈薮跋》
				《海鸥小谱跋》
				《十美词纪跋》
				《胭脂记事跋》
59	秦子忱	甘肃陇西	山东兖州都司	《续红楼梦弁言》
60	曾衍东(1750—?)	山东济宁	乾隆三十七年举人	《小豆棚序》
61	管题雁	福建海昌	乾隆三十五年举人	《影谈序》
62	孙星衍(1753—1818)	江苏阳湖	乾隆五十二年进士	《燕丹子叙》
63	郝懿行(1757—1825)	山东栖霞	嘉庆四年进士	《山海经笺疏叙》
64	沈青瑞(1758—?)	江苏吴县	乾隆五十二年进士	《谐铎跋》
65	王昙(1760—1817)	浙江秀水	乾隆五十九年举人	《古本金瓶梅考证》

续表

序号	序跋者	籍贯	仕宦的起点	序跋名
66	黄丕烈(1763－1825)	江苏苏州	乾隆五十三年举人	《博物志序》
				《博物志跋》
				《稽神录旧钞本跋》
				《夷坚志跋》
				《酉阳杂俎校本跋》
				《开元天宝遗事旧钞本跋》
				《开元天宝遗事明刻本跋》
				《开元天宝遗事铜活字本跋》
				《江淮异人录校本跋》
				《青琐高议校钞本跋》
				《唐语林钞本跋》
				《续幽怪录跋》
				《续幽怪录又跋》
				《梁公九谏跋》
				《宣和遗事跋》
				《重刊宋本宣和遗事跋》
67	阮元(1764－1849)	江苏仪征	乾隆五十四年进士	《山海经笺疏序》
68	洪颐煊(1765－1837)	浙江临海	嘉庆六年拔贡生	《校正穆天子传序》
69	乐钧(1766－1816)	江西抚州	嘉庆六年举人	《耳食录自序》
70	吴嵩梁(1766－1834)	江西东乡	嘉庆五年举人	《耳食录序》
71	严元照(1773－1817)	浙江湖州	贡生	《夷坚志跋》
72	严烺(1774－1840)	浙江仁和	河道总督	《穆天子传注疏后序》
73	刘世珩(1874－1926)	安徽贵池	光绪二十年举人	《剧谈录跋》

续表

序号	序跋者	籍贯	仕宦的起点	序跋名
74	梁章钜(1775—1849)	福建福州	嘉庆七年进士	《浪迹丛谈自序》
				《池上草堂笔记序》
75	宋翔凤(1779—1860)	江苏长洲	嘉庆五年举人	《吴门画舫续录序》
76	俞鸿渐(1781—1846)	浙江德清	嘉庆二十一年举人	《印雪轩随笔自序》
77	但明伦(1782—1853)	贵州长顺	嘉庆二十四年进士	《聊斋志异序》
78	罗以智(1788—1860)	浙江富阳	道光五年拔贡	《浪迹三谈序》
79	何彤文	安徽南陵	衡州府知府	《注聊斋志异序》
80	马国翰(1794—1857)	山东历城	道光十二年进士	《齐谐记序》
				《裴子语林序》
				《郭子序》
				《宋子序》
				《俗说序》
				《水饰序》
				《笑林序》
81	周心如	浙江金华	道光二年裕州知州	《博物志序》
				《世说新语识语》
82	洪齮孙(1804—1859)	江苏阳湖	道光十九年举人	《翼駉稗编序》
83	周仪颢	江苏毗陵	举人	《翼駉稗编序》
84	田秌	山西阳城	道光十五年进士	《如意君传序》
85	伍崇曜(1810—1863)	福建晋江	咸丰年间举人	《今世说跋》
86	梁恭辰(1814—?)	福建福州	道光十七年举人	《池上草堂笔记自序》
87	刘铨福	北京	刑部郎中	《乾隆甲戌脂砚斋重评红楼梦跋》
88	魏秀仁(1818—1873)	福建侯官	道光二十六年举人	《花月痕序》
89	胡珽(1822—1861)	浙江仁和	太常寺博士	《绿珠传跋》

续表

序号	序跋者	籍贯	仕宦的起点	序跋名
90	俞樾(1821—1907)	浙江德清	道光三十年进士	《右台仙馆笔记序》
				《一笑引》
				《耳邮序》
91	陆心源(1834—1894)	浙江湖州	咸丰九年恩科举人	《夷坚志序》
				《夷坚志跋》
				《又跋》
92	缪荃孙(1844—1919)	江苏江阴	光绪二年进士	《京本通俗小说跋》
				《醉醒石跋》
93	叶德辉(1864—1927)	江苏苏州	光绪七年进士	《大唐新语跋》
				《重刻次柳氏旧闻序》

序跋者的名人身份和序跋中的溢美之词为小说打开市场提供了无限可能。91位达官贵人为106篇小说所作的157篇小说序跋,从考取举人甚或进士的时间来区分,已知的有顺治朝10人,康熙朝13人,雍正朝1人,乾隆朝27人,嘉庆朝9人,清代后期共11人,这一组数字对比的背后再次证明了清代前中期的小说禁毁因为过于笼统而缺乏可操作性,所以才会有众多达官贵人为小说作序,而这一大众行为不仅展现出了达官贵人对于小说的接受,而且从乐于作序,序末直接署名这一行为当中,似乎可以得出这样的一个结论:清代小说和清词一样,虽然文体地位都不高,但是其现实接受度还是比较高的。光是《聊斋志异》就有"康熙己未春日毂旦,紫霞道人高珩题""康熙壬戌仲秋既望,豹岩樵史唐梦赉拜题""乾隆三十年,岁次乙酉十一月,仁和余集撰""乾隆丙戌端阳前二日,莱阳后学赵起杲书于睦州官舍"[1]等诸多序跋。乾隆四十三年(1778)进士王谟在其撰述的所有的序跋的末尾都赫然标注上"汝上王谟"。不仅绝大多数的文言小说序跋作者会在序末直题名讳,而且通俗小说的序跋作者直书真名的也并不罕见,如《古本金瓶梅考证》的篇末标明"秀水王昙仲瞿识于鉴湖偕隐庐"[2],《说呼

---

[1] 蒲松龄著,任笃行辑校:《全校会注集评聊斋志异》,济南:齐鲁书社,2000年,第23页,第27页,第2454页,第2455页。

[2] 王昙:《古本金瓶梅考证》,见丁锡根编著:《中国历代小说序跋集》,北京:人民文学出版社,1996年,第1115页。

全传序》虽在最后注曰"滋林老人书于西虹桥畔之罗翠山房"①,以笔名示人,但是印章透露了滋林老人实为张溶的事实。像这样的序跋在清代是很多的,并没有像有的学者所指出的那样,清代小说的社会地位低,因为支撑这一派观点的重要依据就是清代的小说作者和序跋者多为匿名。但如果小说的社会地位真的很低的话,王士禛会给《聊斋志异》题词,并对其加以评点吗?虽然只有二十几处。如果小说的社会地位很低的话,会有这么多的达官贵人给小说作序吗?小说的广泛流行和可观的利润使得小说创作者也不再难为情于写作被讥为小道的小说,而且小说序跋涌现出的自我标榜或友情吹嘘的文字即为确证。

  清代小说的社会接受度还有另一个标尺,那就是乾隆年间在编纂《四库全书总目提要》的时候,大量列举并品评了皇家珍藏的小说。皇家珍藏的小说数量虽然和当时社会留存的小说数量相比,并不占有多大的比例,特别是"小说家类存目"仅占9%,"小说家类"也就只占到了37%,但是皇家珍藏小说的事实借《四库全书》的编纂向外予以公布,至少可以证明一点:在清朝皇家看来,收藏小说并不是见不得人的下三烂的勾当。但有意思的是,皇家珍藏的小说似乎并不都是精品,而予以多多负面评价的四库馆臣们好像没有想过给清廷皇室留点情面。

表4 《四库全书总目提要》标注的内府小说藏本

序号	作者	小说名	四库馆臣的评价
1	晋·葛洪	《西京杂记》	其中所述虽多小说家言,而摭采繁富,取材不竭,李善注《文选》,徐坚作《初学记》,已引其文。杜甫诗用事谨严,亦多采其语。词人沿用数百年,久成故实,固有不可遽废者焉。
2	南朝宋·刘义庆	《世说新语》	世俗所行凡二本:一为王世贞所刊,注文多所删节,殊乖其旧;一为袁褧所刊,盖即从陆(陆游)本翻雕者。虽版已刓敝,然犹属完书。义庆所述,刘知几《史通》深以为讥,然义庆本小说家言,而知几绳之以史法,拟不于伦,未为通论。

---

① 滋林老人:《说呼全传序》,见丁锡根编著:《中国历代小说序跋集》,北京:人民文学出版社,1996年,第994页。

续表

序号	作者	小说名	四库馆臣的评价
3	唐·张鷟	《朝野佥载》	其书皆纪唐代故事,而于谐噱荒怪,纤悉胪载,未免失于纤碎,故洪迈《容斋随笔》讥其记事琐屑摭裂,且多媟语。然耳目所接,可据者多,故司马光作《通鉴》亦引用之,兼收博采,固未尝无裨于见闻也。
4	唐·刘肃	《大唐新语》	皆取轶文旧事有裨劝戒者⋯⋯其中谐谑一门,繁芜猥琐,未免自秽其书,有乖史家之体例,今退置小说家类,庶协其实。
5	唐·韦绚	《刘宾客嘉话录》	盖《学海类编》所收诸书,大抵窜改旧本,以示新异,遂致真伪糅杂,炫惑视听。幸所掺入者尚有踪迹可寻,今悉刊除,以存其旧。
6	唐·赵璘	《因话录》	所载亦不免于缘饰,然其他实多可资考证者,在唐人说部之中,犹为善本焉。
7	唐·崔令钦	《教坊记》	然其风旨有足取者,虽谓曲终奏雅,亦无不可,不但所列曲调三百二十五名足为词家考证也。
8	唐·张固	《幽闲鼓吹》	固所记虽篇帙寥寥,而其事多关法戒,非造作虚辞,无裨考证者。比唐人小说之中,犹差为切实可据焉。
9	唐·范摅	《云溪友议》	然六十五条之中,诗话居十之七八,大抵为孟棨《本事诗》所未载,逸篇琐事,颇赖以传。又以唐人说唐诗,耳目所接,终较后人为近,故考唐诗者如计有功纪事诸书,往往据之以为证焉。
10	唐·无名氏	《玉泉子》	所记皆唐代杂事,亦多采他小说为之⋯⋯不尽其所自作也。
11	宋·孙光宪	《北梦琐言》	世所行者凡二本,一为明商濬《稗海》所刻,脱误殆不可读。近时扬州新刻,乃元华亭孙道明所藏,犹宋时陕西刊版,差完整有绪。故今以扬州本著录,不用商氏本云。
12	宋·田况	《儒林公议》	又况曾为夏竦幕僚⋯⋯书中虽于竦多恕词,而于富弼诸人竦所深嫉者,仍揄扬其美,绝无党同伐异之见,其心术醇正亦不可及。盖北宋盛时,去古未远,儒者犹存直道,不以爱憎为是非也。

续表

序号	作者	小说名	四库馆臣的评价
13	宋·王辟之	《渑水燕谈录》	盖此本为商濬《稗海》所刻,明人庸妄,已有所删削矣,所记诸条多与史传相出入……然野史传闻,不能尽确,非独此书为然,取其大致之近实可也。
14	宋·江休复	《嘉祐杂志》	休复所与交游率皆胜流,耳濡目染,具有端绪,究非委巷俗谈可比也。
15	宋·吴处厚	《青箱杂记》	晁公武《读书志》谓所记多失实……其论诗往往可取,亦不必尽以人废也。
16	宋·苏辙	《龙川略志别志》	朱子生平以程了之故,追修洛蜀之旧怨,极不满于二苏,而所作《名臣言行录》,引辙此志几及其半,则其说信而有征,亦可以见矣。
17	宋·陈师道	《后山谈丛》	洪迈《容斋随笔》讥其……失实,今考之良信,然迈称其笔力高简,必传于后世。
18	宋·刘延世	《孙公谈圃》	宋临江刘延世录所闻于孙升之语也。
19	宋·张舜民	《画墁录》	中多载宋时杂事,于《新唐书》《五代史》均屡致不满之词,盖各有所见,不足为异,其说不妨并存……以一时典故,颇有借以考见者,姑存以备宋人小说之一种云尔。
20	宋·魏泰	《东轩笔录》	泰是书宋人无不诋諆之,而流传至今,则以其书自报复恩怨以外,所记杂事亦多可采录也。
21	宋·赵令畤	《侯鲭录》	是书采录故事诗话颇为精赡……然令畤所与游处皆元祐胜流,诸所记录多尚有典型,是固不以人废言矣。
22	宋·方勺	《泊宅编》	明人传刻古书,每多臆为窜乱……记载亦或失实,然其间遗闻轶事,撷拾甚多,亦考古所不废。
23	宋·无名氏	《道山清话》	在馆阁最久,多识前辈,尝以闻见著《馆秘录》《曝书记》并此书为三。
24	宋·无名氏	《枫窗小牍》	所记多汴京故事……多可与史传相参,其是非亦皆平允。
25	宋·范公偁	《过庭录》	其书多述祖德,皆绍兴丁卯、戊辰间闻之其父,故命曰《过庭》,语不溢美,犹有淳实之遗风。

续表

序号	作者	小说名	四库馆臣的评价
26	宋·王明清	《玉照新志》	此书多谈神怪及琐事,亦间及朝野旧闻及前人逸作……盖明清博物洽闻,兼娴掌故,故随笔记录皆有裨见闻也。
27	宋·王明清	《投辖录》	所记皆奇闻异事,客所乐听,不待投辖而留也……凡四十四事,大都掇拾丛碎,随笔登载,不能及《挥麈录》之援据赅洽,有资考证。然故家文献所言多信而有征,在小说家中犹为不失之荒诞者。
28	宋·邵伯温	《闻见前录》	犹及见元祐诸耆旧,故于当时朝政,具悉端委。
29	宋·周煇	《清波杂志别志》	所记皆宋人杂事……是书原本十二卷,商濬《稗海》作三卷,盖明人刊本多好合并删削,不足为异。
30	元·郑元祐	《遂昌杂录》	多记宋末轶闻及元代高士名臣轶事,而遭逢世乱,亦间有忧世之言。其言皆笃厚质实,非《辍耕录》诸书捃拾冗杂者可比。
31	明·陶宗仪	《辍耕录》	于有元一代法令制度及至正末东南兵乱之事纪录颇详。所考订书画文艺,亦多足备参证。惟多杂以俚俗戏谑之语,闾里鄙秽之事,颇乖著作之体。叶盛《水东日记》深病其所载猥亵,良非苛论。然其首尾赅贯,要为能留心于掌故,故朱彝尊《静志居诗话》谓宗仪练习旧章,元代朝野旧事实借此书以存,而许其有裨史学,则虽瑜不掩瑕,固亦论古者所不废矣。
32	晋·郭璞注	《山海经》	观书中载夏后启、周文王及秦汉长沙、象郡、余暨、下巂诸地名,断不作于三代以上,殆周秦间人所述,而后来好异者又附益之欤?观《楚辞·天问》,多与相符,使古无是言,屈原何由杜撰?朱子《楚词辨证》谓其反因《天问》而作,似乎不然……书中序述山水,多参以神怪,故《道藏》收入"太元部"竞字号中。究其本旨,实非黄老之言。然道里山川,率难考据……诸家并以为地理书之冠,亦为未允。核实定名,实则小说之最古者尔。

续表

序号	作者	小说名	四库馆臣的评价
33	汉·东方朔	《神异经》	所载皆荒外之言,怪诞不经,共四十七条……世所传他事皆非。其赞又言后世好事者取其奇言怪语附著之朔云云,则朔书多出附会,在班固时已然。此书既刘向《七略》所不载,则其为依托,更无疑义……观其词华缛丽,格近齐梁,当由六朝文士影撰而成,与《洞冥》《拾遗》诸记先后并出……固不妨过而存之,以广异同……今从《文献通考》列小说类中,庶得其实焉。
34	后秦·王嘉	《拾遗记》	文起羲炎以来,事迄西晋之末……嘉书盖仿郭宪《洞冥记》而作。其言荒诞,证以史传皆不合……或上诬古圣,或下奖贼臣,尤为乖迕……然历代词人,取材不竭,亦刘勰所谓事丰奇伟,辞富膏腴,无益经典,而有助文章者欤?
35	东晋·干宝	《搜神记》	
36	东晋·陶潜	《搜神后记》	陶集多不称年号,以干支代之,而此书题永初、元嘉,其为伪托固不待辨。然其书文词古雅,非唐以后人所能。
37	隋·颜之推	《还冤志》	上始周宣王杜伯之事,不得目以北齐,即之推亦始本梁人,后终隋代……自梁武以后,佛教弥昌,士大夫率皈礼能仁,盛谈因果。之推《家训》有《归心篇》,于罪福尤为笃信,故此书所述,皆释家报应之说……其文词亦颇古雅,殊异小说之冗滥。存为鉴戒,固亦无害于义矣。陈继儒尝刻入秘笈中,刊削不完,仅存一卷。此本乃何镗《汉魏丛书》所刻,犹为原帙,今据以著录焉。
38	唐·冯子休	《桂苑丛谈》	其书前十条皆载咸通以后鬼神怪异及琐细之事,后为史遗十八条,其十二条亦纪唐代杂事,余六条则兼及南北朝……然则作是书者,其江南人欤?
39	唐·张读	《宣室志补遗》	是书所记皆鬼神灵异之事,岂以其外祖牛僧孺尝作《元怪录》,读少而习见,故沿其流波欤?
40	宋·徐铉	《稽神录》	是编皆记神怪之事。

续表

序号	作者	小说名	四库馆臣的评价
41	宋·李昉	《太平广记》	所采书三百四十五种。古来轶闻琐事、僻笈遗文咸在焉。卷帙轻者往往全部收入,盖小说家之渊海也……其书虽多谈神怪,而采摭繁富,名物典故,错出其间,词章家恒所采用,考证家亦多所取资。又唐以前书,世所不传者,断简残编,尚间存其什一,尤足贵也。
42	宋·郭彖	《睽车志》	是书皆纪鬼怪神异之事,为当时耳目所见闻者……大旨亦主于阐明因果,以资劝戒。特摭拾既广,亦往往缘饰附会,有乖事实……其他亦多涉荒诞,然小说家言,自古如是,不能尽绳以史传,取其勉人为善之大旨可矣。
43	晋·张华	《博物志》	
44	梁·任昉	《述异记》	采辑先世之事,纂新述异,皆时所未闻,将以资后来属文之用,亦《博物志》之意……其书文颇冗杂,大抵剽剟诸小说而成。
45	唐·段成式	《酉阳杂俎续集》	
以上出自"子部·小说家类",约占其总数的37%。			
1	汉·无名氏	《汉杂事秘辛》	其文淫艳,亦类传奇,汉人无是体裁也。
2	汉·伶元	《飞燕外传》	其文纤靡,不类西汉人语……大抵皆出于依托,且闺帏媟亵之状,嬺虽亲狎,无目击理。即万一窃得之,亦无娓娓为通德缕陈理,其伪妄殆不疑也。
3	宋·无名氏	《残本唐语林》	
4	明·陆深	《玉堂漫笔》	是书乃在翰林时记其每日所得,而于考核典故为尤详。其载杨士奇子稷得罪,为出于陈循所构陷,亦修史者所未详也。
5	明·陆深	《金台纪闻》	皆深官翰林时杂记正德乙酉至戊子四年中朝廷故事及友朋论说。
6	明·陈继儒	《太平清话》	是书杂记古今琐事,征引舛错,不可枚举。当时称继儒能识古今书画,然如所载耐辱居士《墨竹笔铭》,证以《唐书·司空图传》,乖舛显然,殊不能知其伪也。

续表

序号	作者	小说名	四库馆臣的评价
7	宋·张师正	《括异志》	《文献通考》载师正擢甲科后,宦游四十年不得志,于是推变怪之理,参见闻之异,得二百五十篇。
8	宋·李献民	《云斋广录后集》	所载皆一时艳异杂事。文既冗沓,语尤猥亵……其书大致与刘斧《青琐高议》相类。然斧书虽俗,犹时有劝戒。此则纯乎海淫而已。
9	宋·无名氏	《五色线》	然是书杂引诸小说新诞之语,或不纪所出,割裂舛谬,不可枚举,至谓楚襄王梦神女事出《史记》,其庸妄可知。
10	元·无名氏	《异闻总录》	此本剿袭其言,并其自称亦未改,则亦剿剟而成者矣。
11	明·洪应明	《仙佛奇踪》	考释道自古分门,其著录之书亦各分部。此编兼采二氏,不可偏属,以多荒怪之谈,姑附之小说家焉。
12	宋·邱濬	《牡丹荣辱志》	以诸花各分等级役属之,又一一详其宜忌,其体略如李商隐《杂纂》。非论花品,亦非种植,入之农家为不伦,今附之小说家焉。
13	宋·苏轼	《东坡问答录》	所记皆与僧了元往复之语,诙谐谑浪,极为猥亵。又载佛印回环叠字诗及东坡长亭诗,词意鄙陋,亦出委巷小人之所为,伪书中之至劣者也。
14	宋·苏轼	《渔樵闲话》	书中多引唐小说,议论皆极浅鄙,疑宋时流俗相传有是书,而明人重刻者复假轼以行耳。
15	明·牛衷	《埤雅广要》	然佃虽以引用王安石《字说》为陈振孙等所讥,而其博奥之处要不可废。衷所补庞杂饾饤,殆不成文,甚至字谜小说,杂然并载。
16	明·陈邦俊	《广谐史》	夫寓言十九,原比诸史传之滑稽,一时游戏成文,未尝不可少资讽谕。至于效尤滋甚,面目转同,无益文章,徒烦楮墨。搜罗虽富,亦难免于叠床架屋之讥矣。
17	明·吴从先	《小窗自纪艳纪清纪别纪》	《自纪》皆俳谐杂说及游戏诗赋,词多佻薄。《艳纪》采录汉至明杂文,分体编录,踳(同"舛")驳殊甚。《清纪》摹仿《世说》,分清语、清事、清韵、清学四门,《别纪》兼涉志怪。总明季纤诡之习也。

以上出自"子部·小说家类存目",约占其总数的9%。

对于皇家珍藏的小说,四库馆臣们也按照"小说家类"和"小说家类存目"区分,给予了与民间流传的小说同等规格的区别对待;并且即使是皇家珍藏的隶属于"小说家类"的小说,四库馆臣们的评价也并不都是赞美之词,讥评皇家藏书,甚至都到了令皇家不堪的地步,如"多媟语"的《朝野佥载》,"荒诞,证以史传皆不合"的《拾遗记》,"缘饰附会,有乖事实"的《睽车志》,"冗杂"的《述异记》。而对属于"小说家类存目"的个别小说篇目,却给予了"少资讽谕""博奥之处要不可废""时有劝戒"等正面评价。从这些评价中,我们一方面可以看到四库馆臣们的小说观念,另一方面也看到了小说评价标准的前后一致性,并没有因为是皇家藏书的缘故而为之缓颊。

审视小说在清代接受环境的第三个切入口就是抄本。一部小说,像《儒林外史》《红楼梦》这样的作品,动辄几十万字,抄主不仅要雇佣抄手,而且经常要亲自点校,这需要一份怎样的迷狂,才能使其坚持下去,而珍藏这些手抄本小说的肯定是文人,甚至有的还是达官贵人或是世家子弟。

> 丙寅冬,吾友周子季和自济南解馆归,以手录淄川蒲留仙先生《聊斋志异》二册相贻。深以卷帙繁多,不能全钞为憾。予读而喜之,每藏之行笥中,欲访其全,数年不可得。丁丑春,携至都门,为王子闰轩攫去。后予宦闽中,晤郑荔芗先生令嗣。因忆先生昔年曾宦吾乡,性喜储书,或有藏本。果丐得之。命侍史录正副二本,披阅之下,似与季和本稍异。后三年,再至都门,闰轩出原钞本细加校对,又从吴君颖思假钞本勘定,各有异同,始知荔芗当年得于其家者,实原稿也。癸未官武林,友人鲍以文屡怂恿予付梓,因循未果。后借钞者众,藏本不能遍应,遂勉成以公同好……此书之成,出赀襄事者,鲍子以文;校雠更正者,则余君蓉裳、郁君佩先暨予弟皋亭也。乾隆丙戌端阳前二日,莱阳后学赵起杲书于睦州官舍。①

> 乙丑之春得见香城先生《瑶华传》抄本一册,乃喟然叹曰:"天下未尝无才也,其湮没于剞劂所不及者岂少也哉!"②

在小说被刊印流通之前,手抄成为小说传播最主要的方式。一部《聊斋志异》,从上述序文中可知,周季和、赵起杲、郑方坤、吴颖思手抄了约二

---

① 赵起杲:《聊斋志异弁言》,见丁锡根编著:《中国历代小说序跋集》,北京:人民文学出版社,1996年,第139~140页。
② 周永保:《瑶华传跋》,见丁锡根编著:《中国历代小说序跋集》,北京:人民文学出版社,1996年,第1431页。

十万字的《聊斋志异》;香城先生手抄了约二十六万字的《瑶华传》。而对于资金雄厚的文人,不仅可以雇人抄写,而且可以购买,但每每价值不菲。朝鲜李圭景《五洲衍文长笺散稿》卷七《小说辨证说》载乾隆四十年(1775),朝鲜永城副尉申绥委托来华的"首驿"李谌购买《金瓶梅》,"一册直银一两,凡二十册"①,全套值银二十两。"好事者每传抄一部,置庙市中,昂其值得数十金,可谓不胫而走者矣。然原目一百廿卷,今所传只八十卷,殊非全本"。② 毛庆臻:"乾隆八旬盛典后,京板《红楼梦》流行江浙,每部数十金。至翻印日多,低者不及二两。"③

清代小说序跋者固然有对文学批评立场的坚守,但更多是缘于巨大商业利润的考校,多以夸饰性的言语为其作序的小说站台:"顾一时学者,爱读圣叹书,几于家置一编。"④"留仙《志异》一书,脍炙人口久矣。余自髫龄迄今,身之所经,无论名会之区,即僻陬十室,靡不家置一册。"⑤然而,小说的定价之高足以证明小说文本的受欢迎程度:"曹雪芹《红楼梦》一书,久已脍炙人口,每购抄本一部,须数十金。""哄传有《红楼梦》一书,云有一百余回。因回数烦多,无力镌刻,今所流传者皆系聚珍板印刷,故索价甚昂,自非酸子纸裹中物可能罗致,每深神往。"⑥"咸丰十年庚申八月十三日日记眉批云:泾县朱兰坡先生藏有《红楼梦》原本,乃以三百金得之都门者,六十回以后与刊本迥异。"⑦刊刻小说的利润如此惊人,以至于"江南有书贾稽留者,积本三十金,每刻小说及春宫图像。人多劝止之,不听。以为卖古书,不如卖时文;印时文,不如印小说"。⑧ 而动辄几十两白银的零售价,在乾隆年间都能够买上二三亩好地或者好几本诗文善本,这么高的价格竟然都挡不住读者购买的脚步。

附:汲古阁珍藏秘本书目及价格(嘉庆士礼居本)

---

① [韩]崔溶澈:《中国禁毁小说在韩国》,载《东方丛刊》第三辑,1998年。
② 程伟元《红楼梦序》,见丁锡根编著:《中国历代小说序跋集》,北京:人民文学出版社,1996年,第1160页。
③ 毛庆臻:《一亭考古杂记》,见一粟编:《红楼梦资料汇编》,北京:中华书局,1964年,第357页。
④ 王利器辑录:《元明清三代禁毁小说戏曲史料》,上海:上海古籍出版社,1981年,第209页。
⑤ 张友鹤辑校:《聊斋志异会校会注会评本》,北京:中华书局,1962年,第24页。
⑥ 尤凤真《瑶华传序》,见丁锡根编著:《中国历代小说序跋集》,北京:人民文学出版社,1996年,第1431页。
⑦ 李慈铭:《越缦堂日记补》"庚集下",扬州:广陵书社,2004年,第1475页。
⑧ 《汇纂功过格》卷七《与人格劝化》,同治六年重镌。

《汉武故事》《汉武内传》《汉武外传》合一本,绵纸旧抄,五钱。

《大唐西域记》四本,绵纸精抄,二两。

《十六国春秋》二十本二套,旧抄本,此乃崔鸿真本。今世正史中记载伪为之,当年世无刻本,此从宋板抄出者,六两。

《幽明录》一本,刘义庆,旧抄,四钱。

《续世说》十本,孔平仲,字毅父。绵纸,从宋板抄。六两。

《广卓异记》三本,一两五钱。

《醉翁谈录》二本,影宋板精抄,一两二钱。

第四个审视清代小说接受环境的切入口是小说租赁。清代小说的发烧友中竟有一般市民的身影,而图书通过市场来购求是需要一定的经济支撑,袁枚在其《随园诗话》中就给我们留下了这样的一段记载:"昆山徐懒云(云路)秀才买书无钱,而书贾频至,乃自嘲云:'生成书癖更成贫,贾客徒劳过我频。聊借读时伴问值,知非售处已回身。'"①清代小说的售价对于升斗小民而言绝对是生命难以承受之痛:"今所流传者皆系聚珍板印刷,故索价甚昂,自非酸子纸裹中物可能罗致,每深神往。""抵闽后,窃见友人处有一函置于案侧,询之曰《红楼梦》,不觉为之眼馋。再四情恳,而允假六日,遂珍重携归阅之。"②但对于真正的爱书一族来说,经济条件并非能否购书的唯一考量。经济条件并不好的读书人仍充满了强烈的购书意愿,他们中的许多人为购置图书竭尽全力,如长洲王芑孙《买书》诗就写道:"王生爱书如爱玉,尽日摩挲看不足。王生买书如买山,倒囊不办青铜钱。宿逋未了益新债,拥絮披吟亦差快。朝来映雪哦残编,掉头不问厨无烟。"③宜兴储气虹《诔侄砺金君文》:"凡载籍有未经人道,未亲目睹者,一闻其目,辄欣焉往购,志在必得之以为快。道途虽远,不惮其劳,价值虽高,不惜其费,故层签叠架,其家之藏书颇富。"④

当购书的冲动遭遇现实的经济困境的时候,租书就成为解决这一困局的唯一可行之法。嘉庆二十三年(1818),诸联在《生涯百咏》卷一《租书》中谈到了市场上图书的租赁情形:"藏书何必多,《西游》《水浒》架上铺;借非一瓻,还则需青蚨。喜人家记性无,昨日看完,明日又租。真个诗书不负

---

① 袁枚著,顾学颉校点:《随园诗话》补遗卷八,北京:人民文学出版社,1982年,第770页。
② 尤凤真:《瑶华传弁言》,上海:上海古籍出版社,1994年,第2页。
③ 王芑孙:《渊雅堂编年诗稿》卷一,见《渊雅堂全集》,清刊本。
④ 《宜兴南岙储氏分支谱》卷四,光绪十九年永绥堂木刻活字印本。

我,拥此数卷腹可果。"① 对于经济条件不是很好的文人而言,花小钱租书阅读是比较划算的行为,而朝廷禁止租赁图书的行为恰恰从反面坐实了这一类生意的普遍存在。乾隆三年(1738)规定:"其有开铺租赁者,照市卖例治罪。"② 嘉庆帝也意识到:"此等小说,未必家有其书,多由坊肆租赁,应行实力禁止。嗣后不准开设小说坊肆,违者将开设坊肆之人,以违制论。"③ 道光二十四年(1844)禁文有云:"更有一种税书铺户,专备稗官野史,及一切无稽唱本,招人赁看,名目不一,大半淫秽异常,于风俗人心为害尤巨。"④

第五个切入口就是清代小说的版本数量,像古吴墨浪子《西湖佳话》就有康熙十二年序刊本金陵王衙藏版,乾隆十年植桂楼藏版,乾隆十五年序刊金阊绿荫堂刊本,乾隆十六年刊翰海楼藏版、金阊学耕堂刊本,乾隆十六年会敬堂藏版,乾隆十六年会敬堂藏版,文翰楼发兑本,乾隆五十一年序刊大文堂藏本。《今古奇观》有文盛堂藏版(金谷园)清初刊大字本、清初同文堂刊本、乾隆三十八年翰海楼刊本、乾隆四十九年重刊本、乾隆五十年宝翰楼刊本、乾隆五十年书业成藏版、乾隆五十年书业堂藏版、乾隆五十一年浙省会成堂重刊本、乾隆五十二年文盛堂藏版重刊本、嘉庆十七年崇文堂刊本、道光以前刊积秀堂刊本、道光二十六年刊本。《虞初新志》有康熙二十二年刻本、康熙三十九年刻本、乾隆五年诒清堂重刻本、嘉庆八年寄鸥闲舫刻本、咸丰元年小嫏嬛山馆刻本、新安张氏刻本等,作为"一个风云际会的标本",以"虞初"之体开创新体,使得"虞初"一体成为一个系列,其选文之影响笼罩后来,"把明代以来传统传状之文由史的畛域向文的迁徙彰显了出来"。⑤《龙图公案》《玉娇梨》《平山冷燕》《五美缘》《封神演义》《绿野仙踪》《斩鬼传》《四望亭全传》《东周列国志》《双凤奇缘传》《反唐演义全传》《五虎平西前传》《新世弘勋》等小说的版本均甚夥。特别是《玉娇梨》《平山冷燕》的刊刻跨越了整个清代,光是现在可知的,前后共有四五十个书坊参与了二书的刊刻,这需要消费潜力多么巨大的图书市场才能吸纳、消化完

---

① 朱一玄、刘毓忱编:《〈西游记〉资料汇编》,天津:南开大学出版社,2002年,第387页。
② 魏晋锡:《学政全书》卷七《书坊禁例》,武汉:武汉大学出版社,2009年,169页。
③ 《清实录》第三十一册《大清仁宗睿皇帝实录》卷二百八十一,北京:中华书局,1986年,第837~838页。
④ 阿英:《小说二谈》,上海:上海古籍出版社,1985年,第141页。
⑤ 郭预衡、郭英德总主编,陈惠琴、莎日娜、李小龙:《中国散文通史·清代卷》,合肥:安徽教育出版社,2012年,第176页。

这么多版次的小说。

第六点是藏书家的书目。过去一直有学者认为,清代藏书家的书目中或者没有"小说"这一板块,或者是开了天窗的,如祁理孙《奕庆藏书楼书目》的"子部"被分为十家,其第九家即为"稗乘家",包括"演义",或因有所顾忌,竟付之阙如。可也不尽然,钱谦益的《绛云楼书目》至少保存了53本小说,其中有《安禄山事迹》《迷楼记》《开河记》("杂史类")、《穆天子传》《汉武故事》《赵飞燕外传》《汉武帝内传》("史传记类")等。钱曾《也是园书目》开创性地在传统的经史子集的四部基础之上,设立了"戏曲小说"类,又细分为"古今杂剧""曲谱""曲韵""说唱""传奇""宋人词话""通俗小说""伪书"八个小类,其中,"宋人词话"收入《灯花婆婆》《种瓜张老》《紫罗盖头》《女报冤》《风吹轿儿》《错斩崔宁》《山亭儿》《西湖三塔》《冯玉梅团圆》《简帖和尚》《李焕生五阵雨》《小金钱》《宣和遗事》《烟粉小说》《奇闻类记》《湖海奇闻》等话本小说十六种。"通俗小说"收录《古今演义三国志》十二卷、《旧本罗贯中水浒传》二十卷、《黎园广记》二十卷等三种。当然,钱曾的举动也自然招致了时人的不满:"《续文献通考》以《琵琶记》《水浒传》列之《经籍志》中,虽稗官小说,古人不废,然罗列不伦,何以垂后?近则钱遵王书目,亦有《水浒传》;明时《文华殿书目》,亦有《三国志通俗演义》。"①乾隆二十六年(1761),进士阮葵生认为出身名门的钱曾竟然把小说和经典的经史子集混为一谈,实为"罗列不伦"。"唯《知不足斋》三十二集,于四部无所不收,而杂史、小说两种,所收尤夥。皆据精本、足本付刊,绝无明人专擅删改之弊。且巾箱小册,最便流通,其有功文献者,更在黄、钱上矣"。②鲍廷博的《知不足斋丛书》所收小说类图书仅限于文言小说,据《艺风藏书记》《艺风藏书续记》《艺风藏书再续记》,缪荃孙所藏的五十一种小说虽多为文言小说,但尚有明末刊本《三国演义》(二十册)和《增编会真记》(隆庆元年会芳书斋刊本)两种通俗小说。

综上所述,清代小说的传播在清代获得了长足的发展,清代小说的读者不仅包括学界认定的社会中下层人物,还包括大量的上层人物。虽然小说禁毁不断,但是在更长时期内,诏令只是一纸具文,并没有得到认真地贯彻执行,从而为小说在清代的接受开启了一扇天窗。

---

① 阮葵生:《茶余客话》卷十六,上海扫叶山房1924年版。
② 李孟符著,张继红点校:《春冰室野乘》,太原:山西古籍出版社,1995年,第169页。

第二节　清代小说序跋与小说读者

序跋者借助于文本,感动于小说所传达的生命体验,并以自己的审美情趣来影响读者。作为作者与读者之间的桥梁,清代小说的序跋者以文心为介质,体验着小说文本所传达的作者已知或未意识到的人生经验,没有对于绝对真理的寻求,而只是对于小说作者所传达的人生经验的再体验,并以此来表现序跋者独特的运思方式、审美状态和审美情趣。通过序跋,一般的读者也可以沿着作品的文辞来寻觅字句所蕴含的情与理,从而达到欣赏的极致,进而实现与作者心心相印的效果。序跋对于小说所蕴蓄的传统文化的深度思考和鲜明的文人趣味的揭示,成功地吸引了文化精英阶层对于小说的注意,而小说叙事的多元化则挽留住了不同的审美体验者。

一、小说序跋与通俗小说读者

过去研究界一般认为清代通俗小说读者只是中下层文人,可是根据对小说序跋的解读及新的史料的发现,我们可以确信,清代通俗小说的读者面非常广泛,因为其中不仅有中下层文人,而且包括大批的满族人,其中不乏清朝贵族,甚至是皇帝及皇室成员。

(一)皇帝及皇亲贵戚

皇帝及皇亲贵戚喜欢汉族人小说,从努尔哈赤时代就已有之,后来的皇太极、多尔衮及康熙帝均对汉族人小说有所涉猎。最早得到满族人欣赏的是历史演义小说,从历史中汲取经验教训,从小说中学习用兵打仗的谋略,因此,《三国演义》最早为满族统治者所关注。努尔哈赤"稍长,读书识字,好看《三国》《水浒》二传,自谓有谋略"。[1] "清太宗崇德四年,命大学士达海译是书,顺治七年告竣。清初满洲武将不识汉文者,类多喜读是书。魏源《圣武记》谓乾嘉中紫光名将海额诸人皆当得力于此"。[2]

顺治帝的藏书也不只是有圣贤语录,还有大量的小说收藏:"世祖……命三臣升殿,赐观殿中书数十架。经史子集、稗官小说、传奇时艺,无不有

---

① 黄润华:《略论满文译本〈金瓶梅〉》,见徐朔方、刘辉编:《金瓶梅论集》,北京:人民文学出版社,1986年,第721页。

② 国家图书馆编:《国家图书馆藏古籍题跋丛刊》第二十八册,北京:北京图书馆出版社,2002年,第227页。

之。"①而被康熙帝赞为一代大儒的顺治九年(1652)进士、镶白旗人阿什坦却偏偏要向顺治帝上奏道:"近见满洲译书内,多有小说秽言。非惟无益,恐流行渐染,则人心易致于邪慝。况圣贤古训,日详究之,犹恐不及,何暇费日时于无用之地? 臣请皇上谕八旗读书人等,凡关圣贤义理、古今治乱之书,仍许翻译,此外杂书秽言概为禁饬,不许翻译。"②虽然阿什坦的奏章被准,但是清初的小说禁毁行动形式远大于内容。

顺治七年(1650),多尔衮以摄政王的名义下令翰林院、理藩院和都察院组织翻译并颁行了《三国演义》,同时下达谕旨:"此书可以忠臣、义贤、孝子、节妇之懿行为鉴,又可以奸臣误国、恶政乱朝为戒。文虽粗糙,然甚有益处,应使国人知此兴衰乱之理也。"③其谕旨的着眼点在于以纲常名教来统一思想,维持教化,巩固统治。由汉族官员范文程、洪承畴、冯铨参与的、布海等满族文人翻译的《三国演义》共二十四册,最终于顺治七年刊印,这一历经太宗、睿王和世祖三朝始译竣的纯满文译本《三国演义》现有三种不同版本存世:稿本、抄本与刻本。稿本三册藏于旅顺博物馆④,抄本藏于故宫博物院、民族图书馆⑤,刻本分藏于世界各处官、私图书馆⑥,北京图书馆藏有十六册残本。雍正年间又刊印满汉文合璧本,共四十八册。

>《三国志》即旧本罗贯中之《三国演义》,世少传本,余藏有蓝布封面高丽纸写本第二十二卷一册,无汉字,其目录四则云:"孔明秋夜祀泸水(今本为'祭泸水汉相班师')孔明初上出师表(今本为'伐中原武侯上表')。""赵子龙大破魏兵(今本为'赵子龙力斩五将')诸葛亮计取三郡(今本'计'作'智')。"审其纸料字体并墨色,断为清初东都旧物初翻之本。⑦

三国故事广泛流布于当时士大夫之口,以至于清人将小说情节和正史

---

① 《清朝野史大观》卷一《世祖科跣召词臣》,扬州:江苏广陵古籍刻印社,1998年,第6页。
② 鄂尔泰等修:《八旗通志》,长春:东北师范大学出版社,1985年,第5339页。
③ 黄润华、王小虹译辑:《满文译本〈唐人小说〉〈聊斋志异〉等序言及译印〈三国演义〉谕旨》,见《文献》第十六辑,北京:书目文献出版社,1983年,第4页。
④ 黄润华、屈六生主编:《全国满文图书资料联合目录》,北京:书目文献出版社,1991年,第140~141页。
⑤ 北京市民族古籍整理出版规划小组办公室满文编辑部编:《北京地区满文图书总目》,沈阳:辽宁民族出版社,2008年,第380~385页。
⑥ 富丽:《世界满文文献目录》,中国民族古文字研究会,1983年,第47~48页。
⑦ 孔另境:《中国小说史料》,上海:上海古籍出版社,1982年,第64页。

的相关内容混为一谈,还闹出了不少笑话:"其余如三国英雄之遗事,流传于群众之谈麈者,亦多根据于演义焉,甚至士夫且有以演义为正史者……王氏士祯诗中有《吊庞士元》之作,竟以落凤坡三字著之于题,前人所笑为谬误者也。清雍正间有某侍郎保举人才,引孔明不识马谡事,清宪宗责其不当以小说入奏,责四十,仍枷示焉……《竹叶亭杂记》又述乾隆初,某侍卫擢荆州将军,人贺之,辄痛哭,怪问其故,将军曰:'此地以关玛法尚守不住,今遣老夫,是欲杀老夫也。'盖熟读演义而愤愤者。"①

先后被译成满文的历史演义小说还有《樵史演义》《东周列国志》《列国志传》《前七国》《西汉演义》《东汉演义》《唐代演义》《南宋演义》等。

但随着交流的日益加深,满族人已经不再局限于历史演义小说,更多的其他题材类型的小说也被介绍进来,如张竹坡评点且取代了《三国演义》,成为"第一奇书"的《金瓶梅》等书籍被翻译后,"人皆争诵焉"。

康熙帝对于淫词小说多次下诏严令禁止,如康熙二年"禁私刻琐语淫词",并要求有司"访实何书系何人编造,指名题参,交与该部议罪";康熙四十年"禁淫词小说",声称"永行严禁",而《金瓶梅》竟能在康熙四十七年被译成满文并刻版印行。满文《金瓶梅》译本是根据崇祯本或张竹坡评点本翻译的,但又将东吴弄珠客、谢颐的序文及各种评语全部删除,前面只是冠上了一篇满文序,绣像二百幅也没有被收录。

> 历观编撰古词者,或劝善惩恶,以归祸福;或快志逞才,以著诗文;或明理言性,以喻他物;或好正恶邪,以辨忠奸。其书虽稗官古词,而莫不各有一善。如《三国演义》《水浒》《西游记》《金瓶梅》四种,固小说中之四大奇书也,而《金瓶梅》于此为尤奇焉。凡百回中以为百戒,每回无过结交朋党、钻营勾串、流连会饮、淫黩通奸、贪婪索取、强横欺凌、巧计诡骗、忿怒行凶、作乐无休、讹赖诬害、挑唆离间而已,其于修身、齐家、裨益于国之事者一无所有。至西门庆以计药杀武大,犹为武大之妻潘金莲服以春药而死。潘金莲以药毒二夫,又为武松白刃碎尸。如西门庆通奸于各人之妻,其妇婢于伊在时即被其婿与家童玷污。吴月娘背其夫宠其婿使入内室,奸淫西门庆之婢,不特为乱于内室。吴月娘并无妇人

---

① 国家图书馆编:《国家图书馆藏古籍题跋丛刊》第二十八册,北京:北京图书馆出版社,2002年,第228页。

精细之态,竟至殷天锡强欲逼奸,来保有意调戏。至蔡京之徒,有负君王信任,图行自私,二十年间,身谴子诛,朋党皆罹于罪。西门庆虑遂谋中,逞一时之巧,其势及至省垣,而死后尸未及寒,窃者窃,离者离,亡者亡,诈者诈,出者出,无不如灯消火灭之烬也。其附炎趋势之徒,亦皆陆续无不如花残木落之败也。其报应轻重之称,犹戥秤毫无高低之差池焉。且西门庆之为乐,不过五六年耳。其余撺掇、谄媚、乞讨、钻营、行强、凶乱之徒,亦揭示于二十年之内。将陋习编为万世之戒,自常人之夫妇以及僧道尼番、医巫星相、卜术乐人、歌妓杂耍之徒,自买卖以及水陆诸物,自服用器皿以及谑浪笑谈,于僻隅琐屑毫无遗漏,其周详备全,如亲身经历眼前熟视之彰也。诚可谓是书于四奇书之尤奇者矣。或曰是书乃明时逸儒卢楠所作,以讥刺严嵩、严世蕃父子者,不识然否? 因其立意为戒昭明,是以令其译之,余于几暇参订焉。观是书者,将此百回为百戒,夔然栗,恚然思,知反诸己而恐有如是者,斯可谓不负是书之意也。倘于情浓处销然动意,不堪者略为效法,大则至于身亡家败,小则亦不免构疾而见恶于人也。可不慎欤! 可不慎欤! 至若厌其污秽而不观,乃以观是书为释闷,无识之人者,何足道哉! 是为序。康熙四十七年五月穀旦序。①

限于时代大环境,作于康熙四十七年的满文本《金瓶梅序》不得不反复强调小说的训诫功能,序跋者坚称小说情节中的结交朋党、钻营勾串、流连会饮、淫黩通奸、贪婪索取、强横欺凌、挑唆离间等都只是《金瓶梅》的表面现象,惩恶扬善才是小说的主旨,小说的叙事结构虽然不免有劝百讽一之讥,但是曲终奏雅,作者以西门庆及其家庭的悲剧性结局正告天下读者,多行不义必自毙。满文本《金瓶梅》序跋者的见解响应了多尔衮的谕旨,正可见出政治环境对于文学方向选择的影响。

《聊斋志异》满文本最早刻于道光二十八年(1848),书名为《满汉合璧聊斋志异》,共二十四册;后于光绪三十三年(1907)由二酉书坊翻刻。译本共选录了一百二十九个故事,有代表性的故事差不多全部收录了。《聊斋志异》的翻译者是满洲正红旗人札克丹,字秀峰,号五费居士,道光六

---

① 黄润华、王小虹译辑:《满文译本〈唐人小说〉〈聊斋志异〉等序言及译印〈三国演义〉谕旨》,见《文献》第十六辑,北京:书目文献出版社,1983年,第2~4页。

年(1826)任工部主事,从这时起开始翻译《聊斋志异》,其弟子德音泰和长兴在序言中记录了札克丹对于《聊斋志异》翻译工作严谨认真的态度:

> 夫子之于清文,如性命焉。而蒲留仙之《聊斋志异》一书,尤夫子之酷好者,遂翻译百十余则。经营辛苦,几历寒暑,方始脱稿。而夫子一生之纯粹精华,皆寓乎是书矣。虽不敢仰邀高明之赏鉴,或可为来学之一助耶!然恐其中有笔画之讹舛,字句之脱落,因悉列门墙,袜线不弃,命之详加校雠,以冀免鲁鱼亥豕之讥焉。①

清朝统治者一方面大肆禁毁淫词小说,另一方面又予以翻译、收藏。汉文文本甫出,满文译本即现。小说能走进皇族的视线无疑是受时代思潮的沾溉,尽管明清易代,清初三大儒深恶明末社会讲求趣、韵的浪漫风气,但未能遏制住这种风气在清初的蔓延。《四库全书总目提要》别集存目七赵宧光《牒草》:"有明中叶以后,山人墨客,标榜成风。稍能书画诗文者,下则厕食客之班,上则饰隐君之号,借士大夫以为利,士大夫亦借以为名。"②这类山人墨客在清初的上流社会中依旧大受推崇,比如李渔。光绪间《兰溪县志》卷五《文学门·李渔传》:"倾动一时。所交多名流才望,即妇孺皆知有李笠翁。""武林李子笠翁能为唐人小说,尤擅金元词曲。吴梅村祭酒尝赠诗云:'江湖笑傲夸齐赘,云雨荒唐忆楚娥。'盖实录也。辛亥夏来客吴门,予与把臂剧谈,出其忧中秘,所见有过所闲者,乃知志怪之书,回波之唱,未足尽我笠翁矣。今冬夏寄《名词选胜》而征予序。予读之诧曰:'笠翁又进矣。'"③清人对于文采风流的浓厚兴趣,为小说的繁荣提供了一个适宜的环境。

小说如人,既有亨通,又有蹇滞,非文学因素,诸如政治、文化、经济乃至正常的人事变动,都会对小说的接受造成不可逆的影响。虽有努尔哈赤等人对小说的喜爱,但我们大都以为《水浒传》在清代的接受绝对是时乖命蹇,其在清代的接受可没有《三国演义》那般幸运,因为清廷从入主中原初

---

① 蒲松龄著,扎克丹译,永志坚校注:《满汉合璧:聊斋志异选译》,乌鲁木齐:新疆人民出版社,1994年,第1页。
② 永瑢等撰:《四库全书总目》卷一八〇,别集类存目七,北京:中华书局,1965年,第1626页。
③ 尤侗:《〈名词选胜〉序》,见吴毓华编:《中国古代戏曲序跋集》,北京:中国戏剧出版社,1990年,第350页。

始即严禁淫词小说和涉暴小说,乾隆十八年更有上谕:"近有不肖之徒,并不翻译正传,反将《水浒》《西厢记》等小说翻译,使人阅看,诱以为恶……似此秽恶之书,非惟无益,而满洲等习俗之偷,皆由于此。如愚民之惑于邪教,亲近匪人者,概由看此恶书所致。于满洲旧习,所关甚重,不可不严行禁止……除官行刊刻旧有翻译正书外,其私行翻写并清字古词俱着查核严禁。将现有者查出烧毁,再交提督从严查禁,将原板尽行烧毁。如有私自存留者,一经查出,朕惟该管大臣是问。"①从上谕中可知,《水浒传》在此之前曾有满文译本在民间流传,苏联科学院亚洲民族研究所和法国巴黎国家图书馆收藏了《水浒传》手抄本。苏联收藏的三部均为残本,分别为第二十八册、第十册和第二册。最后一部标有年号:康熙四十八年(1709)五月。可见,在康熙年间《水浒传》的满文译本还在传播。法国收藏的也是一部百回本,有宝名堂藏书章,未署年款。乾隆元年(1736)闲斋老人《儒林外史序》云:"至《水浒》《金瓶梅》诲盗诲淫,久干例禁。"②可见,《水浒传》和《金瓶梅》在乾隆元年之前早被禁毁。而最具讽刺意味的是,就在乾隆帝对《水浒传》下令严查之际,他的深宫就藏有一部《水浒传》的手抄本。

《四库全书总目》曝光了皇家珍藏的一批小说,遮遮掩掩地宣示皇帝及其家族成员业余的生活内容之一——阅读小说,但《四库全书总目》展现的内府藏本都是文言小说,而且多为宋元的版本,这在清代都是文物级别的存在,单凭这一点就可以展露皇家的富有、尊享与高雅。可是,1983年《文献》第十六辑收录了黄润华的《满文翻译小说述略》,文后附录了《满译小说知见目录》,给我们揭开了清代小说满族读者群的面纱。当这些图书以诏令的形式被勒令翻译成满文的时候,我们不能不感叹清廷皇族成员对于小说这一文体的关注程度。《满译小说知见目录》中所列举的小说不仅包括满族人最推崇的《三国演义》,还包括历代帝王禁毁的《水浒传》《金瓶梅》,还有十六部才子佳人小说和根本不被四库馆臣认可的《聊斋志异》。在这被翻译成满文的四十部小说中,最亮眼的莫过于天花藏主人了,因为与四大奇书等一起著录其中的而与天花藏主人有关的小说竟多达九部,包括《玉娇梨》《平山冷燕》《金云翘传》《玉支玑》《画图缘》《两交婚》《赛红丝》《醉

---

① 《清实录》第十四册《高宗纯皇帝实录》卷四百四十三,北京:中华书局,1986年,第773~774页。
② 吴敬梓著,李汉秋辑校:《儒林外史会校会评本》,上海:上海古籍出版社,1984年,第763页。

菩提全传》《麟儿报》,均为手抄孤本。除了《平山冷燕》为乾隆抄本以外,其余均为康熙年间有译本。皇室成员竟然是天花藏主人的忠实粉丝,单凭这一点,天花藏主人就已足够荣耀了。

附:《满译小说知见书目》

1. 笔炼阁主人(徐述夔)《八洞天》,八卷,八册,抄本,每半页七行。

2. 罗贯中著,查布海等译《三国志演义》,顺治七年(1650)刻本,每半页九行,二十四册。又:满汉合璧本,雍正刻本,每半页十四行,四十八册。

3.《三教同理小说》,存三卷。

(1)冯梦龙著,《皇明大儒王阳明先生出身靖难录》,存十八册。

(2)佚名著,《净慈寺济颠罗汉显圣记》,十二册。

(3)邓志谟著,《许旌阳得道擒蛟全传》,存十二册。

4. 施耐庵《水浒传》,一百回,抄本,每半页九行,存三十二册。

5. 烟霞散人《凤凰池》,十六回,康熙抄本,存十三册。

6. 荻岸散人《平山冷燕》,二十回,乾隆三十五年(1770)抄本,每半页十一行,十册。

7. 天花藏主人《玉支玑》,抄本,每半页七行,十册。

8. 荑荻山人《玉娇梨》,抄本,十三册。

9. 珊城清远道人《东汉演义》,八卷,三十二回,存五册。

10. 冯梦龙著,蔡元放注《东周列国志》,抄本,二十册。

11. 陟斋辑译《可信录》,满汉合璧本,道光十四年(1834)稿本,二册,末题"道光十四年荷月既望书于安边分府署内"。

12. 烟霞逸士《巧连珠》,四卷,抄本,一册。

13. 苏庵主人《归莲梦》,十二回,抄本,每半页七行,十二册。

14. 吴娥川主人《生花梦》,抄本,存十二册。

15. 集芙主人《生绡剪》,八卷,二十则,抄本,每半页七行,十册。

16. 甄伟《西汉通俗演义》,康熙十八年(1679)抄本,八册。

17. 吴承恩《西游记》一百则,抄本,每半页六行,五十册。

18. 余邵鱼《列国志传》,抄本,每半页九行,二十册。

19. 冯梦龙《新列国志》,抄本,二十二册。

20. 天花才子《后西游记》,四十回,抄本,每半页六行,二十册。

21. 名教中人《好逑传》,四卷,十八回,雍正十一年(1733)抄本,十册。

22. 天花藏主人《两交婚》,十八回,抄本,存一册(第七、八回)。

23. 李渔《连城璧》,十卷,抄本,每半页七行,十册。
24. 徐渭《英烈传》,抄本,存五册。
25. 天花藏主人《画图缘》,四卷,十六回,康熙二十九年(1690)抄本,八册。
26. 青心才人《金云翘传》,四卷,二十回,抄本,八册。
27. 兰陵笑笑生《金瓶梅》,一百回,康熙四十七年(1708)刻本,每半页九行,四十册。
28. 佚名《金粉惜》,抄本,六册。
29. 吴门啸客《前七国》,存五卷(卷六至卷十),抄本,每半页八行,五册。
30. 许仲琳《封神演义》,二十卷,一百回,抄本,每半页九行,二十册。
31. 熊大木《南宋演义》,十卷,五十则,抄本,每半页九行,十册。
32. 桃源居士编《唐人小说》,存十二卷,顺治抄本,四十册。
33. 佚名《唐代演义》,顺治抄本,存三册。
34. 蒲松龄著,札克丹译《(择翻)聊斋志异》,二十四卷,满汉合璧,道光二十八年(1848)刻本,每半页十四行。又,光绪三十三年(1907)二酉斋重刻本,二十四册。
35. 佚名《寒彻骨》,稿本,一册。
36. 方汝浩《禅真教史》,乾隆四十年(1775)抄本,二十册。
37. 天花藏主人《赛红丝》,十六回,抄本,每半页七行,八册。
38. 天花藏主人《醉菩提全传》,康熙二十三年(1684)抄本,存七册(第四册至第十册)。
39. 陆应旸《樵史演义》,四十回,抄本,每半页七行,十册。
40. 天花藏主人《麟儿报》,抄本,五册。[①]

在小说阅读方面,皇亲国戚们也不遑多让:"庚申(乾隆五年,1740)夏月,小监于肆中购得《平山冷燕》一书,余退朝之暇,取而观之,以消长夏。"很难想象,如果没有怡亲王弘晓的默许,或者至少是日常的小爱好,小监怎敢冒昧地将才子佳人小说呈给自己的主子?而弘晓为了证明自己阅读行为的合理性,从小说的艺术性和社会作用等两个层面对《平山冷燕》进行了高度的评价:

---

① 黄润华:《满文翻译小说述略》,见《文献》第十六辑,北京:书目文献出版社,1983年,第20～23页。

然以耳目近习之事，寓劝善惩恶之心，安见小说传奇之不犹愈于艳曲纤词乎？夫文人游戏之笔，最宜雅俗共赏。阳春白雪，虽称高调，要之举国无随而和之者，求其拭目而观与倾耳而听，又乌可得哉……其中群臣赐宴，天子征诗，宛然喜起赓歌之盛也；淑女怜才，书生慕色，宛然钟鼓琴瑟之风也。九重下求贤之诏，学臣上荐贤之章，此又可追踪于辟门吁俊之休也。若假名士如宋信，呆公子如张寅，趋炎附势之窦知府，出乖露丑之晏文物，莫不模拟神情，各有韵致，足以动人观感，起人鉴戒，与唐宋之小说，元人之传奇，借耳目近习之事，为劝善惩恶之具，其意同也。①

乾隆三年（1738）的小说淫词禁毁令言犹在耳，乾隆五年（1740），贵为怡亲王的弘晓竟为《平山冷燕》作序，且为自己的小说阅读行为找到了一个充满正能量的理由"动人观感，起人鉴戒"，"劝善惩恶"。另据《影堂陈设书目录》，弘晓评点刊行的《平山冷燕》下有小字注释"破烂不堪"②，当为其后人多次翻阅所致。弘晓似乎不仅只是看看《平山冷燕》之类的才子佳人小说，据《怡府书目》记载，弘晓看过的小说可能还有《金瓶梅》《绣谷春容》《一夕话》《今古奇观》《警世通言》《醒世恒言》《艳史》《豆棚闲话》等数十种，而《影堂陈设书目录》除了《怡府书目》著录的之外，还有《聊斋志异》《醉菩提》《宜春香质》《剪灯丛话》《英云梦传》《七才子书》《六才子书》《后续古今奇观》《第一奇书》《东游》《西游记》《红楼梦》等。另从序跋似可合理猜测，连《四库全书总目提要》都基本不收录的唐传奇和宋元话本，怡亲王弘晓似乎都很熟悉，或者说，这些书虽不见于《怡府书目》，但王府或许有收藏。

清代的达官贵人们还热衷于通过小说批评来树立自己的文化正统继承人的形象，却一不小心就露出了他们也在读这些小说的狐狸尾巴，如礼亲王昭梿在他的笔记《啸亭杂录》《续录》中批评了《承运传》《金瓶梅》《正统传》《平妖传》《水浒传》《封神演义》等六种小说，他至少应当是这六种小说的读者。著名史学家、思想家、乾隆四十三年（1778）进士章学诚在他的《丙辰札记》（丙辰为嘉庆元年，1796）里开列了《金瓶梅》《三国演义》《水浒传》《西游记》《列国志》《东西汉》《说唐》《南北宋》等八种小说。刘廷玑《在园杂

---

① 冰玉主人：《平山冷燕序》，见丁锡根编著：《中国历代小说序跋集》，北京：人民文学出版社，1996年，第1246页。

② 侯印国：《〈影堂陈设书目录〉与怡府藏本〈红楼梦〉》，载《红楼梦学刊》第四辑，2013年，第71页。

志》提到的小说更是多达三十八种:《三国演义》《水浒传》《西游记》《金瓶梅》《玉娇梨》《平山冷燕》《情梦柝》《春柳莺》《平妖传》《封神传》《风流配》《破梦史》《宫花报》《灯月圆》《玉楼春》《肉蒲团》《野史》《浪史》《快史》《媚史》《河间传》《痴婆子传》《禅真逸史》《禅真后史》《宜春香质》《弁而钗》《龙阳逸史》《东西晋演义》《后三国志》《后西游记》《续西游记》《东游记》《南游记》《北游记》《后水浒传》《续金瓶梅》《前七国》《后七国》等。

(二) 其他类型的读者

清代通俗小说的接受者是一个包括社会各个阶层的广泛群体。有关明清时期通俗小说的接受者问题，国内外的学者之前的研究并不深入，大多笼统地称之为"市民阶层"，而日本学者大木康提出："小说的读者包括以生员为主的科举考生和商贾这两个层面的人。"①通过对清代小说序跋的研究，我们也不难发现这一观点是有瑕疵的。

通俗小说序跋者中并不乏官员的身影，官员为通俗小说作序多是基于友情，如为吕熊的《女仙外史》康熙五十年刊本作序的有江西南安郡守陈奕禧和广州府知府叶旉；为杜纲《北史演义》《南史演义》作序的许宝善与杜纲既是莫逆之交，同时又是文字之交，杜纲曾为许宝善的《自怡轩乐府》作评。至于其他五十多位序跋者，如钱谦益等，均为进士出身、官员，就不再一一枚举了。如果再加上小说评点者和笔记记载中留下的蛛丝马迹，通俗小说读者群中具有官员身份的读者名单恐怕会拉长很多。

> 京师双寺有僧静修者，颇能诗。予初登第时与之游，见其少俊庄整，窃疑其有童心。及余离都门，静修果染恶疮，几殆。疮幸愈，而瘢痕满颐颊间。予隔三载，再入都，遇诸道，呼曰："子非僧静修乎？别后奈何与宋江结兄弟？"静修愕然曰："大人何为出此言也？"予笑曰："上人满面红黑瘢痕，俨然一花和尚，非宋江兄弟而何？"②

由此可知，当时通俗小说的接受群体中是有不少上层人士的，他们接受过良好的教育，具备良好的文学鉴赏与品评的能力，且大都具有较高的

---

① [日]大木康:《关于明末白话小说的作者和读者》，载《明清小说研究》，1988年第2期，第206页。
② 五芝园主人:《听子》卷下，见《明清善本小说丛刊》第六辑"谐谑篇"，台北：天一出版社，1985年。

社会影响力,这些人的言论对通俗小说的传播起着至关重要的作用,如王士禛的题词之于《聊斋志异》在清代中后期的传播。

清代通俗小说的读者群中也不乏见女性的身影,如《玉娇梨》《平山冷燕》《红楼梦》《镜花缘》等,对才女形象细致入微的描画和对未来理想生活的展望,不仅吸引了男性读者的眼光,还对闺秀读者同样产生难以阻挡的魅惑力。清高宗的曾孙、贝勒奕绘的侧福晋顾太清(1799—约1877,字梅仙,著有《天游阁诗》《东海渔歌》)创作的《红楼梦影》即为《红楼梦》的续书,为《红楼梦影》作序的是署名为西湖散人的清季才女沈善宝(1808—1862,字湘佩,著有《名媛诗话》《鸿雪楼初集》《鸿雪楼词》),可为雄辩的证据。《红楼梦影》后于光绪三年(1877)在北京以云槎外史的笔名出版,但创作的年代要早得多,因为署名西湖散人的序末签署的日期是咸丰十一年(1861)。另,刘铨福的小妾马仿眉也应该是《红楼梦》的读者,因为《红楼梦》"梦觉本"的卷首有"仿眉"的小印。曲作家、词人、自号蘋香女史的吴藻(1799—1862,浙江绍兴人)的《金缕曲》不仅坐实了其《红楼梦》读者的身份,而且留下了这位女性诗人的阅读感受:

> 欲补天何用!倩销魂,红楼深处,翠围香拥。呆女痴儿愁不醒,日日苦将情种,问谁个是真情种?顽石有灵仙有恨,只蚕丝蜡泪三生共。勾却了,太虚梦。　喁喁话向苍苍空,似依依,玉钗头上,桐花小凤。黄土茜纱成语谶,消得美人心痛。何处吊埋香故冢?花落花开人不见,哭春风有泪和花恸。花不语,泪如涌。①

著有《秋红丈室遗诗》的嘉道年间第一女画家,自号昭明阁女史,又称昭明阁内史的金礼嬴(1772—1807)就曾为《金瓶梅》作注:"(抄本《金瓶梅》)为小玲珑山馆藏本(按:小玲珑山馆为淮阳鹾商马氏,藏书极富),赠大兴舒铁云,铁云因以赠其妻甥王仲瞿者,有考证四则,其妻金氏加以旁注,而元美作书之宗旨,乃揭之以出。"②

明清小说中,偶有涉及小说购买者的描写:

《廿四史通俗演义》第四十二回载有作者吕抚交代写作动机的一段文字:"抚少年最喜读史,独惜其词义颇深,不能通俗。康熙甲子三月,借读

---

① 一粟编:《红楼梦资料汇编》,北京:中华书局,1964年,第210页。
② 蒋敦复:《金瓶梅序》,见黄霖编:《金瓶梅资料汇编》卷一,北京:中华书局,1987年,第8页。

《三国志》于旷轩,因恨三国前后,无有如《三国志》者,遂欲将古今事迹,汇为通俗演义,以便观者。乃购求《开辟演义》《盘古志》《夏禹王治水传》《列国志》《西汉传》《东汉传》《三国志》《两晋传》《南北史》《艳史》《隋唐演义》《唐传》《残唐传》《北宋志》《南宋志》《岳王传》《辽金元外史》《英烈传》《新世弘勋》等书,严加删辑,去其讹讹,补其漏遗。"①

《红楼梦》第二十三回写茗烟见宝玉终日不快:"因想与他开心,左思右想,皆是宝玉玩烦了的,不能开心,惟有这件,宝玉不曾看见过。想毕,便走去到书坊内,把那古今小说并那飞燕、合德、武则天、杨贵妃的外传与那传奇角本买了许多来,引宝玉看。"②

《野叟曝言》第二十九回写富家公子连城为谋求璇姑,托四嫂以淫书为媒,为其偷情牵线:"别人家未必现成,我家却无所不有。我嫌那淫书上绣像呆板,叫名手画师另画,真个面目娇艳,情态妖淫,比着平常的春宫册页还胜几倍,只消拿两部去就是。"③

《金玉缘》第七回,写苏州林员外之女爱珠:"将一本《浓情快史》一看,不觉两朵桃花上脸,满身欲火如焚,口中枯渴难当。"第八回,又"拿了《快史》一本,睡在床上看,看一回难过一会,不觉沉沉睡去"。

《儿女英雄传》第三十九回,写江湖英雄邓九公为朋友安学海准备的书房案桌上摆着几套书,"一部《三国演义》、一部《水浒传》、一部《绿牡丹》,还有新出的《施公案》合《于公案》"。④

读者除了包括上表中的达官贵人以外,还有大量的中下层文人和书坊主。他们不仅仅是读者,他们还用序跋这一特殊的形式,为小说宣传造势,这是一群特殊的读者。

> 天隐道人曰:"《续金瓶梅》,古今未有之奇书也,正书也,大书也……《齐谐》志怪,《庄》《列》论理,借海枣之谈而作菩提之语,奇莫奇于此。唐人纪事,则藻绮风云;元人说海,则借谈神鬼,虽快麈谈,无神风化。此则假饮食男女讲阴阳之报,复因鄙夫邪妇,推

---

① 吕抚:《廿四史通俗演义》,光绪庚寅仲夏广百宋斋校印。
② 曹雪芹著,冯其庸重校评批:《瓜饭楼重校评批红楼梦》,沈阳:辽宁人民出版社,2005年,第363页。
③ 夏敬渠:《野叟曝言》(二),见《古本小说集成》第四辑第五十六册,上海:上海古籍出版社,1994年,第851页。
④ 文康:《儿女英雄传》,见《古本小说集成》第一辑第一百零七册,上海:上海古籍出版社,1991年,第1981页。

世运之生化。涤淫秽而入莲界,拔贪欲以返清凉。不堕狐禅,不落理障,衮贤鞭佞,崇节诛淫,上翊天道,下阐王章,正莫正于此。"①

烟霞洞天隐道人对唐传奇和元代小说的口诛笔伐,目的只是为了抑人而扬己。虽然《续金瓶梅》沿袭了《金瓶梅》的叙事构架,对时代有所褒贬,但小说中不容回避的大量的性描写又何尝有裨风化,序跋者竟然给出了"推世运之生化"的阐释,并荒唐地认为由此而可以"涤淫秽而入莲界,拔贪欲以返清凉"。清初的部分小说序跋者继承了明末的观点,在表达两性问题上相当放纵,而且对于阅读色情小说完全没有张竹坡当年的忐忑,反而个个言之凿凿,声称有裨声教。这样的读者在当时绝非个案,如《欢喜浪史序》"余观小说多矣,类皆妆饰淫词为佳,陈说风月为上,使少年子弟易入邪思梦想耳。惟兹演说十二回,名曰《谐佳丽》,其中善恶相报,丝毫不紊。足令人晨钟警醒,暮鼓唤回,亦好善之一端云"。②《野叟曝言序》"正大者天理,猥亵者人情。天理即寓乎人情之中,非即人情而透辟之,即天理不能昌明至十二分也"。③

除了清代小说序跋涉及的这些特殊的读者之外,在小说情节中还有一些关于小说读者的介绍,如《蜃楼志》第三回写笑官买来《娇红传》《灯月缘》《趣史》《快史》送给心上人素馨;《笔梨园》第一回交代江干城避乱山居时,买来几部小说,不时观看;《肉蒲团》第三回写未央生为激起妻子的性欲,将《绣榻野史》《如意君传》《痴婆子传》等放在案头,任其翻阅;《廿四史通俗演义》第四十二回交代了创作过程,为了将古今事迹,汇为通俗演义,吕抚购求了《开辟演义》《盘古志》《夏禹王治水传》《列国志》《西汉传》《东汉传》《三国志》《两晋传》《南北史》《艳史》《隋唐演义》《唐传》《残唐传》《北宋志》《南宋志》《岳王传》《辽金元外史》《英烈传》《新世弘勋》等书;《红楼梦》第二十三回中茗烟为逗引宝玉开心,去书坊买来古今小说等;《野叟曝言》第三十一回记载了四嫂给璇姑送来的《会真记》《娇红传》;《金石缘》中的苏州林员

---

① 烟霞洞天隐道人:《续金瓶梅序》,见《古本小说集成》第一辑第七十一册,上海:上海古籍出版社,1991年,第1~4页。
② 佚名:《欢喜浪史序》,见陈庆浩、王秋桂主编:《思无邪汇宝》,台北:台湾大英百科股份有限公司,1995年,第1页。
③ 知不足斋主人:《野叟曝言序》,见《古本小说集成》第四辑第五十五册,上海:上海古籍出版社,1994年,第3页。

外之女爱珠贪看《快史》;《儿女英雄传》中的江湖英雄邓九公给朋友安学海准备的小说有《三国演义》《水浒传》《绿牡丹》《施公案》《于公案》。

最典型的还数《红楼梦》中的一段,因为小说读者是小说中的达官贵人的家眷:

> 贾母便问:"近来可有添些什么新书?"那两个女先儿回说道:"倒有一段新书,是残唐五代的故事。"贾母问是何名,女先儿道:"叫作《凤求鸾》。"……贾母忙道:"怪道叫作《凤求鸾》。不用说,我猜着了,自然是这王熙凤要求这雏鸾小姐为妻。"女先儿笑道:"老祖宗原来听过这一回书。"众人都道:"老太太什么没听过!便没听过,也猜着了。"(第五十四回 史太君破陈腐旧套 王熙凤效戏彩斑衣)①

序跋中也有类似的介绍,如《柳崖外编序》:"今年春以所梓《柳崖外编》遗余,余呈家母,览之亟为叹赏,问曰:'徐舍人汝之同年乎?吾见时贤说部多矣,非太俚即大奇,是编以文言道俗情,又不雷同于古作者,无愧《聊斋》再世矣。'"②如果说贾母是听尽了才子佳人小说,王友亮的母亲是"见时贤说部多矣",其中包括乾隆三十年(1765)后面世的《聊斋志异》,且王母的评论大有见地,绝对是小说的资深读者。

从上述文史资料可知,由于小说这一文体的社会认可度的提升,大量的上层文人已潜入小说的接受群体之中。同时又由于清廷大力推动与蒙馆、家塾和族学之别的私塾教育和清一代创建兴复的基本普及城乡的5836所书院③为基础的官办教育等,使得清代的初等教育在一定程度上得到普及,加之传统儒学对教育的推崇和科举制度的刺激,使得清人识字的群体基数有了显著的提高,这对当时通俗小说的普及奠定了很好的群众基础。清代通俗小说的读者非常广泛,上至皇亲国戚、公卿大夫,下至士农工商,只要能识文断字,就有可能是通俗小说的读者。因此,清代通俗小说的接受群体是具有层次性的,不能笼统而言。但无论接受者是什么层次,他们对通俗小说的传播都有着重要作用。

---

① 曹雪芹:《红楼梦》,北京:人民文学出版社,1982年,第758页。
② 王友亮:《柳崖外编序》,见丁锡根编著:《中国历代小说序跋集》,北京:人民文学出版社,1996年,第175页。
③ 转引自邓洪波:《清代书院缘何大发展》,载《人民论坛》,2017年10月17日。

二、小说序跋与文言小说读者

相较于通俗小说读者群的多元化,清代文言小说读者的社会构成相对单一。在众多文言小说的序跋中,读者的文学定位非常明晰。

> 长洲许氏重刊于后,海内好古敏求者,胥快睹之矣。①
> 卷帙繁颐,颇碍行笈,兹易为袖珍,俾好古者便于取携。②
> 可以充俭腹,可以佐麈谭,可以供拈毫者之采撷,而生其藻彩,为功岂浅鲜哉!③
> 容斋有《随笔》,沈氏有《笔谭》,多述宋元间遗事,读者无不服其该洽,今以是书准之,又何多让焉,是为一言以引之。④
> 余闻其去年收汪氏开万楼书,索观其目,检所欲得者,皆已卖去,甚乏意味。最后举是书以对,问其刻与钞?则云旧刻。急索观之,目录俱全;尤为欣幸,盖旧所收者,前失目录几叶,此刻独全,故如获至宝。⑤
> 事多近代,文多时贤,奇而核,隽而工,亦犹心斋所云,或足资学士大夫开拓心胸、涤烦祛倦之一助云。⑥

清代文言小说大多故事性不强,且追求叙事简洁洗练,语言古奥,清代文言小说序跋者清醒地将文言小说的功用界定在满足文人的好古敏求之心和"充俭腹""佐麈谭""生其藻彩""开拓心胸、涤烦祛倦"等现实需求。

文人雅爱剧谈,不仅亲友之内,宾主之间,甚至偶遇相交,亦喜剧谈,辨章学术,考镜源流,蔚然成风。历史掌故、神怪故事、文人韵事、贤人淑德都

---

① 黄晟:《重刻太平广记序》,见丁锡根编著:《中国历代小说序跋集》,北京:人民文学出版社,1996年,第1771页。
② 莲塘:《唐人说荟例言》,见丁锡根编著:《中国历代小说序跋集》,北京:人民文学出版社,1996年,第1794页。
③ 彭羹:《唐人说荟序》,见丁锡根编著:《中国历代小说序跋集》,北京:人民文学出版社,1996年,第1795页。
④ 陈俶:《耳载小引》,见丁锡根编著:《中国历代小说序跋集》,北京:人民文学出版社,1996年,第435页。
⑤ 复翁:《宣和遗事跋》,见于锡根编著:《中国历代小说序跋集》,北京:人民文学出版社,1996年,第741~742页。
⑥ 黄承增:《广虞初新志自叙》,见丁锡根编著:《中国历代小说序跋集》,北京:人民文学出版社,1996年,第1810页。

可以成为他们剧谈的内容,而"可以充俭腹,可以佐麈谭,可以供拈毫者之采撷"(彭蓥《唐人说荟序》);"服其该洽"(陈俶《耳载小引》);"议论醇正,准理酌情,毫无可驳,如名儒讲学,如老僧谈禅,如乡曲长者读诵劝世文"①(冯镇峦《读聊斋杂说》);"学士大夫酬应之余,伊吾之暇,取是编而浏览之,匪惟涤烦祛倦,抑且纵横俯仰,开拓心胸,具达观而发旷怀"②(张潮《虞初新志自叙》);"咤风云,锵金石,助麈谭而备辖轩之咨访"③(郑澍若《虞初续志自序》);"足资学士大夫开拓心胸,涤烦祛倦之一助"(黄承增《广虞初新志自叙》)的文言小说投合了文人的所谓雅趣,其读者自然也应以文人为主,而且也没有太多的证据可以证明,文言小说可能也会受到追逐娱乐的一般小说读者的欢迎。

但是,有些文言小说为追求文情文趣而偏离了主流的文学创作路线,以历史事件或历史人物为因由,虚诞恣肆,大类院本演义体,如严蕊的闺情词《卜算子》(不是爱风尘)的故事。唐仲友私自为严蕊落籍,好朋友高宣教填词以谑严蕊,朱熹将其作为罪证写进了《按唐仲友第四状》,却被改写成严蕊面对朱熹的严刑拷打,抵死不作伪证以诬陷唐仲友,并赋此词以明心迹,从而构成一个可供谈资的故事。这种故事因为涉及朱熹、严蕊、唐仲友,所以不仅会吸引笔记作者的记录,而且一代理学家朱熹的三角恋爱故事还会引起后世读者的兴趣。洪迈《夷坚志》第一次记载此事,周密《齐东野语》剿袭了洪迈的说法,从此,情节被固化下来,进而制造了文字史上的又一冤假错案。

类似的错误记载还见于蒲松龄《聊斋志异》卷一《喷水》:

> 莱阳宋玉叔先生为部曹时,所僦第甚荒落。一夜二婢奉太夫人宿厅上,闻院内扑扑有声,如缝工之喷水者。太夫人促婢起,穴窗窥视,见一老妪,短身驼背,白发如帚……两婢扶窗下聚观之。妪忽逼窗,直喷棂内,窗纸破裂,三人俱仆……撬扉入,见一主二婢骈死一室。一婢膈下犹温,扶灌之,移时而醒,乃述所见。④

---

① 冯镇峦:《读聊斋杂说》,见张友鹤辑校:《聊斋志异会校会注会评本》,北京:中华书局,1962年,第11页。
② 张潮:《虞初新志自叙》,见丁锡根编著:《中国历代小说序跋集》,北京:人民文学出版社,1996年,第1807页。
③ 郑澍若:《虞初续志自序》,见丁锡根编著:《中国历代小说序跋集》,北京:人民文学出版社,1996年,第1809页。
④ 蒲松龄著,任笃行辑校:《全校会注集评聊斋志异》,济南:齐鲁书社,2000年,第13页。

王士禛批道:"玉叔襁褓失恃,此事恐属传闻之讹。"①所谓"闻而审则为福矣,闻而不审,不若无闻矣"②,王士禛批评蒲松龄小说情节有悖事实,然而其撰著的文言小说也是状况百出。如王士禛《居易录》卷二十四引述的《招安梁山泊榜文》,其真实性备受质疑,因为以一万万贯悬赏宋江的脑袋,这一数额竟至与北宋皇祐、治平年间全国的年收入基本相等,甚是荒唐。然而以王士禛的身份,虽不至于去编造,但余嘉锡先生在其《宋江三十六人考实》一文中不得不无奈地说:"余遍考之,终不得其出处。"③这一舛误发生的原因,最有可能,也是最为合理的解释当是王士禛在转引之时并未详加考证,以致以讹传讹。

文言小说作为文人"獭祭之具,摛华炫博之资",同时还兼有"载事"与"贻谋"两种效用。"虽杂载其事,但皆警惕在心,或可讽叹,无害于教化"。"故贻自广,不俟繁书,以见其意"。(李翱《卓异记自序》)

> 纪晓岚宗伯《滦阳续录》载五火神事,力辨其妄。因思委巷琐谈,虽不足与辨,然使村夫野妇闻之,足使颠倒黑白。如关公释曹,潘美陷杨业,此显然者。近有《承运传》,载朱棣篡逆事,乃以铁、景二公为奸佞。又有《正统传》,以于忠肃为元恶大憝,又本朝佛抚院盲词,以李文襄公之芳为奸臣,包庇其弟。此皆以忠为奸,使人竖发。不知作俑者始自何人,任使流传后世,不加禁止,亦有司之过也。④

虽然《阅微草堂笔记》也讲怪力乱神,但是和一般寒士的人生经历不同的是,纪昀历尽宦海风波之后,退而养性,诚如其在《观弈道人自题》中所言:"平生心力坐销磨,纸上烟云过眼多。拟筑书仓今老矣,只应说鬼似东坡。"其《阅微草堂笔记》所形成的胸怀书写与寄寓劝惩的复杂品格,如《滦阳续录》有云:"所见异词,所闻异词,所传闻异词,鲁史且然,况稗官小说……惟不失忠厚之意,稍存劝惩之旨,不颠倒是非如《碧云骃》,不怀挟恩怨如《周秦行纪》,不描摹才子佳人如《会真记》,不绘画横陈如《秘辛》,冀不见

---

① 蒲松龄著,但明伦评:《聊斋志异》,济南:齐鲁书社,1994年,第990页。
② 许维遹撰,梁运华整理:《吕氏春秋集释》,北京:中华书局,2009年,第617页。
③ 余嘉锡:《余嘉锡论学杂著》(下),北京:中华书局,1963年,第338页。
④ 昭梿撰,何英芳点校:《啸亭杂录》卷十《稗史》,北京:中华书局,1980年,第310页。

摈于君子云尔。"①纪昀在讽刺道学家以貌似严正的言辞来遮掩其丑陋私欲的虚伪中并不缺乏劝世的良苦用心,如《姑妄听之》借狐之习儒者之口评论道:"圣贤之于人,有是非心,无彼我心;有诱导心,无苛刻心。"②儒家原旨的加入,纠正了大众最感兴趣的志怪题材常常在大是大非等问题上背离圣人教化的不良倾向,不仅起到了疏导世俗人心的作用,而且纠正"各立门户""臆断主观""空谈性天"的宋儒和讲学家们在认知上的弊端。

作为序跋者对小说审美的归结,小说序跋不仅能彰显了一个时期的审美诉求,同时还有可能带动审美风向的改变。清代文言小说序跋表现出了对于雅洁文风的偏爱和对于内容真实的追求,这种审美上的偏嗜反馈到文言小说的创作上,造成了文言小说在反对虚构的道路上越走越远,而虚构的缺失和对真实的无限崇尚,使得清代文言小说转入对理趣和博识的无限迷恋之中而不能自拔,进而造成其文学性的大幅下滑,纪昀的《阅微草堂笔记》已初露端倪,其后许仲元的《三异笔谈》、俞鸿渐的《印雪轩随笔》、俞樾的《右台仙馆笔记》《耳邮》等文言小说更是深陷泥淖。

第三节 清代小说序跋的广告价值

清代小说序跋并未完全履行批评的职责,而是一味地推动这些小说的传播,从而体现出明显的商业意味。"夫《折柳》《皇华》,下里之曲,一经博雅之士,叶以宫商,被以管弦,繁音缛节,不啻抚渌水,扬白雪,使人有望洋之思,观止之叹"。③清人小说序跋借助于对小说具体内容的概要性交代、创作主旨的揭示、创作过程与动机的揭秘、版本源流的勾勒、创作理念的探求及接受效果的宣扬,进而达到吸引受众并刺激购买的目的。

一、清代小说序跋的广告价值

大部分清代小说序跋起到了应有的广告宣传功效,具体来讲,或是介绍小说内容,使读者产生先入之见,甚至对于购买后的小说阅读都会产生引领作用。或是揭示小说主旨,帮助读者正确理解作品,特别是一些容易

---

① 纪昀:《滦阳续录》六,见《笔记小说大观》第二十册,扬州:江苏广陵古籍刻印社,1983年,第438页。
② 纪晓岚著,堵军编校:《纪晓岚文集》卷十六《姑妄听之》,北京:民族出版社,2004年,第458页。
③ 陆伯焜:《缀白裘四集序》,见《缀白裘》四集,北京:中华书局,1941年,第1页。

产生阅读误区的、难以透过字面看透文本背后主题的,需要序跋者借助于这一特殊形式予以揭示。或是揭秘创作动机,进而引起读者的同病相怜之感。或是对版本源流进行勾勒,打造正版大牌的印象。或是宣扬创作理念,提升小说这一文体的社会地位。总之,不管动机如何,最终目的只有一个,那就是小说刊本的推销。

（一）版本的考索与清代小说序跋的另类推销

由于清代考据学的兴盛,整个社会的文人阶层都以有学问懂考据为荣,正如梁启超所说:"稍为时髦一点的阔官乃至富商大贾,都要'附庸风雅',跟着这些大学者学几句考证的内行话。"①在此风气濡染之下,清代小说序跋也往往掺入考证这一尺杆,如周中孚《郑堂读书记》评价纪昀《姑妄听之》:"历观以上四种,体例皆一,叙事之中,参以断语,持论平允,足风世俗;间及考证前古,亦本其所长,非泛载神怪琐屑者比也。"②

> 《梁公九谏》一卷,赐书楼藏旧钞本,此载诸《读书敏求记》中者也。今此本有赐书楼图记,字迹又旧,则其为述古堂物无疑。赐书楼未知谁氏,余所藏《张乖崖集》宋阙钞补者,每叶版心,皆刻赐书楼,所钞字迹,审是明人书,未知即此家否?此本卷中首叶有辨之印,此姑余山人沈与文也。尾叶有一印,其文曰'姑苏吴岫家藏',此吴方山也,皆吾郡中人,二人皆嘉靖时人,皆藏书家,则此书之珍重由来已久。偶为他邑所得,而仍归郡中。物之流传固自有异,然更得也是翁一番记述,不愈足引重乎?嘉庆癸亥三月朔黄丕烈书。③

该序文从图记的考辨入手,对小说的流转过程进行了系统的梳理,在将《梁公九谏》和《张乖崖集》的字迹加以比对之后,得出的结论依然模棱两可,"未知即此家否",由此可见黄丕烈作序态度的审慎。又,通过对明代嘉靖时期两位苏州籍藏书大家藏书印的辨识,进而得出一句不容置疑的结论:"此书之珍重由来已久。"珍贵的版本对于那些文化水平高的潜在读者而言无疑具有很大的吸引力。

---

① 梁启超:《中国近三百年来学术史》,北京:东方出版社,1996年,第25页。
② 周中孚撰:《郑堂读书记》(下),北京:商务印书馆,1959年,第667页。
③ 黄丕烈:《梁公九谏跋》,见丁锡根编著:《中国历代小说序跋集》,北京:人民文学出版社,1996年,第737~738页。

《开元天宝遗事》上、下,《顾氏文房小说》本也。书仅明刻耳,在汲古毛氏时已珍之,宜此时视为罕珍矣。初,书友以是书及皇甫涍辑本《支遁集》示余,索值甚昂,为有诸名家图记也。余许以家刻书直千钱者易之,未果,携之去。明日往询,云需三饼金。后日亲访之,其《支遁集》为他人以千钱易去矣,遂持此册归,稍慰求古之心。盖毛氏旧物,余本留心,而阳山顾氏名元庆者,在吴中为藏书前辈,非特善藏而又善刻,其标题《顾氏文房小说》(嘉靖)者,皆取古书刊行,知急所先务矣。此《开元天宝遗事》,虽未知所从出之本云何,然借西宾陆拙夫藏《历代小史》本证之,彼已脱落几条,是此本为善。闻周丈香严有元刊本,当假勘之。唐朝小说尚有《太真外传》《梅妃传》《高力士传》,皆刊入《顾氏文房小说》。向藏《梅妃传》亦顾本,《太真外传》别一钞本,《高力士传》竟无此书,安得尽有顾刻之四十种耶?以明刻而罕秘如是,宜毛氏之珍藏于前,而余亦宝爱于后也。①

《开元天宝遗事》的一段藏书史话关联着嘉靖年间藏书大家顾元庆和明末的汲古阁阁主毛晋,为此书增加了不少分量,更何况嘉靖年间的刻本,到明末已很罕见,以至于毛晋都视为珍宝,到清代嘉庆年间自然价值不菲。善本自然有善本的价值,从黄丕烈三访书商、书商坚拒的行为中可以看出,书商确实是行家里手,明刻本《开元天宝遗事》对于该书商而言自是奇货可居,对于黄丕烈而言也是志在必得。黄丕烈在购买行为发生之后,通过和家庭教师陆拙夫所藏的《历代小史》加以比对,进一步证实了"此本为善",难怪其要"宝爱于后"了。

世俗所行凡二本,一为王世贞所刊,注文多所删节,殊乖其旧;一为袁褧所刊,盖即从陆本翻雕者(陆游所刊)。虽版已刓敝,然犹属完书。义庆所述,刘知几《史通》深以为讥,然义庆本小说家言,而知几绳之以史法,拟不于伦,未为通论。②

提要中所提及的袁褧刊本大约为嘉靖年间嘉趣堂所刻,《四库全书总

---

① 复翁:《开元天宝遗事明刻本跋》,见丁锡根编著:《中国历代小说序跋集》,北京:人民文学出版社,1996年,第337页。
② 永瑢等:《四库全书总目》,北京:中华书局,1965年,第1182页。

目》在比对了王世贞刊本和袁褧刊本两个版本之后,对于王世贞编刊的《世说新语》攻讦尤甚,在四库馆臣看来,王世贞刊本的版本价值自在不论不议之列。

> 乾隆乙巳,吴郡程君叔平厚价收之,携示金君鄂岩德舆,适予与方君兰如薰、赵君味辛怀玉同集于桐华馆,得寓目焉。并以家藏抄本互相雠比,正讹补缺,十得八九,较渔洋所改,不啻过之。叔平嘱予刊入丛书,以广其传。忽忽十有九年,始践宿诺,而兰如、鄂岩已相继下世,味辛又远宦山左,俱不及预枣梨之役,回视桐华馆,遂如黄公酒垆,邈然有山河之感矣。刊成寄示叔平,相与致慨,然叔平公世之心系,切盼是书之成久矣,感念之余,又当欣然开卷也。①

清人对于古小说最大的贡献在于保存,同时也显现出最大的弊病。清人在正讹补缺的名义下对小说文本做了一系列南辕北辙式的"外科手术",导致文本失真。一部《鉴戒录》,王士禛和鲍廷博都对其做过改动,因依据不同,所以就又创造出了不同的版本。

清代特别是嘉道年间,出版了大量的唐宋元明时期的小说,这些小说因为年代久远,或者不同版本之间文本差异太大,或者散落不全,清代的书坊主在出版这些小说的时候就面临着一个版本的校对或整合的问题,而校对的过程或整合的材料来源就成为这些小说序跋内容的一个部分,对于读者更好地了解这本书的来龙去脉和该书在整个版本体系中的价值有一个清楚的把握,进而刺激读者的购买欲。

> 古书自宋、元板刻而外,其最可信者,莫如铜板活字。盖所据皆旧本,刻亦在先也……诸书中有会通馆、兰锡堂、锡山安氏馆等名目,皆活字本也……忆己卯春,香严作古,遗书分散,其目颇流转于坊间,独此书不著录,或疑其家固守,或已属他人,竟于无意中遇之,虽重直不惜矣。②

---

① 鲍廷博:《鉴诫录跋》,见丁锡根编著:《中国历代小说序跋集》,北京:人民文学出版社,1996年,第332页。
② 尧夫:《开元天宝遗事铜活字本跋》,见丁锡根编著:《中国历代小说序跋集》,北京:人民文学出版社,1996年,第338~339页。

《世说新语》《侯鲭录》及《白孔六帖》《万花谷》皆吾家旧书。时在顺治戊子己丑间,予尚童稚,未为诸生也。予游宦三十年,不能以籯金遗子孙,唯嗜书之癖,老而不衰。每闻士大夫家有一秘本,辄借钞其副,市肆逢善本,往往典衣购之。今予池北书库所藏,虽不敢望四部七录之万一,然亦可以娱吾之老而忘吾之贫。康熙辛未,予官兵部侍郎,居京师,此二书适在笈中,翻阅怃然,如遇贫交于契阔死生之后,其悲愉感慨有出于寻常相万者。故剑之情,讵可忘耶?因重装之,而手记于卷首……此本亦是吾小时故书,中有朱笔点阅者,乃顺治癸巳年手迹,即长儿涑始生之岁,尔时吾年二十。今六十矣,流光如驰,不堪把玩。抚此旧物,如遇故人,儿辈其宝之。①

版本的珍贵是图书附加值增值的重要依据,王士禛对于珍藏的善本小说《世说新语》热爱有加,收藏之中的酸甜苦辣,只有个中之人方能体味,所以在序跋的最后,才会交代"涑辈其珍惜之"(注:长子王启涑)。只可惜在其身后不久,王家大部分藏书流落江湖,其中有一部分被筠圃主人玉栋收藏。王士禛和黄丕烈都是著名的藏书家。作为文坛领袖,王士禛有藏书楼名为池北书库,藏书之富,甲于山左,与朱彝尊的曝书亭齐足并驱于一时。黄丕烈更是藏书家、目录学家和校勘家,"本朝南北收藏家,于古书面目、版本、源流深知笃嗜者,颇不乏人,要必以黄荛圃为巨擘焉"。② 两位藏书界的大腕对《世说新语》版本掌故的指点,不仅开阔了读者的视野,还会对《世说新语》在清代的传播产生积极的影响。

校雠之精,版本之良,当然可以作为吸引受众的广告语。清初康熙年间吴郡绿荫堂刊有《玉娇梨平山冷燕合刻》本,此刻本中赵怀玉《艺苑捃华序》云:

"小说九百,本自虞初"。见于张衡《西京赋》。厥后作者弥繁,虽叙杂事,记异闻,缀琐语。流派各殊,然寓劝惩、广见闻、资考证则一也。顾单本流传,易于澌灭,不特无以信后世之目,且将以失古人之心矣。小读书堆主人插架既富,尤嗜说部,丹黄之余,

---

① 王士禛:《世说新语跋》,见丁锡根编著:《中国历代小说序跋集》,北京:人民文学出版社,1996年,第266~267页。

② 徐珂编撰:《清稗类钞》第九册《鉴赏类》,北京:中华书局,1986年,第4265页。

摘择善本，仿《百川学海》，荟而梓之。不惟克聚古人之心，且足以怡后世之目，既名之曰《艺苑捃华》，复序其缘起如此。①

作为"毗陵七子"之一的赵怀玉，其在诗坛的地位与孙星衍、洪亮吉和黄景仁相颉颃；赵怀玉又是乾嘉年间著名的藏书家，黄丕烈、鲍廷博和吴翼凤与之为书友。赵怀玉为《艺苑捃华》作序，既是从众之举，又有缓解经济压力和留名后世的多重考量，"穷达且置之，所期在千秋""颇不嗤狂憨，黾勉在千秋"。虽然《艺苑捃华》所收以小说为主的四十八种著述多见于《唐人说荟》《龙威秘书》，丁锡根先生认为其简陋至极，绝非顾之逵所辑，而是书贾从《唐人说荟》《龙威秘书》中随意抽取、杂凑而成，文史价值不高，但赵怀玉序还是力打"摘择善本"牌，如所收录的《海内十洲记》书名之下特注明"《汉魏丛书》原本"。经其作序推荐，《艺苑捃华》自是身价不凡，名噪一时，有同治七年(1868)务本堂序刊本。

(二) 小说主旨的先容与清代小说序跋的广告价值

小说的主旨因为其表意的模糊性和多向性而见仁见智，如明末的李贽和清初的金圣叹关于《水浒传》主旨的评论就迥然有别，故而序跋者在序跋中直接介绍小说的主旨，不仅有利于激发潜在读者的购买兴趣，而且对读者阅读产生导向性，方便读者阅读。

> 然其间之小节，人所易知，大义人所不觉……如金乡公主既许赫腾，赫腾战死，虽见江潮之美，不肯改节，是一部中之正旨，一人而已。②

> 人神相通，感召深切……神无所托则不灵，人无所感则不动……发因果之妙义，奸邪悚其毛发，儿女惕其梦魂，圣人神道设教之意义，遂得以行乎其间矣。③

顾石城对于《吴江雪》中金乡公主凛然节操的揭晓，蒲松龄对于《慕请水陆神像》所蕴含的因果教旨的点破，对于文化层次较低的读者而言，无异

---

① 赵怀玉：《艺苑捃华序》，见丁锡根编著：《中国历代小说序跋集》，北京：人民文学出版社，1996年，第1799页。
② 顾石城：《吴江雪序》，见丁锡根编著：《中国历代小说序跋集》，北京：人民文学出版社，1996年，第1239页。
③ 蒲松龄：《慕请水陆神像序》，见路大荒整理：《蒲松龄集》，上海：上海古籍出版社，1986年，第76页。

于醍醐灌顶、茅塞顿开。

  《聊斋志异》大半假狐鬼以讽喻世俗。嬉笑怒骂,尽成文章,读之可发人深醒。第其笔意高古,字句典雅,固非纨绔子所能解,亦非村学究所能读,盖非具一代才不能著《聊斋》,非读破万卷书亦不能注《聊斋》也。然则注《聊斋》者可谓《聊斋》之功臣,而序注《聊斋》者实亦注《聊斋》者之知己矣。注之难,序之正,不易。注者序者或许余为能读《聊斋志异》者。①

舒其锳对于《聊斋志异》超越现实的花妖狐媚故事背后的讽喻现实、批判吏治的用世精神的揭示,与蒲松龄《聊斋志异自序》中的自陈殊无二致。关于《聊斋志异》的主旨的复杂性,王平老师作如是说:"《聊斋志异》往往借助因果报应、宿命轮回、阴谴冥诛、得道成仙等佛道观念,弘扬孝悌信义等儒家道德规范,对小说中的僧道法术以儒家民本思想为评判的标准。在关心民生的同时,流露出一定的出世思想。"②

  本以嗜欲故,遂迷财色;因财色故,遂成冷热;因冷热故,遂乱真假。因彼之假者,欲肆其趋承,使我之真者,皆遭其荼毒,所以此书独罪财色也。③

  客曰:"……今子之撰《金瓶梅》一书也,论事,则于古无征,等齐东之野语;论人,则书中人物,十九皆愆尤丛积,沉溺财色,淫荡邪乱,恣睢暴戾,以若所为,直贼民而蠹国,人神之所共愤,天地之所不容,奈之何尚费此宝贵笔墨,以为之宣述乎!且更绘声绘影,纤细不遗,岂不惧乎人之尤而效之乎?"余曰:"……此报施之说,因果昭昭,固尝详举于书中也。至于前之所以举其炽盛繁华者,正所以显其后之凄凉寥寂也;前之所以详其势焰熏天者,正所以证其后之衰败不堪也。"④

---

① 舒其锳:《注聊斋志异跋》,见丁锡根编著:《中国历代小说序跋集》,北京:人民文学出版社,1996年,第144页。
② 王平:《儒释道互补与新旧文化的冲突——论明清小说的文化心理特征》,载《山东青年政治学院学报》,2011年第1期,第127页。
③ 张竹坡:《金瓶梅闲话》,见刘辉、吴敢辑校:《会评会校金瓶梅》,台北:天一出版社,1998年,第2101页。
④ 观海道人:《金瓶梅序》,见丁锡根编著:《中国历代小说序跋集》,北京:人民文学出版社,1996年,第1110页。

道德意识自身的复杂性也间接造成了小说叙事诠释的多项性,如《金瓶梅》的主旨,就因序跋者文化立场的不同而出现理解上的重大差异。

> 尝观淫词诸书,多浮泛而不切当,平常而不惊奇。惟有《碧玉楼》一书,切实发挥,不但词藻绚烂,而且笔致新鲜,真足令阅者游目骋怀,解其倦而豁其心。其尤有可取者,劝人终归于正,弗纳于邪,殆警半之奇文也。是为序。①
>
> 余观小说多矣,类皆妆饰淫词为佳,陈说风月为上,使少年子弟易入邪思梦想耳。惟兹演说十二回,名曰《谐佳丽》,其中善恶相报,丝毫不紊。足令人晨钟警醒,暮鼓唤回,亦好善之一端云。②
>
> 天下惟闺房儿女之事,叙之简策,人争传诵,千载不灭,何为乎? 情也。盖世界以有情而合,以无情而离。故夫子删诗,而存扶苏子矜,不废桑间濮上之章已。今可以兴观,可以群怨,宁非情乎? 盖忠臣孝子,未必尽是真情,而儿女切切,十无一假,则《浪史》风月,正使无情者见之还为有情,情先笃于闺房,扩而充之,为真忠臣、真孝子,未始不在是也。③
>
> 此书虽蹈于淫,然由于缘,动于情,即蹈于淫,犹可说也……况天下之淫事,何日无之? 亦何处无之? 人非圣贤,谁能免此。④

清代艳情小说序跋沿袭明代东吴弄珠客等序跋的传统,从小说劝惩观念入手,为淫邪的小说内容辩护,小说序跋者把"情""淫"混为一谈,使得本应受到谴责的艳情小说变成了一段奇文和可供读者游目骋怀的小说,在很大层面上对清代的小说读者有误导之嫌。小说主旨完成由淫邪到正统的转型,由此也可以看出清人对于艳情小说的一种态度。

由于审美标准、审美理想和审美情趣等因素的差异,造成对同一部小说的多种不同的阐释。清人序跋对于《西游记》原旨的阐述,从主旨上大致

---

① 佚名:《碧玉楼序》,见《明清善本小说丛刊》,台北:天一出版社,1990年。
② 佚名:《欢喜浪史叙》,见陈庆浩、王秋桂主编:《思无邪汇宝》,台北:台湾大英百科股份有限公司,1995年。
③ 风月又玄子:《浪史》,见陈庆浩、王秋桂主编:《思无邪汇宝》,台北:台湾大英百科股份有限公司,1995年。
④ 秋斋:《载阳堂意外缘辨》,见丁锡根编著:《中国历代小说序跋集》,北京:人民文学出版社,1996年,第1338页。

可以分为四类：一是"求放心"，代表人物是黄周星和汪象旭。

> 仙即是佛，业已显然明白，而仙佛之道，又总不离乎一心，此心果能了悟，则万法归一，亦万法皆空，故未有悟能、悟净，而先有悟空，所谓成佛作祖，皆在乎此。此全部《西游》之大旨。①
>
> 澹漪道人汪象旭，未达此义，妄议私猜，仅取一叶半简，以心猿意马，毕其全旨，且注脚每多戏谑之语，狂妄之词。②

二是"三教同源"，在清代影响最大，代表人物是尤侗、刘一明和张含章。

> 合二氏之妙而通之于《易》，开以乾坤，交以坎离，乘以姤复，终以既济未济，遂使太极两仪、四象八卦、三百八十四爻，皆会归于《西游》一部。③
>
> 窃拟我祖师托相作《西游》之大义，乃明示三教一源。故以《周易》作骨，以金丹作脉络，以瑜迦之教作无为妙相。④
>
> 其书阐三教一家之理，传性命双修之道，俗语常言中，暗藏天机；戏谑笑谈处，显露心法。⑤

三是"教人诚心为学"，代表人物是张书绅。

> 其名曰《西游》，其实却是《大学》之道，已奇。明明写的是魔传，不知却是种种的文章，更奇。然犹未也，最奇妙处，全在按定心猿以及江流出世一段，便腾出许多地步。迨至心猿归正，自然拍合。⑥

四是"游戏三昧说"，代表人物是阮葵生。《茶余客话》卷二十一记载了阮葵生回复山阳县令能否将吴承恩载入县志的答语：

---

① 憺漪子：《西游真诠》，见《明清善本小说丛刊初编》第五辑，台北：天一出版社，1985年。
② 蔡铁鹰编：《西游记资料汇编》，北京：中华书局，2010年，第602页。
③ 尤侗：《西游真诠序》，见翠筠山房本《西游真诠》，康熙年间刊本。
④ 无名子：《西游正旨后跋》，见丁锡根编著：《中国历代小说序跋集》，北京：人民文学出版社，1996年，第1377页。
⑤ 刘一明：《西游原旨序》，见《明清善本小说丛刊初编》第五辑，台北：天一出版社，1985年。
⑥ 张书绅：《新说西游记总批》，见《明清善本小说丛刊初编》第五辑，台北：天一出版社，1985年。

> 然射阳才士,此或其少年狡狯,游戏三昧,亦未可知。要不过为村翁塾童笑资,必求得修炼秘诀,则梦中说梦。以之入志,可无庸也。①

阮葵生是"游戏三昧说"的最早提出者,乾嘉年间著名的扬州籍学者焦循也倾向于"游戏三昧说":"今揆作者之意,则亦老于场屋者愤郁之所发耳。黄袍怪为奎宿所化,其指可见……然此特射阳游戏之笔,聊资村翁童子之笑谑,必求得修炼秘诀,亦凿矣。"这一观点为20世纪20年代的胡适、鲁迅等学者所承继,详见胡适先生的《西游记考证》和鲁迅先生的《中国小说史略》,兹不赘述。

个体趋同于社会及群体的文化精神是中国传统文化的特征之一。历史演义小说以时事或史事作为道德的载体,在中国古代文化传统的烛照之下,故事获得一种亘古不变的经典阐释与深远的社会影响。

> 然樵子颇识字,闲则取《顺天胪笔》《酌中志略》《寇营纪略》《甲申纪事》等书,销其岁月……久而樵之,以成野史。不樵草、樵木,而樵书史,因负之以售与爨者。②

> 是刻详载逆闯寇乱之因繇,恭纪大清荡平之始末,虽大端百出,而铺序有伦,虽小说一家,而劝惩有警,其于世道人心不无少补。③

> 故读是编者,可以教孝,可以教忠,可以教义。闺阁闻之,亦莫不油然生节烈之心。有功名教,良非浅鲜。④

清代历史演义小说摒弃虚构,重新捡拾起真实的大旗,试图通过对已逝去的惨烈的历史真相的还原,以道德为经,以岁月为纬,在不动声色的叙事中,血淋淋地展示着处于乱世无政府状态下的人类自身的悲剧命运,进而合理地推演出大众对于治世的期待及对于治世下的王道乐土的渴盼,并

---

① 阮葵生:《茶余客话》卷二十一,见《清代笔记小说大观》(三),上海:上海古籍出版社,2007年,第3042页。
② 江左樵子:《樵史通俗演义自序》,见《古本小说集成》第二辑第六十册,上海:上海古籍出版社,1992年,第2~4页。
③ 《新世鸿勋》识语,见《古本小说集成》第一辑第二十八册,上海:上海古籍出版社,1991年。
④ 彭一楷:《台湾外志叙》,见丁锡根编著:《中国历代小说序跋集》,北京:人民文学出版社,1996年,第1045页。

在"百代兴亡朝复暮,江风吹倒前朝树"①的叹息中完成对于历史伟大意义的消解及对于历史荒诞性的暗讽。

神怪小说的叙事强调的是事件本身的有因有果,常借佛教因果律来阐发人间纲常,如时任安徽祁门县学训的沈起凤借《谐铎》中的神异故事给人以警醒,其卷四的《酒戒》《色戒》《财戒》《气戒》《侠妓教忠》《雏伶尽孝》《丐妇殉节》《营卒守义》,更是以底层小人物对忠孝节义的身体力行,呼唤对儒家纲纪的体认和践行。

> 搜神说鬼,虽同赘客之谐;振聩发聋,不减道人之铎。昶乘轺始茁,鞅掌维繁。仰希陶侃浔阳,府无虚日;窃叹班超定远,鬓有余霜。未了浮名,有妨大雅。足下青衿满座,学授淹中;紫气霄浮,经传棘下。偶以订顽之义,托诸志怪之书。君岂妄言,吾当敬听。慨羁宦于投书渚上,深惭老矣无能,望瑶华于断石村边,时冀惠而好我。②

> 《搜神》点鬼,志怪《齐谐》;发聩振聋,徇人道铎。拈《南华》之妙谛,大都寓言;比东方之赡辞,半归谲谏。本恻怛慈悲之念,为嬉笑怒骂之文,借蛇神牛鬼之谈,寄警觉提撕之慨。周情孔思,乐旨潘辞。嗟呼!紫宙浩茫,苍穹夐阔。可怜虫日毕日下,作么生愈出愈奇。淄渑孰与微分,枘凿偏多巧合。佪规错矩,换羽移宫。理之必无,情所或多。物犹如此,人何以堪?③

世情小说更因其贴近现实生活而广受受众的喜爱,而故事中人物大结局的设计无疑包含着作家对于人事所作出的道德判断,事件演进的自身无形之中成了一种文化道德观念的形象展示,冥冥之中自有天意的道德法则构成了事件推演的原动力。

> 续编六十四章,忽惊忽疑,如骂如谑,读之可以瞿然而悲,粲

---

① 吴敬梓:《儒林外史》,北京:人民文学出版社,1977年,第1页。
② 王昶:《谐铎序》,见丁锡根编著:《中国历代小说序跋集》,北京:人民文学出版社,1996年,第163页。
③ 马惠:《谐铎跋》,见丁锡根编著:《中国历代小说序跋集》,北京:人民文学出版社,1996年,第164页。

然而笑矣。①

夫妙解连环,而要之不诡于大道,即施、罗二子,斯秘未睹,况其下者乎？语云："为善如登。"笠道人将以是编偕一世人结欢喜缘,相与携手,徐步而登此十二楼也。使人忽忽忘为善之难而贺登天之易,厥功伟矣！②

白云道人,苕上逸品,饱诗书,善词赋,诙谐调笑,恒寄意于翰墨场中。故其下笔处诗词霏霏,而诵其说者恍身入万花谷中……烟水散人又严加较阅,增补至十六回,更觉面目一新。窃料是编一出,洛阳纸贵无疑矣。③

余子曼翁以所著《板桥杂记》示予为序,予间阅之,大抵《北里志》《平康记》之流,南部烟花宛然在目,见者靡不艳之。④

明清小说序跋关于接受效果的预估因为缺少对不同文化场域的认同或抵制的调查作为基础,更由于对融入视域的新文本所带来的文学接受的变化的漠视,再加上亲朋故旧的人情立场,所以,他序在预估小说接受效果的时候,预判的接受效果往往并不等同于现实,但作为一种广告语言,至少可以通过人为制造的小说消费幻象或者利用受众跟着感觉走的消费心理,进而有效地增加小说的市场可接受度。

（三）求真务实的文学精神与清代小说序跋的广告价值

清代小说序跋中出现了大量的介绍创作过程和创作动机的文字,并不在于痛述创作的艰辛,而在于陈述创作素材的言之有据。和明代的务虚形成了鲜明的对比,而这种文学追求又和整个清代的实学思潮紧密相连。借力于对小说创作经历和动机的介绍,序跋者试图以此来证明自己的所言非虚,同时表明了小说应具有的另一功能:为历史或地方文化存照。

《北史演义》……远近争先睹之为快矣。特南朝始末,未能兼载,览古之怀,人犹未餍,且于补古来演义之阙,犹为未备也；乃复

---

① 爱日老人：《续金瓶梅序》,见《古本小说集成》第一辑第七十一册,上海：上海古籍出版社,1991年,第4页。
② 杜濬：《十二楼序》,见李渔：《十二楼》,上海：上海亚东图书馆,1949年,第1~2页。
③ 风月盟主：《赛花铃后序》,见《古本小说集成》第一辑第九十三册,上海：上海古籍出版社,1991年,第362~363页。
④ 尤侗：《题板桥杂记》,见丁锡根编著：《中国历代小说序跋集》,北京：人民文学出版社,1996年,第441页。

劝其作《南史演义》……或谓："南朝风尚,贤者骛于玄虚,不肖者耽于声色,所遗事迹,类皆风流话柄,所谓六朝金粉是也。载之于书,恐观者色飞眉舞,引于声色之途而不知返,讵非作书者之过耶?"余应之曰:"嘻!子何见之小也。夫有此国家即有兴替,而政令之是非,风俗之淳薄,礼乐之举废,宫闱之淑慝,即于此寓焉。其兴也,必有所以兴;其亡也,必有所以亡。"①

然樵子颇识字,闲则取《顺天胪笔》《酌中志略》《寇营纪略》《甲申纪事》等书,销其岁月……久而樵之,以成野史。不樵草、樵木,而樵书史,因负之以售与爨者。②

盖稗官不过纪事而已。其有知愚忠佞贤奸之行事,与国家之兴废存亡,盛衰成败,虽皆胪列其迹,而与天道之感召,人事之报施,知愚忠佞贤奸计言行事之得失,及其所以盛衰成败废兴存亡之故,固皆未能有所发明,则读者于事之初终原委,方且懵焉昧之,又安望其有益于学问之数哉……寅卯之岁,予家居多暇,稍为评骘,条其得失而抉其隐微。虽未必尽合于当日之指,而依理论断,是非既颇不谬于圣人,而亦不致贻嗤于博识之士。聊以豁读者之心目,于史学或亦不无小裨焉。③

虽遐稽史册,其足以为劝惩者,灿若日星,原无庸更借于稗官野乘。然而史册所载,其文古,其义深,学士大夫之所抚而玩,不能挟此以使家喻而户晓也。如欲使家喻而户晓,则是书不无裨于世教云。④

如今他既妄造伪言,抹杀真事。我亦何妨提明真事,破他伪言,使天下后世深明盗贼忠义之辨,丝毫不容假借。⑤

---

① 许宝善:《南史演义序》,见丁锡根编著:《中国历代小说序跋集》,北京:人民文学出版社,1996年,第944~945页。
② 樵子:《樵史自序》,见丁锡根编著:《中国历代小说序跋集》,北京:人民文学出版社,1996年,第1040页。
③ 蔡元放:《东周列国志序》,见丁锡根编著:《中国历代小说序跋集》,北京:人民文学出版社,1996年,第868~869页。
④ 滋林老人:《说呼全传序》,见丁锡根编著:《中国历代小说序跋集》,北京:人民文学出版社,1996年,第993页。
⑤ 忽来道人:《结水浒全传引言》,见丁锡根编著:《中国历代小说序跋集》,北京:人民文学出版社,1996年,第1516~1517页。

从上述序跋可知,清代历史演义小说的创作动机在于将"其文古,其义深"的正史改造为家喻户晓的小说,以使普通民众也知"成败废兴存亡之故","明盗贼忠义之辨"。居安思危,以史为鉴,"依理论断,是非既颇不谬于圣人,而亦不致贻嗤于博识之士",导人以正,才是清代历史演义小说的正途。

小说创作,特别是历史演义小说和文言小说,对素材的事事有出处的终极追求,彰显了一个时代求真务实的文学精神。这一时代的文学精神在《四库全书总目提要》中得到了忠实地贯彻,《四库全书总目》"子部·小说家类"小序云,文言小说"唐宋而后,作者弥繁。中间诬谩失真,妖妄荧听者固为不少,然寓劝戒、广见闻、资考证者亦错出其中"。"迹其流别,凡有三派:其一叙述杂事,其一记录异闻,其一缀辑琐语也"。"今甄录其近雅驯者,以广见闻。惟猥鄙荒诞,徒乱耳目者则黜不载焉"。① 将小说的文体功能局限在教化功能、历史功能和学术功能,而对于崇尚虚构的小说一概议之曰"诬谩失真,妖妄荧听",对于尚奇志怪的小说则讥之曰"猥鄙荒诞,徒乱耳目",这是作为汉学大本营的四库馆臣们的文学观的狭隘之处。

(四)叙事理论的揭示与清代小说序跋的广告意味

小说理论的背后是伦理现实的明晰化,对叙事文本进行细致的价值鉴别是序跋者的中心任务之一。清人小说序跋在文学观念上虽多沿袭明人,如对奇与真、虚与实、同而不同等理论的探讨,多不出明人之苑囿,但也能独出机杼,在感性评析上更上一层楼。清代小说评点大家代有其人,著名的有毛宗岗、张竹坡、金圣叹、天花藏主人、闲斋老人、蔡元放、脂砚斋、但明伦、文龙等人,他们都有不乏理论建树的小说序跋嘉惠后人。

> 然野史类多凿空,易于逞长。若《三国演义》,则据实指陈,非属臆造,堪与经史相表里。由是观之,奇又莫奇于《三国》矣……然三国之局固奇,而非得奇手以传之,则其奇亦不著于天下后世之耳目。前此虽有陈寿一志,较之荀勖、裴頠魏晋诸纪,差为此,善于彼,而质以文掩,事以意晦,而又爱憎自私,去取失实,览者终为郁抑不快……作演义者,以文章之奇而传其事之奇,而且无所事于穿凿,第贯穿其事实,错综其始末,而已无之不奇,此又人事

---

① 永瑢等:《四库全书总目》,北京:中华书局,1965年,第1182页。

之未经见者也。①

为了推销他评点的《三国演义》,李渔大谈"与经史相表里""无所事于穿凿""奇局""奇手"等概念,可类似的措辞早已见于明代庸愚子、李贽的序跋,至清代顺治元年(1644)金圣叹《三国志演义序》又一次明确无误地提出,李渔只是克隆了以上诸位的说法而已,但借助于主客问答及与史书的前后比较,清楚明白地稀释了读者心中对于第一奇书的"奇"之理解上的困惑。"与经史相表里",这是历史演义小说必须坚守的底线。即使是以历史为表现对象,一个有社会责任感的作者也要有自己鲜明的道德观念,并且有义务借助于文本叙事来澄清他的道德立场,而绝不可以对于一切价值保持中立。

由"与经史相表里"到奇人奇事,"奇"的内涵在发生着变化,但终极目的都是通过叙事来雄辩地传达理念,最终的旨归在于说服,并限制和规范个人的生命自由。嘉庆年间雪樵主人的《双凤奇缘序》与古溪老人的《双凤奇缘序》主旨上都在宣扬奇人奇文,而杜陵男子则强调在日常生活的琐屑中寻找创作的素材,并且同样可以化腐朽为神奇。

> 或女子徒以才见,临风作赋,对月敲诗,乃闺阁诲淫之渐,非奇也。或女子徒以色胜,尤物移人,蛾眉不让,又脂粉涂抹之流,非奇也。奇莫奇于有才有色,虽颠沛流离,不改坚贞之志,能武能文,虽报仇泄恨,自全忠义之名。非特此也,前因梦而咏好逑,能使芳魂归故土;后因梦而歌麟趾,犹是骨肉正中宫,乃知二难会称于女子者固奇,两美兼收于一君者尤奇。故名曰《双凤奇缘》,是为序。②

> 女子奇其才而不奇其貌,虽道蕴、文姬不足谓之奇;抑有奇其貌而不奇其才,即南威、西子亦何足谓乎奇。夫奇也者,必才色兼优,遇颠沛流离,不改坚贞之志;殚精竭虑,克全忠义之名,故不谓之奇,而其奇传矣。③

---

① 李渔:《古本三国志序》,见丁锡根编著:《中国历代小说序跋集》,北京:人民文学出版社,1996年,第899~901页。
② 雪樵主人:《双凤奇缘序》,见《古本小说丛刊》第七十辑第四册,北京:中华书局,1991年,第1625~1628页。
③ 古溪老人:《双凤奇缘序》,见丁锡根编著:《中国历代小说序跋集》,北京:人民文学出版社,1996年,第884页。

是故阅史者虽多,而究传者不少也。更而溯诸其原,虽非痛快奇文,焕然机局,较之淫辞艳曲,邪正犹有分焉。然好淫辞、僻艳曲之辈,阅此未必协心。唯喜正传、疾淫艳者,必以余言为不谬也。①

常则觅生活于故纸,变则化臭腐为神奇。②

而在整个清代的通俗小说或多或少涉及"性"这一敏感话题的时候,尤凤真的《瑶华传》提出"凡著书立说,须要透得出一个理字,既无理字透出,其情由何而生?若屏绝情理而著书,则吾不知其所著何书矣"。标榜小说的政教功能,这一观点在嘉道年间未始没有警世意义。阅读者与作者、序跋者所处的大坏境基本相同,共同的时代风尚、社会准则、道德价值规范使他们对作品所反映的人伦道德产生强烈的认同感和归属感,并在阅读的过程中不自觉地强化自我的道德意识,提高道德标准,更加坚定惩恶扬善的决心,达到了作者"贤者可为师,愚者可为戒"的创作目的。

二、广告价值的弱化与清代小说序跋

清代小说序跋在大力推销小说的同时,也存在着广告价值被弱化的风险,具体体现在:第一,识语抢占了序跋的风头;第二,清代刊刻的太多的小说缺失序跋;第三,小说序跋充满了对于小说的负面宣传;第四,书坊的品牌效应对于小说序跋影响力的冲击。

(一)清代小说识语的宣传意味

封面上的识语可能只是寥寥数语,但可以是对小说主题的概括,也可以是对小说素材性质的归纳,甚至可以是变相地在宣传自己的正宗和版本的精良,总之,识语也可以充满强烈的广告宣传意味。如《定鼎奇闻》庆云楼本封面书名左有"是刻详载逆闯寇乱之因繇,恭纪大清荡平之始末,虽大端百出,而铺序有伦,虽小说一家,而劝惩有警,其于世道人心不无少补。海内识者幸请鉴诸"。③ 虽然之后的小说序跋与识语前后呼应,但是毕竟是被识语拔了头筹,识语享尽了无限风光,并在小说的宣传上占尽先机。

---

① 李雨堂:《万花楼杨包狄演义叙》,见丁锡根编著:《中国历代小说序跋集》,北京:人民文学出版社,1996年,第995~996页。
② 杜陵男子:《蝉史序》,见丁锡根编著:《中国历代小说序跋集》,北京:人民文学出版社,1996年,第1430页。
③ 蓬蒿子:《新世鸿勋》,见《古本小说集成》第一辑第二十八册,上海:上海古籍出版社,1991年。

> 国家治乱,气数兴衰,运总由天,复因人召。当明季之世,妖异迭生,灾浸屡见。是以覆地翻天之祸,成于跳梁跋扈之徒,使生民罹害,烈于汤火。迨夫否极而泰承,乱甚而治继,天应人顺。大清鼎新,迅扫豺狼,顿清海宇。今赤眉尽殄于秋肃锋芒之下,俾黔首咸登于春台化育之中。率土倾心,普天欢忭,又讵非斯世斯民一大庆幸哉?兹《新世鸿勋》一编,乃载逆闯寇乱之始末,即所谓运数兴替之因繇。然运数虽系乎天机,而厥因实由于人造。惟顾举世之人悉皆去恶存善,就正离邪。既无邪愿因缘,自绝循环报复,虽亿万斯年,当永享太平之盛也。①

和小说序跋相比,识语不仅言简意赅地概括了小说的基本内容和社会功用,而且更重要的是最后一句"海内识者幸请鉴诸",向天下读者直接发出了邀约,这是序跋所没有的。序跋更多的内容是在表达满族人入关就是天遂人愿。在顺治八年(1651),蓬蒿子作序的时候,中原大地刚刚经历了改朝换代的剧痛,人民在圈地运动中哀鸿遍野,蓬蒿子竟昧心地说"黔首咸登于春台化育之中。率土倾心,普天欢忭,又讵非斯世斯民一大庆幸哉"。不知那些潜在的读者在看到这一番话之后作何感想,看完满纸的昏话,是否会激起购买的欲望。这样的昏话占了整个序跋的绝大篇幅,可能会使小说推销的效果大打折扣。

《梁武帝西来演义》也有着宣传创作主旨的识语。在封面书名《梁武帝传》的左边有绍裕堂主人识:"本堂《梁武帝传》一书绘梓流通,据史立言。我得我失,不出因缘果报。引经作传,西来西去,无非救度慈悲。英雄打破机关,便能立地成佛,达士跳过爱河,即可豁然悟道。识者自能鉴之。"②

类似的识语还见于《樵史通俗演义》的扉页:

> 深山樵子,见大海渔人而傲之曰,见闻吾较广,笔墨吾较赊也。明衰于逆珰之乱,坏于流寇之乱,两乱而国祚随之。当有操董狐之笔,成左孔之书者。然真则存之,赝则删之,汇所传书,采

---

① 蓬蒿子:《定鼎奇闻小引》,见《古本小说集成》第一辑第二十八册,上海:上海古籍出版社,1991年,第1~6页。
② 天花藏主人:《梁武帝西来演义》,见《古本小说集成》第一辑第十二册,上海:上海古籍出版社,1991年。

而成帙,樵自言樵,聊附于史。古云,野史补正史之阙,则樵子事哉。①

简短的识语交代了创作内容和创作动机,使得潜在读者能够在很短的时间内对小说文本产生一个基本的印象。小说的创作内容是"明衰于逆珰之乱,坏于流寇之乱,两乱而国祚随之";创作动机为"野史补正史之阙"。并慨然以此为己任,"则樵子事哉"。作者以史家的标准来规范小说创作的意识很强烈,作品以时间为序,依次表现了辽东战事、魏阉乱政、李自成起义、南明政权,对相关历史人物评价比较客观公正,作者要凭这四十回小说来演绎一部亡国痛史。

《樵史通俗演义》的识语和小说序跋各异其趣:

> 樵子日存山中,量晴较雨,或亦负薪行歌。每每晴则故人相过,携酒相慰劳。雨则闭门却扫,昂首看天。一切世情之厚薄,人情之得丧,仕路之升沉,非樵子之所敢知,况敢问时代之兴废哉!然樵子颇识字,闲则取《顺天胪笔》《酌中志略》《寇营纪略》《甲申纪事》等书,销其岁月。或悄焉以悲,或戚焉以哀,或勃焉以怒,或抚焉以惜,竟失其喜乐之两情。久而樵之,以成野史。不樵草、樵木,而樵书史,因负之以售与爨者。放声行歌,歌曰:"山径兮萧萧,山风兮刁刁。望旧都兮迢迢,思贤人兮焦焦。舟子兮招招,须友兮聊聊。心旌动兮摇摇,樵斧荒兮翘翘。醉起兮朝朝,醉眠兮宵宵。好鸟兮鸣条,好花兮未雕。容与兮逍遥,聊且兮为此中之老樵。吁嗟乎!山中之老樵!"②

自序中虽然也有创作经历的介绍和《樵史通俗演义》创作素材来源的铺排,和识语中的"补正史之阙"前后呼应,自有广告宣传的意味,但自序中更多的是在抒发一个身处江湖、心在庙堂的小人物的悲哀。面对动荡的时局,只能渴望贤能之士能救民于水火,而自己却不敢过问时代之兴废。在行歌之中,我们看到了樵子日日沉醉的内心苦痛和沉沦下僚的人生伤悲。这种带有强烈抒情意味的文字与其说是广告,不如说是一篇优美的散文。

---

① 马廉著,刘倩编:《马隅卿小说戏曲论集》,北京:中华书局,2006年,第176页。
② 樵子:《樵史自序》,见丁锡根编著:《中国历代小说序跋集》,北京:人民文学出版社,1996年,第1040~1041页。

单从广告性上来讲,识语再一次夺尽了序跋的风头。

蒲松龄的《聊斋志异》也久不被世人所识,虽然在刊刻之前有致仕家居的高珩、唐梦赉等人的序跋和王士禛的赠诗,但《聊斋志异》的出版还是晚至乾隆三十二年(1767),距离高珩为其作序的时间已过去了八十八年,距离唐梦赉为其作序的时间已过去了八十五年。高珩、唐梦赉作序之后,又沉寂了四十年,终于有了殿春亭主人的回响,然后又是个三十年,是练塘老渔的无神论宣示,这些序跋和小说内容的介绍及小说的宣传推销基本上没有什么关系,到乾隆三十一年(1766),余集和赵起杲准备开雕青柯亭本《聊斋志异》,序言部分依次收录了高珩、唐梦赉的序和作者的自志,并将当年王士禛的赠诗刻在封面上:"姑妄言之妄听之,豆棚瓜架雨如丝。料应厌作人间语,爱听秋坟鬼唱诗。"倒是这首小诗为《聊斋志异》赢得了巨大的市场空间和读者的认可度。赵起杲之所以要把对小说自身没有多少广告意味的高珩、唐梦赉的序放在开头,可能更多的是考虑到当时的文学大环境,乾隆年间的文言小说界已经是笔记体的天下了,志怪小说用传奇体来写应算得上是当时的异类,而高珩的序言从内容上来讲,基本上是在为《聊斋志异》"正名",并提出"可与六经同功"的观点,这种内容的序跋至少可以为《聊斋志异》的传奇体找到一个存在的合理依据,至于广告的功用则是几乎没有的。

纪昀的《阅微草堂笔记》卷首的《题辞》通过对小说内容的概要性介绍,以退为进,同样起到了扩大宣传的目的:"平生心力坐销磨,纸上烟云过眼多。拟筑书仓今老矣,只应说鬼似东坡。""前因后果验无差,琐记搜罗鬼一车。传语洛闽门弟子,稗官原不入儒家。"①

而有的识语则在变相地宣传自己的正宗地位,同时也在借攻击翻刻盗版者来宣示小说本身的畅销情况,进而吸引更多的读者跟进。如《原本海公大红袍传》在正文第一回前有两行文字:

如有翻刻版

者男盗女娼

另如纪昀的《滦阳消夏录》,卷首前有庚戌(乾隆五十五年,1790)重九后四日观奕道人(纪昀)再记云:"好事者辗转传钞,竟入书贾之手,有两本刊行。一为李氏本,所据乃断烂草稿,讹漏颇多。又每条增立标题,尤犯余

---

① 傅增湘撰:《藏园群书经眼录》,北京:中华书局,2009年,第668~669页。

本意。曾嘱友人戒其勿刻,未知其听余否也。一为张氏此本,虽然分三卷为六卷……而核其首末,尚未改原书,因再题数行,以著刊版之缘起。"①纪昀通过对市场流传的版本的负面评价,间接证明了自己小说的市场行情和此版本的精良、正宗,再加上纪昀在官场和学术界的地位,广告效应自是火爆。

也有的识语在打名牌效应,借力打力,出版《春灯闹》的书坊主识语云:"《桃花影》一编久已脍炙人口,兹后以《春灯闹》续梓,识者鉴诸。"②识语和序跋前后呼应:"今岁仲夏,友人有以魏、卞事倩予作传。予亦在贫苦无聊之极,遂坐洙水钓矶,雨窗十日,而草创编就……此书一出,不胫而走,于是又有新著《春灯闹》问世,题曰桃花影二编。"③另如《闹花丛》,其作者自跋谓:"今岁孟秋,友人有以庞刘事倩予作传,予援笔草创,两旬编就……友人必欲寿之梨枣,予亦不能强。"④大连图书馆藏有的康雍间《赛花铃》刊本的封面上有"兹编出自白云道人手笔,本坊复请烟水散人删补校阅,描情写景,情不逼真,诚小说中之翘楚也"⑤的识语。

《十二笑》的识语则打名人效应。其封面左题:"墨憨著述行世多种,为稗史之开山,实新言之宗匠,名传邺下,纸贵洛阳。兹刻尤发奇藏,知音幸同珍赏。意味深长,勿仅以笑谈资玩也。"⑥打着冯梦龙的旗号,但绝不是其作品,因为第二个故事的开头有"说在明末时",并且在卷首《笑引》末尾有"子犹后人"的印章。

书坊主为了招徕读者,书名加上古本、正本、京本、官板,以示版本精良;或在标题上用志传、全传、厄传,等等;从时间看有新镌、新刊、新刻等。对于小说常标有"京本""官板"的现象,郑振铎、胡士莹等先生均作过总结。郑振铎指出:"以'京本'二字为标榜的,乃是闽中书贾的特色。""但闽中书贾为什么要加上'京本'二字于其所刊书之上呢?其作用大约不外于表明

---

① 纪昀:《滦阳消夏录题词》,西湖街潄艺堂刊本《滦阳消夏录》卷首。
② 紫宙轩主人:《春灯闹·识语》,见石昌渝主编:《中国古代小说总目·白话卷》,太原:山西教育出版社,2004年,第31页。
③ 烟水散人:《桃花影自跋》,见陈庆浩、王秋桂主编:《思无邪汇宝》,台北:台湾大英百科股份有限公司,1995年。
④ 佚名:《闹花丛·自跋》,见石昌渝主编:《中国古代小说总目·闹花丛》,太原:山西教育出版社,2004年,第238页。
⑤ 《赛花铃识语》,见《古本小说集成》第一辑第九十三册《赛花铃》,上海:上海古籍出版社,1991年。
⑥ 郢雪:《十二笑识语》,见《古本小说集成》第一辑第五十五册,上海:上海古籍出版社,1991年。

这部书并不是乡土的产物,而是'京国'传来的善本名作,以期广引顾客的罢。"①胡士莹的观点与郑振铎相同:"标'京本'字样,实书贾伪托以示版本之可靠,犹之宋说话人以'京师老郎'为号召一样,这是当时福建建安一带书贾的惯技。"②

(二)序跋的阙如、负面评价与广告性的弱化

小说序跋广告性的弱化还体现在有部分小说没有序跋。太多的文言小说可能是因为篇幅太短,难以单独成册,因此没有独立的序跋。其原初的存在方式应该是和作者的文集集合在一起,后来被张潮《虞初新志》、郑澍若《虞初续志》、黄承增《广虞初新志》、虫天子《香艳丛书》等收录。没有序跋的文言小说有:李渔《乔复生王再来二姬合传》、黄周星《张灵崔莹合传》、屈大均《书叶氏女事》、张芳《黛史》、张元赓《张氏卮言》、无名氏《王氏复仇记》、刘钧《杨娥传》、徐忠《周栎园奇缘记》、尤侗《美人判》、徐震《美人谱》、丁雄飞《小星志》、刘銮《五石瓠》、陈鼎《邵飞飞传》、张潮《补花底拾遗》、王晫《看花述异记》、周友良《珠江梅柳记》、俞樾《十二月花神议》、了缘子《醋说》、旷望生《小脚文》、袁枚《缠足谈》、沈逢吉《七夕夜游记》、鹅湖逸士《老狐谈历代丽人记》、陆伯周《恨冢铭》、吴下阿蒙《断袖篇》、汤春生《夏闺晚景琐说》、戴坤《喟庵丛录》、缪艮(支机生)《珠江名花小传》、刘瀛《珠江奇遇记》、无名氏《某中丞夫人》、无名氏《女侠荆儿记》、无名氏《记某生为人喙讼事》、无名氏《某中丞》、无名氏《黑美人别传》、无名氏《梵门绮语录》、无名氏《俞三姑传》、无名氏《玫瑰花女魅》、无名氏《记某生为人雪冤事》。

更有甚者,连长达二十回的成书于雍乾年间的白话小说《金兰筏》、省城富经堂藏版《新刻鬼神传终须报》都没有序跋。另外,大批量的艳情小说没有序跋,如嘉禾餐花主人编次、西湖鹏鹉居士评阅的《浓情快史》,西泠狂者笔、素星道人评的《载花船》,江西野人编演的《怡情阵》,江海主人编的《艳婚野史》,青阳野人编的《春灯迷梦》,清痴反正道人编次的《肉蒲团》,佚名的《一片情》《桃花艳史》《巫山艳史》(《意中情》)《巫梦缘》《妖狐艳史》。而同一部小说,不同的版本,有的有序跋,有的没有,如《金云翘传》,清初的版本有天花藏主人的序,但南京图书馆藏旧钞本无序跋。还有《留人眼》,清初拟话本总集,又称《人中画》《世途镜》《姻缘扇》,当系采择当时流行的拟话本编撰而成,现存啸花轩本、植桂堂本和尚志堂本,均无序跋。啸花轩

---

① 郑振铎:《明清二代的平话集》,见《中国文学论集》,长沙:岳麓书社,2011年,第371页。
② 胡士莹:《话本小说概论》,北京:中华书局,1980年,第493页。

藏版,十六卷,包括《风流配》四卷,《自作孽》二卷,《狭路逢》三卷,《终有报》四卷,《寒彻骨》三卷,清初刊。植桂堂乾隆乙丑(1745)刊本国内未见收藏,大连图书馆藏有抄本《海内奇谈》,内收《人中画》,仅存三篇话本:《唐季龙传奇》《李天造传奇》和《柳春荫传奇》。泉州尚志堂乾隆庚子(1780)刊本,四卷,包括《唐季龙》《柳春荫》《李天造》《女秀才》。另存乾隆间写刻本。

  清代通俗小说作者和序跋者严重的失名现象个中原因颇多,并不完全因为通俗小说低下的社会地位使之然,如伪托名人钟惺、冯梦龙等,这是书坊借名人自重,以拓展小说的销路;艳情小说虽投合时趣,能得到很多读者的追捧,但因为语涉淫秽,却不便署名;很多小说作家出身下层,科举蹭蹬,未免在作品中抒发牢骚或指斥时弊,因为害怕文字狱而不敢署名;一些时事小说,因为所写内容牵扯到时人,出于种种现实利害的考量而不愿署名,如江左樵子的《樵史演义识语》:"然真则存之,膺则删之,汇所传书,采而成帙,樵自言樵,聊附于史。"①虽有甘附骥尾之愿,但可叹的是,江左樵子其人为谁,学界至今争讼不休。

  但也有一部分文言小说虽然篇幅也不长,不可能单独成册,但是竟然有序跋,如徐士俊的《十眉谣》有江南文化名人、著名刻书家张潮的跋和小引,陈维崧的《妇人集》有进士、藏书大家杨复吉和藏书家、藏经楼主吴骞的跋,卫泳的《悦容编》有杨复吉的跋,墅西逸叟的《过墟志》有自序,严思庵的《艳囮》有自跋,邹枢《十美词纪》有陇西著名书法家杨凌霄的序、杨复吉的跋和自序,伍端龙《胭脂记事》有杨复吉的跋。这些序跋的存在恰好说明上述没有序跋的文言小说作者缺乏利用序跋以宣传小说的意识和序跋在清代文言小说传播过程中广告性的弱化。

  书坊主花重金聘请文人写小说序跋,有的时候并不能起到正面宣传小说自身的目的,相反,有一些文人对小说抱持着很大的偏见,如《海公大红袍全传》,嘉庆十八年(1813)二经堂刊本未见,但在光绪十九年(1893)文渊山房刊本中有盗用李春芳名义写的序:"《大红袍》一书,稗官家言也……兹书所述公行事,与本传多不合,语近附会。"②序跋强烈地表达了序作者对于小说要符合历史真实的原则的坚持,直白地传达了他对《海公大红袍全

---

  ① 江左樵子:《樵史演义识语》,见《古本小说集成》第二辑第六十册,上海:上海古籍出版社,1992年。
  ② 佚名:《大红袍序》,见丁锡根编著:《中国历代小说序跋集》,北京:人民文学出版社,1996年,第1020页。

传》叙事虚构的不满。这一类带有负面评价的言辞在序跋中并非仅见于《海公大红袍全传》中,另如王士禛《青琐高议跋》:"如此俚鄙而能传后世,事固有不可解者。"①汪士汉《吴越春秋序》:"《吴越春秋》,后汉赵晔所作。其属辞比事,皆不与《春秋》《史记》《汉书》相似,盖率尔而作,非史策之正也。"②王士禛《越绝书跋》:"诸子之言,诞妄不经如此,《吕览》《淮南》《新序》《说苑》之类,类此者多有,君子存而不论可矣。"③

李春芳是明朝的状元宰相,王士禛是进士、尚书、文坛领袖,汪士汉是著名的藏书家,他们固然是名人,但是名人序跋所作出的负面评价是否有利于销售,还有待考证。虽然广告史上有类似的故事,书商先后盛邀总统评价他出版的三本书,第一次总统评价为"很有意思的一本书",第二次总统敷衍为"最喜欢看的书",第三次有意给出恶评"最不喜欢看的书",出乎意料的是,因为有了总统的评价,三本书都很畅销,而第三次明显属于负面评价,可市场的反映依旧火爆。但和李春芳等人不同的是,总统评价的时候没有涉及书本内容,只是一己之感受。人都有好奇心理,读者可能因此而产生更大的阅读期待,看一看总统最不喜欢看的书写的是什么。李春芳等人攻讦的是作品的内容,难道清代的书坊主们已经懂得名人的负面评价也是一种广告宣传?答案是否定的,如汪士汉的《吴越春秋序》是出现在他搜罗《古今逸史》残版,重加刊行的《秘书廿一种》之中,他在编刊《秘书廿一种》的时候添加这样的一个序跋。这一序跋并没有出现在公开出版的小说的扉页上,它只是明确表达自己对于这本书的学术见解,并由此来获得社会对其业务水准的认可,而和小说自身的推销没有太多的关联。

(三)品牌效应

清代的书坊主很懂得自身品牌的商业价值,借助于品牌效应来提升读者的购买欲,进而扩大市场的占有度。品牌可以是以几部著名作品领衔的一个图书系列,也可以是书坊自身。书坊自身的潜在商业价值自不待言,而图书的成套打包销售也彰显了书坊主的营销策略的精明。小说封面上的"××藏版""××奇书""第××才子书""××种"就是一种有效的图书

---

① 王士禛:《青琐高议跋》,见丁锡根编著:《中国历代小说序跋集》,北京:人民文学出版社,1996年,第575页。
② 汪士汉:《吴越春秋序》,见丁锡根编著:《中国历代小说序跋集》,北京:人民文学出版社,1996年,第239～240页。
③ 王士禛:《越绝书跋》,见丁锡根编著:《中国历代小说序跋集》,北京:人民文学出版社,1996年,第246页。

宣传,从某种意义上讲,书坊或丛书的品牌效应大大抢占了序跋广告价值的风光。

书坊自身的商业价值也被充分挖掘,不仅大多数小说都在封面上或扉页上标注书坊名。可是在商标意识欠缺的清代每每出现书坊同名的现象,这时书坊主往往需要通过字眼的添加,以示区别;或者书坊易主,小说刻板易主,都会在封面或扉页上有所表现,如《五虎平南后传》,英国博物院藏有道光壬午会文堂刻本,封面书题下刻小字"会文堂梓",目录书题下却刻着"禅山圣德堂梓行",正文中有数页在板心下方也刻"正祖圣德堂",这一现象的出现极有可能是圣德堂的板子被会文堂买断,甚至可能是会文堂后来居上,吞掉圣德堂,但正文当中的版权难以全部去除,所以才会留下数页的残留。《画图缘》又名《花天荷传》,英国博物院藏有正祖会贤堂刊本,封面中间题"画图缘",右首为"花天荷传""正祖会贤堂",左首为步月主人订。

清代系列小说的推出成为清代小说传播史上一道亮丽的风景线,和读者一起见证了清代小说繁荣的历史。大约在乾隆年间,社会上曾经广泛流传着"十才子书",包括《三国演义》《好逑传》《玉娇梨》《平山冷燕》《水浒传》《白圭志》《斩鬼传》《驻春园》《西厢记》《琵琶记》。还有另外一种版本的"十才子书",名目不完全相同,顺序也不一样,排列的顺序是《三国演义》《好逑传》《玉娇梨》《平山冷燕》《水浒传》《西厢记》《琵琶记》《花笺记》《捉鬼传》《驻春园》。河北博陵、崔象川编次的《白圭志》,虽也曾被称作《第八才子书》,或《八才子书》,又有晴川居士序文为之宣传,说它"今子之书,则无论其虚实皆可以为后世法者,是以详加评论,列于才子书之八,付子刊之"。[①]但终因其头绪繁杂,文辞、情节都难敌《花笺记》,所以很快就被踢出"十才子书"。后来虽又竭力进行包装,署上"纪晓岚评阅",并主动降格为"第十才子书",但又败给了"十才子书"的殿军《驻春园》。"十才子书"体裁上虽不纯,有小说,也有戏曲,但作为通俗文学,在当时受到了读者的追捧。咸丰年间,曾有人概述当时的读书界:读书人案头上无《西厢记》《花笺记》等十大才子书,便不是会读书的人。还有道光十四年(1834)出现的"怡园五种",这是一个由不同书坊在同一时间刊刻,共同打造的小说系列图书品牌,它囊括了醉园藏版的天花藏主人的《麟儿报》、解颐堂刊本《双奇梦》(即《金云翘传》)、自得轩刊印的天花藏主人的《玉支玑小传》、解颜堂刊印的蕙

[①] 晴川居士:《白圭志序》,见《古本小说丛刊》第二十一辑,北京:中华书局,1991年,第2073页。

水安阳酒民的《情梦柝》和彩云□板刊印的南岳道人的《蝴蝶媒》。不论是"十才子书",还是"怡园五种",后来都被不同的书坊不断地刷印,很难分清楚这些小说的传播是沾惠于书坊或丛书的品牌效应,还是品牌的打响是靠作品的内在质量的支撑,但它们和"四大奇书"一起构成了清代小说传播史上的一道风景线。

第三章　清代小说序跋与小说的传播

作为一个分析、阅读的系统,序跋为读者提供了一个小说文本解析的脉络,读者借之可以拆解文本背后的因由和所包蕴的意识形态。作为持有不同社会倾向和审美趣味的读者对于小说所传达的人生体验的预热场,小说序跋是序跋者精心建构起来的连通小说作者和读者共同精神家园的桥梁,是对双方文化心态和读者期待视野的调适。通过小说序跋,作者和读者可以进行情感的传递和思想的交流。

第一节　清代小说序跋与通俗小说的传播

在传播的初始阶段,通俗小说序跋者在作者和读者之间起到了桥梁的作用,序跋对小说所作的所有的阐释和说明无一不为小说的传播扮演好其中介的角色。如果说作者是小说的第一传播者,那么序跋者就是第二传播者。通俗小说序跋者利用序跋这一传播媒介,积极扩大小说的影响力、美誉度和传播力,进而正向推动读者对通俗小说的接受。在通俗小说的传播过程中,序跋起到了开路先锋的作用。

一、清代通俗小说的繁荣

清代通俗小说的传播路径在禁毁令的重压之下不仅做到基本通畅,而且通俗小说在文人化和通俗化的两条完全不同的文学道路上交错发展,并行不悖,都取得了不俗的成绩。其巅峰之作《红楼梦》甚至做到了集文人化和通俗化于一身:"《红楼梦》是一部出名的奇书,奇就奇在从易读的一面来说,几乎是只要有一般文化的人都能读懂它,真可以说是妇孺皆可读;但从深奥的一面来说,即使是学问很大的人也不能说可以尽解其奥义。一部书竟能把通俗易懂与深奥难解两者结合得浑然一体,真是不可思议"[①]。

清代通俗小说的繁荣首先体现在绝对数量的众多,孙楷第先生的《中

[①] 冯其庸:《解读〈红楼梦〉》,载《红楼梦学刊》,2004年第2期,第1页。

国通俗小说书目》和胡士莹先生的《话本小说概论》收录清人编刊的拟话本集和选集近50种；江苏社科院明清小说研究中心编的《中国通俗小说总目提要》收录清人创作的章回小说330多部；欧阳健先生的《中国通俗小说总目提要》收录了1000多部作品，其中清代通俗小说的数量在400种左右。另据阿英先生的《晚清小说史》，《涵芬楼新书分类目录》"文学类"收翻译小说近400种，创作约120种。东海觉我《丁未年(1907)小说界发行书目调查表》统计显示，单单是丁未年，刊印的小说就有120余种。所以说，我们今天所能看到的清人刊刻的通俗小说可能只是当年的太仓一粟而已，但即使单凭这一份业绩，也已令人讶异不已。

清代通俗小说的繁荣不仅体现在其数量的可观，还在于小说所表现出来的文学审美趣味的多元化，更表现在由于题材的多元化而引发的对社会生活全方位的思考及由此带来的多种叙事元素的大融合。从题材类型看，清代通俗小说在明代历史演义、英雄传奇、神魔、世情四大小说类型的基础上，又衍变出了才子佳人小说、才学小说、讽刺小说、侠义小说等新题材。

清代不同题材的通俗小说序跋的数量在不同的时期也有着截然不同的表现。虽然序跋的数量受诸多因素的影响，和小说的创作、刊刻数量之间并不存在着一个稳定的对应关系，但是数据统计的优势在于能从整体上反映事物的特征和发展规律，特定时期的数量特征的揭示可以为定性分析打下基础。如果将清代的小说序跋从时代角度来作一个硬性区分的话，嘉庆年间竟以年均约4.12篇的小说序跋数目远超其他任何一个时期而拔得头筹，光绪年间以年均约3.56篇的小说序跋数目排列第二，其后依次是道光、咸丰、同治三朝，年均小说序跋数目依次约为2.4篇、2.27篇和2.08篇，雍正年间以年均约1篇的小说序跋数目而屈居末等，而最令人大跌眼镜的是，在小说创作最繁荣的顺康雍乾年间，竟无一朝的年均小说序跋的数量超过2篇。

从体裁的角度来看，笔记类小说序跋269篇、章回类小说序跋407篇，共计676篇，占到了整个清代小说序跋总量的约92.6％，二者无疑构成了清代小说序跋的主体。而话本类小说的序跋和总集类小说的序跋相加起来也仅有54篇，和笔记类小说序跋、章回类小说序跋相较，则明显处于绝对的劣势。话本小说序跋除了在顺治年间依着文学自身发展的惯性还有一点成绩的话，其他时期基本上都处于销声匿迹的状态。笔记小说序跋在顺治年间有一个短暂的停歇，到康熙年间迅速爬升，这种繁荣的势头一直保持到光绪年间,除了咸丰、同治年间稍微疲弱一点。章回小说序跋则一直亢奋着,排序第一的光绪年间序跋均数甚至超过了2.47篇,相对较弱的依次是康熙、道光、乾隆、雍正四朝,雍正朝又以0.46篇的序跋均数而位居末等。

清代前期的序跋绝对数量远不能和中后期相比,至少说明了一个问题:小说淫词禁毁令起到了相当的效果,虽然没有中后期禁毁令的明晰的导向性和可操作性,但翻手为云,覆手为雨,看似模糊的政策也给清廷的政权运作带来了相当大的灵活性和操作空间;同时,不论是书坊主还是序跋者,对于新政权还是有一个逐步适应和接受的过程。动辄得咎,所有的谨小慎微都是对自己的最大保护,序跋数量的变化就是一个最好的证明。

清代通俗小说的繁荣还表现在抄本与刻本之间的无缝衔接。虽然小说的刊刻尚待时日,但是小说最迟在定稿之后,会迅速地出现手抄本,甚至于手抄本和小说创作同步进行,如《红楼梦》,出现了多种章回数不一的未定稿的抄本。甚至于并不太出名的《歧路灯》,据李绿园的自序,其《歧路灯》成书于乾隆四十二年(1777),虽然目前所知《歧路灯》最早的刊本是时距约一百五十年后(1924)的洛阳清义堂石印本,但今日所见的最早抄本是乾隆四十五年(1780)庚子本。卷首载抄主的序:"余于丁酉岁(1777),从学于马行沟。敬读此书,始悟其文章之妙,笔墨之佳,且命意措词,大有益于世道人心。迨归,越明年,自春徂夏,抄于众人之手而成焉。"①

清代通俗小说的繁荣更体现在刊刻的质量和小说的评点上。清代的书坊主在刊刻通俗小说作品时,往往会选择优秀版本加以校勘,增加绣像插图和名家评点,如毛纶、毛宗岗修改评点的《三国演义》,金圣叹删削评点的《水浒传》,张竹坡整理评点的《金瓶梅》,清初西陵残梦道人汪象旭笺评的《西游记》,赵起杲的青柯亭本《聊斋志异》,太平闲人张新之的《妙复轩评石头记》等,这些评点本的整理刊刻极大地推动了通俗小说的普及与推广。

关于清人创作的通俗小说,大致可分为四个阶段来阐述:

第一个阶段为顺治、康熙时期,中长篇通俗小说大量被刊印,作家式的书坊主们的出版活动和序跋创作极大地助推着清初通俗小说的传播,出现了一批如天花藏主人、烟水散人、古吴娥川主人、潇湘迷津渡者、崔市散人等的职业小说家,他们一生创作了大量的小说,如天花藏主人的《玉娇梨》

---

① 转引自胡世厚:《〈歧路灯〉的流传与研究概述》,见《文献》第十六辑,北京:书目文献出版社,1983年,第24～25页。

《平山冷燕》《定情人》《两交婚》《飞花咏》《麟儿报》《画图缘》；烟水散人的《灯月缘》《桃花影》《合浦珠传》《梦月楼情史》《鸳鸯媒》《珍珠舶》《后七国乐田演义》；古吴娥川主人的《生花梦》《世无匹》《炎凉岸》；潇湘迷津渡者的《都是幻》《梅魂幻》《纸上春台》《锦绣衣》《笔梨园》；崔市散人的《凤箫媒》《隋唐演义》《醒风流》等。

  这一时期光是苏州地区就有如天花藏主人、古吴娥川主人、四桥居士、谷口生、长春阁主人古吴遁世老人、古吴梵香阁、课花书屋主人四桥居士、崔市散人、山水邻主人、四雪草堂主人褚人获、酌玄亭主人等，刻出的新小说多达 35 种，其中又以天花藏主人刻书最多，刊刻的才子佳人小说有 10 多种，代表了文人型出版者刊刻小说的最高成就。烟水散人虽不是书坊主，只是为书坊敦请作编辑工作的落拓不偶的文人，但因其在小说界的名望之隆，竟至以一言而能为小说增价，甚且耸动天下读者之视听，以至于康熙元年序刊本本衙藏版《赛花铃》封面识语都要借他的名号来拉抬声价："近今小说家不下数十种，大皆效颦剽窃，文不雅驯，非失之荒诞，即失之鄙俗，使观者索然无味，奚足充骚人之游笈，娱雅士之闲着者哉。兹编出自白云道人手笔，本坊复请烟水散人删补校阅，描情窃景，情不逼真，诚小说中之翘楚也。识者鉴诸。"①其《后序》亦云："烟水散人又严加校阅，增补至十六回，更觉面目一新。窃料是编一出，洛阳纸贵无疑矣。海内巨眼，自应鉴诸。"据东海友弟幻庵居士《题春灯闹序》，称烟水散人"闭户摘思，以应书林之请"，可知《春灯闹奇遇艳史》是继《桃花影》之后，烟水散人应书坊主紫宙轩主人的邀请而撰写的。烟水散人《新镌批评绣像合浦珠传》序云："忽于今岁仲夏，友人有以《合浦珠》倩予作传者……而友人固请不已，予乃草创成帙。"②笔花轩藏版《美人书》，题"鸳湖烟水散人著"，钟斐序云："徐子果以扁舟荷笠而来。袖出一篇示余曰：此余所作名媛集也，惟子有以序之。"③但钟斐为烟水散人的《美人书》写序时，小说业已刊刻："无虞也！业已寿之梨枣，传之知音，纵有忌嫉，其如我何！"④

---

① 《赛花铃》封面，见《古本小说集成》第一辑第九十三册，上海：上海古籍出版社，1991 年。
② 烟水散人：《合浦珠序》，见《古本小说集成》第一辑第九十二册，上海：上海古籍出版社，1991 年，第 6~9 页。
③ 钟斐：《题女才子序》，见丁锡根编著：《中国历代小说序跋集》，北京：人民文学出版社，1996 年，第 833 页。
④ 烟水散人：《女才子自叙》，见丁锡根编著：《中国历代小说序跋集》，北京：人民文学出版社，1996 年，第 832 页。

清代顺康年间的才子佳人小说以新奇和精辟矫正了明末艳情小说的世俗尘下的文风和放纵的文心，以理节情是这一时期才子佳人小说创作的普遍倾向。才子佳人小说承认欲望的合理性，肯定了个体在一定条件下的自由选择，但又同时严格区分情与欲，严格地将所描写的情欲局限在伦理道德的框架体系之内。从历史文化学的角度来看，这是对晚明社会纵欲主义文化思潮的一种理性反思的结果，宣传道德伦理教化的文学传统又得以回归，人欲横流的局面在清代前中期的小说创作中得到了有效的遏制。

　　继天花藏主人之后，这一时期的才子佳人小说在叙事元素上有变化，有创新，如《好逑传》与一般才子佳人小说比较来看，"文辞较佳，人物之性格亦稍异，所谓'既美且才，美而又侠'者也"。① 它标志着才子佳人小说由"才美型"向"胆识型"的转变。又如《赛红丝》，在才子佳人的悲欢离合故事中写尽了世事无常、人情莫测，连郑振铎都要称赞它："虽亦不外佳人才子，离合悲欢，而写得颇入情入理，既非'一娶数美'之流亚，亦非'满门抄斩'之故套，写人情世故，殊为逼真，故能超出同类的小说之上。"②再如"既不描摹社会的现状、人生的实情，也不把希望的色彩带进作品，更不用理想的眼光去观察、透视生活"③的李渔，借《十二楼》爱情故事宣传封建伦理道德，《奈何天》对于妇道的褒扬，奉劝为人妻妾的要"安心乐意过一世"。为调和情与理之间的矛盾，李渔利用传统文化的张力，提出"道学、风流合二为一"的主张，虽然有那么点离经叛道的味道，但是又决不作毁坏传统观念的打算，仍旧把爱情放在伦理性的框架内去把握，这样折中的方法使得他的小说达到思想让步于审美的均衡、和谐。另又如名教中人朱镜江的《好逑传》，描写了士子和宦家女子的恋爱婚姻故事，但迥异于以前才子佳人小说中的女性，水冰心不仅美丽聪慧，而且处世的智慧连奇男子铁中玉都望尘莫及，其对于纯洁的爱情的追求，更是有别于同时的艳情小说的淫猥。

　　伴随着小说自身题材的创新，还有对前代文学的继承，这一时期同时盛行的还有从明代传承下来的艳情小说，华灯、罗绮、香风、繁弦、丽人，依旧是清代的小说作者们和读者们心醉神迷的对象。在小说淫词禁毁令不断刷新的背景下，作为传播者的小说家向受众展示的还是视觉、听觉、嗅觉乃至触觉的全方位的感官刺激，宣泄的是赤裸裸的、活泼泼的生理欲望，导

---

① 鲁迅撰，郭豫适导读：《中国小说史略》，上海：上海古籍出版社，1998年，第135页。
② 郑振铎：《西谛书话》，北京：生活·读书·新知三联书店，1993年，第18页。
③ 崔子恩：《李渔小说论稿》，北京：中国社会科学出版社，1989年，第29页。

致与正统文人所惯常的平和安详、娴雅淡远的审美境界渐行渐远。更有甚者,《姑妄言》性爱描写的恣意和泛滥堪称空前绝后,古代艳情小说的所有套数、工具均出现在了这一部小说的情节之中,类型之多,成为艳情小说的集大成之作,而且有多达五分之一的篇幅是性描写,远高于《金瓶梅》的四五十分之一的占比,但其成功刻画并剖析了性压抑下的畸形的性心理和性幻想,成功地揭示了变态性生活背后深藏的社会、生理、道德等原因,而且作者将俗语、笑话运用得如此娴熟,这倒是其他艳情小说所没有涉及的一个审美领域。

这一时期的才子佳人小说、历史演义小说、时事小说等风头正盛,《好逑传》《玉娇梨》《平山冷燕》等作品的成就最为突出,但顺康年间小说界最重大的事件莫过于《水浒传》《三国演义》《金瓶梅》的删定和评点。作为对前代同一题材小说总结性的改编和再创造,成就最突出的就是毛纶、毛宗岗父子对《三国演义》的改编。在文本趋向精致化的同时,小说的道德说教意味和政教功能也得以强化。此外还有褚人获刊刻的《隋唐演义》、遁世老人刊刻的《后七国乐田演义》《古今列女传演义》,在当时也都产生了较大的影响。《说岳全传》《水浒后传》《隋唐演义》等,也在前代小说的基础上,都有了进一步的发展,如《说岳全传》"继承了英雄传奇的传统,既有浓厚的民族情绪,又有相当的社会批判力度,对英雄人物的崇拜心理也表露得极为充分"。①

然而盛衰相继,繁荣的表象实已暗藏衰败的影子。这一时期算是清朝通俗小说创作的繁荣期,也是小说序跋绝对数量的衰微期,虽然序跋名家辈出,如金圣叹、李渔、毛宗岗、张竹坡等,他们在人物性格塑造和艺术结构方面的前瞻性的思考,成为中国古代小说美学史上一座座难以逾越的高峰,但理论的总结并不能立即对小说的创作产生终极性影响,清初小说界对于"奇"的审美特征的过分依赖和对于以理制欲的坚持必然造成小说艺术境界的狭厌和对于生活逻辑的背离。小说之道,至此已走进历史的死胡同。

第二个阶段是乾隆年间,这是清朝通俗小说和文言小说的巅峰期。虽然鲁迅先生说:"雍乾以来,江南人士慑于文字之祸,因避史事不道,折而考证经子以至小学,若艺术之微,亦所不废;惟语必征实,忌为空谈,博识之

---

① 陈美林、冯保善、李忠明:《章回小说史》,杭州:浙江古籍出版社,1998年,第133页。

风,于是亦盛。迨风气既成,则学者之面目亦自具,小说乃'道听途说者之所造',史以为'无可观',故亦不屑道也。"①但从今天掌握的材料来看,先生当年的观点未必完全正确。清初对明代四大名著的评点,其中所揭示的艺术经验,经过百年的沉淀和涵育,终于假吴敬梓和曹雪芹之手,成就了清代通俗小说的两大高峰,而文言小说在千年的发展史中也经历了史官体、世说体和传奇体等文学路线之争,得力于纪昀自身的天分和一波三折的仕宦经历的双重淘洗,成就了一代艺术大师的巅峰之作《阅微草堂笔记》。

《儒林外史》在清朝通俗小说中有着举足轻重的地位,闲斋老人的《儒林外史序》对其是称赞有加:"有《水浒》《金瓶梅》之笔之才,而非若《水浒》《金瓶梅》之致为风俗人心之害也。则与其读《水浒》《金瓶梅》,无宁读《儒林外史》。"②闲斋老人将《儒林外史》与"四大奇书"之二《水浒传》《金瓶梅》相对立,推许其创作才华,更赞其力避二书的弊端。鲁迅先生在《中国小说的历史的变迁》中也赞道:"在清朝,讽刺小说反少有,有名而几乎是唯一的作品,就是《儒林外史》。"③《儒林外史》通体干净,彻底打破了清代通俗小说离不开"相思""后花园"这些叙事元素的魔咒。

和《儒林外史》相比,《红楼梦》多的是男女之间的小暧昧,本应是某种意义上的才子佳人小说,但一不小心就转型为社会小说,且以其对反时代主流文化合理性和人类自身命运荒诞性的反思而著称,虽然《红楼梦》也在力推传统文化的合理内核:"子以《红楼梦》为小说耶? 夫福善祸淫,神之司也;劝善惩恶,圣人之教也。《红楼梦》虽小说,而善恶报施,劝惩垂诫,通其说者,且与神圣同功。"④但是曹雪芹也注意暴露文化自身的荒诞,如贾宝玉挨打。传统文化要求"小棰则待,大棰则走,以逃暴怒也"。孔子当年批评曾子说:"今子委身以待暴怒,立体而不去,杀身以陷父不义,不孝孰是大乎?"⑤而贾宝玉的问题是事先并不知道他将面对的是"大棰"还是"小棰",因此,贾宝玉怎么办? 等知道贾政盛怒,他的结局很不妙的时候,想跑又没有机会,而等死就是陷父亲贾政于不义,这是愚孝的悲哀,也是文化自身内

---

① 鲁迅撰,郭豫适导读:《中国小说史略》,上海:上海古籍出版社,1998年,第179页。
② 闲斋老人:《儒林外史序》,见丁锡根编著:《中国历代小说序跋集》,北京:人民文学出版社,1996年,第1681页。
③ 鲁迅:《鲁迅全集》,北京:人民文学出版社,2005年,第344页。
④ 王希廉:《红楼梦批序》,见丁锡根编著:《中国历代小说序跋集》,北京:人民文学出版社,1996年,第1163页。
⑤ 刘向撰,向宗鲁校证:《说苑校证》卷三《建本》,北京:中华书局,1987年,第61页。

在规定性荒谬之所在。

类似的文化思考同样见于《儒林外史》,如王玉辉作为传统文化成规与人类本性错位下的充满悲剧意味的生命个体,终其一生寻求的文化永恒,到头来却是一场空幻。虽然"敏轩生近世,而抱六代情。风雅慕建安,斋栗怀昭明"。① "以真儒名贤理想,提升六朝名士风流的人格错位;又以六朝名士风流,冲淡真儒名贤理想的刻板和迂腐,追求一种道德和才华互补兼济的人生境界"。② 试图借复古的大旗来打破程朱理学的统治,但被放逐在时代精神荒原的近八十年来的四代士子大都道德堕落,形同短制的《儒林外史》的情节背后潜伏的是深层次的人生苍凉感和浓重的时代悲剧意识。

这一时期的历史演义小说虽然出现了《说唐全传》《飞龙全传》《北史演义》《南史演义》等作品,但是大都仅仅是以分合大势来观照历史的易代,且借历史的外壳,传达作者对于"分"的厌倦和对"合"的思慕罢了。在乾隆时期的历史演义小说家们看来,历史的发展轨迹与规律就是分合治乱的循环,是天命、天数、天理在冥冥之中作用的结果,这一陋见乃《三国演义》易代主题发展的余绪和终结。因为洞见的缺失,这一时期的历史演义小说只有数量的优势,却没有艺术的升华。

第三个阶段,嘉庆到同治时期的小说,此时无论是通俗小说,还是文言小说,都进入了创作的衰微时期。这一时期小说作品的数量虽也很多,但精品却少。创作的多,但创新的少。小说内容往往脱离现实,一味地宣传名教和因果报应,缺乏撼动人心的精神内核和文学的创新能力,致使整个小说界呈现出一片委顿、沉闷的景象,如对《红楼梦》的续写肇始于乾隆末年,到嘉庆、道光年间达到高潮。大量涌现的续貂之作,作为对《红楼梦》文学精神的反动,在艺术上显现出全面的倒退。大团圆的结局固然庸俗、廉价,但更有甚者,嘉庆四年刊印的《绮楼重梦》处处模仿《金瓶梅》,转世以后的贾宝玉变成了自己的遗腹子小钰,一个有奇特恋物癖的淫虫,《红楼梦》风流旖旎的爱情故事被偷香窃玉所取代。清代娜嬛山樵在第四十八回借甄士隐之口评说道:"《红楼复梦》《绮楼重梦》两书荼毒前人,其谬相等。更可恨者,《绮楼重梦》,其旨宣淫,语非人类,不知那雪芹之书所谓意淫的道

---

① 程晋芳:《勉行堂诗集》卷五《白门春雨集·寄怀严东有》,见《清代诗文集汇编》第三百四十三册,上海:上海古籍出版社,2010年,第286页。
② 杨义:《中国古典小说史论》,北京:中国社会科学出版社,1995年,第425页。

理,不但不能参悟,且大相背谬。"①然而这一时期也有《绿牡丹》《双凤奇缘》和《镜花缘》等不多见的极有新意的小说,如《镜花缘》对于性别的歧视与压迫等社会问题的揭露,见解之超俗,其激烈程度更有甚于《红楼梦》。在音韵学、占卜术、药方等方面学识的专精,恐清代无一部小说能超其右,虽然太多的谈学说艺,但是大有炫耀学识的嫌疑。

第四个阶段,光绪、宣统时期的小说。这是中国古代小说的收官期,也是大众文化成为显学的阶段。作为文学原生意义上的回归,清末小说的平民视角得以抬头,小说出现平民化倾向。由于谴责小说的出现,使得通俗小说在清代的末期迎来了最后的繁荣。随着西方文化的输入,中国传统社会和文化道统在很大程度上被改变着,文学创作观念也因之发生了改变,这一时期的谴责小说在创作范围、艺术手法及精神气质上较之以前的小说都有了显著的变化。小说已不再局限于对官场、科举等局部社会问题的讽刺,谴责的对象已经深入社会的方方面面,关于妇女解放问题的代表小说《黄绣球》,描写华工受到奴役的《苦社会》,甚至反抗帝国主义侵略的内容也首次出现在了中国通俗小说的创作之中,如涉及庚子赔款的《邻女语》,以鸦片战争为背景的《罂粟花》。除此之外,《官场现形记》《二十年目睹之怪现状》《老残游记》《孽海花》等都是这一时期谴责小说的代表之作,它们大多能够深刻地反映当时社会历史的真实情状,加之出色的文学写作技法而得以流传于后世。同时,报纸、杂志的出版及印刷技术的进步都对小说的创作和发表起到了促进的作用,也使得谴责小说成为这一时期的经典类型,为清代通俗小说创造了又一个小高潮。

二、清代小说序跋与通俗小说的传播

小说的传播离不开读者的参与,一部通俗小说能否为读者所接受,不仅会受到文学发展自身的诸多因素的影响,而且外部因素的作用也不可小觑,如以民众的审美趣味为中心的时代趣尚对于小说消费的潜在影响,以序跋为中介的宣传攻势,囊括了购买、借阅或租赁等多元化模式对于小说消费的拉动,以戏曲表演为媒介的对于小说接受的间接影响等。

(一)清代通俗小说序跋所载通俗小说

清代通俗小说的传播史料不仅时见于小说文本、笔记、诗文,还多见于

---

① 娜嬛山樵:《补红楼梦》,见《古本小说集成》第四辑第二十五册,上海:上海古籍出版社,1994年,第1407页。

小说序跋。借助于小说序跋的梳理,我们对清代通俗小说传播的诸多情形,如它的传播方式、传播效果等问题,有一个间接的了解。

表 5　清代通俗小说序跋所载通俗小说名录

年代	作者	序跋名	所载通俗小说书目	主要观点
顺治元年	金圣叹	《三国志演义序》	《水浒传》	余尝集才子书者六,其目曰《庄》也,《骚》也,马之《史记》也,杜之律诗也,《水浒》也,《西厢》也。
康熙二十八年	李渔	《古本三国志序》	《水浒传》《西游记》《金瓶梅》	据实指陈,非属臆造,堪与经史相表里。由是观之,奇又莫奇于《三国》矣。
康熙三十四年	褚人获	《封神演义序》	《水浒传》《西游记》《平妖传》《逸史》	此书直与《水浒》《西游》《平妖》《逸史》一般诡异,但觉新奇可喜,怪变不穷,以之消长夏、祛睡魔而已,又何必究其事之有无哉?又何必论其文之优劣哉?
康熙五十八年	褚人获	《隋唐演义序》	《隋唐志传》《逸史》《遗文》《艳史》	《隋唐志传》创自罗氏,纂辑于林氏,可谓善矣。然始于隋唐剪彩,则前多阙略,厥后铺缀唐季一二事,又零星不联属,观者犹有议焉。昔筹庵袁先生,曾示予所藏《逸史》,载隋炀帝朱贵儿、唐明皇杨玉环再世因缘事,殊新异可喜……合之《遗文》《艳史》,而始广其事。
康熙五十九年	黄越	《第九才子书平鬼传序》	《西游记》《金瓶梅》《水浒传》	无者造之而使有,有者化之而使无。不惟不必有其事,亦竟不必有其人……令阅者惊风云之变态而已耳。
康熙年间	兼修堂	《斩鬼传跋》	《草木春秋》	老夫爱其才华,细加笔削,更觉快心夺目。不取与烟霞散人共口孽之怨。然而复敢大言曰:此书居《草木春秋》之上。

续表

年代	作者	序跋名	所载通俗小说书目	主要观点
康熙年间	三江钓叟	《铁花仙史序》	《平山冷燕》《玉娇梨》	《平山冷燕》则皆才子佳人之姓为颜,而《玉娇梨》者又至各摘其人名之一字以传之,草率若此,非真有心唐突才子佳人,实图便于随意扭捏成书而无所难耳。此书则有特异焉者。
康熙年间	天花藏主人	《两交婚小传序》	《平山冷燕》	故于《平山冷燕》四才子之处,复拈甘、辛《两交婚》为四才子之续……若二书儒雅风流,后先占胜,诗词情性,分别出奇,实有谓之佳,谓之美,逗才色于大冶之外,而前不容湮,后不可没,又安得不顾盼而啧啧称其为相续也哉?
雍正四年	茚斋主人	《二刻醒世恒言叙》	《喻世明言》《警世通言》《醒世恒言》	墨憨斋所纂《喻世》《警世》《醒世》三言,备拟人情世态,悲欢离合,穷工极变。不惟见闻者相与惊愕,且使善知劝,而不善亦知惩,油油然共成风化之美。
乾隆十四年	静恬主人	《金石缘序》	《情梦柝》《玉楼春》《玉娇梨》《平山冷燕》	情词赠答,淫亵不堪,如《情梦柝》《玉楼春》《玉娇梨》《平山冷燕》诸小说,脍炙人口,由来已久,谁知其中破绽甚多,难以枚举。
乾隆二十九年	陶家鹤	《绿野仙踪序》	《水浒传》《金瓶梅》	愿善读说部者,宜疾取《水浒》《金瓶梅》《绿野仙踪》三书读之,彼皆谎到家之文字也,谓之为大山,大水,大奇观书,不亦宜乎?
乾隆四十二年	绿园老人	《歧路灯序》	《三国志》《水浒传》《西游记》《金瓶梅》	坊佣袭"四大奇书"之名,而以《三国志》《水浒》《西游》《金瓶梅》冒之。呜呼,果奇也乎哉……不通《左》《史》,何能读此(《金瓶梅》);既通《左》《史》,何必读此?

续表

年代	作者	序跋名	所载通俗小说书目	主要观点
乾隆四十七年	松林居士	《二度梅奇说序》	《好逑传》《玉娇梨》《平山冷燕》	小说所最著者《好逑传》《玉娇梨》《平山冷燕》之类,然或仅尚其侠,或慕其才,岂若此说之给事精忠,公子纯孝,昭君节烈,书童义真也哉!君子观之,可以助其上达;小人观之,可以止其下流,庶近忠孝。
乾隆四十七年	水箬散人	《驻春园小史序》	《玉娇梨》《情梦柝》《祁禹传》	间有类《玉娇梨》《情梦柝》,似不越寻常蹊径,而笔墨潇洒,皆从唐宋小说《会真》《娇红》诸记而来,与近世稗官迥别。
乾隆五十八年	许宝善	《北史演义叙》	《三国演义》《两晋》《隋唐》《残唐五代》《南北宋》	独《三国演义》,虽农工商贾妇人女子无不争相传诵……演史而不诡于史,斯真善演史者耳。《两晋》《隋唐》皆不能及,至《残唐五代》《南北宋》,文义猥杂,更不足观。
乾隆六十年	杨澹游	《鬼谷四友志序》	《东周列国传》《孙庞斗智》	盖《列国》之繁,坊刻之鄙,于是摘取斯编,卷列为之。揣其近理,谬加评点,也有同余志而省蒲子之言,读百家小传,完实其原,以举经传缺略,有裨于正道。
乾隆六十年	许宝善	《南史演义序》	《北史演义》	《北史演义》……远近争先睹之为快矣。
嘉庆八年	闲斋老人	《儒林外史序》	《金瓶梅演义》《三国志》《西游记》《水浒传》	世称四大奇书,人人乐得而观之,余窃有疑焉……读者有所观感戒惧,而风俗人心,庶以维持不坏也……《三国》不尽合正史……至《水浒》《金瓶梅》,海盗海淫,久干禁例。

续表

年代	作者	序跋名	所载通俗小说书目	主要观点
嘉庆十一年	晴川居士	《白圭志序》	《列国》《三国演义》《西游记》《金瓶梅》	造说者,借事辑书尚以为难,若平空举事,尤其难矣,如周末之《列国》,汉末之《三国》,此传奇之最者,必有其事,而后有其文矣。若夫《西游》《金瓶梅》之类,此皆无影而生端,虚妄而成文,则无其事而亦有其文矣。但其事无益于世道,余常怪之。
嘉庆十四年	尤凤真	《瑶华传序》	《红楼梦》	每到一处,哄传有《红楼梦》一书,云有一百余回……凡著书立说,须要透得出一个理字,既无理字透出,其情何由而生?
嘉庆二十四年	梅溪主人	《清风闸序》	《金瓶梅》《封神传》《水浒传》《红楼梦》	凭虚结撰,隐其人,伏其事……振靡俗,挽颓风。
嘉庆年间	兰皋居士	《绮楼重梦楔子》	《红楼梦》《金瓶梅》	其事则琐屑家常,其文则俚俗小说,其义则空诸一切。
道光元年	龚晋	《载阳堂意外缘序》	《金瓶梅》	其事虽近淫淫,而章法、笔法、句法、字法,无一不足启发后人……淫者见之谓之淫,文者见之谓之文。
道光十八年	瞵嵝子	《林兰香叙》	《三国志》《水浒传》《西游记》《金瓶梅》	集四家之奇以自成为一家之奇者也……人皆以奇为奇,而我以不奇为奇也。

如果以序跋为载体记录下来的通俗小说可以成为一个时期小说传播名录的最有力证据的话,那么,清代通俗小说传播史就需要改写了,如乾隆十九年(1754)被禁毁的《水浒传》竟然在十年之后,出现在了乾隆二十九年(1764)陶家鹤的《绿野仙踪序》中;康熙五十三年(1714)禁毁的淫词小说,康熙五十四年(1715)被刘廷玑批评为"稍近淫佚"的《玉楼春》也出现在了乾隆十四年(1749)静恬主人的《金石缘序》中。这些被清廷从刊刻、售卖和购买等三个层面严厉禁毁的小说是被何人收藏,进而躲过一次次劫难,又

是通过怎样的重新包装，得以重新走进图书流通市场，至今仍是迷雾重重。另有被多种小说史断称的在清代小说传播领域消失，而被它的精华版《今古奇观》所取代了的"三言"竟然出现在了雍正四年(1726)蒂斋主人的《二刻醒世恒言叙》中，这一客观存在似乎证明了抱翁老人在明末编选的《今古奇观》在清代并没有完全取代"三言"和"二拍"在清代的传播。而《玉娇梨》《平山冷燕》自从在康熙年间首次出现在三江钓叟的《铁花仙史序》之后，在小说序跋中屡屡现身，直到光绪年间，更可见其在整个清代的艺术影响力。

另，从表5可知，被清代历任政府所禁毁的《水浒传》意外地成了清代最受读者追捧的热门小说之一，甚至大有赶超清廷最推崇的《三国演义》的势头。清代通俗小说序跋共提及28部通俗小说，其中被引用次数最多的是《金瓶梅》，其次是《水浒传》《三国演义》。如果说《三国演义》是因为得到清廷的欣赏而在清代得以广泛传播的话，那么，屡被禁毁的《水浒传》在清代小说传播领域也绝不逊色，清代小说序跋中提到《水浒传》的有9处，包括顺治元年金圣叹的《三国志演义序》、康熙二十八年李渔的《古本三国志序》、康熙三十四年褚人获的《封神演义序》、康熙五十九年黄际飞的《第九才子书平鬼传序》、乾隆二十九年陶家鹤的《绿野仙踪序》、乾隆四十二年绿园老人的《歧路灯序》、嘉庆八年闲斋老人的《儒林外史序》、嘉庆二十四年梅溪主人的《清风闸序》和道光十八年瞵嵝子《林兰香叙》，略多于提及《三国演义》的序跋5处。在明清两朝的"才子书""奇书"系列中，只有《水浒传》全部入列，而被清廷推崇的《三国演义》却只能瞠乎其后了。据康熙二十八年李渔的《古本三国志序》可知，明代嘉万年间的王世贞即有"四大奇书"之说，包括《史记》《南华》《水浒传》《西厢记》，而金圣叹在顺治元年的《三国志演义序》中提出的"六才子书"包括《离骚》《庄子》《史记》、杜诗、《西厢记》《水浒传》，有学者认为金圣叹的这一提法承继于王世贞而稍加增补，但鲁迅先生认为："他抬起小说传奇来，和《左传》《杜诗》并列，实不过拾了袁宏道辈的唾余。"①金圣叹的"六才子书"和后来的"十才子书"完全不是部分与全部的关系。比金圣叹稍早的冯梦龙亦有"四大奇书"一说，包括《三国演义》《水浒传》《西游记》《金瓶梅》，但相较于王世贞和金圣叹，体例更趋于统一。

虽然《水浒传》备受清代读者注目，但是以乾隆年间为重要分水岭，小

---

① 鲁迅：《鲁迅全集》第四卷《南腔北调集·谈金圣叹》，北京：人民文学出版社，1973年，第542页。

说序跋者对于《水浒传》的评价出现方向性转折。在清代前期,序跋者评价《水浒传》时提到最多的就是小说的虚构。小说序跋者作为典型的读者,积极调动人生经验和知识结构,通过文字空白点的填补,积极地感受小说文本所蕴蓄的情感和思想,其解读作品的方法为一般读者提供了感悟情节意趣的捷径。清代前期的小说序跋者最看重《水浒传》的就是"无者造之而使有,有者化之而使无;不惟不必有其事,亦竟不必有其人"①(康熙五十九年,黄越《第九才子书平鬼传序》)的叙事策略和"彼皆谎到家之文字"②(乾隆二十九年,陶家鹤《绿野仙踪序》)的语言表达。但到了乾隆四十二年的绿园老人《歧路灯序》,对《水浒传》评价的指针开始转向:"坊佣袭'四大奇书'之名,而以《三国志》《水浒》《西游》《金瓶梅》冒之。呜呼,果奇也乎哉!"③将攻击的矛头指向了书坊主,认为追逐利润的书坊主是盗用"四大奇书"名义的始作俑者,冯梦龙正是被不点名批评的第一人,冯梦龙是"坊佣"的说法没有错,但"果奇也乎哉"的疑问就很有问题。"四大奇书"之奇,清人多有正面思辨,而绿园老人却认为其根本无"奇"。在绿园老人眼中,小说之"奇"在于依傍正史,在于用写作正史的精神去创作小说,并要求读者用读史的眼光来审视字面背后的天地仁爱之心。绿园老人撰写《歧路灯》的良苦用心就是要为世人立万世楷模,书中谭孝移的临终遗言"用心读书,亲近正人",堪称教育子女的航向明灯。"不通《左》《史》,何能读此;既通《左》《史》,何必读此"。在绿园老人看来,读"四大奇书"重在读懂小说情节背后所饱含的恻隐之心、羞恶之心、恭敬之心、是非之心。只有洞晓史书的微言大义,才是小说的合格读者。但如果读熟了《左传》《史记》,看透了历史、社会、人生,又何必读小说,而去污目呢?到了嘉庆八年卧闲草堂刊本,闲斋老人《儒林外史序》:"世称四大奇书,人人乐得而观之,余窃有疑焉。""至《水浒》《金瓶梅》,海盗海淫,久干例禁。乃言者津津夸其章法之奇,用笔之妙,且谓其摹写人物事故,即家常日用米盐琐屑,皆备穷神尽相,画工化工合为一手,从来稗官无有出其右者。呜乎!其未见《儒林外史》一

---

① 黄越:《第九才子书平鬼传序》,见丁锡根编著:《中国历代小说序跋集》,北京:人民文学出版社,1996年,第1677页。
② 陶家鹤:《绿野仙踪序》,见丁锡根编著:《中国历代小说序跋集》,北京:人民文学出版社,1996年,第1424页。
③ 绿园老人:《歧路灯序》,见丁锡根编著:《中国历代小说序跋集》,北京:人民文学出版社,1996年,第1632页。

书乎?"①闲斋老人不仅沿袭了绿园老人《歧路灯序》的观点,进一步怀疑"四大奇书"的合理性,而且搬出了政府禁令中的文字,"诲盗诲淫,久干例禁",从法理的角度间接为《儒林外史》进行宣传造势。闲斋老人、绿园老人等人的序跋文字对于《水浒传》评价的风向转变恰恰和乾隆朝的文化政策转向相一致,可见他们政治嗅觉的灵敏。

(二)通俗小说的传播路径

清代通俗小说的传播绝非如某些学者所宣称的那样,都是指向中下层文人。相反,清代能有闲钱购买大部头通俗小说的一般为上层人士,而对于广大的下层文人而言,只能艳羡而已,如《瑶华传序》:

> 余一身落落,四海飘零,亦自莫知定所。由楚而至豫章,再由豫章而游三浙,今且又至八闽矣。每到一处,哄传有《红楼梦》一书,云有一百余回。因回数烦多,无力镌刊,今所流传者皆系聚珍板印刷,故索价甚昂,自非酸子纸裹中物可能罗致,每深神往。抵闽后,窃见友人处有一函置于案侧,询之曰《红楼梦》,不觉为之眼馋。再四情恳,而允假六日,遂珍重携归阅之。②(道光二十五年慎修堂刊本)

从尤凤真的《瑶华传序》中还可知,程伟元、高鹗于乾隆五十六七年刊刻的一百二十回聚珍版《红楼梦》在嘉庆四年就已经流传到了江、浙、闽地区,虽然比起手抄的《红楼梦》动辄一部需白银二三十两的价格而言已经便宜了很多,但是在尤凤真等人看来,价格依旧高昂,绝非像他们这种层级的消费者可以承受。可高昂的售价竟然无法挡住有钱读者的购买热情,其中就包括尤凤真在福建的朋友。尤凤真在漳郡的朋友丁秉仁就著有《红楼梦外史》,虽然丁秉仁定稿于嘉庆八年的《瑶华传》与《红楼梦》情节无关涉,但其对于《红楼梦》当是熟知的,因为在《红楼梦外史》中有大量的关于《红楼梦》的品评的文字。

如果说《红楼梦》的刻本乃至抄本都价格不菲的话,从篇幅上来看与《红楼梦》基本相当的《水浒传》《金瓶梅》又怎能价格低廉?上文我们曾经

---

① 闲斋老人:《儒林外史序》,见丁锡根编著:《中国历代小说序跋集》,北京:人民文学出版社,1996年,第1681页。
② 尤凤真:《瑶华传序》,见丁锡根编著:《中国历代小说序跋集》,北京:人民文学出版社,1996年,第1431页。

提及,在乾隆中期,《金瓶梅》一套的价格是二十两纹银,这一价格在当年可以折合成约三亩的良田或二十五石的大米。有鉴于此,购买动辄百回的长篇通俗小说的代价如此高昂,购买者只能是有钱的士大夫和有相当经济基础的商人了。

成本更高的评点本的盛行更是强化了这一观点:此时小说的主要购买者不仅要有钱,还必须是对文学技法非常讲究的文人士大夫和商人。小说的评点不仅要求读者要把小说当成文章来读,这对于提升小说这一文体的社会地位固然有益,而且更重要的是,小说评点使得读者对于小说的技法和人物的形象看得更透彻,对于作者的构思和故事可能的走向有了更清醒的认知,阅读过程中读者对作者创作构想的悬揣有利于提升阅读过程中的趣味性。正如昭梿的《啸亭续录》所记载的那样:"自金圣叹好批小说,以为其文法毕具,逼肖龙门,故世之续编者汗牛充栋,牛鬼蛇神,至士大夫家几上无不陈《水浒传》《金瓶梅》以为把玩。"①金圣叹和张竹坡将诗文行文的技法引入小说评点中,进而将小说的欣赏带入了一个唯美的艺术世界里,以至于士大夫人人家里都可以堂而皇之地陈列着《水浒传》和《金瓶梅》。

> 今览此书之奇,尽以使学士读之而快,委巷不学之人读之而亦快;英雄豪杰读之而快,凡夫俗子读之而亦快也。②

按照金圣叹的说法,明末清初《三国演义》的读者不仅包括学士、英雄豪杰,还包括"委巷不学之人"和"凡夫俗子",只是文化层次较低的读者一般只关注人物命运的沉浮、关心情节的热闹和故事的结局罢了,而对于文学的技法应该是不怎么感兴趣的。

这一时期刊刻的通俗小说之所以能够赢得上层人士的喜爱,主要是因为这些小说的创作并不是一味直白肤浅,它也会追求更多精神层面上的东西,如展开对人生的理想范式、社会文化的终极设计等问题的探求。通俗小说对社会人生探索的深度已经引起了当时的知识分子们的兴趣,使他们也成为通俗小说的受众。事实上,明清的通俗小说家们已经很好地作到了这一点,尤其是《红楼梦》,其内在的艺术追求,包括丰富多彩的叙事策略、不同语体的语言调度、网状的艺术结构及多元化的主旨已经使得天下文人

---

① 昭梿:《啸亭续录》卷二,扬州:江苏广陵古籍刻印社,1984年,第332页。
② 金圣叹:《三国志演义序》,见丁锡根编著:《中国历代小说序跋集》,北京:人民文学出版社,1996年,第898页。

为之迷狂,甚至在曹雪芹创作的过程中,《石头记》就已经风靡一时了,不同时段抄本的售价可为明证。可有学者坚持认为:"截止于乾隆中后期,白话通俗小说的创作和刊印,均已十分兴盛,而作为国家总书目的《四库全书总目》,居然对此不屑一顾,悉数摒弃,其中的原因颇为复杂,既涉及到图书目录学传统的承继问题,又与当时的社会背景密切相关;既有政府禁毁、知识阶层群体鄙视等外因,又有白话通俗小说整体上编撰粗糙、艺术平庸、趣味低下等内因。"① 不可否认的是,清代的通俗小说和文言小说一样,其中都不乏粗制滥造的作品,达官贵人为通俗小说作序的并不多见,而且四库馆臣对小说创作过程中的虚构行为的不待见也是不争的事实,但通俗小说中的诸多力作也绝非浪得虚名。经过宋元明清四朝文人多年的深耕细作,通俗小说中的力作不再是往日的"小家珍说"②,"俗"气已悄然褪尽,而代之以绝代雍容,大有取传统诗文之坛坫而代之之势。"士人束发受书,经史子集浩如烟海,博观约取,曾有几人。惟稗官野乘,往往爱不释手。其结构之佳者,忠孝节义,声情激越,可师可敬,可歌可泣,颇足兴起百世观感之心;而描写奸佞,人人吐骂,视经籍腐人为尤捷焉"。③ 其艺术成就不仅并不差肩于文言小说,而且通俗小说已成为清人最重要的文学消费对象。通俗小说没有被收入《四库全书》,绝非因为其艺术平庸、趣味低下而招致知识阶层的群体鄙视,而是其编撰体制的原因,更何况"伟大的作品并不通过读者与作品同时代的单个'选票'而获得规范性,相反,一部规范的作品必定意味着代代相传,后来的读者不断地证实对作品伟大性的评判,好像几乎每一代都重新评判了这部作品的质量"。④

中国古代小说到了《三国演义》《水浒传》《西游记》《封神演义》,作家们已经基本上摆脱了对史实的依赖,拥有了随心所欲的虚构能力,通俗小说从此开始了以自己最擅长的方式——虚构——来讲述世间可能发生的故事,而"任何符号组合,只要再现卷入人物的情节,即讲故事,就成为叙述。人类永远需要听故事讲故事,这来自人类对掌握混乱经验的需求,来自人

---

① 潘建国:《中国古代小说书目研究》,上海:上海古籍出版社,2005年,第56页。
② 王先谦撰,沈啸寰、王星贤点校:《荀子集解·正名篇》,北京:中华书局,1988年,第429页。
③ 惺园退士:《儒林外史序》,见吴敬梓著,李汉秋辑校:《儒林外史会校会评本》,上海:上海古籍出版社,1984年,第767页。
④ Frank Lentricchia & Thomas McLaughlin 编,张京媛译:《文学批评术语》,香港:牛津大学出版社,1994年,第323页。

们找到生命意义的渴求"。① 而生命意义的寻求在清代通俗小说的故事背后表现出多元化特征:有的注重生命感性经验的传达,如艳情小说,以娱乐大众为目的,通过色情描写,调节生活的性压抑与苦闷,其小说观念反映了新兴市民阶层对性满足的追逐。虽然没有崭新的思想传达,但在逃离文学教化功能的同时,偏执地强化小说的娱乐功能,正因为如此,艳情小说才有了如此广泛的接受群;如历史演义小说,则借力于金戈铁马,在疆场上实现忠君爱国和光宗耀祖兼顾的人生终极梦想;如神魔小说,在看似荒诞或荒唐的行为背后,看到了作为"人"的道德的坚守或应有的文化操守;如才子佳人小说,只是让读者在身份的移入和情感的代偿中满足了一下在现实中不能实现的人生梦想,其中有报国的宏愿,但更多的是一己的功成名就、家族的门楣光耀和婚姻的美满幸福。有的则在探寻生命意义的道路上,仅仅看到了理想的失落、道德的沦丧和一生所信奉的文化的衰落,只能留下一声长长的浩叹,如《儒林外史》;有的甚至连一声叹息都没有,只是哀怨一瞥,然后带着满腹的留恋,滑向了虚空的世界,如《红楼梦》,"近日世人所脍炙于口者,莫如《红楼梦》一书,其词甚显,而其旨甚微,诚为天地间最奇最妙之文。"②清代后期兴起的谴责小说更是以其对社会价值的深刻探问,牢牢地抓住了知识分子的目光,它们所吸引的是具有相同的思想意识和美学趣味的"社会精英",也就是"社会精英阶层中文学功底深厚的成员如承认自己在白话小说制作中的作用,通常只为他们的同僚而特意创作"。③ 而同时,文化精英们也会以序跋或小说评点的方式将自己的文学观表达出来,清代大量优秀通俗小说的序跋和评点鲜明地证明了一点:清代中后期,通俗小说在精英群被接受的程度已经很深了。

第二节 通俗小说序跋与小说类型传播

"通俗小说"第一次作为文体名正式使用是在冯梦龙的《古今小说序》,之后便一直沿用至今。通俗小说从"传说——口传历史——市人小说——说话——话本小说——通俗小说"一脉逐步发展而趋于完善。清代通俗小

---

① 赵毅衡:《演示叙述:一个符号学分析》,载《文学评论》,2013年第1期,第139页。
② 犀脊山樵:《红楼梦补序》,见丁锡根编著:《中国历代小说序跋集》,北京:人民文学出版社,1996年,第1190页。
③ [美]何谷理:《明清白话文学的读者层辨识——一个案研究》,见乐黛云、陈珏编选:《北美中国古典文学研究名家十年文选》,南京:江苏人民出版社,1996年,第449~450页。

说所表现的已由宋元时期的迎合世俗民众的奇趣、俗趣一改而为对于生命意义的探讨和对于美好人生范式的终极设计,多元化的题材和不一的艺术水准适应的是不同受众的兴趣爱好、阅读能力和接受心理,满足的是社会上最广泛的读者群的娱乐需求,清代通俗小说对文言小说的碾压从某种意义上来讲也算是庶民文学趣味的胜利。

一、从《玉娇梨》等序跋看才子佳人小说在清代的传播

明清易代,江山更迭,但才子佳人小说的传播却表现出相当的连续性。明末清初以天花藏主人、烟水散人为代表的小说家创作了一大批主要描写才子佳人风流韵事的小说,鲁迅称之为世情小说的"异流"。清代中后期,才子佳人小说又再变而为儿女英雄小说和狭邪小说。

(一)才子佳人小说在清代的传播

从顺治到雍正年间,才子佳人小说成为小说艺苑里最有影响力的一个派别,涌现了大量的佳作,孙楷第先生的《中国通俗小说书目》著录清初才子佳人小说二十七种,另有《生花梦》《醒名花》《绣屏缘》《女开科》《巧联珠》《锦香亭》《五凤吟》《终须梦》《蝴蝶媒》《快士传》《醒风流》《凤箫媒》《凤凰池》等十三种被列为乾隆嘉庆间才子佳人小说,但也有学者认为这十三种小说是清初小说。另据张俊先生的《清代小说史》,补入《山水情传》《集咏楼》《风流配》三种。据大冢秀高先生的《增补中国通俗小说书目》,补入《人月圆》一种。据石昌渝先生的《中国古代小说总目(白话卷)》,补入《十二峰》一种。据《古本小说集成》,补入《十美图》一种。另有《平山冷燕》和《玉娇梨》合刻本一种,共补入七种。传奇如《补张灵崔莹合传》、话本如《五色石》《珍珠舶》之类的才子佳人短篇小说也屡有刊出。

清初才子佳人小说由俗入雅,带来了小说文人化和个性化的风暴。《玉娇梨》男女主人公花前月下的诗歌酬唱,不仅符合人物的身份、性情,而且大都写得雅致,意象丰满,这使得《玉娇梨》成为清代文人案头必备的图书。关于这一点,天花藏主人还是颇为得意的。

> 故于《平山冷燕》四才子之外,复拈甘、辛《两交婚》为四才子之续……若二书儒雅风流,后先占胜,诗词情性,分别出奇,实有谓之佳,谓之美,逗才色于大冶之外,而前不容湮,后不可没,又安

得不顾盼而啧啧称其为相续也哉?①

虽然没有《金瓶梅》的写实,但是也没有《金瓶梅》里露骨且卑污的性描写;虽然没有凝聚民族文化精髓的具有非凡人格的超世拔俗的形象,但是小说中的佳人也大都没有现实中的种种人生缺憾和愤懑不平之气,远离了生理欲望,为小说抹上了一层雅致的色彩。

以《玉娇梨》为代表的清初才子佳人小说上承唐宋传奇,继承了它的流连诗意和浪漫爱情,而抛弃了元明传奇的情欲的放纵,多了些深情,少了点轻薄。但《玉娇梨》也开了一个很不好的一男娶几美的叙事模式的头,这一点在后来的《平山冷燕》和《两交婚》中得到纠正,却在其他作家那儿得到了发扬光大,且有过之而无不及,甚至受艳情小说的影响,将才子佳人的故事和色情纠合在一起,将这一类型的小说引向歧途,并最终走向了它的末路。

直到乾隆时期,才子佳人小说市场趋冷,但是还有新作问世,如《雪月梅全传》《驻春园小史》《铁花仙史》等。道光年间,才子佳人小说又开始盛行,但书商为了抢占市场先机,往往不注重校刻质量,《离合剑莲子瓶》的文中多有脱讹即为证明,但也间接证明了这一类型的小说市场前景的广阔。序作于道光十九年(1839)的阿阁主人曹梧冈的《梅兰佳话》,写梅如玉与兰漪漪、桂蕊、芷馨、菊婢等四美的婚姻恋爱故事,既未脱明末清初才子佳人小说的格套,又追踪《红楼梦》之唾余,以大量诗词曲赋来炫弄才气,远离了明末《娇红记》和清初的《玉娇梨》、清中期的《红楼梦》等延续下来的吻合时代文化追求的一心一意的爱情小说的叙事模式。这一时期的才子佳人小说在倒向艳情小说的同时,也失去了这一类小说固有的审美文化品格,从此彻底走向了它的末路。

作为才子佳人小说的代表,《玉娇梨》一经面世,即受到市场的追捧,一再被刊印即为明证。以《玉娇梨》为代表的才子佳人小说在整个清代都受到了读者的欢迎和市场的热捧,从《玉娇梨》跨越整个清代不同时期的版本的绝对数量中大略可以看出这一点,更何况在雍正八年和乾隆四十七年各有两个书坊在同时刊印该书,益智堂还曾经重刊过:

1. 刊本《新镌》,写刻。("玄"字不缺笔,纸色古旧,疑是顺治间刻本。

---

① 天花藏主人:《两交婚小传序》,见丁锡根编著:《中国历代小说序跋集》,北京:人民文学出版社,1996年,第1250页。

王树伟）。（玄字皆不缺笔，当系刻于康熙以前。齐如山）。①

2. 梅园刊本《天花藏》，无图，康熙四十四年重刊。上层《玉娇梨》，下层《平山冷燕》。

3. 刊本《新镌》，有图二十页，康熙间刊。

4. 本衙藏版《重订》，无图，康熙间刊。封面题"三才子古本《玉娇梨》本衙藏版"。

5. 本衙藏版《新镌》，清初刊后印。（概为清初刻本。既非初刻本，又非初印本，但系国内现知较早的版本）。（大连存藏的《新镌批评绣像玉娇梨小传》是：清初用存藏的明末版补刻了封面、目录重印的。林辰）。②

6. 啸月轩刊本，清初刻。

7. 退思堂藏版《天花藏》，无图，雍正八年刊，上层《玉娇梨》，下层《平山冷燕》。

8. 崇德堂刊本《天花藏》，雍正八年刊，与《平山冷燕》合刻。

9. 本衙藏版，翼圣堂《天花藏》，无图，乾隆五年重刊。序末题"乾隆五年孟夏，翼圣堂重刊"。与《平山冷燕》合刻。

10. 文益堂刊本，乾隆十二年刊，与《平山冷燕》合刻。

11. 刊本《天花藏》，乾隆十三年刊，与《平山冷燕》合刻。

12. 刊本《天花藏》，乾隆三十六年刊，与《平山冷燕》合刻。

13. 禅山振贤堂刊本《天花藏》，乾隆四十七年重刊。小。这是与《平山冷燕》的合刻本。

14. 振贤堂珍藏《天花藏》，图五页，乾隆四十七年重刊，小。

15. 青云楼藏版《天花藏》，有图，乾隆间刊。

16. 刊本，嘉庆十八年刊。

17. 三元堂藏版（振贤堂）《天花藏》，图五页。

18. 玉尺堂藏版，有图，道光间殷兆镛玉尺堂仿刻振贤堂巾箱本，与《平山冷燕》合刻。

19. 佛山翰宝楼藏版《天花藏》，图五页，丙寅重刊（康熙二十五年、乾隆十一年、嘉庆十一年、同治五年）。

20. 厦门文德堂藏版《新镌》，图三页，小。

21. 大文堂藏版《天花藏》。

---

① ［日］大冢秀高：《增补中国通俗小说书目》，东京：汲古书院，1987年，第64页。
② ［日］大冢秀高：《增补中国通俗小说书目》，东京：汲古书院，1987年，第64页。

22. 两仪堂刊本《新刻》,无图,大。

23. 映月楼藏版《新刻》。

24. 经纶堂藏版(文光堂)《天花藏》,无图。

25. 大兴堂藏版(文光堂)《天花藏》,无图。

26. 宝华楼刊本。

27. 经元堂刊本(宝华楼,见于目次)《天花藏》,无图,小。

28. 善成堂刊本《天花藏》,无图。

29. 集文堂刊本《天花藏》,无图。

30. 聚盛堂刊本,无图,后印,小。(错字太多)

31. 老会贤藏版《天花藏》,小。

32. 裕德堂刊本《天花藏》。

33. 三让堂刊本。

34. 聚锦堂刊本《天花藏》,无图。与《平山冷燕》合刻。

35. 刊本《天花藏》,与《平山冷燕》合刻。

36. 益智堂藏版《新镌》,无图。

37. 益智堂藏版(宝仁堂)《天花藏七才子前后集》,与《平山冷燕》合刻。封面题"宝仁堂重镌",卷首题"益智堂藏版"。

38. 绿荫堂藏版《天花藏》,合刻本。

39. 金阊拥万堂刊本。

40. 宏德堂藏版。

(二)《玉娇梨》《平山冷燕》等序跋与才子佳人小说在清代的接受

以《玉娇梨》和《平山冷燕》为代表的清代前期才子佳人小说虽然也讲"情"字,但是以才色为媒,总离不开一个"色"字。游走在情淫边缘的才子佳人小说虽不至于被清廷的涉黄涉暴小说的禁毁令所封杀,且主流文化也无力抵挡其先天所具有的娱乐性对大众阅读需求的俘获,但《玉娇梨》和《平山冷燕》的后继者在叙事模式上的陈陈相因,越发暴露了其文学内核的不足。清代中后期的才子佳人小说缺失了对生活的热爱和追求及对生命本质的体认和超越,没有了精神的自我救赎,就只剩下肉欲的沉醉和道德的沉沦。

在众多的才子佳人小说序跋中,被作为样板来品评的就是最初的《玉娇梨》和《平山冷燕》了。从《玉娇梨》和《平山冷燕》开始,清代小说序跋对才子佳人小说的评价就已然出现了两极化的倾向。

表6 清代小说序跋中的《玉娇梨》和《平山冷燕》

序跋者	序跋名	序跋时间	序跋与小说传播
天花藏主人	《玉娇梨序》		客曰:"白描绘事,逊色牡丹;无弦焦桐,让声羯鼓。倘优俳操去取之权,牙侩秉春秋之笔,则子将奈何?"予曰:"不然,是非识者定之。方今文人才女满天下,风流之种不绝,当有子云其人者谓予知言,子其俟之!"
三江钓叟	《铁花仙史序》		然其书成而命之名也,往往略不加意,如《平山冷燕》则皆才子佳人之姓为颜,而《玉娇梨》者又至各摘其人名之一字以传之,草率若此,非真有心唐突才子佳人,实图便于随意扭捏成书而无所难耳。
天花藏主人	《两交婚小传序》		若二书儒雅风流,后先占胜,诗词情性,分别出奇,实有谓之佳,谓之美,逗秀色于大冶之外,而前不容湮,后不可没,又安得不顾盼而啧啧称其为相续也哉?
松林居士	《二度梅奇说序》	乾隆四十七年	小说所最著者《好逑传》《玉娇梨》《平山冷燕》之类,然或仅尚其侠,或慕其才,岂若此说之给事精忠,公子纯孝,昭君节烈,书童真义也哉!君子观之,可以助其上达;小人观之,可以止其下流,庶近忠孝。
天花藏主人	《合刻七才子书序》	乾隆四十七年	凡纸上之可喜可惊,皆胸中之欲歌欲哭。
静恬主人	《金石缘序》		小说何为而作也？曰:以劝善也,以惩恶也……作者先须立定主见,有起有收,回环照应,一点清眼目,做得锦簇花团,方使阅者称奇,听者忘倦。切忌序事直捷,意味索然,又忌人多混杂,眉目不楚;甚者说鬼谈神,怪奇悖理;又如情词赠答,淫亵不堪,如《情梦柝》《玉楼春》《玉娇梨》《平山冷燕》诸小说,脍炙人口,由来已久,谁知其中破绽甚多,难以枚举……龆龄闺媛,诗篇字法,压倒朝臣,天下又有是理乎？且当朝宰辅,方正名卿,为女择配,不由正道,将闺中诗词索人倡和,成何体统？此即理之所必无,宜为情之所宜有？若夫古怪矜奇者,又不足论,无惟巧合。

《玉娇梨》和《平山冷燕》被清代小说序跋者品头论足,有褒有贬。褒者

从内容上赞其"儒雅风流,后先占胜,诗词情性,分别出奇,实有谓之佳,谓之美,逗才色于大冶之外"①,从形式上夸其"立定主见,有起有收,回环照应,一点清眼目,做得锦簇花团"。② 从创作动机上直指文学正宗的"发愤著书","凡纸上之可喜可惊,皆胸中之欲歌欲哭"。③《平山冷燕》的文学成就之高,以至于康熙年间著名学者、被后人称为义门先生的何焯在《与某书》中竟然将自己的诗歌比作在正统文人眼中不入流的小说:"仆诗何足道!《梅花》诸咏,《平山冷燕》之体,乃蒙称说,惶愧!"④从这段话中,我们至少可以梳理出以下有价值的内容:第一,何焯的《梅花》诸诗,包括《催梅》《早梅》《梅花》《晚梅》《远梅》《石梅》《落梅》《红梅》《墨梅》《绿萼梅》《再赋二首》《腊梅》等,均为"平山冷燕体",如《墨梅》:"粉泽易凝尘,书家别写真。略教标铁干,长与露清神。自出双钩意,谁言飞白伦。暗香惊屡换,不谢墨香新。"⑤另据王羌特《孤山再梦》康熙五年序本,钱雨林曰:"前看《平山冷燕》,其中白燕诗尽好,以为无人再赓。我二人今日,亦以白燕为题,各作一首,看比旧诗何如?"⑥《平山冷燕》不仅成为像钱雨林这样的文人日常谈话的背景,而且其中的白燕诗竟然成为模仿和唱和的对象,间接证明了"平山冷燕体"的存在。第二,不仅何焯喜欢《平山冷燕》中的唱和诗,而且收信人也应喜欢。实际上,《平山冷燕》不仅为男性文人所接受,而且在女性读者群中也有广泛的接受。《天花藏批评平山冷燕四才子书藏本》第十二回评语中说,"予向阅诸小言,味都嚼蜡,今始见四才子,异而评之。第恨妾生较晚,不及细为点缀耳"。⑦

作为对艳情小说的反动,才子佳人小说的序跋从一开始就明确揭示了其以两性之爱为审美主体的美学品格,从而和追逐肉欲的艳情小说划清了界限,进而为读者心安理得地接受埋下了伏笔。素政堂主人《玉娇梨叙》

---

① 天花藏主人:《两交婚小传序》,见丁锡根编著:《中国历代小说序跋集》,北京:人民文学出版社,1996年,第1250页。
② 静恬主人:《金石缘序》,见丁锡根编著:《中国历代小说序跋集》,北京:人民文学出版社,1996年,第1291页。
③ 天花藏主人:《合刻七才子书序》,见丁锡根编著:《中国历代小说序跋集》,北京:人民文学出版社,1996年,第1242页。
④ 何焯:《义门读书记》卷七,乾隆十六年原本,光绪苕溪吴氏藏版。
⑤ 何焯:《义门先生集》卷十一,见《清代诗文集汇编》第二百零七册,上海:上海古籍出版社,2010年,第255页。
⑥ 王羌特:《孤山再梦》,见林辰主编:《才子佳人小说集成》,沈阳:辽宁古籍出版社,1997年,第52页。
⑦ 转引自邱江宁:《天花藏主人为女性考》,载《复旦大学学报》,2006年第1期,第38页。

云:"小说家艳风流之名,凡涉男女悦慕,即实其人其事以当之,遂令无赖市儿泛情,闾妇得与郑卫并传。无论兽态颠狂,得罪名教,即秽言狼藉,令儒雅风流几于扫地,殊可恨也。"因此他"每欲痛发其义,维挽淫风",其所著《玉娇梨》,"正砭世之针,医俗之竹",旨在"一洗淫污之气,使世知风流有真,非一妄男女所得浪称也"。① 肯定才子佳人小说写"才子之乐,不害于雅,佳人之乐,不失其正"②,"才色在所不偏,劝戒俱所不废"③,"虽多委曲缠绵,然义正词严,不事半点污亵"。④

就在才子佳人小说最繁盛的顺康雍乾年间,各种贬斥的声音依旧不绝于耳。贬者讥其"情词赠答,淫亵不堪","其中破绽甚多,难以枚举……堂堂男子,乔扮女妆,卖人作婢,天下有是理乎?韶龄闺媛,诗篇字法,压倒朝臣,天下又有是理乎?且当朝宰辅,方正名卿,为女择配,不由正道,将闺中诗词索人倡和,成何体统?此即理之所必无,宜为情之所宜有?若夫古怪矜奇者,又不足论,无惟巧合"。⑤ 清崔市道人在《醒风流传奇序》中就指出艳情小说之弊"在于凭空捏造,变幻淫艳,贾利争奇,而不知反为引导入邪之饵。世之翻阅者日众,而捻管者之罪孽日深,何不思之甚也"。因此,他创作《醒风流传奇》即有意摒弃艳情小说中的色情描写,使"世之逞风流者,观此必惕然警醒,归于老成"。⑥ 清李春荣在《水石缘自叙》中也声称:"因见其中写才子佳人之欢会,多流于淫荡之私,有伤风人之雅思,力为反之。"⑦ 清蠡庵在《女开科传引》中也说:"若夫以妖艳之书,启天下淫男子逸荡之心,则妄语之诫,舌战之祸,固生平所自矢不为矣。"⑧ 一些评点者也认为"用情非正,总属淫词。"⑨

---

① 荻岸散人:《玉娇梨》,《古本小说集成》影印清初刊本,上海:上海古籍出版社,1990年,第6~13页。
② 古吴子:《人间乐序》,见丁锡根编著:《中国历代小说序跋集》,北京:人民文学出版社,1996年,第1264页。
③ 拼饮潜夫:《春柳莺序》,见《春柳莺》,沈阳:春风文艺出版社,1983年,第1页。
④ 浃江钓徒《玉觉禅序》,见丁锡根编著:《中国历代小说序跋集》,北京:人民文学出版社,1996年,第1251页。
⑤ 静恬主人:《金石缘序》,见丁锡根编著:《中国历代小说序跋集》,北京:人民文学出版社,1996年,第1291~1292页。
⑥ 丁锡根编著:《中国历代小说序跋集》,北京:人民文学出版社,1996年,第1284页。
⑦ 丁锡根编著:《中国历代小说序跋集》,北京:人民文学出版社,1996年,第1294页。
⑧ 丁锡根编著:《中国历代小说序跋集》,北京:人民文学出版社,1996年,第1308~1309页。
⑨ 水箬散人:《驻春园小史序》,见丁锡根编著:《中国历代小说序跋集》,北京:人民文学出版社,1996年,第1306页。

客观地讲,清代小说序跋中褒贬两极的评价都击中了《玉娇梨》《平山冷燕》的要害。"显扬女子,颂其异能"的创作主旨和"私定终身后花园,落难秀才中状元"的狭邪叙事模式竟然成为清代中后期才子佳人小说的模板,但被添加了对于苟合行为淫秽描写的这一新的叙事元素之后,才子佳人小说出现了和艳情小说合流的倾向,如云间嗤嗤道人《五凤吟》第三回《做春梦惊散鸾俦》(素梅、轻烟):"'佳人才子配合,是世间美事。小姐你是个明达的人,怎不思反经从权,效那卓文君故事,也成一段风流佳话。若拘于礼法之中,不过一村姑之所为耳,何足道哉?当面失却才子,徒贻后悔,窃为小姐不取也。'雪娥呻吟不语。""雪娥含羞说道:'妾之心事非图淫欲,只为慕才使然。故不惜自媒越礼,多露贻讥,君如不信,请观妾容。然犹恐一朝订约,异日负盟,令妾有白头之叹。君亦当虑耳。'"第五回《爱情郎使人挑担》:"(婉如)若今日苟合,则君为穴隙之夫,妾作淫奔之女,岂不贻笑于人?即妾欲从君,君亦何取?幸毋及乱。若再强我,有死而已。""妾寻一替身来,君能免妾否?""婉如笑对绛玉道:'养军千日,用在一朝,你权代劳,休阻他兴,日后我自看觑你。'"①又如静恬主人《金石缘》第七回《助贤夫梅香苦志　逢美女浪子宣淫》:"爱珠在内,安闲快乐,做诗写字之外,将些淫词艳曲,私藏觑看。""将一本浓情快史一看,不觉两朵桃花上脸,满身欲火如焚。""(利图)见书案上几本浓情快史,想道:'主人看这样书,自然是个风流人了。'"②虽然大段的女主人公的说教使得小说的叙事没有在淫邪的道路上走出太远,但是小姐幸免了,丫鬟却被要求顶缸,所以总体上的道学化叙事模式不能从根本上改变局部狭邪带来的恶劣影响。

《五凤吟》中的琪生和雪娥、婉如之间虽也有诗酒流连,但已经没有了《玉娇梨》中的两情相悦,只是一味用强。失意于小姐,得意于丫鬟,祝琪生先后和侍女素梅、轻烟、绛玉苟合。小姐也没有了往日的风流旖旎,婉如竟被描画成一个地道的皮条客。而祝琪生这样的一个才子形象和过去小说中的人物设计也迥然有别,道行有亏的祝琪生竟然科考高中,殿试只是在二甲,竟做到翰林院庶吉士,并迅速高升到南直隶巡按,情节设计荒唐之至。至于《金石缘》中的利图和爱珠,自然算不上才子佳人,但小说中对于爱珠阅读《浓情快史》之类的艳情小说后的生理和心理反应及春情萌动后

---

① 云间嗤嗤道人编著,李中凯校点:《五凤吟》,西安:太白文艺出版社,1996年,第14～16页。

② 无名氏撰,李中凯校点:《金石缘》,西安:太白文艺出版社,1996年,第54～55页。

的外貌都作了细致的摹写,这是典型的对艳情小说情节要素的借鉴和模仿。所以,才子佳人小说遭到了更多的批评:"间有类《玉娇梨》《情梦柝》,似不越寻常蹊径,而笔墨潇洒,皆从唐宋小说《会真》《娇红》诸记而来,与近世稗官迥别。"①(乾隆四十八年万卷楼刊本)序跋间接点出乾隆时期才子佳人小说淫邪化的倾向,和一味谈情的早期才子佳人小说已经是大相径庭了。

才子佳人小说由明末清初写心的浪漫滑向了清代中后期写性的恶趣,《玉娇梨》《平山冷燕》无意之中成了拯救才子佳人小说滑向泥淖的经典。天花藏主人在《玉娇梨序》中云:"客曰:'白描绘事,逊色牡丹;无弦焦桐,让声羯鼓。倘优排操去取之权,牙侩秉春秋之笔,则子将奈何?'予曰:'不然,是非识者定之。方今文人才女满天下,风流之种不绝,当有子云其人者谓予知言,子其俟之!'"②可见他对小说出版以后的市场都毫无把握,更罔提经典。乾隆年间的吴航野客在《驻春园》"开宗明义"篇中即赞誉道:"历览诸种传奇,除醒世觉世,总不外才子佳人,独让《平山冷燕》《玉娇梨》出一头地,由其用笔不俗,尚见大雅典型。"③

才子佳人小说作家在力戒蹈入艳情小说创作流弊的同时,自己也不同程度地背离了清代小说写实的美学追求,导致其所写多有不合情理之处,并出现了千篇一律的模式化创作倾向,引起了序跋者的不满与批判。一些序跋者即批判其"千部共出一套"④,指出"传奇家摹绘才子佳人之悲欢离合,以供人娱目悦心者也"⑤,讥讽"从来传奇小说,往往托兴才子佳人,缠绵烦絮,刺刺不休,想耳目间久已尘腐"。⑥ 有的序跋者还详尽地指出了才子佳人小说创作中常用的一些套路:"凡小说内,才子必遭颠沛,佳人定遇恶魔……再不然,公子逃难,小姐改妆,或遭官刑,或遇强盗,或寄迹尼庵,或羁栖异域。而逃难之才子,有逃必有遇合,所遇者定系佳人才女,极人世艰难困苦,淋漓尽致,夫然后才子必中状元,作巡按,报仇雪恨,娶佳人而团

---

① 水箬散人:《驻春园小史序》,见丁锡根编著:《中国历代小说序跋集》,北京:人民文学出版社,1996年,第1305页。
② 荑狄散人:《玉娇梨》,见《明清善本小说丛刊》第八辑,台北:天一出版社,1985年,卷首。
③ 吴航野客编次,李致忠校点:《驻春园》,沈阳:春风文艺出版社,1985年,第1页。
④ 曹雪芹:《红楼梦》,北京:人民文学出版社,1982年,第5页。
⑤ 三江钓叟:《铁花仙史序》,见云封山人编次,陈廷椰、贾利亚点校:《铁花仙史》,北京:北京师范大学出版社,1993年,第1页。
⑥ 天花才子:《快心编·凡例》,北京:人民文学出版社,1992年,第2页。

圆。凡小说中舍此数项,无从设想。"①曹雪芹对于小说创作中的模式化问题作了系统深入的批判:"终不能不涉于淫滥,以致满纸潘安、子建、西子、文君,不过作者要写出自己的那两首情诗艳赋来,故假拟出男女二人名姓,又必旁出一小人其间拨乱,亦如剧中之小丑然。且鬟婢开口即者也之乎,非文即理。故逐一看去,悉皆自相矛盾、大不近情理之话。"②脂砚斋借评点《红楼梦》,也多次尖锐地批评才子佳人小说的模式化问题:"可笑近之小说中,满纸羞花闭月等字。""最可笑世之小说中,凡写奸人则用鼠目鹰腮等语。"(第一回)"可笑近之小说中有一百个女子,皆是如花似玉一副脸面。""最可厌野史貌如潘安,才如子建。""最可厌近之小说中,满纸千伶百俐,这妮子并通文墨等语。"(第三回)"最可厌近之小说中满纸神童天分等语。"(第十八回)"最恨近日小说中,一百美人诗词语气,只得一个艳稿。"(第三十七回)"最恨野史有一百个女子皆曰聪敏伶俐,究竟看来他行为也只平平。"(第四十八回)

　　针对存在的问题,序跋者要求才子佳人小说创作要扎根现实,故事要合乎生活情理,坚持创新,避免重蹈窠臼。在这种舆论导向下,一些小说作者开始自觉贴近现实,在描写才子佳人的悲欢离合时,也写出了人情世态之歧变。个别清醒的才子佳人小说家在创作时"开始有意涉笔世情,以增强其所写内容的真实性"③,如静恬主人创作《金石缘》时,就力求作到"酌乎人情,合乎天理",不露"一毫穿凿之痕"。④ 三江钓叟在《铁花仙史序》中指出:"作者实故意翻空出奇,令人以为铁、为花、为仙者,读之而才子佳人之事,掩映乎其间。"⑤至于《好逑传》《雪月梅》等,也在才子佳人小说的框架内增加英雄传奇、神魔怪异等成分;《飞花艳想》则在才子佳人小说中融入艳情小说的内容。虽然人情世态之歧变还未构成作品的主要内容,但毕竟增强了作品的生活实感。风月主人在《赛花铃后序》中也指出:"非说干戈则说鬼物,非说讼狱则说婚姻。求其干戈、鬼物、讼狱、婚姻兼备者,则莫

---

① 小和山樵:《红楼复梦·凡例》,见丁锡根编著:《中国历代小说序跋集》,北京:人民文学出版社,1996年,第1187页。
② 曹雪芹著,冯其庸重校评批:《瓜饭楼重校评批红楼梦》,沈阳:辽宁人民出版社,2005年,第5页。
③ 纪德君:《明清小说编创与评点的互动及其影响——以明清时期世情小说为例》,载《文艺研究》,2010年第10期,第59页。
④ 静恬主人:《金石缘序》,见《金石缘》,北京:北京师范大学出版社,1993年,第1页。
⑤ 三江钓叟:《铁花仙史序》,见云封山人编次,陈廷榔、贾利亚点校:《铁花仙史》,北京:北京师范大学出版社,1993年,第1页。

如白云道人之为《赛花铃》。"①鲁迅先生也认为:"事状纷繁,又混入战争及神仙妖异事,已轶出于人情小说范围之外矣。"②上述作家打破才子佳人小说创作俗套所取得的成绩,有效地促进了该类型小说的创新与演变。

二、从《三国演义》等序跋看历史演义小说在清代的传播

清代的历史演义小说不仅携《三国演义》朝廷恩遇之威,广拓疆宇,形成盈箱累箧的格局,更重要的是,其艺术质量也因受《三国演义》的沾溉浸濡,在虚实相生的艺术构思、宏伟壮阔的叙事结构、神采独具的人物形象和仁政理想的主旨传达等方面都取得了不俗的成绩,清代小说序跋者也因对《三国演义》创作经验的深入探寻而使历史演义小说创作的理论建树一时魅力无穷。

(一)《三国演义》等历史演义小说在清代的传播与时代的选择

"中国的小说,以讲史为最多,即非讲史,而所取的'题材'往往是'古已有之'的。在当代的日常生活里取材的实在是寥寥无几"。③ 作为仅次于世情小说的第二大艺术门类的历史演义小说,在清代影响较大的有毛纶、毛宗岗父子评点的《三国演义》、褚人获的《隋唐演义》、鸳湖渔叟的《说唐全传》、钱彩的《说岳全传》、蔡元放的《评定本东周列国志》、吕抚的《廿四史通俗演义》、杜纲的《南北史演义》和吕熊的《女仙外史》等。这些历史演义小说大多经过历代文人的集体创作,在故事的生动曲折和人物的传神摹影、同而不同的艺术手段上都取得了长足的进步,但小说毕竟不是完全出自一人之手,语言风格难以熔铸到整齐划一的地步,如《隋唐演义》;甚至既不符合史实,人物性格又不突出,只是热闹而已,如《说唐全传》。

和上述清人创作的这些"言之无文,行而不远"的历史演义小说相比,《三国演义》作为一部元末明初的小说,历经近三百年之后,到了清代,依旧盛传不衰,一方面是因为其满足了读者的心理期待或求知需要:

> 皇父摄政王旨。谕内三院,着译《三国演义》,刊刻颁行。此书可以忠臣、义贤、孝子、节妇之懿行为鉴,又可以奸臣误国、恶政乱朝为戒。文虽粗糙,然甚有益处,应使人知此兴衰安乱之理

---

① 丁锡根编著:《中国历代小说序跋集》,北京:人民文学出版社,1996年,第1272页。
② 鲁迅撰,郭豫适导读:《中国小说史略》,上海:上海古籍出版社,1998年,第137页。
③ 郑振铎:《中国小说史料序》,见《郑振铎全集》,北京:人民文学出版社,1985年,第204页。

也。钦此。内弘文院大学士祁充格等谨奏。我等恭承皇父摄政王谕旨,校勘《三国演义》,学士查布海、索那海、伊图、霍力、庆泰、来衮、何德翻译。主事能图、叶成额等恭承缮写,主事更泰等与博士科尔科泰等恭抄,成二十四册,分为六函,颁行于众,为此谨奏。总校:大学士祁充格、范文程巴克什、刚林巴克什、冯铨、洪承畴、宁完我、宋权。顺治七年正月十七日谨奏。①

然三国之局固奇,而非得奇手以传之,则其奇亦不著于天下后世之耳目。前此虽有陈寿一志,较之荀勖、裴颁魏晋诸纪,差为此,善于彼,而质以文掩,事以意晦,而又爱憎自私,去取失实,览者终为郁抑不快。②

及受而阅焉,又转幸夫今之人,犹借此稗官小说之书,可以开其心思,启其神志,而于天时地利人事政治权谋术数之道,尚能考什一于千百也。③

另一方面是因为清代统治者对于关羽的崇拜。从明朝开始,关公被晋封为帝,在清代更被尊为关圣帝君,被统治者完全神化,其封号字数之多,就连不可一世的慈禧太后都没敢超过。

北宋末年是关羽历史定位的一个重要的转折点,关羽从一个被遗忘的历史人物一夜之间变成了历史达人。因"骄于士大夫"的个性,关羽直至死后四十一年,蜀国行将灭亡之际,才被刘禅封侯,但谥号竟是"壮缪"(武而不遂曰壮,名与实爽曰缪)。魏晋南北朝离三国相对较近,这一时期出现的一批记载三国人物言行的笔记小说,如干宝的记载了三国时期谶纬故事和方士如于吉、左慈、管辂等故事的《搜神记》,葛洪的虽囿于体例,仅记录了如左慈等一干知真识远、思虑精微的神仙中人,但与三国时事渊源颇深的《神仙传》,习凿齿的记载了近三十条蜀汉时事的《汉晋春秋》,更是道尽了魏晋人的文采风流等的裴启的《语林》和刘义庆的《世说新语》,但关羽均不在其中。直至建中三年(782),关羽才被唐德宗抬进武庙,从而进入国家祀

---

① 转引自黄润华、王小虹译辑:《满文译本〈唐人小说〉〈聊斋志异〉等序言及译印〈三国演义〉谕旨》,见《文献》第十六辑,北京:书目文献出版社,1983年,第5页。
② 李渔:《古本三国志序》,见丁锡根编著:《中国历代小说序跋集》,北京:人民文学出版社,1996年,第900页。
③ 稚明氏:《三国演义叙》,见丁锡根编著:《中国历代小说序跋集》,北京:人民文学出版社,1996年,第904页。

典,可是晚唐的诗人们对这一政府行为似乎并不认同。如果说李白、杜甫因为无缘得见关羽进武庙的盛典,李白的《赤壁歌送别》、杜甫的《蜀相》《八阵图》忽略了关公也就罢了,可是,晚唐诸多的咏怀三国的传世之作,如刘禹锡的《蜀先主庙》《西塞山怀古》、李贺的《吕将军歌》、杜牧的《赤壁》、李商隐的《娇儿诗》,竟然集体性地选择了忽略关羽。

到了北宋末年,因为抵御外侮的时势诉求,死后寂寞了五百年的关羽的忠勇品性被聚焦并被无限放大。从崇宁元年(1102)到淳熙十四年(1187),关羽就被宋朝皇帝先后加封了五次,其中,光是宋徽宗就一口气加封了三次。明末清初的孙承泽在其《春明梦余录》卷二十二中给我们梳理了这段历史:"公于后主景耀三年追谥壮缪侯。宋徽宗崇宁元年,追封忠直公。大观二年,加封武安王。宣和五年,敕封义勇武安王。高宗建炎二年,加封壮缪武安王。淳熙十四年,加封英济王。敕曰:'生立大节,与天地以并传,没为神明,亘古今而不朽。荆门军当阳县列神壮缪义勇武安王。'"①

宋朝民间也掀起了一场"三国热",据苏轼《东坡志林》:"王彭尝言:涂巷中小儿薄劣,其家所厌苦,辄与钱,令聚坐听说古话。至说三国事,闻刘玄德败,颦蹙有出涕者;闻曹操败,即喜唱快。以是知君子小人之泽,百世不斩。"②北宋末期,说话艺术中已然形成了"说三分"的专科,出现了霍四究等著名的"说三分"③专家,虽然还都只是以片段展示型为主。"三国"故事由陈寿《三国志》发展至宋末,戏曲院本有《赤壁鏖兵》《刺董卓》《襄阳会》《大刘备》《骂吕布》④等。

朝廷的尊崇及全社会的崇拜狂潮对于《三国演义》在清代的传播产生了较大的影响,官方祭祀活动使得关公的非理性行为所透视出来的义薄云天的个人品格得到了放大,而清廷对于《三国演义》的加持更是助燃了小说的接受。据沈伯俊《〈三国演义〉版本研究的新进展》,清代的《三国演义》的刊本多达七十多种。如:

顺治元年(1644)翠筠山房刊本《三国演义》。

---

① 孙承泽著,王剑英点校:《春明梦余录》卷二十二《汉寿亭侯庙》,北京:北京古籍出版社,1992年,第318页。
② 苏轼著,刘文忠评注:《东坡志林·说三国事》,北京:中华书局,2007年,第17页。
③ 孟元老撰,伊永文笺注:《东京梦华录》卷第五《京瓦伎艺》,北京:中华书局,2006年,第462页。
④ 陶宗仪撰,王雪玲校点:《南村辍耕录》卷二十五《院本名目》,沈阳:辽宁教育出版社,1998年,第296~299页。

清初啸花轩刊本《李卓吾批三国志传》，烟水散人徐震编次。

清初三余堂覆明本《三国英雄志传》，有玉屏山人序。

清初遗香堂刊本《绘像三国志》，无名氏评点，有崇祯五年梦藏道人序。

清初吴郡藜光楼楠槐堂刊本《李卓吾先生批评三国志》，有明朝缪尊素序。

郁郁堂藏版《李笠翁评阅三国演义》，"四大奇书"之名较早见于康熙十八年(1679)李渔《三国志演义序》。

两衡堂刊本《笠翁评阅绘像三国志第一才子书》，有湖上笠翁李渔序。

芥子园刊本《李笠翁批阅三国志》。

康熙十八年(1679)醉耕堂刊本《四大奇书第一种三国演义》，毛氏父子评点，有顺治元年金圣叹序。

康熙刊本《毛宗岗评三国志演义》，有顺治元年金圣叹序。

雍正七年(1729)致远堂、启盛堂刊本，有江宁吉士稚明氏《三国演义叙》。

雍正十二年(1734)郁郁堂、郁文堂刊本，有大兴黄叔瑛兆千氏《三国演义序》。

乾隆十七年(1752)《圣叹外书三国志》，有毛宗岗评。

乾隆二十年(1755)碧山高王臣(高骞侯)《三国英雄略传序文》。

乾隆三十四年(1769)世德堂本，有毛宗岗《三国志演义凡例》。

光绪十年(1884)上海铅印本《三国演义》，有傅冶山《三国演义跋》。

光绪十六年(1890)广百宋斋同文书局精石印本，有许时庚《三国志演义补例》。

清代刊刻的《三国演义》出现了李卓吾评点本、李渔评点本和毛氏父子评点本三雄并逐的局面，但时代选择了毛氏父子评点本，诚如沈伯俊先生所言："自清初以来的三百余年中，亿万民众传阅、讲说和熟悉的，并非罗贯中的原作，而是《毛宗岗评改本三国演义》。"①

毛纶、毛宗岗父子评点的刊于康熙十八年(1679)的《四大奇书第一种》醉耕堂刊本能广被清代读者所接受，是建立在与接受主体认知结构中现存的概念范畴直接吻合且能顺利转换为认知结构内部的词语，"一个接受者，无论是个人或者民族，都必有其先在的文化习惯、概念系统和对事物的判断及假定，这些都构成他在接受新知识时的主观上的前提。当他在接受外

---

① 沈伯俊：《〈三国演义〉新探》，成都：四川人民出版社，2002年，第71页。

来影响时,总是尽力地把自己接触到的东西纳入自己的'前结构'中,以满足自己在心理上的期待或求知的需要"。① 一千四百多年沉淀下来的大众的价值判断所构成的读者意识中共同的这种"前结构",被罗贯中和毛纶、毛宗岗父子成功地利用,不仅大众的价值判断成了小说基本的叙事倾向,而且通过道德的巧妙预设,并借助于种种叙事的技巧,将历史的叙事变成一种"通古今之变"的思想活动。尤侗在《坚瓠秘集序》中狂赞毛纶:"少而好学,至老弥笃。搜群书,穷秘笈,取经史所未及载者,条列枚举。其事小而可悟乎大,其事奇而不离乎正。"② 毛氏父子在"究天人之际"的同时,不仅稽其成败兴亡之理,还将历史的知识限定在时代精神的范围之内,从而赋予三国故事以历史的当代性。毛氏在《读〈三国志〉法》中明确交代他要以朱熹《资治通鉴纲目》为指南,使情节、形象、语言成为表现他主观先念的具体注脚,如第二十六回毛氏总评云:"曹操一生奸伪,如鬼如蜮,忽然遇着堂堂正正、凛凛烈烈、皎若青天、明若白日之一人,亦自有珠玉在前,觉吾形秽之愧,遂不觉爱之、敬之,不忍杀之。此非曹操之仁,有以容纳关公,乃关公之义,有以折服曹操耳。虽然,吾奇关公,亦奇曹操。以豪杰折服豪杰不奇,以豪杰折服奸雄则奇;以豪杰敬爱豪杰不奇,以奸雄敬爱豪杰则奇。夫豪杰而至折服奸雄,则是豪杰中有数之豪杰;奸雄而能敬爱豪杰,则是奸雄中有数之奸雄也。"③ 毛氏的理解完全是出自个人的先验,完全远离了小说作者罗贯中的本意。自从毛氏评改本刊行,罗本原本便被废弃而几不为人所知。

关于毛本的创作指导思想,毛宗岗在《三国志演义凡例》中作了详尽的介绍:"一、《三国》文字之佳,其录于《文选》中者,如孔融荐祢衡表,陈琳讨曹操檄,实可与前、后《出师表》并传,俗本皆阙而不载。今悉依古本增入,以备好古者之览观焉。""一、后人捏造之事,有俗本演义所无,而今日传奇所有者,如关公斩貂蝉,张飞捉周瑜之类,此其诬也,则今人之所知也。如古本《三国志》所无,而俗本演义所有者,如诸葛亮欲烧魏延于上方谷,诸葛瞻得邓艾书而犹豫未决之类,此其诬也,则非今人之所知也。不知其诬,毋

---

① 智量:《论文学的民族接受》,见《俄罗斯文学与中国》,上海:华东师范大学出版社,1991年,第11页。
② 尤侗:《坚瓠秘集序》,见《清代笔记小说大观》(二),上海:上海古籍出版社,2007年,第1892页。
③ 陈曦钟、宋祥瑞、鲁玉川辑校:《三国演义会评本》,北京:北京大学出版社,1986年,第317页。

乃冤古人太甚，今皆削去，使读者不为齐东所误。"①由《三国志演义凡例》可知，毛氏父子依托所谓的古本，对嘉靖本的诸多情节作了增删。虽然《三国志演义读法》云："古事所传，天然有此波澜，天然有此等曲折，以成绝世妙文。""古史甚多，而人独贪看《三国志》者，以古今人才之聚未有盛于三国者也。"但是在毛氏父子评点之前，大众对《三国演义》的评价并不高。据毛宗岗自承，评改本增加了古本所有而俗本所无的文字极佳的孔融荐祢衡表、陈琳讨曹操檄等，另如关公秉烛待旦、管宁割席分坐、曹操分香卖履、于禁陵庙见画、邓艾凤兮之对、钟会不汗之答、杜预《左传》之癖等，也都依古本存之，使读者得窥全貌。但实际上，更多极佳的文字被删除，如关于魏国、吴国和汉末人物的赞诗及出于《三国志》《后汉书》的史论。虽然删除了一些不合乎历史真实的情节，如关公斩貂蝉，张飞捉周瑜等，但毛氏评改本中依旧有很多情节并不符合历史的真实，如关羽过五关斩六将、诸葛亮草船借箭、群英会蒋干中计、诸葛亮三气周瑜、孙夫人投江、武侯弹琴退仲达等。另有一些情节被改易，如刘备闻雷失箸、马腾入京被害、关羽封汉寿亭侯、曹后骂曹丕等。

针对毛氏父子对于《三国演义》所作出的修订，鲁迅先生结合小说文本嬗变的实际情形，作出更为精准的分类说明：

> 凡所改定，就其序例可见，约举大端，则一曰改，如旧本第一百五十九回《废献帝曹丕篡汉》本言曹后助兄斥献帝，毛本则云助汉而斥丕。二曰增，如第一百六十七回《先主夜走白帝城》本不涉孙夫人，毛本则云"夫人在吴闻猇亭兵败，讹传先主死于军中，遂驱兵至江边，望西遥哭，投江而死"。三曰削，如第二百五回《孔明火烧木栅寨》本有孔明烧司马懿于上方谷时，欲并烧魏延，第二百三十四回《诸葛瞻大战邓艾》有艾贻书劝降，瞻览毕狐疑，其子尚诘责之，乃决死战，而毛本皆无有。其余小节，则一者整顿回目，二者修正文辞，三者削除论赞，四者增删琐事，五者改换诗文而已。②

对于毛纶、毛宗岗父子的修订行为，王星琦教授的观点在当下的学界

---

① 毛宗岗：《三国志演义凡例》，见《毛宗岗评〈三国志演义〉》卷首，乾隆三十四年新镌世德堂本。

② 鲁迅撰，郭豫适导读：《中国小说史略》，上海：上海古籍出版社，1998年，第89~90页。

颇具代表性:"毛氏父子托金圣叹之名作序,称《三国演义》为'第一才子书',又加'凡例''读法'、夹批、回评,更兼删改。这对书的普及或有推波助澜作用,但不少地方已失原本精神。"①但不可否认的是,毛评本的增删使情节更加精练,人物形象得到凸显,如嘉靖本卷十七《范强张达刺张飞》,刘备因关羽之死,坚决伐东吴,秦宓谏之,其中有云:"学士秦宓,出班奏曰:'陛下此行,固为关公报仇,臣切惟不可。陛下舍万乘之躯而成小义,古人所不取也。且关公轻贤傲士,刚而自矜,以致丧命,非天亡之也,愿陛下思之。'"小说又引宋贤《评关公翼德》云:"然公(关羽)刚而自矜,飞暴而无恩,以短取败,理数之常也。"②毛氏评改本有意删去了与关羽人格缺陷有关联的秦宓的建言并引语,从而使关羽忠义的个性特征得到凸显。更重要的是,毛评本又强化了壬午本固有的正统意识、悲剧情怀和幻灭感,如《刘玄德三顾茅庐》一章,崔州平对刘备发表的一番历史见解,在壬午本中是这样表达的:

> 自古以来,治极生乱,乱极生治,如阴阳消长之道,寒暑往来之理。治不可无乱,乱极而入于治也。如寒尽则暖,暖尽则寒,四时之相传也……秦、汉不足而化为黄巾,黄巾不足而化为曹操、孙权与刘将军等辈,互相侵夺,杀害群生,此天理也。往是今非,昔非今是,何日而已? 此常理也。将军欲见孔明,而使之斡旋天地,扭转乾坤,恐不易为也。③

到了毛本则被改写成如下一段文字:

> 州平曰:"将军何故欲见孔明?"玄德曰:"方今天下大乱,四方云扰,欲见孔明,求安邦定国之策耳。"州平笑曰:"公以定乱为主,虽是仁心,但自古以来,治乱无常。自高祖斩蛇起义,诛无道秦,是由乱而入治也;至哀、平之世二百年,太平日久,王莽篡逆,又由治而入乱;光武中兴,重整基业,复由乱而入治;至今二百年,民安已久,故干戈又复四起:此正由治入乱之时,未可猝定也。将军欲使孔明斡旋天地,补缀乾坤,恐不易为,徒费心力耳。岂不闻'顺

---

① 王星琦:《讲史小说史话》,沈阳:辽宁教育出版社,1992年,第55页。
② 罗贯中:《三国志通俗演义》卷十七《范强张达刺张飞》,嘉靖壬午本。
③ 罗贯中:《三国志通俗演义》卷八《刘玄德三顾茅庐》,嘉靖壬午本。

天者逸,逆天者劳''数之所在,理不得而夺之;命之所定,人不得而强之'乎?"①

毛氏评改本借崔州平之口,通过一个反问句,重点强调了"天""命""数"对于历史安排的不可逃避性,无疑是对清初暗流涌动的"华夷之辨"画上了终止符。相较于嘉靖本,毛氏评改本虽然刻意把刘备和曹操区别开来,刘备"以定乱为主",是为"仁心",但"由治入乱之时,未可猝定"的大势和"天""数""命"的历史循环,注定了蜀汉必败、孔明徒劳的悲剧基调。七擒孟获、六出祁山、空城计、木牛流马、上方谷困司马懿等故事无一不说明了诸葛亮有神出鬼没之能,然而人算不如天算,骤雨倾盆浇灭了满谷之火。"五丈原诸葛禳星",禳星已是六夜,主灯明亮,可还是被魏延急促的脚步扑灭了。"谋事在人,成事在天,不可强也",小说最后以"纷纷世事无穷尽,天数茫茫不可逃。鼎足三分已成梦,后人凭吊空牢骚"作结。毛氏评曰:"末二语以一'梦'字、一'空'字结之,正与首卷词中之意相合。"②遁诸虚无的历史观和对历史正义的刻意逃避,毛评本无意之中粉碎了两千年来中国人所坚守的儒家道统,部分消解了汉族人对于满族人政权的不满甚或敌对心理,所以,从某种意义上说,毛纶、毛宗岗父子的《三国演义》评改本是在为入主中原的清政权背书。

毛评本被时代所选择,不仅在于其所宣传的文化精神与时代的暗合,还因为毛评本高超的艺术水准。作为历史与文学的统一,毛氏《三国演义》评改本"以文章之奇而传其事之奇",表现出了历史演义小说的独特之美;"相反""相引"之间以见叙事之妙。毛氏父子对于小说艺术经验的总结,不仅推动了中国小说叙事艺术的进步,而且掀起了一场以悲剧为结局的审美革命。据雍正十二年郁文堂刊本黄叔瑛《三国演义序》,毛氏父子通过对嘉靖《三国演义》的修订,使原本前后舛误的情节不仅达到了"领挈纲提",而且"针藏线伏,波澜意度,万窍玲珑",黄叔瑛高度评价毛评本的功绩就是揭示了《三国演义》的"自有之奇,与前此所未剖之秘"。③ 光绪七年群玉山房刊本莼史氏《重校第一才子书叙》也认为:"《三国志演义》一书,小说也,

---

① 罗贯中著,毛宗岗批评:《毛宗岗批评本三国演义》,长沙:岳麓书社,2015年,第291~292页。
② 罗贯中著,毛宗岗批评:《毛宗岗批评本三国演义》,长沙:岳麓书社,2015年,第943页。
③ 黄叔瑛:《三国演义序》,见丁锡根编著:《中国历代小说序跋集》,北京:人民文学出版社,1996年,第905~906页。

而未尝不可以观文章。自毛氏评之,圣叹称之述之,人知其书非寻常小说家比,且有以大文章视其书者。夫文章莫不妙于平庸陈腐,而莫妙于奇……然则以奇说奇,上下数十年间,俾阅者知国势之鼎立,征战之逞雄,运筹之多谋,人才之散处分布,不择地而生。书中演说,有陈氏所未发,申之而详者;有陈氏所未备,补之而明者。陆离光怪,笔具锋芒,快心悦目,足娱闲遣,足助清谭;人皆称善,则虽谓之大文章可矣。"①指出了《三国演义》"以奇说奇"的审美价值。

如果说罗贯中的《三国志通俗演义》是受宋元话本和元代杂剧的沾溉而蔚为大观的话,那么,到了清代,经过了毛纶、毛宗岗父子修订之后的《三国演义》已经开始了对三国戏的反哺。受其影响,"三国戏"已经成为清代氍毹上的一个大宗,光是陶君起的《京剧剧目初探》就著录京剧"三国戏"剧目140种,沈伯俊主编的《三国演义辞典》收录的"三国戏"有京剧245种,川剧99种。京剧中著名的三国戏有《斩张温》《连环计》《凤仪亭》《诛董卓》《屯土山》《破壁观书》《白马坡》《战延津》《战汝南》《灞桥挑袍》《卧牛山》《磁砀山》《古城会》《落凤坡》《荆襄府》《过巴州》《群英会》《借东风》《火烧战船》《华容道》《七擒孟获》《失街亭》《空城计》《斩马谡》等。这些三国戏文甚至能影响到一个戏班乃至一个剧种的生存,以至于民间艺人有这样的说法,"无三(三国戏)不成班,烂三要饿饭,三国铁门槛,翻过道路宽"。

(二) 小说序跋与《三国演义》在清代的功利接受

罗贯中借助于三国史实,形象地演绎了政治、军事、外交等领域的斗争艺术,大到政治战略,小到机诈权谋,中国古代小说无出其右者,如"围魏救赵,曹操劫粮围乌巢""抛砖引玉,曹操不杀刘备得天下""远交近攻,曹操顺势并群豪""借刀杀人,刘备借力曹操杀吕布""擒贼擒王,曹操劫献帝""趁火打劫,袁绍明助韩馥暗占冀州""调虎离山,孙策计打卢江""打草惊蛇,刘备大张声势娶孙尚香""无中生有,诸葛亮计激周瑜""浑水摸鱼,诸葛亮巧计夺南郡、荆州、襄阳""司马懿声东击西,诸葛亮将计就计""关门捉贼,诸葛亮火烧藤甲兵""欲擒故纵,诸葛亮义释孟获定西南""以逸待劳,黄忠计斩夏侯渊""瞒天过海,陆逊麻痹关羽占领荆州""金蝉脱壳,姜维五丈原退兵""暗度陈仓,钟会偷伐蜀"等。中华文化的末流是狡黠和斗狠,而《三国演义》作为狡黠和斗狠的高级版本,总是热衷于讲述以少胜多、以弱胜强的

---

① 莼史氏:《重校第一才子书叙》,见丁锡根编著:《中国历代小说序跋集》,北京:人民文学出版社,1996年,第907页。

故事,如曹操隔岸观火,借辽东太守公孙康之手除掉袁绍的儿子袁谭和袁尚;曹操出奇兵烧掉袁绍的粮仓之后,竟凭七万兵打败袁绍的七十万大军;诸葛亮舌战江东群儒,得以联合周瑜,凭六万劲旅,用火攻之计,取得了对曹操八十多万大军的胜利。大战之前,孙权敲山震虎,打消了文官投降的心理,统一了内部认识。陆逊以逸待劳,不仅灭了刘备的一字长蛇阵,而且差点活捉了刘备。用司马懿的话说:"兵不在多,在能设奇用智耳。"①小说中的诸葛亮、姜维、周瑜、鲁肃、吕蒙、陆逊、司马懿和邓艾等无一不被描画成那个时代的谋略大师,《三国演义》因而也成为中国历代内战的兵法宝典。

  清太宗皇太极和摄政王多尔衮派人翻译《三国演义》的主要目的在于寻求军事谋略、政治智略及道德规诫,其功利目的显而易见。努尔哈赤借鉴《三国演义》"桃园结义"的做法,与蒙古人民结为兄弟,使蒙古部落两百余年臣服于清政府,徐珂在《清稗类钞》中有详细的记载:"本朝羁縻蒙古,实利用《三国志》一书。当世祖之未入关也,先征服内蒙古诸部,因与蒙古诸汗约为兄弟,引《三国志》桃园结义事为例,满洲自认为刘备,而以蒙古为关羽……二百余年,备北藩而为不侵不叛之臣者,端在于此。其意亦如关羽之于刘备,服事惟谨也。"②黄人在其《小说小话》中也记载道:"太宗之去袁崇焕,即公瑾赚蒋干之故智(太祖一生,用兵未尝败衄,惟攻广宁不下,颇挫精锐,故切齿于袁崇焕,遗命必去之)。"③礼亲王昭梿在《啸亭续录》中说:"崇德初,文皇帝患国人不识汉字,罔知治体,乃命达文成公海翻译《国语》《四书》及《三国志》各一部,颁赐耆旧,以为临政规范。及鼎定后,设翻书房于太和门西廊下,拣择旗员中谙习清文者充之,无定员。凡《资治通鉴》《性理精义》《古文渊鉴》诸书,皆翻译清文以行。其深文奥义,无烦注释,自能明晰,以为一时之盛。有户曹郎中和素者,翻译绝精,其翻《西厢记》《金瓶梅》诸书,疏栉字句,咸中綮肯,人皆争诵焉。"④汉军正红旗人王嵩儒在其《掌固零拾》中也记载道:"本朝未入关之先,以翻译《三国志演义》为兵略,故极崇拜关羽,其后有托为关神显灵卫驾之说,屡加封号,庙祀遂

---

① 罗贯中著,毛宗岗批评:《毛宗岗批评本三国演义》,长沙:岳麓书社,2006年,第838页。
② 徐珂编撰:《清稗类钞·丧祭类》,北京:中华书局,2010年,第3566页。
③ 鲁迅:《小说旧闻钞》,北京:人民文学出版社,1953年,第41页。
④ 昭梿撰,冬青校点:《啸亭续录》,见《清代笔记小说大观》(五),上海:上海古籍出版社,2007年,第4702页。

遍天下。"①

　　光绪十年上海铅印本《三国演义》卷首有傅冶山的《三国演义跋》，认为《三国演义》具有军事价值："《三国演义》一书，所载战法阵法及雄韬武略，其深裨于实用者，诚非浅鲜。凡为士者，自束发受书，皆欲博览古今，贯通史事，求其宜古而不戾于今者，储有用之学，以为他年庭献之资。然史之所记，不过悉历朝君德之盛衰，臣品之忠奸，与夫礼乐典章宏纲巨制而已，绝未有记战法阵法如《三国演义》者。是书也，世人咸谓之为小说耳，不知是书虽曰小说，而其行军议论严正，余常玩索之，辄爱其贯串群书，深有合于六韬与夫司马穰苴之法。"②这一价值取向并非空穴来风。正如陈康祺在《燕下乡脞录》中所云："国初，满洲武将不识汉文者，类多得力于此。嘉庆间，忠毅公额勒登保，初以侍卫从海超勇公帐下，每战，辄陷阵，超勇曰：'尔将才可造，须略识古兵法。'以翻清《三国演义》授之，卒为经略，三省教匪平，论功第一，盖超勇亦追溯旧闻也。"③可以看出，《三国演义》的确能够在兵法谋略方面给人以启发和帮助。

　　统治者用智谋平叛，得以坐稳江山；被压迫者用智谋造反，得以翻转人生，实现人生利益的最大化。《孙子兵法》中的三十六计在《三国演义》中无一缺席，故而《三国演义》就是他们政治、军事、外交斗争最鲜活的教材。邱炜萲《五百洞天挥麈》："天下最足移易人心者，其惟传奇小说乎。自有《西厢记》出，而世慕为偷情苟合之才子佳人者多；自有《水浒传》出，而世慕为杀人寻仇之英雄好汉者多；自有《三国演义》出，而世慕为拜盟歃血之兄弟，占星排阵之军师者多。"④张德坚在《贼情汇纂》中记载："贼之诡计，果何所依据？盖由二三黠贼，采稗官野史中军情，仿而行之，往往有效，遂宝为不传之秘诀。其取裁《三国演义》《水浒传》为尤多。"⑤黄人在《小说小话》中也明确指出："张献忠、李自成及近世张格尔、洪秀全等，初起众皆乌合，羌无纪律，其后攻城略地，伏险设防，渐有机智，遂成滔天巨寇，闻其皆以《三国演义》中战案为帐内唯一之秘本，则此书不特为紫阳纲目张一帜，且有通

---

① 王嵩儒：《掌固零拾》卷一，见《近代中国史料丛刊》第一辑，彝宝斋印书局，1925年，第18～19页。
② 傅冶山：《三国演义跋》，见丁锡根编著：《中国历代小说序跋集》，北京：人民文学出版社，1996年，第907～908页。
③ 孔另境编辑：《中国小说史料》，上海：上海古籍出版社，1982年，第48页。
④ 阿英编：《晚清文学丛钞》，北京：中华书局，1960年，第403～404页。
⑤ 朱一玄、刘毓忱编：《三国演义资料汇编》，天津：百花文艺出版社，1983年，第709页。

俗伦理学、实验战术学之价值也。"①

清人对《三国演义》的功利欣赏接受不仅活用于征战攻伐,还表现在日常生活中的酒令上。据同光年间俞敦培《酒令丛钞》,源自于《三国演义》的酒令有:"孔北海尊酒不空(酒未干一杯);吕奉先辕门射戟(争论者各饮);曹孟德割须弃袍(无须脱衣者俱饮);曹子建七步成诗(工诗者饮)。"②

(三)小说序跋与《三国演义》在清代的艺术审美接受

在历史真实与艺术真实的关系的处理上,《三国演义》为清代历史演义小说的创作树立了一个很好的样板。不管毛评本对刘备的仁政作怎样的夸饰,"其评中多有唐突昭烈、谩骂武侯之语,今俱削去"。③ 对曹氏暴政进行了怎样的抨击,"有时贱人如鸡犬,有时贵鸡犬如人。皆老奸权变处"。④ 但小说情节基本是按照史实来结撰故事,"昔罗贯中先生作通俗《三国志》一百二十卷,其记事之妙,不让史迁,却被村学究改坏,予甚惜之。前岁得读其原本,因为校正。复不揣愚陋,为之条分节解,而每卷之前,又各缀以总评数段,且许儿辈亦得参附末论,以赞其成"。⑤ 清代小说序跋关于《三国演义》的评点,全面总结了以"三绝"为基本原则的个性化人物塑造、惊心动魄又千变万化的战争表现,既宏伟壮阔又严密精巧的艺术结构,精练畅达又明白如话的语言运用等多方面的艺术经验。

表7 清代小说序跋中关于《三国演义》的评点

序跋者	序跋名	序跋时间	相关观点
金圣叹	《三国志演义序》	顺治元年	据实指陈,非属臆造,堪与经史相表里。由是观之,奇又莫奇于《三国》矣……今览此书之奇,尽以使学士读之而快,委巷不学之人读之而亦快;英雄豪杰读之而快,凡夫俗子读之而亦快也……作演义者,以文章之奇而传其事之奇,而且无所事于穿凿,第贯穿其事实,错综其始末,而已无之不奇。

① 孔另境编辑:《中国小说史料》,上海:上海古籍出版社,1982年,第57页。
② 朱一玄、刘毓忱编:《三国演义资料汇编》,天津:百花文艺出版社,1983年,第705页。
③ 毛宗岗:《三国志演义凡例》,见《毛宗岗评〈三国志演义〉》卷首,乾隆三十四年新镌世德堂本。
④ 毛宗岗:《三国志演义凡例》,见《毛宗岗评〈三国志演义〉》卷首,乾隆三十四年新镌世德堂本。
⑤ 毛宗岗:《第七才子书琵琶记总论》,转引自王晓华:《清代毛评〈绣像第一才子书〉(〈三国演〉)之考证》,载《山东档案》,2009年第1期,第54页。

续表

序跋者	序跋名	序跋时间	相关观点
李渔	《古本三国志序》	顺治十二年	然野史类多凿空,易于逞长。若《三国演义》,则据实指陈,非属臆造,堪与经史相表里。由是观之,奇又莫奇于《三国》矣……然三国之局固奇,而非得奇手以传之,则其奇亦不著于天下后世之耳目。前此虽有陈寿一志,较之荀勖、裴颜魏晋诸纪,差为此,善于彼,而质以文掩,事以意晦,而又爱憎自私,去取失实,览者终为郁抑不快……《演义》一书之奇,足以使学士读之而快,委巷不学之人读之而亦快;英雄豪杰读之而快,凡夫俗子读之而亦快;拊髀扼腕,有志乘时者读之而快,据梧而壁无情用世者读之而亦快也……作演义者,以文章之奇而传其事之奇,而且无所事于穿凿,第贯穿其事实,错综其始末,而已无之不奇,此又人事之未经见者也。
稚明氏	《三国演义叙》	雍正七年	适坊友持重刻毛声山原评《三国演义》索序于予,予曰:"此稗官小说也,重刻奚为?"坊友曰:"不然。是书也,凡天时地利人事政治,以及权谋术数之道,无不备具,故远近咸争购而乐售焉。兹因旧板漫漶,复为厘订,剞劂大板,以广其传,先生其为我叙之。"……又转幸夫今之人,犹借此稗官小说之书,可以开其心思,启其神志,而于天时地利人事政治权谋术数之道,尚能考什于千百也……然予玩其《读三国志之法》,其云起结关锁,埋伏照应,所续离合宾主烘染之妙,一皆周秦汉魏六朝唐宋之文之遗法也。则《三国志》之奇,固不若周秦汉魏六朝唐宋之文之尤奇也。但人情听古乐而欲卧,闻新声而忘倦者比比。
黄叔瑛	《三国演义序》	雍正十二年	大都附会时事,征实为多,视彼翻空而易奇者,转若运棹不灵;又其行文,不无支蔓,字句间亦或瑕瑜不掩。卓吾李氏盖尝病之……况《西厢》海淫,《水浒》导乱,且属子虚乌有,何如演义一书,其人其事,章章史传,经文纬武,竟幅锦机,熟其掌故,则益智之粽也;寻其组织,亦指南之车也。

续表

序跋者	序跋名	序跋时间	相关观点
闲斋老人	《儒林外史序》	乾隆元年	古今稗官野史,不下数百千种,而《三国志》《西游记》《水浒传》及《金瓶梅演义》,世称四大奇书,人人乐得而观之,余窃有疑焉……《三国》不尽合正史。
绿园老人	《歧路灯序》	乾隆四十二年	古有四大奇书之目,曰盲左,曰屈骚,曰漆庄,曰腐迁。迨于后世,则坊佣袭"四大奇书"之名,而以《三国志》《水浒》《西游》《金瓶梅》冒之。呜呼,果奇也乎哉!
佚名	《满文本金瓶梅序》	乾隆四十七年	其书虽稗官古词,而莫不各有一善。如《三国演义》《水浒》《西游记》《金瓶梅》四种,固小说中之四大奇也,而《金瓶梅》于此为尤奇焉。
许宝善	《北史演义序》	乾隆六十年	独《三国演义》,虽农工商贾妇人女子无不争相传诵。夫岂演义之转出正史上哉?其所论说易晓耳……演史而不诡于史,斯真善演史者耳。
小琅环主人	《五虎平南后传序》	嘉庆六年	至其谋想之高超,临阵之变幻,止齐才佐之奇特,斗智斗法之崛谲,则又可作《水浒》观,可作《三国》观,即以之作《封神》《西游》观,亦无不可。
晴川居士	《白圭志序》	嘉庆十一年	夫造说者,借事辑书尚以为难,若平空举事,尤其难矣,如周末之《列国》,汉末之《三国》,此传奇之最者,必有其事而后有其文矣。
瞵嵝子	《林兰香叙》	道光十八年	近世小说,脍炙人口者,曰《三国志》,曰《水浒传》,曰《西游记》,曰《金瓶梅》,皆各擅其奇,以自成为一家。惟其自成一家也,故见者从而奇之……有《三国》之计谋,而未邻于谲诡……《三国》以利奇而人奇之……是人皆以奇为奇,而我以不奇为奇也。
卢联珠	《第一快活奇书序》	道光二十七年	盖奇则传,不奇则不传,书之所贵者奇也。故《三国》之谲,《西游》之幻,《西厢》之荡,《水浒》之侠,人瑞金氏标之为"四大奇书"。

从序跋的时间来推算,《三国演义》传播的黄金期是清代前中期,清代后期其光芒则几为《红楼梦》所蔽。从接受情形来看,接受者对其有褒有贬。褒者的品评主要集中于两点:

一是奇。《三国演义》之奇,首先体现在奇人奇事。小说一共塑造了一千七百九十八个人物形象，抓住人物的主要特征，通过夸张、对比的手法，放大了人性的善与恶，在被极端化了的艰难的人生抉择中强化了人物性格的个性化特征，如"义绝"的关羽，在土山被围之后，为了保护甘夫人和糜夫人，在曹操答应了全部的投降条件之后，选择了屈从。虽然曹操给予了上马一锭金、下马一锭银、三天一小宴、五天一大宴的优渥待遇，但是在探知刘备去向之后，关羽还是毅然踏上了寻兄的征途，因此，投降曹操的行为并没有给关羽带来变节的污名。华容道放走了曹操，在忠与义之间，关羽几度犹疑，但最终还是选择了"义"，不仅没有因此而减损其对于刘备的忠诚度，反而更好地表现了关羽知恩图报、义薄云天的性格。黄人在《小说小话》中说："书中人物，最幸者莫如关壮缪；最不幸者莫如魏武帝……乃自此书一行，而壮缪之人格，互相推崇，极于无上，祀典方诸郊禘，荣名媲于尼山，虽由吾国崇拜英雄宗教之积习，而演义亦一大主动力也。"①

《三国演义》上承《左传》，将更多的兴趣点和笔墨投注于战前的千里之外的运筹帷幄，凸显历史传奇英雄的睿智和战争双方斗智过程中的机诈诡谲。"古史甚多，而人独贪看《三国志》者，以古今人才之众未有盛于三国者也……吾以为三国有三奇，可称三绝：诸葛孔明为一绝也，关云长一绝也，曹操亦一绝也。有此三奇，乃前后史之所绝无者，故读遍诸史而愈不得不喜读《三国志》也。《三国》一书，乃文章之最妙者"。② 在斗智过程中，人的慧根灵性和人性之恶之间隐晦不明，混沌难辨，这是小说战争书写之所以成其为"奇"的一个重要方面，如刘备携百姓从新野一路逃难，到襄阳，到樊城，既可以说是保民仁爱之举，又可以理解为变相绑架百姓，用百姓之血激励军心的狡诈阴险的行为，此类情节彰显了历史演义小说作为叙事文学细致化、精致化再现生活的魅力，故而江宁吉士稚明氏在其《三国演义叙》中赞道："凡天时地利人事政治，以及权谋术数之道，无不备具。"③大兴的黄叔瑛在其《三国演义序》中也说："其人其事，章章史传，经文纬武，竟幅锦机，熟其掌故，则益智之粽也。"④

《三国演义》之奇，还在于其叙事手法的巧妙运用，如处处可见的虚实

---

① 鲁迅：《小说旧闻钞》，北京：人民文学出版社，1953年，第42页。
② 罗贯中著，毛宗岗评改：《三国演义》，上海：上海古籍出版社，2011年，第2~3页。
③ 稚明氏：《三国演义序》，见丁锡根编著：《中国历代小说序跋集》，北京：人民文学出版社，1996年，第904页。
④ 黄叔瑛：《三国演义序》，见丁锡根编著：《中国历代小说序跋集》，北京：人民文学出版社，1996年，第906页。

相生、皴染、正衬、反衬等,以至于毛宗岗在《读三国志法》中对其叙事手法大加赞颂:"《三国》叙事之佳,直与《史记》仿佛,而其叙事之难则倍难于《史记》者。"① 李渔在《三国志演义序》(两衡堂刊本)中从叙事手法、情节结构、人物塑造等几个方面肯定了罗贯中的"奇才":"首尾映带,叙述精详,贯穿联络,缕析条分。事有吻合而不雷同,指归据实而非臆造……传中模写人物情事,神彩陆离,了若指掌,且行文如九曲黄河,一泻直下,起结虽有不齐,而章法居然井秩,几若《史记》之列本纪、世家、列传,各成段落者不俟。是所谓奇才奇文也。"②

除了毛纶、毛宗岗父子和李渔之外,清代还有不少小说序跋者从不同层面指出了《三国演义》奇异的审美价值。雍正七年致远堂刊本卷首有古文大家稚明氏所撰《三国演义叙》,他将《三国演义》与古文作了比较,认为毛宗岗在《读三国志之法》中所说的"起结关锁,埋伏照应,所续离合宾主烘染之妙,一皆周秦汉魏六朝唐宋之文之遗法也"并不完全正确,因为稚明氏认为"《三国志》之奇,固不若周秦汉魏六朝唐宋之文之尤奇也。但人情听古乐而欲卧,闻新声而忘倦者比比。今既不能强斯世之人,尽喜读周秦汉魏六朝唐宋之文,而犹赖评野史者,尚能进以周秦汉魏六朝唐宋之文之法,则视一切蛙鸣蝉噪之书,相悬奚啻倍蓰乎"!③ 稚明氏认为,《三国演义》虽然是小说,不如周秦汉魏六朝唐宋之文一般的精彩绝伦,但是作为通俗文学中的小说,也算得上是极品了。和一般的小说相比,相距何啻霄壤?更何况,在稚明氏看来,《三国演义》从艺术性而言,几乎就是上接周秦汉魏六朝唐宋之文的神一般的存在。

二是真实。清代小说序跋者追求艺术真实,反对过度虚构,他们试图假手于小说这一文体来还原历史的原生态。这些涉及《三国演义》的序跋全面而真实地反映了清人对于历史演义小说编撰原则的体认。作为艺术真实,不仅是"演史而不诡于史",还是"天时地利人事政治,以及权谋术数之道,无不备具"。虽然毛氏父子对于代表正义的刘氏政治集团充满了崇敬和礼赞,对于奸诈诡谲的曹氏政治集团满怀憎恶,相较于嘉靖本,其父子的评改本在曹操的奸诈和刘备的仁义的政治品格上作了很多的夸饰,使二

---

① 罗贯中著,毛宗岗评改:《三国演义》,上海:上海古籍出版社,2011年,第15页。
② 李渔:《三国志演义序》,见丁锡根编著:《中国历代小说序跋集》,北京:人民文学出版社,1996年,第902~903页。
③ 稚明氏:《三国演义叙》,见丁锡根编著:《中国历代小说序跋集》,北京:人民文学出版社,1996年,第903~904页。

人的主导性格得以凸显,但是故事的整体架构仍旧是按照生活的本来面目,还原了历史的真实,而恰恰是这份冰冷的真实,方能准确地传达作者对那个混账世界的观感:小人永远得志,君子只能退位,君子最大的幸福就是沦为惯看秋月春风的超逸的白发渔樵,喝着一壶浊酒,闲侃古今多少往事。看似洒脱,但笑谈之中又有几多无奈和辛酸。

序跋者提出的追逐真实的理论纲领更是部分小说家的文学追求,以《三国演义》为代表的通俗小说在叙事中滥用虚构的叙事技法招致了部分文人的强烈不满,如明代嘉、万年间的胡应麟批评《三国演义》赤壁大战的描写竟然将战功"率归重周瑜,与陈《志》不甚合"①,因为据陈寿的《三国志》,周瑜和鲁肃根本就没有参加这次战役。清代康雍乾年间的王应奎在其《柳南续笔》卷一中云:

> "既生瑜,何生亮"二语,出《三国演义》,实正史所无也。而王阮亭《古诗选凡例》、尤悔庵《沧浪亭诗序》并袭用之。以二公之博雅且犹不免此误,今之临文者,可不慎欤?②

另如昭梿在其《啸亭续录》卷二亦云:

> 自金圣叹好批小说,以为其文法毕具,逼肖龙门,故世之续编者,汗牛充栋,牛鬼蛇神,至士大夫家几上,无不陈《水浒传》《金瓶梅》以为把玩。余以小说初无一佳者,其他庸劣者无足论。即以前二书论之,《水浒传》官阶地理虽皆本之宋代,然桃花山既为鲁达由代郡之汴京路,何以三山聚义时,反在青州?北京之汴,不过数程,杨志奚急行数十日尚未至,又纡至山东郓城何也?此皆地理未明之故。一百八人原难铺排,然亦必各见圭角,始为著书体裁,如太史公《汉兴诸王侯》是也。今于鲁达、林冲辈详为铺叙,至卢俊义、关胜辈乃天罡著名者,反皆草率成章,初无一见长处。又于马麟、蒋敬等四五人层见叠出,初不能辨其眉目,太史公之笔固如是乎?至三打祝家庄后,文字益加卑鄙,直与续传无异,此善读书人必能辨别者。《金瓶梅》其淫亵不待言,至叙宋代事,除《水

---

① 胡应麟:《少室山房笔丛》,转引自孔另境编辑:《中国小说史料》,上海:上海古籍出版社,1982年,第40页。

② 王应奎撰:《柳南续笔》,北京:中华书局,1983年,第137~138页。

浒》所有外,俱不能得其要领。以宋、明二代官名羼乱其间,最属可笑。是人尚未见商辂《宋元通鉴》者,无论宋、金正史,弇州山人何至谫陋若此,必为赝作无疑也。世人于古今经史略不过目,而津津于淫邪庸鄙之书称赞不已,甚无谓也。①

昭梿和王应奎的指责多少反映了历史演义小说创作的艰难,即使是《三国演义》《水浒传》这样经典的名著尚难免求全之诮,更遑论其他,故而冥飞、箸超评论道:"历史小说最难着笔,以其人多事杂,不易抽出线索,无以提纲挈领;次之,则穿插各人各事,为时地所限,不能运用自如;次之,则弃取之间,剪裁恰难悉当,或增或减,煞费经营。故非才学识三者兼长,亦不能作此种稗史。"②

清代历史演义小说最能鲜明体现创作的真实性原则的是蔡元放的《东周列国志》,蔡元放也每以此自许:

> 稗官固亦史之支派,特更演绎其词耳。善读稗官者,亦可进于读史,故古人不废。《东周列国》一书,稗官之近正者也……盖稗官不过纪事而已。其有知愚忠佞贤奸之行事,与国家之兴废存亡,盛衰成败,虽皆胪列其迹,而与天道之感召,人事之报施,知愚忠佞贤奸计言行事之得失,及其所以盛衰成败废兴存亡之故,固皆未能有所发明,则读者于事之初终原委,方且懵焉昧之,又安望其有益于学问之数哉?夫既无与于学问之数,则读犹不读,是为无益之书,安用灾梨祸枣为!坊友周君,深虑于此。属予者屡矣。寅卯之岁,予家居多暇,稍为评骘,条其得失而抉其隐微。虽未必尽合于当日之指,而依理论断,是非既颇不谬于圣人,而亦不致贻嗤于博识之士。聊以豁读者之心目,于史学或亦不无小裨焉。③

蔡元放《东周列国志序》自陈创作动机,显与《三国演义》趣味有别,这一点很好地反映了清代宋学与汉学易帜的时代大背景下求真的文学主张。蔡元放以史传文学之体例,以史传文学之笔法,描写了齐桓公因重用政敌

---

① 昭梿撰,何英芳点校:《啸亭续录》卷二《小说》,北京:中华书局,1980年,第427页。
② 冥飞、箸超:《古今小说评林》,上海:上海民权出版部,1919年,第41~42页。
③ 蔡元放:《东周列国志序》,见丁锡根编著:《中国历代小说序跋集》,北京:人民文学出版社,1996年,第868~869页。

管仲而成就霸业,而在管仲死后,又因重用易牙、刁竖等奸小而葬送了齐国霸业的故事。至于小说中其他相类似的故事,如魏文侯任用西门豹、楚悼王任用吴起、秦孝公任用商鞅、楚庄王任用孙叔敖等,不仅还原了东周那一段历史,还在于使读者借以洞察"天道之感召,人事之报施,知愚忠佞贤奸计言行事之得失,及其所以盛衰成败废兴存亡之故"的良苦用心,但冥飞、箬超却评论道:"东周列国之际,人事繁复极矣。演为小说,只能以编年之法行之,遂不免板滞不灵之病,而作者之才,恰只能循题敷衍,故《列国志》一书,虽无大不佳之处,而实不见其妙处。"①

虽然蔡元放标榜真实,但是《东周列国志》虚构的成分依旧很浓厚,如周幽王烽火戏诸侯的故事转载于《史记》。平王东迁,晋、郑是依,关于幽王失国的记载也多保存在这两国的史料中,《国语》中的"晋语""郑语"均仅指责褒姒干政导致王朝大乱,而都没有提及"周幽王烽火戏诸侯"的故事。《国语·郑语》云:"夫虢石父谗谄巧从之人也,而立以为卿士,与刬同也;弃聘后而立内妾,好穷固也;侏儒戚施,实御在侧,近顽童也;周法不昭,而妇言是行,用谗慝也;不建立卿士,而妖试幸措,行暗昧也。是物也,不可以久。"②《晋语》亦云:"周幽王伐有褒,褒人以褒姒女焉,褒姒有宠,生伯服,于是乎与虢石甫比,逐太子宜臼而立伯服。太子出奔申,申人、鄫人召西戎以伐周,周于是乎亡。"③《诗经》的作者们也没有忘记一个文学家应尽的社会责任,用文字记载了他们眼中的这一事件和背后的因缘。《诗经·小雅·正月》曰:"今兹之正,胡然厉矣?燎之方扬,宁或灭之?赫赫宗周,褒姒灭之!""正义曰:诗人见朝无贤者,言我心之忧矣,如有结之者。言忧不离心,如物之缠结也。所以忧者,今此之君臣,为人之长,何一然为恶如是矣!言君臣俱恶,无所差别也。君臣恶极,国将灭亡。言燎火方奋扬之时,炎炽熛怒,宁有能灭息之者!以喻宗周方隆盛之时,王业深固,宁有能灭亡之者!言此二者皆盛,不可灭亡也。然此燎虽炽盛,而水能灭之,则水为甚矣。以兴周国虽盛,终将褒姒灭之,则褒姒恶甚矣。此二文互相发明,见难之而能,所以为甚也。故传曰:灭之者,以水以反之。于时宗周未灭,诗人明得失之迹,见微知著,以褒姒淫妒,知其必灭周也。"④《诗经·大雅·瞻

---

① 冥飞、箬超:《古今小说评林》,上海:上海民权出版部,1919年,第42页。
② 《国语》卷第十六《郑语》,见《士礼居丛书》,嘉庆庚申读未见书斋重雕本。
③ 《国语》卷第七《晋语》,见《士礼居丛书》,嘉庆庚申读未见书斋重雕本。
④ 毛亨传,郑玄笺,孔颖达疏:《毛诗正义》卷第十二,北京:北京大学出版社,1999年,第714页。

印》亦云:"妇有长舌,维厉之阶。乱匪降自天,生自妇人。匪教匪诲,时维妇寺。"①上述文献资料都没有提及烽火戏诸侯一事。在《史记》之前的文献中,只有《吕氏春秋》记载了周幽王击鼓戏诸侯的故事:

> 周宅酆镐近戎人,与诸侯约,为高葆祷于王路,置鼓其上,远近相闻。即戎寇至,传鼓相告,诸侯之兵皆至救天子。戎寇当至,幽王击鼓,诸侯之兵皆至,褒姒大说,喜之。幽王欲褒姒之笑也,因数击鼓,诸侯之兵数至而无寇。至于后戎寇真至,幽王击鼓,诸侯兵不至。幽王之身,乃死于丽山之下,为天下笑。②

周幽工击的是鼓,但到了司马迁的笔下,却演变成了"周幽王烽火戏诸侯",而这一细节竟为追求绝对真实的蔡元放所承继,并堂而皇之地写在了《东周列国志》之中。颇具讽刺意味的是,据现代学者考证,没有任何证据能证明西汉以前存在"烽火","烽火"是西汉为了防御匈奴才出现的,司马迁极有可能是根据西汉的"烽火"设置而改写了这段历史。另据正史记载,周幽王战死之地也非镐京,而是靠近申国的骊山。清华大学收藏的战国竹简同时也证明,周幽王主动进攻申国,申侯联络戎族击杀周幽王,西周因而灭亡。

追求真实同样是《说岳全传》的创作旨趣,但金丰在《说岳全传序》中所指出的"真实"已完全不同于蔡元放的关于"真实"的文学定位。

> 从来创说者,不宜尽出于虚,而亦不必尽出于实。苟事事皆虚,则过于诞妄,而无以服考古之心;事事皆实,则失于平庸,而无以动一时之听。③

金丰的关于"真实"的考辨已经比较类似于我们今天的文学观念。历史演义小说不能完全真实,追求创作题材完全真实的后果不仅可能会如金丰所言,"失于平庸,而无以动一时之听",更致命的弊端在于处处受制于历

---

① 毛亨传,郑玄笺,孔颖达疏:《毛诗正义》卷第十八,北京:北京大学出版社,1999年,第1259页。
② 吕不韦等编著,夏华等编译:《吕氏春秋·论·慎行论第二·疑似》,沈阳:北方联合出版传媒股份有限公司 万卷出版公司,2017年,第309页。
③ 金丰:《说岳全传序》,见丁锡根编著:《中国历代小说序跋集》,北京:人民文学出版社,1996年,第987~988页。

史的原貌,小说将完全等同于历史,进而失去小说应有的魅力。这一共识同时见于清代其他的历史演义小说序跋,如《万花楼杨包狄演义》的序作者李雨堂明知虚妄,就干脆称之为"传奇"。其他子虚乌有的《五虎平西演义》《薛刚反唐》《五女兴唐》等小说,作序者都不以历史小说自居。

金丰同时还强调,历史演义小说要虚构,但又不能"事事皆虚",虚构太多则"过于诞妄"。金丰序跋中所展现的小说美学观实则是对《三国演义》"三分虚,七分实"的另一种表述,金丰继承的是《三国演义》正宗的小说创作理念,其《说岳全传》以历史真实为依托,虚构部分则很好地赋予了小说人物以神化的色彩,满足了受众娱乐化的阅读倾向。《说岳全传》中的神异叙写虽然是在史传神异物事叙写的启示下发生的,但是已不再如史传中那么神圣和沉重,钱彩所惊异并且带给人们的是它的奇谲诡怪。《说岳全传》第一回到第十四回写岳飞的青少年时代,这部分虚构成分很多,如岳飞与金兀术的前世冤仇、蟒蛇怪献神枪等。第二回《泛洪涛虬王报怨 抚孤寡员外施恩》,岳飞出生三天,"只听得天崩的一声响亮,登时地裂,滔滔洪水漫将起来,把个岳家庄变成大海,一村人民俱随水漂流"。① 这样的情节严重背离了史实,据顾吉辰先生《〈宋史·岳飞传〉校记》的考证,岳飞出生在宋徽宗崇宁二年二月十五日,当时的黄河冰封初融,不可能在岳飞出生三天后就黄河决口,以至于老安人只得抱着岳飞坐在巨瓮中随波逐流。这一重大事件且未见记载,如《宋会要·瑞异、方域》《宋史·徽宗纪、五行志、河渠志》。② 第十五回到第六十回为了凸显岳飞抗击金兵的显赫战功,更是虚实各半。第六十一回到第八十回竟然突发奇想,写岳飞死后,岳家军及后代小英雄在岳雷的率领下一直杀到黄龙府,平定金国,不仅岳飞的冤狱得到平反,而且奸臣秦桧等卖国贼受到惩罚。这部分以虚构为主,汉族人大胜的结局泄尽了读者心中的愤懑不平之气,固然传达了强烈的民族情绪,然而,虚夸过之,分寸失当,反失之俗陋。金丰在其序言中为此辩白道:"自始及终,皆归于天,故以言乎实,则有忠有奸有横之可考;以言乎虚,则有起有复有变之足观。实者虚之,虚者实之,娓娓乎有令人听之而忘倦矣。"③ 连有一定知识的士子都倾心于这一类小说,并为其强悍的感染力所震撼,

---

① 钱彩:《说岳全传》,见《古本小说集成》第四辑第一百四十一册,上海:上海古籍出版社,1994年,第26页。
② 顾吉辰:《〈宋史·岳飞传〉校记》,载《文献》,1987年第3期,第74页。
③ 金丰:《说岳全传序》,见丁锡根编著:《中国历代小说序跋集》,北京:人民文学出版社,1996年,第988页。

《说岳全传》以岳飞和秦桧、金兀术之间的两世冤仇来阐释历史,未免粗浅简陋,甚至鄙俗世故,然而,恰恰是这种世故与浅陋,才真正展示了百姓心目中的历史理性;更何况这种夸饰性的描写很能唤起读者对于英雄落难的同情,并使叙事陡然紧张起来,在一张一弛的叙事节奏中推动小说情节发展。在粗浅草率的议论背后,那些活灵活现的人物和惊心动魄的故事却包含着深长的意味,所以,虽然小说的艺术性差了些,但是并不妨碍其盛传于闾巷之间。清末的黄人评价历史演义小说道:"非失之猥滥,即出以诬谩,求其稍有特色者,百不得一二。惟感化社会之力则甚大,几成为一种通俗史学。"①诚允当也。

序跋为历史演义小说创作指明了坦途,但清代历史演义小说在描写战争的时候,多流于空洞,战前运筹近于儿戏,大战则近乎闹剧,如《五虎平西前传》《五虎平南后传》等。历史演义小说所呈现出来的具体情状,正如孙楷第先生批评《唐书志传通俗演义》的那样:"小儒沾沾,则颇泥史实,自矜博雅,耻为市言。然所阅者不过朱子《纲目》,虽涑水《通鉴》亦未暇观。钩稽史书,既无其学力;演义生发,又愧此槃才。其结果为非史抄,非小说,非文学,非考定。凡前人之性格趣味,既不能直接得之于正史,又不能凭其幻想构成个人理想中之事实人物,如打话人所为。固谓雅俗共赏,实则两矢之无一而是。"②

但也有部分序跋对于《三国演义》持有负面的评价,认为其"不尽合正史"(闲斋老人《儒林外史序》),因而不"奇"。如李慈铭在《荀学斋日记》中就表达过对《三国演义》情节不合于史的厌恶之情:"诣广和楼观剧,演诸葛武侯金雁桥擒张任事。余素恶《三国志演义》,以其事多近似而乱真也。然此事则茫然。"③这种观点在清代文坛有一定的市场,但绝不是主流看法。历史演义小说是否一定要合于史,这个问题在清代的小说序跋中有争鸣,如佚名《后宋慈云走国全传叙》就从根本上否认了历史演义小说完全合乎史实的现实存在:"稗传外史,奇幻无根者十之七八,近史实录者十之二三,

---

① 黄人著,江庆柏、曹培根整理:《黄人集一六·小说小话》,上海:上海文化出版社,2001年,第309页。
② 孙楷第:《日本东京所见中国小说书目》,北京:人民文学出版社,1981年,第60页。
③ 鲁迅:《小说旧闻钞》,北京:人民文学出版社,1953年,第40页。

惟在布演者之安排耳。"①

三、从《水浒传》等序跋看侠义小说在清代的传播

清人创作的侠义小说均以四维八德为号召，且以施耐庵《水浒传》为参照系，以反水浒为主要特色，其最著者为《荡寇志》《野叟曝言》，但无论是小说的数量还是质量，清代的侠义小说都算不上是一个文学成就很突出的门类。

(一)《水浒传》版本及其在清代的传播困境

鲁迅先生在评论《儒林外史》的时候，曾经慨叹"伟大也要人懂"，将此观点挪移到对《水浒传》的接受问题上，似也恰如其分。

《水浒传》在清代的传播是与小说禁毁令相终始的，但颇具讽刺意味的是，一方面是政府的不断禁毁和正统文人的口诛笔伐；另一方面是清代不同版本的《水浒传》的交叉传播。

金圣叹因删改《水浒传》而赢得皇帝耳闻大名，并得到"古文高手"的高度评价，不可谓不是千古罕遇。

> 木陈忞《奏对别记上》："上曰：'苏州有个金若采，老和尚可知其人么？'师曰：'闻有个金圣叹，未知是否。'上曰：'正是其人。他曾批评得有《西厢》《水浒》，议论尽有遐思，未免太生穿凿，想是才高而见僻者。'师曰：'与明朝李贽所谓"卓吾子"者同一派头耳。'"②

《沉吟楼诗选·春感八首·诗序》也留下了类似的记载："顺治庚子正月，邵子兰雪自都门归，口述皇上见某批《才子书》，谕词臣'此是古文高手，莫以时文眼看他'等语，家兄长文具为某道。某感而泪下，因北向叩首敬赋。"③

金圣叹删改《水浒传》为其赢得了巨大的荣誉，但也招致了太多的骂名，即使得到了顺治皇帝的赏识，也不能改变正统文人对他的恶评和咒骂。

---

① 佚名：《后宋慈云走国全传叙》，见《古本小说集成》第三辑第八十八册，上海：上海古籍出版社，1993年，第1页。
② 金圣叹著，陆林辑校整理：《金圣叹全集》，南京：凤凰出版社，2008年，第71页。
③ 金圣叹著，陆林辑校整理：《金圣叹全集·附录·金圣叹年谱简编》，南京：凤凰出版社，2008年，第72页。

冯武《钝吟杂录叙》："金圣叹《才子书》,当如毒蛇虺蝎,以不见为幸!""聪明人用心虚明,魔来附之,遂肆言无忌,至陷王难。今有人焉,金若采是也。"①

金人瑞批《水浒》《西厢》,灵心妙舌,开后人无限眼界,无限文心。故虽小说、院本,至今不废。惟议论多不醇正。董闻石先生深訾之。②

金圣叹所批《水浒传》《西厢记》等书,眼明手快,读之解颐。微嫌有太亵越处,有无忌惮处。然不失为大聪明人,每言锦绣才子,殆自道也。后得奇祸,不知何以遂至于是,可胜惋惜!今有人向余述其平日言之狂诞、行之邪放,曰:"此盆成括一流人也。"余为悚然。有才者不易得,才而不轨正业,报固若是烈欤!③

初批《水浒传》行世,昆山归玄恭庄见之曰:"此倡乱之书也。"继又批《西厢记》行世,玄恭见之又曰:"此诲淫之书也。"顾一时学者,爱读圣叹书,几于家置一编。而圣叹亦自负其才,益肆言无忌,遂陷于难,时顺治十八年。④

冯武、归庄、冯镇峦、陆文衡等对金圣叹的攻讦,既是文化学术思想深刻抵牾下的必然产物,又是当时正人君子对金圣叹道德形象的妖魔化的必然结果。

《水浒传》在清代流传的版本至少有三个,其中最著名的当是金圣叹删改的七十回本。七十回本除了贯华堂本之外,还有顺治十四年醉耕堂本《评论出像水浒传》和雍正十二年句曲外史序本。金圣叹删改的《水浒传》在清代流传之广,正如昭梿所言:"自金圣叹好批小说,以为其文法毕具,逼肖龙门,故世之续编者,汗牛充栋,牛鬼蛇神,至士大夫家几上,无不陈《水浒传》《金瓶梅》以为把玩。余以小说初无一佳者,其他庸劣者无足论……世人于古今经史略不过目,而津津于淫邪庸鄙之书称赞不已,甚无谓也。"⑤

---

① 冯武:《钝吟杂录叙》,见金圣叹著,陆林辑校整理:《金圣叹全集》,南京:凤凰出版社,2008年,第88页。
② 蒲松龄著,任笃行辑校:《全校会注集评聊斋志异》,济南:齐鲁书社,2000年,第2483页。
③ 陆文衡:《啬庵随笔·鉴戒》,见金圣叹著,陆林辑校整理:《金圣叹全集》,南京:凤凰出版社,2008年,第88页。
④ 王利器辑录:《元明清三代禁毁小说戏曲史料》,上海:上海古籍出版社,1981年,第209页。
⑤ 昭梿撰,何英芳点校:《啸亭续录》卷二《小说》,北京:中华书局,1980年,第427页。

除了金圣叹评本之外,清代流传的《水浒传》另有一百卷本,以康熙五年汪象旭重修的明万历刻、李卓吾评点的《忠义水浒传》一百卷本为代表。还有就是中胜堂藏版的《荡平四大寇传》,截取《水浒传》一百一十五回本的第六十七回到第一百一十五回而为之,十卷四十九回,又名《征四寇传》《水浒后传》《续水浒传》,只是删去了一百一十五回本的用来描写风景或军容的诗词或骈文。

《水浒传》不同的文本满足了众多读者不同的阅读需求,但其社会影响一直为正统文人所忧心。

  寄名义于狗盗之雄,凿私智于穿窬之手,启闾巷党援之习,开山林哨聚之端,害人心,坏风俗,莫甚于此。而李卓吾谓宇宙有五大部文字,并此于《史记》、杜诗、苏文、《李献吉集》,悖矣。若以其穿插起伏,形容摹绘之工,则古来写生文字供人玩味者何限,而必沾沾于此耶?①

如果说归庄、冯镇峦、陆文衡等的观点只是一己之印象,属于传统的感悟式的评论的话,那么龚炜的议论就丰富多了。从小说的内容、社会影响、艺术成就等三方面进行了全方位的抨击,一针见血地指出了《水浒传》在社会传播过程中的症结所在。

文坛名流制造的种种舆论非常不利于《水浒传》在当时的传播,虽然社会舆论造成了《水浒传》在清代传播的困境,但是读者的喜爱打破了所有的坚冰。《水浒传》的流传情状被记录在了众多的笔记之中:刘廷玑《在园杂志》、章学诚《丙辰札记》、昭梿《啸亭杂录》《续录》、梁恭辰《劝戒四录》、翟灏《通俗编》、平步青《霞外捃屑》、梁章钜《浪迹丛谈》《续谈》、俞樾《小浮梅闲话》、俞樾《茶香室丛钞》《续钞》《三钞》。刘廷玑在《在园杂志》中对金圣叹评点《水浒传》的行为还推许有加:"金圣叹加以句读字断,分评总批,觉成异样花团锦簇文字。"②

(二)阅读前见影响下的清代序跋与《水浒传》的接受

清代流传的《水浒传》主要有金圣叹、桐庵老人王望如、句曲外史、古杭陈枚简侯等序本,其他涉及对《水浒传》评论的小说序跋有褚人获《封神演

---

① 龚炜著,钱炳寰整理:《巢林笔谈》,北京:中华书局,1981年,第27页。
② 刘廷玑撰,张守谦点校:《在园杂志》,北京:中华书局,2005年,第83页。

义序》、梅溪主人《清风闸序》、闲斋老人《儒林外史序》、陶家鹤《绿野仙踪序》、尤凤真《瑶华传序》、瞵嵝子《林兰香叙》、忽来道人《荡寇志缘起》《荡寇志引言》、俞龙光《荡寇志识语》、观鉴我斋《儿女英雄传序》等。在笔名的掩护下,序跋者不仅礼赞着《水浒传》高妙的文法,还对小说的叙事倾向流露出极强的认同感。清代的序跋者既部分认同着明朝人关于《水浒传》的文学见解,同时又紧扣时代,作出自己的评判。在继承中发展,在发展中累积,《水浒传》正是在这种不断被重新阐释中得以生生不息地流传,并在流传中不断地接受读者新的评判,建构着清代专属的一个《水浒传》接受的完整的生态圈。

林林总总的非文学因素在很大程度上严重影响着被贴上暴力标签的《水浒传》在清代的传播,偏离文学正途的道德主义至上的非文学批评立场在打开《水浒传》阐释空间的同时,也使得其文学性无法辨识。

> 为政莫先于正人心,正人心莫先于正学术。朝廷崇儒重道,文治修明,表章经术,罢黜邪说,斯道如日中天。独江苏坊贾,惟知射利,专结一种无品无学、希图苟得之徒,编纂小说传奇,宣淫诲诈,备极秽亵,污人耳目,绣像镂板,极巧穷工。游侠无行与少年志趣未定之人,血气摇荡,淫邪之念日生,奸伪之习滋甚。风俗陵替,莫能救正,深可痛恨,合行严禁。仰书坊人等知悉:除《十三经》《二十一史》及《性理》《通鉴纲目》等书外,如宋元明以来大儒注解经学之书,及理学、经济、文集、语录,未经刊板,或板籍毁失者,照依原式,另行翻刻,不得听信狂妄后生,轻易增删,致失古人著述意旨。今当修明正学之时,此等书出,远近购之者众,其行广而且久,尔等计利亦当出此。若曰古书深奥,难以通俗,或请老成醇谨之士,选取古今忠孝廉节、敦仁尚让、实事善恶、感应凛凛可畏者,编为醒世训俗之书,既可化导愚蒙,亦足检点身心,在所不禁。若仍前编刻淫词小说戏曲,坏乱人心,伤败风俗者,许人据实出首,将书板立行焚毁。其编次者、刊刻者、发卖者,一并重责,枷号通衢,仍追原工价,勒限另刻古书一部,完日发落。①

---

① 汤斌:《禁邪说示》,见贺长龄编:《皇朝经世文编》卷六十八《礼政十五》,道光七年刊本,第61页。

清代社会思潮向儒学的回归和清廷的文化统治理念一起,共同打造了一个相较于前代而言更为强大的非文学批评场域。

对《水浒传》的攻评早在明末就开始了,《明清史料乙编》第十本崇祯十五年"兵科抄出刑科右给事中左懋第题本":"此书荒唐不经,初但为隶、佣、瞽、工之书,自异端李贽乱加圈奖,坊间精加缮刻,此书盛行,遂为世害……世之多盗弊全坐此,皆《水浒传》一书为之祟也……臣请自京师始,《水浒传》一书,书坊不许卖,士大夫及小民之家俱不许藏,各令自焚之。乃传天下,凡藏《水浒传》书及板者,与藏妖书同罪。"①时势异也,动荡的崇祯朝没有了万历前中期相对太平的社会环境,面对着日益汹涌的起义浪潮,崇祯帝再也无法对《水浒传》继续持有优容的立场,对同一文本的解释在前后的几十年间,竟然出现如此巨大的反复也自在情理之中。而左懋第的题本也未必无因,据清人刘銮《五石瓠·〈水浒〉小说之为祸》:"张献忠之狡也,日使人说《三国》《水浒》诸书,凡埋伏攻袭咸效之。其老本营管队杨兴吾尝语孔尚大如此。"②《三国演义》《水浒传》的效用之大竟至如此,以至于到太平军做卧底的刘贵曾口述其在太平军中的见闻,由刘寿曾记录,编成了《贼情汇纂》十一卷,在总结太平天国用兵战术策略时也说:"兵法战策,草野罕有,贼之诡计果何所依据?盖由二三黠贼采稗官野史中军情,仿而行之,往往有效,遂宝为不传之秘诀,其取裁《三国演义》《水浒传》为尤多。"③"其司兵权者常读三国、水浒演义。"④

刚刚经历明末的社会大动荡,对于农民起义刻骨铭心的痛促使清初的文人们放下了党同伐异,在集体批判明末士人清谈误国的同时,开始着意于"为天地立心,为生民立命,为往圣继绝学",清代小说序跋者的道德至上的文学批评倾向,正是这一社会思潮的产物。

> 缘施耐庵先生《水浒传》,并不以宋江为忠义。众位只须看他一路笔意,无一字不描写宋江的奸恶,其所以称他忠义者,正为口里忠义,心里强盗,愈形出大奸大恶也。圣叹先生批得明明白白:

---

① 中央研究院历史语言研究所编:《明清史料》"乙编"第十本,上海:商务印书馆,1936年,第942页。
② 刘銮:《五石瓠》,见《丛书集成续编》第九十六册"子部",上海:上海书店出版社,1994年,第331页。
③ 张德坚:《贼情汇纂》卷五"伪军制下·诡计",咸丰五年序本。
④ 刘贵曾:《余生纪略》,中国社会科学院近代史研究所藏刘寿曾辑抄本。

"忠于何在？义于何在？"①

耐庵之笔深而曲，不善读者辄误解，而复坏于罗贯中之续貂，诚恐盗言孔甘，乱是用彰矣。盖先君子遗意，虽以小说稗官为游戏，而于世道人心亦大有关系，故有是作。②

施耐庵见元臣之失臣道，予盗贼以愧朝臣，意在教忠。③

虽然"一件艺术品的全部意义，是不能仅仅以其作者和作者的同时代人的看法来界定的，它是一个累积过程的结果，也即历代的无数读者对此作品批评过程的结果"。④ 但清代小说序跋者在评论《水浒传》这部经典名著时所表现出的强烈的理学化色彩，作为一种文化现象，却不能不引起当代研究者的注意。

金圣叹对于宋江奸诈阴险的品性的定评可谓字字诛心，对于后来的读者多有启发。在评点《水浒传》思想性的问题上，清代小说序跋多继承明末金圣叹《水浒传》序的观点，从反忠义的角度，对以宋江为首的梁山泊英雄多有所批评，如古杭陈枚简侯《水浒传序》："然吾愿天下正气男子，当效群雄下半截，而垂戒前途之难束缚，则此传允为古今一大奇书，可以不朽矣。"⑤桐庵老人《五才子水浒序》："近见《续文献通考·经籍志》中，亦列《水浒》，且以忠义命之，又不可使闻于邻国。试问：此百八人者，始而夺货，继而杀人，为王法所必诛，为天理所不贷，所谓忠义者如是，天下之人不尽为盗不止，岂作者之意哉？"⑥

金圣叹在《读第五才子书法》中将《水浒传》依附于《史记》，作为一个附丽于官方话语立场的声明，带有明显的提升小说社会地位的动机："《水浒传》方法，都从《史记》出来，却有许多胜似《史记》处。若《史记》妙处，《水

---

① 忽来道人：《结水浒全传引言》，见丁锡根编著：《中国历代小说序跋集》，北京：人民文学出版社，1996年，第1516页。
② 俞龙光：《荡寇志识语》，见丁锡根编著：《中国历代小说序跋集》，北京：人民文学出版社，1996年，第1518~1519页。
③ 观鉴我斋：《儿女英雄传序》，见《古本小说集成》第一辑第一百零四册，上海：上海古籍出版社，1991年，第2页。
④ [美]勒内·韦勒克、[美]奥斯汀·沃伦著，刘象愚等译：《文学理论》，北京：生活·读书·新知三联书店，1984年，第35页。
⑤ 陈枚：《水浒传序》，见丁锡根编著：《中国历代小说序跋集》，北京：人民文学出版社，1996年，第1501页。
⑥ 桐庵老人：《五才子水浒序》，见丁锡根编著：《中国历代小说序跋集》，北京：人民文学出版社，1996年，第1498~1499页。

浒》已是件件有。"在将《水浒传》和《史记》相提并论时,更强调艺术构思上的类似之处:"《水浒传》一个人出来,分明便是一篇列传。至于中间事迹,又逐段逐段自成文字,亦有两三卷成一篇者,亦有五六句成一篇者。"①对于明清文人的这种文化心理,钱钟书先生一语道破:"明清评点章回小说者,动以盲左、腐迁笔法相许,学士哂之,哂之诚是也,因其欲增稗史声价而攀援正史也。然其颇悟正史稗史之意匠经营,同贯共规,泯町畦而通骑驿,则亦何可厚非哉。"②

清代小说序跋者依然津津乐道于将《水浒传》比附《史记》,其实质是对虚构写法的认可和接受。钱钟书先生在考论《史记·魏其武安列传》时曾说过:"夫私家寻常酬答,局外事后只传闻大略而已,乌能口角语脉以至称呼致曲入细如是?貌似'记言',实出史家之心摹意匠。此等处皆当与小说、院本中对白等类耳。"③明清人由最初的对虚构性的抹粉施脂,到清代的大幕揭开,虚构的写作技法已为大众所普遍接受,序跋者也将其作为亮点在序跋中加以凸显。《史记》惯常于漠视历史大事,而迷恋细枝末节,并试图通过对细节的展示,在精细化的描绘之中再现历史的传奇性或传奇的历史性,其中自不免于虚构,因其在螺蛳壳里做道场的叙事惯例而素有"赝史"之讥。刘勰在分析史传之虚的原因时说:"俗皆爱奇,莫顾实理。传闻而欲伟其事,录远而欲详其迹;于是弃同即异,穿凿傍说,旧史所无,我书则传。此讹滥之本源,而述远之巨蠹也。"④

对"史"的求实精神的背叛代表了当时一部分文人的集体心理。敏感的政治意识和宏大的历史视野融入小说的创作视域,高度重视小说的审美作用和所具有陶冶人的情操、稳定宗法制社会秩序的作用,文以载道在当时的小说和小说批评话语中获得了强烈的共振效应。历史小说借助于虚幻,彻底摆脱了对于历史事实的依赖和束缚,事实上也更方便于文以载道。

金圣叹还从体会文章的精严和行文的法则的角度来欣赏《水浒传》的写作技巧,并且非常罕见地提出《水浒传》是一切读书之法的总根源,这一点却和当时正统的观点全然相左。在《贯华堂第五才子书水浒传》序三中,金圣叹说:"嗟乎!人生十岁,耳目渐吐,如日在东,光明发挥。如此书,吾

---

① 施耐庵著,金圣叹批评:《金圣叹批评本水浒传》,长沙:岳麓书社,2006年,第24~25页。
② 钱钟书:《管锥编》(一),北京:中华书局,1979年,第166页。
③ 钱钟书:《管锥编》第一册《史记会注考证·魏其武安列传》,北京:生活·读书·新知三联书店,2001年,第645页。
④ 刘勰著,陆侃如、牟世金译注:《文心雕龙译注》,济南:齐鲁书社,1996年,第249~250页。

即欲禁汝不见,亦岂可得?今知不可相禁,而反出其旧所批释,脱然授之于手也。夫固以为《水浒》之文精严,读之即得读一切书之法也。汝真能善得此法,而明年经业既毕,便以之遍读天下之书,其易果如破竹也者,夫而后叹施耐庵《水浒传》真为文章之总持。不然,而犹如常儿之泛览者而已。"①

(三)《水浒传》序跋的二元文化对立

清代小说序跋者出于各自不同的文化立场和对水浒禁毁令的毁誉,在评价《水浒传》的时候,表现出了鲜明的二元文化对立,具体体现在对《水浒传》创作动因的探讨上。

创作动机源于心理驱力和张力。驱力是内指向的心理需要,张力是外指向的,源于外部刺激的激发。小说序跋对于《水浒传》创作动因的剖析直接破解了作者施耐庵的情绪态度、思想认识和文化结构,进而对小说的生存与否产生巨大的影响力。

在清代的小说序跋中,关于《水浒传》的创作动因的揭示形成了三派截然对立的观点,三派观点的交锋,其焦点在于对《水浒传》创作动机的解读上的差异而带来的对阅读效果的不同展望。

第一派以陈忱(樵余)《水浒后传论略》为代表,认为施耐庵愤恨于社会的黑暗动荡和人心的贪婪狡诈而有意为之:"水浒,愤书也……愤大臣之覆悚,而许宋江之忠;愤群工之阴狡,而许宋江之义;愤世风之贪,而许宋江之疏财;愤人情之悍,而许宋江之谦和;愤强邻之启疆,而许宋江之征辽;愤潢池之弄兵,而许宋江之灭方腊也。"②

第二派以王望如为代表。在顺治十四年醉耕堂刊本《评论出像水浒传总论》中,王望如提出以下观点:"施耐庵著《水浒》,申明一百八人之罪状,所以责备徽宗、蔡京之暴政。""作者之旨,不责下而责上,其词盖深绝而痛恶之,其心则悲悯而矜疑之,亦有关世道之书,与宣淫导欲诸稗史迥异也。"③"然严于论君相而宽以待盗贼,令读之者日生放辟邪侈之乐,且归罪朝廷以为口实,人又何所惮而不为盗?余故深亮其著书之苦心,而又不能

---

① 金圣叹:《〈水浒传〉序三》,见《贯华堂第五才子书水浒传》上册,南京:江苏古籍出版社,1985年,第11页。
② 樵余:《水浒后传论略》,见《古本小说集成》第四辑第九十四册,上海:上海古籍出版社,1994年,第1页。
③ 王望如:《评论出像水浒传序》,顺治十四年醉耕堂刊本。

不深憾其读书之流弊。"①和激进派相同的一点在于,二人都认为小说创作的外在刺激物是政治的黑暗,但王望如同时又认为,小说有憎恨君相而宽待盗贼的叙事倾向,由于创作动机偏狭,过于重视对上层社会的"恶"的揭示,试图由此而掀起政治改良的浪潮。但由于小说对社会下层之"恶"过于宽容或认识力度不够,造成小说的局面不够阔大,同时也容易使一般读者产生阅读过程中理解上的偏差。

第三派以蔡元放为代表,对《水浒传》以绿林人物为叙述中心的行为予以尖锐的批评,认为铺张扬厉的叙述和相关情节的暴力倾向容易引起读者的效尤之心。《评刻水浒后传叙》:"故以太史公之才,为史家之祖,而为游侠、货殖立传,后之人犹且訾之,独奈何而取绿林暴客御人夺货之行而传之耶!如《水浒》前传之述宋江等一百八人之事,已不可,则今兹之《水浒后传》,犹奈何又取其残剩诸人而铺张扬厉之,不亦效尤而罪又甚焉者乎?而抑知其殊不然也?善读书者,必有以深窥乎作者之用心,而后不负乎其立言之本趣。"②

> 施、罗惟以人情为辞,而书始传,其言忠义也。所杀奸贪淫秽,皆不忠不义者也。道揆法守,讵不相因哉?故能大法小廉,不拂民性,使好勇疾贫之辈,无以为口实,则盗弭矣。且即以此写愚夫愚妇之情者,写圣贤之情,则文体亦得矣。正辞禁非,或有权巧。盖正史不能摄下流,而稗说可以醒通国。化血气为德性,转鄙俚为菁华,其于人文之治,未必无小补云。大涤余人识。③

实际上,王望如和蔡元放对于《水浒传》涉暴的叙事倾向可能带来的不良的阅读效果都表示了极大的担忧,这一点未必全无道理。著名学者浦安迪先生曾经就《水浒传》的寓意结合李逵人物形象分析作出如此评判:"李逵即'反'的象征。这种造反冲动,既针对大宋王朝,也针对梁山泊内部的等级统治……最后,他的呐喊,已经具有打破一切秩序羁绊的意义。"④因

---

① 王望如:《评论出像水浒传总论》,见丁锡根编著:《中国历代小说序跋集》,北京:人民出版社,1996年,第1496页。
② 蔡元放:《评刻水浒后传叙》,见丁锡根编著:《中国历代小说序跋集》,北京:人民文学出版社,1996年,第1551~1512页。
③ 大涤余人:《刻〈忠义水浒传〉缘起》,见丁锡根编著:《中国历代小说序跋集》,北京:人民文学出版社,1996年,第1472页。
④ [美]浦安迪讲演:《中国叙事学》,北京:北京大学出版社,1996年,第146页。

此,出于对统治稳定的考校,《水浒传》的流通和消费不能完全听凭读者的喜好,也不能完全放任市场的调节,因为读者可能受到的损害虽然比较隐蔽,但是应当很大。

虽然如此,但是从传播学的角度看,序跋者作为传播者之一,要对传输给读者的信息进行加工并力图引起接受者的兴趣。著名的传播学家威尔伯·施拉姆、威廉·波特指出:"像糕饼必须要烤制和拿出来卖一样,信息也必须加工,并且以符号的形式发出来。像买主必须决定买不买一样,接受者也必须权衡一下想不想买和想不想吃。"①而受到元代杀伐攻掠的暴力文化强烈影响的《水浒传》所表现出明显的血腥气息已经引起了清代社会的高度关注,因此,对于清代《水浒传》序跋者和文评家而言,如何重新审视这部小说,以将其纳入传统文化的序列,成为必须解决的一个重要任务,否则,将会严重影响它的传播。

"诲盗说"与"尚义说"的二元冲突对立成为清代解读《水浒传》的重要两极,进而奠立了清代《水浒传》接受的两条截然相反的阐释路径。

> 然严于论君相而宽以待盗贼,令读之者日生放辟邪侈之乐,且归罪朝廷以为口实,人又何所惮而不为盗?余故深亮其著书之苦心,而又不能不深憾其读书之流弊。后世续貂之家冠以忠义,盖痛恶富贵利达之士,敲骨吸髓,索人金钱,发愤而创为此论,其言益令盗贼作护身符。②

> 然吾愿天下正气男子,当效群雄下半截,而垂戒前途之难束缚,则此传允为古今一大奇书,可以不朽矣。③

> 如今他既妄造伪言,抹杀真事。我亦何妨提明真事,破他伪言,使天下后世深明盗贼忠义之辨,丝毫不容假借。④

并不是所有的清代《水浒传》序跋者都能如此清醒地看到问题的严重

---

① [美]威尔伯·施拉姆、[美]威廉·波特著,陈亮等译:《传播学概论》,北京:新华出版社,1984年,第61页。
② 王望如:《评论出像水浒传总论》,见丁锡根编著:《中国历代小说序跋集》,北京:人民文学出版社,1996年,第1496页。
③ 陈忱:《水浒传序》,见丁锡根编著:《中国历代小说序跋集》,北京:人民文学出版社,1996年,第1501页。
④ 忽来道人:《结水浒全传引言》,见丁锡根编著:《中国历代小说序跋集》,北京:人民文学出版社,1996年,第1516~1517页。

性,反而乐观地估计小说中存在的"至性",这一点可能是受到了阳明心学的影响。《水浒传》的部分序跋者没有认真履行其应承担的文学批评的职责,而是一味地以赞誉来推动这部小说的传播,从而明显地体现出浓郁的商业意味。替天行道与忠义报国两个概念的有意识的混淆,意在为《水浒传》的合理存在找寻一个看似站得住脚的依据。

> 凡吾所谓才者,必其本乎性,发乎情,止乎礼义,而非一往纵横,靡靡怪怪之为也。庄之放也而达,屈之怨也而忠,史之矫也而直,杜之愚也而正,皆言至性存焉。《水浒》盗矣,而近于义;《西厢》淫矣,而深于情……康熙乙巳秋七夕后五日吴侬悔庵题于看云草堂。①

《水浒传》序跋所包含的二元文化对立时刻在撕扯着清代的社会肌体,但多元化的阐释并非都站在艺术的立场,将商业或政治法则当作艺术法则,虽然实现了市场利润的最大化或社会表面的和谐,但是也丢失了追求真善美的艺术的永恒价值。

四、从《红楼梦》等序跋看世情小说在清代的传播

世情小说序跋者为小说的传播而砥砺前行,通过对小说艺术美的揭示,引领读者领略世情小说的迷人韵致。但即使如此,清代世情小说巅峰力作的传播有亨通,如《红楼梦》;亦有塞滞,如《儒林外史》。

(一)《红楼梦》等小说序跋与清代世情小说传播

清代世情小说由于其对人性的深入探寻和对生命本质的深刻揭示,而得以在中国古代小说的花园中独标高帜,成为清代小说的代表,巨大的社会需求也从侧面说明了其与时代文化和世人的精神需求的高度契合。

相较于明代后期世情小说的沉醉于人欲和公心的缺失,清代的世情小说"继承《金瓶梅》以家庭写世情的传统,《醒世姻缘传》《红楼梦》《歧路灯》等作品先后诞生,世情小说取代历史演义、英雄传奇和神魔小说,一跃成为章回小说的主流"。② 清代前期的世情小说"极摹人情世态之歧,备写悲欢离合之致",所写"大率为离合悲欢及发迹变态之事,间杂因果报应",旨在

---

① 吴侬悔庵:《〈第七才子书〉序》,见吴毓华编:《中国古代戏曲序跋集》,北京:中国戏剧出版社,1990年,第353页。

② 陈美林、冯保善、李忠明:《章回小说史》,杭州:浙江古籍出版社,1998年,第133页。

借世态炎凉、人情冷暖以讽诫世情,以活泼之生命、奇僻之思想矫正了明末世俗尘下的文学思潮。然审美过于追求清新则其境必狭,过于崇尚奇僻则多为不根之谈,至此,清代前期世情小说的境界日益偏狭。直至中国古代小说的巅峰力作《儒林外史》《红楼梦》的出现,清代世情小说的境界始为阔大,进而成为继明代之后的又一个时代性的文学奇迹。

《红楼梦》在清代的传播大致经历了从抄本、程甲本的一百二十回刊本到以程甲本为基础的评点本等三个阶段。《红楼梦》现在已知的有甲戌本、己卯本、癸酉本、庚辰本、戚序本、甲辰本(梦序本)、蒙府本、舒序本、郑藏本、靖藏本、列藏本等。《红楼梦》在传抄阶段,小说文本还处在不断地"准情酌理,补遗订讹"[1]之中,其中更多的是缘于曹雪芹"披阅十载,增删五次"的不停笔的改易,但也有传抄者根据自己的文学好尚而对小说文本所做的改动。胡文彬在为人民文学出版社影印的《蒙古王府本石头记》作序时就曾明确指出:

> 蒙府本与戚序本同属一个系统,正文极相近似。其间戚序本经过了一次修改,但有些文字修改得还不彻底,仍保留了祖本个别原文,而蒙府本保留祖本原文更多一些。我的看法是蒙府本并非来自于戚序本,二本之间非父子关系而是兄弟关系。[2]

抄本之间的文字差异,更多的是因为所过录的祖本不同,但也不排除过录者随意改动的因素。甲戌本和己卯本缺失的小说第二十二回的情节,第一次出现在庚辰本,其中,宝钗灯谜诗,庚辰本为"暂记宝钗制谜",而同属立松轩本的蒙府本和戚序本都已改为"却是宝钗所作"。虽同属一个文本系统,但蒙府本和戚序本在宝钗灯谜诗的内容上还是稍有差异:蒙府本作"朝罢谁携两袖烟,琴边衾里总无缘。晓筹不用鸡声报,五夜无烦侍女添"。[3] 戚序本作"朝罢谁携两袖烟,琴边衾里总无缘。晓筹不用鸡人报,五夜无烦侍女添"。[4] 其中,蒙府本唯一的改动就是将戚序本的"鸡人"改为"鸡声"。因为是吟咏李杨爱情,毫无疑义,戚序本中"鸡人"的措辞更为

---

[1] 程伟元、高鹗:《红楼梦引言》,见《绣像红楼梦》,乾隆五十七年刊本。
[2] 胡文彬:《影印〈蒙古王府本石头记〉序》,见曹雪芹:《蒙古王府本石头记》,北京:人民文学出版社,2010年,第5页。
[3] 曹雪芹:《蒙古王府本石头记》,北京:书目文献出版社,1986年,据北京图书馆藏清钞本影印,第846页。
[4] 曹雪芹:《戚蓼生序本石头记》,北京:人民文学出版社,1975年,第818页。

精当,一方面是因为"鸡人"更合乎宫廷中这一类人物的历史称谓,另一方面也化用李商隐的《马嵬》"海外徒闻更九州,他生未卜此生休。空闻虎旅传宵柝,无复鸡人报晓筹。此日六军同驻马,当时七夕笑牵牛。如何四纪为天子,不及卢家有莫愁"。① 于逆挽的笔法中婉转地传达出了小说所隐含的宫怨情调,但由于有可能触及时忌,故而在进献宫廷的前夕,立松轩主人将"鸡人"改易为"鸡声",虽不尽如人意,但比后来版本中的"人鸡",无论是在措辞上还是在意境上都要更为高妙,显示出立松轩主人高超的文学素养。同时,二本都删去了"脂砚斋"字样和其他一切的碍语,似应是修订者所为。

清代世情小说的代表《红楼梦》虽在各个方面取得了瞩目的成就,但刊刻却迟至曹雪芹去世近三十年之后。小说的传播终须仰赖于刊刻,而长篇小说的刊刻要受到诸多外在因素的制约,如市场的接受度、所需的资金量和受众可能接受的价格等。如没有广泛的社会需求,书坊主断不会贸然刊刻。

> 乾隆庚戌(乾隆五十五年,1790)秋,杨畹耕语余曰:雁隅(杨嗣曾,乾隆二十八年进士,时为福建巡抚)以重价购钞本两部:一为《石头记》,八十回;一为《红楼梦》,一百廿回,微有异同。爱不释手,监临省试,必携带入闽,闽中传为佳话。时始闻《红楼梦》之名,而未得见也。壬子(乾隆五十七年,1792)冬,知吴门坊间已开雕矣。兹苕估以新刻本来,方阅其全。②

在此之前,它只能以抄本的形式在文人中流传,抄本的保有量不会很大,抄本的价格绝非普通人家所能承受:"曹雪芹《红楼梦》一书,久已脍炙人口,每购抄本一部,须数十金。自铁岭高君梓成,一时风行,几于家置一集。"③再加上抄主珍藏不露,如怡亲王弘晓抄录的己卯本和庚辰本一直到咸丰十一年(1861),随着怡府第五代主人载垣被赐自尽之后,才开始散落民间,在长达百年的时间里,己卯本和庚辰本的传播范围极为有限。

---

① 李商隐:《马嵬》,见马茂元、赵昌平选注:《唐诗三百首新编》,长沙:岳麓书社,1992年,第382页。
② 周春:《阅红楼梦随笔》,见一粟编:《红楼梦资料汇编》,北京:中华书局,1964年,第66页。
③ 逍遥子:《后红楼梦序》,见朱一玄编:《明清小说资料选编》(下),济南:齐鲁书社,1990年,第760页。

乾隆五十六年(1791)，萃文书屋用木活字和连史纸精印，两三年之内又重订再版了三次，这就使得《红楼梦》的"几于家置一集"有了可能。但即使如此，程伟元、高鹗最关心的还是读者可接受的价格，《红楼梦引言》有言："是书刷印，原为同好传玩起见，后因坊间再四乞兑，爰公议定值，以备工料之费，非谓奇货可居也。"他们俩在小说序跋中对价格问题作了太多的解释，"原为同好传玩起见"，可见动机很纯洁，没有贪图银钱的考校。可是印刷要"备工料之费"，言明我的定价只是工本费，而不是囤积居奇，排除了二人借机大赚一笔的嫌疑。但我们似乎可以据此猜测，乾隆五十七年活字印刷的程乙本价格还是不菲。可按照逍遥子序言中的说法，即使价格不菲，也已经做到了"几于家置一集"，足见《红楼梦》在当年受欢迎的程度。

程甲本和程乙本等的面世只是《红楼梦》走向大众的第一步，真正使《红楼梦》"几于家置一集"的是以程甲本为底本的东观阁刻本。作为目前所知除了脂砚斋之外的第一部带有批评的本子，东观阁本一般被认定为初刻于乾隆末年或嘉庆初年，详情可参看伊藤漱平《程伟元刊〈新镌全部绣像红楼梦〉小考》，不赘。东观阁系列刻本几乎占据了嘉庆、咸丰、同治年间的《红楼梦》图书市场，对于《红楼梦》的普及起到了极大的推动作用。其初刻本题名《新镌全部绣像红楼梦》，无注，书口下镌"东观阁"，前有东观阁主人识语：

> 《红楼梦》一书，向来只有抄本，仅八十卷。近因程氏搜辑刊印，始成全璧。但原刻系用活字摆成，勘对较难，书中颠倒错落，几不成文；且所印不多，则所行不广。爰细加厘定，订讹正舛，寿诸梨枣，庶几公诸海内，且无鲁鱼豕亥之误，亦阅者之快事也。东观主人识。①

东观阁主人不仅用价格更为低廉的小型木刻的巾箱本与程刻本争夺销路，而且针对程甲本多有纰缪的问题，"细加厘定，订讹正舛"，追求版本的精良，再加上两千三百多条融入了评点者浓厚个人色彩的简约的评点，真正使《红楼梦》的传播实现了大众化。据法式善《梧门诗话》，东观阁书肆在北京琉璃厂，主人王德化，字珠峰，江西人。②

---

① 柳存仁：《伦敦所见中国小说书目提要》，北京：书目文献出版社，1982年，第227页。
② 法式善：《梧门诗话》卷二，见蔡镇楚编：《中国诗话珍本丛书》第十六册，北京：北京京图书馆出版社，2004年，第50页。

价格因素曾一度成为制约《红楼梦》走向大众的瓶颈,但作为外因的价格绝不是唯一的制约因素,让读者读懂《红楼梦》,进而喜爱《红楼梦》,才是《红楼梦》得以普及的内因,于是各种评点本应运而生。不同于乾隆年间的那些只评点前八十回的脂评本,据一粟所编的《红楼梦书录》统计,清代后期出现了大量的一百二十回评点本。由于《红楼梦》思想内容的丰富复杂和文学表现的隐微含蓄,以至于"单是命意,就因读者的眼光而有种种:经学家看见《易》,道学家看见淫,才子看见缠绵,革命家看见排满,流言家看见宫闱秘事"。① 虽然由于缺乏科学的文学观念,这些观点不无偏颇,但是也能为我们全面解读《红楼梦》提供多维度的认知视角。

嘉庆十六年(1811),东观阁本重刻,题名《新增批评绣像红楼梦》。作为红学史上重要的一个版本,东观阁嘉庆十六年重刻本不仅正文中有圈点、重点、重圈和行间评,而且衍生出不少的复刻本和重刻本,如嘉庆十九年本、嘉庆二十三年刻本、道光二年刻本、道光十年储英堂刻本和同治元年宝文堂刻本等。刊于嘉庆二十三年左右的藤花榭本《绣像红楼梦》,其底本当源于东观阁嘉庆十六年刻本,无注。据之重刻的还有同治三年的耘香阁刻本、济南会锦堂本、济南聚和堂本、凝翠草堂本等。

同以程甲本为底本的还有刊于嘉庆四年的抱青阁本《绣像红楼梦》,首有程伟元序、高鹗序,其识语也与东观阁本上的识语相同,唯独没有最后的"东观阁主人识"等字样。

《红楼梦》传播过程中还有几个重要的刻本,如刻于道光年间的三让堂本《绣像批点红楼梦》,这是程甲本系统中的第一个批点本,有重点、重圈和行间批,但省略了高鹗的序文;与三让堂本同属于一个系统的还有经纶堂本、文元堂本、忠信堂本、同文堂本、纬文堂本、右文堂本、三元堂本、务本堂本、经元升记本、登秀堂本、佛山连元阁本、翰选楼本和五云楼本等。

自道光十二年(1832)双清仙馆刊印《新评绣像红楼梦全传》之后,翻刻、合刻王希廉评语的版本便成为《红楼梦》评点本的主流,仅现存的本子就有二十余种之多。有程伟元序、王希廉批序、《红楼梦论赞》《红楼梦问答》《红楼梦题词》。据一粟《红楼梦书录》及冯其庸、李希凡主编的《红楼梦大辞典》等工具书,版本如下:

---

① 鲁迅:《集外集拾遗补编·〈绛洞花主〉小引》,见《鲁迅全集》第八卷,北京:人民文学出版社,2005年,第179页。

光绪二年(1876),王希廉评《绣像红楼梦》,聚珍堂本。

光绪三年(1877),王希廉评《新评绣像红楼梦全传》,翰苑楼本、芸居楼本。

光绪十年(1884),王希廉、姚燮合评《增评补图石头记》,上海同文书局石印本,此本后又有广百宋斋铅印书局印本。

光绪七年(1881),张新之的妙复轩评本《妙复轩评石头记》,湖南卧云山馆刊本,内含程伟元序、孙桐生叙、忏梦居士跋和《红楼梦读法》。

光绪十年(1884),王希廉、张新之、姚燮合评《增评补像全图金玉缘》,同文书局石印本。

光绪十二年(1886),王希廉、姚燮合评《增评绘图大观琐录》,铅印本。

光绪十四年(1888)、光绪十八年(1892),王希廉、张新之、姚燮合评《增评补像全图金玉缘》,上海石印本。

光绪十八年(1892),王希廉、姚燮合评《石头记》,古越诵芬阁本。

光绪二十四年(1898),王希廉、姚燮合评《增评补图石头记》,上海石印本。

宣统元年(1909),王希廉、姚燮合评《绘图石头记》,阜记书局石印本。

光绪二十四年(1898),王希廉、张新之、姚燮合评《绣像全图金玉缘》,上海书局石印本。

光绪二十六年(1900),王希廉、姚燮合评《绣像全图增批石头记》,石印本。

光绪三十二年(1906),蝶芩仙史依据王希廉等人评语评订《全图增评金玉缘》,桐荫轩石印本。

光绪三十四年(1908),蝶芩仙史依据王希廉等人评语评订《全图增评石头记》,求志斋石印本。

光绪三十四年(1908),王希廉、张新之、姚燮合评《增评全图足本金玉缘》,求不负斋石印本。

由于评语的内容更为丰富,也更能满足大众的阅读诉求,光绪年间,这些评点本又成为《红楼梦》阅读市场的新宠,而东观阁本则逐渐淡出市场。

当刊印的评点本大行于世的时候,有一个评点本竟然是以抄本的形式出现,这就是孝钦后慈禧的评点本,可惜已佚。徐珂的《清稗类钞》仅留下了只言片语,虽荒诞不经,且为孤证,又无实据,但如属实,也算是《红楼梦》传播史上的一段佳话。

> 孝钦后嗜读小说,如《封神传》《水浒》《西游记》《三国志》《红楼梦》等书,时时披阅。①

> 京师有陈某者,设书肆于琉璃厂。光绪庚子,避难他徙,比归,则家产荡然,懊丧欲死。一日,访友于乡,友言:"乱离之中,不知何人遗书籍两箱于吾室,君固业此,趣视之,或可货耳。"陈检视其书,及精楷钞本《红楼梦》全部,每页十三行,三十字,钞之者各注姓名于中缝,则陆润庠等数十人也,乃知为禁中物。急携之归,而不敢示人。阅半载,由同业某介绍,售于某国公使馆秘书某,陈遂获巨资,不复忧衣食矣。其书每页之上,均有细字朱批,知出于孝钦后之手,盖孝钦最喜阅《红楼梦》也。②

另如俄藏本就是道光十二年传入俄国的一个大致源自庚辰本的抄本,无序跋。但不完全同于庚辰本的是,俄藏本的第六十四回和第六十七回不缺,第七十九回和第八十回没有分开,可见其所抄录的底本并非只有庚辰本。另据竺青的《〈红楼梦〉百廿回本钞评者徐臻寿父子考述》,辽宁省图书馆十几年前发现的百廿回抄本的抄写者是江苏宜兴的徐臻寿和其子徐仁录,从光绪元年(1875)断断续续抄到光绪十年(1884),耗时十年。抄写的地点主要是在河北磁州彭城镇州判官署和北京金台书院(注:徐臻寿父徐伟侯从光绪五年起任金台书院山长十余年,徐臻寿借寓父亲任所评点《红楼梦》)。③ 由此可见,在刊印本盛传的时候,抄本并未完全从市场上消失。

和《红楼梦》的各种刻本同时盛传的还有清代的各种红学评论,观点的交锋也雄辩地证明了社会精英型读者对于小说文本的熟悉和喜爱。据孙楷第《中国通俗小说书目》,有无名氏的《红楼梦偶说》、涂瀛的《红楼梦论赞》、江顺怡的《读红楼梦杂记》、张其信的《红楼梦偶评》、无名氏的《红楼梦本义约编》、青山山农的《红楼梦广义》、龙云友的《评红楼梦》、洪秋蕃的《红楼梦抉隐》、王梦阮的《红楼梦索隐》。另还有不见于孙楷第《中国通俗小说书目》的沙彝尊的《红楼梦摘华》、寿芝的《红楼梦谱》、梦痴学人的《梦痴说梦》、王国维的《红楼梦评论》。

---

① 徐珂编撰:《清稗类钞》第一册《宫闱类》,北京:中华书局,1984年,第394页。
② 徐珂编撰:《清稗类钞》第八册《著述类》,北京:中华书局,1986年,第3767~3768页。
③ 竺青:《〈红楼梦〉百廿回本钞评者徐臻寿父子考述》,载《明清小说研究》,2020年第3期,第144~166页。

其他世情小说如《儒林外史》，虽然文学成就与《红楼梦》堪称伯仲之间，但是其在清代前中期的传播远不如《红楼梦》那般令人瞩目。在被刊刻之前，也与《红楼梦》一样，先以抄本的形式在书迷间传播，但抄本的传播相较于抄本阶段的《红楼梦》而言却更不广泛，虽然程晋芳《文木先生传》称其时"人争传写之"。①

傅承洲通过对《儒林外史》和《红楼梦》清代刻本（不含晚清石刻本）版本数量的比较，发现《儒林外史》的刊本见诸记载且流传至今的只有七种，而《红楼梦》则有三十多种，故而得出了一个至今已为大众普遍接受的结论：《儒林外史》也存在文人雅趣和大众审美脱节的现象。②吴敬梓纯以白描之法品第儒林人物，直令本系《儒林外史》中之士人无以知小说愤世嫉俗之意，自亦无从洞察作者文心之高、文笔之妙，以至于连其好友程晋芳都无法予以客观、专业的审视："外史纪儒林，刻画何工妍。吾为斯人悲，竟以稗说传。"③程晋芳的批评视角代表了当时社会对于《儒林外史》文学地位的真实的价值评估，以至于连约一百七十年后的胡适都感慨万千："世无史迁笔，泯没复谁知？稗官苦刻画，卑卑世所嗤。睢阳记奇节，乃有韩昌黎。安得宋子京，一一撷拾之。"④虽后人对其评价甚高，"至描摹假名士、假高人以及浇风恶俗，则又老于世故者。然非胸有古人手握造化，不能具如此妙笔"。⑤但在其面世之初，作为"一种讽刺小说，颇带一点写实主义的技术，既没有神怪的话，又很少英雄儿女的话；况且书里的人物又都是'儒林'中人，谈什么'举业''选政'，都不是普通一般人能了解的，因此，第一流小说之中，《儒林外史》的流行最不广"。⑥

作为清代小说排名前三的《儒林外史》，在清代较为发达的传播手段下，其最早的刻本竟较手稿本晚出了近百年。据苏州群玉斋本所附金和跋语，《儒林外史》在乾隆年间由扬州府教授金兆燕刊刻出版，金兆燕为扬州府教授的时间为乾隆三十三年（1768）至乾隆三十四年（1769）年，其刊刻

---

① 吴敬梓著，李汉秋辑校：《吴敬梓诗文集》附录，北京：人民文学出版社，2002年，第128页。
② 傅承洲：《文人雅趣与大众审美的脱节——从接受的角度看〈儒林外史〉》，载《文艺研究》，2015年第2期，第56～65页。
③ 程晋芳：《怀人诗》，见朱一玄、刘毓忱编：《儒林外史资料汇编》，天津：南开大学出版社，1998年，第131页。
④ 欧阳哲生编：《胡适文集》第九册，北京：北京大学出版社，1998年，第52页。
⑤ 黄富民：《儒林外史又识》，见朱一玄、刘毓忱编：《儒林外史资料汇编》，天津：南开大学出版社，1998年，第282页。
⑥ 易竹贤辑录：《胡适论中国古典小说》，武汉：长江文艺出版社，1987年，第599页。

《儒林外史》当在其时:"先生诗文集及《诗说》俱未付梓(余家旧藏抄本,乱后遗失)。惟是书为全椒金棕亭先生官扬州府教授时梓以行世,自后扬州书肆,刻本非一……余敢以所闻于母氏者(余母为青然先生女孙),略述其颠末如此。"①可惜金本至今没有发现,具体情形无从得知。

目前已知的最早刻本是嘉庆八年(1803)的卧闲草堂本,卷首有乾隆元年闲斋老人序;其次是嘉庆二十一年(1816)的清江浦注礼阁本和艺古堂本。据天目山樵《儒林外史识语》可知,经同治年间太平天国的一场兵燹,《儒林外史》的上述三种版本传者寥寥。

> 此书乱后,传本颇寥寥;苏州书局用聚珍板印行,薛慰农观察复属金亚匏文学为之跋,乃知著书之人为吴敬梓,檠之从弟也。后闻王毂原比部《丁辛老屋集》,记与吴敏轩相晤及题集诗,盖即农部所云近人诗稿,误忆为青然耳。农部所批,颇得作者本意,而似有未尽,因别有所增减。适工人有议重刊者,即以付之;三年矣,竟不果。去年,黄子眘太守又示我常熟刊本,提纲及下场语"幽榜"均有改窜,仍未妥洽。因重为批阅,间附农部旧评,所标萍叟者是也。全书于人情世故,纤微曲折,无不周到。②

识语中所提到的黄子眘即黄小田的儿子、太守黄安谨,黄安谨在光绪十一年所写的《儒林外史评序》一文中明确指出:"先君在日,尝有批本,极为详备,以卷帙多,未刊。迩来有劝者谓作者之意醒世,批者之意何独不然,请公之世;同时天目山樵亦有旧评本,所批不同。家君多法语之言,山樵旁见侧出,杂以诙谐,然其意指所归,实亦相同,因合梓之。"③与天目山樵的合梓本突破了中国传统的小说评点的一家之言的形式,虽然黄小田的评语仅余三条间附于其中。

《儒林外史》的传播史上出现了四种重要的评本:卧评本、齐省堂评本、天目山樵评本和黄小田抄评本,他们的文字之所以略有差异,除了校雠之时所参照的底本不同之外,也有校雠者或书坊主的文学眼光在起着作用,

---

① 金和:《儒林外史跋》,见丁锡根编著:《中国历代小说序跋集》,北京:人民文学出版社,1996年,第1684页。
② 天目山樵:《儒林外史识语》,见丁锡根编著:《中国历代小说序跋集》,北京:人民文学出版社,1996年,第1689页。
③ 吴敬梓著,李汉秋辑校:《儒林外史会校会评本》,上海:上海古籍出版社,1984年,第770~771页。

如齐省堂评本,其《例言》第二则云:"原书每回后有总评,论事精透,用笔老辣,前十余回尤为明快。惜后半四十二、三、四及五十三、四、五共六回,旧本无评,余或单辞只义,寥寥数语,亦多未畅。是册阙者补之,简者充之,又加眉批圈点,更足令人豁目。"补齐评语,添加眉批,这些文字工作的作者,孙逊先生认为是为齐省堂评本作序的惺园退士。① 齐省堂评本还在回目方面作了较大修订,"其回名往往有事在后而目在前者:即如第二回,叙至周进游贡院见号板而止,乃回目已书'暮年登上第'字样,其下诸如此类,不一而足。此虽无关紧要,殊非核实之意。是册代为改正,总以本回事迹联为对偶,名姓去其重复,字面易其肤泛,使阅者开卷之始,标新领异",比较原本"大觉改观"。对于全书的文字,"代为修饰一二,并将冗泛字句,稍加删润,以归简括"。② 对于齐省堂评本例言所标榜的修订,李汉秋先生指出:"这种'删润''修饰',遍布全书……订正了不少以前各本的讹字误刻。但另方面又时有伤筋动骨之弊,把原书一些细腻的描写和精华所钟之处删落了。例如第三回,原本写久困场屋的老童生周进,骤然之间中了举人、进士,当上广东学道,坐在堂上考童生,看见老童生范进衣衫褴褛有一段精彩的传神之笔:'周学道看看自己身上,绯袍金带,何等辉煌。'堂上堂下之比同自己今昔之比相溶合,无限深意尽在这一比之中。齐本却把这十几个字删落了,这无异于抹去传神的颊上三毫。"③如果说李汉秋先生更多地看到了小说文本被删改后的过犹不及,而谭帆在谈到这些版本的文本价值时说:"经过评点者不断的改订修正,《儒林外史》文本确乎体现了一个逐步完善的发展进程,这对小说的流传有不可磨灭的作用。"④

《儒林外史》在清代后期的热火,和中期的被打入冷宫形成了鲜明的对比,重大逆转在同治十三年(1874)九月申报馆开印《儒林外史》时发生。其中,低廉的价格固然是影响小说广泛接受的最关键的外在因素,但更重要的是,随着国门的被打开和洋务运动的推进,八股取士制度的弊端及对于士人的戕害吻合了潜在读者前认知结构中对社会现状的判断,故而当英国

---

① 孙逊:《关于〈儒林外史〉的评本和评语》,载《明清小说研究》,1986年第1期,第239页。
② 惺园退士:《齐省堂〈增订儒林外史〉序》,见吴敬梓著,李汉秋辑校:《儒林外史会校会评本》,上海:上海古籍出版社,1984年,第768页。
③ 李汉秋:《〈儒林外史〉版本源流考》,载《文学遗产》,1982年第4期,第123页。
④ 谭帆:《论〈儒林外史〉评点的源流与价值》,载《社会科学战线》,1996年第6期,第175页。

人刊印《儒林外史》时,疯狂购买行为的发生也就成了可能。据《申报》九月二十七日(公历11月5日)"新印《儒林外史》出售"广告:

> 本馆新印《儒林外史》一书,装成八本,校勘精工,摆刷细致,实为妙品。其书中描摹世态人情,无不穷形尽相,活现毫端。如乡绅之习气,衙署之情形,名士之陋,书生之呆,公子阔官之脾气,娼妓帮闲之口吻,游方把势之身段,真属铸鼎象物,殊可喷饭解颐,尤妙在雅俗皆宜,有目共赏。乃因原板久毁,都中活字板印者讹字既多,板身复大,于塌畔灯前舟唇车腹中取阅殊觉不便,故特仿袖珍板式,以便携带,阅者谅之。本馆此书于十月初一日即礼拜一发售,计零卖每部价洋五角正,本埠由各送报人分卖,别埠亦属经理《申报》人代卖。士商欲购者,请即知会各卖报人。再者,此书分寄各埠,仅止印一千部,既为聚珍版,所印亦已随印随拆,不能随意再刷矣,故贵客欲买者,请即来购定可也。①

对于上海的"申一本",虽然张文虎(天目山樵)在光绪三年的《儒林外史识语》中暗讽道,"近日西人申报馆摆印《外史》,并附金跋及予语,字迹过细,大费目力"②,但是低廉的价格才是横行市场的王道,同治年间上海的米价是每石二两四五钱至五两,而一部《儒林外史》仅需大洋五角,所以,一千部《儒林外史》很快售罄,于是在光绪元年(1875)四月十五日(公历5月19日)再次广告称:

> 《儒林外史》一书虽系小说,而诙谐之妙,叙述之工,实足别开蹊径,宜为海内仕商所赏鉴。本馆前用活字版排印千部,曾不浃旬而便即销罄,在后购阅者俱以来迟弗获为憾,是以近又详加雠校,重印一千五百部,并附以上元金君跋语,俾共知作者之姓名,而并知书中所述之人,亦皆历历可考,非同凭空臆造也。计此书仍订为八本,于月之十八日定能出售,每部仍收回纸价银圆

---

① 姜荣刚:《从〈儒林外史〉传播接受看近代小说的演变》,载《文学遗产》,2018年第1期,第181页。
② 天目山樵:《儒林外史识语》,见吴敬梓著,李汉秋辑校:《儒林外史会校会评本》,上海:上海古籍出版社,1984年,第773页。

五角。①

从两次广告可知,申报馆一共刊印了二千五百部,但李汉秋先生研究发现,申报馆第一次排印本有的附有天目山樵识语和删节过的金和跋,有的阙如,由此可见,申报馆刊印的第一版《儒林外史》应该"不止印过一次"。②

在刻本出现之后,《儒林外史》的抄本依旧广有市场,据天目山樵《儒林外史识语》,"同郡雷谔卿、闵颐生、沈锐卿、休宁、朱贡三先后皆有过录本,随时增减,稍有不同"(光绪三年,1877),"旧批本昔年以赠艾补园"(光绪七年,1881)。③

(二)《红楼梦》等序跋与世情小说理论

清代世情小说和历史演义小说一起,奠定了清代小说最重要的两极,其中,又以世情小说的艺术分量最重。清代前中期的世情小说以《儒林外史》《醒世姻缘传》《歧路灯》《红楼梦》等为代表,后期则以四大谴责小说为典型,而小说序跋者扎堆点评名篇佳作成为当时小说评论界一道亮丽的景观,小说美学在不成体系的序跋中累积并逐渐成为一个时代的共识,同时也为下一步的世情小说创作提供理论支持。

表8 清代小说序跋中的《红楼梦》

序跋者	序跋名	序跋时间	序跋相关观点
戚蓼生	《石头记序》	乾隆三十六年至乾隆四十七年	两歌而不分乎喉鼻,二牍而无区乎左右,一声也而两歌,一手也而二牍,此万万所不能有之事,不可得之奇,而竟得之《石头记》一书。嘻!异矣。夫敷华掞藻、立意遣词,无一落前人窠臼……第观其蕴于心而抒于手也,注彼而写此,目送而手挥,似谲而正,似则而淫,如春秋之有微词、史家之多曲笔。

---

① 姜荣刚:《从〈儒林外史〉传播接受看近代小说的演变》,载《文学遗产》,2018年第1期,第181页。
② 李汉秋编:《儒林外史研究资料》,上海:上海古籍出版社,1984年,第134页。
③ 天目山樵:《儒林外史识语》,见丁锡根编著:《中国历代小说序跋集》,北京:人民文学出版社,1996年,第1690页。

续表

序跋者	序跋名	序跋时间	序跋相关观点
梦觉主人	《红楼梦序》	乾隆四十九年	事之近理,词无妄诞……似而不似……事有重出,词无再犯,其吟咏诗词,自属清新,不落小说故套;言语动作之间,饮食起居之事,竟是庭闱形表,语谓因人,词多彻性,其诙谐戏谑,笔端生活未坠村编俗俚。此作者工于叙事,善写性骨也……书之传述未终,余帙杳不可得。
舒元炜	《红楼梦序》	乾隆五十四年	至其指事类情,即物呈巧,皎皎灵台,空空妙伎……足以破闷怀,足以供清玩。主人(注:玉栋)曰:"……色空幻境,作者增好了之悲;哀乐中年,我亦堕辛酸之泪。"
程伟元	《红楼梦序》	乾隆五十六年	即间称有全部者,乃检阅仍只八十卷,读者颇以为憾……数年以来,仅积有廿余卷。一日偶于鼓担上得十余卷,遂重价购之,欣然翻阅,见其前后起伏,尚属接笋,然漶漫不可收拾。乃同友人细加厘剔,截长补短,抄成全部,复为镌板,以公同好。
高鹗	《红楼梦序》	乾隆五十六年	予以是书虽稗官野史之流,然尚不谬于名教,欣然拜诺,正以波斯奴见宝为幸。
程伟元、高鹗	《红楼梦引言》	乾隆五十七年	词意新雅……用笔吞吐,虚实掩映之妙,识者当自得之。
逍遥子	《后红楼梦序》		曹雪芹《红楼梦》一书,久已脍炙人口,每购抄本一部,须数十金。自铁岭高君梓成,一时风行,几于家置一集。
秦子忱	《续红楼梦弁言》	嘉庆三年	《红楼梦》一书,脍炙人口者数十年,余以孤陋寡闻,固未尝见也。丁巳春(嘉庆二年,1797)……同寅中有此,即为借观,以解烦闷。
郑师靖	《续红楼梦序》	嘉庆四年	《红楼梦》为记恨书,与《西厢记》等。
尤凤真	《瑶华传序》	嘉庆四年	每到一处,哄传有《红楼梦》一书,云有一百余回。因回数烦多,无力镌刊,今所流传者皆系聚珍板印刷,故索价甚昂,自非酸子纸裹中物可能罗致,每深神往……若《红楼梦》,但嫌其繁,不觉其有情,致其生出枝节,未见一一收罗。
少海氏	《红楼复梦自序》	嘉庆四年	是以雪芹曹先生以《红楼梦》一书梓行于世,即李青莲所谓叙天伦之乐事而已……雪芹之梦,美人香土,燕去楼空。

续表

序跋者	序跋名	序跋时间	序跋相关观点
张汝执	《红楼梦序》	嘉庆六年	适性怡情,以排郁闷,聊为颐养余年之一助。
海圃主人	《续红楼梦楔子》		曩者曹雪芹先生有感而作《石头记》一书,别名为《红楼梦》者,寄感慨于和平,寓贬褒于惩劝,趋俚入雅,化腐为新,洵哉价重当时,名噪奕世矣。其尤奇者,缘之所限,迹不必合,而情之所系,境无终睽,为千古才士佳人另开生面,而终以空诸所有结之。
周永保	《瑶华传跋》	嘉庆十年	最可厌者,莫如近世之《红楼梦》,蝇鸣蚓唱,动辄万言,汗漫不收,味同嚼蜡。世顾盛称之,或又从而续之,亦大可怪矣……乙丑之春得见香城先生《瑶华传》抄本一册……岂散漫芜秽之《红楼梦》所能梦游其境者哉!
兰皋居士	《绮楼重梦楔子》	嘉庆十年	《红楼梦》一书,不知谁氏所作。其事则琐屑家常,其文则俚俗小说,其义则空诸一切,大略规仿吾家凤洲先生所撰《金瓶梅》,而较有含蓄,不甚着迹,足餍读者之目。
嫏嬛山樵	《补红楼梦序》	嘉庆十九年	雪芹先生之书,情也,梦也;文生于情,情生于文者也。不可无一,不可有二之妙文。
犀脊山樵	《红楼梦补序》	嘉庆二十四年	近日世人所脍炙于口者,莫如《红楼梦》一书,其词甚显,而其旨甚微,诚为天地间最奇最妙之文……余在京师时,尝见过《红楼梦》元本,止于八十回,叙至金玉联姻,黛玉谢世而止。今世所传一百二十回之文,不知谁何伧父续成者也。原书金玉联姻,非出自贾母、王夫人之意,盖奉元妃之命,宝玉无可如何而就之,黛玉因此抑郁而亡,亦未有以钗冒黛之说……令人见之欲呕。
梅溪主人	《清风闸序》	嘉庆二十四年	抑或有凭虚结撰,隐其人,伏其事,若《金瓶梅》《红楼梦》者,究之不知实指何人,观者亦不过互相传为某某而已。
讷山人	《增补红楼梦序》	嘉庆二十五年	《红楼梦》一书,不知作自何人之手,或曰曹雪芹之手笔也,姑弗深考。然其书则反复开导,曲尽形容,为子弟辈作戒,诚忠厚悱恻,有关于世道人心者也。顾其旨深而词微,具中下之资者,鲜能望见涯岸,不免堕入云雾中,久而久之,直曰情书而已。

续表

序跋者	序跋名	序跋时间	序跋相关观点
王希廉	《红楼梦批序》	道光十二年	《红楼梦》虽小说,而善恶报施,劝惩垂诫,通其说者,且与神圣同功。
舒其锳	《注聊斋志异跋》	道光十七年	或又问于余曰:曹雪芹《红楼梦》,此南方人一大手笔,不可与《聊斋》并传?余应之曰:《红楼梦》不过刻画骄奢淫逸,虽无穷生新,然多用北方俗语,非能如《聊斋》之引用经史子集,字字有来历也。
陶田秋	《如意君传序》	道光二十二年	降而稗官小说,如《三国志》《西游》《水浒》《西厢》《聊斋》《红楼》《虞初新志》。
徐璈	《第一快活奇书序》	道光二十六年	稗官如《红楼梦》,艳称时尚,情隐事新,奇;卒读令人不快,不奇。
卢联珠	《第一快活奇书序》	道光二十七年	外此小说家言,若《牡丹亭》《红楼梦》《聊斋》《虞初》等集,且无虑数百十种,亦皆各出其奇,各擅其奇。
幻中了幻居士	《品花宝鉴序》	道光二十九年	余于诸才子书并《聊斋》《红楼梦》外,则首推石函氏之《品花宝鉴》矣。
五桂山人	《妙复轩评石头记序》	道光三十年	予赋性迂拙,小说家无所好,于《红楼梦》之淫靡烦芜,尤鄙之……阅四年,新之竟后来,意外之逢可喜,而尤喜《红楼梦》评之窥全璧也。
小苍山房	《快心录序》		此书仿《红楼梦》之作也。

上述序跋者中不乏科场达人,如进士徐璈、陶田秋、戚蓼生;举人高鹗;龙门书院主讲卢联珠和东鲁书院山长郑师靖,山东兖州都司秦子忱,官宦子弟王希廉。上述二十七篇序跋在评论《红楼梦》的时候,不仅大多数序跋者的文学立场是理性的,而且文学理念颇能引领风尚,其中文学理论价值最高的是乾隆三十四年进士戚蓼生于乾隆三十六年(1771)至乾隆四十七年(1782)在其刑部主事或郎中任上所作的序。

《红楼梦》的序跋者们引以为异的是它的"似而不似"的笔法。"事之近理,词无妄诞""似而不似""事有重出,词无再犯,其吟咏诗词,自属清新,不落小说故套;言语动作之间,饮食起居之事,竟是庭闱形表,语谓因人,词多彻性,其诙谐戏谑,笔端生活未坠村编俗俚。此作者工于叙事,善写性骨也"(梦觉主人《红楼梦序》)。这是《红楼梦》区别于其他世情小说的一个最重要的地方。虽然《水浒传》也有"似而不似"的美学风范,但是人物之间的差别本同霄壤,如武松和鲁智深虽同属于粗鲁型,但鲁智深做事不计较事情的成功与否,只是一味强出头;而武松则精于算计,不做则已,做了就必须成功。杨雄之于石秀,更是衬托了石秀的精明和机心,而杨雄只是一味的粗豪罢了。《红楼梦》相似人物之间的区别则很细微,人物之间的区分已经细微到只能凭借感性体验,而无法用理性的言语来诉说的地步,但同时这一点细微的差异又为相似人物之间划出了一道不可逾越的鸿沟,如贾宝玉之与甄宝玉,贾宝玉之与柳湘莲,秦可卿之与尤三姐,林黛玉之与晴雯,薛宝钗之与袭人,王熙凤之与小红,贾琏、贾珍之与贾赦等。第二十回才出场的史湘云以她豪爽的性格、敏捷的思维和无碍的辩才折服了天下读者,竟与占据了《红楼梦》太多版面的同样豪爽的、巧舌如簧的王熙凤平分了秋色,一个天真无邪,一个心机深藏;天真无邪的史湘云有时让人恨得牙根直痒痒,心机深藏的王熙凤却每每让人又怜又爱;不受贾母待见的史湘云竟能陪伴宝玉共度人生凄凉,惹人怜爱的王熙凤却因为个人的贪婪,葬送了荣国府的红运。

曹雪芹对于人性善恶的模糊化处理,使得人物的性格越发复杂化,如王熙凤,果敢、刚毅、作风泼辣,做事雷厉风行。荣国府这样一个庞大的家族,上到老爷夫人,下到大大小小的仆人,她都打点得井然有序;特别是在协理宁国府时,她能使宁国府里的下人们"俱各兢兢业业,不敢偷安"。她热情,识大体,但又阴险狠毒,不择手段:毒设相思局,对本可只是教训一番的贾瑞痛下杀手,间接置其于死地;弄权铁槛寺,为了三千两银子,无意间害死了两个相爱的人的性命;她人前一套人后一套,假装好意邀尤二姐进大观园同住,然后借秋桐之手逼死尤二姐。由此看来,王熙凤的性格是复杂而真实的,她的果断泼辣令人爱,她的阴险恶毒招人恨,她的悲惨结局又让人怜。

"一声也而两歌,一手也而二牍",言语的化工所营造出的化境给小说带来了"义生文外,秘响旁通,伏采潜发"①的终极艺术效果,戚蓼生深刻地揭示了曹雪芹在完成了对《水浒传》"以犯求避"叙事手法的超越之后,在人物刻画和故事叙述上所达到的浑融无间的艺术妙境。"宝玉淫行,书中并未明写,独于秦氏房中,托之于梦,而以袭人云雨实之,是时玉才十三岁耳,而狎婢乱伦,无所不至。可卿如是,则凡同于可卿者可知。袭人如此,而凡

---

① 刘勰著,詹锳义证:《文心雕龙义证》卷八《隐秀第四十》,上海:上海古籍出版社,1989年,第1487页。

类于袭人者可推。可卿,其天风之姤乎?袭人,其天山之遁乎?驯至于绣鸳鸯、眠芍药、扑蛱蝶、解石榴。栊翠听琴,魔迷本性;怡红开宴,玉失通灵,其山风之蛊、山地之剥乎?君子是以嘉黛玉而善晴雯也"。① 然而贾宝玉并没有迷失自我,其高蹈的精神无意间完成了对于自身的拯救。贾宝玉对于功名利禄的拒斥既是其在众人眼中荒唐无状的表征,又是他赢取人生逍遥游的内在因由。于父祖,自是不肖子孙,因为他拒绝了应承受的拯救家族的责任;但于己,却成功跳出了"修身——治国平天下——禄蠹"的人生怪圈,活出了自己想要的味道。同一人,同一事,评价竟悬隔若霄壤,人生的复杂性至此方表露无遗。

戚蓼生关于"微词""曲笔""注彼写此"的论断,与金圣叹在《水浒传》《西厢记》的评点略有不同。金圣叹从作者角度立论,主要强调创作手法的含蓄和曲折,而戚蓼生从作品出发,强调了情节的双重意蕴,揭示了《红楼梦》所包孕的具有对立性质的复杂的生命体验和巨大的情节张力:"写闺房则极其雍肃也,而艳冶已满纸矣;状阀阅则极其丰整也,而式微已盈睫矣;写宝玉之淫而痴也,而多情善悟不减历下琅琊;写黛玉之妒而尖也,而笃爱深怜不啻桑娥石女。他如摹绘玉钗金屋,刻画芗泽罗襦,靡靡焉几令读者心荡神怡矣,而欲求其一字一句之粗鄙猥亵,不可得也。盖声止一声,手止一手,而淫佚贞静,悲戚欢愉,不啻双管之齐下也。"②这种观点比起金圣叹的观点,无疑是更进了一步。

戚蓼生正是认识到了曹雪芹"因空见色,由色生情,传情入色,自色悟空"③的"慧眼婆心",在程伟元、高鹗续书之前的一二十年,就曾提出此书不可续的观点:"乃或者以未窥全豹为恨,不知盛衰本是回环……作者慧眼婆心,正不必再作转语……彼沾沾焉刻楮叶以求之者,其与开卷而寤者几希!"④戚蓼生不仅自己没有补书的意愿,而且以"沾沾之徒"一语,骂尽程伟元、高鹗之流及天下读者。其对于小说残缺美的偏爱是建立在其对于人生大道参悟的思想基础之上,打破了国人结局必须团圆的固化了的思维范式:"乃或者以未窥全豹为恨,不知盛衰本是回环,万缘无非幻泡。作者慧

---

① 吴希贤辑汇:《历代珍稀版本经眼图录》,北京:中国书店,2003年,第469页。
② 戚蓼生:《石头记序》,见曹雪芹:《戚蓼生序本石头记》卷首,北京:人民文学出版社,1975年。
③ 曹雪芹:《脂砚斋甲戌抄阅再评石头记》,上海:上海古籍出版社,1985年。
④ 戚蓼生:《石头记序》,见曹雪芹:《戚蓼生序本石头记》卷首,北京:人民文学出版社,1975年。

眼婆心,正不必再作转语,而万千领悟,便具无数慈航矣。"戚蓼生一语道破《石头记》的真正魅力在于对于儒家拘执人生的批判及面对难置可否的生存方式选择时的内心迷惘。

早期序跋者关注的第二点是"似谲而正,似则而淫,如春秋之有微词、史家之多曲笔"。清代的世情小说序跋每以"翼圣而赞经"为标杆,但清代刊刻的世情小说大多不过是拿"翼圣而赞经"来遮羞罢了,清代的世情小说大都存在色情描写的问题,其中也包括古代小说巅峰的《红楼梦》。只是《红楼梦》《金瓶梅》是"惩淫而炫情于色",而存在色情描写问题的世情小说借所谓的世情,却意在宣淫,一线之差,决定了小说不同的艺术高度,如写贾宝玉与薛宝钗交往的第八回《比通灵金莺微露意 探宝钗黛玉半含酸》,和贾宝玉与林黛玉香艳的兄妹打闹的第十九回《情切切良宵花解语 意绵绵静日玉生香》,一素一荤,素者自荤,荤者自素,正如程颐、程颢兄弟之间的优劣自见,"明道眼前有妓,心中无妓;伊川眼前无妓,心中有妓"。① 类似的场景还有第十三回《秦可卿死封龙禁尉 王熙凤协理宁国府》中贾珍抢眼的表现,读者也因此知道了贾珍和秦可卿之间的乱伦之恋;但少有人关注贾宝玉在听到秦可卿驾鹤西去消息之后狂吐的两口鲜血,正所谓关心者乱。贾宝玉芳心寸断,究为何来?如第六十二回,"两钟之茶,三人同饮,而宝玉独吃一钟,钗黛合吃一钟,双关在有意无意间,文人巧思不可揣摸"。② 又如第七十七回《俏丫鬟抱屈夭风流 美优伶斩情归水月》,晴雯临终赠别,内容不可谓不香艳至极,但想到带着晴雯体温的内衣被转移到贾宝玉身上的时候,只是觉得真情流露,而不可能产生一丝的邪念。

清代世情小说序跋从创作手法上强调在不露痕迹之中描画出人物的性格和神韵,抽丝剥茧,话中有话;从创作原则上标榜素材的合乎情理,妙义微词,神外传神,如"篇中所载之人,不可枚举,而其人之性情心术,一一活现纸上"③,"《儒林外史》一书,摹绘世故人情,真如铸鼎象物,魑魅魍魉,毕现尺幅;而复以数贤人砥柱中流,振兴世教。其写君子也,如睹道貌,如

---

① 余怀:《板桥杂记序》,见《香艳丛书》十三集,北京:人民文学出版社,1992年,第3638页。
② 曹雪芹、高鹗著,护花主人、大某山民、太平闲人评:《三家评本红楼梦》,上海:上海古籍出版社,1988年,第1027页。
③ 闲斋老人:《儒林外史序》,见吴敬梓著,李汉秋辑校:《儒林外史会校会评本》,上海:上海古籍出版社,1984年,第764页。

闻格言;其写小人也,窥其肺肝,描其声态,画图所不能到者,笔乃足以达之"。① 杜慎卿莫愁湖的品第花案与其族弟杜少卿的夫妇游山,代表的是作者所钟情的很具君子范的人生选择,高蹈而又富于诗意。但不同的是,杜慎卿体现的是精致、考究的为世人所羡的士子文化,而杜少卿的生命选择虽属旷达超逸一类,但并不为俗世所赏,自我耽溺,其诗意的人生不断地被现实的困境所挤压,局促于狭仄的一己之心灵世界,颇有自恋之嫌。《儒林外史》的微言大义屡见纸端,如大结局的以分擅琴棋书画的市井四大奇人,以率性而为的共同的艺术追求建构了一个逸出喧嚣尘世的世外桃源,维系着摇摇欲坠的原始儒家礼仪包裹下的伦理纲常。《红楼梦》也在物我两忘、随性适意中完成了对自我的超越,在对社会人生的苛求、忧虑和忏悔中升华着超验的诗意世界。"燕莺虽巧,留不住九十韶光;蜂蝶空猜,闹不清三千梦幻。露浓霜重,珠林旋见摧残;叶谢榴开,绛洞又添公案"。② 小说以日常生活的诗意观照与反思来追忆似水年华,用朝花夕拾的苍凉打量如花似梦的青春,在舒缓的节奏中唱响了一曲曲生命的悲歌。薛宝钗随口送给贾宝玉的"无事忙"的封号不仅属于贾宝玉,而且也属于"天下熙熙,皆为利来;天下攘攘,皆为利往"的大众,而任何试图跳出他所处的时代所共同认可的价值规范和人生方式的社会个体都注定以青春的丧亡为代价。社会是所有悲剧的制造者,当然,在猢狲散的时候,树也倒了,所以说,社会又成了它所制造的悲剧的承受者。

  而清代后期的序跋者由于时局艰困而更多关注起了作品的内容,评价《红楼梦》为记恨之书,而所谓的"恨"只不过是宝黛结局的不完满,这种近乎雾里看花的评点比起早期戚蓼生的序跋竟至隔了一层,因为《红楼梦》追求的是作品的"味",而不是离奇曲折的情节、波澜壮阔的场景或圆满的故事结局,小说文字中处处留下的太多的空白点和形象的不确定性成为作品之"味"的重要来源,同时也构成了读者难解其中真"味"的最大障碍。"质本洁来还洁去,强于污淖陷渠沟",心灵无所栖止的林黛玉以其孤高敏慧感受着"一年三百六十日,风刀霜剑严相逼"的凄冷,偌大的贾府竟至无人可以相托。

---

  ① 惺园退士:《齐省堂〈增订儒林外史〉序》,见吴敬梓著,李汉秋辑校:《儒林外史会校会评本》,上海:上海古籍出版社,1984年,第767页。
  ② 曹雪芹、高鹗著,护花主人、大某山民、太平闲人评:《三家评本红楼梦》,上海:上海古籍出版社,1988年,第1026页。

> 虽然燕窝易得,但只我因身上不好了,每年犯了这病也没什么要紧的去处,请大夫熬药,人参、肉桂,已经闹了个天翻地覆了。这会子我又兴出新文来,熬什么燕窝粥,老太太、太太、凤姐姐这三个人便没话说,(夹注曰:"主杀黛玉,正此三人,而乃以为靠。")那些底下老婆丫头们未免嫌我太多事了。①

第四十五回中的这一细节几乎为学界所忽略,而其中"便没话说"的让步假设不禁让人浮想联翩。试想,如果林黛玉此刻真的提出要求,要吃燕窝粥,三代当家人到底有没有话要说?毕竟此时的贾府早已是寅吃卯粮,风光不再,经济上已是捉襟见肘。人参、肉桂虽不便宜,但毕竟是之前老太太发过话了,贾府上下人等不便驳回。但如果林黛玉不识眉眼高低,再提出要喝更贵的燕窝粥的话,恐怕连老太太、太太、凤姐都会嫌她太多事。如果连老太太、太太、凤姐都不能绝对倚仗的话,孤女林黛玉内心的无限忧惧就很可以理解了。更何况贾母的关爱已经给林黛玉招来了妒忌和仇恨,探春对于林黛玉生日的失忆就是最好的证明。妙复轩对此评点道:"终于客死,袭人三言全传了矣。其实宝钗又何记?岫烟生日犹可言也,记黛玉生日,探岂愦愦?"②所以说,林黛玉《葬花吟》中的"一年三百六十日,风刀霜剑严相逼"绝非空穴来风。人生价值都指向生命的本真而非外在的荣华功名,贾宝玉大婚,林黛玉在面临着屈辱地活着或者壮烈地死去的人生抉择之时,毫不犹豫地选择了以死来昭示生命的尊严。

> 曩者曹雪芹先生有感而作《石头记》一书,别名为《红楼梦》者,寄感慨于和平,寓贬褒于惩劝,趋俚入雅,化腐为新,洵哉价重当时,名噪奕世矣。其尤奇者,缘之所限,迹不必合,而情之所系,境无终暌,为千古才士佳人另开生面,而终以空诸所有结之。③

清代的读者对于故事结局的多元化追求使得清代的小说创作不能再简单地停留在大团圆的层面,读者对于悲剧结局的接受成为清代小说读者

---

① 曹雪芹、高鹗著,护花主人、大某山民、太平闲人评:《三家评本红楼梦》,上海:上海古籍出版社,1988年,第721页。
② 《妙复轩评石头记》第六十二回夹批第十八页B面,见《明清善本小说丛刊》第十辑,台北:天一出版社,1985年。
③ 海圃主人:《续红楼梦楔子》,见丁锡根编著:《中国历代小说序跋集》,北京:人民文学出版社,1996年,第1180页。

欣赏趣味的多元化的一个重要标志,这种欣赏趣味的多元化也带来了世情小说叙事的全新模式,各种题材的大融合已经成为时代新的选择。

> 从前争说《红楼》艳,更比《红楼》艳十分。①
>
> 余于诸才子书并《聊斋》《红楼梦》外,则首推石函氏之《品花宝鉴》矣。②

《品花宝鉴》《青楼梦》虽自诩承继了《红楼梦》之大雅,然正如王蒙在《红楼梦》第六十二回侧批所言:"找出处,找典故,是中国文人的一大乐趣,一大没有出息。学问大了半天,不过起个搜索扫描的软件的作用。"③主旨、精神尽失,徒存其貌而已。失去了精神引领者的地位,又丢掉了文以载道的文学内核,清代世情小说至此已成明日黄花。

五、从《施公案》等序跋看侠义公案小说在清代的传播

清代前中期,文言短篇公案小说异军突起,有出自蒲松龄的《聊斋志异》、袁枚的《子不语》、纪昀的《阅微草堂笔记》和高廷瑶的《宦游纪略》等公案篇章,还有来自蓝鼎元本人断案经历的《蓝公案》,"思想性、艺术性达到公案小说史的高水平"。④清代中后期,清人创作的著名的中长篇侠义公案章回体通俗小说有《施公案》《龙图耳录》《警富新书》《金台全传》《三侠五义》《七侠五义》《彭公案》《于公案》《李公案》《狄公案》等。晚清时期侠义公案小说衰微,逐渐让位于侦探小说,终于退出了历史舞台。

（一）题材的转型与侠义公案小说在清代的热销

清代前中期的公案小说多散见于如《聊斋志异》《子不语》《阅微草堂笔记》《宦游纪略》等,公案只是叙事的一个环节,叙事重心已经由公案的审理转向对社会的批判。"《聊斋志异》中的公案故事,千姿百态,妙不可言。境界高远,形象优美,不是读一般公案小说那样获得'紧张'与'智慧'的愉悦而已"。⑤蒲松龄没有回天的权柄,只能用笔作投枪,刺穿他所处的那个所

---

① 卧云轩老人:《品花宝鉴题词》,见《古本小说集成》第四辑第二十八册,上海:上海古籍出版社,1994年,第2页。
② 幻中了幻居士:《品花宝鉴序》,见《古本小说集成》第四辑第二十八册,上海:上海古籍出版社,1994年,第1~2页。
③ 曹雪芹、高鹗著,王蒙评点:《红楼梦》,上海:上海文艺出版社,2005年,第632页。
④ 黄岩柏:《公案小说史话》,沈阳:辽宁教育出版社,1992年,第115页。
⑤ 黄岩柏:《公案小说史话》,沈阳:辽宁教育出版社,1992年,第82页。

谓的盛世的浓重的黑暗和悲凉,如《石清虚》《考弊司》《梦狼》等对贪官污吏的批判;《崔猛》《席方平》等对人民复仇抗暴之举和反抗精神的赞扬;《老龙舡户》《于中丞》《折狱》等对循良官吏的表彰和官长要怜念百姓之苦的理念的宣传;《郭安》《续黄粱》等对腐败的科举制度的揭露;篇幅稍长的如《胭脂》《席方平》,更是对于官吏贪残、豪绅横暴的强梁世界的批判。蒲松龄在其《聊斋自志》中自明心志:"集腋为裘,妄续幽冥之录;浮白载笔,仅成孤愤之书。寄托如此,亦足悲矣!"①在强调"寓言泄愤"的创作动机的同时,也明言其中的很多故事在载入《聊斋志异》之前,已经在众口中相传。曾经做过溧水、江宁、上元、江浦、沭阳等地县令的袁枚,虽因政绩而颇得总督尹继善的赏识,但仕途不顺,无奈之下,以养母为名,归隐随园。主张"性灵说"的袁枚本该遵从内心,随性创作,却与蒲松龄一样,对那个时代的黑暗予以了一定程度的批判,如《子不语》中的《真龙图变假龙图》,揭露了昏官机械套用《龙图公案》的办案模式而造成严重的后果。作为一个时代的智者,纪昀虽权高位重,处事贵宽,论人欲恕,但于官场种种不堪之处亦屡有劝惩,如《阅微草堂笔记》卷三第十二条,写唐执玉断案,几乎为弄鬼者所欺骗,最终采纳下属意见,罪犯终于得到了应有的惩罚,叙事充溢着烛照人间幽微的隽思妙语。曾做过庐州通判、凤阳通判等,最后因治理有方而升为广州知府的高廷瑶被誉为嘉道间循吏之冠,其《宦游纪略》作为一本记录自身官宦生涯的笔记,其中有一篇写自己改正错判的故事。作者当时为广州知府,曲江县解来盗案案犯十四人。最后终于找到真主犯,巡抚、臬司主动承担责任,假首犯的性命得以保全。

  清代中后期的侠义公案小说较之清初的公案小说,题材上再次出现重大变化,清官与剑侠两大内容的合流成就了这一文体的繁盛,同时也打破了公案小说固有的格局和特色。尽管清官也处理一些民事或刑事案件,但是因小说情节一改而为以平叛为主,自然,侠客荡平叛党、接受御封,侠客成了小说真正的主角,清官倒成了一个提线木偶。鲁迅先生精准地概括出了这类小说的共性:"凡此流著作,虽意在叙勇侠之士,游行村市,安良除暴,为国立功,而必以一名臣大吏为中枢,以总领一切豪俊。"②小说在武侠化的道路上越走越远,清代侠义公案小说已彻头彻尾地演变成了武侠小说的巨人、公案小说的矬子。

---

① 蒲松龄著,袁健、弦声校点:《但明伦批评聊斋志异》,济南:齐鲁书社,1994年,第7页。
② 鲁迅撰,郭豫适导读:《中国小说史略》,上海:上海古籍出版社,1998年,第198页。

清代较有特色的侠义公案小说是蓝鼎元的《鹿洲公案》和不知作者的《施公案》。《鹿洲公案》是一本极为特殊的公案小说专集,说它特殊,是因为它不仅是用文言写成的,而且是作者当县令办案的真实经历。作者蓝鼎元,曾在雍正五年(1727)做普宁县知县,后兼理潮阳县。

> 鹿洲少日即以文名,倜傥负大志。朱一贵反台湾,从族兄提督廷珍渡海进讨,为之谋主,七日而平,事迹具所著《平台纪略》。入成均,以荐授普宁令,忤监司被劾,几陷重辟。既昭雪,特简权广州守,方将大用,遽卒,论者惜之。文集皆其自订,又辑所治官书为《鹿洲公案》,辑讲学语为《棉阳学案》,独诗稿不传。①

《清史稿》誉其"居官有惠政,长于断狱"。② "此其知普宁县时所谳诸案,自叙其推鞫始末,为二十四篇"。全书涉及杀人、拐卖、盗窃等种种案情,其中多写到反诬现象,反诬往往涉及讼师、蔺役、不法监生等,正是他们的出谋划策,使案情愈加复杂化。二十四则故事全是作者的亲身经历,在公案小说史上独树一帜。他的《公案偶记》在光绪年间被书商以专集的形式刊印,并改名为《蓝公奇案》。

> 鹿洲先生独坐土室,日夜读书著述。余过之曰:"噫!有此安闲自得之一日乎?"鹿洲笑曰:"吾所入者皆自得,若安闲与否,则非吾所知也。"俄有民自十里百里至者,皆提筐挈榼,悲歔太息,言公为政似龙图,而祸变出意外,民等甚为不服。先生笑而谢之且摇手曰:"后不可作斯语,此非所以爱我也惠来。"邑民王希伍年八十余矣,扶杖行二百里,携米五升,鸡子十数枚,馈先生而泣焉,曰:"天乎!天乎!不图包公一至于此。"余于是叹先生异政,感及邻封。去官之后,乃见舆情,不独潮、普两邑之民为然矣。先生听讼如神,果有包孝肃遗风。每当疑狱难明,虚公静鞫,似别有钩致之术。虽狡黠讼师、积年老贼,词说不能难,夹责不能服者,一见先生,即鬼诈不知何往,不待刑而毕输其情。余每怪世人谳讼全以刑法推敲,三木之下,何求不得?万一有差,九原怨痛,宁有极乎?先生听断,惟恐小民不得尽其词,怡色和声,从容辩析,俟其

---

① 徐世昌:《晚晴簃诗汇》卷六十五,北京:北京出版社,1996年,第975页。
② 赵尔巽等撰:《清史稿》第三十四册卷二百八十四,北京:中华书局,1977年,第10192页。

无所逃遁,而后定其是非。是以刑者不冤,死者无恨。民不能欺而亦自不敢欺,此吾夫子所谓大畏民志者也。使天下司刑之官皆如先生之公明详慎,宇内岂有冤民哉?先生追思往事,择其案情稍异者,笔之成书,为《公案偶记》二卷。夫世所传《龙图公案》,吾不知其真赝何如,觉中间鬼事太多,不足为训,且亦有非孝肃公事迹者。以《鹿州公案》视之,似更质而加之以文,卓卓乎可传也。人皆以公忠受祸,为先生扼腕,余独以此为先生贺,则操心可以对君父,制行可以对庶民。求仁得仁,夫复何憾?况孟夫子有生于忧患之说乎?先生自服官以来,惟在普得寝食耳,未两月而普邑大治。当道以先生为才,俾兼潮篆。奉檄日,自普启行,入潮境,沿途相验命案者三宗。而后至潮邑,又当上年歉收之后,五营军士乏粮半载,盗贼遍野,行人持梃结队,尚岌岌未必保全。豪强奸宄,暴寡凌弱,窃人之妻,鬻人之子,争山霸海,夺田侵宅,日告诉者一二千人。先生极力整顿,筹兵食,靖萑苻,治豪猾,狱讼随到随决。黎明视事,漏下二三鼓,而后退食。又,词状、簿书不肯假手他人。鸡六鸣而后就寝,东方微白,复起视事,如是者一载有余,无一日一时之间断。地方宁静,治绩甫成,又有战船、炮台、城垣、营房、西谷之大累,心血俱竭,尚朔望偕诸生讲学谈道,使之共兴于尊君、亲上、孝弟、忠信之风。讲毕课文,躬为评骘。亲友咸劝节劳,曰:"功名与身命孰重?"先生曰:"吾一日不如此,便觉此心不可以对君。非为名也。吾一介草茅,受恩深重,鞠躬尽瘁,死而后已。"余乃知先生之遭厄,正造物所以厚先生而延之命也。从兹得遂志林泉,等身著述,自足千秋。即使重出勤劳,亦多此一番休养。阅历人情变态、宦海风波,未必非忧戚玉成之一助。余所以为先生贺,亦信先生能自乐其乐也。潮邑已臻大治,夜户弗扃,民有仁让之俗。读《鹿州公案》者,当知先生一片苦心,不徒以创见而夸美之也。是为序。雍正己酉春日衡山年同学愚弟旷敏本拜手题。①

序跋详细地介绍了蓝鼎元的遭遇,还历述其道德学问、断案风格和小

---

① 旷敏本:《鹿州公案序》,见沈云龙主编:《近代中国史料丛刊续编》第四十一辑,台北:文海出版社,1966年,第1~16页。

说的创作过程,人物对白使得序跋近乎传记文学,蓝鼎元的人物形象呼之欲出,这在清代小说序跋之中算是特例。序文通过与《龙图公案》的比较,认为《龙图公案》描写的神鬼之事太多,且很多案件与包拯没有关系,从而间接地指出了小说创作的正途——真实。应当讲,序文中旷敏本对于《龙图公案》的批评非常经典。和其相较,《鹿洲公案》全部是蓝鼎元对于自己所审奇案的追忆,无怪力乱神之事,但缺少虚构。

> 漳浦蓝玉霖太守鼎元《鹿洲公案》,乃其尹普阳、潮阳时所纪,节录以见折狱之良:陈氏兄弟伯明、仲定,争父遗田七亩构讼,谓兄弟本同体,何得争讼!命役以一铁索系之,坐卧行止顷刻不能离,更使人侦其举动词色,日来报。初悻悻不相语言,背面侧坐。至一二日,则渐渐相向。又三四日,则相对太息,俄而相与言矣。未几又相与共饭矣。知其有悔心也,问二人有子否,则皆有二子。命拘之来,谓曰:"汝父不合生汝二人,是以构讼。汝等又不幸各生二子,他日争夺,无有已时。吾为汝思患预防。"命各以一子交养济院,与丐首为子。兄弟皆叩头哭曰:"今知悔矣,愿让田不复争矣。"曰:"汝二人即有此心,汝二人之妻未必愿也,且归与计之,三日后定议。"翼日,其妻邀其族长来求息,请自今以后永相和睦,皆不愿得此田。乃命以田为祭产,兄弟轮年收租备祭,子孙世世永无争端。由是兄弟姒娌皆亲爱异常,民间遂有言礼让者矣。①

但小说充斥着大段的公文和说理性的文字,冲淡了小说叙事的色彩,情节的生动性也大打折扣,所以有很多学者认为它不是小说,而是对于历史的记载。旷敏本的序文同时还认为,"等身著述,自足千秋。即使重出勤劳,亦多此一番休养。阅历人情变态、宦海风波,未必非忧戚玉成之一助"。作者的不幸人生不仅可以成就道德学问,还可由此化为等身著述,为作者赢得千秋美名。

清代侠义公案小说通过虚构救世的盖世英雄,聊抒幻想而已,思想性较差,兼之出于下层文人乃至艺人之手,言之无文,大都行而不远,但也都成功地占据着某个时段内的图书市场,如《施公案》的版本有:道光九年(1829)金阊本衙藏版本,有序;道光十年(1830)厦门文德堂刊本,有序;道

---

① 陆以湉:《冷庐杂识》,见《清代笔记小说大观》,上海:上海古籍出版社,2007年,第5071页。

光十年(1830)务本堂藏版本,有序;道光十二年(1832)本衙藏版本;道光十九年(1839)学库山房藏版本,有序;道光十九年(1839)务本堂刊本,有序;同治五年(1866)务本堂刊本,有序;光绪二十九年(1903)上海广益书局石印本,有序。《三侠五义》的版本有:石玉昆序本,吴晓玲藏;光绪己卯年(光绪五年,1879),北京聚珍堂活字本,有问竹主人、退思主人、入迷道人序;光绪己卯年(光绪五年,1879)上海广百宋斋刊本;光绪八年(1882)活字本,有问竹主人、退思主人、入迷道人序;光绪九年(1883)文雅斋复印本;光绪二十五年(1899)古樵书室刊本,有问竹主人、退思主人、入迷道人序。《彭公案》的版本有:光绪十八年(1892)本立堂刻本,有序;光绪十八年(1892)德林堂刻本;光绪十八年(1892)京都经国堂刻本,有序;光绪十九年(1893)上海书局石印本,有序;光绪二十年(1894)民安堂刻本;光绪二十年珍艺书局石印本;光绪琉璃厂藏版本,有序。

(二)名人牌与清代侠义公案小说序跋的宣传策略

清代侠义公案小说序跋在宣传策略上主打名人牌。清代刊刻的侠义公案小说的主角除了唐代的狄仁杰、宋代的包拯等历史名人之外,还有一些清代官员的身影,如康熙年间的名臣施世纶、于成龙、彭鹏,光绪年间的李秉衡等。这些小说的主角均见于正史,如狄仁杰见于《新唐书》卷一百一十五,列传第四十;包拯见于《宋史》卷三百一十六,列传第七十五;于成龙、彭鹏、施世纶俱见于《清史稿》卷二百七十七,列传第六十四;李秉衡见于《清史稿》卷四百六十七,列传二百五十四。在侠义公案小说的序跋中,他们均被赋予救民于倒悬的"青天"名号,"夫龙图非有四手四目也,乃今世遇无头没影事,必曰:'待包龙图来!'童稚妇女亦知其名"。①

侠义公案小说在清代的热销主要是在乾隆以后,但绝非仅限于清人的创作,如明朝人安遇时编著的《包公案》,在清代屡被刊刻,主要的版本有每则后附有听雨轩评语的清初刊本,版心题"种树堂"的四美堂刊本,乾隆丙申重刊本,乾隆乙未书业堂本,嘉庆壬戌听玉斋评点本(有五卷本和十卷本之分),嘉庆己巳乾元堂本和嘉庆庚午增美堂藏版本等。

不仅《包公案》版本众多,而且包拯同时出现在《蓝公奇案》和《施公案》的序跋之中,成为清朝一代人的偶像。嘉庆十四年乾元堂本《龙图公案叙》曰:"夫人能如包公之公,则亦必能如包公之明,倘不存一毫正直之气节,左

---

① 陶烺元:《龙图公案序》,见《明清善本小说丛刊初编》第三辑《新镌绣像善本龙图公案》,台北:天一出版社,1985年,影印乾隆四十一年金闾种树堂刊大字本。

瞻右顾,私意在胸中,明安在哉?"①但小说中包拯的"三口铡刀""打王鞭""势剑金牌"不仅不见于正史,而且包拯从不曾和宋仁宗赵祯的关系决裂到需要使用传说中的打王鞭的地步,相反,他和宋仁宗赵祯的关系无间到历史罕见的地步,三十五年来,宋仁宗对其是依如股肱,死则亲奠,可谓恩礼有加。《宋史》并没有留下包拯多少破案的史料,仅留有一则"割牛舌":

> 知天长县。有盗割人牛舌者,主来诉。拯曰:"第归,杀而鬻之。"寻复有来告私杀牛者,拯曰:"何为割牛舌而又告之?"盗惊服。②

对于这种文学现象,胡适先生曾说过:"包龙图——包拯——也是一个箭垛式的人物。古来有许多精巧的折狱故事,或载在史书,或流传民间,一般人不知道他们的来历,这些故事遂容易堆在一两个人的身上。在这些侦探式的清官之中,民间的传说不知怎样选出了宋朝的包拯来做一个箭垛,把许多折狱的奇案都射在他身上。包龙图遂成了中国的歇洛克·福尔摩斯。"③

《施公案》中施仕纶的历史原型人物施世伦是康熙年间著名的清官,据正史及清人笔记所载,施世伦当官聪强果决,摧抑豪猾,禁戢胥吏,清廉刚正。陈康祺《郎潜纪闻》评价道:"公平生得力在'不侮鳏寡,不畏强御'。"《施公案序》亦称:"本朝江都县令施公,其为人也,峭直刚毅,不苟合,不苟取。一切故人亲党,有干谒者,俱正色谢绝之。江都为之语曰:'关节不到,有阎罗施老。'以其行比宋朝包公也,所可异者。而其为官,克己怜民,凡民有一害,必思有以除之;有一利,必思有以兴之。即至密至隐之情,未有不采赜索隐,曲得其实者。而一时无情之人,不敢尽虚诞之辞。则普天下施公所历之政善,几无舍冤之民矣……采其实事数十条,表而出之,使天下后世知施公之为人也;且使为官者,知以施公为法也。"④但康熙帝却批评道:"朕深知世伦廉,但遇事偏执,民与诸生讼,彼必袒民;诸生与缙绅讼,彼必袒诸生。处事唯求得中,岂可偏执?如世伦者,委以钱谷之事,则相宜

---

① 李西桥:《龙图公案叙》,见丁锡根编著:《中国历代小说序跋集》,北京:人民文学出版社,1996年,第1603页。
② 脱脱等撰:《宋史》第三十册卷三百一十六,北京:中华书局,1977年,第10315页。
③ 胡适:《三侠五义序》,见《胡适文集》第四册,北京:北京大学出版社,1998年,第369页。
④ 佚名:《施公案序》,见《施公案》附录二,南京:江苏古籍出版社,1994年,第2003页。

耳。"①由上述褒贬不一的评判中可见施世伦性格的复杂性,但由于清末世情小说"辞气浮露"的共性和公案小说更侧重于案件的侦破审理的文体特性,故而小说未能充分挖掘和表现好这一历史人物。虽然鲁迅先生评其"文意俱拙",但是毕竟决定着各种文学艺术门类的发展和作品的公众认知度的是大众的文化程度、文化心态和文化口味,受众的认可就是最大的成功。

六、从《西游记》等序跋看神怪小说在清代的传播

清代神怪小说是在佛教和道教文化风靡一时,宗教氛围浓烈的背景下流行的。"当中国小说史进入清代时,在人情小说崛起的大趋势下,神怪小说发生了明显的变化。这个变化的特点,从小说史的总体来看,是神怪小说日益失去了它的相对的独立性,更加依附于历史题材和人情题材"。②在清代传播的神怪小说中,包括历史神怪小说、鬼怪小说、宗教小说和寓意小说,其中不仅有明代的小说,如《西游记》(《西游记证道书》《西游真诠》)、《后西游记》《混元盒五毒传》《升仙传》《醉菩提全传》,而且更多的是清人的创作,如《吕祖全传》《济颠大师全传》《镜花缘》《大禹治水》《草木春秋演义》《历代神仙通鉴》《女仙外史》《斩鬼传》《希夷梦》等。由于戏曲小说传播的双重推动,《济颠大师全传》等几乎获得了和《西游记》同样程度的欢迎。

(一)《西游记》序跋与西游评点本在清代的传播

小说的刊刻,版本选择尤为重要,序跋者多以古本、善本相号召。笑苍子《西游证道书跋》:"出大略堂《西游》古本,属其评正。"③第九回评:"得大略堂释厄传古本读之。"张书绅《新说西游记总批》:"安得古本录之,以为人心之一快?"

> 此书旧有刊本,而少图像,不能动阅者之目。今余友昧潜主人,嗜古好奇,谓必使此书别开生面,花样一新,特倩名手为之绘图,计书百回,为图百幅,更益以像二十幅,意态生动,须眉跃然见纸上,固足以尽丹青之能事矣。此书一出,宜乎不胫而走,洛阳为

---

① 赵尔巽等撰:《清史稿》第三十三册卷二百七十七,北京:中华书局,1977年,第10096页。
② 林辰:《神怪小说史话》,沈阳:辽宁教育出版社,1992年,第85页。
③ 《新镌出像古本西游记证道书》第十册卷末,见《明清善本小说丛刊》第五辑,台北:天一出版社,1985年。

之纸贵。①

清代通俗小说作者和评点者多为贫寒士子,借小说创作或评点来维持生计,但《西游记》在清代的传播和一般的通俗小说表现不同,评点者为传心旨,集资刊行《西游记》。何廷椿《西游正旨序》云:"客秋,袖至锦垣,将付之剞劂。余婿向氏昆季见之,愿为赞襄,共成此举,经半载而工蒇。其书悉遵先师遗稿,弟为师门互相传抄,日久亡其底册,不免有亥豕之讹,是在学者会心不远,勿以词害意焉可已。"②刘一明《西游原旨再序》云:"丙寅秋月,古浪门人樊立之游宦归里,复议付梓,谢氏兄弟,亦远来送资,时有乌兰毕君尔德,洮阳刘君煜九,阳峰白子玉峰,一时不谋而合,闻风帮助……爰是付梓。"③

从明万历二十年(1592)金陵世德堂主人唐光禄刊刻的《新刻出像官板大字西游记》开始,《西游记》进入了传播的快车道,无锡文人叶昼托名李卓吾评点的《西游记》重点鞭挞了世人终日不离酒色财气的短生之见,"求放心"说成为有明一代人对《西游记》主旨的定评,但这一观点遭到了清人的群诛笔伐。清代社会由于全真教和释教讲求"三教合一",于是在《西游记》的众多评点本中均出现了对《西游记》的三教平等的主旨定位。

清代刊刻的《西游记》为清一色的评点本。《西游记》在清代的传播中,以汪象旭、黄周星《新镌全像古本西游证道书》的影响最为广泛,其次是悟一子陈士斌的《西游真诠》和张书绅的《新说西游记》,《新说西游记》又以清代唯一的全本和其儒家的评点视角而知名。

汪象旭、黄周星的一百回本《新镌全像古本西游证道书》是清代最早的《西游记》评点本,约刊刻于康熙三四年间,文盛堂刊刻,目录题"钟山黄太鸿笑苍子、西陵汪象旭澹漪子同笺评",正文题"西陵残梦道人汪澹漪笺评""钟山半非居士黄笑苍印正"。据《小说书坊录》,《西游证道书》另有九如堂乾隆十五年二十卷一百回刻本、怀德堂刻《西游证道奇书》一百回本。但随着《西游真诠》的出版,《西游证道书》基本流失不传。

---

① 王韬:《新说西游记图像序》,见丁锡根编著:《中国历代小说序跋集》,北京:人民文学出版社,1996年,第1363页。
② 何廷椿:《西游正旨序》,见丁锡根编著:《中国历代小说序跋集》,北京:人民文学出版社,1996年,第1380页。
③ 刘一明:《西游原旨再序》,见《明清善本小说丛刊》第五辑《西游原旨》,台北:天一出版社,1985年。

《西游证道书》作为清代影响最为深远的文本,据魏爱莲研究,小说的第九回关于唐僧出世的内容为黄周星所添加,回评曰:"童时见俗本竟删去此回,杳不知唐僧家世履历,浑疑与花果山顶石卵相同。而九十九回历难簿子上,劈头却又载遭贬、出胎、抛江、报冤四难,令阅者茫然不解其故,殊恨。作者之疏谬。"①后来的评点本如《西游真诠》《西游原旨》《通易西游正旨》《西游记评注》等都采用了《西游证道书》这个删定过的本子。

　　从《西游证道书》开始,形成了清代小说刊刻史和小说接受史上一个很奇特的文化现象:汪象旭伪造了元代文人虞集的序文,因其中有"此国初丘长春真君所纂《西游记》也",从此很长一段时间内吴承恩的《西游记》与李志常的《长春真人西游记》被混为一谈,并被用道教教义加以评点,开以道家阴阳五行理论来附会小说情节的先河,故而被刘一明的《西游原旨序》讥评为"多戏谑之语,狂妄之词"②,刘廷玑也谓"其批注处,大半摸索皮毛"。③

　　《西游真诠》为浙江绍兴府人陈士斌所撰,是《西游记》在清代最流行的版本。据《小说书坊录》记载,其刊本有二十几种之多,如翠筠山房康熙年间刻本、吴郡崇德书院康熙三十五年刻本、乾隆四十五年芥子园石印本小本、京都敬业堂乾隆年间刻本、金阊书业堂乾隆四十五年刻本、乾隆四十七年敦化堂本、大文堂刻本、世德堂刻本、竹兰轩乾隆年间刻本、东昌书业德记光绪十九年刻本、竹西琅环书屋咸丰二年刻本、佛山连元阁刻本、光华堂刻本、联墨堂刻本、翠云山房光绪初年刻本、良月校经山房光绪十年校刊本、光绪上海扫叶山房光绪十年和十一年刻本、上海校经山房光绪十年刻本、上海广百宋斋光绪十五年铅印本、广百宋斋光绪十六年巾箱本、上海焕文书局光绪十九年石印本等。另据柳存仁《伦敦所见中国小说书目提要》介绍,联墨堂所刻《绣像西游真诠》一百回本为芥子园板中小型的本子,现藏英国皇家亚洲学会和伦敦博物院。首有尤侗写于康熙三十五年(1696)的序。《西游真诠》和《西游证道书》的证道观共同确立了《西游记》的寓言解读倾向,然亦有深求曲解之嫌疑。

　　《西游正旨》又名《通易西游正旨分章注释》,据《明清善本小说丛刊》,正文无插图,现存道光十九年眉山何廷椿的德馨堂刊本。

---

① 刘荫柏编:《西游记研究资料》,上海:上海古籍出版社,1990年,第600页。
② 刘一明:《悟元子注西游原旨序》,见《明清善本小说丛刊》第五辑,台北:天一出版社,1985年。
③ 刘廷玑撰,张守谦点校:《在园杂志》,北京:中华书局,2005年,第84页。

张书绅《新说西游记》的版本，据《小说书坊录》所载，有善成堂本、"晋省书业公记藏版"乾隆十三年刻本、乾隆十四年其有堂刊本、上海广百宋斋光绪十六年石印本、邗江味潜斋光绪十四年石印本。其中，邗江味潜斋石印本封面书题"新说西游记图像"，首有张书绅自序，次有光绪十四年王韬《新说西游记图像序》，接着为总评，后有乾隆十三年(1748)张书绅《西游记总论》。张书绅受戏剧《安天会》的影响，依据"诚意正心，克己明德"的儒家教义，引入"文以载道"的范畴，在其自序中评注道："此书由来已久，读者茫然不知其旨，虽有数家批评，或以为讲禅，或以为谈道，更又以为金丹采炼，多捕风捉影。究非西游之正旨，将古人如许之奇文，无边之妙旨，有根有据之学，更目为荒唐无益之谈，良可叹也！予欲以数月之暇，注明指趣，破其迷惘，唤醒将来之学者，此亦往者不可谏，来者犹可追也，不知有当否？"①王韬在《新说西游记图像序》中质疑《西游记》"丘处机所作说"：

  或疑《西游记》为邱处机真人所作，此实非也。元太祖驻兵印度，真人往谒之于行帐，记其所经，书与同名，而实则大相径庭。以蒲柳仙之淹博，尚且误二为一，况其它乎！因序《西游记真诠》而为辨之如此。②

《西游原旨》，甘肃兰州金天观道士素朴散人刘一明撰。书成，以嘉庆十五年刊于甘肃，惜原刻本不存。现存最早的有嘉庆二十四年湖南刻本，首有嘉庆二十四年重刊西游原旨序，次为楼云山悟元道人西游原旨嘉庆三年叙，接着为悟元子西游原旨乾隆二十三年序，后有再序，题款为嘉庆十五年庚午春月。据序跋可知，该本为刘一明的门人夏复恒、志永重刊于湖南常德。另据《小说书坊录》，《西游原旨》分别有常德护国庵嘉庆二十四年刻本、常德夏复恒嘉庆二十四年刻本、常德同善分社嘉庆二十四年刻本和同治二年刻本。

清代"西游戏"的广泛传播对于小说的接受起到了至关重要的作用，清代流传的"西游戏"有演唐僧出身的《撇子》和《认子》，有演孙悟空大闹天宫的《猴变》。郑振铎《西谛书目》著录清代《西游记杂剧》五种：《通天河》《盘

---

① 张书绅：《新说西游记自序》，见《古本小说集成》第一辑第一百一十一册，上海：上海古籍出版社，1991年，第1~4页。

② 王韬：《新说西游记图像序》，见丁锡根编著：《中国历代小说序跋集》，北京：人民文学出版社，1996年，第1363页。

丝洞》《车迟国》《无底洞》《西天竺》。据傅惜华《耿藏剧丛》,从清宫耿太监手中购得的剧目中有《西游记》十二出,演唐僧宝象国遇妖事;《莲花洞》《金兜山》演平顶山和金兜洞青牛怪事;《盘丝洞》《狮驼岭》《西梁国》情节均与小说相同,惟有《红梅山》(又名《金钱豹》)、《盗魂铃》(又名《二本金钱豹》《八戒降妖》)、《金刀阵》等剧文不见于小说。据陶君起《京剧剧目初探》,搬演《西游记》小说情节的剧目有《拜昆仑》(小说第一、二回);《水帘洞》(又名《花果山》《美猴王》,小说第三回);《闹天宫》(又名《安天会》,小说第四至第六回);《唐王游地府》《李翠莲》《刘全进瓜》(小说第十二回)、《五行山》(小说第十四回);《鹰愁涧》(小说第十五回);《高老庄》(小说第十八、第十九回);《流沙河》(又名《收悟净》,小说第二十二回);《五庄观》(又名《万寿山》,小说第二十四至第二十六回);《黄袍怪》(又名《宝象国》《美猴王》,小说第二十七至第三十一回);《平顶山》(又名《莲花洞》,小说第三十二至第三十五回);《火云洞》(又名《红孩儿》,小说第四十至第四十二回);《车迟国》(小说第四十四至第四十六回);《通天河》(小说第四十七至第四十九回);《金兜洞》(小说第五十至第五十二回);《女儿国》(又名《女真国》,小说第五十四回);《琵琶洞》(小说第五十五回);《双心斗》(又名《真假美猴王》,小说第五十六至第五十八回);《芭蕉扇》(又名《火焰山》《白云洞》,小说第五十九至第六十一回);《盘丝洞》(小说第七十二、第七十三回);《狮驼岭》(又名《狮驼国》,小说第七十四和第七十七回);《无底洞》(又名《陷空山》,小说第八十至第八十三回);《九狮洞》(又名《竹节山》,小说第八十八至第九十回)。由上可知,小说的近六成章节的内容被清代西游戏演绎过。西游戏在清代的广泛传播对于进一步扩大小说的影响无疑是作用巨大的,但也有负面的影响,如割裂了小说情节的完整性,由一出曲文的欣赏进而作出对人、对事的判断无疑是片面的,清人关于《西游记》主旨认知的歧义纷出恐与曲文对小说所作的碎片化处理有很大关系。

(二)《西游记》主旨与小说序跋

清人对于《西游记》的认识出现了骑墙的现象,一方面认为原旨不可妄求,如刘廷玑既说"平空结构,是一蜃楼海市耳。此中妙理,可意会不可言传,所谓语言文字,仅得其形似者也"。[①]另一方面又纷纷试图探求其原旨,以致歧义迭出。清代对于《西游记》原旨的阐述大致可以分为四派:一

---

① 朱一玄编:《明清小说资料选编》(上),济南:齐鲁书社,1990年,第495页。

是汪象旭、黄周星的"求放心"说;二是尤侗、刘一明和张含章的"三教同源"说;三是张书绅的"教人诚心为学"说;四是阮葵生的"游戏三昧"说。"以猿为心之神,以猪为意之驰,其始之放纵,上天下地,莫能禁制,而归于紧箍一咒,能使心猿驯伏,至死靡他,盖亦求放心之喻,非浪作也"①,从明代谢肇淛提出"求放心"说之后,"求放心"几成《西游记》之定评。

"求放心"说虽然延续了明人谢肇淛的观点,但是汪象旭和黄周星《西游证道书》的笺评自有创见,其所证之"道"乃是以全真教教义为基础的仙佛同源的理论,道教内丹的术语如金公、木母、刀圭等,大量散见于《西游证道书》的评点中,如《西游记》第一回回前评曰:"仙佛之道,又总不离乎一心,此心果能了悟,则万法归一,亦万法皆空,故未有悟能、悟净,而先有悟空。所谓成佛作祖,皆在乎此,此全部西游之大旨也……金丹大旨,其妙处止可心悟,而不可言传。然人心妄念纷纷,何从收摄?所以篇中特揭出云'五行山下定心猿',以见心不可定,仍须以五行定之……心猿主心,行者自应属火无疑。而传中屡以木母、金公分指能、净,则八戒应属木,沙僧应属金矣。独三藏、龙马,未有专属,而五行中偏少水、土二位,宁免缺陷?愚谓土为万物之母,三藏既称师父,居四众之中央,理应属土。龙马生于海,起于涧,理应属水。"②"借卵化猴完大道,假他名姓配丹成。内观不识因无相,外合明知作有形"。夹注云:"假性配丹,有形无相,内圣外王,三教宗旨,和盘托出,真是金丹妙谛。"③第四十四回夹评曰:"虽非仙佛同根,亦是释道一体,偷嘴之中,又有礼焉。"④第六十二回回前评说:"金光非祭赛国之金光,而吾身之金光也。吾身之金光,有宝则现,无宝则隐。"⑤《悟真诗》有言:"学仙须是学天仙,唯有金丹最的端。二物会时情性合,五行全处虎龙蟠。本因戊已为媒娉,遂使夫妻镇合欢。只候功成朝玉阙,九霞光里驾翔鸾。"⑥

又如第八十五回《心猿妒木母　魔主计吞禅》:

---

① 谢肇淛:《五杂俎》卷十五,明德聚堂刊本。
② 黄周星:《新镌出像古本西游记证道书》第十册,见《明清善本小说丛刊》第五辑,台北:天一出版社,1985年。
③ 吴承恩著,黄周星点评:《西游记》,北京:中华书局,2009年,第4页。
④ 吴承恩著,黄周星点评:《西游记》,北京:中华书局,2009年,第207页。
⑤ 吴承恩著,黄周星点评:《西游记》,北京:中华书局,2009年,第291页。
⑥ 黄周星:《新镌出像古本西游记证道书》第十册,见《明清善本小说丛刊》第五辑,台北:天一出版社,1985年。

行者笑道："你把乌巢禅师的《多心经》早又忘了。"三藏道："我记得。"行者道："你虽记得，还有四句颂子，你却忘了哩！"三藏道："那四句？"行者道：

　　"佛在灵山莫远求，灵山只在汝心头。

　　人人有个灵山塔，好向灵山塔下修。"

　　夹注：仙佛同源，如是，如是。①

　　汪象旭、黄周星的点评又旁通于儒家，将取经与修心统一在一起，如第七十回夹评曰："自言自语妙，此即天理发现处也。"②第九十回回前评曰："圣人不思是已，若君子之九思非欤？曰：彼九思者，正学圣人之不思，以返何思之自然者也。"③

　　清人对汪象旭、黄周星的"求放心"说多有批评，"澹漪道人汪象旭，未达此义，妄议私猜，仅取一叶半简，以心猿意马，毕其全旨，且注脚每多戏谑之语，狂妄之词。咦！此解一出，不特埋没作者之苦心，亦且大误后世之志士，使千百世不知《西游》为何书者，皆自汪氏始"。④ 认为汪象旭、黄周星之于西游大旨有抱残守缺之嫌，孙悟空参加取经队伍，连广目天王都说："前闻得你弃道归佛，保唐僧西天取经，想是功行完了。"⑤孙悟空作为菩提老祖驾下不多见的得到其真传的弟子，却由道入佛，皈依佛门，就是对以菩提老祖为代表的道教的背叛，故而，西天取经的路途中，唐僧师徒四人历经的九九八十一难多与道门有关。在取经途中，孙悟空却屡以《多心经》悟师，陷于形色，岂真悟"空"耶？孙悟空取经路上力战群魔，又何曾"求放心"？孙悟空取经结束后被封为"斗战胜佛"，又哪有"求放心"之意？"求放心"说直是门外之言。

　　第二派是以尤侗、刘一明和张含章为代表的"三教同源"说。这一说法在清代大行其道，一方面是因为刘一明的门徒众多，且不乏有力者，如宁夏将军兼甘肃提督苏宁阿；另一方面也与清初著名道士王常月整顿教门，力主三教合一，全真龙门派因此而一度兴盛有关。全真教以《道德经》《般若心经》《孝经》为信徒必读经典，修行以内丹为主，标榜"无相法门"，主张"欲

---

① 吴承恩著，黄周星点评：《西游记》，北京：中华书局，2009年，第400页。
② 吴承恩著，黄周星点评：《西游记》，北京：中华书局，2009年，第329页。
③ 吴承恩著，黄周星点评：《西游记》，北京：中华书局，2009年，第421页。
④ 蔡铁鹰编：《西游记资料汇编》，北京：中华书局，2010年，第602页。
⑤ 吴承恩著，黄周星点评：《西游记》，北京：中华书局，2009年，第1页。

修仙道，先修人道"。全真教和佛教等在清代社会的广泛影响力自然也波及了小说的创作与接受，一方面是教徒通过对《西游记》等小说经典文本的重新读解，另一方面是大众熟知的宗教故事也成为小说家创作的重要题材，通过新的小说创作，如《吕祖全传》《济颠大师全传》等，共同强化了宗教自身的宣传力度。

被顺治誉为"真才子"，被康熙誉为"老名士"的尤侗首倡"三教同源"说。在其康熙三十五年的《西游真诠序》中，尤侗既肯定"记《西游记》者，传《华严》之心法也"，但"虽然，吾于此有疑焉"，进而得出三教合一的结论，"若悟一者，岂非三教一大弟子乎"？尤侗能够有这样的见解，与其学养有关："三教圣人之书，吾皆得而读之矣。东鲁之书，存心养性之学也；函关之书，修心炼性之功也；西竺之书，明心见性之旨也。"袁世硕先生同样认为："唐僧取经的故事，原是弘扬佛法的，后来加入了道教的神教，增加了故事的趣味性，原旨被冲淡了，但大旨没有改变。《西游记》小说一开头就把热情赋予了孙悟空，借着原有的一点因由，渲染其对诸界神祇的轻慢、桀骜不驯，便显示了与取经故事原旨相悖的倾向，注定后面的取经故事也要发生肌质的变化。""在这既定的取经故事的大框架里，在许多与各种妖魔斗法的生动有趣的情节里，作者注入了寻常的世态人情。""在小说中，一切都被世俗化了，读者从神魔斗法里看到的往往是自己熟悉的社会诸相。将神佛世俗化，时而投以大不敬的揶揄、调侃，也便在一定程度上解除了其原是人为的神秘性、神圣性，但觉得好玩，而丢掉了虔诚的敬畏。这就是《西游记》小说的精髓、价值之所在。"①

刘一明认为陈士斌的《西游真诠》"其解虽精，其理虽明，而于次第之间仍未贯通，使当年原旨不能尽彰，未免尽美而未尽善耳"，所以在乾隆二十三年孟秋三日刊刻了《西游原旨》。刘一明虽然也如汪象旭、黄周星一样，从道教的视角来解读《西游记》，其在《西游原旨读法》中云："《西游》立言，与禅机颇同。其用意处，尽在言外。或藏于俗语常言中；或托于山川人物中；或在一笑一戏里，分其邪正；或在一言一字上，别其真假；或借假以发真；或从正以劈邪。千变万化，神出鬼没，最难测度。"但是又竭力以道附会儒释："《西游》，神仙之书也，与才子之书不同。才子之书论世道，似真而实假；神仙之书谈天道，似假而实真。才子之书尚其文，词华而理浅；神仙之

---

① 袁世硕：《文学史学的明清小说研究》，济南：齐鲁书社，1999年，第131页，第132页，第135页。

书尚其意,言淡而理深。"①"《西游》即孔子穷理尽性至命之学。猴王西牛贺洲学道,穷理也;悟彻菩提妙理,穷理也。断魔归本,尽性也。取金箍棒,全身披挂,销生死簿,作齐天大圣,入八卦炉锻炼,至命也。观音度三徒,访取经人,穷理也。唐僧过双叉岭,至两界山,尽性也。收三徒,过流沙河,至命也。以至群历异邦,千山万水,至凌云渡、无底船,无非穷理尽性至命之学。"②刘一明认为三教在《西游记》中的地位是平等的:"《西游》贯通三教一家之理,在释则为《金刚》《法华》,在儒则为《河》《洛》《周易》,在道则为《参同》《悟真》。故以西天取经,发《金刚》《法华》之秘;以九九归真,阐《参同》《悟真》之幽;以唐僧师徒,演《河》《洛》《周易》之义。知此者,方可读《西游》。"③刘一明的《西游记》评点强调忠君爱国:"《西游》有写正道处,有劈旁门处。诸山洞妖精,劈旁门也;诸国土君王,写正道也。此全部本义。"④虽然书中写妖精的地方比写国王要多得多,但是作者把君王当作正道来写,而把妖精当作旁门左道来写,这是儒家的要义。对于孙悟空而言,自由是其人生的终极追求,但是始终不能摆脱束缚他自由的羁绊,其中既有道家的、佛家的,这是"显写";又有儒家的,只不过是"隐写"而已:"《西游》写悟空,每到极难处,拔毫毛变化得胜。但毛不一,变化亦不一。或拔脑后毛,或拔左臂毛,或拔右臂毛,或拔两臂毛,或拔尾上毛,大有分别,不可不细心辨别。知此者,方可读《西游》。"⑤

  刘一明作为全真道龙门派的第十一代传人,强调度人先度己,经过"戒""定""慧",进而大彻大悟,才能置身于万物万事万境之中而从容应对。刘一明对《西游记》的点评不仅得到了弟子樊于礼、王阳健、张阳金、冯阳贵、夏复恒等的礼敬,而且梁联第、杨春和、苏宁阿等达官贵人都给予了高度评价。"予本世之武夫鲁汉,阅之尚觉开心快意,况世之文人墨士阅之,

---

① 刘一明:《西游原旨》,见《明清善本小说丛刊》第五辑,台北:天一出版社,1985年,第28页。
② 刘一明:《西游原旨》,见《明清善本小说丛刊》第五辑,台北:天一出版社,1985年,第31~32页。
③ 刘一明:《西游原旨》,见《明清善本小说丛刊》第五辑,台北:天一出版社,1985年,第28页。
④ 刘一明:《西游原旨》,见《明清善本小说丛刊》第五辑,台北:天一出版社,1985年,第31页。
⑤ 刘一明:《西游原旨》,见《明清善本小说丛刊》第五辑,台北:天一出版社,1985年,第34页。

自必有触境入处。是二子之注功翼《西游》,《西游》之书功翼宗门道教"。①"幸吾师悟元老人《原旨》一出,则《西游》之妙义显然,始知为古今修道者第一部奇书,可谓一灯照暗宝,光华普现矣"。②

第三派是以乾隆十三年张书绅《新说西游记自序》《西游记总论》为代表的"教人诚心为学"说。张书绅的新说首先是建立在对汪象旭、黄周星和尤侗的观点批判的基础上:"《西游》一书,古人命为证道书,原是证圣贤儒者之道。至谓证仙佛之道,则误矣。何也?如来对三藏云:'阎浮之人,不忠不孝,不仁不义,多淫多佞,多欺多诈,此皆拘蔽中事。'彼仙佛门中,何尝有此字样?故前就盂兰会,以及化金蝉,已将作书的题目大旨,一一点明,且不特此也,就如传中黑风山、黄风岭、乌鸡国、火焰山、通天河、朱紫国、凤仙郡,是说道家那一段修仙?是说僧家那一种成佛?又何以见得仙佛同源?金丹大旨,求其注解,恐其不能确然明白指出,真乃强为渺幻,故作支离,不知《西游记》者也。""此书由来已久,读者茫然不知其旨,虽有数家批评,或以为讲禅,或以为谈道,更又以为金丹采炼,多捕风捉影,究非《西游》之正旨。将古人如许之奇文,无边之妙旨,有根有据之学,更目为荒唐无益之谈,良可叹也。"③

清代《西游记》名副其实的全本是张书绅的《新说西游记》一百回本,其评点的视角由之前汪象旭、黄周星的道家阴阳五行变为儒家道统,这一点在清代的《西游记》众多版本中是独树一帜的。

> 予今批《西游记》一百回,亦一言以蔽之曰:只是教人诚心为学,不要退悔,此其大略也。至于逐段逐节,皆寓正心修身,黾勉警策。克己复礼之至要,实包罗天地万象、四海九州、士农工商、三教九流、诸子百家,无非一部《西游记》也……务必迁善改过,以底于至善而后已。④

此等的评论林林总总,充斥着张书绅的《新说西游记》全书,如第二回

---

① 苏宁阿:《悟元子注西游原旨序》,见蔡铁鹰编:《西游记资料汇编》,北京:中华书局,2010年,第613~614页。
② 夏复恒:《重刊西游原旨跋》,见蔡铁鹰编:《西游记资料汇编》,北京:中华书局,2010年,第614页。
③ 张书绅:《新说西游记自序》,见蔡铁鹰编:《西游记资料汇编》,北京:中华书局,2010年,第618页。
④ 张书绅:《西游记总论》,见《明清善本小说丛刊》第五辑,台北:天一出版社,1985年。

《悟彻菩提真妙理 断魔归本合元神》的回前评是"在明明德,在新民,在止于至善";第三回《四海千山皆拱伏 九幽十类尽除名》的回前评是"克明峻德";第四回《官封弼马心何足 名注齐天意未宁》的回前评是"所谓诚其意者,毋自欺也,如恶恶臭,如好好色,此之谓自谦"。

对于清人的前三种说辞,胡适和鲁迅都颇不以为意。胡适1923年在《〈西游记〉考证》一文中通过雄辩的考证,认为:"《西游记》被这三四百年来的无数道士、和尚、秀才弄坏了。道士说,这部书是一部金丹妙诀。和尚说,这部书是禅门心法。秀才说,这部书是一部正心诚意的理学书。这些解说都是《西游记》的大仇敌……至多不过是一部很有趣味的滑稽小说,神话小说;他并没有什么微妙的意思,他至多不过有一点爱骂人的玩世主义。这点玩世主义也是很明白的;它并不隐藏,我们也不用深求。"①鲁迅也说:"作者虽儒生,此书则实出于游戏,亦非语道,故全书仅偶见五行生克之常谈,尤未学佛,故末回至有荒唐无稽之经目,特缘混同之教,流行来久,故其著作,乃亦释迦与老君同流,真性与元神杂出,使三教之徒,皆得随宜附会而已。"②然鲁迅的这一观点又遭到其他学者的批评,他们认为鲁迅先生佛学造诣不深厚,且对传统文化有偏见,所以,对《西游记》的评价有偏颇。

而胡适和鲁迅的游戏说的源头,则应追溯到阮葵生的"游戏三昧"说,阮葵生在《茶余客话》中记载道:"是书明季始大行,里巷细人乐道之,而前此亦未之有闻。世乃称为证道之书,批评穿凿,谓吻合金丹大旨,前冠以虞道园一序,而尊为长春真人秘本,亦作伪可嘻者矣。按明《郡志》谓出射阳手,射阳去修志时未远,岂能以世俗通行之元人小说攘列己名?或长春初有此记,射阳因而衍义,极诞幻诡变之观耳,亦如《左氏》之有《列国志》,《三国》之有《演义》。观其中方言俚语,皆淮上之乡音街谈,巷弄市井妇孺皆解,而他方人读之不尽然,是则出淮人之手无疑。然射阳才士,此或其少年狡狯,游戏三昧,亦未可知。要不过为村翁塾童笑资,必求得修炼秘诀,则梦中说梦。以之入志,可无庸也。"③这一派的观点在清代影响也较大,清代学者焦循也同意阮葵生的提法,指出:"演义之《西游记》,本唐玄奘《西域志》。白马驮经,松枝西指,亦有所本;若猿、龙等,则《目连救母》戏中亦有之。今揆作者之意,则亦老于场屋者愤郁之所发耳。黄袍怪为奎宿所化,

---

① 胡适著,季羡林主编:《胡适全集》第二卷,合肥:安徽教育出版社,2003年,第689页。
② 鲁迅撰,郭豫适导读:《中国小说史略》,上海:上海古籍出版社,1998年,第115页。
③ 阮葵生:《茶余客话》(五)卷二十一,光绪间刻本。

其指可见。尤西堂《钧天乐》,奎星始扮鬼状,如绘画塑像形;后则白面扮之,称'奎星之位,向为鬼夺'。与《西游记》黄袍怪用意正同。"然后说道:"然此特射阳游戏之笔,聊资村翁童子之笑谑;必求得修炼秘诀,亦凿矣。"①清末民初时的冥飞、箸超在《古今小说评林》中则完全认为《西游记》乃一游戏之作,作者"随手写来,羌无故实,毫无情理之可言,而行文之乐,则纵绝古今,横绝世界,未有如作者之开拓心胸者矣"。随后又说,作者"一味胡说乱道,任意大开顽笑,有时自难自解,亦无甚深微奥妙之旨,无非随手提起,随手放倒","此等无情无理之小说,作者随手写之,阅者只当随意翻之,实无研究之价值者也"。②阮葵生的"游戏三昧"说为当时释道儒谈禅证道的西游评论界吹来了一股清新的空气。

第三节　清代文言小说序跋与小说传播

　　清代文言小说创作总体上趋于平淡,然而在这样的一片萧瑟之中,仍有两个亮点在闪耀着格外引人注目的光芒,它们就是蒲松龄的《聊斋志异》和纪昀的《阅微草堂笔记》。二书相继推出时,读者群中掀起了文言小说阅读的高潮,而且二书序跋者的宣传大战也挑起了文言小说审美标准的世纪之辩。

一、从《聊斋志异》的序跋看其传播

　　《聊斋志异》作为清代文言小说的扛鼎之作,在传播的过程中,其自身的成就固然起着重要的作用,但序跋作为传播的外部因素,其影响也不容小视。

　　(一)康雍乾时期的手抄本序跋与小说传播

　　在康雍乾时期,为《聊斋志异》作序的除了蒲松龄本人之外,还有高珩、唐梦赉、高凤翰等,并有王士禛、张笃庆、朱缃等为之题词,他们均为蒲松龄的亲朋故交。而在这一时期,《聊斋志异》是以抄本的形式在社会上流传的,目前所见的抄本尚有半部手稿本、康熙年间据手稿本的过录本、易名为《异史》的抄本、乾隆十六年张希杰的铸雪斋抄本和乾隆年间二十四卷抄

---

① 焦循:《剧说》卷五,见《中国古典戏曲论著集成》,北京:中国戏剧出版社,1960年,第184～185页。
② 冥飞、箸超:《古今小说评林》,上海:上海民权出版部,1919年,第44～45页。

本、黄炎熙抄本等。

目前,蒲松龄的半部手稿本共两函四册,现珍藏于辽宁省图书馆,1955年由北京的文学古籍刊行社影印发行,天下读者方才得以目睹未被青柯亭本点窜的小半部《聊斋志异》的本来面目。手稿本的第一册首有高珩、唐梦赉二序并"聊斋自志",其中,高珩的序作于康熙十八年(1679),唐梦赉的序作于康熙二十一年(1682),说明此时的《聊斋志异》已经基本定型。

由于家道艰难,无力付梓,《聊斋志异》只能珍藏于家,亲朋之间如唐梦赉、济南朱氏等都借抄过,竟至"人竞传写,远迩借求"。然而由于蒲松龄所订立的家规,"余生平恶笔,一切遗稿不许阅诸他人",以至于"吾淄蒲柳泉《聊斋志异》未尽脱稿时,渔洋每阅一篇,寄还按名再索,来往札余俱见之,亦点正一二字,顿觉改观。先生笔墨之妙,端由心细功深,其《池北偶谈》《居易录》草稿,涂乙满纸,人乃看似容易。或传其愿以千金易《志异》一书,不许。其言不足信也。《志异》有渔洋顶批、旁批、总批,坊间所刻,亦云'王贻上士正评'。所载评语寥寥,殊多遗漏"。①

现藏山东博物馆的抄本系康熙年间据手稿本过录的,第二册卷尾有张笃庆、王士禛的题词,却没有其他抄本、刻本所有的朱缃题词。稍晚出的是铸雪斋抄本历城张希杰乾隆抄本,卷末有殿春亭主人跋、高凤翰跋,还有署"练塘渔人"的自作识语,后题"乾隆辛未九月中浣"。苏州籍乾隆五十八年状元潘世恩的嘉庆、咸丰间抄本,属于卧闲草堂本序列,但略去了卧闲草堂本的闲斋老人序。书面剪贴有"敏斋杂著""文恭公阅本儒林外史,同治癸酉二月祖荫重装并题签"及"凡六册,敏斋杂著四字皆文恭公手书,光绪戊寅二月十八日祖荫记"等识语,潘祖荫为潘世恩裔孙。回目后有潘世恩的跋语,与识语相较,字迹苍老,显系潘世恩所书,丁锡根的《中国历代小说序跋集》误为潘祖荫所作。潘世恩身怀状元之才,且历仕显宦,文学见地深得《春秋》褒善惩恶之旨,"仿唐人小说为《儒林外史》行于世"②,可谓知文之言。

蒲松龄的好友朱缃就曾多次向蒲松龄借抄《聊斋志异》,或抄录,或校正,可惜这一抄本早已失传。但甚可宝贵的是,朱缃的儿子、殿春亭主人朱崇勋在雍正元年(1723)的《聊斋志异跋》中,不仅肯定地交代了康熙年间朱缃抄本的存在,而且详细记载了雍正元年新抄本的传抄情形:

---

① 王培荀著,蒲泽校点,严薇青审订:《乡园忆旧录》,济南:齐鲁书社,1993年,第78页。
② 潘世恩:《儒林外史识语》,清抄本,上海图书馆藏。

余家旧有蒲聊斋先生《志异》钞本,亦不知其何从得。后为人借去传看,竟失所在。每一念及,辄作数日恶;然亦付之阿闼佛国而已。一日,偶语张仲明世兄。仲明与蒲俱淄人,亲串朋好,稳相浃,遂许为乞原本借钞,当不吝。岁壬寅(康熙六十一年,1722)冬,仲明自淄携稿来,累累巨册,视向所失去数当倍。披之耳目益扩,乃出资觅佣书者亟录之,前后凡十阅月更一岁首,始告竣。中间雠校编次,暑穷暑继,挥汗握冰,不少释。此情虽痴,不大劳顿耶! 书成记此,聊存颠末,并识向来苦辛。倘好事家有欲攫吾米袖石而不得者,可无怪我书悭矣。雍正癸卯秋七月望后二日,殿春亭主人识。①

从跋语中可知,"借去传看,竟失所在"的抄本就是他的父亲、大名士朱缃借手稿抄录出来的。朱缃与蒲松龄是忘年之交,康熙四十六年(1707),朱缃病卒,蒲松龄有《挽朱子青》:"蕴藉佳公子,新诗喜共论。如何一炊黍,遂已变晨昏! 历下风流尽,枫香墨气存。未能束刍吊,雪涕赋招魂!"②朱缃虽比蒲松龄小三十岁,但二人情谊非同寻常。

昔,我大父柳泉公,文行著天下,而契交无人焉,独于济南朱橡村先生交最契。先生以诗名于世,公心赏之;公所著书才脱稿,而先生亦索取抄录不倦。盖有世所不知,先生独相赏者,后之人莫得而传之。

公之名在当时,公之行著一世,公之文章播于士大夫之口,然生平意之所托,以俟百世之知焉者,尤在《志异》一书。夫"志"以"异"名,不知者谓是虞初、干宝之撰著也,否则黄州说鬼,拉杂而漫及之,以资谈噱而已,不然则谓之不平之鸣也;即知者,亦谓假神鬼以劝惩焉,皆非知书者。

而橡村先生相赏之义则不然,谓夫屈平无所诉其忠,而托之《离骚》《天问》;蒙叟无所话其道,而托之《逍遥游》;史迁无所抒其愤,而托之《货殖》《游侠》;昌黎无所摅其隐,而托之《毛颖》《石鼎联句》。是其为文,皆涉于荒怪,僻而不典,或诙诡绝特而不经,甚

---

① 殿春亭主人:《聊斋志异跋》,见张友鹤辑校:《聊斋志异会校会注会评本》,北京:中华书局,1962年,第30页。

② 蒲松龄著,路大荒整理:《蒲松龄集》,上海:上海古籍出版社,1986年,第611页。

切不免于流俗琐细,嘲笑姗侮而非其正,而不知其所托者如是,而其所以托者,则固别有在也。①

朱缃家原有的抄本仅为全书的很小一部分。据袁世硕先生考证,朱缃当年抄录的《聊斋志异》已有十五册之多,朱缃家丢失的只是这个没有抄全的本子。到底有多少人阅读了《聊斋志异》朱缃的这一抄本虽不得而知,但小说在手手相传中竟迷失了所在,可见其艺术魅力。"辄作数日恶",心理的描写活画出抄本丢失后的怅惘,更可见出殿春亭主人朱崇勋的珍爱程度。

由上序还可知,朱崇勋在抄本丢失之后,又通过蒲松龄的朋友张元(为蒲松龄作墓表者)之了张作哲,从蒲家借出原稿,雇人抄写,于雍正元年(1723)结成殿春亭抄本。同时,跋语也透露了一点信息:蒲家的原稿本只有关系密切的亲友才有可能借出。这种对原稿谨慎的态度既有利于原稿的保存,同时又限制了其传播。一部书稿需要抄写十个月多一点时间,抄主不愿意随便借出,自在情理之中。

殿春亭抄本之后,历城张希杰于乾隆十六年据之过录了《聊斋志异》传播史上一个重要的版本——铸雪斋抄本,该抄本难得之处在于其完整地收录了高珩序、唐梦赉序、作者自序及王士禛、张笃庆、橡村居士、练塘渔人和董元度等人的题词。

在手抄阶段,《聊斋志异》即得到高珩、唐梦赉、孔继涵、殿春亭主人朱崇勋等大家的赏识,只是这一阶段的流传范围比较狭窄,从这一时期的序跋可知,这些抄本的传播对象主要是抄主的亲朋好友,如雍正元年,朱崇勋的殿春亭抄本刚完成,即被到济南参加乡试的好友、后来的"扬州八怪"之一的高凤翰借读。因为乡试未中的类似遭遇,高凤翰在济南西郊七里庄朱崇勋家小住期间,不仅为此抄本留下了一跋语,而且为忘年交蒲松龄(康熙三十六年至康熙三十八年,高凤翰的父亲高曰恭为淄川教谕)的《聊斋志异》赋诗一首:"庭梧叶老秋声干,庭花月黑秋阴寒。《聊斋》一卷破岑寂,灯光变绿秋窗前。《搜神》《洞冥》常惯见,胡为对此生辛酸?生抱奇才不见用,雕空镂影摧心肝。不堪悲愤向人说,呵壁自问灵均天。卢家冢内黄金碗,邻舍桑根白玉环。亦复何与君家事?长篇短札劳千言。忆昔见君正寥落,丰颐虽好多愁颜。弹指响终二十载,亦与异物成周旋。不知相逢九地

---

① 蒲立德:《书〈聊斋志异〉朱刻卷后》,见《东谷文集》,清抄本。

下,新鬼旧鬼谁烦冤?须臾月坠风生树,一杯酹君如有悟。投枕灭烛与君别,黑塞青林君何处?"①此诗亦见于铸雪斋抄本后,末署"胶州高凤翰西园题"。

序跋者中有出于喜爱而参与创作中来的,如朱缃、毕际有等,他们都曾为《聊斋志异》的创作提供过素材;或受邀约而为之撰写序言的,如高珩、唐梦赉;或有出于激赏而加以评点的,如王士禛。他们既是《聊斋志异》的接受者,同时又是小说积极的传播者。虽然囿于各种原因,《聊斋志异》并没有能在短时间内为社会所普遍接受,但是他们的赞誉对于蒲松龄的继续创作起到了极大的激励作用。

随着时间的后移,《聊斋志异》的潜在读者越来越多,正如蒲松龄之孙蒲立德在《聊斋志异跋》中所言:"初亦藏于家,无力梓行,近乃人竞传写,远迩借求矣。"②今天还能见到的抄本有"异史抄本""铸雪斋抄本""二十四卷抄本""黄炎熙选抄本"等,但也都因珍藏于家,所以,这些版本在当时社会中的传播范围同样也极为有限。

(二)青柯亭等刊印本序跋与小说传播

《聊斋志异》最早在乾隆三十年(1765)于扬州刊刻,但已失传。现在能看到的最早的本子就是赵起杲在浙江杭州刊刻的青柯亭本,此时距蒲松龄去世已经五十年了。《聊斋志异》"一经刊行,很快便风行天下,许多地方纷纷翻刻,并有注释本、新评本、合评本、绣像本、拾遗本,相继而出,成为中国十八世纪中叶以来中国小说中的畅销书。其流传之广,持续之久,影响之大,还可再加上外文译本之多,白话小说中也只有几部长篇小说名著,能够与之媲美的"。③光是乾隆年间,除了青柯亭本以外,还有乾隆三十二年王金范的选刻本和上洋李时宪刻本、乾隆三十九年至乾隆四十一年泰安知府朱孝纯刻本、乾隆五十年杭州油局桥陈氏重刻青柯亭本和郁文堂重刻王金范选本、乾隆六十年重刻青柯亭本和步云阁刊刻的青柯亭本的节选本等。道光年间又陆续发现青柯亭本失收的篇目,由段雪亭和胡定生分别刊布。道光年间更有但明伦、何彤文、吕叔清和吕湛恩的注本出现,极大地推动了

---

① 高凤翰:《题蒲柳泉先生〈聊斋志异〉》,见《清代诗文集汇编》第二百五十三册《南阜山人诗集类稿》卷二,上海:上海古籍出版社,2010年,第61页。
② 蒲立德:《聊斋志异跋》,见张友鹤辑校:《聊斋志异会校会注会评本》,北京:中华书局,1962年,第32页。
③ 袁世硕:《聊斋志异序》,见蒲松龄著,任笃行辑校:《全校会注集评聊斋志异》,济南:齐鲁书社,2000年,第1~2页。

《聊斋志异》的传播。

一部《聊斋志异》，二十八篇序跋，二十五个序跋者，同时也是二十五个读者。更重要的是，序跋中还开列了很多有名有姓的读者，如赵起杲序中的周季和、王闰轩、吴颖思、鲍廷博、余集、郁佩先、赵皋亭等；但明伦序中的王菱堂侍读、钱辰田侍读、许信臣学使、朱桐轩学使、张桐厢观察、金瀛仙主政和叶素庵孝廉等；段雪亭序中的甘陵贾家、德州刘仙舫等。二十八个序跋涉及的有抄本，有刊刻本，有续订本，有注本，版本众多。《聊斋志异》的众多序跋也可以看作一部微缩的《聊斋志异》清代接受史。

表9 《聊斋志异》序跋

序跋者	序跋名	序跋时间	相关观点
蒲松龄	《聊斋自志》	康熙十八年	才非干宝，雅爱搜神；情类黄州，喜人谈鬼。闻则命笔，遂以成编。久之，四方同人，又以邮筒相寄，因而物以好聚，所积益夥……集腋为裘，妄续幽冥之录；浮白载笔，仅成孤愤之书。寄托如此，亦足悲矣！
高珩	《聊斋志异序》	康熙十八年	志而曰异，明其不同于常也……则谓异之为义，即易之冒道，无不可也。夫人但知居仁由义，克己复礼，为善人君子矣……虽孔子之所不语者，皆足辅功令教化之所不及。
唐梦赉	《聊斋志异序》	康熙二十一年	大要多鬼狐怪异之事……其论断大义，皆本于赏善罚淫与安义命之旨，足以开物而成务。
殿春亭主人	《聊斋志异跋》	雍正元年	余家旧有蒲聊斋先生《志异》钞本，亦不知其何从得。后为人借去传看，竟失所在……仲明与蒲俱淄人，亲串朋好，稔相浃，遂许为乞原本借钞，当不吝。岁壬寅冬，仲明自淄携稿来，累累巨册，视向所失去数当倍。披之耳目益扩。乃出资觅佣书者亟录之，前后凡十阅月更一岁首，始告竣。
南村	《聊斋志异跋》	雍正元年	聊斋少负艳才，牢落名场无所遇，胸填气结，不得已为是书。余观其寓意之言，十固八九，何甚悲以深也！
蒲立德	《聊斋志异跋》	乾隆五年	《志异》十六卷，先大父柳泉先生著也……其事多涉于神怪；其体仿历代志传；其论赞或触时感事，而以劝以惩；其文往往刻镂物情，曲尽世态……此《山经》《博物》之遗，《远游》《天问》之意，非第如干宝《搜神》已也……初亦藏于家，无力梓行，近乃人竞传写，远迩借求矣。

续表

序跋者	序跋名	序跋时间	相关观点
练塘渔人	《聊斋志异跋》	乾隆十六年	见怪不怪,我正即能辟邪;怕鬼有鬼,疑心适以杀子。
余集	《聊斋志异序》	乾隆三十年	太守公出淄川蒲柳泉先生《聊斋志异》,请余审定而付之梓……沉冥抑塞,托志幽遐,至于此极!余盖卒读之而悄然有以悲先生之志矣。
赵起杲	《聊斋志异弁言》	乾隆三十一年	丙寅(乾隆十一年,1746)冬,吾友周子季和自济南解馆归,以手录淄川蒲留仙先生《聊斋志异》二册相贻。深以卷帙繁多,不能全钞为憾。予读而喜之,每藏之行笥中,欲访其全,数年不可得。丁丑(乾隆二十二年,1757)春,携至都门,为王子闲轩攫去。后予宦闽中,晤郑荔芗(方坤)先生令嗣。因忆先生昔年曾宦吾乡,性喜储书,或有藏本,果丐得之。命侍史录正副二本,披阅之下,似与季和本稍异。后三年,再至都门,闲轩出原钞本细加校对,又从吴君颖思假钞本勘定,各有异同,始知荔芗当年得于其家者,实原稿也。癸未(乾隆二十八年,1763),官武林,友人鲍以文屡怂惠予付梓,因循未果。后借钞者众,藏本不能遍应,遂勉成以公同好……此书之成,出赀襄事者,鲍子以文;校雠更正者,则余君蓉裳、郁君佩先,暨予弟皋亭也。
孔继涵	《聊斋志异序》		今《志异》之所载,皆罕所闻见,而谓人能不异之乎?然寓言十九,即其寓而通之,又皆人之所不异也。不异于寓言之所寓,而独异于所寓之言,是则人之好异也……后之读《志异》者,骇其异而悦之,未可知;忌其寓而怒之愤之,未可知;或通其寓言之异而慨叹流连、歌泣从之,亦未可知。
陈廷机	《聊斋志异序》	道光四年	诸小说正编既出,必有续作随其后,虽不能媲美前人,亦袭貌而窃其似;而蒲聊斋之《志异》独无。非不欲续也,亦以空前绝后之作,使唐人见之,自当把臂入林,后来作者,宜其搁笔耳。兹幸获其遗稿数十首,事新语新,几于一字一珠,而又有可以感人心、示劝戒之意……维时雪亭段君,踊跃付梓。

续表

序跋者	序跋名	序跋时间	相关观点
刘瀛珍	《聊斋志异序》	道光年间	今乃得其遗稿若干首,奇情异采,矫然若生,而无是公乌有先生又于于然来矣。黎阳段君雪亭,毅然以付梓自任,斯岂独《聊斋》之知己,抑亦众读《聊斋》者所郁郁于中,而今甫得一伸者也。
胡泉	《聊斋志异序》	道光年间	豆棚瓜架,雨夕风晨,固已邀鉴赏于渔洋,不啻策衔官于屈宋……斯其雅趣诙奇,能启文心于萧白;岂第清词俶诡,堪发妙想于子虚?
段雪亭	《聊斋志异序》	道光四年	留仙《志异》一书,脍炙人口久矣。余自髫龄迄今,身之所经,无论名会之区,即僻陬十室,靡不家置一册。盖其学深笔健,情挚识卓,寓赏罚于嬉笑,百诵不厌……假干宝《搜神》,聊志一生心血,欲以奇异之说,冀人之一览,其情亦足悲矣。是书流传既久,而俗坊安于铅椠,将其短类半删去之;渐久而失愈多,殊堪恨恨。然好事者尚可广搜远绍,符其原额。己巳(嘉庆十四年,1809)春,于甘陵贾氏家获睹雍正年间旧钞,是来自济南朱氏,而朱氏得自淄川者。内多数十则,平素坊本所无。余不禁狂喜。遂假录之,两朝夕而毕。后复核对各本皆阙,殆当时初付剞劂,即亡之矣。好事之家,得其一鳞片甲,不啻天球,余何忍听其湮没,而不公诸海内乎?然欲付梨枣而啬于资,素愿莫偿,恒深歉怅。兹于道光癸未(道光三年,1823),与德州刘仙舫雨夜促膝言及之,仙舫毅然酿金,余遂得于甲申(道光四年,1824)秋录而付梓。
吕湛恩	《聊斋志异序》	道光五年	余童年从先君读,课业之暇,闻诸同人谈鬼狐仙怪事,靡靡可听。初不知有《聊斋志异》,其后闻之而喜;又以不得读为憾。及长,读之,如有夙缘,神与相遇,而若或引之,几至忘啜废枕。

续表

序跋者	序跋名	序跋时间	相关观点
蔡培	《聊斋志异序》	道光五年	乙酉春,偶从博庵王少府案头见有《聊斋志异注》十六卷,询知为吕子叔清所辑……盖吕子之才识,不让于柳泉,而其功名之困顿,亦与柳泉等,士君子穷而在下,怀抱利器能不得展,往往托于文章,以自舒其抑郁无聊之气,则吕子之成是书,吾知其性情所寄,欲与柳泉为徒,岂沾沾于鬼狐仙怪云尔哉! 至其博引繁征,条分缕晰,则又本诸家学。
胡定生	《聊斋志异拾遗序》	道光十年	《聊斋志异拾遗》一卷,都四十二则,乃荣小圃通守随尊甫筠圃先生任淄川时,得自蒲氏裔孙者。
何彤文	《注聊斋志异序》	道光十七年	若著《聊斋》者生逢盛世,以彼其才其学其识而不获一第,无怪其嘲试官,谓并盲于鼻也。《聊斋》胎息《史》《汉》,浸淫晋魏六朝,下及唐宋,无不薰其香而摘其艳。其运笔可谓古峭矣,序事可谓简洁矣,铸语可谓典赡矣。其志异也,大而雷龙湖海,细而虫鸟花卉,无不镜其原而点缀之,曲绘之。且言狐鬼,言仙佛,言贪淫,言盗邪,言豪侠节烈,重见叠出,愈出愈奇,此其才又岂在耐庵之下哉! 至其每篇后"异史氏曰"一段,则直与太史公列传神与古会,登其堂而入其室。渔洋老人虽间有搔着痛痒处,尚不能与之并驾齐驱,后之批《聊斋》者,亦可毋庸邻女效颦,般门弄斧矣! 且近之读《聊斋》者,无非囫囵吞枣,涉猎数遍,以资谈柄,其于章法、句法、字法,规模何代之文,出于何书,见于何典,则茫夫未之知也,即读焉如未读也,有执以相问难者,十不得其一二焉……我国家二百年来,人文之盛亦云极矣。而二百年中,可传之书有三,一代作者皆出于北人而南人未之逮也。一为孔东亭之《桃花扇》,一为王阮亭之《精华录》,一为蒲留仙之《聊斋志异》。
舒其锳	《注聊斋志异跋》	道光十七年	《聊斋志异》大半假狐鬼以讽喻世俗……《红楼梦》不过刻画骄奢淫逸,虽无穷生新,然多用北方俗语,非能如《聊斋》之引用经史子集,字字有来历也。

续表

序跋者	序跋名	序跋时间	相关观点
但明伦	《聊斋志异序》	道光二十二年	不知其他,惟喜某篇某处典奥若《尚书》,名贵若《周礼》,精峭若《檀弓》,叙次渊古若《左传》《国语》《国策》,为文之法,得此益悟耳……岁己卯(嘉庆二十四年,1819),入词垣,先后典楚、浙试,皇华小憩,取是书随笔加点,载以臆说,置行箧中。为友人王夔堂、钱辰田两侍读,许信臣、朱桐轩两学使见而许之,谓不独揭其根柢,于人心风化,实有裨益。嘱咐剞劂而未果。兹奉命莅任江南,张桐卿观察、金瀛仙主政、叶素庵孝廉诸友,复怂恿刊布,以公同好。

从诸家序跋中可知,《聊斋志异》一经面世,其所包含的美学意蕴、史传艺术和屈骚精神即受到文人的追捧,序跋所涉及的观点代表了当时人的传统的文学观念:"辅功令教化之所不及。""浮白载笔,仅成孤愤之书。寄托如此,亦足悲矣。""其论断大义,皆本于赏善罚淫与安义命之旨。""事新语新,几于一字一珠,而又有可以感人心、示劝戒之意。""引用经史子集,字字有来历。""《聊斋》胎息《史》《汉》,浸淫晋魏六朝,下及唐宋,无不薰其香而摘其艳。其运笔可谓古峭矣,序事可谓简洁矣,铸语可谓典赡矣。"但也有一些异样的声音,如王士禛认为蒲松龄的创作动机只是"爱听秋坟鬼唱诗",却没有采信蒲松龄自我标榜的"孤愤"说;张笃庆也认为《聊斋志异》只是一段闲谈,是"君自闲人堪说鬼"①,并无深意可言。

更为重要的是,上述序跋还交代了刊印本版本的来龙去脉,给我们留下了《聊斋志异》详尽的传播轨迹。如从严州知府赵起杲的序跋可知,其主持刊刻的青柯亭本以郑荔芗本为底稿,参照了周季和本和吴颖思本,赵起杲收藏的《聊斋志异》的这三个不同的抄本成为其编校青柯亭本最重要的资料来源。如将余集和赵起杲两序合读,即可透视从乾隆二十八年到乾隆三十一年青柯亭本《聊斋志异》被刊刻前的整个运作过程。乾隆三十一年进士,后官至侍讲学士、四库馆臣的书画家、浙江籍著名文人余集是青柯亭本前期编校队伍中重要的成员:"乙酉三月,山左赵公奉命守睦州,余假馆于郡斋。太守公出淄川蒲柳泉先生《聊斋志异》,请余审定而付之梓。"②

---

① 张友鹤辑校:《聊斋志异会校会注会评本》,北京:中华书局,1962年,第34页。
② 余集:《聊斋志异序》,见丁锡根编著:《中国历代小说序跋集》,北京:人民文学出版社,1996年,第138页。

"志异之刻,余君蓉裳在幕中商榷为多。比蓉裳计偕北上,偶一字之疑,亦走函俾予参定焉……初先生之梓是书也,与蓉裳悉心酌定,厘卷十二,予第任雠校之役而已。"①虽然在前期的编校中,鲍廷博只是参与校对,但是如果没有书商、藏书家鲍廷博的极力鼓舞和出资襄助,青柯亭本可能就无法问世了。鲍廷博(1728—1814),著名藏书家,著有《花韵轩小稿》《咏物诗》。乾隆三十八年,《四库全书》馆开,鲍廷博进献家藏善本超过六百种;乾隆四十一年,取善本校刻《知不足斋丛书》三十集二十种。鲍廷博同时还是青柯亭本后期编校队伍中最重要的成员:"今年正月,晤先生于吴山之片石居,酒阑闲话,顾谓予曰:'兹刻甲乙去留,颇惬私意,然半豹得窥,全牛未睹,其如未厌嗜奇者之心何! 取四卷重加审定,续而成之,是在吾子矣。'予唯唯。后五月,十二卷始蒇事,而先生遽卒。未竟之绪,予竭蹶踵其后,一言之出,若有定数。"②正是由于鲍廷博的守诺和坚持,才最终有了青柯亭的十六卷本。《聊斋志异》是目下所知鲍廷博投资刊刻的第一部小说,也是该书现存的最早刻本。他后来主持刊刻的小说另有《江淮异人录》(乾隆五十二年,1787)、《鉴戒录》(嘉庆八年,1803),并都留下了跋语。而鲍廷博竟因收藏图书,最后落魄以终:"空箱检点怕重开,幻得无情片楮来。凛凛三章严似律,青青一面冷于苔。架防虫鼠心徒切,势杂龙蛇字费猜。次第刚成前后序,西风早遣拒霜催。"③

赵起杲刊刻的青柯亭本之所以能够在《聊斋志异》传播史上抹上浓重的一笔,是因为他召集了阵容强大的校刊团队。郁佩先,浙江著名藏书家,诗人,厉鹗的《辽史拾遗》手稿即为其所得。

> 吾杭藏书家,若赵氏小山堂、吴氏绣谷亭、孙氏寿松堂、汪氏振绮堂,海内无不知者。至如乾嘉年间,旧家遗俗,率好储书,而名不显著者尚多。如东城郁礼氏,字佩宣,号潜亭,钱塘诸生。家素封,藏书充牣,潜亭又增益所未备。时小山堂书已星散,所余残帙尚多异本,潜亭悉力购之。所居骆驼桥,去厉征君樊榭山房一

---

① 鲍廷博:《青本刻聊斋志异纪事》,见张友鹤辑校:《聊斋志异会校会注会评本》,北京:中华书局,1962年,第25页。

② 鲍廷博:《青本刻聊斋志异纪事》,见张友鹤辑校:《聊斋志异会校会注会评本》,北京:中华书局,1962年,第25页。

③ 鲍廷博:《花韵轩咏物诗存·当票》,见《清代诗文集汇编》第三百六十四册,上海:上海古籍出版社,2010年,第681页。

里而近,传钞秘册尤夥。征君殁后,其家出所著《辽史拾遗》手稿,要索厚价,久之不售,潜亭以四十金购得之。中间尚阙五十页,百计求之不得。鲍廷博以文偶步至青云街,见拾字僧肩废纸两巨篦,检视之皆厉氏所弃,征君手录《辽史拾遗》稿本在焉,亟市归授佩宣。棼如乱丝,一一为之整理,闭户两月,缀辑成编,适符所阙之数。藏书之室曰'东啸轩'……沧桑几易,东城郁氏子姓寂寥,里中故老无复有知潜亭其人者。①

其中提及的"郁佩宣"即"郁佩先",鲍廷博的《庶斋老学丛谈跋》附记云:"郁君名礼,字佩先,潜亭其自号也,钱塘诸生……君恂恂儒雅,尤与予昵,无三日不相过,过必挟书而来,借书以去,虽寒暑风雨,不为少间。"②鲍廷博的《花韵轩咏物诗存》收其和诗一首:"诗人好句夕阳多,偏耐闲窗细揣摩。愁思茫茫接榆塞,余情渺渺托烟波。何人肯赠金丹诀,无计能停玉女梭。只有玲珑知此曲,晚来还为使君歌。"③

博学多才的编校团队保障了青柯亭本的高质量,所以才有了后来的不断被翻刻,如乾隆五十年杭州油局桥陈氏刊本、乾隆六十年重刊本、道光八年敬业堂重刊本等。正是由于青柯亭本的问世,才使得"《聊斋》一书,风行天下,万口传诵"。

乾隆三十二年(1767)夏,王金范十八卷本《聊斋志异》刻成,仅仅比赵起杲的青柯亭本迟了五个月。据其自序:"辛巳春,余给事历亭,同姓约轩,假得曾氏家藏抄本。"④据袁世硕先生考证,王约轩即淄川的县丞,曾氏则为蒲松龄写墓表的张元的弟子曾尚增。⑤ 王金范在编纂的时候别出心裁地将《聊斋志异》部分篇目按照儒家伦理标准如孝、悌、智、贞、义等来分类编排,固有迎合读者阅读期待之倾向,但著名学者、道光三十年进士俞樾认为:"至所分门类,则无甚深意,殊觉无谓。"⑥

---

① 吴庆坻撰,刘承干校,张文其、刘德麟点校:《蕉廊脞录》卷三,北京:中华书局,1990年,第71页。
② 叶昌炽撰,王锷、伏亚鹏点校:《藏书纪事诗》卷五,北京:北京燕山出版社,1999年,第428页。
③ 鲍廷博:《花韵轩咏物诗存》,见《清代诗文集汇编》第三百六十四册,上海:上海古籍出版社,2010年,第695页。
④ 朱一玄编:《〈聊斋志异〉资料汇编》,天津:南开大学出版社,2012年,第316页。
⑤ 袁世硕:《蒲松龄事迹著述新考》,济南:齐鲁书社,1988年,第413页。
⑥ 俞樾:《春在堂随笔》卷六,见《笔记小说大观》第二十六册,扬州:江苏广陵古籍刻印社,1983年,第34页。

评点本的出现对于《聊斋志异》的传播而言无异于锦上添花。据盛伟《清代诸家批点〈聊斋志异〉述评》，先后共有十六人参与了评点，但保存下来的只有王士禛、何守奇、冯镇峦、但明伦四家。道光三年（1823）经纶堂刊刻的何守奇（乾隆二十四年举人）批点本《批点聊斋志异》问世，这是最早的一部《聊斋志异》评点本，也是唯一的去除了识语"新城王士正贻上评"的版本。另有道光十五年天德堂重刻本、同治六年经元堂刻本、光绪七年刻本、一经堂刻本等。何守奇批点本尽管批语不多，但是为《聊斋志异》的评点开辟了一条新路。

道光五年（1825），观左堂刊刻了第一部由吕湛恩注释的《聊斋志异》青柯亭本的注释本，只刊注释，不刊原文。由于"书中之典故文法，犹未能以尽识"①，该本取"注而不释之体"，只注章句典故、近世人事、僻奥字音义，"使阅者得此更无翻阅之劳"。"才高者菀其鸿裁，中巧者猎其艳辞，吟讽者衔其山川，童蒙者拾其香草"，"《聊斋》胎息《史》《汉》，浸淫晋魏六朝，下及唐宋，无不薰其香而摘其艳。其运笔可谓古峭矣，序事可谓简洁矣，铸语可谓典赡矣"。② 观左堂注本极大地满足了文化程度较高的受众精细化、学术化阅读的需求。道光二十三年（1843），广州五云楼将吕注与《聊斋志异》原文合刻。三年后，三让堂又据之重刻，后来诸家坊本多用其注。

道光十九年（1839），何垠注本初刊，其注以字词音义为主，较少注典故人事。道光二十年、道光二十六年有重刊本。道光二十二年（1842），但明伦（嘉庆二十四年进士）评本问世。该本以两色套印，墨印正文，朱印评语，十分精致，再加之评语颇有见地，如"蓄字诀"和"转字诀"的叙事技巧的揭示，故此后据之刊行的本子较多。值得一提的是光绪二十三年（1897）耕山书庄排印本，附吕湛恩注及同文局本绘图，开绘图本之先河。

道光二十八年（1848），正红旗满洲固山翻译进士扎克丹将《聊斋志异》中的一百二十六篇文章翻译成满文，取名为《满汉合璧聊斋志异》。光绪三十三年（1907），北京二酉堂翻刻，这说明《聊斋志异》也深受满族读者的喜爱。

综上所述，不论是从版本的数量还是从印刷的频率来看，《聊斋志异》无疑已经成为清代中后期最畅销的文言小说了，李时宪刻本有序云："丙戌

---

① 朱一玄编：《〈聊斋志异〉资料汇编》，天津：南开大学出版社，2012年，第495页。
② 何彤文：《注聊斋志异序》，见丁锡根编著：《中国历代小说序跋集》，北京：人民文学出版社，1996年，第142页。

冬,掌教上洋,客有以一卷相贻者,读之,则山左赵清曜先生刊本,喜极,如获奇珍,如遇良友,四十年之心,为之一快。"①乾隆三十一年(丙戌,1766)青柯亭十二卷本面世,一年之后,就已经落入身在福建的李时宪的囊中,其大好的心情及传播速度之快都雄辩地证明了《聊斋志异》在清代中后期的受欢迎的程度,同时也为后学仿拟大开便利之门。

在《聊斋志异》风行天下之时,纪昀的《阅微草堂笔记》刚问世就平分了《聊斋志异》的秋色,甚至大有后来者居上的势头,而众多名公的品评更是为《阅微草堂笔记》赢得不少的加分。有"浓墨宰相"之誉的刘墉为之作跋:"正容庄语,听者恐卧,导以隽永,使人意消,不以文为制而以文为戏,晋公亦何规乎!瑰玮连犿,吾爱其笔。石庵居士题。"②道光十二年进士、时为河南省河南府知府的贾臻也作跋为之揄扬:"道光庚戌(道光三十年,1850)十一月,文达元孙谷原上舍自盟津来,以是本见贻,余受而藏之,自诧眼福。第一卷刘文清跋尾人人知其真迹,此卷后公自识四行实公亲书,人或未之知也,特为拈出,以告后之获睹是本者。又公自题两绝句,前一首与今刻本异,此当是初稿。故城后学贾臻读完附记,时在河南郡署躬自厚斋。"③道光三十年进士、曾任河南学政的俞樾评论道:"纪文达公尝言,《聊斋志异》一书,才子之笔,非著书者之笔也。先君子亦云,蒲留仙,才人也,其所藻缋未脱唐宋人小说窠臼;若纪文达《阅微草堂五种》,专为劝惩起见,叙事简,说理透,不屑屑于描头画角,非留仙所及。余著《右台仙馆笔记》,以《阅微》为法,而不袭《聊斋》笔意,秉先君子之训也。"④光绪二十四年进士、著名藏书家傅增湘记载的《滦阳销夏录》为三卷,并录有手识:"检点燕公纪事珠,拈毫一字几踌躇。平生曾是轻干宝,浪被人称鬼董狐。前因后果验无差,琐记搜罗鬼一车。传语洛闽门弟子,稗家原不入儒家。己酉五月廿六日缮竟附题。"⑤易宗夔说:"故公胸有千秋,而不轻著一书,其所欲言者,悉于《四库提要》中阐发之。而惟以觉世之心,自托于小说稗官之列。"⑥邱炜菱说:"《阅微》五种,体例较严,略于叙事,而议论之宏拓平实,自成一家,亦小

---

① 朱一玄编:《〈聊斋志异〉资料汇编》,天津:南开大学出版社,2012年,第366页。
② 傅增湘撰:《藏园群书经眼录》,北京:中华书局,2009年,第669页。
③ 傅增湘撰:《藏园群书经眼录》,北京:中华书局,2009年,第669页。
④ 俞樾:《春在堂随笔》卷八,见《春在堂全书》第十一册,光绪九年重修本。
⑤ 傅增湘撰:《藏园群书经眼录》,北京:中华书局,2009年,第668~669页。
⑥ 易宗夔:《新世说》,见钱仲联主编:《清诗纪事》卷九,南京:江苏古籍出版社,1989年,第5630页。

说之魁矣。"①鲁迅先生也说:"《阅微草堂笔记》虽'聊以遣日'之书,而立法甚严,举其体要,则在尚质黜华,追踪晋宋……故与《聊斋》之取法传奇者途径自殊,然较以晋宋人书,则《阅微》又过偏于论议。盖不安于仅为小说,更欲有益人心,即与晋宋志怪精神,自然违隔;且末流加厉,易堕为报应因果之谈也。惟纪昀本长文笔,多见秘书,又襟怀夷旷,故凡测鬼神之情状,发人间之幽微,托狐鬼以抒己见者,隽思妙语,时足解颐;间杂考辨,亦有灼见。叙述复雍容淡雅,天趣盎然,故后来无人能夺其席,固非仅借位高望重以传者矣……《滦阳消夏录》方脱稿,即为书肆刊行,旋与《聊斋志异》峙立;《如是我闻》等继之,行益广。其影响所及,则使文人拟作,虽尚有《聊斋》遗风,而摹绘之笔顿减,终乃类于宋明人谈异之书。"②

不管是"聊斋体",还是"阅微体",乾隆年间还处于雄起雌伏的阶段,到道光年间都开始走下坡路,其中很重要的原因在于后继者既没有蒲松龄的发愤著书的精神,又没有纪昀的文化根基和对社会的深刻见解,只是一味地从形式上加以模仿,遗神取貌,丧失了内在的神韵之后的清代后期的文言小说只剩下了一具空壳。"体式较近于纪氏五书者,有云间许元仲《三异笔谈》四卷(道光七年序),德清俞鸿渐《印雪轩随笔》四卷(道光二十五年序),后者甚推《阅微》,而云'微嫌其中排击宋儒语过多'(卷二),则旨趣实异……江阴金捧阊之《客窗偶笔》四卷(嘉庆元年序),福州梁恭辰之《池上草堂笔记》二十四卷(道光二十八年序),桐城许奉恩之《里乘》十卷(似亦道光中作),亦记异事,貌如志怪者流,而盛陈祸福,专主劝惩,已不足以称小说"。③

清代中后期,文言小说的创作一直存在着"拟晋"和"拟唐"的文学路线之争。鲁迅先生在《中国小说史略》中较为全面地概括了《聊斋志异》的"拟唐"倾向对于后出的文言小说创作的影响:"若纯法《聊斋》者,时则有吴门沈起凤作《谐铎》十卷(乾隆五十六年序),而意过俳,文亦纤仄;满洲和邦额作《夜谭随录》十二卷(亦五十六年序),颇借材他书(如《佟觭角》《夜星子》《疡医》皆本《新齐谐》),不尽己出,词气亦时失之粗暴,然记朔方景物及市井情形者特可观。他如长白浩歌子之《萤窗异草》三编十二卷(似乾隆中

---

① 邱炜萲:《五百石洞天挥麈》,见钱仲联主编:《清诗纪事》卷九,南京:江苏古籍出版社,1989年,第5630页。
② 鲁迅撰,郭豫适导读:《中国小说史略》,上海:上海古籍出版社,1998年,第151~153页。
③ 鲁迅撰,郭豫适导读:《中国小说史略》,上海:上海古籍出版社,1998年,第154页。

作,别有四编四卷,乃书估伪造),海昌管世灏之《影谈》四卷(嘉庆六年序),平湖冯起凤之《昔柳摭谈》八卷(嘉庆中作),近至金匮邹弢之《浇愁集》八卷(光绪三年序),皆志异,亦俱不脱《聊斋》窠臼。"①然而钱钟书先生在其《管锥编》中,对和邦额《夜谭随录》予以较高评价:"此书摹拟《聊斋》处,笔致每不失为唐临晋帖。"②真可谓见仁见智。《聊斋志异》最早的刻本青柯亭本问世以后,风行天下,"流播海内,几于家有其书"③,且仿作如林,如清凉道人的《听雨轩笔记》、屠绅的《六合内外琐言》、乐钧的《耳食录》、曾衍东的《小豆棚》、朱翊清的《埋忧集》、许奉恩的《里乘》、宣鼎的《夜雨秋灯录》等,既乏阔大的格局,复又描写粗率,临文多獭祭之瘵,颇为后人所诟病,晚清时《平报》主编臧荫松为《践卓翁短篇小说》第二集作序,下此断语:"夫短篇小说,往往坠于蒲留仙之窠臼不能自脱。"④然而被称为"后聊斋志异"的《柳崖外编》,虽与《聊斋志异》一样,批判社会的丑陋,但也绝非专主劝诫或游戏笔墨的浪作。徐昆创作《柳崖外编》当在其中举之前,与蒲松龄当年一样,身处逆境、胸怀孤愤,然而能于荒唐悠谬之中寄寓对于社会人生的严肃的思考,诙诡之中不乏简淡优美,奇特之下又不缺空灵,如《湖上女》《素素》《李参政》等。

(三)《聊斋志异》等序跋与清代志怪小说文学路线之争

在《聊斋志异》的传播过程中,序跋者对小说叙事的刻镂物情、曲尽世态、雅趣诙奇等创作过程中的文学性表达和文参史笔、赏善罚淫、以劝以惩等小说的政教功能表现出了极大的关注。嘉庆年间以批点《聊斋志异》而著名的冯镇峦,在其《读聊斋杂说》中就明确地表露了对该书构思灵巧、语言优美和议论醇正的欣赏:"金人瑞批《水浒》《西厢》,灵心妙舌,开后人无限眼界,无限文心。故虽小说、院本,至今不废。惟议论多不醇正。董阆石先生深訾之。是书虽系小说体例,出入诸史,不特具有别眼,方能着语,亦须具有正大胸襟,理明义熟,方识得作者头脑处。故纪文达推为才子之笔,莫逮万一。而赵清曜称为'有功名教,无忝著述'也。"⑤

---

① 鲁迅撰,郭豫适导读:《中国小说史略》,上海:上海古籍出版社,1998年,第149页。
② 钱钟书:《管锥编》第五册,北京:中华书局,1979年,第64页。
③ 陆以湉撰,崔凡芝点校:《冷庐杂识》卷六,北京:中华书局,1984年,第310页。
④ 林纾:《文学常识》,见林薇编:《林纾选集》,成都:四川人民出版社,1988年,第71页。
⑤ 冯振峦:《读〈聊斋〉杂说》,见蒲松龄著,任笃行辑校:《全校会注集评聊斋志异》,济南:齐鲁书社,2000年,第2483页。

> 署清令阳湖张安溪曰：《聊斋》一书，善读之令人胆壮，不善读之令人入魔。予谓泥其事则魔，领其气则壮，识其文章之妙，窥其用意之微，得其性情之正，服其议论之公，此变化气质、淘成心术第一书也。多言鬼狐，款款多情；间及孝悌，俱见血性，较之《水浒》《西厢》，体大思精，文奇义正，为当世不易见之笔墨，深足宝贵。①

> 公余之暇，浏览各类书籍，尤癖嗜《聊斋志异》。此何谓耶？该书效司马迁之志，取《春秋》之义，诸凡广衍显扬，喻世警人，易过迁善，于戏谑、讽谕诸言中，均溶劝诫之理，实有功于名教矣……倘同好与共，亦为满洲才士之一快事也。②

> 《聊斋》胎息《史》《汉》，浸淫晋魏六朝，下及唐宋，无不薰其香而摘其艳。其运笔可谓古峭矣，序事可谓简洁矣，铸语可谓典赡矣。其志异也，大而雷龙湖海，细而虫鸟花卉，无不镜其原而点缀之，曲绘之。且言狐鬼，言仙佛，言贪淫，言盗邪，言豪侠节烈，重见叠出，愈出愈奇，此其才又岂在耐庵之下哉！至其每篇后"异史氏曰"一段，则直与太史公列传神与古会，登其堂而入其室。③

《聊斋志异》和《池北偶谈》《子不语》《阅微草堂笔记》最大的区别在于"用传奇文体，而以志怪题材"，注重文辞及细节描写。虽然同为志怪小说，但是和六朝志怪小说的预告祯祥灾异、渲染对鬼神自然的敬畏，意在揭示利害，进而树立政治、人伦和等级等国人特有的秩序观念，以趋利避害。不同的是，《聊斋志异》追求的是"象外之旨""言外之意"，采取的是非纪实的创作原则。

> 余初读淄川蒲柳泉先生《聊斋志异》，恢奇变幻，极众态之形容，托深心于豪素；迹其缠绵悱恻，俶诡环伟之情，皆抑郁无聊，所不能已于世道人心之故，而诗人之旨寓焉……嘉庆癸酉（嘉庆十

---

① 蒲松龄著，任笃行辑校：《全校会注集评聊斋志异》，济南：齐鲁书社，2000年，第2480～2481页。
② 蒲松龄著，任笃行辑校：《全校会注集评聊斋志异》，济南：齐鲁书社，2000年，第2475～2476页。
③ 何彤文：《注聊斋志异序》，见丁锡根编著：《中国历代小说序跋集》，北京：人民文学出版社，1996年，第142～143页。

八年,1813)岁如月上浣,山东督学使上林后学张鹏展书。①

《聊斋志异》取得很高的文学成就,却不见收于《四库全书》,很大程度上是缘于《四库全书》经史子集的编撰体例。志怪小说在传统的图书分类中,被列入史部杂传或子部小说,属于著述,而非虚构创作。志怪小说注重知识性及采诸道听途说的征异,其记录虽然琐碎而不成系统,但是为记录和传播知识而作,通过对敬畏鬼神自然的渲染,树立政治、人伦和等级等国人特有的秩序观念。而《聊斋志异》从内容上隶属于志怪,从情感寄托的角度来看,又与明末清初的志怪性传奇非常接近,即都经常发挥人不如兽、狐鬼可亲的愤世嫉俗的意思。《聊斋志异》传达的不仅是世俗之情,如《聊斋志异》竟有多达十篇写悍妒的小说,包括《珊瑚》《江城》《马介甫》《阎王》《吕无病》《邵九娘》《云萝公主》《段氏》《大男》《邵临淄》等,在以悍治悍、佛法约束、道德感化、食物或药物治疗、强权干预等外力介入之后,悍妇妒妇一改而为驯顺,俯伏在男子一夫多妻的人生快意之下而自甘雌伏,这样的情节处理,或多或少地缓解了天下男性在面对悍妇、妒妇时的不甘甚至怒意,而且对朝廷多有批判,如《促织》《王成》《续黄粱》《小翠》《公孙夏》《王者》《库官》《盗户》《红玉》《考弊司》《司文郎》《胡四娘》《王子安》等。更何况,志怪体不仅要语言雅洁,还要取熔经义,辨析名理,以见学问根柢。邱炜蓑在《菽园赘谈》中说:"谈狐说鬼者,自以纪昀《阅微草堂笔记》为第一,蒲松龄《聊斋志异》次之……小说家言,必以纪实研理,足资考核为正宗,其余谈狐说鬼、言情道俗,不过取备消闲,犹贤博弈而已,固未可与纪实研理者挈长而较短也。"②所以,纪昀的质疑也不是完全没有道理。

作为认真从事文言小说创作的作家,纪昀对于蒲松龄的《聊斋志异》颇为诟病的两点:内容真实和政教功能的双重缺失。乾隆五十八年十一月,纪昀的门生盛时彦在为《姑妄听之》作序时,引述纪昀的话:"时彦尝谓先生诸书,虽托诸小说,而义存劝戒,无一非典型之言,此天下之所知也。至于辨析名理,妙极精微;引据古义,具有根柢,则学问见焉……夫著书必取熔经义,而后宗旨正;必参酌史裁,而后条理明;必博涉诸子百家,而后变化尽……故不明著书之理者,虽诂经评史,不杂则陋;明著书之理者,虽稗官脞

---

① 张鹏展:《〈聊斋诗集〉序》,见蒲松龄著,路大荒整理:《蒲松龄集》附录,上海:上海古籍出版社,1986年,第696页。

② 朱一玄编:《〈聊斋志异〉资料汇编》,天津:南开大学出版社,2012年,第510页。

记,亦具有体例。先生尝曰:'《聊斋志异》盛行一时,然才子之笔,非著书者之笔也。虞初以下,干宝以上,古书多佚矣。可见完帙者,刘敬叔《异苑》、陶潜《续搜神记》,小说类也;《飞燕外传》《会真记》,传奇类也。《太平广记》事以类聚,故可并收。今一书而兼二体,所未解也。小说既述见闻,即属叙事,不比戏场关目,随意装点……今燕昵之词,媟狎之态,细微曲折,摹绘如生。使出自言,似无此理。使出作者代言,则何从而闻见之?又所未解也。留仙之才,余诚莫逮其万一,惟此二事,则夏虫不免疑冰。'"①盛时彦所言非虚,甚至可算得上是一言中的。

  一方面是《四库全书》严格的收录标准,另一方面是《聊斋志异》大量隐晦的性描写的存在,严重违反了《四库全书》收录的最重要的原则:"猥鄙荒诞"的作品不得收录。可是蒲松龄在《聊斋志异》中的某些爱情故事不仅不忌讳谈性,而且带着欣赏的眼光,虽然没有《金瓶梅》的那种具体、翔实、暴露,在纪昀看来,其猥鄙荒诞堪与清初几十年间风靡一时的才子佳人小说相颉颃。《聊斋志异》中的这一部分故事,既没有家族意识、身份感觉和财产分配等诸多外在因素的干扰,又不需要灵魂的碰撞,更不需要爱意的冲撞,只有动物般的性的放纵和疯狂。鬼狐花妖与人的相恋相悦既体现为情欲的宣泄,又是人间悲剧的折射。不及第的士子不仅失望于仕途,还绝望于爱情,当然,没有了宋代志怪小说凭借仙佛道士法力的拯迷救溺,只能游走在礼法的边缘。对于蒲松龄笔下多情的狐女们,陈寅恪在《柳如是别传》中指出:"清初淄川蒲留仙松龄《聊斋志异》所纪诸狐女,大都妍质清言,风流放诞,盖留仙以齐鲁之文士,不满其社会环境之限制,遂发遐思,聊托灵怪以写其理想中之女性耳。实则自明季吴越胜流观之,此辈狐女,乃真实之人,且为篱壁间物,不待寓意游戏之文,于梦寐中以求之也。若河东君者,工吟善谑,往来飘忽,尤与留仙所述之物语仿佛近似。"②虽然如此,蒲松龄的《聊斋志异》自有悟道不纯之嫌。宝应知县孙蕙写信劝诫:"兄台绝顶聪明,稍一敛才攻苦,自是第一流人物,不知肯以鄙言作□否?"③故而在《聊斋志异》传播初期,高珩、唐梦赉的序言都重点诠释了小说合于大道,并不悖于圣人之旨的缘由。

---

① 盛时彦:《姑妄听之跋》,见纪昀著,吴敢、韦如之校点:《阅微草堂笔记》卷十八,杭州:浙江古籍出版社,1997年,第350~351页。
② 陈寅恪:《柳如是别传》,北京:生活·读书·新知三联书店,2001年,第75页。
③ 欧阳健:《〈聊斋志异〉序跋涉及的小说理论》,载《蒲松龄研究》,2000年第Z1期,第2页。

固然《四库全书》的编纂原则是贵实贱虚的,正如梁启超先生所说:"露骨地说,四库馆就是汉学家的大本营,《四库提要》就是汉学思想的结晶体。"①在他们眼中,最值得称道的是那些信而有征的小说。但官方的观点未必完全等同于纪昀的文学观,纪昀的《阅微草堂笔记》并不乏虚构的案例,"多得之于传闻,话语兼具实录和虚构功能"②,而且对于虚构还是持理性的态度的:"义庆所述,刘知几《史通》深以为讥。然义庆本小说家言,而知几绳之以史法,拟不于伦,未为通论。"③可擅长虚构的纪昀为什么抓住蒲松龄的虚构而大作文章呢?对于同乡先达,又为何没有了一代大师应有的敦厚和平?这恐怕需要从纪昀的文学立场和文学追求说起:

> 今老矣,无复当年之意兴,惟时拈纸墨,追寻旧闻,姑以消遣岁月而已……缅昔作者,如王仲任、应仲远,引经据古,博辨宏通;陶渊明、刘敬叔、刘义庆,简淡数言,自然妙远。诚不敢妄拟前修,然大旨期不乖于风教。④

从其对文言小说发展源流的梳理可知,晚年的纪昀尊崇的是"博辨宏通""简淡数言,自然妙远""不乖于风教"的文风,其创作的《阅微草堂笔记》,将故事置于介乎理学与原始儒学之间的精英文化语境之中,自然不会欣赏"集腋为裘,妄续幽冥之录;浮白载笔,仅成孤愤之书"的《聊斋志异》。虽然纪昀很熟悉《聊斋志异》,如《槐西杂志》记述东昌书生夜行,因喜欢《聊斋志异》中的《青凤》《水仙》,特别希望自己也能偶遇狐仙,不承想竟成为现实,但就在其心荡神摇之际,却被安排作傧相。又如一位赴京谋食的穷人,调笑骑驴的少妇,少妇扔给他一条包有首饰的手帕,穷人到当铺换钱,却自投罗网,原来首饰正是当铺的失物。纪昀将《聊斋志异》中那些散发着青春气息的狐魅故事一改而为戒色戒贪的故事,"如果说《聊斋》洋溢着一个中年才士对人间的悲愤和憎爱,那么,《阅微草堂笔记》则已渗透了一个老年智者对人间的省悟和悲凉"。⑤ 作为一代学问大师,纪昀能将委巷之言出入于小说与理学之间,借丰富的文史资料深化故事的审美意蕴。如《如是

---

① 梁启超:《中国近三百年学术史》,北京:东方出版社,1996年,第23页。
② 宗振举:《浅析〈阅微草堂笔记〉的叙事模式》,载《天津职业院校联合学报》,2007年第4期,第128页。
③ 永瑢等:《四库全书总目》,北京:中华书局,1965年,第1182页。
④ 纪昀:《姑妄听之自序》,见《阅微草堂笔记》,天津:天津古籍出版社,2005年,第266页。
⑤ 杨义:《中国古典小说史论》,北京:人民出版社,1998年,第544页。

我闻》谈狐,从《史记·陈涉世家》的篝火狐鸣、《西京杂记》的托梦报冤到《朝野佥载》的"无狐魅,不成村",勾勒出了狐魅意象的衍变过程。关于媒神的源头,据《酉阳杂俎·支诺皋》记载,南方洞主的填房因杀死了继女叶限所养的巨鱼而受到天谴,为飞石击杀,死后成为媒神。将鬼神之事作为现实生活的延伸,折射出作者对世事的深度关切。又如《姑妄听之》的河中求石首,不仅嘲讽了讲学家的不究物理,而且开阔了读者的见闻。能做到这一点,离不开纪昀学富五车的才具和对人世的独到思考。

但也有学者认为,纪昀之所以深恶《聊斋志异》,是因为其将长子纪汝佶之死归咎于为《聊斋志异》所惑:"会余从军西域,乃自从诗社才士游,遂误从公安竟陵两派入,后依朱子颖于泰安,见《聊斋志异》抄本,时是书尚未刻,又误堕其窠臼,竟沉沦不返,以讫于亡故。"①

最后,《四库全书》在小说的收录方面自有其一定之规,《四库全书总目》"子部·小说家类"小序云,"唐宋而后,作者弥繁。中间诬漫失真,妖妄荧听者固为不少,然寓劝戒、广见闻、资考证者亦错出其中"。"迹其流别,凡有三派:其一叙述杂事,其一记录异闻,其一缀辑琐语也"。"今甄录其近雅驯者,以广见闻。惟猥鄙荒诞,徒乱耳目者则黜不载焉"。②

  盖此本为商濬《稗海》所刻,明人庸妄,已有所删削矣,所记诸条多与史传相出入……然野史传闻,不能尽确,非独此书为然,取其大致之近实可也。③(王辟之《渑水燕谈录》,十卷,内府藏本)

  是书采录故事诗话,颇为精赡……然今时所与游处皆元祐胜流,诸所记录多尚有典型,是固不以人废言矣。④(赵令畤《侯鲭录》,八卷,内府藏本)

  偶涉古事,余皆南北宋之轶闻,与他书相出入,疑亦杂采说部为之……而南岳夫人一事尤为猥亵,亦未免堕小说窠臼,自秽其书。然大旨记述近实,持论近正,在说部之中犹为善本。⑤(无名氏《东南纪闻》,三卷,永乐大典本)

  此书乃杂记闻见琐事……于有元一代法令制度及至正末东

---

① 纪昀著,汪贤度校点:《阅微草堂笔记》,上海:上海古籍出版社,1980年,第563页。
② 永瑢等:《四库全书总目》,北京:中华书局,1965年,第1182页。
③ 永瑢等:《四库全书总目》,北京:中华书局,1965年,第1190页。
④ 永瑢等:《四库全书总目》,北京:中华书局,1965年,第1194页。
⑤ 永瑢等:《四库全书总目》,北京:中华书局,1965年,第1219页。

南兵乱之事纪录颇详。所考订书画文艺,亦多足备参证。惟多杂以俚俗戏谑之语,闾里鄙秽之事,颇乖著作之体。叶盛《水东日记》深病其所载猥亵,良非苛论。然其首尾赅贯,要为能留心于掌故,故朱彝尊《静志居诗话》谓宗仪练习旧章,元代朝野旧事实借此书以存,而许其有裨史学,则虽瑜不掩瑕,固亦论古者所不废矣。①（陶宗仪《辍耕录》,三十卷,内府藏本）

其书多记诗话,兼及神怪杂事,亦小说家流。然采撷冗碎,绝无体例。②（王应龙《翠屏笔谈》,一卷,浙江范懋柱家天一阁藏本）

案焦竑《经籍志》载,《双溪杂记》二卷,王琼撰……是编其杂记见闻之作也,所载朝廷故事,于宏治以前颇有稽核,足与正史相参,即是非取予,亦不甚刺谬。至正嘉之间,则自任其私,多所污蔑,不可尽据为实录。考明史本传,琼督边之功及荐王守仁以平宸濠,其功固不可没,然平日与江彬、钱宁等相比,而与杨廷和、彭泽等不协,故记中于廷和与泽诋诬尤甚。至于大礼一事,曲徇世宗之意,悉归其过于廷和,尤非定论矣。③（无名氏《双溪杂记》,无卷数,两淮盐政采进本）

从《四库全书总目》收录的实际情形来看,"小说家类"小序所言非虚,《四库全书总目》对小说的真实性、持论的正统性和语言的雅洁的坚持到了苛刻的地步,所以,当下有学者出于对蒲松龄的偏爱而对纪昀的文学追求有所攻讦,可基于以上几点缘由,《聊斋志异》又缘何会被《四库全书》收录呢?

(四)《聊斋志异》的文学精神与清代小说序跋

蒲松龄已经不再满足于一般的中国古代小说所追求的曲折多变的叙事策略,而是醉心于引领读者去思考生命和生活背后残忍的真实。人性与道德、法律之间的难以两全的困境成为蒲松龄小说叙事关注的中心。

女子复仇故事的创作与接受构成了中国古代侠文化对于人伦的异动,由于女子活动区域的日益狭仄,情节中蕴蓄的"义"由最初的为群体而不惜损己利他,一变而为为了群体中的某些人甚或某个人。唐代薛用弱《集异

---

① 永瑢等:《四库全书总目》,北京:中华书局,1965年,第1203页。
② 永瑢等:《四库全书总目》,北京:中华书局,1965年,第1217页。
③ 永瑢等:《四库全书总目》,北京:中华书局,1965年,第1219页。

记·贾人妻》、宋代《太平广记·崔慎思》中曾出现过类似的情节,但不同于细侯的是,这些女子的所有行动都是以报仇这一动机为中心的,包括结婚、生子、杀子。《细侯》之奇在于结局的急转直下,细侯用自己的行动诠释了人性的两面性,善与恶的难分难解正是蒲松龄小说构思超乎常人之处,道德判断的复杂性和文化的多元化成就了小说的多义性,同时也形成了小说的"文奇而正"的审美特征,这一点迥异于纪昀《阅微草堂笔记》叙事的明晰和价值取向的单一。身为妓女的细侯一心一意地追求同心之爱,幻想着和满生守着几椽破屋,半顷薄田,过着"君读妾织,暇则诗酒可遣,千户侯何足贵"①的惬意生活。但不同于以往的是,在小说的前半部分,细侯只是爱情悲剧的被动参与者,以迷局中的迷失者而存在。如果没有满生的最后出现,细侯会继续坚守这份平庸的婚姻。但细侯很快便陷入蒲松龄精心设计的叙事陷阱之中,当传言满生已死,细侯是继续守节还是改嫁给阔商?当满生再次出现,一切阴谋大白于天下的时候,细侯是守住已有的幸福,还是重新选择?当细侯最终用残忍的杀子举动来消解自己的失节,借以表明对爱情的忠贞的时候,来自社会的所有批评的声音都暗哑了,官府"原其情,置不问"。但明伦也认为:"商本非其夫也,彼非夫而诡谋以锢吾夫,彼固吾仇也,抱中儿即仇家子也,杀之而归满,应恕其忍而哀其情。"但蒲松龄却认为:"呜呼!寿亭侯之归汉,亦复何殊?顾杀子而行,亦天下之忍人也。"②

《聊斋志异》道德判断的复杂性还体现在对于情与淫的思辨,小说中充斥着大量隐晦的性描写,作者不仅不忌讳谈性,而且带着欣赏的眼光,虽然没有《金瓶梅》的那种具体翔实。在两性结合中,既没有家族意识、身份感觉和财产分配的杯葛,又不需要灵魂的和谐,更不需要爱意的冲撞,只有性的放纵和疯狂,"乃梯而过,遂共寝处"(《红玉》);"生大喜,遂共欢"(《鲁公女》);"狎亵既竟,流丹浃席"(《林四娘》);"息烛登床,绸缪其至"(《莲香》);"合卺之后,甚惬心怀"(《娇娜》);"继而灭烛登床,狎情荡甚"(《胡四姐》);"即就枕席,宛转万态,款接之欢,不可言寓"(《阿秀》);"乃揽体入怀,代解裙结。玉体乍露,热香四流,偎抱之间,觉鼻息汗薰,无气不馥"(《葛巾》)。大量的性描写指向了当时社会思想文化延续中的两个极端:伦理纲常的规范对身心的禁锢和严酷背景下思想解禁潜流的涌动所带来的相对宽松的生活格局,虽然余集说它"鬼谋虽远,庶其警彼贪淫。呜呼!先生之志荒,

---

① 蒲松龄著,陈伯图校点:《聊斋志异》,郑州:中州古籍出版社,2000年,第213页。
② 张友鹤辑校:《聊斋志异会校会注会评本》,上海:上海古籍出版社,1983年,第793页。

而先生之心苦矣"。①

《聊斋志异》虽有许多篇目涉及两性话题,但多乐而不淫,如《凤阳士人》,故事没有让叙事停留在对人欲横流的展示,虽然康熙时期的戏曲小说曾长久地津津乐道于此,但是笔锋忽转,"于戏谑、讽谕诸言中,均溶劝诫之理"②,鲜明的道德化倾向和对人欲的肯定成为蒲松龄小说矛盾又统一的两极。凤阳士人在丽人的诱惑面前陷入了人生和道德伦理的困境,是追求两性相悦的幸福,在放纵中寻求人生之大乐,还是坚守没有多少爱情成分的婚姻?性行为应是以爱的名义发生,还是以婚姻为基础?小说并没有对性爱场面再作什么细致入微的描画,而是笔锋一转,写到了凤阳士人妻子的感受,"手颤心摇,殆不可过,念不如出门窜沟壑以死"。③ 在这一段文字中,实际上提到了一句很重要的话,那就是"素常猥亵之状",也就是说凤阳士人和妻子一向如此,说明凤阳士人夫妻之间的日常生活中全然没有了对人性本能的遏止。凤阳士人的妻子为什么以往不生气,而这次却如此痛不欲生了呢?这就是蒲松龄的高明之处了,他没有让凤阳士人的妻子作出什么泰然自若状,摆出一副很贤惠、很开明的样子,而是让她嫉妒得要死,非常真实。凤阳士人的妻子如此好妒,明知触犯礼法,却没有丝毫屈服的意思,对于强加在妇女身上"妇者,服也,以礼屈服也""服于家事,事人者也"④的规范置若罔闻,而要求丈夫作"一心之人"。为了维护至高至善的爱情,性绝对不乐意与他人分享,小说至此已然表现出了情色与道德合流的趋势。但明伦评点道:"又是想他,又是恨他,手颤心摇,无可奈何他,不如一死不见他,且自由他。儿女之情态,写来逼真。"⑤这一叙事倾向正如《水浒传》对血性武二郎的描写,武松行事是无可又无不可,才是真正妙人。"把两只手一拘拘将拢来,当胸前搂住;却把两只腿望那妇人下半截只一挟,压在妇人身上"。金圣叹评曰:"前者嫂嫂日夜望之。""胸前搂住,压在身上,皆故作丑语以成奇文也。"⑥蒲松龄没有让他的主人公完全听从肉体

---

① 余集:《聊斋志异序》,见张友鹤辑校:《聊斋志异会校会注会评本》,北京:中华书局,1962年,第6页。
② 五费居士:《择翻〈聊斋志异〉序》,见蒲松龄著,任笃行辑校:《全校会注集评聊斋志异》,济南:齐鲁书社,2000年,第2475~2476页。
③ 张友鹤辑校:《聊斋志异会校会注会评本》,北京:中华书局,1962年,第189页。
④ 王聘珍撰,王文锦点校:《大戴礼记解诂》,北京:中华书局,1983年,第254页。
⑤ 张友鹤辑校:《聊斋志异会校会注会评本》,北京:中华书局,1962年,第189页。
⑥ 施耐庵原著,金圣叹评改,张国光校订、整理:《金圣叹评改本水浒》,武汉:华中理工大学出版社,1998年,第401页。

快感的指引,凤阳士人的最终回归展现了作者对原始儒学的皈依和一个理性的作者应持有的对社会负责的创作态度。小说结局虽以凤阳士人的回归家庭为结局,但一句"不知丽人何许耳"成了理性人生背后难以祛除的人性真实,难怪张安溪要将《聊斋志异》的审美特征概括为"文奇义正"①,何彤文更是盛赞蒲松龄"运笔可谓古峭矣,序事可谓简洁矣,铸语可谓典赡矣"。②

《聊斋志异》在传播的过程中还被广泛地改编为戏曲,更可见出其受欢迎的程度。为了让淄川人更好地接受《聊斋志异》,蒲松龄亲自将故事性比较强的部分篇目改编成戏曲,这在清代小说传播史上是极为罕见的:"就自作《志异》中择《珊瑚》《张讷》《江城》编为小曲,演为传奇,使老妪可解,最足感人。又纂辑古来言行有关修身齐家、接物处事之道者,成书五六十卷,粹然醇儒之学。特无力刊行。世人或讥其轻薄,不知嬉笑怒骂皆具救世婆心,非以口笔取快一时也。所著《聊斋志异》,人服其才学,而未知其生平心术,故略录梗概焉。"③据《聊斋志异》改编的戏曲,在乾隆、嘉庆年间并不多见,仅有六部传奇,如沈起凤的《文星榜》影用《胭脂》;《报恩猿》影用《小翠》;钱维乔的《鹦鹉媒》本《阿宝》;陆继辂的《洞庭缘》牵合《织成》和《西湖主》;夏大观的《陆判记》出自《陆判》;西泠词客的《点金丹》出自《辛十四娘》。道光以后,聊斋戏蔚然大兴,仅传奇就有十八种,如李文瀚的《胭脂舄》;黄燮清的《脊令原》《绛绡记》;陆如钧的《如梦缘》(本《连琐》);许善长的《神山引》《胭脂狱》;陈烺的《梅喜缘》《负薪记》《错姻缘》;刘清韵的《丹青副》《天风引》《飞虹啸》;阙名的《恒娘记》《盍簪报》《紫云回》《钗而弁》《琴隐园》《颠倒缘》(诸种皆佚)。花部诸腔改编《聊斋志异》的戏曲更是指不胜屈,仅陶君起《京剧剧目初探》所著录的京剧作品就有四十种之多。

上述"聊斋戏"大多不是取材于数量最多的花妖鬼狐故事,而是取材于社会题材的故事。在《聊斋志异》的传播过程中,人们更为重视的是它的社会指向和现实意蕴,而不是虚无缥缈的非现实世界。即便是对非现实世界的热衷和向往,也仅仅是为了更好地观照现实的生存状态。

---

① 冯镇峦:《读聊斋杂说》,见张友鹤辑校:《聊斋志异会校会注会评本》,北京:中华书局,1962年,第9~10页。
② 何彤文:《注聊斋志异序》,见丁锡根编著:《中国历代小说序跋集》,北京:人民文学出版社,1996年,第142页。
③ 王培荀著,蒲泽校点,严薇青审订:《乡园忆旧录》,济南:齐鲁书社,1993年,第20页。

二、《虞初新志》等文言小说集的序跋与小说传播

清人对于文言小说的贡献之一在于文本的保存,诸多文言小说集的出版不仅保证了单篇小说的不易流失,同时还为读者打开了一扇门,门内是风格各具,五彩纷呈。当然,在小说集的编撰过程中,编撰者同样也有着自己的原则,对文学有着自己的观点,这些观点彰显了一个时代的文学接受倾向。

顺康年间诗坛领袖王士禛首倡"神韵说",引领了清代诗风的变迁。王士禛试图以淡静悠远的诗境消融明清易代的黍离之悲及人生失意的命运悲慨,如其写于顺治十四年的成名作《秋柳四首》就是这种理念的衍生品。诗前小序:"昔江南王子,感落叶以兴悲;金城司马,攀长条而陨涕。仆本恨人,性多感慨。寄情杨柳,同《小雅》之仆夫;致托悲秋,望湘皋之远者。"①小序中透露着低回欲绝的生命感伤和易代之后的深沉的幻灭感。诗歌以大明湖乍染秋色的秋柳起兴,进而抒发了作者无限的人生感伤,抒写了浓重的人生幻灭感。虽然后来王士禛仕途发达,但是其诗作基本上保持了《秋柳诗》的风格,寄托于山水清音的人生意趣说到底无外乎还是人生如梦、世事空幻的别样排解。同时的朱彝尊,虽笔下不涉新朝一字,但也以满眼的"萧萧柳"的凄哀怨情,通过侧锋之用及化实为虚,同样隐约传达了对前景的黯然失望及对黑暗世道的离心离德。

张潮在编纂《虞初新志》之时确立了传奇小说的审美规范:"幽奇。"这一认知与康熙年间诗坛"以清远为尚""有神韵天然不可凑泊"的美学追求相吻合。虽然文学风格追求近似,但是不同于王士禛和朱彝尊的是,在传奇小说的创作问题上,张潮选择了"才子、佳人、英雄、神仙"等幽奇题材抒写其人生"感愤"。

> 鄙人性好幽奇,衷多感愤。故神仙英杰,寓意《四怀》;外史奇文,写心一启(予向有才子、佳人、英雄、神仙《四怀诗》及《征选外史启》)。生平罕逢秘本,不惮假抄;偶尔得遇异书,辄为求购。②
> 夫人以穷愁而著书,则其书之所蕴,必多抑郁无聊之意以寓

---

① 王士禛著,李毓芙、牟通、李茂肃整理:《渔洋精华录集释》,上海:上海古籍出版社,1999年,第67页。
② 张潮:《虞初新志·凡例十则》,见《说海》第二册,北京:人民日报出版社,1997年,第322页。

乎其间。读者亦何乐闻此如怨如慕、如泣如诉之音乎？予不幸，于己卯岁误堕坑井中，而肺附中山，不以其困也而贳之，犹时时相喂啮，既无有有道丈人相助举手，又不获遇聂隐娘辈一泣诉之，惟暂学羼提波罗蜜，俟之身后而已。于斯时也，苟非得一二奇书，消磨岁月，其殆将何以处此乎？然则予第假读书一途以度此穷愁，非敢曰唯穷愁始能从事于铅椠也。①

张潮认为，散文以雅洁为前提，而传奇小说铺叙宜详。《虞初新志·凡例十则》："一事而两见者，叙事固无异同，行文必有详略，如《大铁椎传》，一见于宁都魏叔子，一见于新安王不庵。二公之文，真如赵璧隋珠，不相上下。顾魏详而王略，则登魏而逸王。只期便于览观，非敢意为轩轾。"②以翔实或雅洁为审美目标是传奇小说和叙事古文区别之所在，张潮的有意轩轾使传奇小说冲破了叙事古文规范的束缚。

> 古今小说家言，指不胜偻，大都饾饤人物，补缀欣戚，累牍连篇。非不详赡，然优孟叔敖，徒得其似，而未传其真。强笑不欢，强哭不戚，乌足令耽奇揽异之士心开神释、色飞眉舞哉？况天壤间浩气卷舒，鼓荡激薄，变态万状。一切荒诞奇僻、可喜可愕、可歌可泣之事，古之所有，不必今之所无；古之所无，忽为今之所有，固不仅飞仙盗侠、牛鬼蛇神，如《夷坚》《艳异》者所载者为奇矣。此《虞初》一书，汤临川称为小说家之"珍珠船"，点校之以传世，洵有取尔也。独是原本所撰述，尽撷唐人佚事，唐以后无闻焉。临川续之，合为十二卷，其间调笑滑稽，离奇诡异，无不引人着胜。究亦简帙无多，搜采未广，予是以慨然有《虞初后志》之辑。需之岁月，始可成书，先以《虞初新志》授梓问世。其事多近代也，其文多时贤也，事奇而核，文隽而工，写照传神，仿摹毕肖，诚所谓古有而今不必无、古无而今不必不有，且有理之所无，竟为事之所有者。读之令人无端而喜，无端而愕，无端而欲歌欲泣。诚得其真，而非仅得其似也。夫岂强笑不欢、强哭不戚、饾饤补缀之稗官小说可同日语哉！学士大夫酬应之余，伊吾之暇，取是篇而浏览之，

---

① 张潮：《虞初新志·总跋》，见《说海》第二册，北京：人民日报出版社，1997年，第319页。
② 张潮：《虞初新志·凡例十则》，见《说海》第二册，北京：人民日报出版社，1997年，第321页。

匪唯涤烦祛倦，抑且纵横俯仰，开拓心胸，具达观而发旷怀也已。①

张潮还认为，传奇小说的选材贵真贵奇。而所谓的"真"，不仅要求素材要符合生活的真实，而且指对人、事的刻画要逼真，要得其神似，"而非仅得其似也"。在追奇逐异的道路上，张潮重拾汤显祖在《牡丹亭》中的文学主张："理之所无，竟为事之所有。"生活中有未必符合儒家道统的事情，但是确实发生了，这样的素材经隽永的笔触稍加点染，就会达到"化工"的境界："文隽而工。"这样的事件，这样的笔触，这样的文章，读者一旦接触，定会"无端而喜，无端而愕，无端而欲歌欲泣"。也只有这样的文章，才能真正实现"涤烦祛倦""纵横俯仰，开拓心胸，具达观而发旷怀"的文学功能。

如果说张潮的文学观未必全部合乎正统雅论的话，到了郑澍若的时代，则向道统走近了一大步。虽然郑澍若也强调传奇小说的贵真，也认为传奇小说可以凿方心、开灵牖、咤风云、锵金石、助麈谭而备辎轩之咨访。

> 山来张先生辑《虞初新志》，几于家有其书矣。诚以所编纂者，事非荒唐不经，文无鄙俚不类，较之汤临川之续合《虞初》原本，光怪陆离，足以凿方心，开灵牖，弥觉引人入胜……非敢谓开拓万古心胸，有闻乐观止之叹，然而其文其事，则皆可以咤风云，锵金石，助麈谭而备辎轩之咨访者也。②（嘉庆七年）

但从选文来看，郑澍若的《虞初续志》和张潮的《虞初新志》有着很大的不同。张潮的选文中也有《义犬记》《义虎记》等，但多抒发人不如动物的感慨，而郑澍若则更加标榜宋明理学的道统。

> 君尝执贽当湖陆公稼书之门，稼书讲性命之学，得闽洛正传。君服习其教，为入室弟子，涵养德性，澹于荣利，遂弃举子业，绝意进取。③

---

① 张潮:《虞初新志·自叙》，见《说海》第二册，北京:人民日报出版社，1997年，第320页。
② 郑澍若:《虞初续志自序》，见丁锡根编著:《中国历代小说序跋集》，北京:人民文学出版社，1996年，第1809页。
③ 杨无咎:《周君讱斋传》，见《说海》第三册，北京:人民日报出版社，1997年，第840页。

黄承增在其写于嘉庆癸亥(嘉庆八年,1803)的《广虞初新志自叙》中同样强调了传奇小说题材的"奇""真""雅""工"的内在审美元素和"开拓心胸、涤烦祛倦"的社会功用。

> 吾歙张心斋以其卷帙无多,欲辑《虞初后志》,自云需之岁月,始可成书。乃先以《虞初新志》问世,今所传诒清堂袖珍本二十卷是也。当日心斋仅就同时诸家手授钞本汇刻成书,究为搜罗未广……事多近代,文多时贤,奇而核,隽而工,亦犹心斋所云,或足资学士大夫开拓心胸,涤烦祛倦之一助云。①(上海扫叶山房民国时期石印本)

表10 《虞初新志》《虞初续志》《广虞初新志》之官宦类小说选篇比较

作者	《虞初新志》	《虞初续志》	《广虞初新志》
周亮工(1612—1672),原籍河南祥符,后移居金陵。崇祯十三年进士,浙江道监察御史。清朝任盐法道、兵备道、布政使、左副都御史、户部右侍郎等。	《盛此公传》等9篇	《张林宗先生传》等2篇	
徐芳,生卒年不详,江西南城人。崇祯十三年进士。入清不仕。	《柳夫人小传》等8篇		
陆次云,浙江钱塘人,康熙十八年举博学鸿词科,官江阴知县。	《北墅奇书》等5篇	《海烈妇传》等7篇	
毛奇龄(1623—1716),浙江萧山人。翰林院检讨,纂修《明史》。	《曼殊别志书传》等4篇	《重建宣城徐烈妇祠碑记》等7篇	《重建宣城徐烈妇祠碑记》等18篇
钮琇(?—1704),江苏吴江人。康熙十一年拔贡生,官至陕西知府。	《记吴六奇将军事》等9篇	《张丽人传》	

---

① 黄承增:《广虞初新志自叙》,见丁锡根编著:《中国历代小说序跋集》,北京:人民文学出版社,1996年,第1810页。

续表

作者	《虞初新志》	《虞初续志》	《广虞初新志》
钱谦益(1582—1664),江苏常熟人。万历三十八年探花,礼部尚书,清朝官礼部侍郎。	《书郑仰田事》等2篇		
林嗣环,生卒年不详,福建安溪人。顺治六年进士,历任广东提刑按察司副使,分巡兵备道,兼理学政。	《秋声诗自序》		
吴伟业(1609—1672),江苏太仓人。明崇祯四年进士,官左庶子,弘光朝任少詹事,清朝官祭酒。	《柳敬亭传》等2篇		
方亨咸(1620—1679),安徽桐城人。顺治四年进士,官至陕西道监察御史。	《武风子传》等2篇		《苗俗纪闻》
尤侗(1618—1704),江苏长洲人。顺治间拔贡,康熙时举博学鸿词科,授翰林院检讨。	《瑶宫花史小传》		
曹禾(1637—1699),江苏江阴人。康熙三年进士,康熙十八年举博学鸿词科,官至国子监祭酒。	《顾玉川传》		
张明弼(1584—1652),江苏金坛人。崇祯十年进士,出为广东揭阳县令。	《冒姬董小宛传》等2篇		
严首升(1607—?),湖南华容人。崇祯中拔贡,入清削发为僧。	《一瓢子传》		
林云铭,生卒年不详,福建闽县人。顺治十五年进士,官徽州府通判。	《林四娘记》		
方苞(1668—1749),安徽桐城人。康熙四十三年进士,官至内阁学士兼礼部侍郎。	《孙文正黄石斋两逸事》	《左忠毅公逸事》	
王士禛(1634—1711),山东新城人。顺治十五年进士,官至刑部尚书。	《剑侠传》等2篇	《宋道人传》	《广州游览小志》等2篇
宋荦(1634—1713),河南商丘人。官至吏部尚书。	《筠廊偶笔》		《怪石赞》等2篇

续表

作者	《虞初新志》	《虞初续志》	《广虞初新志》
李清(1602—1683)，江苏兴化人。崇祯四年进士，官至刑科给事中。入清不仕。	《鬼母传》		
秦松龄(1637—1714)，江苏无锡人。顺治十二年进士，官至左春坊左谕德。	《过百龄传》		
来集之(1604—?)，清初戏曲作家，浙江萧山人。崇祯十三年进士，官至兵科给事中、太常寺少卿。入清不仕。	《樵书》		
陈玉璂(1640—?)，江苏武进人。康熙六年进士，官中书舍人。	《钱塘于生三世事记》等2篇		《农具记》
陆鸣珂，生卒年不详，江南华亭人。顺治十二年进士，康熙三十六年任山东学使。	《邵士梅传》		
黄周星(1611—1680)，湖南湘潭人。崇祯十三年进士，官户部给事中。入清不仕。	《补张灵崔莹合传》		《小半斤谣》等3篇
王明德，生卒年不详，江苏高邮人。任刑部陕西司郎中。	《记缢鬼》		
王谦，生卒年不详，直隶永年人。康熙六年进士，任湖南武冈知州、户部郎中。康熙二十九年典浙江乡试，康熙三十一年官江西提学道。	《平苗神异记》		
吴陈琰，生卒年不详，浙江钱塘人。康熙四十二年御试一等，官山东茌平知县。	《纪老生妄讼》等2篇	《瞽女琵琶记》	
徐喈凤，生卒年不详，江苏宜兴人。顺治十五年进士，官云南永昌府推官，后举博学鸿词科，不赴。	《会仙记》		
黄永，生卒年不详，江苏武进人。顺治十二年进士，官刑部员外郎。	《姗姗传》		

续表

作者	《虞初新志》	《虞初续志》	《广虞初新志》
缪彤（1627—1697），江苏吴县人。康熙六年状元，授翰林院修撰，侍讲，父丧，家居二十年。	《述怪记》		《胪传纪事》
洪若皋，生卒年不详，浙江临海人。顺治十二年进士，官至福建按察使司佥事。	《乩仙记》		
毛际可（1633—1708），浙江遂安人。顺治十五年进士，历官城固、祥符知县。	《李丐传》等2篇	《总制汪公逸事》	
高士奇（1645—1704），浙江钱塘人。官至礼部侍郎。	《记桃核念珠》	《杂记》	
宋起凤，生卒年不详，浙江余姚人。顺治八年副贡生，官灵丘、乐阳知县。	《核工记》		
孙嘉淦（1683—1753），山西兴县人。康熙五十二年进士，官至工部尚书，迁吏部，升协办大学士。	《南游记》		
南怀仁（1623—1688），康熙初入中国传教，官至钦天监正。	《七奇图说》		
徐乾学（1631—1694），江苏昆山人。康熙九年探花，官至刑部尚书。		《马文毅公广西殉难始末》	
章藻功（1656—?），浙江钱塘人。康熙四十二年进士，翰林院庶吉士。在官五月，终身事母。		《孝节妇郑氏传略》	
陆陇其（1630—1692），浙江平湖人。康熙九年进士，由嘉定知县官至监察御史。		《崇明老人记》	
汪琬（1624—1690），江苏长洲人。顺治十二年进士。晚居尧峰，人称尧峰先生。		《江天一传》等2篇	
潘耒（1646—1708），江苏吴江人。康熙十八年举博学鸿词科。		《戴南枝传》	《戴南枝传》

续表

作者	《虞初新志》	《虞初续志》	《广虞初新志》
边大绶,生卒年不详,直隶任丘人。崇祯十二年举人,明末官米脂知县,顺治八年至顺治十三年任太原府知府。		《虎口余生记》	
施闰章(1618-1683),安徽宣城人。顺治六年进士,康熙十八年举博学鸿词科,官翰林院侍讲。		《杨老痴传》等3篇	
姜宸英(1628-1699),浙江慈溪人。康熙三十六年进士,授翰林院编修。		《刘孝子寻亲记》	
李来泰(1623-1681),江西临川人。顺治九年进士,官至翰林院侍讲。		《施曾省先生传》	
陈祖范(1676-1754),江苏常熟人。应雍正元年会试,未及殿试而归,后授国子监司业。		《自序》等2篇	
范承谟(1624-1676),镶黄旗汉军人。顺治九年进士,官至福建总督。后为耿精忠所杀。		《画壁自序》	
李绂(1673-1750),江西临川人。康熙四十八年进士,官至户部右侍郎。为官三起三落。		《记吕尚义破贼事》	《记吕尚义破贼事》
袁枚(1716-1798),浙江钱塘人。乾隆四年进士,历任溧水、江宁等县知县。		《徐灵胎先生传》等5篇	《纪马僧事》
沈起凤(1741-?),江苏吴县人。乾隆三十三年举人,任安徽全椒教谕。		《老僧辨奸》等2篇	
车腾芳,生卒年不详,广东番禺人。康熙五十九年举人,乾隆元年荐举博学鸿儒,官海丰教谕。		《新会两生传》等2篇	
李调元(1734-1803),四川绵州人。乾隆二十八年进士,官吏部考功员外郎。		《张献忠降生记》	

续表

作者	《虞初新志》	《虞初续志》	《广虞初新志》
郑方坤(1693—?),福建建安人。雍正元年进士,官至兖州知府。		《邯邑人士小传》	
夏之蓉(1697—1784),江苏高邮人。雍正十一年进士,乾隆元年举博学鸿词科,授翰林院检讨。历任广东、湖南学政。		《丙子六秩自述书付子侄》	
陈维崧(1625—1682),江苏宜兴人。康熙十八年举博学鸿词科,授翰林院检讨。			《吴姬扣扣小传》等3篇
朱彝尊(1629—1709),浙江秀水人。康熙十八年举博学鸿词科,授翰林院检讨。			《崔子忠陈洪绶合传》
郑梁(1637—1713),浙江慈溪人。康熙二十七年进士,官至广东高州知府。			《应总兵传》等5篇
张宸(?—1678),上海人。顺治官中书舍人,康熙六年罢官。			《长平公主诔》
汪道昆(1525—1593),安徽歙县人。嘉靖二十六年进士,官至兵部侍郎。			《查八十传》
袁中道(1570—1623),湖北公安人。万历四十四年进士,官至南京吏部郎中。			《李温陵传》
潘之恒,生卒年不详,安徽歙县人,侨居南京。嘉靖间官中书舍人。			《贾扣传》
储大文(1665—1743),江苏宜兴人。康熙六十年进士,授翰林院编修。			《慈溪沈氏二忠传》等13篇
程正揆(1604—1677),湖北孝感人,晚年侨居金陵。崇祯四年进士,入清官至工部右侍郎。			《迁浮记》
史震林(1692—1778),江苏金坛人。乾隆二年进士,授淮安府学教授。			《双卿传》等52篇

续表

作者	《虞初新志》	《虞初续志》	《广虞初新志》
丁澎(1622—1686),浙江仁和人。顺治十二年进士,官刑部主事。康熙初放归纂修《浙江省志》。			《李孝贞养父不嫁议》
陈子龙(1608—1647),上海人。崇祯十年进士,由绍兴推官擢兵科给事中。			《三慨》
毛会建(1612—?),江苏武进人。顺治二年副贡,官至礼部员外郎。			《万里青山记》
彭而述(1606—1665),河南邓州人。崇祯十三年进士,山西阳曲知县,入清官至贵州巡抚,终云南布政使。			《东郭看桃花记》
许缵曾,生卒年不详,上海人。顺治六年进士,官河南按察使,转云南按察使。			《优昙花记》
陈奋永,生卒年不详,浙江海宁人。陈之遴之子,以荫官五品京官。			《跳月记》
魏象枢(1617—1687),山西蔚州人。顺治三年进士,官至刑部尚书。			《奇穷子传》
江登云,生卒年不详,安徽歙县人。乾隆十三年武进士,均州参将,终南赣总兵。			《东南三国》等3篇
江绍莲,生卒年不详,安徽歙县人。江登云之子,嘉庆十六年进士,官国子监学正。			《奇女子》等3篇
陈悦旦,生卒年不详,江苏高淳人。康熙二十一年进士,官内阁撰文中书,后署衢州府事。			《慈鸡说》等2篇
方楘如,生卒年不详,浙江淳安人。康熙四十五年进士,官河北丰润知县。			《吴征君传》等6篇

续表

作者	《虞初新志》	《虞初续志》	《广虞初新志》
黄之隽(1668—1748)，江南松江人。康熙六十年进士，官至右春坊右中允。			《杨义士传》等2篇
黄元治，生卒年不详，安徽黟县人。顺治间副贡生，官至云南澄江知府。			《黔中杂记》
冯京第(？—1650)，浙江慈溪人。鲁王擢为佥都御史，后被捕，被杀于宁波。			《读书灯》
张英(1637—1708)，安徽桐城人。康熙六年进士，官至文华殿大学士。			《饭有十二合说》
孔尚任(1648—1718)，山东曲阜人。官至户部广东司员外郎。			《出山异数记》
江德量(1752—1793)，江苏仪征人。江恂之子，乾隆四十五年进士，官监察御史。			《白帝天王》等2篇
释道忞(1596—1674)，顺治间被敕封为弘觉禅师。			《奏对机缘》
黎遂球(1602—1646)，广东番禺人。天启七年举人，南明唐王时任兵部职方主事，提督两广水陆义师，后战死。			《桐阶副墨》
韩则愈，生卒年不详，河南鄢陵人。入清以贡生官浙江永嘉知县。			《雁山杂记》
收录明代进士 7 人的短篇小说 17 篇，收录江、浙、皖仕宦型作家 54 人，其中包括被乾隆帝于乾隆四十一年提出并编纂的《贰臣传·乙编》收录的钱谦益和吴伟业二人的短篇小说各 2 篇。	35 人 73 篇，收录最多的是钮琇、周亮工各 9 篇，徐芳 8 篇。	27 人 47 篇。其中，明朝的有 9 人，江、浙、皖收录 19 人。	40 人 130 篇，收录最多的是史震林，52 篇；其次是毛奇龄的 18 篇；再次是储大文的 13 篇。其中，明朝有 9 人，江、浙、皖收录 29 人。

文人士大夫对于文言小说创作的参与度到底有多高，我们可以从张潮

的《虞初新志》、郑澍若的《虞初续志》和黄承增的《广虞初新志》等短篇小说选集的搜辑来加以汇别。三书共采录了仕宦型作家83人,均以顺康乾三个时期为主,旁及明代,却几乎没有收录雍正时期的官员的篇目,只有《虞初续志》收录了3人各1篇而已。《广虞初新志》收录了嘉庆期间作家1人,乾隆期间作家4人,其中,史震林一人的小说独占了52篇之多,占了所收录仕宦作家整个篇幅的约四成。未做官的,三书共92位作家247篇作品,其中,明代的有2人。《虞初新志》收录了如毛先舒、余怀、顾彩、杜濬、魏禧、王猷定这样的大家的作品,《虞初续志》收录了如蒲松龄、邱维屏、毛先舒、胡天游、归庄、邵长蘅等大家的作品,《广虞初新志》收录了如林璐、毛先舒、冯班、顾景星等名家力作。江、浙、皖三省仕宦类小说家人数多达57人,非仕宦类小说家也多达50人,光从数字上就可以看出当时文人对于小说的热情,可见,鲁迅先生的说法"雍乾以来,江南人士惕于文字之祸,因避史事不道,折而考证经子以至小学,若艺术之微,亦所不废;惟语必征实,忌为空谈,博识之风,于是亦盛。逮风气既成,则学者之面目亦自具,小说乃'道听途说者之所造',史以为'无可观',故亦不屑道也"①也未必完全正确。从表10中可以看出,黄承增虽然高举张潮的美学大旗,但相比较张潮和郑澍若而言,在选篇上,明显从标准上降低了不少。从单个作家的选录篇目来看,黄承增也有贪图大而全的倾向,和张潮、郑澍若的精选也存在明显的不同。但从小说的传播角度而言,黄承增的编撰行为更有利于读者对某一单个作家进行全方位的考察。

---

① 鲁迅撰,郭豫适导读:《中国小说史略》,上海:上海古籍出版社,1998年,第179页。

第四章　清代小说作者与序跋者关系考论

信息的丰富与匮乏的矛盾交错纠结着清代小说序跋的研究,一方面是丰富的小说遗产和丰厚的序跋创作,另一方面是作者和序跋者的各种信息的缺失,以至于序跋者和作者之间的关系及序跋者之间的交游情形大都无从确认,连带着小说序跋中出现的文学经验和文论话语是单纯的文学现象,还是牵扯着小说内外的纵横交错的经纬;小说序跋者是无人理会的踽踽的独行者,还是作为时代的弄潮儿因着严肃的责任感和活跃的学术欲而引领着时代的风骚,相关的诸多问题都因此而无法厘清。

第一节　清代通俗小说作者与序跋者关系考论

碍于大的文化环境,大多数的清代通俗小说的作者和书坊主很难请到有名望的士子为其小说作序作跋,而达官显宦即使心恋小说,大都也会囿于文化道统而裹足不前。通俗小说的作者亲自捉刀,或书坊主亲自上阵,此为清代通俗小说序跋者的主体,小部分序跋出自书坊主或作者的亲朋,甚或是出自跨代读者之手。

一、清代通俗小说自序的特点

通俗小说中的自序占到了全部序跋的约一半比重。作为自序,作者对于自己的创作过程和心路历程自可言之凿凿,对于小说主旨的解读自然拥有最高话语权,而为其他类型的序跋所无法取代,自序诚为读者与作者之间心灵沟通的第一捷径。

心路历程的揭示成为清代通俗小说自序的第一要义。通俗小说的作者和序跋者能考中举人甚或进士的可谓凤毛麟角,但宦途从来都是僧多粥少,即使考中,也可能一样落拓不偶。《歧路灯》的作者李绿园系乾隆元年(1736)恩科举人,但之后就未能再次奏捷,故而在《歧路灯》的第七十六回,借故事中人张类村之口悲叹道:"休说甚么科副榜用不的,就是甚么科举人也用不的,都是些半截子功名,不满人意的前程。"①续《红楼梦》的作者高鹗算是幸运儿,消磨半生,终于在乾隆六十年,五十七岁时(乾隆五十三年举人)考中进士,可是官运不佳,仅仅做了几年学官和谏官,满怀的抱负无处施展。有限的小说作者材料已足以表明清代通俗小说的作者队伍整体上的贫困落魄,天花藏主人在《合刻七才子书序》中自称"贫穷高士,独往独来","贫而在下,无一人知己之怜"。烟水散人在《女才子自叙》中说"夫以长卿之贫,犹有四壁,而予云庑烟瘴,曾无鹪鹩之一枝","壮心灰冷,谋食方艰"。黄翰在道光二十二年《白鱼亭序》中说"以一书生奔走天下","除诗囊酒瓢而外无所得"。陈森在《品花宝鉴序》中自述落第京兆后"羁愁潦倒",竟然"贫乏不能自归"。撰有《斩鬼传》《凤凰池》《巧联珠》《飞花艳想》的刘璋,号樵云山人,康熙三十五年(1696)举人,雍正元年(1723)任直隶深泽县知县,雍正四年(1726)卸任深泽县令后,靠邑民"时供其薪米"而艰难度日,由此可知刘璋也是一位谙于世情而不得志的才士。《深泽县志·名宦传》记载:

> 刘璋,阳曲人,举人,年及髦始受泽令。谙于世情,于事之累民者悉除之。邑自壬寅岁荐饥,数有盗,尝一夜数哗,璋立捕盗。法,获一盗,予十金。盗多就获,轻者责令缉盗自赎,其情重者剖长木穿孔,入夜锢其一足,虽转侧而卒不得脱,其制严而不猛类如此。欲民不终讼,村置乡平一人,遴老成谨厚者为之,小事令乡平劝谕,讼多中止。其断狱则虚公研讯,尝有被盗诬陷者,前令时狱已具,人冤之,璋为获真盗得雪。有命案,实缢似勒,业以勒上申矣,旋察其实,即自检举。任四载,民爱之如父母,旋以前令亏米谷累解组。②

褚人获的《坚瓠补集》收录了毛纶六十大寿之时《千字文释义》的纂辑者汪啸尹的祝寿诗:"两字饥寒一腐儒,空将万卷付嗟吁。世人不识张司业,若个缠绵解赠珠。""久病长贫老布衣,天乎人也是耶非!止余几点穷途泪,盲尽双眸还自挥。""荆布菹盐四十年,谁人知得孟光贤。至今还举齐眉

---

① 李海观:《歧路灯》,见《古本小说集成》第三辑第一百五十二册,上海:上海古籍出版社,1993年,第1604页。
② 王肇晋修辑:《深泽县志》卷六,见《中国方志丛书》,据咸丰十一年刊本影印,台北:成文出版社,1976年,第212页。

案,辛苦终身实可怜。""工容何事不如人,嫁与寒儒病更贫。垂老双眉终日锁,莺花过尽那知春?"①值其夫妇六秩双寿之际,同人皆以诗赠之,毛纶独喜汪啸尹的这四首绝句,可见诗中所描写的"久病长贫"的生活,自负才华而又终身落拓的命运确乎是毛纶一生的真实写照。

　　缘于清代通俗小说作者的人生困境,发愤而作成为清代通俗小说的一个内在规定性。陈忱"穷愁潦倒,满眼牢骚,胸中块垒,无酒可浇,故借此残局而著成之"(《水浒后传序》)。② 烟水散人"回念当时,激昂青云,一种迈往之志,恍在春风一梦中耳。虽然,缨冕之荣,固有命焉,而天之窘我……而予一自外人,室人交遍谪我……而使凄其蓬巷之间,烂成金谷;萧然楮墨之上,掩映蛾眉。予乃得为风月主人、烟花总管,检点金钗,品题罗袖。虽无异乎游仙之虚梦,跻显之浮思而已。泼墨成涛,挥毫落锦,飘飘然若置身于凌云台榭,亦可以变啼为笑,破恨成欢矣"(《女才子自叙》)。③ 李春荣"弱冠应童子试,取博士弟子员,乃以异籍被攻,愤不顾家。负轻囊只身远出,历齐鲁,抵保阳,弃举子业,究习幕学,文章笔墨之事已渺渺如河汉矣……即稗官野史,吴歈越曲,胥纵观览。因见其中写才子佳人之欢会,多流于淫荡之私,有伤风人之雅,思力为反之。又念及人生遭际,悉由天命,毫莫能强。当悲歌慷慨之场,思文采风流之裔,悬拟赏心乐事,美景良辰,谅在造化当不我忌,因以爱书之笔,绘儿女之情,虽无文藻可观,或有意趣可哂,亦庶使悲欢离合各得其平而不鸣耳"(《水石缘自序》)。④ 另"如《儒林外史》中之杜少卿,即著者吴敬梓征君之自寓也。《儿女英雄传》著者文铁仙,曾简驻藏大臣,以事不果往,故事中安龙媒将有乌里雅苏台之役而卒不成行,殆亦以泚笔之时感触身世,因而自为描写耳"。⑤

　　对于清代通俗小说而言,如何作到底蕴深厚大气,其中不仅存在着艺术个性和审美习惯的问题,更重要的是作家胸中要有"大气""逸气"。人生苦难的砥砺与作家的彻悟的纠合会在无形中提升作家的思想情怀和人生

---

① 褚人获:《坚瓠补集》卷二《汪啸尹祝寿诗》,见《笔记小说大观》第十五册,扬州:江苏广陵古籍刻印社,1983年,第447页。
② 雁宕山樵:《水浒后传序》,见《古本小说集成》第四辑第九十四册,上海:上海古籍出版社,1994年,第2页。
③ 烟水散人:《女才子自叙》,见《古本小说集成》第一辑第八十七册,上海:上海古籍出版社,1991年,第1～6页。
④ 李春荣:《水石缘自序》,见《古本小说集成》第二辑第九十三册,上海:上海古籍出版社,1992年,第2～4页。
⑤ 徐珂编撰:《清稗类钞》第八册《著述类》,北京:中华书局,1986年,第3765～3766页。

境界,但富则易骄,穷则近谄,过于关注现实困境而忽视了对文化困境的反思,往往会使文学创作停留在一己之悲的发抒上,缺少了振奋人心的力量。文学情感陈陈相因,缺乏创新超越;声容惨淡而不能雄起,这一类的文学苦境大抵是寒素士子所为。青云无路,以至于人生暗淡,佳人难得,种种愤懑交织于胸中,只能通过文学加以宣泄,"凡纸上之可喜可惊,皆胸中之欲歌欲哭",爱情和事业的双料失意成为才子佳人小说作者心理失衡的重要动因。

> 徒以贫而在下,无一人知己之怜。不幸憔悴以死,抱九原埋没之痛,岂不悲哉!予虽非其人,亦尝窃执雕虫之役矣。顾时命不伦,即间掷金声,时裁五色,而过者若罔闻罔见。淹忽老矣!欲人致其身而既不能,欲自短其气而又不忍,计无所之,不得已而借乌有先生以发泄其黄粱事业。有时色香援引,儿女相怜;有时针芥关投,友朋爱敬;有时影动龙蛇而大臣变色,有时气冲牛斗而天子改容。凡纸上之可喜可惊,皆胸中之欲歌欲哭。吾思人纵好忌,或不与淡墨为仇。世多慕名,往往于空言乐道。矧此书白而不玄,上可佐邹衍之谈天,下可补东坡之说鬼,中亦不妨与玄皇之梨园杂奏。岂必俟诸后世?将见一出而天下皆子云矣。天下皆子云,则著书不愧子云可知已。若然,则天地生才之意与古今爱才之心,不少慰乎?嗟,嗟!虽不如忠孝节义之赫烈人心,而所受于天之性情,亦云有所致矣。①

在面对天地造化之时,一个作家如果没有极度虔诚的心态,没有由戾气到逸气的认识上的转型,再有悟性的人也很难写出隽永的传世经典。清代中后期的才子佳人小说因为没有了如《离骚》般的殷勤诚挚的情意,虽然征引了大量的诗词曲,形式上作得花团锦簇,珠圆玉润,但是满纸自怨自艾的怨妇心态还是很轻易地将文学的格局限定在一己狭仄的小天地,以至于艺术的真气渐失,造成文学的味道不足。而经典小说的作者能将对于生活的一腔深情渗入文字的肌理之中,或慷慨激昂、嬉笑怒骂如《聊斋志异》,或起心动念、不着好恶如《红楼梦》,均以感情的厚重与内容的深邃而打动读

---

① 天花藏主人:《平山冷燕序》,见《古本小说集成》第二辑第八十五册,上海:上海古籍出版社,1992年,第11~18页。

者,而不全靠华丽的艺术外衣。冯镇峦说:"予谓泥其事则魔,领其气则壮。识其文章之妙,窥其用意之微,得其性情之正,服其议论之公,此变化气质、淘成心术第一书也。"①诚知文之见。

清代通俗小说自序在内容上的第二个特点就是立志要为史学别开生面,如陈忱的《水浒后传》,以李俊立国海岛影射郑成功拥兵台湾抗清之事,寄寓作者的亡国之痛和憧憬恢复之心,表现出强烈的民族感情。

> 水浒,愤书也……愤大臣之覆悚,而许宋江之忠;愤群工之阴狡,而许宋江之义;愤世风之贪,而许宋江之疏财;愤人情之悍,而许宋江之谦和;愤强邻之启疆,而许宋江之征辽;愤潢池之弄兵,而许宋江之灭方腊也。《后传》为泄愤之书:愤宋江之忠义,而见鸩于奸党,故复聚余人,而救驾立功,开基创业;愤六贼之误国,而加之以流贬诛戮;愤诸贵幸之全身远害,而特表草野孤臣,重围冒险;愤官宦之嚼民饱壑,而故使其倾倒宦囊,倍偿民利;愤释道之淫奢诳诞,而有万庆寺之烧,还道村之斩也。②(据《古本小说集成》影印清绍裕堂刊本)

面对家破国亡、江山易代的巨变,盛年的陈忱以明遗民自居,绝意仕进,又与顾炎武、归庄、顾樵等名士结成"惊隐诗社",以民族气节相激励。顺治十八年(1661),通海案发,陈忱以逋臣之身,四处避祸的同时,创作了传奇体小说《水浒后传》。有憾于现实的黑暗而无所发抒,陈忱只能借助于乌有先生,在虚拟的小说世界中实现着人生的公平和社会的正义。《水浒后传》作为陈忱的"晚年白发续旧篇"之作,继承了中国古代诗歌和史传文学发愤著书的传统,"对英雄人物本身的颂扬被《水浒传》中原就存有的宣扬忠义的倾向所压倒,忠奸斗争、民族精神成为作品内容的主要构成部分"。③

> 《纲鉴演义》何为而辑也?通俗也……吕子安世于治经之外,日取《通鉴纲目》及二十四史而折衷之,历代之统绪而序次之,历

---

① 张友鹤辑校:《聊斋志异会校会注会评本》,北京:中华书局,1962年,第9页。
② 樵余:《水浒后传论略》,见《古本小说集成》第四辑第九十四册,上海:上海古籍出版社,1994年,第1～2页。
③ 陈美林、冯保善、李忠明:《章回小说史》,杭州:浙江古籍出版社,1998年,第133页。

代之兴亡而联续之,历代之仁暴忠佞贞淫条分缕析而纪实之。芟其繁,缉其简,增纲以详,裁目以略,事事悉依正史,言言若出新闻,始终条贯,为史学另开生面,不特经生学士,即妇人小子,逐回分解,亦足以润色枯肠。末卷专言修身齐家之事,以通俗也,实人人之布帛菽粟也。①

在《纲鉴通俗演义自序》中,作为秀才的吕抚虽然标榜小说创作"事事悉依正史",但是吕抚的"悉依正史"实际上是大打折扣的,因为自序中虽言明其小说素材是源自司马光的《资治通鉴》、朱熹《资治通鉴纲目》和二十四史,但又坦陈对于史料中存在的表述上的不统一加以"折衷",并对"历代之统绪而序次之",并自言其创作动机乃在于效法先贤,"留纲常于万古",由此可见,吕抚绝非刻意追求历史的绝对真实,而是以意取舍,按照自己的理解,创造与可能律相通的真实。另从县令李之果的序言中可知,吕抚的《纲鉴通俗演义》通过春秋笔法的运用成功实现了他预设的创作动机"无事褒讥,而是非贤奸自见","为史学另开生面"。如莲居士同样重点说明了《反唐演义》"足以惩劝于兴起,其有裨于治道人心匪浅矣"的创作动机。

  武氏以一妇人,具不世之才略,鼓舞贤能,颠倒英雄,朝委裘而不乱,诚有旋乾转坤之手。第宫闱淫乱,秽德昭彰,难以言述。传奇之家,又复敷演成文,曲加描写,用人行政、帷德不修之处,几有不堪寓目者……后之人览中兴全传,识盛衰之始末,其间忠奸邪正,亦足以惩劝于兴起,其有裨于治道人心匪浅矣。前书因坊间失序,以至差讹,且自卢陵王以下,具不例载矣。于是乎搜寻原刻,更正增补,使阅者无憾于胸膈,是为之序。②

如莲居士有感于过去的唐代历史演义小说中于"用人行政、帷德不修之处"用笔甚勤,酿成了"不堪寓目"的阅读效应,而且因为原有的坊刻本在事件的叙述交代中出现时间的"失序",造成史实的失真,再加上卢陵王以下的历史缺少详细的记载。鉴于以上三点缘由,作者要搜寻原刻,更正增

---

① 吕抚:《纲鉴通俗演义自序》,见丁锡根编著:《中国历代小说序跋集》,北京:人民文学出版社,1996年,第1070页。
② 如莲居士:《反唐演义序》,见丁锡根编著:《中国历代小说序跋集》,北京:人民文学出版社,1996年,第967~968页。

补,而成《反唐演义》。如莲居士的序文似乎急于撇清自己小说作者的身份,只是以校订者自居,但改动的幅度又很大,基本上改变了小说原有的淫邪的特征,所以,从作者前后自相矛盾的言语中可以判断,如莲居士或是《反唐演义》的作者。

> 予作《庞刘传》,以为庞生天缘奇遇,凑合颇多,然尤不若祁禹狄之佳遇甚多也。殊不知世间奇奇怪怪,如才子名媛无端而邂逅,投起便咏诗唱和,暗订姻盟,真乃巧遇。今岁孟秋,友人有以庞刘事情俾余作传,予遂援笔草创。而为句才就,其事虽与礼(注:当为祁)生仿佛,然以庞生看榜为由,突会佳人,订约赴期,殊出望外。至于寡居之桂萼,处子之琼娥,一旦乔扮贺喜,两人而为淫污,则桂萼、琼娥之遇,尤为奇绝。后来小姐相思,全仗假医生之挑病。后来全愈,睏母氏之酬愿,适叔子之归家而捉奸鸣法,官判脱罪,子民是有念于王学宪之恩深且大也。假使按律正法,则庞生无所用其施为,信乎?天付良缘,不容人所不肯尔。乃世固有志读书求一人眼,卒不可得者。文英以十四游泮,而鼎甲争先,官居尚书,为之身登仙府,即云赤松点化,然其前生固是仙君也。①

据篇末的情士自跋,《闹花丛》又名《庞刘传》,一书而二名,显系《闹花丛》已被禁毁,才会移花接木,以障政府之耳目。情士将庞国俊的五次艳遇与《狄生天缘奇遇》中祁羽狄的十次艳遇相较,认为小说叙事需要合乎生活的逻辑,不可牵强附会,妄生穿凿。然而情士以欣羡的口吻,玩味着庞国俊与五个女子的风流韵事,其创作动机颇具代表性。拥众美于怀,对于这些并非大富大贵的文人而言无异于痴人说梦,他们在现实生活中很难赢得那些年轻貌美的女子的垂青,故而只能在小说情节的意淫之中指雁为羹、画饼充饥,于幻想中寻求精神的补偿与满足。《闹花丛》因色情描写颇多而屡遭禁毁,道光十八年、道光二十四年和同治七年江苏、浙江二省的禁毁书目均将其列名。

---

① 情士:《庞刘传跋》,见《明清善本小说丛刊》第十八辑,台北:天一出版社,1990年。

二、清代通俗小说作者和序跋者的关系考论

一般而言,清代通俗小说的序跋者多为文化圈内之人,且大都和作者或书坊主有着千丝万缕的关系。清代通俗小说的他序多出自作者的亲朋或师友之手,也有出自校刊者、书坊主的手笔,或书坊主请人作序,他序的作者队伍中也偶见小说发烧友的身影。

表 11 清代通俗小说作者和序跋者的关系

序号	小说名	作者	序跋者	作序时间	关系
1	《定鼎奇闻》	蓬蒿子	蓬蒿子	清初	自序
2	《续金瓶梅》	丁耀亢,顺治四年拔贡	南海爱日老人	顺治年间	叔侄
			西湖钓叟	顺治十七年	
			烟霞洞天隐		
3	《七峰遗编》(清代仅有传抄本)	佚名	七峰樵道人	顺治五年	
4	《平山冷燕》	荻岸散人	天花藏主人	顺治十五年	
			冰玉主人	乾隆五年	
5	《樵史通俗演义》	江左樵子	江左樵子		自序
6	《两交婚小传》	天花藏主人	天花藏主人		自序
7	《金云翘传》	天花藏主人	天花藏主人	顺治年间	自序
8	《无声戏》	李渔	伪斋主人	顺治年间	
9	《十二楼》	李渔	杜濬	顺治十五年	朋友
10	《照世杯》	酌元亭主人徐震	吴山谐道人	顺治末年	
11	《鸳鸯梦》	南岳道人	浪迹生		
12	《春柳莺》	南北鹖冠史者	吴门拼饮潜夫	康熙元年	
13	《赛花铃》	白云道人	烟水散人	康熙元年	
			风月盟主		
14	《水浒后传》	陈忱	雁宕山樵	康熙三年	自序
			蔡元放	乾隆三十五年	

续表

序号	小说名	作者	序跋者	作序时间	关系
15	《吴江雪》	佩蘅子	佩蘅子	康熙四年	自序
			顾石城	康熙四年	朋友
16	《济公全传》	香婴居士	香婴居士	康熙七年	自序
17	《醉菩提传》	天花藏主人	桃花庵主人		
18	《麟儿报》	佚名	天花藏主人	康熙十一年	
19	《生花梦》	古吴娥川主人	青门逸史石仓氏	康熙十二年	朋友
20	《梁武帝西来演义》	天花藏主人	佚名	康熙十二年	
21	《古今传奇》	梦闲子	梦闲子	康熙十四年	自序
22	《孤山再梦》	王羌特	王羌特	康熙十五年	自序
			关中千亩主人	康熙十五年	忘年交
			天放子	康熙十五年	
23	《合浦珠》	烟水散人	烟水散人		自序
24	《三国后传石珠演义》	梅溪遇安氏	澹园主人	康熙十九年	
25	《好逑传》	名教中人	宣化里维风老人	康熙二十二年	
26	《说岳全传》	钱彩	金丰	康熙二十三年	朋友
27	《生绡剪》	谷口生	谷口生		自序
28	《鸳鸯针》	华阳散人（吴拱宸）	独醒道人		
29	《肉蒲团》	情痴反正道人	西陵如如居士	康熙三十二年	
30	《西游真诠》	山阴悟一子陈士斌	西堂老人尤侗	康熙三十五年	
31	《飞花咏小传》	佚名	天花藏主人	清初	
32	《后七国演义》	古吴烟水散人	遁世老人		
33	《隋唐演义》	褚人获	褚人获	康熙三十四年	自序

续表

序号	小说名	作者	序跋者	作序时间	关系
34	《斩鬼传》	烟霞散人	烟霞散人	康熙四十年	自序
			瓮山逸士		
			兼修堂		
35	《台湾外记》	江日升	陈祈永	康熙四十三年	朋友
			彭一楷		同窗
			余世谦		朋友
			吴存忠		朋友
			江日升	康熙四十三年	自序
36	《豆棚闲话》	艾衲居士	艾衲居士	康熙四十六年	自序
			天空啸鹤	康熙四十六年	
37	《女仙外史》	吕熊	吕熊		自序
			江西南安郡守陈奕禧香泉	康熙五十年	宾主
			广州府知府叶旉	康熙五十年	宾主
38	《连城璧》	李渔	杜濬		朋友
39	《珍珠舶》	烟水散人	烟水散人		自序
40	《女才子书》	烟水散人	烟水散人		自序
			钟斐		通家弟
41	《画图缘》	天花藏主人	天花藏主人		自序
42	《定情人》	天花藏主人	天花藏主人		自序
43	《赛红丝》		天花藏主人		
44	《幻中真》	烟霞散人	天花藏主人		
45	《惊梦啼》	天花主人	竹溪啸隐		
46	《西游证道书》	澹漪子	笑苍子	康熙年间	
47	《快心编》	天花才子	佚名	康雍年间	
48	《五凤吟》	嗤嗤道人	古越苏潭道人		
49	《金石缘》	静恬主人	静恬主人		自序
50	《巧联珠》	烟霞逸士	西湖云水道人	雍正元年	

续表

序号	小说名	作者	序跋者	作序时间	关系
51	《英云梦》	震泽九容楼主人松云氏	扫花头陀剩斋氏	雍正元年	同乡
52	《铁花仙史》	封云山人	三江钓叟		
53	《雨花香》	石成金	文林郎内阁中书改授扬州府江都县儒学教谕兼训导袁载锡	雍正四年	年家眷弟
			石成金	雍正四年	自序
54	《纲鉴通俗演义》	吕抚	李之果	雍正五年	师徒
			吕抚	雍正十年	自序
55	《飞花艳想》	刘璋	刘璋	雍正七年	自序
56	《儒林外史》	吴敬梓	闲斋老人	乾隆元年	自序
57	《说唐全传》	佚名	如莲居士	乾隆元年	
			鸳湖渔叟	乾隆元年	
58	《东周列国志》	蔡元放	蔡元放	乾隆十七年	自序
59	《反唐演义》	如莲居士	如莲居士	乾隆十八年	自序
60	《东汉演义》	清远道人	清远道人	乾隆二十年	自序
61	《石头记》	曹雪芹	曹雪芹		自序
62	《西游原旨》	刘一明	刘一明	乾隆二十三年	自序
			梁联第（乾隆四十八年举人）	嘉庆三年	
			苏宁阿（宁夏将军，仍兼甘肃提督）	嘉庆六年	宾主
			杨春和	嘉庆四年	
			瞿家鏊	嘉庆二十四年	
			王阳健		师徒
			樊于礼		师徒
			张阳全		师徒

续表

序号	小说名	作者	序跋者	作序时间	关系
62	《西游原旨》	刘一明	冯阳贵		师徒
			夏复恒	嘉庆二十五年	师徒
63	《绿野仙踪》	李百川	陶家鹤	乾隆二十九年	朋友
			侯定超	乾隆三十六年	朋友
64	《飞龙全传》	吴璿	吴璿	乾隆三十三年	自序
			杭世骏(雍正二年举人,乾隆元年举博学宏词科,授编修)	嘉庆二年	托名
65	《水石缘》	李春荣	李春荣	乾隆三十九年	自序
			李春荣	乾隆五十九年	自序
			何昌森	乾隆三十九年	同窗
66	《雪月梅传》	镜湖逸叟	镜湖逸叟	乾隆四十年	自序
67	《歧路灯》	李海观	李海观	乾隆四十二年	自序
			佚名	乾隆四十三年	
68	《说呼全传》	佚名	滋林老人张溶	乾隆四十四年	
69	《鸳鸯会(疗妒缘)》	静恬主人	静恬主人	乾隆四十五年	自序
70	《醒世姻缘传》	西周生(蒲松龄)	环碧主人	乾隆四十六年	
			东岭学道人		
71	《驻春园小史》	吴航野客	水箬散人	乾隆四十七年	朋友
72	《二度梅奇说》	惜阴堂主人	松林居士	乾隆四十七年	
73	《合刻七才子书》	天花藏主人	天花藏主人(托名)	乾隆四十七年	
74	《红楼梦》	曹雪芹	梦觉主人	乾隆四十九年	朋友
			舒元炜	乾隆五十四年	
			程伟元	乾隆五十六年	
			高鹗	乾隆五十六年	
			小泉、兰墅	乾隆五十七年	刊刻者
			张汝执	嘉庆六年	
			王希廉	道光十二年	

续表

序号	小说名	作者	序跋者	作序时间	关系
75	《西湖拾遗》	陈树基	陈树基	乾隆五十六年	自序
76	《娱目醒心编》	杜纲	许宝善（乾隆二十五年进士）	乾隆五十七年	朋友
77	《岭南逸史》	黄耐庵	醉园狂客	乾隆五十八年	叔侄
78	《北史演义》	杜纲	许宝善（乾隆二十五年进士）	乾隆五十八年	朋友
79	《儿女英雄传》	文康	东海吾了翁	乾隆五十九年	
80	《鬼谷四友志》	杨澹游	杨澹游	乾隆六十年	自序
81	《南史演义》	杜纲	许宝善（乾隆二十五年进士）	乾隆六十年	朋友
82	《剑锋春秋》	黄纬文	黄纬文		自序
83	《五色石》	徐述夔	徐述夔		自序
84	《遍地金》	徐述夔	哈哈道士		
85	《八洞天》	徐述夔	徐述夔		自序
86	《醒风流传奇》	崔市道人	崔市道人		自序
87	《后红楼梦》	佚名	逍遥子	嘉庆元年	
88	《续红楼梦》	秦子忱	秦子忱	嘉庆三年	自序
			郑师靖	嘉庆四年	朋友
89	《红楼复梦》	小和山樵南阳氏	红楼复梦人少海氏	嘉庆四年	自序
			陈诗雯		
90	《绮楼重梦》	兰皋居士	煎园居士	嘉庆四年	
			兰皋居士	嘉庆十年	自序
91	《瑶华传》	丁秉仁	尤凤真	嘉庆四年	朋友
			周永保	嘉庆十年	朋友
92	《五虎平西前传》	佚名	佚名	嘉庆六年	
93	《五虎平南后传》	佚名	小琅环主人		
94	《蜃楼志》	庾岭老人	罗浮居士	嘉庆九年	

续表

序号	小说名	作者	序跋者	作序时间	关系
95	《常言道》	落魄道人	西土痴人	嘉庆九年	
96	《粉妆楼全传》	竹溪山人	竹溪山人	嘉庆十年	自序
97	《续红楼梦》	海圃主人	海圃主人	嘉庆十年	自序
98	《雷峰塔奇传》	玉花堂主人	吴炳文	嘉庆十一年	朋友
99	《白圭志》	崔象川	晴川居士	嘉庆十一年	
100	《玉蟾记》	通元子黄石	种柳主人	嘉庆十二年	
			恬澹人		
101	《万花楼杨包狄演义》	李雨堂	李雨堂	嘉庆十三年	自序
102	《希夷梦》	汪寄	汪寄	嘉庆十四年	自序
103	《双凤奇缘》	雪樵主人	雪樵主人	嘉庆十四年	自序
			古溪老人	道光二十三年	
104	《警富新书》	安和先生	敏斋居士	嘉庆十四年	
105	《燕山外史》	陈球	螟巢居士吴展成	嘉庆十六年	
106	《听月楼》	佚名	佚名	嘉庆十七年	
107	《海公大红袍全传》	李春芳	李春芳	嘉庆十八年	自序
108	《红楼圆梦》	梦梦先生	梦梦先生	嘉庆十九年	自序
109	《补红楼梦》	娜嬛山樵	娜嬛山樵	嘉庆十九年	自序
110	《西湖小史》	蓉江	李荔云（举人）	嘉庆二十二年	同窗
111	《三分梦全传》	潇湘仙史	潇湘仙史	嘉庆二十三年	自序
112	《争春园全传》	寄生氏	寄生氏	嘉庆二十四年	自序
113	《清风闸》	浦琳	梅溪主人	嘉庆二十四年	
114	《风月鉴》	吴贻先	吴贻先	嘉庆二十五年	自序
115	《增补红楼梦》	娜嬛山樵	娜嬛山樵	嘉庆二十五年	自序
			讷山人	嘉庆二十五年	朋友
116	《飞跎全传》	邹必显	一笑翁	嘉庆二十二年	朋友

续表

序号	小说名	作者	序跋者	作序时间	关系
117	《红楼梦补》	归锄子	犀脊山樵	嘉庆二十四年	朋友
			归锄子		自序
118	《施公案》	佚名	佚名	嘉庆	
			佚名	道光十九年	
119	《杨文广平闽全传》	佚名	佚名	道光元年	
120	《载阳堂意外缘》	周竹安	龚晋	道光元年	砚友
			周竹安		自序
121	《镜花缘》	李汝珍	许乔林		
			洪棣元		
			麦大鹏	道光九年	
			谢叶梅	道光十年	
			佚名		
122	《绿牡丹全传》	佚名	爱莲居士	道光十一年	
			佚名	道光二十七年	
123	《海公小红袍全传》	佚名	铁崖外史	道光十二年	
124	《如意君传》	陈天池（大学士陈廷敬的后代）	陈天池	道光十三年	自序
			徐璈（嘉庆十九年进士）	道光二十年	官与绅
			田秋（赐进士出身，文林郎知陕西长武县）	道光二十二年	同乡
			卢联珠（龙门知县兼龙门书院主讲）	道光二十七年	同乡
			刘象恒（阳城县知县）	道光二十七年	官与绅
			刘作霖（举人，平阳府吉州教授）	道光二十八年	朋友

续表

序号	小说名	作者	序跋者	作序时间	关系
125	《林兰香》	随缘下士	瞒嵝子	道光十八年	
126	《梅兰佳话》	曹梧冈	赵小宋	道光十九年	朋友
127	《通易西游正旨》	张含章	无名子		师徒
128	《离合剑莲子瓶》（乾隆五十一年初刻本）	佚名	白叟山人	道光二十二年	
129	《白鱼亭》	黄瀚	黄瀚	道光二十二年	自序
130	《红楼幻梦》	花月痴人	花月痴人	道光二十三年	自序
131	《荡寇志》	俞万春	俞万春	道光二十七年	自序
132	《风月梦》	邗上蒙人	邗上蒙人	道光二十八年	自序
133	《云钟雁全传》	江陵渔隐	江陵渔隐	道光二十九年	自序
134	《品花宝鉴》	陈森	卧云轩老人	道光二十九年	
			幻中了幻居士		
			陈森		自序
135	《妙复轩评石头记》	曹雪芹	张新之	道光三十年	
			五桂山人	道光三十年	

如果从通俗小说序跋者的身份及与作者关系的角度来考察，通俗小说在清代的社会地位确实是很低的。陈天池因为自身的家族地位，才拉来五位官员为其小说《如意君传》作序；《红楼梦》因为出版家程伟元的关系，请来了举人和未来的进士高鹗为其作序；吕熊因为作幕僚，也是因为私人关系，才找到了出资者和有一定社会地位的序跋者，如江西南安郡守陈奕禧和广州府知府叶夔。

在丁锡根《中国历代小说序跋集》收录的一百三十五部清人创作的通俗小说中，有六十多篇序跋属于自序，由此可见，自评现象在清代通俗小说的传播场域是比较普遍现象。序跋中明确朋友关系的只有二十四人次，注明存在宾主关系的有三人次，同窗、同乡关系的有六人次。这些序跋者中有的可能只是受人请托，碍于交情，偶一为之，但也不排除序跋者中有人与小说作者或书坊主存在着利益上的共生共存的关系，如序跋者许宝善之与作者杜纲。作为乾隆二十五年进士和曾经的户部主事、监察御史,许宝善(自怡轩主人)于乾隆五十二年编纂刊刻了《古文选》十卷,由杜纲同辑同校,杜纲的《娱目醒心编》(乾隆五十七年)、《北史演义》(乾隆五十八年)和《南史演义》(乾隆六十年)均由许宝善作序、作评。许宝善在《娱目醒心编序》中写道:"无一迂拘尘腐之辞,而无不处处引人于忠孝节义之途。既可娱目,即以醒心,而因果报应之理,隐寓于惊魂眩魄之内。俾阅者渐入于圣贤之域而不自知,于人心风俗,不无有补焉。余故急为梓之以问世。世之君子,幸勿以稗史而忽之也。"[①]由此可知,许宝善不仅是杜纲的交契故人,还是其小说创作的引领者和可能的出资方。

序跋者如果是师友故旧,对于作者及小说文本目知眼见,则多从接受效果入手。遗民诗人杜濬,作为李渔多年来文坛的固定搭档,评点了李渔的小说《无声戏》(顺治十二年)、《十二楼》(顺治十五年)和《无声戏合集》(顺治十五年),为李渔的戏曲《玉搔头》(顺治十五年)、《比目鱼》(顺治十八年)、《凰求凤》(康熙五年)、《巧团圆》(康熙七年)或作序,或评点。其《十二楼序》云:

> 盖自说部逢世,而侏儒牟利,苟以求售其言,猥亵鄙靡,无所不至,为世道人心之患者无论矣,即或志存扶植,而才不足以达其辞,趣不足以辅其理,块然幽闷,使观者恐卧而听者反走,则天地间又安用此无味之腐谈哉!
>
> 今是编以通俗语言鼓吹经传,以入情啼笑接引顽痴……夫妙解连环,而要之不诡于大道,即施、罗二子,斯秘未睹,况其下者乎?
>
> 语云:"为善如登。"笠道人将以是编偕一世人结欢喜缘,相与携手。徐步而登此十二楼也。使人忽忽忘为善之难而贺登天之易,厥功伟矣!
>
> 道人尝语余云:"吾于诗文非不究心,而得志愉快,终不敢以小说为末技。"……吾谓与其以诗文造业,何如以小说造福;与其以诗文贻笑,何如以小说名家![②]

---

① 许宝善:《娱目醒心编序》,见丁锡根编著:《中国历代小说序跋集》,北京:人民文学出版社,1996年,第827页。

② 杜濬:《十二楼序》,见李渔:《十二楼》,上海:亚东图书馆,1949年,第1~2页。

序文通过与"说部"普遍存在的"猥亵鄙靡"这一恶习的比较,强调了李渔小说的娱乐价值及在笑声中坚守道统纲常的创作初心。应该说,杜濬的序跋对于李渔小说审美特征的体认明晰准确,对李渔小说的宣传角度切入得非常巧妙。

我们要特别关注通俗小说中的他序,因为这些序跋者与小说作者密切的关系或者相近的生活经历、人生感受,甚至深知作者著书底里,所以,序跋中往往会提供一些小说文本之外的信息,如敦诚和曹雪芹不仅是生活中的挚友,还是互相赏识的文友,二人之间屡见诗文唱和:

> 余昔为白香山《琵琶行》传奇一折,诸君题跋不下数十家。曹雪芹诗末云:"白傅诗灵应喜甚,定教蛮素鬼排场。"亦新奇可诵。曹平生为诗,大类如此,竟坎坷以终。余挽诗有"牛鬼遗文悲李贺,鹿车荷锸葬刘伶"之句,亦驴鸣吊之意也。①

作为皇族成员,《石头记》的早期读者,同时也是曹雪芹最亲密的朋友之一,敦诚清醒地意识到《石头记》对于时忌的触犯,所以敦诚对小说文本细节作了大量的改动,如小说的第三回:

> "金陵城起复贾雨村 荣国府收养林黛玉":"便竭力内中协助,题奏之日,轻轻谋了一个复职候缺。不上两个月,金陵应天府缺出,便谋补了此缺。"②
>
> "托内兄如海酬训教 接外孙贾母惜孤女":"便极力帮助,题奏之日,谋了一个复职。不上两个月,便选了金陵应天府。"③

经过敦诚的修改之后,脂本中原有的轻蔑的口吻一改而为艳羡,讽刺和批判封建官场的原意尽失。虽然这些改动从文学品评的角度来看似乎是一无所取,但是相较之下,因缺失了对社会的讽刺和批判,小说至少会变得安全,而诸如此类的大批量的被改动了的文字大都为后出的程甲本所继承。

在早期抄本阶段的读者群中,梦觉主人算得上可与墨香(爱新觉罗·

---

① 敦诚:《四松堂集》卷五《鹪鹩庵笔麈》,见《清代诗文集汇编》第三百八十三册,上海:上海古籍出版社,2010年,第70页。
② 曹雪芹:《脂砚斋甲戌抄阅再评石头记》,上海:上海古籍出版社,1985年。
③ 曹雪芹:《甲辰本红楼梦》,沈阳:沈阳出版社,2006年,第97页。

额尔赫宜)、戚蓼生并驾齐驱的"红学三剑客"了。

> 似而不似,恍然若梦,斯情幻之变互矣。天地钟灵之气,实钟于女子,咏絮丸熊、工容兼美者不一而足,贞淑薛姝为最。鬟婢袅袅,秀颖如此,列队红妆,钗成十二,犹有宝玉之痴情,未免风月浮贬(注:应为"泛"),此则不然;天地乾道为刚,本秉于男子,簪缨华胄、垂绅执笏者代不乏人,方正贾老居尊,子侄跻跻,英年如此,世代朱衣,恩隆九五,不难功业华褒(注:应为"衮"),此则亦不然。是则书之似真而又幻乎?此作者之辟旧套开生面之谓也。至于日用事物之间,婚丧喜庆之类,俨然大家体统,事有重出,词无再犯,其吟咏诗词,自属清新,不落小说故套;言语动作之间,饮食起居之事,竟是庭闱形表,语谓因人,词多彻性。其诙谐戏谑,笔端生活,未坠村编俗俚,此作者工于叙事,善写性骨也。①

梦觉主人序的文学观上承金圣叹,在人物塑造上重新标举"似而不似""语谓因人""善写性骨"等,在文论的高度上虽比戚序略逊,但因为序跋者与作者之间的特殊关系,所以,梦觉主人序在小说创作动机等问题的揭示上甚至走到了脂砚斋的前面。

不仅"梦觉主人序本"目录的前面、每回的前后、每页的中缝都明标"红楼梦"三字,梦觉主人序本在以"红楼梦"来命名小说的问题上也比程甲本提前了七年,而且同为曹雪芹的亲友团成员,梦觉主人的序透露了脂砚斋在评点中有意隐晦的太多的信息:

> 辞传闺秀而涉于幻者,故是书以梦名也。夫梦曰红楼,乃巨家大室儿女之情事,有真、不真耳。红楼富女,诗证香山;悟幻庄周,梦归蝴蝶。作是书者借以命名,为之《红楼梦》焉。②

梦觉主人序中的"红楼富女,诗证香山",不仅以《长恨歌》中的杨贵妃的悲剧结局明示了元春之死背后的政治风云变幻及这一事件对于贾府的影响,而且坐实了小说第五回元春判词的背后隐藏的文本秘密:"二十年来

---

① 梦觉主人:《红楼梦序》,见曹雪芹:《甲辰本红楼梦》,沈阳:沈阳出版社,2006年,第2~4页。
② 梦觉主人:《红楼梦序》,见曹雪芹:《甲辰本红楼梦》,沈阳:沈阳出版社,2006年,第1页。

辨是非,榴花开处照宫闱。三春争及初春景,虎兕相逢大梦归。"夹评曰:
"元春终局。将以其演气数之天,故末句指人生处。"①按照清代的文化教
条,抱怨父母送自己到一个不得见人的地方的贤德妃元春既算不上贤惠,
又说不上有德。一个满腹怨艾的女子,竟然敢于质疑以男权为主导的社会
形态的合理性,并悍然背叛了自己所属的那个阶级,对于贵族们为了自
身乃至家族的私利而互相倾轧的罪恶深恶而痛绝之,以至于在省亲之日,
几度泪洒大观园,一句对皇宫是"不得见人的去处"的评价可谓石破天惊之
语。"不得见人"一语双关,既指平日难以见到亲人,见不到丈夫,又指上层
的权谋机诈手段见不得人。元春虽无意,但实际上早已卷入了家族的政治
旋涡之中。贾家作为三王八公政治集团中的一员,不可能在险恶的政治缠
斗中独善其身,只能是"一荣俱荣,一损俱损",而元春作为这一政治集团中
重要的一环,个人命运的荣枯亦必与之俱,故而到树倒猢狲散之前,元春也
必然成为贾家政敌最早清洗的对象,所以作者借警幻仙子之口曲演红楼:
"儿命已入黄泉,天伦呵,须要退步抽身早!"等到元春被清洗之后,政敌对
以贾家为代表的三王八公政治集团的打击绝不可能收手,所谓箭在弦上,
不能不发,势使之然也。

《红楼梦》善于从女性视角反思以男性为主导的尘世之恶,而本心良善
的政治素人元春之死则成为这一罪恶的最直接的证据。元春的"退步抽身
早"绝对是政治上不成熟的表现,因为退却本身就是对本所隶属的政治集
团的背叛,国人历来有痛打落水狗的习惯,政敌并不会因为贾家的退出而
放弃对这一政治巨人的攻击,而敌我双方的合力夹击才更是贾家无力承受
的政治灾难。退或者不退的二难选择成为贾家乃至所有政治集团的死穴,
而所谓的你方唱罢我登场不过是历史上转瞬即逝的一场闹剧。

序跋者如果同时还是小说的校刊者,必会介绍一己之小说观,如烟水
散人的《赛花铃题辞》:

> 予谓稗家小史,非奇不传。然所谓奇者,不奇于凭虚驾幻,谈
> 天说鬼,而奇于笔端变化,跌宕波澜……一经点勘,则一聚一散,
> 波涛迭兴;或喜或悲,性情互见。至夫点睛扼要,片言只字不为
> 简;组词织景,长篇累牍不为繁。使诵其说者,眉掀颐解,恍如身

---

① 曹雪芹、高鹗著,护花主人、大某山民、太平闲人评:《三家评本红楼梦》,上海:上海古籍
出版社,1988年,第77页。

历其境,斯为奇耳……予自传《美人书》以后,誓不再拈一字。忽今岁仲秋,书林氏以《赛花铃》属予点阅。①

烟水散人是写作艳情和言情小说的双料作家,一生著作如林,和其有关的小说有《清风亭》《玉支玑小传》《珍珠船》《两肉缘》《桃花影》《女才子书》《后七国乐田演义》《赛花铃》。他经常被书坊邀请校刊小说,这和其高超的文学素养是分不开的。烟水散人的小说观是"非奇不传",而烟水散人口中之"奇"包括三个方面的含义:第一,通过巧合、误会、意外、计谋等用来营求情节奇巧、曲折等戏剧性效果,小说情节要有起伏,有张有弛,笔端变化,跌宕波澜,静恬主人《金石缘序》谈到做小说时也说:"做得锦簇花团,方使阅者称奇,听者忘倦;切忌序事直捷,意味索然。"②第二,语言表达上要繁简得宜,正所谓"片言只字不为简""长篇累牍不为繁"。第三,从读者接受的角度来看,小说情节、人物都可以虚构,但必须使读者有身临其境之感。《赛花铃题辞》表面看起来是在纵谈自己的文学见解,但从其"自传《美人书》以后,誓不再拈一字"到欣然点阅《赛花铃》的转变之中,隐约可见其对《赛花铃》的赞许有加,所以也可以说,这是烟水散人为《赛花铃》所做的最隐性的广告宣传。

也有的通俗小说的序跋者只是一个读者,和作者毫无关联,则会介绍自己和小说的因缘,如幻中了幻居士《品花宝鉴序》:

> 余从友人处多方借抄,其中错落不一而足。正订未半,而借者踵至,虽欲卒读,几不可得。后闻外间已有刻传之举,又复各处探听,始知刻未数卷,主人他出,已将其板付之梓人。梓人知余处有抄本,是以商之于余,欲卒成之。即将所刻者呈余披阅,非特鲁鱼亥豕,而与前所借抄之本少有不同。
>
> 今年春……再三校阅,删订画一,七越月而刻成。若非余旧有抄本,则此数卷之板竟为爨下物矣! 至于石函氏与余未经谋面,是书竟赖余以传,事有因缘,殆可深信!③

---

① 烟水散人:《赛花铃题辞》,见《古本小说集成》第一辑第九十三册,上海:上海古籍出版社,1991年,第1~6页。
② 静恬主人:《金石缘》,北京:北京师范大学出版社,1993年,第1页。
③ 幻中了幻居士:《品花宝鉴序》,见陈森:《品花宝鉴》,北京:华夏出版社,2016年,第1页。

虽然幻中了幻居士也是小说的校刊者,但是与作者从未谋面,所以序跋只是介绍了文本的刊印曲折经历及由此而发的感慨。中间具有广告价值的内容也就是零星的几句关于校刊过程的介绍,而版本的精美才是这则序跋的表意重心。

第二节　清代文言小说作者与序跋者关系考论

相较于通俗小说作者与序跋者身份的深藏不露而言,文言小说的情形要明朗得多。由于文言小说行文雅洁,可以采风俗,资谈麈,拓胸襟,因而得到文人的广泛接受,不论是小说的作者还是序跋者,大都能明示姓名。文言小说作者和序跋者的关系也较通俗小说单纯,序跋基本上就只是自序和亲朋故旧的序跋两种。

一、文言小说作者身份考论

文言小说的作者多为大家,这和当下文学研究界的认知之间有一定的差距。宁稼雨先生所撰《中国文言小说总目提要》一书,列举清代文言小说589部,其中,作者姓名、身份均可考证的小说有284部,除去一位作家多部作品的情况,还剩下218位身份可考证的作家。在这218位作家中,有秀才2人,举人44人,进士72人,此外,还有多位世家子弟及为官之人。

首先,满族作家以其独有的文化视角、广博的人生阅历和对社会人生的深刻反思,在文言小说创作上取得了不俗的成绩,成为清代文言小说创作的一支生力军。

> 余观满洲人,非无擅长说部之才,乾隆间有某知县著《夜谈随录》,其笔意纯从《聊斋志异》脱化而出;咸丰间余小汀相国之子桂全著《品花宝鉴》,独开生面,皆能语妙一时,而名后世。他如《啸亭杂录》多记名人轶事、国家勤政,闻为道光朝礼亲王昭梿所辑编,以说部而兼史稿,天潢宗派,强识敏学,更为难得。①

《夜谭随录》的作者是满洲镶黄旗人、乾隆三十九年举人和邦额,曾任

---

① 邱炜萲:《菽园赘谈》卷七《续小说闲评》,见一粟编:《红楼梦资料汇编》,北京:中华书局,1964年,第401页。

山西乐平县令、钮祜禄氏副都统,"有其事必有其理,理之所在,怪何有焉"?① 和邦额对于雅正文风的追求赢得了清宗室、袭封辅国将军的爱新觉罗·永忠对其文学修养及成就的高度赞赏:"暂假吟编向夕开,几番抚几诧奇哉。日昏何惜双添烛,心醉非是一复杯。多艺早推披褐日,成名今识滴仙才。词源自是如泉涌,想见齐谐衮衮来。"②《萤窗异草》出自满洲镶黄旗人、一代名臣尹继善的第六子庆兰之手,虽然鲁迅先生认为《萤窗异草》"不脱《聊斋》窠臼"③,然其文字隽爽,虽然其中人狐之恋的故事情节与《聊斋志异》相仿佛,但是故事情节的发展早已超越了《聊斋志异》,且《萤窗异草》中细腻的心理描写、多线索穿插的叙事体式也绝非《聊斋志异》所概能笼罩。《耳书》是汉军正蓝旗人佟世思随其父佟国正(注:江南无为知州、安徽按察使、江西布政使、江西巡抚,加兵部尚书衔)"宦迹半天下"④,广泛收集而成此书。盖作者有慨于世情凉薄,故而在其《陆生犬》一文中,当武陵陆生因文字狱牵连而系身牢狱,老犬竟绝食而亡,并以此来表现文字狱的恐怖及人情的险恶,仅凭寥寥数语,撮其要,传其神。佟世思的《耳书》打破了志怪小说"证神道之不诬"的叙事传统,赋予了小说以耐人寻味的哲理意味,如《鼋虎》"因小失大"的隐喻,《庐陵库中鼠》对于心狠手辣、作威作福、气焰嚣张的剥削者的讽刺意味等。《志异新编》的作者为满洲镶黄旗人、官至礼部尚书、兵部尚书、内大臣的钮祜禄氏福庆,嘉庆帝第三子惇亲王绵恺嫡福晋的父亲,且以"用拙道人兰泉氏"的笔名参与了对于和邦额《夜谭随录》的评点活动中,其时当在河间府同知任上。《在园杂志》的作者刘廷玑为汉军镶红旗人,曾任台州府通判、处州府知府、江西按察使、浙江观察副使、徐淮道监司等。这些处于统治地位的满族作家大都声势显赫,地位显贵,为文言小说的传播作出了独特的贡献。

众多的汉族士大夫亦是小说创作群体的重要组成部分。他们或是进士,或是在朝廷为官。在身份可考证的218位清代文言小说作家中,身份为进士的有84位,除此之外还包括像魏禧、王猷定、毛先舒、余怀、顾彩、杜濬、蒲松龄、邱维屏、冯班、顾景星、胡天游、归庄、邵长蘅、林璐等重量级

---

① 霁园主人:《夜谭随录自序》,见丁锡根编著:《中国历代小说序跋集》,北京:人民文学出版社,1996年,第166页。
② 爱新觉罗·永忠:《延芬室集》,上海:上海古籍出版社,1990年,第1040~1041页。
③ 鲁迅撰,郭豫适导读:《中国小说史略》,上海:上海古籍出版社,1998年,第149页。
④ 佟世思:《耳书自序》,见丁锡根编著:《中国历代小说序跋集》,北京:人民文学出版社,1996年,第475页。

大家。

进士出身的有:《诺皋广志》的作者徐芳为崇祯十三年进士;《见闻琐异钞》的作者严曾榘为康熙三年进士;袁枚,作有《子不语》《续子不语》,为乾隆四年进士;纪昀,著有《阅微草堂笔记》《如我是闻》等,为乾隆十九年进士;《东皋杂抄》的作者董潮为乾隆二十八年进士;李调元,曾作《新搜神记》《尾蔗丛谈》,为乾隆二十八年进士;《六合内外琐言》的作者屠绅为乾隆二十八年进士;《梦阑琐笔》《梦阑续笔》的作者杨复吉为乾隆三十七年进士;《廿一史感应录》的作者彭希濂为乾隆四十九年进士;《右台仙馆笔记》《广杨园近鉴》的作者俞樾为道光三十年进士。此外,还有进士王兰皋、周亮工、施闰章、董含、王士禛、顾嗣立,等等,他们都曾参与文言小说的创作之中,为文言小说的发展作出了自己的贡献。

举人出身的有:《秋谷杂编》的作者金维宁,《见闻纪异》的作者陈藻,《夜谭随录》的作者和邦额,《谐铎》的作者沈起凤,《北东园笔录》的作者梁恭辰,《小豆棚》的作者曾衍东,《黄竹子传》的作者吴兰修,《寄园寄所寄》的作者赵吉士,《天全州闻见录》的作者陈登龙,《春梦十三痕》的作者许桂林,《蝶阶外史》的作者高继衍,《印雪轩随笔》的作者俞鸿渐,《止园笔谈》的作者史梦兰,《两般秋雨庵随笔》的作者梁绍壬,《翼駉稗编》的作者汤用中,《寄龛志》的作者孙德祖,《蕉轩随录》的作者方浚师,等等。

贡生、诸生出身的有:《冥报录》的作者陆圻,《信征全集》的作者段永源,《汤琵琶传》的作者王猷定,《异史》《志异摘抄》的作者蒲松龄;《太仙漫稿》的作者韩邦庆,《神勺》的作者鲍鉁等为贡生;《雪烦庐记异》的作者张道,《道听途说》的作者潘纶恩,《燕山外史》的作者陈球,《闻见卮言》的作者祝文彦,《三依赘人广自序》的作者汪价,《柳南随笔》的作者王应奎,《桃溪客语》的作者吴骞等为诸生。

在地方为官的有:《史异纂》《有明异丛》的作者傅燮调,曾为邛州知州、刑部贵州司郎中、汀州府知府等。《志异续编》的作者宋永岳,曾为香山新安巡抚。《北东园笔录》(《劝戒近录》《池上草堂笔记》)的作者梁恭辰,为梁章钜第三子,官至温州知府。此外,还有《鹂砭轩质言》《续聊斋三种》的作者戴莲芬,《谈异》(《伊园漫录》)的作者王景贤,等等。这些人为官一任,作为地方长官,本就统领一方,其声势地位可见一斑。

这些进士、举人、秀才、贡生、诸生及为官之人,是清代文言小说创作的中坚力量。魏禧、王猷定、毛先舒、余怀、顾彩、杜濬、邱维屏、冯班、顾景星、胡天游、归庄、邵长蘅、林璐、梁恭辰等往往兼小说家和理学大师于一身,具有理学大师和小说家的双重品格,在文道结合及对教化作用的强调相较于明代中后期小说家而言也更为强烈。小说理论的延展无疑增进了清代文言小说的健康发展,推动了清代文言小说的繁荣。

二、文言小说作者与序跋者关系考论

正如清代文言小说作者一样,部分清代文言小说序跋者在作序之时已是名满天下了,如袁枚、纪昀等;也有一些文言小说序跋者,生前寂寥,死后声名骤起的,如蒲松龄等。他们对文言小说的热销作出了巨大的贡献,同时,清代文言小说序跋者在清代的古今中西文化激烈碰撞和嬗变转型的社会背景下能因革顺变,对小说发展洞察幽微,对小说审美作出敏锐判断,不仅在小说理论上建树颇丰,而且引领了一代风骚,而这一切的发生都建立在一个坚实的基础之上:文言小说序跋者和作者的亲密关系。

表 12　清代文言小说作者与序跋者的关系

小说名	作者	序跋者	作序时间	关系
《女世说》	李清	李清	顺治年间	自序
《玉剑尊闻》	梁维枢	钱棻(崇祯十五年举人)		年家子
		吴伟业(崇祯四年榜眼)	顺治十二年	年家弟
		钱谦益(万历三十八年探花)	顺治十四年	通家眷社弟
		梁维枢(万历四十三年举人)	顺治十一年	自序
《板桥杂记》	余怀	余怀	顺治年间	自序
		尤侗(康熙十八年博学宏词)	顺治年间	朋友
		冒辟疆	康熙年间	
《古今笑史序》	朱石钟	李渔	康熙六年	朋友
《聊斋志异》	蒲松龄	蒲松龄	康熙十八年	自序
		高珩(崇祯十六年进士)	康熙十八年	宾主
		唐梦赉(顺治六年进士)	康熙二十一年	宾主
		赵起杲(乾隆三十年浙江严州知府)	乾隆三十一年	
		余集(乾隆三十一年进士)	乾隆三十年	

续表

小说名	作者	序跋者	作序时间	关系
《聊斋志异》	蒲松龄	孔继涵(乾隆三十六年进士)		
		但明伦(嘉庆二十四年进士)	道光二十二年	
		舒其锳	道光十七年	
《今世说》	王晫	王晫	康熙二十二年	自序
		冯景		师徒
		丁澎(顺治十二年进士)		同乡
		毛际可(顺治十五年进士)		朋友
《说铃》	汪琬(顺治十二年进士)	严允肇(顺治十八年进士)		朋友
《明语林》	吴肃公	吴肃公	康熙二十年	自序
《虞初新志》	张潮	张潮	康熙二十二年	自序
			康熙三十九年	自序
《池北偶谈》	王士禛	王士禛(顺治十五年进士)	康熙三十年	自序
《坚瓠集》	褚人获	张潮(岁贡生,翰林院孔目)	康熙二十二年	朋友
		李炳	康熙三十年	通家弟
		毛宗岗		同学
		毛际可(顺治十五年进士)		
		顾贞观(康熙十一年举人)		年家弟
		徐柯		
		徐琛		年家眷侄
		佚名		
		褚篆		叔侄
		孙致弥		年家眷小弟
		朱陵		通家弟

续表

小说名	作者	序跋者	作序时间	关系
《坚瓠集》	褚人获	洪升		朋友
		孙致弥	康熙三十四年	年家同学弟
		尤侗	康熙三十九年	朋友
《耳书》	佟世思	佟世思		自序
《觚賸》	钮琇	钮琇（康熙十一年拔贡生）	康熙三十九年	自序
《觚賸续编》	钮琇	钮琇（康熙十一年拔贡生）	康熙四十一年	自序
《一夕话》	陈皋谟	陈皋谟	康熙五十七年	自序
《笑倒》	陈皋谟	陈皋谟	康熙五十七年	自序
《半庵笑政》	陈皋谟	张潮（岁贡生,翰林院孔目）		
《夜谭随录》	和邦额	和邦额（乾隆三十九年举人）	乾隆四十四年	自序
《谐铎》	沈起凤（乾隆三十三年举人）	殷杰	乾隆五十六年	朋友
		韩藻（乾隆三十三年举人）	乾隆五十六年	同年
		钱棨（乾隆四十六年状元）		朋友
		王昶（乾隆十九年进士）		朋友
		黄桂芳		朋友
		马惠	乾隆五十六年	师生
		沈清瑞（乾隆五十二年进士）	乾隆五十六年	兄弟
《耳食录》	乐钧	乐钧（嘉庆六年举人）	乾隆五十七年	自序
		吴嵩梁（嘉庆五年举人）	乾隆五十七年	同乡
		徐承恩	道光元年	朋友
《柳崖外编》	徐昆（乾隆五十六年进士）	王友亮（乾隆四十六年进士）	乾隆五十八年	同年、朋友
《六合内外琐言》	屠绅（乾隆二十八年进士）	姬金麟	乾隆年间	朋友
《小豆棚》	曾衍东	曾衍东（乾隆五十七年举人,知县）	乾隆六十年	自序

续表

小说名	作者	序跋者	作序时间	关系
《影谈》	管世灏	周春（乾隆十九年进士）		朋友
		管题雁（乾隆三十五年举人）	嘉庆七年	爷孙
《蟫史》	屠绅（乾隆二十八年进士）	小停道人	嘉庆五年	朋友
		杜陵男子		主客
《子不语》	袁枚	袁枚（乾隆四年进士）		自序
《黄生三奇遇古风》	黄耐庵	李梦松	嘉庆六年	同乡弟
《虞初续志》	郑澍若	郑澍若	嘉庆七年	自序
《秦淮画舫录》	捧花生	捧花生	嘉庆二十一年	自序
《三异笔谈》	许元仲	许元仲（道光七年被罢官）	道光七年	自序
《两般秋雨盦随笔》	梁绍壬（道光元年举人，官内阁中书）	汪适孙（候选詹事府主簿）	道光十七年	表兄弟
《浪迹丛谈》	梁章钜	梁章钜（嘉庆七年进士，累官至江苏巡抚）	道光二十一年以后	自序
《池上草堂笔记》	梁恭辰	梁恭辰（官至温州知府）	道光二十三年	自序
		退庵居士（梁章钜）	道光二十三年	父子
《归田琐记》	梁章钜	许惇书	道光二十五年	师徒
《印雪轩随笔》	俞鸿渐	俞鸿渐（嘉庆二十一年举人）	道光二十五年	自序
		孙殿龄	道光二十七年	侄孙
		汪俭	道光二十七年	师徒

丁锡根的《中国历代小说序跋集》列举了 201 部文言小说,其中有 122 部作品有清人作序或跋,共计 166 位清人参与了为历代文言小说作序跋的工作中。在这 166 位序跋者中,依旧不乏"大家"身影。在已考证身份的 48 位序跋者中,有进士 22 人,此外,还有举人、秀才、诸生、贡生共计 16 人。

万历三十八年进士钱谦益曾为《吴越春秋》作序,顺治十五年进士王士禛曾为《越绝书》作跋,康熙六十年进士卢见曾曾为《北梦琐言》作序,为《新齐谐》作序的袁枚是乾隆四年进士,乾隆十七年进士卢文弨曾为《北梦琐言》作跋,为《柳崖外编》作序的王友亮为乾隆四十六年进士,为《聊斋志异》作序的蔡培为嘉庆十四年进士,为《青史子》《宋子》《齐谐记》作序的马国翰为道光十二年进士,光绪年间进士叶德辉曾为《大唐世说新语》作序。

正如上文所写,清代文言小说序跋者中,进士出身的有 22 人,这在身份已考证的序跋者中占据了较大的比例。这些科举制度中通过最后一级考核的知识分子并未完全沉醉于自己已有的功名中,而是将大量的精力投入清代文言小说的赏鉴和传播之中。

大量的举人、秀才、诸生、贡生也乐于为文言小说作序跋。举人有:为《耳食录》作序的乐钧,为《鉴诫录》作跋的赵怀玉、鲍廷博,为《原李耳载》作序的李中馥,为《女世说》作序的李清,为《坚瓠集》作序的顾贞观,为《印雪轩随笔》作序的俞鸿渐,为《池上草堂笔记》作序的梁恭辰。秀才有:为《淞隐漫录》《淞隐续录》作序的王韬,为《古今笑史》作序的李渔。诸生有:为《松窗杂录》作跋的陆烜,为《开元天宝遗事》作跋的复翁,为《江淮异人录》作跋的吴翌凤,为《一夕话》作跋的张山来。贡生有:为《聊斋志异》作序的蒲松龄。除此之外,还有为《耳书》作自序的汉军正蓝旗佟世思,以门荫入仕,做过广西临贺、思恩县令。这些举人、秀才、诸生、贡生,或许在功名上不似举人、进士那般显赫,但是他们依旧是传统文化的爱好者和最坚实的追捧者。他们饱读诗书,才华出众,如阮元曾高度评价郝懿行的《山海经笺疏》"毕氏校本,于山川考校甚精,而订正文字,尚多疏略。今郝氏究心是经,加以笺疏,精而不凿,博而不滥,粲然毕著,斐然成章"。① 对文学有着自己独到的见解,他们当中也不乏有名气的文人,文言小说的兴盛繁荣自然离不开他们的参与。这一切无一不在表明:在那个时候,文言小说颇受"大家"重视。

文言小说作者和序跋者的关系较通俗小说单纯,序跋基本上就只是自序和亲朋故旧的序跋两种,如汪琬的《说铃自序》则针对宾客的"市奇吊诡"说,以主客问答的形式,对其加以批驳,同时也揭示了一己之情趣:

> 汪子方为《说铃》,有客见而笑曰:"何吾子撰述之不伦也?夫四方之大,夫士联车辖结衣袪而来游京师者,非以市奇吊诡也,梯荣焉止尔,媒利焉止尔。梯荣故名显,媒利故实厚。乃吾子舍是

---

① 阮元:《山海经笺疏序》,见丁锡根编著:《中国历代小说序跋集》,北京:人民文学出版社,1996 年,第 22 页。

二者,而日操纸舒翰,从事于此书,以名则穷,以实则左,得毋奇且诡欤?"汪子应之曰:"客之所谓名实者,褒衣缓带之伦举不免焉。然方其下儴直,丐休沐也,则必丝竹以谐耳,妖冶以悦目,摴蒱博塞之具以怡情肆志。一张一弛,其由是道久矣。今客视乎吾之室,空然孑然萧然闃然。于丝竹无有也,图史而已。于妖冶无有也,蓬丑而已。于摴蒱博塞无有也,敁簸败几而已。然且无以自娱,其若穷愁何?于是追忆旧闻,手纂日诵,不丝竹而谐,无妖冶而悦,非摴蒱博塞之具而亦肆焉忘返者,诚不知其不可也。噫!吾欲梯荣则倦而无阶,欲媒利则困而乏饵,而夫病夫饱食终日,无所用心者,故宁取裁于此,尚何奇之能市,而何诡之可吊耶?"客遂笑而去。《说铃》之义盖取诸《法言》,其书则与《世说》《语林》略相类。顺治十六年冬十月长洲汪琬自序。①

汪琬的《说铃自序》对于时人娱乐过程中所表现出的追逐妖童媛女的淫冶审美倾向进行了辛辣的讽刺,同时也表达了以《世说新语》《语林》等经典文言小说为典则,以隽永、典雅的语言,书写出一代文人亮丽的文采和颖异的思想。汪琬的《说铃》通过叙写朱彝尊、顾炎武、王士禛、陈维崧、周亮工、计东等的逸闻逸事,不仅写出了清初文人的个性,写出他们对于生活的希望与寄托,同时还不乏通过书写其在京师期间所见所闻的文人修禊的洒脱与傲岸,间接粉饰盛世的太平气象。

作为朋友,对作者比较了解,所以,作者创作的准备过程及小说自身的评价在序跋中都得到了体现,如乾隆五十三年周广业为其朋友、藏书家、拜经楼主人吴骞《桃溪客语》作序:"义兴为东南奥区,吾友吴君槎客寓游其间,既著《国山碑考》,复著《桃溪客语》,搜剔溪山,爬梳人物,博而且精,洵不负此地矣。"②由序文可知,海宁人吴骞曾寓居义兴(注:古县名,在江苏宜兴市境内),且为著《桃溪客语》,吴骞爬梳前人留下的有关义兴的史料,且通过事实的胪列,进一步比较相关文献的得与失。另如张潮的《幽梦影》问世以后,有三百余人为之作序,如杭州布衣文人王晫就是其中之一,关于张潮和王晫认识的经过,《檀几丛书序》记录道:"廿载神交,不期而会,固已

---

① 汪琬:《说铃自序》,见《澄怀园语·说铃》,啸园藏版。
② 袁行霈、侯忠义编:《中国文言小说书目》,北京:北京大学出版社,1981年,第377页。

大乐。"①而其他的序跋者,如黄周星、冒襄、吴琦,差不多都比张潮大三十余岁,亦师亦友,具体的文史资料见于张潮的《尺牍友声》。

而像赵起杲这种隔代的粉丝级的序跋者在文言小说传播史上并不多见。作为校刊者,赵起杲在作序时极言其与《聊斋志异》各种抄本的机缘巧合、出版缘起、校勘团队及在当时的广泛的接受度:

> 丙寅(乾隆十一年,1746)冬,吾友周子季和自济南解馆归,以手录淄川蒲留仙先生《聊斋志异》二册相贻。深以卷帙繁多,不能全钞为憾。予读而喜之,每藏之行笥中,欲访其全,数年不可得。丁丑(乾隆二十二年,1757)春,携至都门,为王子闰轩攫去。后予宦闽中,晤郑荔芗(方坤)先生令嗣。因忆先生昔年曾宦吾乡,性喜储书,或有藏本,果丐得之。命侍史录正副二本,披阅之下,似与季和本稍异。后三年,再至都门,闰轩出原钞本细加校对,又从吴君颖思假钞本勘定,各有异同,始知荔芗当年得于其家者,实原稿也。癸未(乾隆二十八年,1763),官武林,友人鲍以文屡怂恿予付梓,因循未果。后借钞者众,藏本不能遍应,遂勉成以公同好……此书之成,出赀襄事者,鲍子以文;校雠更正者,则余君蓉裳、郁君佩先,暨予弟皋亭也。乾隆丙戌(乾隆三十一年,1766)端阳前二日,莱阳后学赵起杲书于睦州官舍。②

一本难求自是书坊主渴求的局面,版本异同正可造成阅读期待,细加校对,证明了版本之精,而官员的身份正可助力于小说的传播。

实际上,不管是通俗小说还是文言小说,无论序跋者与作者的关系如何,序跋的写作从内容上来讲,都必须是合乎身份的命题作文,序跋要紧扣小说的宣传效应,或宣示文本的道德立场,或揭示艺术的技法,或比对版本优劣,或揭秘出版细节,或慨陈作者、序跋者的身世命运,或预示传播效果。只有针对预设的读者群,做到有的放矢,方能有好的市场反应,也只有这样的序跋,才是书坊主乐意花重金购求的。

---

① 张潮:《檀几丛书序》,见王晫、张潮编纂:《檀几丛书》,上海:上海古籍出版社,1992年,第1页。
② 蒲松龄著,任笃行辑校:《全校会注集评聊斋志异》,济南:齐鲁书社,2000年,第2455~2456页。

第五章　清代小说序跋与小说批评

小说序跋作为自具自足的艺术存在和文学现象,在小说理论的发展史上具有重要的价值。在理论性上,小说序跋虽然不比小说评点,但是对于大部分小说而言,序跋往往早于小说评点而存在,其理论的先觉性又远非小说评点可比。在构建小说理论时,清代小说序跋者善于通过对流行话语的积极因应,作为自身文学立场的参照,并通过妥协或对立,搭建起中国古代小说理论的框架。作为中国小说理论批评的一个有机组成部分,清代小说序跋关于一系列美学范畴的重新界定和崭新的美学命题的提出,极大地丰富了中国古典美学的宝库。如果撇开清代小说序跋来研究中国古典美学的体系和特点,就很难获得科学的、完整的结论。

第一节　清代小说序跋与小说的文学特征

小说文体的独立性是小说理论研究的基础和出发点,而小说独立于其他文体的标志性特征就是虚构性、文采性和真实性。不同于搜奇记逸的唐传奇和小家碧玉式的宋元话本,清代小说家在虚构性与真实性的争执声中,把大千世界的众生相,按照生活自身内在的逻辑,进行文采斐然的创造性加工。而作为先觉者的清代小说序跋者,通过对于小说艺术性的强调和准确提炼,不仅启蒙了大众,还为清代的小说发展送来了时代先锋意识。

一、清代小说序跋与"奇"的多元化审美意蕴的认知

儒学伦理所要求的雅正已渐次式微,以奇为美的怪诞化审美趣味日益弥漫。清代对晚明尚奇之风的沿袭不仅表明了儒家雅正伦理诗教的衰微,而且表明了清代士人以奇为美的怪诞化审美风格特征的普遍化。

(一)"奇"论的审美品格

追新尚奇是文学的宿命,是审美功能得以实现的必要特性。"奇"可以是事件自身的奇异,人物品行的奇异,甚至是毫无奇异的普通得不能再普通的一个片段,清代小说家发现了久被人们遗弃的美好,正如大师罗丹所

言:"所谓大师,就是这样的人:他们用自己的眼睛去看别人见过的东西,在别人司空见惯的东西上能够发现出美来。拙劣的艺术家永远戴别人的眼镜。"①

对于小说而言,"奇"成为吸引观众的一个重要因素。其不同于戏剧的一点在于,戏剧可以"戏不够,人来凑",演员的舞台表演甚至演员的扮相都可以成为演出效果的重要组成部分,如火遍北京城的秦腔演员魏长生在表演上注重做工的细腻,装扮上利用踩跷、梳水头增添旦角的颜貌和身段、步态的妍丽婀娜,再加上胡琴的伴奏,其声靡靡传情,曲尽旦角的风情媚态,"以《滚楼》一出奔走,豪儿士大夫亦为心醉。其他杂剧子胄无非科诨、海淫之状,使京腔旧本置之高阁。一时歌楼,观者如堵。而六大班几无人过问,或至散去"。②年已四十岁的魏长生落难到扬州,扬州缙绅对他还是"演戏一出,赠以千金"。③ 演员的颜值在一定程度上可以弥补剧情精彩度的不足,清代中后期北京剧坛"重色轻艺"的畸形发展就可以雄辩地证明这一点:

> 蜀伶陈银,走数千里来京师,入宜庆部……科诨诙谐,亵词秽语,丑状百出……剧中无陈银,举座不乐。④
>
> 时都下乐部中,有李玉儿者,色艺双绝,名冠梨园。达官巨贾或纨绔儿,如蝇蚋趋膻秽,日相征逐。⑤

但小说作为一门靠读者阅读来完成其接受过程的语言艺术,"新奇"就成为其吸引读者的不二法宝。

"奇"作为一个审美的概念经历了漫长的发展过程。最早出现在郭璞的《山海经序》中,初步形成于魏晋南北朝时期,如梁朝萧绮从"奇"与"常"的角度对于志怪故事的肯定,已初步突破了史家观念。《拾遗记》卷五录语

---

① [法]罗丹述,葛赛尔记,傅雷译:《罗丹艺术论》,天津:天津社会科学院出版社,2009年,第576~577页。
② 张次溪编纂:《清代燕都梨园史料》,北京:中国戏剧出版社,1988年,第32页。
③ 李斗撰,汪北平、涂雨公点校:《扬州画舫录》,北京:中华书局,1960年,第132页。
④ 俞蛟撰,骆宝善校点:《梦厂杂著》卷一《春明丛说》卷上《蜀伶陈银遇盗记》,上海:上海古籍出版社,1988年,第13页。
⑤ 俞蛟撰,骆宝善校点:《梦厂杂著》卷一《春明丛说》卷上《玉儿传》,上海:上海古籍出版社,1988年,第18页。

曰:"夫精灵变化,其途非一;冥会之感,理故难常。"①卷六又曰:"夫心迹所至,无幽不彻,理著于微,冥昧自显。"②至唐宋时期,"奇"作为一个美学概念又有了进一步的发展。唐人"作意好奇,假小说以寄笔端","奇"不仅丰富了人们对于小说虚幻本性的审美体验,而且在实现其娱乐功能的同时也有益于世,如柳宗元对于《毛颖传》的评价。宋代洪迈在《夷坚乙志序》以"怪奇"并称来评价志怪小说。到了明代,出现了更多的"奇书",并以"奇"来评价小说,借以表达明人对于小说审美的独特体悟。明末的凌濛初(即空观主人)更是一反宋元的"奇"论,提出:"今之人但知耳目之外牛鬼蛇神之为奇,而不知耳目之内日用起居,其为谲诡幻怪,非可以常理测者固多也。"③将追求无何有之事作为小说的弊端,认为新奇不用到鬼神世界或异域他乡去寻找,"耳目之内,日用起居"中已是无奇不有了。笑花主人在《今古奇观序》同样提出"真奇出于庸常"的观点,彻底跳出了宋人"奇"物、"奇"事的狭隘界定,转型为对创作主体、阅读效果、叙事技巧、文本美感、表现方式等的评价,进而形成了完整的"奇"论结构体系,成为古代小说区别于其他文体的重要审美形态。

清代"奇"论在前代小说理论的基础上继续发展。在清人的小说序跋中提及"奇"的有四十多篇,可见"奇"作为清代小说重要的审美特征所言非虚。清代小说序跋以事本体作为前提,文乃事的表象,强调事对文的先在地位,徐如翰在《云合奇踪序》中说:"天地间有奇人始有奇事,有奇事乃有奇文。"④这一论调不只是从材料的来源角度立论,而是具有强烈的体用色彩。李渔以"三美俱擅"——情、文、教化三者俱佳为奇,如《香草亭传奇序》说:"从来游戏神通,尽出文人之手,或寄情草木,或托兴昆虫,无口而使之言,无知识情欲而使之悲欢离合,总以极文情之变,而使我胸中磊块,唾出殆尽而后已。然卜其可传与否,则在三事,曰情,曰文,曰有裨风教。情事不奇不传,文词不警拔不传,情文俱备而不轨乎正道,无益于劝惩,使观者

---

① 王嘉撰,孟庆祥、商媺姝译注:《拾遗记译注》,哈尔滨:黑龙江人民出版社,1989年,第136页。
② 王嘉撰,孟庆祥、商媺姝译注:《拾遗记译注》,哈尔滨:黑龙江人民出版社,1989年,第164页。
③ 即空观主人:《拍案惊奇自序》,见丁锡根编著:《中国历代小说序跋集》,北京:人民文学出版社,1996年,第785页。
④ 黄霖、韩同文选注:《中国历代小说论著选》(上),南昌:江西人民出版社,2000年,第219页。

听者哑然一笑而遂已者,亦终不传。是词幻无情为有情,既出寻常视听之外,又在人情物理之中,奇莫奇于此矣。而词华之美,音节之谐,与予昔著《闲情偶寄》一书所论填词意义,鲜不合辙,有非'警拔'二字,足以概其长者,三美俱擅,词家之能事毕矣。"①李渔在《与陈学山少宰》中也有类似表述:"若诗歌词曲以及稗官野史,则实有微长。不效美妇一颦,不拾名流一唾,当世耳目,为我一新。"②只是李渔对于人情物态的描写过于单薄,这与他对文学的体认有很大关系。

清人还赋予"奇"以塑造手法的新奇和文笔的新颖,使得同一事件在不同的作者手中呈现出截然不同的面貌,如对海烈妇事件的叙写就有陆次云的《海烈妇传》、方孝标的《海烈妇传》、任源祥的《陈有量妻海氏传》、浪墨仙人《百炼真海烈妇传》和云阳嘻嘻道人《警悟钟·海烈妇米椁流芳》的种种不同。还有一代佳人董小宛一生大结局的疑窦丛生,就有张明弼的《冒姬董小宛传》和冒辟疆的《影梅庵忆语》的不同风韵。而这些人物形象到了不同的作家笔下都被赋予了独特的精彩和味道,新奇也就随之扑面而来了。张明弼的客观,冒辟疆的主观;张明弼的典型、大气,冒辟疆的细腻、情迷;张明弼的赞叹、艳羡,冒辟疆的痴情、感伤。太多的不同,又是太多的美不胜收,让我们难辨瑜亮。之所以能够出现这样的结果,完全是因为作家审视事件的角度不同、选用的叙事手法不同和文笔的差异造成的。在这一切的背后,是无数清代文人对小说这一不受待见的文体的迷恋和不计回报的投入,其中不乏下层文人的身影,但也有百年望族的后人和考中举人、进士的世俗意义上的成功者。正是有了后者的加盟,才使得小说这一文体的整体创作质量有着质的提升,其中,值得一提的是文言小说创作中史官体的被采用,在《春秋》般的洗练的文字背后,在一江春水的底下,几乎没有描写,几乎没有虚构,却足以掀起惊涛骇浪,留给后世文人以无尽的回味和思索,当然,也留下了史官体的理性之美。

清代小说家对于技巧的运用已经是"所好者道也,进乎技矣",所以才能在故事讲述的细腻和生动程度、人物塑造的传神上达到了前无古人的程度,以至于序跋者们在拜读小说文本的时候每每禁不住啧啧称"奇"。有趣的是,清人眼中的"奇"在外在形式上每每是严重对立的,正如一个是绝世佳人,一个是蓬头垢面却难掩国色。尽管创作理念不同,外在表现不同,却

---

① 《清代文学批评资料汇编》,台北:成文出版社,1978年,第105~106页。
② 李渔:《李渔全集》第一卷《笠翁一家言文集》,杭州:浙江古籍出版社,1991年,第164页。

并不妨碍共同欣赏,这种情形很像儒家的"和而不同"。恰源于这种真正意义上的"和而不同",才迎来了清代小说的繁荣。清代小说虽然仿作多,续作多,但清人在续写、仿写的时候能够自觉追求情节自身的新颖,又完全不同于过往的叙事元素的简单添加,再加上人物塑造手法的标新立异,才使得小说"新"气逼人。可以说,清人在仿写和续写中累积出小说创作的经验,进而成就了一个小说创作的高峰。但成也萧何,败也萧何,当清人在仿写和续写中满足着他们对经济效益的追逐欲望,而忽略了小说题材和创作手法的独创性的时候,清代小说也就走向了它的穷途末路,正如波兰美学家塔达基维奇所指出的那样:"过去,有人曾假设,没有美就没有艺术;而今天,人们则代之以假设,没有创造也就没有艺术。"①

小说的接受过程是一个动态的不断变化的过程,而作者和读者之间的这种契合能否建立起来,关键取决于小说情节的"奇而不奇"。由于小说内容和现实之间的巨大差距,"奇"与"常"的转化、交错令读者产生新奇之感,在读者心理中产生极大的张力,在一定程度上制造了"文势陡起""笔势跳脱""忽然跌落"的审美效果。但小说艺术无法完全超越时代精神的笼罩,其尚"奇"的艺术个性与所表现出的复杂幽微的文化心理不可能逃脱艺术法度的维系,尚奇需顾实理,英国的罗杰·福勒曾说过:"社会的有系统的组织(包括写作的'规则')凌驾和控制着个体,决定着个体所能部署或应对的言语和型式……只是在界定文化的常规系统所提供的可能性之内,作家才能进行有意义的创作。"②小说家在进行创作之际,用他独有的方式传达着他自己和别人都能够理解和接受的意义,只有如此,小说才有了传播的可能性。

> 今小说之行世者,无虑百种,然而失真之病,起于好奇。知奇之为奇,而不知无奇之所以为奇。舍目前可纪之事,而驰骛于不论不议之乡,如画家之不图犬马而图鬼魅者,曰:"吾以骇听而止耳。"夫刘越石清啸吹笳,尚能使群胡流涕,解围而去。今举物态人情,恣其点染,而不能使人欲歌欲泣于其间。此其奇与非奇,固

---

① [波]符·塔达基维奇著,褚朔维译:《西方美学概念史》,北京:学苑出版社,1990年,第357~358页。
② [英]罗杰·福勒著,於宁、徐平、昌切译:《语言学与小说》,重庆:重庆出版社,1991年,第137页。

不待智者而后知之也。①

睡乡居士首先指出当时小说创作由于"好奇"而"失真"的弊病,认为"无奇"实际上也是一种奇,作家创作完全可以写"目前可纪之事",而不必一味追求殊方异物、离奇古怪。然后序文举刘越石一例,论述小说创作应该"举物态人情,恣其点染",而且也应该达到"使人欲歌欲泣"的艺术效果,这才算是真正的"奇"。

> 小说家千态万状,竞秀争奇,何止汗牛充栋。然必有关惩劝扶植纲常者,方可刊而行之。一切偷香窃玉之说,败俗伤风,辞虽工直,当付之祖龙耳。②

在"事奇""人奇""不奇即奇"等观点之外,滋林老人给了我们另外一个视角。小说绝不可以靠偷香窃玉、伤风败俗的情节来吸引眼球,真正的经典小说必须是扶植纲常的,这样的小说一样是"奇"的,他的观点代表了那个时代的一种思考。

中国的文化传统有三条道:儒、道、禅,但一言以蔽之曰:善。当小说按照各自不同的路径来陈述着自己的故事的时候,最后发现,大家都走到了一条路:向善的路。"少而好学,至老弥笃;搜群书,穷秘笈,取经史所未及载者,条列枚举。其事小而可悟乎大,其事奇而不离乎正"。③ 在《坚瓠秘集序》中,尤侗清醒地意识到:作家只有遵从时代的要求,强化主体建构和社会担当,在作品中注入中国灵魂,才能讲好中国人的传奇。

扶植纲常的小说在张潮的《虞初新志》和郑澍若的《虞初续志》中有很多,太多的畸人奇士:"任诞矜奇,率皆实事,搜神抉异,绝不雷同。"④这些极端的善行并不为大众所常见,于是成就了那个时代的传奇,在他们行为背后的是对儒家道统的坚守。这些传奇要给读者传达的中心内容,正如苏珊·朗格所讲的那样:"一件艺术品就是一件表现性的形式,这种创造出来

---

① 睡乡居士:《二刻拍案惊奇序》,见丁锡根编著:《中国历代小说序跋集》,北京:人民文学出版社,1996年,第788页。
② 滋林老人:《说呼全传序》,见《古本小说集成》第一辑第十七册,上海:上海古籍出版社,1991年,第1页。
③ 尤侗:《坚瓠秘集序》,见丁锡根编著:《中国历代小说序跋集》,北京:人民文学出版社,1996年,第466页。
④ 张潮:《虞初新志·凡例十则》,见《说海》第二册,北京:人民日报出版社,1997年,第321页。

的形式是供我们的感官去知觉或供我们想象的。而它所表现的东西就是人类的情感。"①

文学艺术固然要有创新,要有自己的特色,但对任何艺术品来说,完全的独创性与可接受性是不可能兼得的。多少名家在生前默默无闻,个中缘由无外如此,而这一点在中外文学史和艺术史上是不乏先例的,如杜甫戴着镣铐的舞蹈(对于格律的讲求)和在众人狂欢时的不合时宜的号哭(对时局的批判)就不为当时人所理解,所激赏,而留下人生的千年憾恨,他的诗歌在其去世百年后才被韩愈发现其中所蕴藏的巨大的艺术美和历史认知价值。王实甫在世人惯常于欣赏四折的短平快的节奏的时候,写出了十六折的《西厢记》,固然也和同时代作家一样,在借着一段缠绵的风花雪月的曲折故事,倾泻着内心磅礴难抑的情愫,虽美不胜收,但知音难觅,竟然不能凭借《西厢记》而跻身于元曲四大家的行列。吴敬梓的《儒林外史》也是时隔一百年之后才被国人接纳。梵高也是在死后才骤享大名。巴尔扎克生前穷困潦倒,死后才享誉全球。

艺术品要想实现其传播的最终目的,为他人所理解,所接受,就必须用别人能够接受和理解的方式完成作品的独创。康熙年间的才子佳人小说对艳情内容的增添就是对盛世下的市民阶层娱乐需求的迎合,如《合浦珠》叙苏州钱兰与范太守女珠娘及妓女赵素馨、白瑶枝的婚姻故事;《玉楼春》叙述邵十州和佳人黄玉娘、霍春晖的结合;《飞花艳想》叙述才子柳友梅与佳人梅如玉、雪瑞云的结合;《蝴蝶媒》叙述蒋岩与华柔玉、袁秋蟾的结合;《赛花铃》叙述苏州才子与方素云等三女的团圆事;《五凤吟》叙述才子祝琼与二女三婢相恋始离终合事。以情爱为噱头招徕受众,这是对明末以来烟粉类小说传统的沿袭,然而清代禁毁淫暴小说的文化政策和文坛对雅洁品格的追求逼使着才子佳人小说的作者们在描写人欲的同时,也不得不展望一下人的神性和人生追求的诗意,而脱胎换骨的《红楼梦》成就了这一文体的伟大。创作于咸丰朝的《花月痕》,虽"大旨从《品花宝鉴》脱胎"②,但事则缠绵尽致,文则哀感顽艳,人物吐属名隽,几乎无语不典,高古精妙,且标榜个性解放和唯情主义,又非狭邪小说所能笼罩。《花月痕》以其对于两性

---

① [美]苏珊·朗格著,滕守尧译:《艺术问题》,北京:中国社会科学出版社,1983年,第13~14页。
② 王韬:《海上尘天影叙》,见丁锡根编著:《中国历代小说序跋集》,北京:人民文学出版社,1996年,第1222页。

关系的确认、以身殉情的悲剧结局和归诸命运的凄凉奠立了其在现代文坛的地位,对鸳鸯蝴蝶派产生了巨大的影响,如徐枕亚誉其为"言情杰作",叶楚伧赞其"别创一格",郑逸梅甚至将其与《三国演义》《红楼梦》同列为中国古代小说的巅峰之作。

小说在当时的被理解、被接受本身也就意味着创新因素要自觉甚至主动地接受由艺术成规制约着的接受图式对它的接纳与同化。清人历史演义小说艺术成就最高的是《隋唐演义》和《说岳全传》,也和《三国演义》一样,都属于集体创作型作品。文言小说集《隋唐嘉话》,短篇小说《海山记》《开河记》《迷楼记》是清代隋唐系列小说的源头,进而影响到这一题材系列小说主题的形成。康熙年间四雪草堂刊刻褚人获改编的《隋唐演义》自评本,成为该题材在后世最为流行的读本。

> 《隋唐志传》创自罗氏,纂辑于林氏,可谓善矣。然始于隋宫剪彩,则前多阙略。厥后铺缀唐季一二事,又零星不联属;观者犹有议焉。昔弇庵袁先生曾示予所藏《逸史》,载隋炀帝、朱贵儿、唐明皇、杨玉环再世因缘事,殊新异可喜,因与商酌,编入本传,以为一部之始终关目……其间阙略者补之,零星者删之,更采当时奇趣雅韵之事点染之,汇成一集,颇改旧观。①

褚人获在隋炀帝和朱贵儿、唐玄宗和杨玉环的两世姻缘的叙事框架内,刻意将爱情与英雄传奇交织在一起,故而《隋唐演义·发凡》亦云:"明正德中,三山林太史亨大复加纂辑授梓,行世已久,而坊人犹以为未尽善。近见《逸史》载隋帝、唐宗与贵儿、阿环两世会合,其事甚新异,因为编入,更取正史及野乘所纪隋唐间奇事、快事、雅趣事,汇纂成编,颇堪娱目,非欲求胜昔人,聊以补所未备云尔……肃宗之后尚有十四传,其间新奇可喜之事,当另为《晚唐志传》以问世,此不赘及。"②《隋唐演义·发凡》爽快地承认,《隋唐演义》是以剑啸阁主人《隋史遗文》、齐东野人《隋炀帝艳史》等为基础缀集成帙的。《隋唐演义》对艺术成规的接受程度,以梁绍壬的说法为代表:"叙炀帝、明皇宫闱事甚悉,而皆有所本。其叙土木之功,御女之车,矮

---

① 褚人获:《隋唐演义序》,见《古本小说集成》第三辑第七十五册,上海:上海古籍出版社,1993年,第1~3页。
② 褚人获:《隋唐演义》,见《古本小说集成》第一辑第十四册,上海:上海古籍出版社,1991年,第1页。

民王义及侯夫人自经诗词,则见于《迷楼记》。其叙杨素密谋,西苑十六院名号,美人名姓,泛舟北海遇陈后主,杨梅、玉李开花,及司马戡逼帝,朱贵儿殉节等事,并见于《海山记》。其叙宫中阅广陵图,麻叔谋开河食小儿,冢中见宋襄公,狄去邪入地穴,皇甫君击大鼠,殿脚女挽龙舟等事,并见于《开河记》。其叙唐宫事,则杂采刘餗《隋唐嘉话》、曹邺《梅妃传》、郑处诲《明皇杂录》、柳珵《常侍言旨》、郑棨《开天传信记》、王仁裕《开元天宝遗事》、无名氏《大唐传载》、李德裕《次柳氏旧闻》、史宫乐史之《太真外传》、陈鸿之《长恨歌传》,复纬之以本纪、列传而成者,可谓无一字无来历矣"。① 而据欧阳健先生考索,在《隋唐演义》的前六十六回文字中,有三十五回袭用了《隋史遗文》,十回袭用了《隋炀帝艳史》,另有七回由二书的相关内容连缀而成,约共占总篇幅的 78.78%。②

(二)人奇

小说叙事学的决定论色彩虽然没有史传那样明确,但是,一切以事本体作为前提,"天地间有奇人始有奇事,有奇事乃有奇文"③,故而,清代小说序跋中的"新奇"的第一个特征就是"人奇"。梓定于嘉庆初年的讲史小说《双凤奇缘》即以"人奇"相标榜:

> 女子奇其才而不奇其貌,虽道蕴、文姬不足谓之奇;抑有奇其貌而不奇其才,即南威、西子亦何足谓乎奇。夫奇也者,必才色兼优,遇颠沛流离,不改坚贞之志;殚精竭虑,克全忠义之名,故不谓之奇,而其奇传矣。④

> 或女子徒以才见,临风作赋,对月敲诗,乃闺阁海淫之渐,非奇也。或女子徒以色胜,尤物移人,蛾眉不让,又脂粉涂抹之流,非奇也。奇莫奇于有才有色,虽颠沛流离,不改坚贞之志,能武能文,虽报仇泄恨,自全忠义之名。非特此也,前因梦而咏好逑,能使芳魂归故土;后因梦而歌麟趾,犹是骨肉正中宫,乃知二难会称

---

① 梁绍壬撰,庄葳点校:《两般秋雨庵随笔》卷七,上海:上海古籍出版社,1982年,第385~386页。
② 欧阳健:《〈隋唐演义〉"缀集成帙"考》,载《文献》,1988年第2期,第72~73页。
③ 徐如翰:《云合奇踪序》,见黄霖、韩同文选注:《中国历代小说论著选》,南昌:江西人民出版社,2000年,第219页。
④ 古溪老人:《双凤奇缘序》,见丁锡根编著:《中国历代小说序跋集》,北京:人民文学出版社,1997年,第884页。

于女子者固奇,两美兼收于一君者尤奇。①

不同于《西京杂记·王嫱》和《汉宫秋》的政治旋涡中的命运沉浮,《双凤奇缘》融入了爱情、宫斗、讲史、传奇和志怪等多种文学题材,其中的帝王与后妃的爱情故事本来就是一"奇",又穿插李陵、苏武故事于其间。三角恋爱中的王昭君虽然不合乎史实,但是围绕着爱情的波折和理想的毁灭,故事笼罩的悲剧气氛随着王昭君的跳江自尽戛然而止,取而代之的是妹妹赛昭君的出世复仇和接续姻缘,故事由王昭君的人生悲剧转变为赛昭君的人生喜剧,千古奇女子出于一家姊妹,姊妹二人先后为汉元帝的后妃,二"奇"。九姑娘娘赠仙衣,和亲的王昭君得保贞节;赛昭君受神女法,屡败匈奴,三"奇"。

清代世说体小说上承刘义庆《世说新语》,人物的奇言奇行再次被纳入作家的审美视域,不同的是二者的遗风流韵。《世说新语》是以魏晋人的言谈、逸事为中心,没有统一的思想,既有儒家的,又有佛道的,《世说新语》重在对人物内在风神的呈现,尊崇的是人物神清气朗的人格气度。清代世说体小说以王晫的《今世说》、张潮《虞初新志》等为代表,反复申述的都是些提振儒家道统的人或事,王晫和张潮眼中的所谓的"奇"行多归类于时代的奇人对儒家文化的坚守及在传统失落之后的殉道。

> 今朝廷右文,名贤辈出,阀阅才华,远胜江左,其嘉言懿行,史不胜载,特未有如临川裒聚而表著之。天下后世亦谁知此日风流,更有度越前人者乎……稿凡数易,历久乃成。或疑名贤生平大节固多,岂独借此一端而传?不知就此一端,乃如颊上之毫、睛中之点,传神正在阿堵。②

> 是编所载,多忠孝廉节之概,经纬权变之宜,其大者实有裨于国家,有功于名教,至于风雅澹词,山林逸事,足以启后学之才思,资艺林之渊薮者,无不表而出之。虽其人之生平不尽此数语,即是编亦不足以尽当世之贤豪,而条疏节取之下,使人人解颐欣赏,如入宝山,如游都市,其为益也……以备一代人文之盛,而后乃知

---

① 雪樵主人:《双凤奇缘序》,见《古本小说丛刊》第十七辑第四册,北京:中华书局,1991年,第1625~1628页。
② 王晫:《今世说序》,见《清代笔记小说大观》(一),上海:上海古籍出版社,2007年,第104页。

丹麓倡始之功为不可泯也。①

世说体小说叙事的倾向取决于编纂者的文化立场和处事态度。王晫曾言:"毋慢一事,一事错而流祸无穷;毋忽一言,一言舛而贻害莫救也;毋轻一念,一念乖而酿患匪小也。"②所以在编纂《今世说》的过程中,处事圆滑的王晫有意汰除了《世说新语》中的"自新、黜免、俭啬、谗险、纰漏、仇隙"等六大门类。

张潮在《虞初新志》凡例中宣称:"鄙人性好幽奇,衷多感愤。"③郑澍若《虞初续志》效美于后,二人所谓的"奇"只是对儒家文化的推崇及道统失落之后的怅惘。张潮《虞初新志》、郑澍若《虞初续志》中赞美忠孝节烈的篇章占据了很大的篇幅,和王晫《今世说》前后呼应,昭示了清朝定鼎中原之后向传统的回归。仅从《虞初新志》《虞初续志》的篇目带"忠孝节烈"含义的来看,《虞初新志》有《义猴传》《义虎记》《鬼孝子传》《义犬记》《奇女子传》《吴孝子传》《王义士传》《烈狐传》《义牛传》《孝犬传》《哑孝子传》《孝丐传》《闵孝子传》等13篇;《虞初续志》有《孝节妇郑氏传略》《义士李伦表传》《义猫记》《梁烈妇传》《家贞女堕楼记》《重建宣城徐烈妇祠碑记》《黄孝子传》《孝烈张公传》《海烈妇传》《黄烈妇传》《刘孝子寻亲记》《杨孝子传》《赵孝子传》等13篇。二书的篇目虽然相同,但张潮收录的一半的篇目是关于动物义举的,在这些篇章的背后,作者要传达的恐怕是对现实的失望和批判,且每篇的最后都有一段简短的评论,如《义猴传》的结尾有张山来曰:"有功世道之文,如读《徐阿寄传》。"④《义虎记》最后的张山来曰:"人往往以虎为凶暴之兽,今观此记,乃知世间尚有义虎,人而不如,此余所以有《义虎行》之作也。"《烈狐传》仿照《史记》的写法,最后的外史氏曰:"狐淫兽也,以淫媚人,死于狐者,不知其几矣。乃是狐竟能以节死!呜呼!可与贞白女子争烈矣!"⑤每以人与兽比,且每有人不如兽之叹,真有些荀粲佳人难再得之意。而《虞初续志》仅有一篇关于动物义举的《义猫记》,且没有评论,因此,

---

① 严允肇:《今世说序》,见丁锡根编著:《中国历代小说序跋集》,北京:人民文学出版社,1996年,第473页。
② 王晫:《松溪子》,见张潮等编纂:《昭代丛书》(甲集),上海:上海古籍出版社,1990年,第35页。
③ 张潮:《虞初新志·凡例十则》,见《说海》第二册,北京:人民日报出版社,1997年,第322页。
④ 张潮:《虞初新志》卷一,见《说海》第二册,北京:人民日报出版社,1997年,第343页。
⑤ 张潮:《虞初新志》卷十,见《说海》第二册,北京:人民日报出版社,1997年,第500页。

二书显露出来的旨趣就有了重大的差别。

当然,二书除了篇目中有"忠孝节烈"含义的之外,都有更多的篇目在讴歌烈士的壮怀和佳人的节义。这样的行为在清代理学高扬的年代被誉为"奇",可见当时的社会非主流文化已经和主流文化渐行渐远了。

(三)事奇

从传播学的角度看,小说作者要对叙事要素进行重组或创新性加工,只有不断开拓新的叙事模式,才能引起受众的注意,并激发受众的阅读兴趣和购买冲动。著名的传播学家施拉姆指出:"像糕饼必须要烤制和拿出来卖一样,信息也必须加工,并且以符号的形式发出来。像买主必须决定买不买一样,接受者也必须权衡一下想不想买和想不想吃。"①创造性模仿是文学传播动力最主要的特征,表现在"后来者所干的是模仿,但又带有创造性,最后的成果或者不同或者还超过领先者"。②

清代通俗小说和文言小说无不在求异求新求变。风流与名节的结合成就了李渔的"无奇不传",其"不效美妇一颦,不拾名流一唾,当世耳目,为我一新"③的说辞更是清初的时代宣言。也许李渔的《无声戏》《十二楼》等在清代众多的小说中算不上多伟大,但它们绝对是一种另类的存在。虽也在宣扬伦理教化,但其风流潇洒的故事情节背后所折射出的对于固有的人生信条的质疑,如《奉先楼》对于贞节观念所持有的"便宜"的态度,在对道学残忍一面的披露中完成了对于传统道德观念的解构;《鹤归楼》尽情嘲讽了宋徽宗与臣下争风吃醋行为的荒唐;《女陈平计生七出》以愚节愚烈的虚伪辛酸反衬出耿二娘在节烈的夹缝中杀出一条生路的智慧与胆识;《肉蒲团》以未央生备尝"行乐之地,首数房中"的酸甜苦辣诉说着"遏欲窒淫"的正果,在难以自拔的认知悖谬中反映出了李渔"无奇不传"的叙事艺术背后的精神危机。虽然李渔的风流才貌的叙事模式或多或少还有些头巾气,但是其中所透露出来的文学追求和文学精神被后出的《红楼梦》所继承。备受诟病的清代才子佳人小说在叙事要素的设计上可谓花样翻新,用尽心思。正是才子佳人小说的这一番成就,才迎来了《红楼梦》的问世。

---

① [美]威尔伯·施拉姆、[美]威廉·波特著,陈亮、周立方、李启译:《传播学概论》,北京:新华出版社,1984年,第61页。
② [美]彼得·德鲁克著,《世界经济科技》周刊编辑室译:《创新和企业家精神》,北京:企业管理出版社,1989年,第225页。
③ 李渔:《笠翁一家言文集》卷三《与陈学山少宰》,见《故宫珍本丛刊》第五百八十七册,海口:海南出版社,2000年,第48页。

贾母忙道:"怪道叫作《凤求鸾》。不用说,我猜着了,自然是这王熙凤要求这雏鸾小姐为妻。"女先儿笑道:"老祖宗原来听过这一回书。"众人都道:"老太太什么没听过!便没听过,也猜着了。"贾母笑道:"这些书都是一个套子,左不过是些佳人才子,最没趣儿。把人家女儿说的那样坏,还说是佳人,编的连影儿也没有了。开口都是书香门第,父亲不是尚书就是宰相,生一个小姐必是爱如珍宝。这小姐必是通文知礼,无所不晓,竟是个绝代佳人。只一见了一个清俊的男人,不管是亲是友,便想起终身大事来,父母也忘了,书礼也忘了,鬼不成鬼,贼不成贼,那一点儿是佳人?便是满腹文章,做出这些事来,也算不得是佳人了。比如男人满腹文章去作贼,难道那王法就说他是才子,就不入贼情一案不成?可知那编书的是自己塞了自己的嘴。再者,既说是世宦书香大家小姐都知礼读书,连夫人都知书识礼,便是告老还家,自然这样大家人口不少,奶母丫鬟伏侍小姐的人也不少,怎么这些书上,凡有这样的事,就只小姐和紧跟的一个丫鬟?你们白想想,那些人都是管什么的,可是前言不答后语?"众人听了,都笑说:"老太太这一说,是谎都批出来了。"贾母笑道:"这有个原故:编这样书的,有一等妒人家富贵,或有求不遂心,所以编出来污秽人家。再一等,他自己看了这些书看魔了,他也想一个佳人,所以编了出来取乐。何尝他知道那世宦读书家的道理!别说他那书上那些世宦书礼大家,如今眼下真的,拿我们这中等人家说起,也没有这样的事,别说是那些大家子。可知是诌掉了下巴的话。所以我们从不许说这些书,丫头们也不懂这些话。这几年我老了,他们姊妹们住的远,我偶然闷了,说几句听听,他们一来,就忙歇了。"(第五十四回史太君破陈腐旧套　王熙凤效戏彩斑衣)①

有学者由此认为曹雪芹对才子佳人小说是有看法的,实则未必然,这一段文字极有可能只是曹雪芹在指桑骂槐。表面上看来是借贾母之口来贬斥才子佳人小说叙事的荒唐,但是现实却是贾母口中从不懂得这些话的丫鬟们如袭人、司琪、小红等不仅懂得,而且都亲自实践了,公子哥们如贾珍、贾琏、贾蓉、贾宝玉等把小说中都做不出来的丑行都做完了,贾府真是

---

① 曹雪芹:《红楼梦》,北京:人民文学出版社,2005年,第738~739页。

糜烂至极,难怪柳湘莲对着贾宝玉说出这样的一段话:贾府除了门口的一对石狮子还算干净外,恐怕猫儿、狗儿都是不干净的。贾母在嘲笑才子佳人小说作者荒唐无知的同时,无意之中也嘲弄了自己一把。现实与期待之间的严重落差,理想的破灭,道德的失衡,这是那个时代社会现实的尴尬,也是曹雪芹的伟大发现和过人之处。

虽然贾母的上述言论只是皮里阳秋之言,但是它却点中了才子佳人小说末流的要害。"传奇家摹绘才子佳人之悲欢离合,以供人娱耳悦目也旧矣"①,"从来传奇小说,往往托兴才子佳人,缠绵烦絮,刺刺不休,想耳间久已尘腐"②,"凡小说内,才子必遭颠沛,佳人定遇恶魔……再不然,公子逃难,小姐改妆,或遭官刑,或遇强盗,或寄迹尼庵,或羁栖异域。而逃难之才子,有逃必有遇合,所遇者定系佳人才女,极人世艰难困苦,淋漓尽致,夫然后才子必中状元,作巡按,报仇雪恨,娶佳人而团圆。凡小说中舍此数项,无从设想"。③ 但天花藏主人是一个例外,他永远走在不断创新的艺术道路上。虽在《两交婚小传序》中自称《两交婚》是《玉娇梨》和《平山冷燕》的续书,实则有很大的变化,他讲述的两家兄妹互婚的故事,这本身就很具有新闻价值,很新奇,更重要的是,他还塑造了一个身份卑贱的小人物——歌妓瑶草,杀伐果断,有谋略,连才子甘颐、佳人辛古钗都被其遮蔽了光彩。这种有胆有才有识的女性形象在以前的小说中是没有的,这是天花藏主人的又一独创。三部才子佳人小说,三种不同的叙事,人物的增添也绝非叙事元素数量上的增减,其中有着作者独特的人生思考。一个有着这样三部又杰出又新奇的作品的作家,在回顾过往的时候,又怎能不"顾盼而啧啧"呢?而他的《赛红丝》又能另出机杼,在才子佳人的悲欢离合故事中写出人情莫测,世事无端,连郑振铎都称赞它:"虽亦不外佳人才子,离合悲欢,而写得颇入情入理,既非'一娶数美'之流亚,亦非'满门抄斩'之故套,写人情世故,殊为逼真,故能超出同类的小说之上。"④

天花藏主人之后,才子佳人小说在叙事元素上还在继续变化,并不断创新着,如署为雪樵主人梓定的《双凤奇缘》。王昭君故事经由班固《汉书》

---

① 三江钓叟:《铁花仙史序》,见云封山人编次,陈廷梆、贾利亚点校《铁花仙史》,北京:北京师范大学出版社,1993年,第1页。

② 天花才子:《快心编·凡例》,北京:人民文学出版社,1992年,第2页。

③ 小和山樵:《红楼复梦凡例》,见丁锡根编著《中国历代小说序跋集》,北京:人民文学出版社,1996年,第1187页。

④ 郑振铎:《西谛书话》,北京:生活·读书·新知三联书店,1998年,第18页。

的史书记载,到琴曲《琴操》中的"昭君怨"乐府歌辞,到唐宋文学中的翻新、变异与融通,再到元代马致远的《汉宫秋》、明代的《和戎记》《风月锦囊》"杂曲类"中的《新增王昭君出塞》《王昭君奏主诉情》,早已为大众所熟知,故有改变的必要,这符合所有中国经典故事传承的规律,所以《双凤奇缘》在王昭君投江自尽之后,又虚构出了一个赛昭君,硬生生地将一个汉代的历史故事糅进了契合市民欣赏口味的双美侍一夫的叙事模式下的通俗小说之中。作为王昭君的亲妹妹,赛昭君不仅相貌赛过王昭君,还武艺超群,带兵平定了匈奴,不仅为姐姐报了仇,同时还为朝廷一雪前耻。缘于此,古溪老人在其《双凤奇缘序》一文中对于言情小说中的奇女子应具有的完美品格作出了如下界定:"女子奇其才而不奇其貌,虽道蕴、文姬不足谓之奇;抑有奇其貌而不奇其才,即南威、西子亦何足谓乎奇。夫奇也者,必才色兼优,遇颠沛流离,不改坚贞之志;殚精竭虑,克全忠义之名,故不谓之奇,而其奇传矣。"①

清朝的最后五年,言情小说再次增多,在事"奇"的道路上走得更远,如吴趼人的《情变》《痛史》《恨海》、啸天生的《侬薄命》《白牡丹》、铤夸的《凤厄春》、陈碟仙的《柳非烟》等。在吸纳西方言情小说艺术经验的基础上,以男女爱情纠葛为线索,揭露了封建道德和旧的观念习俗,批判乃至否定了封建婚姻制度和爱情方式。

故事的新奇成了横在一个时代作家心臆的梦想,才至于在序跋中被反复论及。再如清代四大文字狱之一的"一柱楼惨案"的主要当事人徐述夔的《五色石》:

> 一科两放榜,一妻两纳聘,落卷又中新状元,主考复作女监试。奇事奇情,从来未有。他如郜公论诗,宗生着急,宗生辨诗,郜公绝倒,不谓文章巧妙乃尔。其尤幻者,郜公初把女郎之诗为自己所作,后却说出自己之诗乃女郎所作,何郎初猜郜公之诗为女郎所作,后反疑女郎之诗是郜公所作。至于瑶姿、娇枝、嗣薪、自新,彼此声音互混,男女大家认错,又如彼何郎代此何郎受杖,此何郎代彼何郎除名,彼何郎将此何郎诬陷,此何郎教彼何郎吐实,种种变幻,俱出意表,虽春水之波纹万状,秋云之出没千观,不

---

① 古溪老人:《双凤奇缘序》,见《古本小说集成》第一辑第六册,上海:上海古籍出版社,1991年,第1~2页。

足方其笔墨也。①（《五色石》卷六《三会审辨出李和桃 两纳聘方成秦与晋》末评）

　　　　淋淋漓漓,为败子说法,悲歌耶？痛哭耶？晨钟耶？棒喝耶？能改过者,善补其阙者也。能劝人改过者,善补人阙者也。自补其阙与补人之阙,皆所以补天之阙,一哀一戒,两篇妙文,便当得一片女娲石。②（《五色石》卷七《撰哀文神医善用药 设大誓败子猛回头》末评）

　　徐述夔的《五色石》确如其回末评所言,八个故事个个事奇情奇。虽然爱情都是一波三折,虽然结局都是一样的圆满,但是出于求新求异的文学追求,在叙事元素上还是作了一定的调整,如卷六,误会的产生缘丁何自新和何嗣新、娇枝和瑶姿等一干男女主人公易混的人名;卷七,嗜赌的宿习更因岳父化之的不离不弃及好友谕卿的鼎力相助,不仅最终得以和妻子璧娘破镜重圆,而且自己也如鱼化龙,因种种机缘,最后特授兵部郎中,好友谕卿也蒙其大力,得以实授云梦县知县,岳父化之特授翰林院撰文中书兼太医院医官。男女主人公破碎的婚姻竟靠自己的幡然醒悟和亲友的极力挽救,最后才换来满天的星辉,而这种叙事角度在之前的小说中是从未有过的。

　　烟水散人的《珍珠舶序》虽自陈《珍珠舶》里的故事是其搜罗而来的俚谈俗语,且文不雅驯,但其文学立场的新意扑面而来,正如其自序云："至于小说家搜罗间巷异闻,一切可惊可愕可欣可怖之事,罔不曲描细叙,点缀成帙,俾观者娱目,闻者快心,则与远客贩宝何异？此予《珍珠舶》之所以作也。"③《珍珠舶》的第一个间巷异闻就是赵云山的婚姻悲剧,和冯梦龙的《喻世明言·珍珠衫》不同的是,冯氏被赵云山的好友蒋云奸淫、拐卖,后经官判,夫妻重归于好。赵云山到苏州贸易,又娶来了蒋云的妻子杨巧姑（在妓院时的艺名叫来香）为妾,以宣传冥冥之中自有因果报应的传统思想。第四卷是赵诚甫的婚姻悲剧,和第一卷赵云山的故事同中有异,同是经商

----

① 笔炼阁主人：《五色石》,见《古本小说集成》第二辑第九册,上海：上海古籍出版社,1992年,第434～435页。
② 笔炼阁主人：《五色石》,见《古本小说集成》第二辑第九册,上海：上海古籍出版社,1992年,第502～503页。
③ 烟水散人：《珍珠舶序》,见《古本小说集成》第一辑第五十册,上海：上海古籍出版社,1991年,第1～2页。

外出,同是妻子红杏出墙,但结果是妻子陆氏被休,赵诚甫另娶佳人。虽然陆氏被休,但是小说结尾的一段话大有意味:"只因赵诚甫没有主意,留着个小艾妻房在家,并无一人照管,竟自经旬累月,出外为客,以致做出这样事来,也罪不得陆氏一个。"①通过小说的情节,可以见出烟水散人对于女子的出轨所抱持的可理解和可接受的态度,这在"饿死事小,失节事大"的清代可算得上是平地惊雷,小说的女性书写立场在清代的小说市场绝对是一种很特别的存在。

在序言中标榜小说题材新奇的还有:

> 才子佳人,不经一番磨折,何以知其才之慕色如胶,色眷才似漆……幽香同于野草,良璧不异顽砖,将见佳人才子竟与愚夫妇等矣,岂不大可痛心也哉!噫!知此痛心,则知颠沛流离之成就昌男端女者不浅矣,读之勿悲而喜可也。②

> 按之人事,无因无依,惊以为奇;揆之天理,皆从风雪中来,信其不爽。嗟嗟,天心甚巧,功名富贵不能加于无文无武之廉老,乃荣其子以荣其父母。所以谓之《麟儿报》也。处世者,必乐览于兹编。③

> 《隋唐志传》,创自罗氏,纂辑于林氏,可谓善矣。然始于隋唐剪彩,则前多阙略,厥后铺缀唐季一二事,又零星不联属,观者犹有议焉。昔箨庵袁先生曾示予所藏《逸史》,载隋炀帝朱贵儿、唐明皇杨玉环再世因缘事,殊新异可喜,因与商酌,编入本传,以为一部之始终关目……其间阙略者补之,零星者删之,更采当时奇趣雅韵之事点染之,汇成一集,颇改旧观。④

> 历观古今传奇乐府,未有不从死生荣辱、悲欢离合中脱出者也。或为忠孝所感,或为风月所牵,或为炎凉所发,或为声气所生:皆翰墨游戏,随兴所之,使读者既喜既怜而欲歌欲哭者,比比

---

① 烟水散人:《珍珠舶》,见《古本小说集成》第一辑第五十册,上海:上海古籍出版社,1991年,第479页。
② 天花藏主人:《飞花咏小传序》,见《才子佳人小说集成》,沈阳:辽宁古籍出版社,1997年,第594页。
③ 天花藏主人:《麟儿报序》,见《才子佳人小说集成》,沈阳:辽宁古籍出版社,1997年,第248页。
④ 褚人获:《隋唐演义序》,见丁锡根编著:《中国历代小说序跋集》,北京:人民文学出版社,1996年,第958页。

然矣……乃不以红粉自居，竟与英雄并重千古。噫，亦奇矣！攻取对敌之际，幻术多方，虽《西游》《水浒》，无过于此。①

其书虽稗官古词，而莫不各有一善。如《三国演义》《水浒》《西游记》《金瓶梅》四种，固小说中之四大奇也，而《金瓶梅》于此为尤奇焉……凡百回中以为百戒……其于修身齐家、裨益于国之事一无所有……将陋习编为万世之戒，自常人之夫妇，以及僧道尼番、医巫星相、卜术乐人、歌妓杂耍之徒，自买卖以及水陆诸物，自服用器皿以及谑浪笑谈，于僻隅琐屑毫无遗漏，其周详备全，如亲身眼前熟视历经之彰也。诚可谓是书于四奇书之尤奇者矣。②

今天下小说如林，独推三大奇书，曰《水浒》《西游》《金瓶梅》者，何以称？夫《西游》阐心而证道于魔，《水浒》戒侠而崇义于盗，《金瓶梅》惩淫而炫情于色，此皆显言之，夸言之，放言之，而其旨则在以隐、以刺、以止之间。唯不知者，曰怪、曰暴、曰淫，以为非圣而畔道焉。乌知夫稗官野史足以翼圣而赞经者，正如《云门》《韶》《濩》，不遗夫击壤鼓缶也。③

上述序文无一不标榜自己的新与奇，然而，《三国演义》的新奇并非题材自身的问题，也绝非七分实三分虚的虚构原则和虚实相生的艺术法则。文心的高下取决于作家的局度器识，文心在很大程度上会影响到情节的构建和人物的塑造。清代历史演义小说虽以《三国演义》为范式，序跋也每以"与经史相表里"相号召，但走向了两条截然不同的道路：一条是全面虚构的文学路线，以梅溪遇安氏的《三国后传石珠演义》为代表，一条是事事依傍正史，以蔡元放的《东周列国志》为典型，但二者都有些画虎不成反类犬的味道。《三国演义》成为历史演义小说的绝响，恰恰在于其评判历史事件和历史人物的标准的模糊性，在于罗贯中没有因为自己的道德立场和美好的人生愿想而随意变更文学视域下的历史进程。历史上政治人物之间在权力诱惑下的钩心斗角并不乏见，"义"与"利"双重标准之间的游离及个人

---

① 澹园主人：《后三国石珠演义序》，见《古本小说集成》第四辑第一百二十五册，上海：上海古籍出版社，1994年，第1~3页。
② 佚名：《满文本金瓶梅序》，见丁锡根编著：《中国历代小说序跋集》，北京：人民文学出版社，1996年，第1107~1108页。
③ 西湖钓叟：《续金瓶梅集序》，见丁锡根编著：《中国历代小说序跋集》，北京：人民文学出版社，1996年，第1118页。

利益与国家利益之间的错综难辨使得一向被讥评为满纸扁形人物的《三国演义》变得复杂起来,民间推崇的刘备政治集团未必仁爱,而曹操并非不可爱。

到乾隆年间,各种题材的小说都已各臻极致,佳作如林。为了能流传后世,清代中后期的小说家们大都利用题材的合流交叉来实现创新,多种题材的杂糅使得小说更具丰富性和深刻性,如《三国后传石珠演义》插入斗法的故事,并与靖难之役杂糅,不仅使小说具有强烈的历史感,而且为作品涂上了一层保护色,既借故事抒发了兴亡之感,又借天数缓解了心中无法忘却的痛苦,所以它能为各阶层所接受,这种别具一格的独特性为小说题材的选取、提炼开辟了一条新路。其他如《绿野仙踪》,借神仙道化写世情,书中不仅描写了官场的黑暗腐败、人情的势利和堕落,而且宣传因果报应,主张积善积德,鼓吹成仙得道,并借冷于冰之手寄寓了现实无法实现的政治理想。吴璿的《飞龙全传》将历史人物与虚拟的人物捏合在一起,且"删其繁文,汰其俚句,布以雅驯之格,间以清隽之辞,传神写吻,尽态极妍"①,颇悟历史小说创作之要领。

明显地表现出清代中后期小说的文人化特征的,最典型的作品就是夏敬渠的《野叟曝言》:

> 缪湛深理学,又长于兵、诗、医、算,乃以素臣自居,而以理学归之母氏,以兵、诗、医、算分之四妾,举所心得,宣泄无遗。书凡一百五十四回,其中讲道学,辟邪说,叙侠义,纪武力,描春态,纵谐谑,述神怪,无一不臻绝顶。②

鲁迅也谓其"凡人臣荣显之事,为士人意想所能及者,此书几毕载矣,惟尚不敢希帝王。至于排斥异端,用力尤劲,道人释子,多被诛夷,坛场荒凉,塔寺毁废,独有'素父'一家,乃嘉祥备具,为万流宗仰而已"。③ 然而,不可否认的是,《野叟曝言》在炫才之余,也同时承载着作家"壮年听雨客舟中,江阔云低,断雁叫西风"④的慨当以慷和清空苍凉。

---

① 吴璿:《飞龙全传序》,见丁锡根编著:《中国历代小说序跋集》,北京:人民文学出版社,1996年,第977页。
② 徐珂编撰:《清稗类钞》第八册《著述类》,北京:中华书局,1986年,第3764页。
③ 鲁迅撰,郭豫适导读:《中国小说史略》,上海:上海古籍出版社,1998年,第174页。
④ 蒋捷:《虞美人·听雨》,见唐圭璋编:《全宋词》,北京:中华书局,1965年,第3444页。

(四)叙事技巧之奇与清代小说序跋

清人不仅把小说当作文章来做,而且把小说当作文章来阅读、分析,散文写作技法被挪移过来作为对小说进行评价的重要内容,所以,在清代小说序跋中,每每出现"奇文"等字眼来赞美小说的成就也就不足为奇了。过去,我们一直迷信中国古代文论缺少理性和体系,但面对这些序跋的时候,又不能不惊诧这些序跋者的条分缕析和表现出来的系统的理性之美。

1. 清代小说叙事技巧之奇与外部环境

小说理论不能不受到当时散文、诗歌创作理论的影响,甚至和八股文的创作都有直接的关联。清代小说以康乾两朝为盛,而八股文又恰以这两朝为盛,二者的关联不仅在于理论的重合,更在于历史的重合,而康乾两朝对八股文的整治间接影响了小说的叙事语言、叙事技巧和主旨。

八股文作为一代之时尚,早已深入人心,八股文写作的任何一点变动都会触动整个社会的神经。八股文虽然被作为检验应试者"学力之浅深与器识之淳薄"[①]的重要工具,但它和文学作品一样,同样强调要"融经液史""以古文为时文""机巧圆融""理深情真""朴质老辣,用法无痕""借经义以道世事""于正见奇",同样激荡着士子对于大道细致入微的体悟、感发和心灵的回响。八股文虽是代圣人立言,但"道理闻见,皆自多读书识义理而来也"[②]。只有深入至道,才能见其大者,否则只能株守文字,而不得玄旨,为此,康乾两朝从政令层面对八股文的走向进行了规整。

康熙九年(1670),顺天学政蒋超疏请严禁坊社刊刻伪文:"坊贾预先召集多人,造成浮泛不堪文字,假称新科墨卷。"[③]在各地广泛相传,以致文体日坏。他请求礼部议定新制,以后由礼部专选每科乡会试卷,刊刻成帖,颁行天下,至于坊间私刻则严行禁止。

由一代大师方苞负责具体编纂的《钦定四书文》,其实是乾隆帝对清前期整饬科举文体制度的重要改革。乾隆元年六月十六日,上谕明确地指出,饬令方苞编选明代以来的四书文,"明示以准的,使海内士子,于从违去取之介,晓然知所别择"。[④] 乾隆帝在上谕中提到:"自坊选之禁垂诸功令,而大家名作不得通行,士子无由睹斯文之炳蔚,率多因陋就简,剽窃陈言,

---

① 中国第一历史档案馆编:《乾隆朝上谕档》第一册,北京:档案出版社,1991年,第81页。
② 李贽:《焚书·续焚书》,长沙:岳麓书社,1990年,第98页。
③ 叶梦珠撰,来新夏点校:《阅世编》卷八,北京:中华书局,2007年,第210页。
④ 中国第一历史档案馆编:《乾隆朝上谕档》第一册,北京:档案出版社,1991年,第81页。

袭取腐语。间或以此幸获科名,又辗转流布,私相仿效,驯至先正名家之风味,邈乎难寻,所系非浅鲜也。"又在上谕结尾处下令取消"坊选之禁":"会试乡试墨卷,若必俟礼部刊发,势必旷日持久,士子一时不得观览。嗣后应弛坊间刻文之禁,倘果有学问淹博、手眼明快者,不拘乡会墨卷房行试牍,准其照前选刻,但不得徇情滥觞及狂言横议,致酿恶俗。"①乾隆帝在上谕中进一步指出,四书文重在明道,以"清真雅正"为宗,应当"覃心经术,探讨古文及时文诸大家,以立其体"。所谓要诀,在于"要辞达而理举,固无取乎冗长"与"惟陈言之务去"两语。② 乾隆九年下诏:"作文者,必于圣贤义理,融会贯通,而又参之以经史子集,以发其光华;范之规矩准绳,以密其法律,然后得称佳文。虽曰小技,而文武经济之才,皆出其中……经文与四书并重,其余必淹贯词章而后可以为表。"③

最具讽刺意味的是,清廷关于八股文写作的种种金科玉律,虽然没有造就出多少八股文的皇皇大作,但是失之东隅,收之桑榆。清代文言小说的结尾处多有编者的评语,从远处看,不妨说是对太史公《史记》的继承;从近处看,也可以说是清廷科举文化的延续,八股文风对于清代文言小说的走向的影响可谓厥功巨伟。作为一部反科举的小说,《儒林外史》按照八股文的"原、反、正、推"四法,"原以引题端,反以作题势,正以还题位,推以阐题蕴"④,以"叶子"式结构,对八十年间四代士人的道行予以观照,不仅嘲讽的层面和角度错落有致,而且分寸感非常熨帖。第一回是"原",以王冕的一声叹息"将来读书人既有此一条荣身之路,把那文行出处都看得轻了"⑤来敷陈大义,以引题端;第二至七回是"反",以周进和范进二人在八股取士制度焦点内外的命运的巨大反差,为"文行出处"四字题目作足气势;第八至三十七回,以第一组士子,如蘧景玉、二娄公子、马纯上、匡超人、牛浦郎、杜慎卿和第二组士子,如杜少卿、迟衡山、庄绍光、虞育德形成对比,以还题位;第三十八至五十五回,以陈木南的妓院沉沦和四大奇人的人生选择作一收结,标举作者的价值取向,以阐题蕴。

> 是书则先生嬉笑怒骂之文也。盖先生遂志不仕,所阅于世事

---

① 中国第一历史档案馆编:《乾隆朝上谕档》第一册,北京:档案出版社,1991年,第81页。
② 中国第一历史档案馆编:《乾隆朝上谕档》第九册,北京:档案出版社,1991年,第33页。
③ 《高宗纯皇帝实录》卷二百二十二,北京:中华书局,1985年,第869页。
④ 刘熙载撰:《艺概》卷六《经义概》,上海:上海古籍出版社,1978年,第193页。
⑤ 吴敬梓:《儒林外史》,北京:人民文学出版社,1958年,第11页。

者久,而所忧于人心者深,彰阐之权,无假于万一,始于是书焉发之,以当木铎之振,非苟焉愤时疾俗而已。① (同治八年冬十月)

《儒林外史》五十五回文字,将一大群秀才和个别的举人、进士、翰林放逐到精神的荒原,在"原、反、正、推"的片段化叙事中,透过儒林正传的纸背,揭示了八股取士制度对人才道德的毁灭性打击,进而形成充塞全篇的带有浓重悲凉意味的无限烟波。

2. 以文章之奇而传其事之奇

清代小说序跋所热衷于探讨的"奇"不仅是意奇、文奇、事奇,"三美俱擅","皆是生意,见于言外",还包括一系列的修辞技巧,如用笔、字法、句法、章法、结构之法等,"起结关锁,埋伏照应""宾主烘染""机局更翻,章句不袭""各肖其状,而绘其神""蕴于心而抒于手也,注彼而写此","春秋之有微词、史家之多曲笔"等小说理论的提出,对于提高小说文体的社会地位和艺术水准都有重要意义。

从弘治甲寅(弘治七年,1494)庸愚子(蒋大器)序刊本《三国志通俗演义》以来,明清小说序跋者对于《三国演义》奇异的审美品格表现出极大的关注,继明代的修髯子、李贽、缪尊素之后,清代的小说序跋者如李渔、毛宗岗、稚明氏、黄叔瑛等都投入了极大的精力,不仅对小说予以评点,还撰写序跋,对典型人物性格的塑造及用笔、字法、句法、章法、结构之法表现出极大的关注。过往的艺术经验的持续的归纳、概括和总结,对于清代小说创作的繁荣起着极其重要的作用。

《三国志通俗演义》经过清初毛宗岗的修订,不仅标题再也没有了"通俗"二字,而且在该评点本的卷首出现的署名为金人瑞的序言再次确认了其雅俗共赏的历史认识价值和独特的审美价值:"足以使学士读之而快,委巷不学之人读之而亦快;英雄豪杰读之而快,凡夫俗子读之而亦快也。"② 雍正七年致远堂刊本卷首有古文家稚明氏所撰的《三国演义叙》,虽然否定了毛宗岗《读三国志之法》"起结关锁,埋伏照应,所续离合宾主烘染之妙,一皆周秦汉魏六朝唐宋之文之遗法也"的观点,认为"《三国志》之奇,固不若周秦汉魏六朝唐宋之文之尤奇也。但人情听古乐而欲卧,闻新声而忘倦

---

① 金和:《儒林外史跋》,见吴敬梓著,李汉秋辑校:《儒林外史会校会评本》,上海:上海古籍出版社,1984年,第765页。
② 李渔:《古本三国志序》,见丁锡根编著:《中国历史小说序跋集》,北京:人民文学出版社,1996年,第900页。

者比比。今既不能强斯世之人,尽喜读周秦汉魏六朝唐宋之文,而犹赖评野史者,尚能进以周秦汉魏六朝唐宋之文之法,则视一切蛙鸣蝉噪之书,相悬奚啻倍蓰乎!"①二人虽然对于《三国演义》与古文优劣的认知有等差,但在"奇"的审美品格的认可上却表现出相当的一致性。

  《三国》一书,有隔年下种、先时伏着之妙。善圃者投种于地,待时而发。善奕者下一闲着于数十着之前,而其应在数十着之后。文章叙事之法亦犹是已。如西蜀刘璋乃刘焉之子,而首卷将叙刘备先叙刘焉,早为取西川伏下一笔。又于玄德破黄巾时,并叙曹操带叙董卓,早为董卓乱国、曹操专权伏下一笔。赵云归昭烈在古城聚义之时,而昭烈之遇赵云早于磐河战公孙时伏下一笔。马超归昭烈在葭萌战张飞之后,而昭烈之与马腾同事早于受衣带诏时伏下一笔。庞统归昭烈在周郎既死之后,而童子述庞统姓名早于水镜庄前伏下一笔。武侯叹"谋事在人、成事在天"在上方谷火灭之后,而司马徽"未遇其时"之语,崔州平"天不可强"之言,早于三顾草庐前伏下一笔。刘禅帝蜀四十余年而终在一百十回之后,而鹤鸣之兆早于新野初生时伏下一笔。姜维九伐中原在一百五回之后,而武侯之收姜维早于初出祁山时伏下一笔。姜维与邓艾相遇在三伐中原之后,姜维与钟会相遇在九伐中原之后,而夏侯霸述两人姓名早于未伐中原时伏下一笔。曹丕篡汉在八十回中,而青云紫云之祥早于三十三回之前伏下一笔。孙权僭号在八十五回后,而吴夫人梦日之兆早于三十八回中伏下一笔。司马篡魏在一百十九回,而曹操梦马之兆早于五十七回中伏下一笔。自此而外,凡伏笔之处,指不胜屈。每见近世稗官家一到扭捏不来之时,便平空生出一人,无端造出一事,觉后文与前文隔断,更不相涉。试令读《三国》之文,能不汗颜!②

  《三国演义》在人物情节等方面的前后关锁与照应之妙一时无两,毛宗岗的这一见解精辟地揭示了罗贯中在驾驭"国势之鼎立,征战之遏雄,运筹

---

 ① 稚明氏:《三国演义叙》,见丁锡根编著:《中国历代小说序跋集》,北京:人民文学出版社,1996年,第903~904页。
 ② 毛宗岗:《读三国志法》,见《毛宗岗批评本三国演义》,长沙:岳麓书社,2006年,第25~26页。

之多谋,人才之散处分布"①等小说素材上的杰出才能,揭示了精当的情节设置在小说艺术结构中的重要性及对于一个小说家表现和阐释一个世界所占据的主脑地位。《三国演义》中有名有姓的多达1191人,仅是著名的战役就有官渡之战、赤壁之战、猇亭之战、水淹七军、汉巴之战、虎牢关之战、火烧新野、七擒孟获、合肥之战、雒城之战、定军山之战、上方谷之战、西凉之战、五丈原之战、街亭之战、兖州之战等,如何做到叙事有条不紊,使之成为一个结构上统一和谐的艺术整体,就需要做到情节的前后照应和中间的关锁,绝非据实敷陈即可。正如李渔《三国志演义序》中所指出的那样:"首尾映带,叙述精详,贯穿联络,缕析条分。事有吻合而不雷同,指归据实而非臆造……传中模写人物情事,神彩陆离,了若指掌,且行文如九曲黄河,一泻直下,起结虽有不齐,而章法居然井秩,几若《史记》之列本纪、世家、列传,各成段落者不侔。是所谓奇才奇文也。"②

《水浒后传》也有胜却《水浒传》之处,如在按谱填词、高下不得的背景下,偏有许多机关作用,不似《水浒传》中英雄遇难,只能往梁山搬取救兵一途而已。立意上,《水浒后传》更能令名教中人不敢道"豪杰"二字。

  尝论:夫水发源之时,仅可滥觞;渐而为溪,为洞,为江,为湖,汪洋巨浸而放乎四海。当其冲决,怀山襄陵,莫可御遏,真为至神至勇也! 及其恬静,浴日沐月,澄霞吹练,鸥凫浮于上,鱼龙潜其中,渔歌拥枻,越女采莲,又为至文至弱矣! 文章亦然。苏端明云:"我文如万斛泉。"是也。《水浒》更似之。其序英雄,举事实,有排山倒海之势;曲画细微,亦见安澜文漪之容。故垂四百余年,耳目常新,流览不废。若近世之稗官野乘,黄茅白草,一览而尽,不可咀嚼。岂意复有《后传》,机局更翻,章句不袭,大而图王定霸,小而巷事里谈,文人之舌,慧而不穷,世道之隆替,人心之险易,靡不各极其致。绘云汉觉热,图峨嵋则寒,非一味铜将军,铁绰板,提唱梁山泊人物已也!③

---

 ① 莼史氏:《重校第一才子书叙》,见丁锡根编著:《中国历代小说序跋集》,北京:人民文学出版社,1996年,第907页。
 ② 李渔:《三国志演义序》,见丁锡根编著:《中国历代小说序跋集》,北京:人民文学出版社,1996年,第902~903页。
 ③ 雁宕山樵:《水浒后传序》,见丁锡根编著:《中国历代小说序跋集》,北京:人民文学出版社,1996年,第1509~1510页。

作为中国古代小说的巅峰,《红楼梦》在意奇、文奇、事奇"三美俱擅"上可谓"神乎技矣",如第二十二回"庄周梦蝶"故事背后所蕴藏的"我是谁"的终极拷问,不仅拷问出了人性的善恶,还连带出了人性善恶区间的模糊性。贾母在小说的第三十五回,当着薛宝钗的面,评论起来了王夫人:"你姨娘可怜见的,不大说话,和木头似的,在公婆跟前就不大显好。"但王夫人心机很深,木讷的王夫人竟一连与贾政孕育了三个儿女,周姨娘却子息全无,王夫人之妒呼之欲出。从探春和宝玉的年龄差来看,赵姨娘怀上探春的时间应该是在王夫人生贾宝玉前后。贾珠和元春年龄相近,贾宝玉却是十年之后才降生,不禁让人怀疑维系王夫人和贾政之间关系的纽带是爱情还是家族权力。贾母是贾府第一精明之人,偏偏她第一得意的重孙媳妇秦可卿是第一淫人,她认为是木头人的二儿媳妇王夫人却是典型的心机女,二人的表现妥妥地证明了贾母在识人问题上的屡屡马前失蹄。小说人物的个性化语言和叙事语言孰真孰假,真是到了"真作假时假亦真,假作真时真亦假"的化境。

> 宝钗此一戏,直抵过通部黛玉之戏宝钗矣,又恳切,又真情,又平和,又雅致,又不穿凿,又不牵强。黛玉因识得宝钗后方吐真情,宝钗亦识得黛玉后方肯戏也。此是大关节大章法,非细心看不出。细思二人此时好看之极,真是儿女小窗中唧唧也。[1](庚辰本夹批)

相较于意奇、文奇、事奇"三美俱擅",《红楼梦》在修辞技巧的运用如用笔、字法、句法、章法、结构之法等方面也不遑多让。

> 诗文虽小道,小说盖小之又小者也,然自有章法、有主脑在,否则满屋散钱,从何串起,读者亦觉茫无头绪,未终卷而思睡矣。即如《红楼梦》,以绛珠还泪为主脑,故黛玉之死,宝玉一痴而不醒,从此出家收场。[2]

文章争起句,亦争结句,于二者而权其轻重,则结句尤重于起

---

[1] 曹雪芹著,脂砚斋评,吴铭恩汇校:《红楼梦脂评汇校本》,沈阳:万卷出版公司,2013年,第546页。

[2] 邱炜萲:《菽园赘谈》卷三《小说》,见一粟编:《红楼梦资料汇编》,北京:中华书局,1964年,第397页。

句……小说亦然。《红楼梦》彻首彻尾竟无一笔可议,所以独高一代。《儿女英雄传》不及《红楼》,正坐后半不佳。①

小说家之结构,大抵由悲而欢,由离而合,引人入胜。《红楼梦》则由欢而悲也,由合而离也。非图壁垒一新,正欲引人过梦觉关耳。②

《红楼梦》的主要情节是刻在石头上的包括《金陵十二钗》和《风月宝鉴》两个相得益彰的故事的《石头记》,《石头记》加上脂批才构成作者经历过的凡世一梦,故而脂砚斋在第四十八回香菱梦中说梦话有批云:

一部大书起是梦,宝玉情是梦,贾瑞淫又是梦,秦之家计长策又是梦,今作诗也是梦,一并风月鉴亦从梦中所有,故《红楼梦》也。余今批评亦在梦中,特为梦中之人特作此一大梦也。脂砚斋。③

作者不仅在其中扮演了角色,而且成为书中幻形入世的石头。更为重要的是,脂砚斋又通过品评,扮演了事件亲历者加读者的双重角色,把自己的爱憎呈现在读者面前。这种巧妙的结构,是古今任何小说都不曾有过的。

(五)"奇"的审美特征背后的心理动因

作家与读者之间的默契不仅出于审美定势,还缘于"'人惟求旧,物惟求新'。新也者,天下事物之美称也。而文章一道,较之他物,尤加倍焉"④的审美追求。

近世小说,脍炙人口者,曰《三国志》、曰《水浒传》、曰《西游记》、曰《金瓶梅》,皆各擅其奇,以自成为一家。惟其自成一家也,故见者从而奇之。⑤

---

① 邱炜萲:《菽园赘谈》卷四《小说闲评》,见一粟编:《红楼梦资料汇编》,北京:中华书局,1964年,第398页。
② 二知道人:《红楼梦说梦》,见一粟编:《红楼梦资料汇编》,北京:中华书局,1964年,第86页。
③ 曹雪芹:《脂砚斋重评石头记》,北京:人民文学出版社,1975年,第1123页。
④ 李渔著,江巨荣、卢寿荣校注:《闲情偶寄》,上海:上海古籍出版社,2000年,第24页。
⑤ 瞵嵝子:《林兰香叙》,见丁锡根编著:《中国历代小说序跋集》,北京:人民文学出版社,1996年,第1205页。

瞵嵝子以当时的四大奇书为例,说明了它们之所以能够傲立千秋,是因为"各擅其奇,以自成为一家"。

作为通俗文学的明清戏曲也与清代小说一样,以追新尚奇为美学追求。削仙为陈与郊《鹦鹉洲》作序云:"传奇,传奇也,不过演奇事,畅奇情。"①倪倬为许恒《二奇缘》作小引云:"传奇,纪异之书也。无奇不传,无传不奇。"②孔尚任《桃花扇小识》也说:"传奇者,传其事之奇焉者也,事不奇则不传。"③

> "人惟求旧,物惟求新"。新也者,天下事物之美称也。而文章一道,较之他物,尤加倍焉。戛戛乎陈言务去,求新之谓也。至于填词一道,较之诗赋古文,又加倍焉。非特前人所作,于今为旧,即出我一人之手,今之视昨,亦有间焉。昨已见而今未见也,知未见之为新,即知已见之为旧矣。古人呼剧本为"传奇"者,因其事甚奇特,未经人见而传之,是以得名,可见非奇不传。"新"即"奇"之别名也。若此等情节业已见之戏场,则千人共见,万人共见,绝无奇矣,焉用传之?是以填词之家,务解"传奇"二字。欲为此剧,先问古今院本中,曾有此等情节与否,如其未有,则急急传之,否则枉费辛勤,徒作效颦之妇。东施之貌未必丑于西施,止为效颦于人,遂蒙千古之诮。使当日逆料至此,即劝之捧心,知不屑矣。吾谓填词之难,莫难于洗涤窠臼,而填词之陋,亦莫陋于盗袭窠臼。吾观近日之新剧,非新剧也,皆老僧碎补之衲衣,医士合成之汤药。即众剧之所有,彼割一段,此割一段,合而成之,即是一种"传奇"。但有耳所未闻之姓名,从无目不经见之事实。语云"千金之裘,非一狐之腋",以此赞时人新剧,可谓定评。但不知前人所作,又从何处集来?岂《西厢》以前,别有跳墙之张珙?《琵琶》以上,另有剪发之赵五娘乎?若是,则何以原本不传,而传其抄本也?窠臼不脱,难语填词,凡我同心,急宜参酌。④

---

① 削仙:《鹦鹉洲小序》,见吴毓华编:《中国古代戏曲序跋集》,北京:中国戏剧出版社,1990年,第157页。
② 倪倬:《二奇缘小引》,见吴毓华编:《中国古代戏曲序跋集》,北京:中国戏剧出版社,1990年,第231页。
③ 孔尚任撰,吴书荫校点:《桃花扇·桃花扇小识》,沈阳:辽宁教育出版社,1997年,第4页。
④ 李渔著,江巨荣、卢寿荣校注:《闲情偶寄》,上海:上海古籍出版社,2000年,第24~25页。

虽然戏曲小说要传奇事已成大众的共识,但是李渔还是从创作心理和接受心理两个层面对于戏曲的传"奇"予以精准的剖析。清初著名的小说家、戏剧家李渔虽然是从戏曲的角度来加以探讨的,但是其中的道理对于小说而言也是相通的。

> 然野史类多凿空,易于逞长。若《三国演义》,则据实指陈,非属臆造,堪与经史相表里。由是观之,奇又莫奇于《三国》矣……寻彼曹操一生,罪恶贯盈,神人共怒,檄之,骂之,刺之,药之,烧之,劫之,割须折齿,堕马落堑,濒死者数,而卒免于死。为敌者众,而为辅亦众。①

> 书不详言者,鉴史也;书悉详而言者,传奇也。②

清代小说之奇不仅体现在人奇、事奇、手法奇上,而且讲究非奇不传。只有不断变化叙事要素和叙事方向,小说才能进步。小说叙事的格局不变则庸腐不堪,只有"变"才能令人耳目一新,进而辟出奇境。不同层次的关目在小说的艺术结构中发挥着不同的作用,毛宗岗总结了《三国演义》中关目的六起六结:

> 《三国》一书,总起总结之中,又有六起六结。其叙献帝,则以董卓废立为一起,以曹丕篡夺为一结。其叙西蜀,则以成都称帝为一起,而以绵竹出降为一结。其叙刘、关、张三人,则以桃园结义为一起,而以白帝托孤为一结。其叙诸葛亮,则以三顾草庐为一起,而以六出祁山为一结。其叙魏国,则以黄初改元为一起,而以司马受禅为一结。其叙东吴,则以孙坚匿玺为一起,而以孙皓衔璧为一结。凡此数段文字,联络交互于其间,或此方起而彼已结,或此未结而彼又起,读之不见其断续之迹,而按之则自有章法之可知也。③

"奇"作为历代小说的文学追求,为小说之发展不断开疆辟土,不仅拓

---

① 李渔:《古本三国志序》,见丁锡根编著:《中国历代小说序跋集》,北京:人民文学出版社,1996年,第899~900页。
② 李雨堂:《万花楼演义叙》,见《古本小说集成》第三辑第八十六册,上海:上海古籍出版社,1993年,第1页。
③ 毛宗岗:《读三国志法》,见《毛宗岗批评本三国演义》,长沙:岳麓书社,2006年,第15页。

展了小说再现生活的视域,而且凡是传统诗文所能表现的,无不在小说的表现视域,从而彻底模糊了小说与传统诗文的畛域,可称得上是小说界的马赛克。无论从造句到命意,咸能出人意表,道人之不敢道或不肯道,大大凸显了小说作为四大文体之一的文学表现力。

二、清代小说序跋中的虚构与真实之争

清人关于小说创作中的虚构与真实的争执,从没有消停过。即使是崇尚汉学的乾嘉时期,崇尚虚构的一派也没有因为考据风的风头正劲而噤声。

(一)虚构与真实之辨的历史演进

小说艺术源于魏晋,中国古代小说美学对于虚构与真实之间关系的探讨更多地体现了中国古代史家的看法。长期以来,小说是以稗史的身份出现,叙写的是否合乎史实也成了小说成功与否的一个重要标准。

小说艺术发展到明代中期以后,早已蔚为大观,虚实关系的探讨也已经局部打破了宗经佞史观念的束缚,蒋大器、张尚德、陈继儒的"事纪其实""庶几乎史""羽翼信史而不违"的观点虽然还有市场,但是历史小说是小说,而非历史,"补史"的观念完全混淆了小说与历史的区别。一些批评家充分认识到小说虚构的合理性,如明朝代嘉靖年间的熊大木在《大宋中兴通俗演义序》中就曾说:

> 或谓小说为不可紊之以正史,余深服其论。然而稗官野史实记正史之未备,若使的以事迹显然不泯者得录,则是书竟难以成野史之余意矣。如西子事,昔人文辞往往及之,而其说不一。《吴越春秋》云,吴亡西子被杀;则西子之在当时固已死矣。唐宋之问诗云:"一朝还旧都,艳妆寻若耶。鸟惊入松网,鱼畏沉荷花。"则西子尝复还会稽矣。杜牧之诗云:"西子下姑苏,一舸遂鸱夷。"是西子甘心于随蠡矣。及观东坡《题范蠡》诗云:"谁遣姑苏有麋鹿,更怜夫子得西施。"则又以为蠡窃西子,而随蠡者或非其本心也。质是而论之,则史书、小说有不同者,无足怪矣。①

---

① 熊大木:《大宋中兴通俗演义序》,见《古本小说丛刊》第三十七辑,北京:中华书局,1991年,第50~53页。

熊大木在序文中以西施故事为突破口,以宋之问、杜牧、苏轼的诗歌和《吴越春秋》的显著不同作为例证,雄辩地证明了小说创作也可以和三位大家的诗歌一样,在史实的叙述上可以根据自己的创作意图来选择叙事走向,明确指出小说不同于史书的地方在于可以虚构,历史演义的固有之意就是敷演史事、阐明史书义理,并成为正史的有益补充,"小说与本传互有异同者,两存之以备参考",而不必事事以史书上"事迹显然"者为剪裁的依据。

《三国志通俗演义》是今天所见最早的敷演史事的章回小说,也同样强调以阐发史书之义理为鹄的,如修髯子称《三国志演义》"因事而悟其义,因义而兴乎感";熊大木称《大宋中兴通俗演义》"以王本传行状之实迹,按《通鉴纲目》而取义",小说中明标"按史鉴"的地方有17处,引录的《纲目》论断约有18处。《唐书志传通俗演义》不仅明言小说出自《通鉴纲目》,而且多次引用司马温公和朱熹的论断。甄伟更是断言:"然好事者或取予书而读之,始而爱乐以遣兴,既而缘史以求义,终而博物以通志,则资读适意,较之稗官小说,此书未必无小补也。若谓字字句句与史尽合,则此书又不必作矣。"(《西汉通俗演义序》)

针对万历后期社会上出现的回归历史真实的审美取向,谢肇淛在《五杂俎》中对此作出针对性的批评,并对艺术虚构的必要性作了更为明确的表述:

> 凡为小说及杂剧戏文,须是虚实相半,方为游戏三昧之笔。亦要情景造极而止,不必问其有无也。古今小说家,如《西京杂记》《飞燕外传》《天宝遗事》诸书,《虬髯》《红线》《隐娘》《白猿》诸传,杂剧家如《琵琶》《西厢》《荆钗》《蒙正》等词,岂必真有是事哉?近来作小说,稍涉怪诞,人便笑其不经,而新出杂剧,如《浣纱》《青衫》《义乳》《孤儿》等作,必事事考之正史,年月不合、姓字不同,不敢作也。如此,则看史传足矣,何名为戏?①

他认为戏曲也好,小说也好,都离不开虚构,不仅要虚构,而且要虚构到一种艺术的极致,如《红线》中的青衣红线受潞州节度使薛嵩之命去侦探魏博节度使田承嗣回来,"(薛嵩)时常饮酒,不过数杯,是夕举觥十余不醉。

---

① 谢肇淛:《五杂俎》卷十五,上海:上海书店出版社,2009年,第313页。

忽闻晓角吟风,一叶坠露,惊而起问,红线回矣"。① 红线的武艺之高超到了无以复加的地步,而薛嵩也非同小可,在喝了平时的几倍酒之后,依然能够保持高度的警觉,这种虚构超出了人们的认知范围,但是有奇趣,虽然故事本身并没有展现出什么人生的大格局、大境界。

崇祯元年(1628),凌濛初在他的《拍案惊奇序》中对自己的创作也作过类似的说明:

> 取古今来杂碎事可新听睹、佐谈谐者,演而畅之,得若干卷。其事之真与饰,名之实与赝,各参半。文不足征,意殊有属。凡耳目前怪怪奇奇,当亦无所不有,总以言之者无罪,闻之者足以为戒,则可谓云尔已矣。②

凌濛初明确提出了"真"与"饰"的比例问题,其中所讲的"饰"就是我们今天常说的艺术虚构,他认为小说要取材于现实,又要有所虚构、加工。

袁于令更是进一步发展了熊大木、凌濛初的观点,认为小说以幻为贵,而不是以真为贵。他在崇祯六年的《隋史遗文序》中说:"正史以纪事。纪事者何?传信也。遗文以搜逸。搜逸者何?传奇也。传信者贵真……传奇者贵幻,忽焉怒发,忽焉嬉笑,英雄本色,如阳羡书生,恍惚不可方物。"合理必要的虚构需要小说家发挥充分的想象,根据创作意图选取材料。只要能够达到强烈的艺术效果,打动读者的心灵,完全可以不用理会是否符合史实。袁于令的说法固然有振聋发聩之效,但在具体的创作实践中又未必尽然,戏说历史固然可以哗众取宠,获得读者一时的荣宠,但绝对难以成为传世经典,如《前七国志》。

对虚实问题认识最深刻的当属李卓吾和金圣叹。李卓吾在肯定虚构的同时,更进一步认为作者可以根据创作目的,选择适合的材料,编撰合乎生活真实的故事。他在完成于万历三十八年的《忠义水浒传》评点中一再指出:

> 《水浒传》事节都是假的,说来却似逼真,所以为妙。常见近

---

① 裴铏:《红线》,见《全唐五代小说》卷六十二,北京:中华书局,2014年,第2119页。
② 凌濛初编著:《拍案惊奇·拍案惊奇序》,济南:齐鲁书社,1993年,第1页。

来文集,乃有真事说做假者,真钝汉也!何堪与施耐庵、罗贯中作奴。①(第一回回评)

> 天下文章,当以趣为第一。既是趣了,何必实有其事,并实有其人?若一一推究如何如何,岂不令人笑杀?②(第五十三回回评)

李卓吾明确指出虚构的正路——"逼真",即符合生活的真实成为虚构的唯一标准,而且对这一艺术手法的基本属性作了清晰的界定——"趣",虚构的目的就是为了增强小说阅读的趣味性。

金圣叹虽然也强调虚构中的艺术创造,但是稍异于李卓吾的重视虚构带给读者的阅读趣味,金圣叹更强调小说创作过程中虚构的首创之功及作者以心为经,以思为纬的内心情感、人生欲求的真实表露。在《水浒传》第二十八回的总批中,金圣叹说:

> 夫修史者,国家之事也;下笔者,文人之事也。国家之事,止于叙事而止,文非其所务也。若文人之事,固当不止叙事而已,必且心以为经,手以为纬,踌躇变化,务撰而成绝世奇文焉……是故马迁之为文也,吾见其有事之巨者而剿栝焉,又见其有事之细者而张皇焉,或见其有事之阙者而附会焉,又见其有事之全者而轶去焉,无非为文计,不为事计也……岂有稗官之家,无事可纪,不过欲成绝世奇文以自娱乐,而必张定是张,李定是李,毫无纵横曲直、经营惨淡之志者哉?则读稗官,其又何不读宋子京《新唐书》也!③

小说家不应为真人真事所束缚,而应充分发挥艺术想象,进行大胆的艺术虚构,进而表现出与史传文学有本质区别的文学意味。金圣叹进一步探讨了小说叙事虚构的路径,他在写于崇祯十四年的《读第五才子书法》中说道:

---

① 李贽:《忠义水浒传》评语,见朱一玄、刘毓忱编:《水浒传资料汇编》,天津:南开大学出版社,2002年,第172页。
② 李贽:《忠义水浒传》评语,见朱一玄、刘毓忱编:《水浒传资料汇编》,天津:南开大学出版社,2002年,第179页。
③ 施耐庵著,金圣叹批评:《金圣叹批评本水浒传》,长沙:岳麓书社,2006年,第620~621页。

《史记》是以文运事,《水浒》是因文生事。以文运事,是先有事生成如此如此,却要算计出一篇文字来,虽是史公高才,也毕竟是吃苦事。因文生事即不然,只是顺着笔性去,削高补低都由我。①

金圣叹首次提出"因文生事""以文运事"两种不同的创作理论,并以此来严格区分史传文学与小说的创作。金圣叹认为,史书作者面对客观的历史真实,不能虚构,只能量体裁衣,"以文运事",对已发生的历史事件进行剪裁、组织,并在素材的取舍和材料的组织之中形成带有一定倾向性的文字。而小说创作则可以"因文生事",因为其中的"事"本不存在,需要靠作家根据艺术形象塑造的整体需要和主旨来虚构故事情节,并以此产生文字,他认为作家可以"顺着笔性去,削高补低都由我",能够更自由地发挥作家的艺术创作才能,如《水浒传》第三十一回,金圣叹说:

武行者捉脚不住,一路上抢将来。离那酒店,走不得四五里路,旁边土墙里,走出一只黄狗,看着武松叫。武行者看时,一只大黄狗赶着吠。(金批:叠写一句者,上句从作者笔端写出,此句从武松眼中写出。从笔端写出者,写狗也;从眼中写出者,写醉也。)②

在强调虚构的重要性的同时,金圣叹还提出了要"因文"的观点,必须遵从情节发展的需要、人物性格发展的需要和主旨的需要,如《水浒传》第二十六回,金圣叹说:

武松也双眼紧闭,扑地仰倒在凳边。(妙人。)只听得笑道:(只听得妙绝。)"著了,'由你奸似鬼,吃了老娘洗脚水'!"便叫:"小二,小三,快出来!"只听得飞奔出三两个蠢汉来。(听得妙绝。)听他先把两个公人先扛了进去,这妇人便来桌上提那包裹并公人的缠袋。想是捏一捏,约莫里面已是金银,(想是妙绝,约莫妙绝,已是妙绝。)只听得他大笑道:(眉批:俗本无八个听字,故知

---

① 金圣叹评点,文子生校点:《第五才子书施耐庵水浒传》,郑州:中州古籍出版社,1985年,第18页。
② 施耐庵著,金圣叹批评:《金圣叹批评本水浒传》,长沙:岳麓书社,2006年,第686页。

古本之妙。)(只听得妙绝。)"今日得这三个行货倒有好两日馒头卖,又得这若干东西!"听得把包裹缠袋提入去了,(听得妙绝。)随听他出来,看这两个汉子扛抬武松,(听他妙绝。先取余事收拾尽,却放出笔来单写武松。)那里扛得动,直挺挺在地下,却似有千百斤重的。(妙人。)只听得妇人喝道:(只听得妙绝。)"你这鸟男女只会吃饭吃酒,全没些用,直要老娘亲自动手!(一段话。)这个鸟大汉却也会戏弄老娘!(又一段话。)这等肥胖,好做黄牛肉卖。(祖之言不谬。)那两个瘦蛮子只好做水牛肉卖。(又一段话。)扛进去,先开剥这厮用!"(又一段话。偏说出许多,使武松忍笑不住。)①

为了活画出真正顶天立地一丈夫的武松,刻画武松豪爽性情背后精细的一面,作者成功地虚构了十字坡与张青夫妇相遇的桥段,将所有的正在发生的和可能发生的事情,都诉诸武松的听觉或推想,活画出了武松这一整部《水浒传》里真正的妙人形象。

(二)清代小说序跋中的虚构与真实之争

作为更全面介入现实的叙事策略,虚构已由明末清初金圣叹根据整体艺术形象塑造需要自由虚构故事的"因文生事"说演化为雍正初年钝翁"作小说者不过因人言事,随笔成文,岂定要学太史公作《史记》用年月表耶"的"因人言事"说。真实与虚幻作为审美的两极,成就了清代小说不同的文学品格。《聊斋志异》追求在虚幻的世界中找寻现实的印记,陈寅恪指出:"清初淄川蒲留仙松龄《聊斋志异》所纪诸狐女,大都妍质清言,风流放诞,盖留仙以齐鲁之文士,不满其社会环境之限制,遂发遐思,聊托灵怪以写其理想中之女性耳。实则自明季吴越胜流观之,此辈狐女,乃真实之人,且为篱壁间物,不待寓意游戏之文,于梦寐中以求之也。若河东君者,工吟善谑,往来飘忽,尤与留仙所述之物语仿佛近似。"②鲁迅在《中国小说史略》中说:"明末志怪群书,大抵简略,又多荒怪,诞而不情,《聊斋志异》独于详尽之外,示以平常,使花妖狐魅,多具人情,和易可亲,忘为异类,而又偶见鹘突,知复非人。"③袁枚的《子不语》有意将怪力乱神"作为他踔厉张扬的文学历

---

① 施耐庵著,金圣叹批评:《金圣叹批评本水浒传》,长沙:岳麓书社,2006年,第595页。
② 陈寅恪:《柳如是别传》,北京:生活·读书·新知三联书店,2001年,第75页。
③ 鲁迅撰,郭豫适导读:《中国小说史略》第二十二篇《清之拟晋唐小说及其支流》,上海:上海古籍出版社,1998年,第147页。

险的出发点";"纪昀在对奇闻轶事的'阅微'中,调动了庞大而渊博的知识参照系统,陈德鸿(Leo Chan)甚至称他的志怪集将考据学的视角延伸进了超自然的世界"。① 而《红楼梦》《儒林外史》作为对清朝社会和时代文化生活的忠实写照,活画出了那个时代的总体风貌和人文精神。

  在明代中后期人们的眼中,六经皆文,所以能用诗意的眼光去审视小说之美。而到了清代,对于虚构与真实的争辩已然走到了一个历史的转捩点。重实的观念在清初已初露端倪,延续到清中叶,由于《四库全书》馆臣们的影响力,重实录、尚征信的小说观念为广大士子接受和认可。在"厌倦主观的冥想而倾向于客观的考察"②的时代风气下,贵实贱虚的观念已经成为一股时代潮流。又因为清廷的文化高压政策,文人只能将兴趣点转移到对古典文献的整理和考据之中,流风所及,清代小说批评中的史学意识得以萌发乃至昌明。种种机缘会逢,实录成为清代历史演义小说创作的一项重要指导原则。"正史者纪千古政治之得失,野史者述一时民风之盛衰"③,"田夫野老能与经史并传"④,小说创作理念几乎成为辑录史实的传统史学观的翻版。

  清人对于虚构带来的不真实抱持着很奇特的观念,明明是三分虚,七分实的《三国志通俗演义》,在毛宗岗的眼中却变成了"据实指陈,非属臆造,堪与经史相表里"⑤的经典。明明是虚构出来的貂蝉故事,却被当作历史真实而称赏不置:"十八路诸侯不能杀董卓,而一貂蝉足以杀之;刘、关、张三人不能胜吕布,而貂蝉一女子能胜之。以衽席为战场,以脂粉为甲胄,以盼睐为戈矛,以嚬笑为弓矢,以甘言卑词为运奇设伏,女将军真可畏哉!""为西施易,为貂蝉难。西施只要哄得一个吴王;貂蝉一面要哄董卓,一面又要哄吕布,使用两副心肠,妆出两副面孔,大是不易。我谓貂蝉之功,可书竹帛。若使董卓伏诛后,王允不激成李、郭之乱,则汉室自此复安;而貂蝉一女子,岂不与麟阁、云台并垂不朽哉?最恨今人,讹传关公斩貂蝉之

---

① [美]孙康宜、[美]宇文所安主编,刘倩等译:《剑桥中国文学史》,北京:生活·读书·新知三联书店,2013年,第289页。
② 梁启超:《中国近三百年学术史》,北京:东方出版社,1996年,第1页。
③ 徐震:《珍珠舶序》,见《古本小说集成》第一辑第五十册,上海:上海古籍出版社,1991年,第4页。
④ 西湖钓叟:《续金瓶梅集序》,见《古本小说集成》第一辑第七十一册,上海:上海古籍出版社,1991年,第1页。
⑤ 毛宗岗:《三国志演义序》,见陈曦钟、宋祥瑞、鲁玉川辑校:《三国演义会评本》,北京:北京大学出版社,1986年,第1页。

事。夫貂蝉无可斩之罪,而有可嘉之绩:特为表而出之。"①一个在《资治通鉴》里不过三千余字的赤壁大战,在《三国演义》中竟被演绎出"舌战群儒""智激孙权""智激周瑜""群英会""蒋干盗书""草船借箭""苦肉计""庞统巧授连环计""横槊赋诗""借东风""火烧赤壁""曹操三大笑""华容放曹"等十三个情节,从诸葛亮出使江东起,到曹操败退江陵止,整整八回,被扩充至三万七千字左右。而其中只有"智激孙权"和"火烧赤壁"大致依据史籍,其他情节基本属于虚构。毛纶、毛宗岗父子的"与经史相表里"的指鹿为马式的议论成为清人评价《三国演义》的经典话语,《三国演义》甚至成为人们了解三国历史的重要来源。此风一开,以后的历史演义小说几乎都以实录相标榜。甚至是《隋炀帝艳史》这种虚构色彩很浓的小说,笑痴子竟宣称:"虽云小说,然引用故实,悉遵正史,并不巧借一事,妄设一语,以滋世人之惑。"②在这一小说观念的影响下,那些非历史演义小说也纷纷趋奉实录。才子佳人小说《快心编》就号称:"是编悲欢离合变幻处,实实有之,非若嵌空捏凑,脱节歧枝者比。"③《珍珠舶》的作者也说,其篇中故事"皆出于耳目见闻,凿凿可据,岂徒效空中楼阁而为子虚乌有先生者哉"。④《醒世姻缘传》也是"其事有据,其人可征"。⑤

对于这场跨越了整个清代的虚构与真实的创作原则的大辩论,清代小说序跋中赞成小说选材要吻合正史、言皆有据者比比皆是:

> 近又取《三国志》读之,见其据实指陈,非属臆造,堪与经史相表里。由是观之,奇又莫奇于《三国》矣……作演义者,以文章之奇而传其事之奇,而且无所事于穿凿,第贯穿其事实,错综其始末,而已无之不奇。⑥

> 昔箨庵袁先生曾示予所藏《逸史》,载隋炀帝朱贵儿、唐明皇

---

① 罗贯中著,毛宗岗批评:《毛宗岗批评本三国演义》,长沙:岳麓书社,2006年,第96页。
② 笑痴子:《隋炀帝艳史凡例》,见丁锡根编著:《中国历代小说序跋集》,北京:人民文学出版社,1996年,第953页。
③ 天花才子:《快心编凡例》,见黄霖、韩同文选注:《中国历代小说论著选》,南昌:江西人民出版社,2000年,第321页。
④ 烟水散人:《珍珠舶自序》,见丁锡根编著:《中国历代小说序跋集》,北京:人民文学出版社,1996年,第829页。
⑤ 西周生辑著,李国庆校注:《醒世姻缘传·凡例》,北京:中华书局,2005年,第1页。
⑥ 金圣叹:《三国志演义序》,见丁锡根编著:《中国历史小说序跋集》,北京:人民文学出版社,1996年,第897~898页。

杨玉环再世因缘事,殊新异可喜,因与商酌,编入本传,以为一部之始终关目……其间阙略者补之,零星者删之,更采当时奇趣雅韵之事点染之,汇成一集,颇改旧观。①

吕子安世于治经之外,日取《通鉴纲目》及二十四史而折衷之,历代之统绪而序次之,历代之兴亡而联续之,历代之仁暴忠佞贞淫条分缕析而纪实之。芟其繁,缉其简,增纲以详,裁目以略,事事悉依正史,言言若出新闻,始终条贯,为史学另开生面,不特经生学士,即妇人小子,逐回分解,亦足以润色枯肠。②

胪兴衰之迹,疏治乱之本,使闻之者,如生乎其时,亲见乎其事。倏而喜,倏而悲,无关世情,自合理趣,殊觉胸怀为之开爽。故因事触机,辄投所好,娓娓不倦……客取《东汉演义》津津言之,演义通俗者也,汉俗犹为近古,故足资博览,而挽薄俗,恶可捏不经之说,颠倒史事,以惑人心目? 因为敷说大端,正其荒谬……友人南宾生见之,谓曰:"比事提要,了然贯串,《绎史》之俦亚,曷不别自为书,顾自溷于稗官为哉?"③

亡友郯城郭武德曰:"幼学不可阅坊间《三国志》。一为所溷,则再读陈寿之所志,鱼目与珠无别矣!"④

《西游》元虚荒渺……《三国》不尽合正史……至《水浒》《金瓶梅》,诲盗诲淫,久干例禁。乃言者津津夸其章法之奇,用笔之妙,且谓其摹写人物事故,即家常日用米盐琐屑,皆各穷神尽相,画工化工合为一手,从来稗官无有出其右者。呜乎! 其未见《儒林外史》一书乎?⑤

凡正史所载,无不备录。间采稗史事迹,补缀其阙以广见闻

---

① 褚人获:《隋唐演义序》,见丁锡根编著:《中国历代小说序跋集》,北京:人民文学出版社,1996年,第958页。
② 吕抚:《纲鉴通俗演义自序》,见丁锡根编著:《中国历代小说序跋集》,北京:人民文学出版社,1996年,第1070页。
③ 清远道人:《东汉演义评序》,见丁锡根编著:《中国历代小说序跋集》,北京:人民文学出版社,1996年,第880~881页。
④ 绿园老人:《歧路灯序》,见丁锡根编著:《中国历代小说序跋集》,北京:人民文学出版社,1996年,第1632~1633页。
⑤ 闲斋老人:《儒林外史序》,见丁锡根编著:《中国历代小说序跋集》,北京:人民文学出版社,1996年,第1680~1681页。

所未及,皆有根据,非随意撰造者可比。①

征史尚实并不单指吻合正史,还要包括言出有据,事有所本。清代的历史演义小说序跋不仅强化了对艺术真实的追求,而且对于明人所提出的艺术虚构的概念根本提不起进一步探讨下去的兴趣。"道听而途说,德之弃也"的文化心理,再加上清代中后期清人考据风气的盛行,"乾嘉以来,家家许、郑,人人贾、马,东汉学烂然如日中天矣"。② 出于对实录精神的推崇,蔡元放特别强调历史演义的创作必须坚持实录的原则,"有一件说一件,有一句说一句"。③ 他的《东周列国志》完全按照正史的编撰标准进行写作,都不必然是小说。

明代的志传演义一般都打出"按鉴"的旗号,以向史籍靠拢,如余象斗《题列国序》:"旁搜列国之事实,载阅诸家之笔记,条之以理,演之以文,编之以序。"陈继儒《叙列国传》:"循名稽实。""事核而详。"冯梦龙《新列国志叙》:"本诸《左》《史》,旁及诸书,考核甚详,搜罗极富,虽敷衍不无增添,形容不无润色,而大要不敢尽违其实。"但清人更青睐叙事的"事奇而核"。

> 事奇而核,文隽而工,写照传神,仿摹毕肖,诚所谓古有而今不必无、古无而今不必不有,且有理之所无,竟为事之所有者。读之令人无端而喜,无端而愕,无端而欲歌欲泣。诚得其真,而非仅得其似也。夫岂强笑不欢、强哭不戚、饾饤补缀之稗官小说可同日语哉!学士大夫酬应之余,伊吾之暇,取是篇而浏览之,匪唯涤烦祛倦,抑且纵横俯仰,开拓心胸,具达观而发旷怀也已。④

最能反映张潮"事奇而核"的文学观念的莫过于《陈小怜传》,篇末评语说:"层次转折,无不入妙,尤妙在故夫一语。一见不复再见,是文之有品者。"⑤十七岁的美少女用她的种种疯狂举动向世人宣示她对这个穷老头子的爱,连范性华自己都不理解:"以子之姿慧,从良固甚善,然当择年相若

---

① 《北史演义凡例》,见《古本小说集成》第二辑第三十五册,上海:上海古籍出版社,1992年,第1页。
② 梁启超撰,朱维铮导读:《清代学术概论》,上海:上海古籍出版社,1998年,第74页。
③ 蔡元放:《东周列国志读法》,见黄霖、韩同文选注:《中国历代小说论著选》,南昌:江西人民出版社,2000年,第415页。
④ 张潮:《虞初新志·自叙》,见《说海》第二册,北京:人民日报出版社,1997年,第320页。
⑤ 张潮:《虞初新志》,见《说海》第二册,北京:人民日报出版社,1997年,第389页。

者,吾岂若偶耶?"①陈小怜最后被有势者劫去的时候,还留书给范性华:"非妾负君,妾终不负君也。"②曲终人散,虽无人知晓陈小怜的最终结局,但这一段凄美爱情的真实性无可置疑,因为文末徐无山人的赞语中明示了自己作为旁观者的身份:"吾友范性华,以似其故夫见许。"虽然故事中有二人交往的种种细节,大有"闺帷中语,外人何以得知"的困惑,但是因为是挚友的关系,使得这一切都变得似乎可以理解和接受。

不仅杜濬的《陈小怜传》有徐无山人的素材来源,而且纪昀的《阅微草堂笔记》也多属此类。这已然成为部分清人小说创作的一种努力,一种追求。但欣赏小说毕竟不同于读史,事近而喻远、辞约而旨丰的小说,若非要叩之以实,不仅尽失小说原旨,恐易招致有识者的讥讽:"泥华词为质言,视运典为纪事,认虚成实,盖不学之失也。若夫辨河汉广狭,考李杜酒价,诸如此类,无关腹笥,以不可执为可稽,又不思之过焉。"③

史实只是为历史小说的创作提供了材料,历史演义小说的创作既不能过于诞妄,又不能事事求真,以致束缚了创作者的手脚,小说也会丧失其艺术魅力。李渔在清人贵真的基础上,提出了"人情物理"说:"《五经》《四书》《左》《国》《史》《汉》,以及唐宋诸大家,何一不说人情?何一不关物理?"④用人情物理巧妙地将小说与经史缝结到一起,为小说的接受找到了一个新的契合点,比起之前的一味强调实录,无疑是认知上的一大进步。"取古人宗社之安危,代为之忧患,而己之去危即安者在矣;取古昔民情之利病,代为之斟酌,而今之兴利以除害在矣。得可资,失亦可资也。同可资,异亦可资也。故治之所资,惟在一心,而史特其鉴也"。⑤ 朱仙镇一役,虽然史有其事,但是也不过寥寥数语:"飞进军朱仙镇,距汴京四十五里,与兀术对垒而阵,遣骁将以背嵬骑五百奋击,大破之,兀术遁还汴京。"⑥作者以此为蓝本,发挥想象,大胆填充,使得湮没在史料中的战役大放异彩。钱彩尤爱牛皋,特意设置了牛皋杀死金兀术,为岳飞报仇后含笑而死的情节,这结局是如此圆满,但历史的真实却是残酷的,牛皋不仅未能手刃金兀术,为岳飞报

---

① 张潮:《虞初新志》,见《说海》第二册,北京:人民日报出版社,1997年,第388页。
② 张潮:《虞初新志》,见《说海》第二册,北京:人民日报出版社,1997年,第389页。
③ 钱钟书:《管锥编·毛诗正义·河广》,北京:生活·读书·新知三联书店,2001年,第194页。
④ 李渔著,江巨荣、卢寿荣校注:《闲情偶寄》,上海:上海古籍出版社,2000年,第29页。
⑤ 王夫之著,舒士彦点校:《读通鉴论》卷末《叙论四》,北京:中华书局,1975年,第956页。
⑥ 脱脱等撰:《宋史》卷三百六十五,北京:中华书局,1977年,第11390页。

仇,更有可能死于秦桧之手,《宋史·牛皋传》载:"绍兴十七年上巳日,都统制田师中大会诸将,皋遇毒,亟归,语所亲曰:'皋年六十一,官至侍从,幸不啻足。所恨南北通和,不以马革裹尸,顾死牖下耳。'明日卒。或言秦桧使师中毒皋云。"①《说岳全传》中牛皋的结局全然不符合历史事实,属于完全的虚构,但这种虚构又是大众喜闻乐见的,在民众心里,一代抗金将领不应死于朝廷倾轧的龌龊中,战死沙场、马革裹尸才是他们的归宿,作者这样安排满足了民众的理想,对作品的传播有很大帮助。

黄越的小说观念承祧于金圣叹,出自"锦绣之心""涵天地""舒造化"所构设出来的艺术世界,而不在乎"或有或无","有无"兼有了"存在与虚空"及金圣叹的"品位的质实与空灵"。在黄越看来,在创作主体介入之后,小说创作过程中对立的存在与虚空就转变成了现实与虚构的对立,其艺术分寸感又被区分为质实与空灵的协调。

> 传奇之作也,骚人韵士以锦绣之心,风雷之笔,涵天地于掌中,舒造化于指下,无者造之而使有,有者化之而使无。不惟不必有其事,亦竟不必有其人。所谓空中之楼阁,海外之三山,倏有倏无,令阅者惊风云之变态而已耳。②

在《聊斋志异》的若干纯属虚构的篇章中,如卷一的《叶生》、卷三的《连城》、卷九的《乔女》、卷十的《瑞云》,作家摆脱了现实的人事关系,熔自己的审美理想、现实于一炉,遂创造出更为空灵的艺术境界。叶生意外得到县令丁乘鹤的赏识、资助和游扬:"魂从知己,竟忘死耶?闻者疑之,余深信焉。同心倩女,至离枕上之魂;千里良朋,犹识梦中之路。而况茧丝蝇迹,呕学士之心肝;流水高山,通我曹之性命者哉!嗟呼……天下之昂藏沦落如叶生其人者,亦复不少,顾安得令威复来,而生死从之也哉!"③一唱三叹,深情郁勃,寄寓着蒲松龄对费祎祉、黄叔琳、施愚山等师友没齿不忘的感戴之情。

就在部分清人追求绝对真实的同时,也有人对于诞妄虚幻的文学品格

---

① 脱脱等撰:《宋史》卷三百六十八,北京:中华书局,1977年,第11466页。
② 黄越:《第九才子书平鬼传序》,见丁锡根编著:《中国历代小说序跋集》,北京:人民文学出版社,1996年,第1677页。
③ 蒲松龄著,任笃行辑校:《全校会注集评聊斋志异》,济南:齐鲁书社,2000年,第122~123页。

充满着热爱。李渔的《审虚实》是清代第一篇虚实相生论的专文。

> 实者,就事敷陈,不假造作,有根有据之谓也;虚者,空中楼阁,随意构成,无影无形之谓也。人谓古事多实,近事多虚。予曰:不然。传奇无实,大半皆寓言耳……若纪目前之事,无所考究,则非特事迹可以幻生,并其人之姓名亦可以凭空捏造,是谓虚则虚到底也……传至于今,则其人其事,观者烂熟于胸中,欺之不得,罔之不能,所以必求可据,是谓实则实到底也。①

能够辩证把握虚实关系的是清代的金丰。他在同治三年的《说岳全传序》中这样说:

> 从来创说者,不宜尽出于虚,而亦不必尽出于实。苟事事皆虚,则过于诞妄,而无以服考古之心;事事皆实,则失于平庸,而无以动一时之听。如宋徽宗朝,有岳武穆之忠,秦桧之奸,兀术之横,其事固实而详焉。更有不闻于史册,不著于纪载者,则自上帝降灾,而始有赤须龙虬龙变幻之说也,有女土蝠化身之说也,有大鹏鸟临凡之说也。其间波澜不测,枝节纷繁,冤仇并结,忠佞俱亡;以及父丧子兴,英雄复起,此诚忠臣之后,不失为忠;而大奸之报,不怨其奸,良可慨矣。若夫兀术一战于朱仙,而以武穆败之;再战于朱仙,而以岳雷驱之:虽云奔北,而竟以一人兼敌父子之勇,不亦难乎!至于假手仙魔之说,信其有也固可,信其无也亦可。总之,自始及终,皆归于天,故以言乎实,则有忠有奸有横之可考;以言乎虚,则有起有复有变之足观。实者虚之,虚者实之,娓娓乎有令人听之而忘倦矣。②

金丰在蒋大器、甄伟、袁于令等人的观点上,从虚实的角度来思辨演义与史籍的异同:第一,历史演义的创作需要兼顾史实与虚构:"不宜尽出于虚,而亦不必尽由于实。"第二,极端之弊:"过于诞妄,而无以服考古之心;事事皆实,则失于平庸。"如《说岳全传》中岳飞与秦桧的情节"实而详",但

---

① 李渔著,江巨荣、卢寿荣校注:《闲情偶寄》,上海:上海古籍出版社,2000年,第31页。
② 金丰:《说岳全传序》,见丁锡根编著:《中国历代小说序跋集》,北京:人民文学出版社,1996年,第987~988页。

岳雷复起则"不闻于史册,不著于纪载"。对于素材的剪裁,金丰主张"实者虚之,虚者实之",现实素材不可拘泥于事实,虚构部分要符合事理逻辑。金丰的这一提法早见于金圣叹对于《水浒传》第五十五回的评语之中,但金丰的这一关于历史演义创作的原则性主张,无疑更具有针对性。

如果说金丰在《新镌精忠演义说本岳王全传序》中所说的虚还不完全是提炼和加工现实生活的一种方法,仍包含幻化的成分,张竹坡和脂砚斋笔下的虚也并未真正触及小说的这一创作规律,那么晚清小说理论家已然从理论上认识到小说中的虚构是为了抒发理想,侠人在《小说丛话》中说:

> 小说作,而为撰一现社会所亟需而未有之人物以示之,于是向之怀此思想而不敢自坚者,乃一旦以之自信矣……故为小说者,以理想始,以实事终;以我之理想始,以人之实事终。①

作家通过虚构所创造的理想人物必须以现实为基础,正如狄平子所言,小说能"导人于他境界,以其至虚行其至实,则感人之深,岂有过此"!②

如果说侠人是从理想抒发的角度肯定了虚构的必要性,狄平子从小说魅力和读者欣赏的角度强调了虚构的重要性、艺术性,那么,王国维则从美学的角度,阐明了虚构是小说创作的一个重要的规律。

> 其材料取诸人生,其理想亦视人生之缺陷逼仄,而趋于其反对之方面。如此之美术,唯于如此之世界、如此之人生中,始有价值耳。③

王国维强调了虚构首先要"取诸人生",不能凭空臆造;其次,虚构建立在小说家理想抒发的基础上;再次,虚构的世界只有反映了人生,反映了社会,才有美学价值。

---

① 新小说社社员编:《小说丛话》,新民社活版部光绪三十二年印本。
② 狄平子:《论文学上小说之位置》,见《绣像小说》第3期。
③ 王国维:《〈红楼梦〉评论》,见《王国维 蔡元培 鲁迅点评〈红楼梦〉》,北京:团结出版社,2004年,第26页。

第二节 清代小说序跋与小说的审美意蕴

作为一个舶来品,审美意识形态用来品评中国古代文学是不太合适的,因为西方美学思想的系统性和细密的艺术门类区分毕竟不同于中国古代文学批评中的感性思辨,更何况中国古代文学中寄托遥深的表意倾向也绝非结构主义、解构主义、伦理主义、形式主义、文本中心论、互文性理论、接受美学和影响的焦虑等西方文论所能阐释清楚。虽然解读审美的奥秘和发现文学发展的规律不是清代小说序跋者工作的主轴,特别是在清初和清末,审美甚至都不是小说序跋乃至小说评点关注的主要对象,但是审美意蕴是小说序跋不可能也不可以随便绕过去的沟坎。

一、清代小说序跋对婉曲叙事风格的偏爱

叙事需要灵变和含蓄,正所谓"花香半开,酒饮微醺",清代小说序跋所表现出的对这一婉曲叙事风格的偏爱,无疑是受到千百年来诗文创作定势的影响,而其源头最早可追溯到庄子对于微妙之理的体认须无心得之的非理性倾向:

> 语之所贵者,意也,意有所随。意之所随者,不可以言传也,而世因贵言传书。世虽贵之,我犹不足贵也,为其贵非其贵也。故视而可见者,形与色也;听而可闻者,名与声也。悲夫!世人以形色名声为足以得彼之情!夫形色名声果不足以得彼之情,则知者不言,言者不知,而世岂识之哉!①

小说和诗文对于婉曲叙事风格的共同追求既是源于理论的暗合,又是历史的重合。中国古代诗论,从唐代戴容州"蓝田日暖,良玉生烟"的比喻,司空图"象外象,味外味"的表述,到明代"三袁"和清代袁枚的书写性灵,再到康熙年间王士禛的"兴会神到""得意忘言",乾隆年间沈德潜的"温柔敦厚",无一不从庄子那儿继承了理为体而象为用、理为微而象为显的审美方式和理趣中的感性之美。

有清一代崇尚雅洁的文风。康熙帝更是从文章社会功用的角度,提倡

---

① 王先谦撰:《庄子集解 庄子集解内篇补正》,北京:中华书局,1987年,第120页。

文风要"简当",并对当时的文风多有批评:"文章贵于简当,即施日用如章奏之类亦须详要。明朝典故,朕所悉知。如奏疏多用排偶芜词,甚或一二千言。每日积至满案,人主讵能尽览,势必委之中官。中官复委于门客及名下人。此辈何知文义,讹舛必多,遂奸弊丛生,事权旁落,此皆文字冗秽以至此极也。"①当时的文坛领袖方苞就以文风"专贵简削"而为人所称。黄宗羲的古文如《陆周明墓志铭》《王征南墓志铭》《万里寻兄记》《丰南禺别传》,因为有一个"杂小说"的特征,为此遭到了方苞的严厉批评:"此书(《南雷文约》)自丙辰阅一过。今二十六年矣。梨洲文鲜持择,才情烂漫,时有近小说家者。望溪谓'吴越间遗老尤放恣',盖指是也。然本原深厚,随在倾吐,皆至情至理之言,读之餍心,昔人所谓杜诗韩集愁来读,似倩麻姑痒处搔也。"②"南宋元明以来,古文义法不讲久矣,吴越间遗老尤放恣,或杂小说,或沿翰林旧体,无一雅洁者。古文中不可入语录中语、魏晋六朝人藻丽俳语、汉赋中板重字法、诗歌中隽语、南北史佻达语。"③这是乾隆初年山东按察使沈廷芳在其《书方望溪先生传后》中引录的关于方苞的一段议论,其对于流行文风的批评近于严苛,而实际上,方苞"文道合一"的文学观源自于黄宗羲,二者在这一点上并无本质不同,只是黄宗羲从"道、学、法、情、神"五个层面对于文学的本原与功能加以质的规定之时,强调以"情"与"神"来增强文章的风韵,遭到了方苞等人的抵制:"叙事须有风韵,不可担板。今人见此,遂以为小说家伎俩,不观《晋书》《南史》《北史》列传,每写一二无关系之事,使其人之精神生动,此颊上三毫也。史迁《伯夷》《孟子》《屈贾》等传,俱以风韵胜,其填《尚书》《国策》者,稍觉担板矣。"④黄宗羲虽然赞许散文创作"杂小说体"的做法,但是毕竟有文以载道的文创基本原则,所以不可能成为真正的言情派。

从明代中后期到清代,中国古代小说理论进入井喷期,从李卓吾的"写意外说"到金圣叹的"动心说",再到脂砚斋的"囫囵语",无不讲求"文约而事丰"⑤,而以"语忌直,意忌浅,脉忌露,味忌短"⑥为定则,强调意在言外,

---

① 中国第一历史档案馆整理:《康熙起居注》,北京:中华书局,1984年,第1156页。
② 李慈铭著,由云龙辑:《越缦堂读书记》,上海:上海书店出版社,2000年,第990页。
③ 沈廷芳:《隐拙轩集》卷四十一,乾隆二十二年刻本。
④ 沈善洪主编:《黄宗羲全集》第十册《南雷诗文集》,杭州:浙江古籍出版社,2005年,第668~669页。
⑤ 刘知几撰,浦起龙释:《史通》卷六《叙事》,上海:上海古籍出版社,1978年,第168页。
⑥ 严羽著,郭绍虞校释:《沧浪诗话校释·诗法》,北京:人民文学出版社,1961年,第122页。

追求弦外之音、微言大义,反对径情直叙、一览无余,但都难逃古代诗文理论的苑囿。"以文章之奇而传其事之奇""宾主烘染""各肖其状,而绘其神""注彼而写此"等小说观念的提出,甚至和八股文的创作都有一定的关联。清代对于散文形式美的探求,如"溶经液史""机巧圆融""朴质老辣,用法无痕""借经义以道世事",都间接影响了小说对于婉曲叙事风格的偏爱。

  《红楼梦》一书,不知谁氏所作。其事则琐屑家常,其文则俚俗小说,其义则空诸一切,大略规仿吾家凤洲先生所撰《金瓶梅》,而较有含蓄,不甚着迹,足餍读者之目。①

  吾闻绛树两歌,一声在喉,一声在鼻;黄华二牍,左腕能楷,右腕能草。神乎技矣!吾未之见也。今则两歌而不分乎喉鼻,二牍而无区乎左右,一声也而两歌,一手也而二牍,此万万所不能有之事,不可得之奇,而竟得之《石头记》一书。嘻!异矣。夫敷华掞藻、立意遣词,无一落前人窠臼,此固有目共赏,姑不具论;第观其蕴于心而抒于手也,注彼而写此,目送而手挥,似谲而正,似则而淫,如《春秋》之有微词,史家之多曲笔。试一一读而绎之:写闺房则极其雍肃也,而艳冶已满纸矣;状阀阅则极其丰整也,而式微已盈睫矣;写宝玉之淫而痴也,而多情善悟不减历下琅琊;写黛玉之妒而尖也,而笃爱深怜不啻桑娥石女。他如摹绘玉钗金屋,刻画芗泽罗襦,靡靡焉几令读者心荡神怡矣,而欲求其一字一句之粗鄙猥亵,不可得也。盖声止一声,手止一手,而淫佚贞静、悲戚欢愉,不啻双管之齐下也。噫!异矣!其殆稗官野史中之盲左、腐迁乎?然吾谓作者有两意,读者当具一心。譬之绘事,石有三面,佳处不过一峰;路看两蹊,幽处不逾一树。必得是意,以读是书,乃能得作者微旨。如捉水月,只挹清辉;如雨天花,但闻香气,庶得此书弦外音乎?乃或者以未窥全豹为恨,不知盛衰本是回环,万缘无非幻泡。作者慧眼婆心,正不必再作转语,而万千领悟,便具无数慈航矣。彼沾沾焉刻楮叶以求之者,其与开卷而瘖者几希!②

---

  ① 兰皋居士:《绮楼重梦楔子》,见丁锡根编著:《中国历代小说序跋集》,北京:人民文学出版社,1996年,第1182页。
  ② 戚蓼生:《石头记序》,见曹雪芹:《戚蓼生序本石头记》卷首,北京:人民文学出版社,1975年。

脂砚斋的"囫囵语"、戚蓼生的"注彼而写此,目送而手挥,似谲而正,似则而淫"道出小说创作的妙谛。小说家以其敏锐的触觉体验着人物游走在现实与理想、理智与情感之间的那种复杂难辨的欲说还休的生存状态,以鲜活的文字来表现之。对于笔下人物的心态,小说家本人也处于混沌而未分的状态,"情天情海幻情身,情既相逢必主淫",虽然这是秦可卿的判词,但是整部《红楼梦》由此而反思:"情"可亲吗?"情"与"淫"的界限在哪里?如第三十五回,潇湘馆鹦鹉的一声长叹,续念道:"侬今葬花人笑痴,他年葬侬知是谁?"鹦鹉的音调神韵与林黛玉合体,作者在无心与有心之间,表达出林黛玉心中的无限情事。林黛玉的情事妙就妙在是借鹦鹉之口说出,否则,由林黛玉亲口说出,在当时的文化大背景下,情将何以堪?但即使如此,林黛玉之情是"情"还是"淫",依旧难以一言以蔽之。作为心灵耕种的产物,《红楼梦》以其多元的文化视角展现了女性世界流动的生命现象和复杂变幻的内心世界,另如第五十七回《慧紫鹃情辞试忙玉 慈姨妈爱语慰痴颦》,薛宝钗眼见邢岫烟贫寒至极却不施以援手,竟以几句冰冷的道理来警示于她,人怪其热面冷心,而蒙古王府本和戚蓼生序本的第五十七回回后总评却独说:"写宝钗、岫烟相叙一段,真有英雄失路之悲,真有知己相逢之乐。时方午夜,灯影幢幢,读书至此,掩卷出户,见星月依稀,寒风微起,默立阶除良久。"①又如第六十三回,贾宝玉生日,大观园一行粉黛贺寿毕,大众在红花圃拈阄行酒令,贾宝玉的"敲断玉钗红烛冷"和香菱的"宝钗无日不生尘",可谓千里伏线,这是在暗写薛宝钗婚后被抛弃的结局。再如第一百一十五回,甄宝玉和贾宝玉相见,贾宝玉请甄宝玉讲超凡入圣的道理以清俗肠,却听到些为忠为孝、经济文章的说教,这种别具匠心的对比叙事凸显了"我相非相"的释家妙谛。虽然《红楼梦》的续书有很多种,但是审美取向日趋卑下,只知道用美人的香吻来润泽他们的焦唇,用辛辣的酒浆灌溉他们憔悴的灵魂,使爱情自带的神圣光芒黯然失色。

大凡中国古代成功的小说,都追求并实现了表意的婉曲。《三国演义》中刘备的长者形象一直备受怀疑,在三国之间长达几十年的争夺战中,曹操缺钱就去盗墓,刘备缺钱却肆意搜刮民财,大搞货币掠夺,铸钱"直百钱"已早早埋下了国家灭亡的祸根,最后铸币"直五百铢",刘备的经济政策彻底颠覆了《三国演义》中仁慈君主的形象,故而民间谚语有云:"刘备摔孩

---

① 曹雪芹著,脂砚斋评,吴铭恩汇校:《红楼梦脂评汇校本》,沈阳:万卷出版公司,2013年,第692页。

子,刁买人心。"现在更有学者在质疑被封为"忠义神武灵佑仁勇威显护国保民精诚绥靖翊赞宣德关圣大帝"的关羽的忠诚及被名士许邵评定为"乱世之奸雄,治世之能臣"的曹操的奸诈。《三国演义》塑造的扁形化人物尚且出现如此大的歧义性理解,就更不用说以圆形人物塑造著称的《水浒传》和《红楼梦》了。

文化的反噬作为小说婉曲表意的思想基础,已经成为清代小说序跋者关注和反思的重心,当"空"作为一种人生价值追求而存在的时候,它从来就没有,也不可能实现真正的"空",这是文化自身的荒谬性,清代小说序跋者关于小说人物形象的品评和主旨的凝练也因不同的文化立场而出现了多元化的解读。

> 今长春子独以修真之秘,衍为《齐谐》稗乘之文,俾黄童白叟,皆可求讨其度人度世之心,直与乾坤同其不朽,则自元迄明,数百祀中,虽识者未之前闻,而竟亦不至烟烬而泯灭者,岂非其精神光焰,自足以呵护之耶? 今既得澹漪子之阐扬,后或更有进而悉其蕴者,则长春子之心,大暴于世,而修丹证道者日益多,则谓此本《西游记》之功,直在五千、七笈、漆园、御寇之上也可。[1](乾隆十五年金陵野云主人题于支瞬居)

清代小说序跋者对于《西游记》"空"的主题的集体反思,使得本应是修行最高境界的"空"沦为文字狂禅。其他如《三国演义》《水浒传》对于"忠""义"的反思,《金瓶梅》对于"性"的反思,《红楼梦》对于"孝"和"情色"的反思,结果和目标之间南辕北辙的永恒存在凸显了人类精神家园重建的荒诞与无奈。代表清代小说最高成就的《红楼梦》以日常生活的诗意观照与反思来追忆逝水年华,用朝花夕拾的苍凉打量如花似梦的青春,其小说艺术追求的是作品的"味",而不再是离奇曲折的情节和波澜壮阔的场景。

> 《石头记》一书,笔墨深微,初读忽之,而多阅一回,便多一种情味,迨目想神游,遂觉甘为情死矣。余十四岁时,从友处借阅数卷,以为佳;数月后,乡居课暇,孤寂无聊,复借阅之,渐知妙;迨阅竟复阅,益手不能释。自后心追意仿,泪与情多,至愿为潇湘馆侍

---

[1] 野云主人:《增评西游证道奇书序》,见丁锡根编著:《中国历代小说序跋集》,北京:人民文学出版社,1996年,第1355页。

者,卒以此得肺疾。人皆笑余痴,而余不能自解也。然此书之淫,妙在有意无意,非粗浅人所得而知。①

文字中留下的太多的空白点和形象的不确定性是"味"的重要来源,同时也是难解其中"味"的最大障碍。贾宝玉的寄名干娘、尼姑马道婆身在酒色财气的火坑,却教人跳出火坑,这本身就是对人类生存困境的最大讽刺。灰色的人生和灰色的人性,理想与美好已经在人欲横流的市井人情的冲击下动摇破灭,其中就包括卑鄙嘲笑崇高的悖谬。第一回中"满纸荒唐言,一把辛酸泪。都云作者痴,谁解其中味"。勾出了多少人对乖戾人生的苦涩回味,拉动几多读者去探究作品所寄寓的深邃意味。贾宝玉所面临的文化悖论是,学而优则仕,孝为德之本,但道未保其官,佛又去其孝。一曲《西江月》"富贵不知乐业,贫穷难耐凄凉,可怜辜负好韶光,于国于家无望。天下无能第一,古今不肖无双。寄言纨绔与膏粱,莫效此儿形状"。更是凝聚了作者全部的人生悔意和对人生意义的苦苦的无解的探求,就是这样的悲乐相替,读者在曹雪芹笔墨的引领之下,窥视着小说中人物的生命历程,体验着他们曾经的酸甜苦辣,消融了是非善恶的判断,只是在生命的坎坷背后醉心于心灵的碰撞下的似曾相识之感及感怀着人生多样性带来的困惑和迷惘。

叙事讲究风韵摇曳,传写人物则以传神生动为要,如《儒林外史》通过瞬间与永恒、滑稽与崇高的对立,如范进的守礼与居丧期间吃掉的虾丸,严贡生的居乡不知占人一丝一毫便宜的慷慨陈词与关在自家猪圈里的别人家的一口猪,王仁、王义兄弟对于姐夫严监生急于扶正小妾行为的前倨后恭与桌子下边里手里紧攥着的一百两银子,发达后的匡超人的关于"官场之玷"的高谈阔论与当年做枪手的一身青衣,诸如此类,不一而足,深切的百年反思引发了读者对于为金钱和权势所压倒的代表着一个时代风骨的士子们的生存状态的思考。老子的"清静为天下正"的格言只是停留在口头层面,在躁进、倾斜和失落等人生重大转折面前,多少人能够作到淡雅从容?在作者看来,大多数士子的精神已经堕落不堪,这样的人们是不配也不能享有安稳的生活。

作为对小说创作经验的最早的理论总结,清代小说序跋对于婉曲叙事

---

① 邹弢:《三借庐笔谈》卷四《小说之误》,见一粟编:《红楼梦资料汇编》,北京:中华书局,1964年,第388页。

风格的揭示,如《梅兰佳话序》,虽然自身的艺术质量并不高,情节上模拟备至,"事事拟学,而不免俭狭"①,其艺术性可谓平庸,但是其序跋在小说理论的先进性上却有着上佳的表现。

  吾友曹子梧冈,洵翰苑才也,厄于病。自食气后,即淡心进取。庚寅岁,其病愈剧,余适馆于家,时染病在床,不能行动,遂坐床凭几,信笔直书,撰此一段佳话。虽非诗古文词可传后世,然其结构有起有伏,有照有应,非若小说家径情直叙,一览索然。余阅之,把玩不置,劝其付之剞劂,公诸同好。梧冈曰:"此弟游戏之作,若付之剞劂,实足令人喷饭。"其事遂寝。②

  小说写梅如玉、兰漪漪、桂蕊的恋爱婚姻故事,明明是处处师范前人,基本未脱明末清初才子佳人小说的俗套,且以大量诗词曲赋抒发抱负,此正是嘉道间小说作者追踪《红楼梦》,讲究才学倾向的具体表现,但序跋者从创作的角度,提出了"结构有起有伏,有照有应,非若小说家径情直叙,一览索然"的观点,对于小说结构的谨严和叙事风格的婉曲的追求未尝对后来的小说创作没有指引之功。

  作为一个时代的终结者,清末小说历来备受重思想、轻艺术的诟病,实则不然。作为小说改良会立会的文学宣言,邓毓怡的《小说改良会叙》《小说改良会叙例》和籍亮侪的《小说改良会公启》成为中国近代小说批评史上的重要文献。

  小说界中,无论为词曲体,为稗史体,十九为男女之相慕,倡妓之狭邪,仙狐之匹媾,艳冶淫靡,穷情竭态,而大抵以白头齐寿、共享安乐为究竟。此想中人,而豪家贵族,以至卑寒下士,少者驰心于荡冶,老者溺情于荣乐,至所谓坚强磊落,国民之躯干气概,不复可睹矣。③

  邓毓怡历陈中国古代小说的积弊,固然是对梁启超小说观的引申发

---

 ① 刘义庆著,刘孝标注,余嘉锡笺疏:《世说新语笺疏》,北京:中华书局,2011年,第305页。
 ② 赵小宋:《梅兰佳话序》,见《古本小说集成》第二辑第九十六册,上海:上海古籍出版社,1992年,第1~2页。
 ③ 邓毓怡:《小说改良会叙》,转引自周兴陆:《"小说改良会"考探》,载《文学遗产》,2016年第2期,第19页。

挥,然而其对于雅洁文风的探求,既是对桐城派文学观念的传承,又是缘于其"取之欧美""益其文明"①的通达眼光,故而周作人归结道:"今次文学运动的开端,实际还是被桐城派中的人物引起来的。"②确如其言,新文学的发起人如梁启超、胡适、陈独秀、鲁迅等,谁没有受过桐城派的沾溉?

二、清代小说序跋与化工说

和化工相对应的概念是画工,画工的作品以其酷肖自然而引发人们的美感,但因没有活画出人或物的神韵,词竭而意穷,感动也随着阅读的结束而终止。言有尽而意无穷方是化工的境界。

(一)"化工说"的历史演讲

"化工说"源自于中国古代"以自然之为美"的美学思想,庄子曾言,"天地有大美而不言"③,"澹然无极,而众善从之"。④ 庄子的学说和两千多年后的黑格尔的宏论竟然惊人地相似,黑格尔在《美学》中曾下过如此断语:"艺术之圆满者,其第一义为醇化于自然。"⑤且"只有在自然形象的符合概念的客体性之中见出受到生气灌注的互相依存的关系时,才可以见出自然的美"。⑥ 而这种文艺美学思想早在梁代刘勰的《文心雕龙·原道》中即已初见端倪:

> 文之为德也大矣,与天地并生者,何哉?夫玄黄色杂,方圆体分,日月叠璧,以垂丽天之象;山川焕绮,以铺理地之形:此盖道之文也。仰观吐曜,俯察含章,高卑定位,故两仪既生矣。惟人参之,性灵所钟,是谓三才。为五行之秀,实天地之心。心生而言立,言立而文明,自然之道也。⑦

受画论传神写照说的影响,明清小说理论中的"化工说"讲求的是生气

---

① 吴汝纶撰,施培毅、徐寿凯校点:《吴汝纶全集》第三册尺牍卷四《复斋藤木》,合肥:黄山书社,2002年,第416页。
② 周作人:《中国新文学的源流》,上海:华东师范大学出版社,1995年,第48页。
③ 杨柳桥撰:《庄子译注》,上海:上海古籍出版社,2007年,第248页。
④ 杨柳桥撰:《庄子译注》,上海:上海古籍出版社,2007年,第172页。
⑤ 转引自徐念慈:《小说林缘起》,见郭绍虞、罗根泽主编:《中国近代文论选》,北京:人民文学出版社,1981年,第501页。
⑥ [德]黑格尔:《美学》第一卷,北京:商务印书馆,1997年,第168页。
⑦ 刘勰著,王志彬译注:《文心雕龙》,北京:中华书局,2012年,第3页。

灌注,穷形尽相,强调的是在叙事之外,不事文饰而能曲尽人情,浓淡远近,点染尽工。明代的李贽最早力倡"化工说",追求一种能超越人为的夺天地之巧的真实自然之美。

> 《拜月》《西厢》,化工也;《琵琶》,画工也。夫所谓画工者,以其能夺天地之化工,而其孰知天地之无工乎……风行水上之文,决不在于一字一句之奇。若夫结构之密,偶对之切;依于理道,合乎法度;首尾相应,虚实相生:种种禅病皆所以语文,而皆不可以语于天下之至文也。杂剧院本,游戏之上乘也,《西厢》《拜月》,何工之有!盖工莫工于《琵琶》矣。彼高生者,固已殚其力之所能工,而极吾才于既竭。惟作者穷巧极工,不遗余力,是故语尽而意亦尽,词竭而味索然亦随以竭。吾尝揽《琵琶》而弹之矣:一弹而叹,再弹而怨,三弹而向之怨叹无复存者。此其故何耶?岂其似真非真,所以入人之心者不深耶?盖虽工巧之极,其气力限量只可达于皮肤骨血之间,则其感人仅仅如是,何足怪哉!①

诚哉斯言!高明的《琵琶记》极力渲染蔡伯喈辞试、辞官、辞婚的无奈,进而去刻画人物的全忠全孝,然蔡伯喈对于父母的生不养、死不葬的不孝之举已成无法改变的事实,虽然无力改变被规定的人生道路,但是怯弱的蔡伯喈连为长者折枝这样最容易执行的补救措施都没有作,只是用内心的无限牵挂来替偿现实不作为而带来的罪恶感,充满人生挫败感的蔡伯喈当终不及明知不可而为之的赵五娘更加动人心脾,故而,李贽才最终得出了"语尽而意亦尽,词竭而味索然亦随以竭"的结论。李贽的这一见解得到了明末戏曲评论家王骥德的高度赞同:"《西厢》,风之遗也;《琵琶》,雅之遗也。《西厢》似李,《琵琶》似杜。二家无大轩轾。然《琵琶》工处可指,《西厢》无所不工。《琵琶》宫调不伦,平仄多舛;《西厢》绳削甚严,旗色不乱。《琵琶》之妙,以情以理;《西厢》之妙,以神以韵。《琵琶》以大,《西厢》以化。"②

李贽的"化工说"具化到创作方法上,强调小说创作不仅要"画心上",

---

① 李贽著,张建业主编:《李贽文集·焚书》卷三《杂说》,北京:社会科学文献出版社,2000年,第90~91页。
② 王骥德:《新校注古本西厢记》,见《续修四库全书》第一千七百六十六册,上海:上海古籍出版社,2000年,第153页。

还要"画意外"。

> 此回文字逼真,化工肖物。摩写宋江、阎婆惜并阎婆处,不惟能画眼前,且画心上;不惟能画心上,且并画意外。顾虎头、吴道子安得到此?至其中转转关目,恐施、罗二君亦不自料到此。余谓断有鬼神助之也。①

李贽的评价可谓切中肯綮,施耐庵对宋江、阎婆惜和阎婆的描写正如顾虎头、吴道子的画一样,"传神写照,正在阿堵中"。② 但同为《水浒传》,如第七十六回《吴加亮布四斗五方旗 宋公明排九宫八卦阵》,李贽却认为这"是一架绝精细底羊皮画灯,画工之文,非化工之文,低品低品"!③ 其文字虽描写细腻逼真,但无助于人物性格的刻画,也无助于表现生活的底蕴,故"容眉"评论道:"徒好看耳。""若照这些阵法行事,分明画饼充饥。"④

(二)清代小说序跋与化工说

经过明代李贽等对化工说的倡议,化工说在清代已经成为文坛的共识,清代诗词界所表现出来的"清婉深秀""清丽闲婉""深窈空凉"等一归于雅淡的唯美主义倾向和文学追求无不与小说戏曲界的化工说有着千丝万缕的联系。关于化工与画工之间分明的壁垒及境界上的差异,赵执信通过两组意象的对立作出了一个形象的阐发:"画手权奇敌化工,寒林高下乱青红。要知秋色分明处,只在空山落照中。""无弦只许陶彭泽,会得无弦响更长。若使无弦亦无响,人间悦耳足笙簧。"⑤而诗词界的文学追求又必然会对小说界的文学趣尚产生终极性影响。

> 点染生动,能使读其书者,能亲承乐、卫之韶音,躬接殷、刘之玄绪;神明意用,跃跃毫端,若长康之貌,裴令颊上三毛,识具顿

---

① 施耐庵、罗贯中著,凌赓、恒鹤、刁宁校点:《容与堂本水浒传》,上海:上海古籍出版社,1988年,第300页。
② 刘义庆著,刘孝标注,余嘉锡笺疏:《世说新语笺疏》,北京:中华书局,2011年,第624页。
③ 施耐庵、罗贯中著,凌赓、恒鹤、刁宁校点:《容与堂本水浒传》,上海:上海古籍出版社,1988年,第1122页。
④ 施耐庵、罗贯中著,凌赓、恒鹤、刁宁校点《容与堂本水浒传》,上海:上海古籍出版社,1988年,第1114页。
⑤ 赵执信:《论诗二绝句》,见《清代文学批评资料汇编》,台北:成文出版社,1978年,第369页。

现。非擅化工之笔者,其能之乎?①

施耐庵《水浒》一传,取一百八人而传之。分之而人各为一人,合之而事则为一事,以一百八人刚柔燥湿之性,各写其声音笑貌,而遂以揭其心思,纤者毋使之为弘,疏者毋使之为密,非如化工之鼓舞万物,欲其各肖而无一同也。虽以一百八人邈若山河,岂惟走险者啸而复离,抑且守正者仇而未合,非如化工之鼓舞万物,欲其纵横组织,一合而无不同也。②

必也阴可变为阳,阳可变为阴,无可变而为有,有可变而为无。夫乃叹造物之灵,而识化工之幻……假如女娲补天之说,古未尝传,而吾今日始创言之,未有不指为荒诞不经者。推此而论,又安知别一洞天之天,非即此人间世之天也哉!况自有天以来,所不必然之事,实为自有天以来,所必当然之理。③

至《水浒》《金瓶梅》,诲盗诲淫,久干例禁。乃言者津津夸其章法之奇,用笔之妙,且谓其摹写人物事故,即家常日用米盐琐屑,皆各穷神尽相,画工化工合为一手,从来稗官无有出其右者。呜乎!其未见《儒林外史》一书乎?④

少读《红楼梦》,喜其洋洋洒洒,浩无涯涘,其描绘人情,雕刻物态,真能抉肺腑而肖化工,以为文章之奇,莫奇于此矣,而未知其所以奇也。⑤

清人的化工论更进一步地要求小说在精心搭建故事框架的同时,在人物塑造上,通过"揭其心思""穷神尽相",以至于"神明意用,跃跃毫端",如张竹坡在第二回的回评中,就潘金莲和武松不同的亲密感受作出了细致的评点。

---

① 钱荣:《玉剑尊闻序》,见《瓜蒂庵藏明清掌故丛刊》,上海:上海古籍出版社,1986年,第12页。
② 句曲外史:《水浒传叙》,见丁锡根编著:《中国历代小说序跋集》,北京:人民文学出版社,1996年,第1500页。
③ 五色石主人:《八洞天序》,见陈翔华、萧欣桥点校:《八洞天》,北京:书目文献出版社,1985年,第1~2页。
④ 闲斋老人:《儒林外史序》,见《明清善本小说丛刊》第九辑,台北:天一出版社,1985年。
⑤ 孙桐生:《妙复轩石头记叙》,见丁锡根编著:《中国历代小说序跋集》,北京:人民文学出版社,1996年,第1168页。

>　　金莲、武二文字中，妙在亲密，亲密的没理杀人；武大、武二文字中，妙在凄惨，凄惨的伤心杀人；王婆、西门庆文字中，妙在扯淡，扯淡的好看杀人。此等文字，亦难将其妙处在口中说出。但愿看官看金莲、武二的文字时，将身即做金莲，想至等武二来，如何用言语去勾引他，方得上道儿也。思之不得，用笔描之亦不得，然后看《金瓶梅》如何写金莲处，方知作者无一语不神妙难言。至看武大、武二文字，与王婆、西门庆文字，皆当作如是观，然后作者之心血乃出，然后乃不负作者的心血。①

一样的感受，却是两般的心事，潘金莲的暗藏私心和武松的受之有愧，于自然中透出一片天真，虽善说者也难下一语，惟会心而已。虽然是全知全能的叙事视角，但是偏偏在人事的描摹中能够贯穿映带，迥出天机。

同样出彩的还有西门庆，为了能够接近潘金莲，与王婆东拉西扯，貌似扯闲篇，实则句句为心上人而发，故而张竹坡赞之曰"妙在扯淡，扯淡的好看杀人"。"《金瓶梅》于西门庆不作一文笔"②，但也不尽然，如小说第七十九回，在西门庆从林太太家私通出来之后，作者信笔拈来，不刻意，不经心，文字并不直扑文心，而是纯以旁笔皴染，似风行水上，疏而能深，淡而能远，同情多于讥讽，为小说增添了新的感性维度，正如美国学者浦安迪所指出的那样："我们那位精疲力竭的情夫一步入街道，就被远接天际的一片寒气吞没了（早先的烟雾现在变成了冰冷的水汽），所有先前的热心和激情（读者以及他的）此刻都化为'一天霜气，万籁无声'。"③艺术的审美并没有因为道德的审判而暂时退位，相反，小说中所流露出来的这份对于西门庆生命处境的悲悯，与小说中大量存在的西门庆性爱行为的描写互为影像，构成了兰陵笑笑生对于生命本质的认知的两极。

在人物塑造上通过"揭其心思""穷神尽相"，以至于"神明意用，跃跃毫端"的还有第五十一回，吴月娘、孟玉楼、潘金莲和李瓶儿妻妾四人听姑子唱佛曲，潘金莲之动、孟玉楼之静、吴月娘之懵、李瓶儿之随，人各一心，作

---

①　张竹坡：《金瓶梅》第二回回评，见刘辉、吴敢辑校：《会评会校金瓶梅》，香港：天地图书有限公司，1998年，第89页。

②　张竹坡：《批评第一奇书金瓶梅读法》，见黄霖编：《金瓶梅资料汇编》，北京：中华书局，1987年，第77页。

③　[美]浦安迪著，沈亨寿译：《明代小说四大奇书》，北京：中国和平出版社，1993年，第65页。

者造微入妙,数语摹尽众人声影并心思,真炉锤造物之手。

> 此回总写金莲之妒、之淫、之邪,乃夹一李桂姐、王三官之事,又夹一王姑子、薛姑子之事,便使一片邪淫世界,十分满足。又见金莲之行,实伯仲桂姐,而二尼之淫,又深罪月娘也。①

再如《金瓶梅》第七十三回《潘金莲不愤忆吹箫　西门庆新试白绫带》张竹坡的评点:

> 以上凡写金莲淫处与其轻贱之态处已极。不为作者偏能描魂捉影,又在此一回内写其十二分淫,一百二十分轻贱,真是神工鬼斧,真令人不能终卷再看也。好把手在脸上,这点儿那点儿羞他,又慌的走不迭,又藏在影壁后,黑影里悄悄听觑,又点着头儿,又云这个我不敢许,真是淫态可掬,令人不耐看也,文字至此化矣哉。②

作者对于潘金莲不惜烦言,浓墨重彩,描其声态,窥其肝肺,真乃天外神来之笔。

> 作《金瓶梅》者,必曾于患难穷愁,人情世故,一一经历过。入世最深,方能为众脚色摹神也。读《金瓶》,当看其白描处。子弟能看其白描处,必能自做出异样省力、巧妙文字也。③
>
> 作者纯以神工鬼斧之笔,行文故曲曲折折,止令看者眯目,而不令其窥彼金针之一度。吾故曰:纯是龙门文字。每于此等文字,使我悉心其中,曲曲折折,为之出入其起尽,何异入五岳三岛,尽览奇胜。④

于平凡小人物生活的琐碎描写之中品出叙事艺术的化工之境,这是张

---

① 张竹坡:《金瓶梅》第五十一回回评,见刘辉、吴敢辑校:《会评会校金瓶梅》,香港:天地图书有限公司,1998年,第997页。
② 张竹坡:《批评第一奇书金瓶梅·回评》,见黄霖编:《金瓶梅资料汇编》,北京:中华书局,1987年,第191页。
③ 张竹坡:《批评第一奇书金瓶梅读法》,见黄霖编:《金瓶梅资料汇编》,北京:中华书局,1987年,第81页。
④ 张竹坡:《批评第一奇书金瓶梅读法》,见黄霖编:《金瓶梅资料汇编》,北京:中华书局,1987年,第79页。

竹坡小说评点对中国古代小说叙事学所作出的贡献,《红楼梦》深得《金瓶梅》壶奥处也恰在于此。"贾珍,又为一种神笔,只于冷子兴口中遥遥一点,至黛玉入贾府之后,方历落登场,使阅者如久识其人,浑忘其于何时因何事而出者。是乃文章之化工,不易法效者也"。①

清代的化工说显然已经超越了明人李卓吾关于化工说的真实自然的内涵界定,化工说在清代不再单单是一种对故事中人的传神写照,更指转折不测之中能映带有情,于循环无端之中、头绪如乱丝之下依然能纵横错见其文心慧思的神奇的笔法。《聊斋志异·青梅》末尾,异史氏曰:"天生佳丽,固将以报名贤;而世俗之王公,乃留以赠纨绔。此造物所必争也。而离离奇奇,致作合者费无限经营,化工亦良苦矣。独是青夫人能识英雄于尘埃,誓嫁之志,期以必死,曾俨然而冠裳也者,顾弃德行而求膏粱,何智出婢子下哉!"②另如《聊斋志异·胭脂》:"数日无耗,心疑王氏未暇即往;又疑宦裔不肯俯拾。邑邑徘徊,萦念颇苦,渐废饮食,寝疾惙顿。"对于胭脂的爱情心理,蒲松龄正笔、旁笔并用,正笔和旁笔互相衬染,回环往复,于变化之中臻于化境,故而眉批云:"于叙事处见精神,笔有画工有化工。"③

(三)清代小说序跋与化境说

化境是"羚羊挂角,无迹可求。故其妙处,透彻玲珑,不可凑泊,如空中之音,相中之色,水中之月,镜中之象,言有尽而意无穷"④的奇妙境界,自然清妙,幽雅清新。借助于生气灌注的形象,化工之笔所创造的化境,使人的审美超越了感性冲动,从而进入物我相忘的无我之境,玩之不尽,味之无穷。王士禛曾言:"舍筏登岸,禅家以为悟境,诗家以为化境,诗禅一致,等无差别。"⑤

中国古代小说理论史上正式提出"化境"说的是为崇祯十四年贯华堂刊本《水浒传》作序的金圣叹:"心之所至,手亦至焉者,文章之圣境也。心之所不至,手亦至焉者,文章之神境也。心之所不至,手亦不至焉者,文章之化境也。夫文章至于心手皆不至,则是其纸上无字无句无局无思者也,而独能令千万世下人之读吾文者,其心头眼底,乃窅窅有思,乃摇摇有局,

---

① 解弢:《小说话》,见一粟编:《红楼梦资料汇编》,北京:中华书局,1964年,第626页。
② 蒲松龄著,但明伦批评:《聊斋志异》,济南:齐鲁书社,1994年,第445页。
③ 蒲松龄著,但明伦批评:《聊斋志异》,济南:齐鲁书社,1994年,第1065页。
④ 严羽著,郭绍虞校释:《沧浪诗话校释·诗辨》,北京:人民文学出版社,1961年,第26页。
⑤ 王士禛:《香祖笔记》,见《笔记小说大观》第十六册,扬州:江苏广陵古籍刻印社,1983年,第38页。

乃铿铿有句,乃烨烨有字,则是其提笔临纸之时,才以绕其前,才以绕其后,而非徒然卒然之事也。"①有别于唐代王昌龄的"物境""情境""意境"说,司空图的"象外之象,景外之景,韵外之致,味外之旨",金圣叹将文学创作的境界区分为"圣境""神境""化境"。三者之间的差别,正如王国维所说:"言气质,言神韵,不如言境界。有境界,本也;气质、神韵,末也;境界具,而二者随之矣。"②

清代最早提出"化境说"的是张竹坡。"清水出芙蓉,天然去雕饰",张竹坡的"化境"是一种能展示人物性格、显示情节内在逻辑的故事情景。张竹坡从情节化工说、人物性格的白描入化说等层面系统地提出了他的化境理论。

第一,情节化工说。李贽在评点《水浒传》的时候也赞许其情节的化工,李贽更加关注情节的过接自然,取其自然不露雕琢痕迹之意,如第十三回回末评:"《水浒传》文字形容既妙,转换又神,如此回文字形容刻画周谨、杨志、索超处,已胜太史公一筹;至其转换到刘唐处来,真有出神入化手段,此岂人力可到?定是化工文字,可先天地始,后天地终也。"③张竹坡更看重小说的细密结构,注重情节之间的逻辑联系,这是其叙事理论不同于李贽,也不同于同时代的金圣叹和毛宗岗之处,正如其在《批评第一奇书金瓶梅读法》中说的那样:"未出金莲,先出瓶儿;既娶金莲,方出春梅;未娶金莲,却先娶玉楼;未娶瓶儿,又先出敬济。文字穿插之妙,不可名言。若夫夹写蕙莲、王六儿、贲四嫂、如意儿诸人,又极尽天工之巧矣。"④事件互相生发,经过作者的曲笔、逆笔,将生活的复杂性、丰富性和多变性予以淋漓尽致地揭示,情节之间的连接转换丝毫不露痕迹。

类似的表达更多见于其小说的评点,如第一回西门庆在玉皇庙热结十兄弟,谈到了武松打虎,自然带出了武松和其哥哥武大后来的相遇,故以欣赏的口吻批道:"武二已出,故且用不着药引子也。然而脱卸处,又绝不苟。"⑤另如在《金瓶梅》第八十五回写到潘金莲和陈敬济私通,潘金莲充满

---

① 金圣叹:《水浒传序一》,见丁锡根编著:《中国历代小说序跋集》,北京:人民文学出版社,1996年,第1481页。
② 王国维撰,黄霖等导读:《人间词话》,上海:上海古籍出版社,1998年,第29页。
③ 施耐庵、罗贯中著,凌赓、恒鹤、刁宁校点:《容与堂本水浒传》,上海:上海古籍出版社,1988年,第182页。
④ 刘辉、吴敢辑校:《会评会校金瓶梅》,香港:天地图书有限公司,1998年,第2111页。
⑤ 刘辉、吴敢辑校:《会评会校金瓶梅》,香港:天地图书有限公司,1998年,第76页。

懊恼的语言既交代了她与女婿陈敬济通奸的经过,又刻画了她淫荡、心虚又好强的复杂性格:"奴有件事告你说,这两日眼皮儿懒待开,腰肢儿渐渐大,肚腹中梭梭跳,茶饭儿怕待吃,身子好生沉困。有你爹在时,我求薛姑子符药衣胞,那等安胎,白没见个踪影。今日他没了,和你相交多少时儿,便有了孩子。我从三月内洗身上,今方六个月,已有半肚身孕。往常时我排磕人,今日却轮到我头上。你休推睡里梦里,趁你大娘未来家,那里讨贴坠胎的药,趁早打落了这胎气。不然,弄出个怪物来,我就寻了无常罢了,再休想抬头见人。"中间夹批道:"作者弄笔直与造化争功。"①在自己的房中,潘金莲和女婿陈敬济之间的这段发自真情的表白,其中的兴味真是妙不可言,且千里伏线,为后文陈敬济毁家替潘金莲赎身作了很好的铺垫。由此可知,张竹坡所谓的化工之笔,当是场面、情节和人物性格融为一体的情境。

如果说,张竹坡在《金瓶梅》第八十五回的夹批中用的是"造化",小说情节如天造地设,极具自然之美,那么,在小说第八十六回的评点中再次提到了"化境"。当年为了利益而把潘金莲拉下水的王婆对于落难的潘金莲不仅没有丝毫的同情之心,而且为了利益,竟至破口大骂,竟至无所不为,狠毒之个性由此可见一斑:"天么,天么,你看么!我说这淫妇,死了你爹,怎守得住?只当狗改不了吃屎,就弄碴儿来了。就是你家大姐那个女婿子?他姓什么?"她打听陈敬济的姓名,只是凭着其拉皮条的职业天性,预测到陈敬济可能会为潘金莲赎身,以便到时再敲一次竹杠,所以,张竹坡评点道:

> 王婆总是一丝不漏,许久不见,写来使婆子活跳纸上,不改一线,真是化工之笔。②

果不其然,当陈敬济要为潘金莲赎身时,王婆竟然直接走出街上,大声吆喝:"谁家女婿要娶丈母娘,还来老娘屋里放屁!"吓得陈敬济"一手扯进婆子来,双膝跪下"。张竹坡竟在此处三次评点道:"一味狠毒。"

爱新觉罗·裕瑞认为仅有画工而没有化工是无法使读者产生美感的,在其《〈镜花缘〉书后》中批评道:"《金瓶梅》写市井俗语,是画人物难;此书

---

① 刘辉、吴敢辑校:《会评会校金瓶梅》,香港:天地图书有限公司,1998年,第1790页。
② 刘辉、吴敢辑校:《会评会校金瓶梅》,香港:天地图书有限公司,1998年,第1817页。

写八荒怪诞,是画鬼怪易;如之何其能及耶? 其费力不讨好处,还有一比。譬如一家出殡时,将天下扛房伞扇一时租来,南省伞另配北省伞作一对,东省扇另配西省扇作一对,要天造地设,分毫不差,较原对犹合式,又于各伞扇注明出处,并天然巧合之处。此分执事一出,自夸只千古而无对。即使诚然,市人看之,了无异于寻常殡上执事也。非费力不讨好而何?"①如果小说仅仅只是完全真实地对生活原型加以临摹,那无异于"寻常殡上执事",绝对是费力不讨好的画工行为。只有画工、化工融为一体,方能曲尽人情物理,创设"化境"。

第二,人物性格的白描入化说。兰陵笑笑生善于"以数笔勾出,脱手而神活现",颇具自然天成之美。借助于细节描写,生动形象地描画出人物丰富的内心世界及栩栩如生的性格特征,"如画"与"摹神"的完美融合而臻化境。潘金莲和李瓶儿都是后婚的老婆,色相上难分高下,但李瓶儿的富有是潘金莲难以比肩的,而且李瓶儿又生了儿子,所以,潘金莲的进一步失宠是自不待言的,故而在小说的第三十回,当看到众人堵在李瓶儿的房中时,潘金莲的内心彻底失衡:"耶哟哟,紧着热剌剌的挤了一屋子的人,也不是养孩子,都看着下象胆哩!"并对孟玉楼说这孩子不是西门庆的,还骂孙雪娥是"献殷勤的小妇奴才"。心理失衡到回房中,"自闭门户,向床上哭去了"。张竹坡连批"如画""白描""文字垛花之妙如此"。②《金瓶梅》通过外在的叙述描写直指人物内心,所展现出来的人物独有的思想、品质、行为、习惯等竟至入木三分的地步,以至于难有其比。又如第三十一回,应伯爵当面夸奖西门庆的犀角是无价之宝:"这是水犀角,不是旱犀角。"张竹坡夹批道:"小人口角如画。""假在行,何处生活?"③第三十六回,当翟谦来信询问讨小之事办得如何,西门庆责骂自己不该将这件大事"忘死了",对不起翟谦。张竹坡批评道:"写小人之态如画。""写逢迎如画。"④

"直讲人情"的语言描写方是"白描中化工手",人物语言不需要夸饰,要的是毫不造作,不仅符合人物的个性,同时还能与故事的氛围相一致,如第二十五回,当来旺儿得知妻子宋蕙莲在花园与西门庆幽会,前去捉奸,不承想被西门庆当贼捉拿了,并被送到提刑所。"只见宋蕙莲云鬟撩乱,衣裙

---

① 爱新觉罗·裕瑞:《枣窗闲笔》,上海:上海古籍出版社,1984年,第292~294页。
② 刘辉、吴敢辑校:《会评会校金瓶梅》,香港:天地图书有限公司,1998年,第628~629页。
③ 刘辉、吴敢辑校:《会评会校金瓶梅》,香港:天地图书有限公司,1998年,第637页。
④ 刘辉、吴敢辑校:《会评会校金瓶梅》,香港:天地图书有限公司,1998年,第742~743页。

不整,走来厅上向西门庆跪下,说道:'爹,此是你干的营生!他好好进来寻我,怎把他当贼拿了?你的六包银子,我收着,原封儿不动,平白怎的抵换了?恁活埋人,也要天理。他为甚么?你只因他甚么?打与他一顿。如今拉着,送他那里去?'"宋蕙莲虽然与西门庆有染,但是在关键时刻,凭着其泼辣大胆的为人处世的方式,依仗着西门庆的宠爱,为其丈夫来旺儿讲人情。张竹坡夹批道:"直讲人情,妙。白描中化工手也。"①宋蕙莲的语言直白朴实,毫不做作,一是摆明事实,并直斥西门庆用拖刀计来陷害其丈夫伤天害理,天理难容;二是不加掩饰对丈夫的感情,丝毫不惧怕其主子或者骈夫的进一步迫害。"民不畏死,奈何以死惧之",后来的事实也证明,宋蕙莲的那一丝不泯的良心和理智终于战胜了对肉欲的渴求和虚荣心的满足,用上吊自杀的极端行为完成了对于这个病态社会的否定。

闲斋老人虽然对于《水浒传》《金瓶梅》的评价不够正确,但是在化工理论上还是提出了自己的主张:化工不仅要写形,还要传其神韵。

> 四大奇书,人人乐得而观之,余窃有疑焉……至《水浒》《金瓶梅》,诲盗诲淫,久干例禁。乃言者津津夸其章法之奇,用笔之妙,且谓其摹写人物事故,即家常日用、米盐琐屑,皆各穷神尽相,画工化工,合为一手,从来稗官无有出其右者。呜呼!其未见《儒林外史》一书乎……其书以功名富贵为一篇之骨:有心艳功名富贵而媚人下人者;有倚仗功名富贵而骄人傲人者;有假托无意功名富贵自以为高,被人看破耻笑者;终乃以辞却功名富贵,品地最上一层为中流砥柱。篇中所载之人,不可枚举,而其人之性情心术,一一活现纸上。读之者无论是何人品,无不可取以自镜。②

我们如果把闲斋老人的这段序言和小说第四回的回末总评加以对读,就能更好地理解其对于化工这一概念内涵的界定了。

> 关帝庙中小饮一席话,画工所不能画,化工庶几能之。开端数语尤其奇绝,阅者试掩卷细想,脱令自己操觚,可能写出开端数语?古人读杜诗"江汉思归客",再三思之不得下语,及观"乾坤一

---

① 刘辉、吴敢辑校:《会评会校金瓶梅》,香港:天地图书有限公司,1998年,第543页。
② 吴敬梓著,李汉秋辑校:《儒林外史会校会评本》,上海:上海古籍出版社,1984年,第763~764页。

腐儒",始叫绝也。①

第四回写范进和张静斋正在关帝庙商量,如何借其老师汤知县的名头来大办丧事,这时,一个"蜜蜂眼、高鼻梁、络腮胡子"的人走进来,自称是汤知县的相好,名叫严贡生,并叫家人摆上酒菜款待范进和张静斋。自吹自擂,说他是汤知县赞美的"从不晓得占人寸丝半粟"②的廉洁贡生。话未说完,家人来告知,其早晨关的那口猪的主人正在家里吵闹。小说以人物自己的言行,传神地刻画了一个横行乡里的无耻乡绅的形象。

第三,富于诗意的言语借助于事件进程的落差与内在悖反、形象与思想的乍合乍离,即使是不着一字,也自有诗情画意,如美国学者浦安迪曾指出,《金瓶梅》的第七十九回,西门庆从林太太家私通出来之后,"我们那位精疲力竭的情夫一步入街道,就被远接天际的一片寒气吞没了(早先的烟雾现在变成了冰冷的水汽),所有先前的热心和激情(读者的以及他的)此刻都化为'一天霜气,万籁无声'"。③

第三节 清代小说序跋与人物性格论

小说创作的核心是典型人物的塑造,清人已从宋、明两朝小说的传神论中跳脱出来,走到了传真的新阶段,而且在细节的传神背后,终于将性格论推向了小说理论的前台。而由金圣叹推出,毛宗岗、张竹坡、脂砚斋、戚蓼生等细化的从传神论到性格论的飞跃,实现了在人物形象塑造问题的认识上的一大突破。

一、金圣叹小说序跋与性格论

宋代的赵令畤和刘辰翁将东晋著名画家顾恺之创立的本用来评论美术作品的传神论引入小说人物形象的评析中,这是中国古代小说人物特征论的肇始。明代的小说理论评点家们进一步将小说人物塑造的方法具化为"以形传神",即通过外在的言行,活画出人物的品德、气质、性格乃至心

---

① 吴敬梓著,李汉秋辑校:《儒林外史会校会评本》,上海:上海古籍出版社,1984年,第66页。
② 吴敬梓:《儒林外史》,南京:江苏古籍出版社,1998年,第44页。
③ [美]浦安迪著,沈亨寿译:《明代小说四大奇书》,北京:中国和平出版社,1993年,第65页。

理;通过人物特定情境下的心理或状态的传达,以追求细节的真实和对人物性格整体性的把握,但还只是停留在对人物性格类型化的认知阶段,如容与堂本《水浒传》评点者叶昼在第二十四回总批中也品评道:"说淫妇便像个淫妇,说烈汉便像个烈汉,说呆子便像个呆子,说马泊六便像个马泊六,说小猴子便像个小猴子。"①

完成于明末的金圣叹水浒评点将人物的性格塑造作为小说创作的首要任务,和明末的叶昼相比,金圣叹的人物性格论不只是关注人物性格的个性化,同时也在关注人物性格的多元化和性格的矛盾性等问题。

> 或问:施耐庵寻题目写出自家锦心绣口,题目尽有,何苦定要写此一事?答曰:只是贪他三十六个人,便有三十六样出身,三十六样面孔,三十六样性格,中间便结撰得来。②

> 别一部书,看过一遍即休。独有《水浒传》,只是看不厌,无非为他把一百八个人性格都写出来。③

> 《水浒传》写一百八个人性格,真是一百八样。若别一部书,任他写一千个人,也只是一样;便只写得两个人,也只是一样。④

金圣叹在叶昼类型化性格论的基础上,进一步提出了典型人物性格的个性化问题,这一见解在当时颇具前瞻性。金圣叹认为,《水浒传》令人百看不厌的原因,并不完全有赖于故事本身的引人入胜,而更在于一系列性格鲜明的典型人物的塑造上。金圣叹的水浒评点多从人物的状貌、装束、声口、性情、气质、心地、胸襟等角度,揭示了他们不同的外在形象背后的不同的性格特征及独特的精神境界,如杨志的旧家子弟体,鲁智深的草莽气息,林冲的委曲求全,武松的刚猛不屈等。

> 《水浒传》只是写人粗卤处,便有许多写法。如鲁达粗卤是性急,史进粗卤是少年任气,李逵粗卤是蛮,武松粗卤是豪杰不受羁靮,阮小七粗卤是悲愤无说处,焦挺粗卤是气质不好。⑤

---

① 施耐庵、罗贯中著,凌赓、恒鹤、刁宁校点:《容与堂本水浒传》,上海:上海古籍出版社,1988年,第356页。
② 施耐庵著,金圣叹批评:《金圣叹批评本水浒传》,长沙:岳麓书社,2006年,第23~24页。
③ 施耐庵著,金圣叹批评:《金圣叹批评本水浒传》,长沙:岳麓书社,2006年,第25页。
④ 施耐庵著,金圣叹批评:《金圣叹批评本水浒传》,长沙:岳麓书社,2006年,第25~26页。
⑤ 施耐庵著,金圣叹批评:《金圣叹批评本水浒传》,长沙:岳麓书社,2006年,第27页。

> 前书写鲁达,已极丈夫之致矣;不意其又写出林冲,又极丈夫之致也。写鲁达又写出林冲,斯已大奇矣;不意其又写出杨志,又极丈夫之致也。是三丈夫也者,各自有其胸襟,各自有其心地,各自有其形状,各自有其装束……凭空撰出武都头一个人来……其(注:武松)胸襟则又非如鲁、如林、如杨者之胸襟也,其心事则又非如鲁、如林、如杨者之心事也,其形状结束则又非如鲁、如林、如杨者之形状与如鲁、如林、如杨者之结束也。①

金圣叹已然认识到了水浒英雄在面对被异化的社会时的进退失据的背后不仅包含一定的社会历史内容,而且应对进退之中尽显人物性格的复杂性和丰富性,同时人物性格的复杂性也铸就了《水浒传》的文学品格,如《水浒传》在塑造鲁达、林冲、杨志、武松等出身于军官的义士群像之时,"人有其性情,人有其气质,人有其形状,人有其声口"(《贯华堂第五才子书序三》)。

水浒群雄虽然都具有忠勇的个性,但是人物的性格因出身、教养、社会地位、经济状况和地域文化等诸多影响因子的不同而千差万别,小说主人公不过是按照生活的逻辑和性格的必然构成了小说情节的基本格局。作为一个艺术典型,其个性的复杂性已远超文字本身,"《水浒传》只是写人粗卤处,便有许多写法。如鲁达粗卤是性急,史进粗卤是少年任气,李逵粗卤是蛮,武松粗卤是豪杰不受羁靮,阮小七粗卤是悲愤无说处,焦挺粗卤是气质不好。"②如被鲁迅先生视为粗鲁一类的典型人物,鲁智深和武松又表现出精细的一面,如鲁智深大闹野猪林、拳打镇关西与武松醉打蒋门神等情节,故而金圣叹评论道:"鲁达自然是上上人物,写得心地厚实,体格阔大。论粗卤处,他也有些粗卤;论精细处,他亦甚是精细。然不知何故,看来便有不及武松处。想鲁达已是人中绝顶,若武松直是天神,有大段及不得处。"③金圣叹凭借着独有的艺术敏感,在鲁智深看似矛盾的一系列行为的背后看到了鲁智深忠勇的性格及支撑起这一系列行为的内在动因,"智深遇郑关西便打,遇小霸王便打,遇崔道成、丘小乙便打,遇泼皮张三、李四便打,遇解差董超、薛霸便打;遇金老儿便救,遇刘太公便救,遇林冲便救;遇

---

① 施耐庵著,金圣叹批评:《金圣叹批评本水浒传》,长沙:岳麓书社,2006 年,第 553~554 页。
② 施耐庵著,金圣叹批评:《金圣叹批评本水浒传》,长沙:岳麓书社,2006 年,第 27 页。
③ 施耐庵著,金圣叹批评:《金圣叹批评本水浒传》,长沙:岳麓书社,2006 年,第 26 页。

李忠便偷酒器,遇史进便送酒器,生杀予夺,极有分晓,不徒恃拔柳之力"。① 鲁智深虽性格粗鲁,但面对大义,敢作敢为,勇而有谋,胸中自有一番丘壑。金圣叹凝练了独一无二的鲁智深的多元化的性格特征:以厚实的心地为基点,以忠勇的品性为内核,集粗鲁与精细于一身,故而对于鲁智深的暴力行为不仅没有指斥,反而非常欣赏,如《水浒传》第二回写鲁智深拳打镇关西的威风八面:"望小腹上只一脚,腾地踢倒在当街上。""只一拳,正打在鼻子上。""只一拳,打得眼棱缝裂。""又只一拳,太阳穴上正着。"动作虽然暴力,但是也写出了鲁智深神勇无敌、豪迈自信的英雄气概,为此,金圣叹不仅没有像其在第三十回《张都监血溅鸳鸯楼 武行者夜走蜈蚣岭》中评论武松杀人场面时从"杀第一个"一直数到"杀十五个","写得怕人"②;也不像第五十回《插翅虎枷打白秀英 美髯公误失小衙内》中李逵斧劈小衙内后的"令人吃惊"③,反而在小说的第二回夹批中兴奋地评点道:"一路鲁达文中,皆用只一掌、只一拳、只一脚,写鲁达阔绰,打人亦打得阔绰。"④

金圣叹认为,作为富有艺术魅力和深厚历史文化底蕴的高级艺术形态,文学典型不仅是现实生活中最具普遍性和代表性的生活方式的复合体,而且作为超越时代局限的艺术形象,他应该是一个在社会关系驱动下的圆融的具有立体性格的活力四射的人。

> 那妇人将酥胸微露,云鬓半軃,脸上堆着笑容,说道:"我听得一个闲人说道:叔叔在县前东街上养着一个唱的。敢端的有这话么?"(闲人者,何人也?叔叔养唱,嫂嫂却知,又是闲人说来,绝倒人也。叔叔三十四。)武松道:"嫂嫂休听外人胡说。武二从来不是这等人。"(写武二答语处,都有神威。)妇人道:"我不信,(三字绝倒。尔固嫂嫂也,信即奈何,不信又奈何哉?)只怕叔叔口头不似心头。(何劳嫂嫂害怕,绝倒。叔叔三十五。)"⑤
>
> 那妇人便笑将起来,(第三十八笑。以上通计三十八笑字,至

---

① 陈曦钟、侯忠义、鲁玉川辑校:《水浒传会评本》,北京:北京大学出版社,1981年,第174页。
② 施耐庵著,金圣叹批评:《金圣叹批评本水浒传》,长沙:岳麓书社,2006年,第660~665页。
③ 施耐庵著,金圣叹批评:《金圣叹批评本水浒传》,长沙:岳麓书社,2006年,第1126页。
④ 施耐庵原著,金圣叹评改,张国光校订、整理:《金圣叹评改本水浒》,武汉:华中理工大学出版社,1998年,第69页。
⑤ 施耐庵著,金圣叹批评:《金圣叹批评本水浒传》,长沙:岳麓书社,2006年,第501页。

此笑字结穴。老子云:不笑不足以为道也。)说道:"官人,休要罗唣!你真个要勾搭我?"西门庆便跪下道:"只是娘子作成小人!"那妇人便把西门庆搂将起来。(反书妇人搂起西门庆来,春秋笔法。第十分光完满具足。)当时两个就王婆房里,脱衣解带,无所不至。(此时不知武二已到东京否,武大炊饼已卖无否,读之一叹。)①

金圣叹敏锐地意识到,作为《水浒传》精心打造的三大淫妇之一,潘金莲对于小叔子武松的爱虽然有悖人伦,但是在爱情面前的那份卑微和小心却只能令人叹息,并不以现时拥有为目的的爱欲和逃离现实不幸婚姻的动机让潘金莲的行为有了一定的合理性,其所采取的水磨细工的背后是看似无尽的机会成本。与日日可以面对的小叔子不同的是,作为富商、帅哥、暖男的西门庆不过是其人生的过客,能否抓住,进而拯救其不幸的婚姻和人生,潘金莲的表现不够优雅,其猴急的行为模式背后显现了社会环境的变化及社会关系对于人物行为的影响。金圣叹的评点句句诛心,特别是针对"那妇人便把西门庆搂将起来"的那一句"春秋笔法"的议论,挑明了文本话语背后的情感倾向。

金圣叹的人物性格论首重人物动作、语言的个性化。金圣叹眼中的水浒英雄的性格都是在一定的社会关系中形成的,并通过人物的动作和语言,最终发展成为更具争议性、善恶更加难辨的人性原貌。人物鲜明的个性化特征往往通过一个个性化的动作就能很传神地表现出来,如色色绝倒的朴诚的李逵得知眼前的黑矮汉子确是他仰慕已久的宋江时,李逵更是立即"扑翻身躯便拜",金圣叹对此评点道:

李逵看着宋江问戴宗道:"哥哥,这黑汉子是谁?"(汉子黑,则呼之为黑汉子耳,岂以其衣冠济楚也而阿谀之。写李逵如画。)……(写拜亦复不同。'扑翻身躯'字,写他拜得死心搭地;'便'字,写他拜的更无商量。)②

相比较武松、李俊等拜宋江(第二十一回、第三十五回)的"纳头便拜",

---

① 施耐庵著,金圣叹批评:《金圣叹批评本水浒传》,长沙:岳麓书社,2006年,第533页。
② 施耐庵原著,金圣叹评改,张国光校订、整理:《金圣叹评改本水浒》,武汉:华中理工大学出版社,1998年,第814~815页。

李逵"扑翻身躯便拜"的这一五体投地的独有的动作固然显示了李逵的朴质、纯真,但同时也暴露了其性格中憨直和愚忠的一面。

金圣叹同时也注意到了水浒群雄并非如他的前辈李贽所钦定的那般忠义,水浒英雄性格的多面性充满着矛盾,他们固然武艺高强,替天行道,但同时又是残忍嗜杀的。读者都忘不了武松血洗鸳鸯楼的野蛮和恐怖,但大都忽略了李逵杀戮百姓的冷酷和暴力,正如夏志清先生评论《水浒传》时所言:"官府的不义不公,激发了个人的英雄主义的反抗;而众好汉结成的群体却又损害了这种英雄主义,它制造了比腐败官府更为可怕的邪恶与恐怖统治。"① 故而金圣叹特以晁盖的英雄仗义作为李逵的对立面加以标举:

> 众头领撇了车辆担仗,(细。)一行人尽跟了黑大汉,(妙绝。)直杀出城来。背后花荣、黄信、吕方、郭盛,四张弓箭,飞蝗般往后射来。那江州军民百姓谁敢近前。这黑大汉直杀到江边来,身上血溅满身,兀自在江边杀人。晁盖便挺朴刀,(四字写得义形于色。)叫道:"不干百姓事,休只管伤人!"(好晁盖。)那汉那里来听叫唤,一斧一个,排头儿砍将去。(又好黑大汉,真乃各成其事。)②

金圣叹同时也关注到了人物意蕴丰厚、含蓄隽永的个性化语言及背后的角色意识,"《水浒传》并无'之乎者也'等字,一样人,便还他一样说话,真是绝奇本事"。③ 性格不同,语言殊异,如率直坦荡的武松,"把哨棒倚了,(哨棒六。)叫道:'主人家,快把酒来吃。'"一句个性化的语言便将好酒的个性特征表露无遗:"好酒是武二生平,只此开场第一句,便如闻其声,如见其人。"④ 作为江湖艺人的圆通又小气的李忠在面对提辖鲁智深的时候,满口的江湖话极显谨慎小心,"待小子卖了膏药,讨了回钱,一同和提辖去"(小);"小人的衣饭,无计奈何。提辖先行,小人便寻将来——贤弟,你和提

---

① [美]夏志清著,胡益民、石晓林、单坤琴译,陈正发校:《中国古典小说史论》,南昌:江西人民出版社,2001年,第95页。
② 施耐庵著,金圣叹批评:《金圣叹批评本水浒传》,长沙:岳麓书社,2006年,第873页。
③ 施耐庵原著,金圣叹评改,张国光校订、整理:《金圣叹评改本水浒》,武汉:华中理工大学出版社,1998年,第25页。
④ 施耐庵著,金圣叹批评:《金圣叹批评本水浒传》,长沙:岳麓书社,2006年,第475页。

辖先行一步"(又照顾史进)。①

不同人物之间性格的映照衬托成为金圣叹小说评点的主要关注对象。金圣叹在其《读第五才子书法》中总结了施耐庵人物性格映照衬托的两个重要的方法,一是"背面铺粉法"。为凸显人物的性格特征,作者在创作过程中有意识地将不同性格的人物放在一起加以对比,如以杨雄的遇事糊涂、反应迟钝来反衬石秀的应对机敏、语言尖利;以李逵的朴直率真来反衬宋江的奸诈虚伪:"只如写李逵,岂不段段都是妙绝文字,却不知正为段段都在宋江事后,故便妙不可言。盖作者只是痛恨宋江奸诈,故处处紧接出一段李逵朴诚来,做个形击。其意思自在显宋江之恶,却不料反成李逵之妙也。"②"望着晁盖跪了一跪,(要知此跪非跪晁盖,正为宋江严命不敢不跪耳。跪了一跪,四字,不是写他肯跪,正是写他不肯拜也。与前文扑翻身躯便拜六字反对,妙绝。)说道:'大哥,休怪铁牛粗卤。'(杀得快活,便认粗卤,绝倒。)"③

　　要衬宋江奸诈,不觉写作李逵真率;要衬石秀尖利,不觉写作杨雄糊涂。④

　　写鲁达不顾事之不济,写武松必求事之必济。⑤

二是"绵针泥刺法"。通过一个人物前前后后的语言行动的反差对比,直指人物心灵世界的昨是今非,进而构建人物性格的复杂性,如宋江在行经梁山泊途中,花荣要打开宋江项上的木枷,宋江却说:"贤弟,是甚么话!此是国家法度,如何敢擅动!"(宋江假。于知己兄弟面前,偏说此话,于李家店、穆家庄,偏又不然,写尽宋江丑态。)⑥可在穆家庄,公人劝宋江开枷睡觉,宋江愉快接受。宋江这种性格前后反差的对比描写,隐约剖示其虚伪、权诈的丑陋嘴脸。

成功运用细节描写,真实的典型的细节,可以只是一句话,或是一个动作,一个眼神,或是一点想头,信手拈来,看似无关紧要,可有可无,但又不

---

① 施耐庵原著,金圣叹评改,张国光校订、整理:《金圣叹评改本水浒》,武汉:华中理工大学出版社,1998年,第43页。
② 施耐庵著,金圣叹批评:《金圣叹批评本水浒传》,长沙:岳麓书社,2006年,第27页。
③ 施耐庵著,金圣叹批评:《金圣叹批评本水浒传》,长沙:岳麓书社,2006年,第875页。
④ 施耐庵著,金圣叹批评:《金圣叹批评本水浒传》,长沙:岳麓书社,2006年,第30页。
⑤ 施耐庵著,金圣叹批评:《金圣叹批评本水浒传》,长沙:岳麓书社,2006年,第1279页。
⑥ 施耐庵著,金圣叹批评:《金圣叹批评本水浒传》,长沙:岳麓书社,2006年,第772页。

能随意替代。细节不仅能推动故事发展,还可以刻画人物性格,如金圣叹批《水浒传》第十四回,吴用游说三阮,有一细节:"阮家兄弟三个,只有阮小二有老小,阮小五、阮小七都不曾婚娶。四个人都在阮小二家后面水亭上坐定,阮小七宰了鸡。"对于这一细节,金圣叹认为这是作者通过这一琐屑之处,以小见大,刻画出阮小七的性格。金圣叹以夹批的方式评点道:"小二家自有阿嫂,却偏要小七动手宰鸡,何也?要写小七天性粗快,杀人手溜,却在琐屑处出,此见神妙之笔也。"①又如第二十三回,被武松以"篱牢犬不入"义正词严地教训了一番,而恼羞成怒的潘金莲输理不输嘴:"我是一个不戴头巾男子汉,叮叮当当响的婆娘!拳头上立得人,胳膊上走得马,人面上行得人!不是那等搠不出的鳖老婆!自从嫁了武大,真个蝼蚁也不敢入屋来!有甚么篱笆不牢,犬儿钻得入来?"(辞令妙品。淫妇有相,只看会说话者,即其人也。)②再如董平的箭壶上插着一面小旗:"英雄双枪将,风流万户侯。"金圣叹于第六十八回的夹批处评点道:"大处写不尽,却向细处描点出来。所谓颊上三毫,只是意思所在也。"③这一细节对于董平的性格具有传神写照的意义。

金圣叹在人物性格的塑造问题上更垂青于《水浒传》所表现出来的"似而不似"的美学品格。金圣叹的小说评点不仅讲究形似,还追求对于人物神韵的挖掘,随处可见的小说细节评点即已透露出金圣叹的小说性格理论。

> 江州城劫法场一篇,奇绝了;后面却又有大名府劫法场一篇;一发奇绝。潘金莲偷汉一篇,奇绝了;后面却又有潘巧云偷汉一篇,一发奇绝。景阳冈打虎一篇,奇绝了;后面却又有沂水县杀虎一篇,一发奇绝。真正其才如海。劫法场,偷汉,打虎,都是极难题目,直是没有下笔处,他偏不怕,定要写出两篇。④

《水浒传》中人的性格可谓同中有异,如武松与鲁智深,虽同为该出

---

① 施耐庵原著,金圣叹评改,张国光校订、整理:《金圣叹评改本水浒》,武汉:华中理工大学出版社,1998年,第202页。
② 施耐庵著,金圣叹批评:《金圣叹批评本水浒传》,长沙:岳麓书社,2006年,第508页。
③ 施耐庵原著,金圣叹评改,张国光校订、整理:《金圣叹评改本水浒》,武汉:华中理工大学出版社,1998年,第1008页。
④ 金圣叹:《读第五才子书法》,见施耐庵原著,金圣叹批评:《金圣叹批评本水浒传》,长沙:岳麓书社,2006年,第26页。

手时就出手的粗鲁型的典型人物,但是鲁智深只是一味在作,不仅不计成败,而且经常将自己陷入困境,而武松则精于算计。又如杨雄与石秀,即使同为粗豪型,但杨雄只是一味的粗豪,石秀则更见机心和精明。相较于《水浒传》,《红楼梦》在相似人物之间的区分上则更见精微,如秦可卿与尤三姐,王熙凤与小红,林黛玉与晴雯,薛宝钗与晴雯,人物之间的区别细微到无法用理性的言语作出准确的区分,而只能凭借读者细腻的阅读体验去感悟。

二、毛氏父子、张竹坡等小说序跋与性格论

康熙年间,中国古代小说理论迎来了它的一个快速发展期,毛氏父子、张竹坡、李渔、张潮等均能踵武前贤,并在金圣叹的小说理论基础上,提出了一些独创性的文学见解。

(一)毛氏父子小说序跋与性格论

康熙初年,毛宗岗与其父亲毛纶共同完成了对《三国演义》的修订与评点,他们关于性格论的理论主要集中在《读三国志法》一文中。"从小说美学的理论来看,毛宗岗的新的创造并不多。他的主要贡献,是把金圣叹小说美学中关于叙事方法(包括人物塑造的方法)的理论加以发挥,使之条理化,从而扩大了它们的社会影响。所以,在一定意义上可以说,毛宗岗是金圣叹小说美学的发挥者、推广者和宣传者"。①

毛氏父子的性格论主要集中在人物性格中道德范畴的"格",即通过渲染、夸张和虚构,凸显了以诸葛亮、关羽和曹操为代表的传奇人物的分属于智慧、忠义和奸雄等个人品格或政治节操,通过对最能体现人物本质特征的言行的突出与渲染,使之成为具有一定时代、一定族群所仰慕的精神品格的奇人,并最大限度地切合了同时代民众的审美诉求,虽然有悖于生活逻辑,以至于被鲁迅先生讥之为"至于写人,亦颇有失,以致欲显刘备之长厚而似伪,状诸葛之多智而近妖"。②

> 吾以为三国有三奇,可称三绝:诸葛孔明一绝也,关云长一绝也,曹操亦一绝也。历稽载籍,贤相林立,而名高万古者莫如孔明。其处而弹琴抱膝,居然隐士风流,出而羽扇纶巾,不改雅人深

---

① 叶朗:《中国小说美学》,北京:北京大学出版社,1982年,第120页。
② 鲁迅撰,郭豫适导读:《中国小说史略》,上海:上海古籍出版社,1998年,第87页。

致。在草庐之中，而识三分天下，则达乎天时；承顾命之重，而至六出祁山，则尽乎人事。七擒八阵，木牛流马，既已疑鬼疑神之不测，鞠躬尽瘁，志决身歼，仍是为臣为子之用心。比管、乐则过之，比伊、吕则兼之，是古今来贤相中第一奇人。历稽载籍，名将如云，而绝伦超群者莫如云长。青史对青灯，则极其儒雅；赤心如赤面，则极其英灵。秉烛达旦，传其大节，单刀赴会，世服其神威。独行千里，报主之志坚，义释华容，酬恩之谊重。作事如青天白日，待人如霁月光风。心则赵忭焚香告帝之心，而磊落过之；意则阮籍白眼傲物之意，而严正过之：是古今来名将中第一奇人。历稽载籍，奸雄接踵，而智足以揽人才而欺天下者莫如曹操。听荀彧勤王之说而自比周文，则有似乎忠；黜袁术僭号之非而愿为曹侯，则有似乎顺；不杀陈琳而爱其才，则有似乎宽；不追关公以全其志，则有似乎义。王敦不能用郭璞，而操之得士过之；桓温不能识王猛，而操之知人过之。李林甫虽能制禄山，不如操之击乌桓于塞外；韩侂胄虽能贬秦桧，不若操之讨董卓于生前。窃国家之柄而姑存其号，异于王莽之显然弑君；留改革之事以俟其儿，胜于刘裕之急欲篡晋：是古今来奸雄中第一奇人。①

毛氏父子欣赏《三国演义》以"三奇"为代表的类型化人物，只是因为他们或是代表了传统道德和理想政治的力量，或是证明了人类自身难以根除的卑下的权势欲、贪欲和情欲。作者几乎将历代阴谋家、野心家的种种恶德都集中在曹操一人身上了。曹操用尽了机诈权谋，在短短的几十年时间里就爬上了司空、丞相、魏公、魏王的高位，成为当时北方中国的实际统治者，而这一切都不幸地证明了卑下的情欲、贪欲和权势欲已然成了历史发展的动力，阴谋和权术早已成了权力场的宠儿，成了政治舞台上的支配力量。魏胜蜀败的历史悲剧也恰恰说明机诈权谋战胜了道德和正义，黑暗现实粉碎了人们对清明政治的幻想。尽管作者衷心拥护道德和正义，但是作者塑造了这些代表理想政治和传统道德的类型人物的目的，正是为了诠释历史发展的非道德性，阐明理想被现实粉碎的必然性。

毛氏父子已经充分认识到，《三国演义》固然追求以奇为美，但是已悄

---

① 毛宗岗：《读三国志法》，见罗贯中著，毛宗岗批评：《毛宗岗批评本三国演义》，长沙：岳麓书社，2006年，第10～11页。

然完成了人物由类型的普遍性到典型的特殊性的转变及人物性格的两面性,如在小说的第四十一回,以长厚著称的刘备携民渡江,目睹百姓惨状,欲投江而死。对于刘备的行事动机,毛氏父子在夹批中讥讽道:"玄德之欲投江与曹操之买人心一样,都是假处。然曹操之假,百姓知之;玄德之假,百姓偏不以为假。虽同一假也,而玄德胜曹操多矣。"①再如第五十五回,刘备与孙夫人逃离东吴,在前有拦截之兵、后有追赶之将的情况下,刘备在夫人面前请死。毛氏父子夹批道:"前在丈母面前请死,今又在夫人面前请死,此是从来妇人吓丈夫妙诀,不意玄德亦作此态。诈甚,妙甚。"②

《三国演义》中典型人物多重性格的成功塑造,主要得力于作家善于选取富有表现力的独特的行为和因动机、立场不同而难以简单地以善恶对错来评说的故事情节,如第十七回,曹操引兵攻打袁术,因粮食接济不及,命仓官王垕以小斛散粮,引起士兵不满,曹操借王垕之头以平息众怒。在攻打张绣途中,曹操所乘之马践踏麦田,曹操依律当斩,借发代首警示三军。对此,毛宗岗批道:"曹操一生,无所不用其借:借天子以令诸侯;又借诸侯以攻诸侯。至于欲安军心,则他人之头亦可借;欲申军令,则自己之发亦可借。借之谋愈奇,借之术愈幻,是千古第一奸雄。"③又如第三十回,曹操与袁绍相持既久,粮草已尽,当许攸星夜来投时,曹操表现得极为精彩,作者描写得可谓生动之极,这就完全不是类型化的用笔。小说写曹操正在解衣歇息,忽听许攸私奔来投,当时"大喜","不及穿履,跣足出迎",老远见到许攸时就"抚掌欢笑",并"携手共入",然后就"先拜于地",使得许攸受宠若惊,慌忙将其扶起,并问道:"公乃汉相,吾乃布衣,何谦恭如此?"曹操回答说:"公乃操故友,岂敢以名爵相上下乎!"这里将曹操的性格和心理表现得淋漓尽致。热情与诡谲、殷勤与期待、真诚与奸诈等心理因素十分微妙地交织在一起。尤其当许攸问及"军粮尚有几何"时,曹操一再谎言相告,当许攸揭穿其老底时,操亦笑曰:"岂不闻'兵不厌诈'?"特别是袭击乌巢的军事行动展开以后,"操大喜,重待许攸,留于寨中。(留许攸于寨中,是曹操

---

① 陈曦钟、宋祥瑞、鲁玉川辑校:《三国演义会评本》,北京:北京大学出版社,1986年,第516页。
② 陈曦钟、宋祥瑞、鲁玉川辑校:《三国演义会评本》,北京:北京大学出版社,1986年,第681页。
③ 罗贯中著,毛宗岗批评:《毛宗岗批评本三国演义》,长沙:岳麓书社,2006年,第127页。

精细处)"。① 再如第五十回,写到曹操在赤壁大败,从华容道脱险,入南郡安歇。"曹仁置酒与操解闷。众谋士俱在座。操忽仰天大恸。宜哭反笑,宜笑反哭,奸雄哭笑,与人不同。众谋士曰:'丞相于虎窟中逃难之时,全无惧怯;今到城中,人已得食,马已得料,正须整顿军马复仇,何反痛哭?'操曰:'吾哭郭奉孝耳!若奉孝在,决不使吾有此大失也!'遂捶胸大哭曰:'哀哉,奉孝!痛哉,奉孝!惜哉,奉孝!'(哭死的与活的看,奸甚。周郎知二蔡之诈,并非有人往江北探来。曹操信黄盖之真,自是有人到江东报去。拾伪书之蒋干,有谁请到江东?献连环之士元,问孰引归江北?不当哭郭嘉,还该笑自己。赘评:当哭处笑,当笑处哭;活人不说,只说死人。大奸大奸。渔评:当哭处笑,当笑处哭;活人不说,只说死人,奸真是可爱。)众谋士皆默,然自惭。"②毛宗岗批道:"曹操前哭典韦,而后哭郭嘉,哭虽同而所以哭则异。哭典韦之哭,所以感众将士也;哭郭嘉之哭,所以愧众谋士也。前之哭胜似赏,后之哭胜似打。不谓奸雄眼泪,既可作钱帛用,又可作梃杖用。奸雄之奸,真是奸得可爱。"③

阳谋与阴谋的交错运用,在丰满了人物性格的同时,也雄辩地证明了《三国演义》塑造的人物绝不只是类型的普遍性。上述案例中的曹操的性格同为奸诈,但有的可恶,有的可爱。曹操在不同情境下的不同反应,恰恰说明了他是一个有血有肉的复杂的性格统一体,而不只是道德信条和政治理念的衍生物或代言人。另如《三国演义》第二十五回,写关羽徐州失败后,落入曹操之手,两人之间一系列的微妙互动,使双方的性格都得到了充分的表现,故而毛宗岗在第二十六回的回前评中指出,《三国演义》"以豪杰折服奸雄""以奸雄敬爱豪杰"的写法比起一般小说的"以豪杰折服豪杰""以豪杰敬爱豪杰"的写法来,更见良工心苦:

> 曹操一生奸伪,如鬼如蜮,忽然遇着堂堂正正、凛凛烈烈、皎若青天、明若白日之一人,亦自有珠玉在前,觉吾形秽之愧,遂不觉爱之敬之,不忍杀之。此非曹操之仁有以容纳关公,乃关公之义有以折服曹操耳。虽然,吾奇关公,亦奇曹操。以豪杰折服豪

---

① 罗贯中著,毛宗岗批评:《毛宗岗批评本三国演义》,长沙:岳麓书社,2006年,第235~236页。
② 陈曦钟、宋祥瑞、鲁玉川辑校:《三国演义会评本》,北京:北京大学出版社,1986年,第629~630页。
③ 罗贯中著,毛宗岗批评:《毛宗岗批评本三国演义》,长沙:岳麓书社,2006年,第722页。

杰不奇，以豪杰折服奸雄则奇；以豪杰敬爱豪杰不奇，以奸雄敬爱豪杰则奇。夫豪杰而至折服奸雄，则是豪杰中有数之豪杰；奸雄而能敬爱豪杰，则是奸雄中有数之奸雄也。①

这些评语表明，毛宗岗不仅已然认识到典型性格的刻画有赖于典型情节和细节的选取，而且对于同一类型的性格有意识地加以区分。虽然《三国演义》在叙事上有着明晰的道德指向，离人性善恶区间的模糊表现还有着一定的距离，但是已经很接近现代的典型人物的美学观念。如第三十五回，写刘备在察觉刘表的杀机之后即速出逃，赵云闻讯赶来追寻，迎面与因追捕刘备未得而回城的蔡瑁相遇，毛宗岗在回前评中批道："赵云在襄阳城外，檀溪水边，接连几个转身，不见玄德，可谓急矣。若使翼德处此，必杀蔡瑁；若使云长处此，纵不杀蔡瑁，必拿住蔡瑁，要在他身上寻还我兄，安肯将蔡瑁轻轻放过，却自寻到新野，又寻到南漳乎？三人忠勇一般，而子龙为人又极精细而极安顿。一人有一人性格，各各不同，写来真是好看。"②

在人物塑造的方法问题上，毛宗岗认为"正衬"比"反衬"更具艺术效果："文有正衬，有反衬。写鲁肃老实以衬孔明之乖巧，是反衬也。写周瑜乖巧以衬孔明之加倍乖巧，是正衬也。譬如写国色者，以丑女形之而美，不若以美女形之而觉其更美。写虎将者，以懦夫形之而勇，不若以勇夫形之而觉其更勇。读此可悟文章相衬之法。"③

毛宗岗同时还认为，小说塑造人物形象，矛盾冲突越尖锐激烈，就越能显示出人物鲜明的性格。《三国演义》的作者善于从尖锐激烈的矛盾斗争中刻画人物形象，如在东吴的国家利益和个人私愤之间，周瑜竟然一错再错，不仅为蜀吴联盟埋下了隐患，而且最终搭上了自己的性命，故而在第五十六回的回前评中，毛宗岗评论道："周瑜之欲杀玄德者三矣：诱令犒师江上，一也；诱使就婚南徐，二也；刘郎浦之追，三也。其欲杀孔明者亦三也：先使断粮，是欲令曹操杀之也，一也；继使造箭，是欲自以军令杀之也，二也；七星坛之遣将，是不以军令，而直欲以无罪杀之也，三也。彼有三杀，此

---

① 罗贯中著，毛宗岗批评：《毛宗岗批评本三国演义》，长沙：岳麓书社，2006年，第198页。
② 罗贯中著，毛宗岗批评：《毛宗岗批评本三国演义》，长沙：岳麓书社，2006年，第273～274页。
③ 罗贯中著，毛宗岗批评：《毛宗岗批评本三国演义》，长沙：岳麓书社，2006年，第355页。

有三气,亦相报之道宜然耳。况以气报杀,以一报两,报之犹为厚矣。"①

(二)张竹坡小说序跋与性格论

上承金圣叹,下启戚蓼生,康熙三十四年(1695),张竹坡在徐州的家中写下了令其名垂青史的超过十万字的《金瓶梅》评点。张竹坡在其《金瓶梅》评点中以"传神"说、"以形写神"为其"性格"论的高标,认为作者善于"为众脚色摹神""现各色人等"。② 而事实上,张竹坡小说理论方面的建树更多体现于《竹坡闲话》《金瓶梅寓意说》《苦孝说》《第一奇书非淫书论》《冷热金针》《批评第一奇书金瓶梅读法》《杂录小引》等中。

张竹坡的人物性格论和金圣叹、毛氏父子的小说理论有诸多共通之处,如强调个性化的语言动作对人物性格和故事冲突的表现,如第三十九回《寄法名官哥穿道服 散生日敬济拜冤家》,看其夹批曰:"前子平即有子平诸话头,相面便有风鉴的话头,今又撰一疏头,逼真如画。文笔之无微不出,所以为小说之第一也。"③张竹坡也讲求在人物的彼此关系中刻画人物,借助于事件中人物的不同反应,运用对比或类比手法,将人物写得各具面目,如在西门庆、宋惠莲和潘金莲的三角关系中,三人各怀心思,如第二十六回回评中"观惠莲甘心另娶一人与来旺,自随西门而必不忍致之远去。夫远去且不甘,况肯毒死气死之哉?虽其死,总由妒宠不胜而死,而其本心又比金莲、瓶儿差胜一等。又作者反衬二人也"。"惠莲本意无情西门,不过结识家主为叨贴计耳,宜乎不甘心来旺之去也。文字俱于人情深浅中一一讨分晓,安得不妙"?④ 又如第六十三回和第六十四回,整整两回文字写李瓶儿出殡,而祭祖却只见于第四十八回《弄私情戏赠一枝桃 走捷径探归七件事》中的几行文字,西门庆忘恩负义的嘴脸一看便知。在祭祖一节中,作者又重点描写了潘金莲和陈敬济之间的调情和戏谑,乱伦之举被镶嵌在隆重的祭祖场面里。对此,清末文评家文龙评点道:"此回上坟,为西门氏一件正经大事……试观外而亲戚朋友,内而妻妾奴婢,又夹杂四优四娼,大锣大鼓,大酒大肉,写得如火如花。极其热闹,可谓盛矣。乃如此大排场,不闻有起敬起孝,足以动人观瞻者,轻轻以潘金莲、陈敬济调情作结,

---

① 罗贯中著,毛宗岗批评:《毛宗岗批评本三国演义》,长沙:岳麓书社,2006年,第804~805页。
② 张竹坡:《批评第一奇书金瓶梅读法》,见秦修容整理:《金瓶梅会评会校本》,北京:中华书局,1998年,第1507页。
③ 刘辉、吴敢辑校:《会评会校金瓶梅》,香港:天地图书有限公司,1998年,第793页。
④ 刘辉、吴敢辑校:《会评会校金瓶梅》,香港:天地图书有限公司,1998年,第540页。

读之不觉失笑。作者之意,亦以上辱西门庆之祖宗,下杀西门庆之子孙,即潘金莲一淫妇也。"①

张竹坡人物性格论中的"情理说"是中国古代小说人物塑造理论的重大进步,是对传统的形神论、叶昼的情理说和金圣叹"因文生事说"的补充和发展。

叶昼是情理说的首倡者,"情理"二字出现在《水浒传》第九十七回回末总评:"《水浒传》文字不好处,只在说梦、说怪、说阵处;其妙处,都在人情物理上。人亦知之否?"②但何为情理,作为孤例,叶昼的评点有语焉不详之嫌。

张竹坡的"情理说"首先界定了情理的内涵和外延,"做文章不过是情理二字。今做此一篇百回长文,亦只是情理二字。于一个人心中,讨出一个人的情理,则一个人的传得矣"。③

张竹坡对于人物情感的洞察秋毫确有过人之处。张竹坡强调人物的言行要合乎人情物理,张竹坡认为,为了加强故事的真实感和情节的生动性,细节描写不仅要能够"摹神肖影,追魂取魄"④,"看他平空撰出两付对联,一个疏头,却使玉皇庙是真庙,吴道官、西门庆等俱是活人,妙绝之笔"⑤,"一路开口一串铃,是金莲的话,作瓶儿不得,作玉楼、月娘、春梅亦不得,故妙"⑥,而且即使情节相犯,也要如横云断岭,横桥锁溪,于错综变化的行文中尽显浑然天成,犯而不犯,"又娇儿色中之财,看其在家管库,临去拐财可见。王六儿财中之色,看其与西门交合时,必云做买卖,骗丫头房子,说合苗青,总是借色起端也"。⑦ "如写一伯爵,更写一希大,然毕竟伯爵是伯爵,希大是希大,各自的身分,各人的谈吐,一丝不紊。写一金莲,更写一瓶儿,可谓犯矣,然又始终聚散,其言语举动又各各不乱一丝。写一王

---

① 文龙:《金瓶梅回评》,见黄霖编:《金瓶梅资料汇编》,北京:中华书局,1987年,第459页。
② 施耐庵、罗贯中著,凌赓、恒鹤、刁宁校点:《容与堂本水浒传》,上海:上海古籍出版社,1988年,第1426页。
③ 张竹坡:《批评第一奇书金瓶梅读法》,见刘辉、吴敢辑校:《会评会校金瓶梅》,香港:天地图书有限公司,1998年,第2122页。
④ 张竹坡:《批评第一奇书金瓶梅读法》,见刘辉、吴敢辑校:《会评会校金瓶梅》,香港:天地图书有限公司,1998年,第2126页。
⑤ 刘辉、吴敢辑校:《会评会校金瓶梅》,香港:天地图书有限公司,1998年,第787页。
⑥ 刘辉、吴敢辑校:《会评会校金瓶梅》,香港:天地图书有限公司,1998年,第1210页。
⑦ 张竹坡:《批评第一奇书金瓶梅读法》,见刘辉、吴敢辑校:《会评会校金瓶梅》,香港:天地图书有限公司,1998年,第2115页。

六儿,偏又写一贲四嫂;写一李桂姐,偏又写一吴银姐、郑月儿;写一王婆,偏又写一薛媒婆、一冯妈妈、一文嫂儿、一陶媒婆;写一薛姑子,偏又写一王姑子、刘姑子,诸如此类,皆妙在特特犯手,却又各各一款,绝不相同也"。①

而张竹坡"情理说"的机窍尤在于细节描写对于人物心理的表现。张竹坡认为,作家不仅要从人情出发来塑造人物,还要从每一个人自身的情理出发,深入内心深处,从而表现人性的丰富性和复杂性。这种丰富性和复杂性必须建立在"人情"的基础上,如第六十二回李瓶儿之死,张竹坡的评点关注最多的首当是不同人物各种哭态下的不同心态:

疏略浅深,一时皆见。至于瓶儿遗嘱,又是王姑子、如意、迎春、绣春、老冯、月娘、西门、娇儿、玉楼、金莲、雪娥,不漏一人,而浅深恩怨皆出。其诸人之亲疏厚薄浅深,感触心事,又一笔不苟,层层描出。文至此,亦可云至矣。看他偏有余力,又接手写其死后西门庆大哭一篇。且偏更于其本命灯绝后,预先写其一番哭泣,不特瓶儿、西门哭,直写至西门与月娘哭,岂不大奇?至其一死,独写西门一人大哭,真声泪俱出;又写月娘之哭,又写众人之哭,又接写西门之再哭,又接写月娘之不哭,又接写西门之前厅哭,又写哭了又哭,然后将"鸡就叫了"一句顿住,便使一时半夜人死喧闹,以及各人言语心事并各人所做之事,一毫不差,历历如真有其事。②

又如第四回,《金瓶梅》此段故事的文字和《水浒传》大致相同,但金圣叹关注的是人物的神态,张竹坡关注的是人物的心态。其回前评云:

"带笑"者,脸上热极也;"笑着"者,心内百不是也;"脸红了微笑"者,带三分惭愧也;"一面笑着低声"者,更忍不得痒极了也;"一低声笑"者,心头小鹿跳也;"笑着不理他"者,火已打眼内出也;"踢着笑"者,半日两腿夹紧,至此略松一松也;"笑将起来"者,则到此真个忍不得也。③

---

① 张竹坡《批评第一奇书金瓶梅读法》,见刘辉、吴敢辑校:《会评会校金瓶梅》,香港:天地图书有限公司,1998 年,第 2123 页。
② 刘辉、吴敢辑校:《会评会校金瓶梅》,香港:天地图书有限公司,1998 年,第 1231 页。
③ 刘辉、吴敢辑校:《会评会校金瓶梅》,香港:天地图书有限公司,1998 年,第 135 页。

又如第三十二回、第五十九回对官哥拨浪鼓的细节描写,张竹坡给予了很高的评价:"官哥弥月,薛太监贺喜之博浪鼓,却是后文瓶儿所睹而哭官哥之物。天下事吉凶倚伏本是如此,又不特文字穿插伏线之巧也。"①"博浪鼓一结。小小物事用入文字,便令无穷血泪皆向此中洒出,真是奇绝文字。"②

为了使小说中的人物合乎情理,张竹坡要求作者不仅要在创作时化身为他的描写对象,"凡有描写,莫不各尽人情","作《金瓶》者,必曾于患难穷愁、人情世故,一一经历过,入世最深,方能为众脚色摹神也","于一个心中讨出一个人的情理,则一个人的传得矣"③,如"老冯,瓶儿之奶娘也,一旦得王六儿之些须浸润,遂弃瓶儿如路人。写此等人,真令其心肺皆出"。④还要强调环境对人物性格养成的影响也要合乎情理,处处体现人情天理:"王招宣府内,固金莲旧时卖入学歌学舞之处也。今看其一腔机诈,丧廉寡耻,若云本自天生,则良心为不可必,而性善为不可据也。吾知其自二三岁时,未必便如此淫荡也。使当日王招宣家,男敦礼义,女尚贞廉,淫声不出于口,淫色不见于目,金莲虽淫荡,亦必化而为贞女。奈何堂堂招宣,不为天子招服远人,宣扬威德,而一裁缝家九岁女孩至其家,即费许多闲情教其描眉画眼,弄粉涂朱,且教其做张做致,乔模乔样。"⑤

三、戚蓼生小说序跋与性格论

在抄本和刊本阶段,清人为《红楼梦》作序跋者有戚蓼生、梦觉主人、张新之、五桂山人、鸳湖月痴子、紫琅山人、孙桐生、程伟元、高鹗、刘铨福等,虽视角不同,但都具有一定的理论价值,其中,尤以戚蓼生的序跋最具创见。戚蓼生对于宝黛与众不同的思想感情、思维方式及内心世界的独家解读,充分显现了作为小说理论家的独特眼光和远见卓识。在18世纪后期,当西方文论界还停留在典型即特征的时候,戚蓼生在人物性格论上能独具只眼,洵是难得。

---

① 刘辉、吴敢辑校:《会评会校金瓶梅》,香港:天地图书有限公司,1998年,第655页。
② 刘辉、吴敢辑校:《会评会校金瓶梅》,香港:天地图书有限公司,1998年,第1178页。
③ 朱一玄编:《金瓶梅资料汇编》,天津:南开大学出版社,2002年,第434页。
④ 刘辉、吴敢辑校:《会评会校金瓶梅》,香港:天地图书有限公司,1998年,第753页。
⑤ 张竹坡:《批评第一奇书金瓶梅读法》,见刘辉、吴敢辑校:《会评会校金瓶梅》,香港:天地图书有限公司,1998年,第2117页。

吾闻绛树两歌,一声在喉,一声在鼻;黄华二牍,左腕能楷,右腕能草。神乎技矣!吾未之见也。今则两歌而不分乎喉鼻,二牍而无区乎左右,一声也而两歌,一手也而二牍,此万万所不能有之事,不可得之奇,而竟得之《石头记》一书。嘻!异矣。夫敷华掞藻、立意遣词,无一落前人窠臼,此固有目共赏,姑不具论;第观其蕴于心而抒于手也,注彼而写此,目送而手挥,似谲而正,似则而淫,如《春秋》之有微词、史家之多曲笔。试一一读而绎之:写闺房则极其雍肃也,而艳冶已满纸矣;状阀阅则极其丰整也,而式微已盈睫矣;写宝玉之淫而痴也,而多情善悟不减历下琅琊;写黛玉之妒而尖也,而笃爱深怜不啻桑娥石女。他如摹绘玉钗金屋,刻画芗泽罗襦,靡靡焉几令读者心荡神怡矣,而欲求其一字一句之粗鄙猥亵,不可得也。盖声止一声,手止一手,而淫佚贞静、悲戚欢愉,不啻双管之齐下也。噫!异矣。其殆稗官野史中之盲左、腐迁乎?①

戚蓼生的人物性格论超越了李贽和金圣叹的"似而不似"理论,"写宝玉之淫而痴也,而多情善悟不减历下琅琊",笔锋所向,直指人性善恶区间的模糊性,红楼人物有机浑融的多重性格几乎到了难以一一剥离辨析的地步。在曹雪芹笔下,小说不再以新奇的事件叙写为最终旨归,人性成了小说叙事的中心。贾宝玉似乎是一个淫痴之人,与现实社会、政治格格不入,既不能为社会所用,又无力挽救家国颓败的命运。一生为多事所误,而多事几乎都来自他的好色。因好色之心而生痴迷之情,因痴迷之情而生执着之念。因执着之念,被和尚当头棒喝:"粉渍脂痕污宝光,绮栊昼夜困鸳鸯。沉酣一梦终须醒,冤孽偿清好散场。"②然而,贾宝玉能以平等的姿态去面对身边的仆从,如第十九回行间批以囫囵难解的"情不情"和"情情"③指说贾宝玉、林黛玉,结合甲戌本第八回眉批就不难理解"情不情"的准确内涵了:"按警幻情榜,宝玉系'情不情'。凡世间之无知无识,彼俱有一痴情去体贴。今加'大醉'"二字于石兄,是因问包子、问茶、顺手掷杯、问茜

---

① 戚蓼生:《石头记序》,见曹雪芹:《戚蓼生序本石头记》卷首,北京:人民文学出版社,1975年。
② 曹雪芹著,冯其庸重校评批:《瓜饭楼重校评批红楼梦》,沈阳:辽宁人民出版社,2005年,第402页。
③ 曹雪芹:《脂砚斋重评石头记》,北京:人民文学出版社,1975年,第417页。

雪、撵李嬷,乃一部中未有第二次事也。袭人数语,无言而止,石兄真大醉也。余亦云实实大醉也。难辞碎闹,非薛蟠纨袴辈可比!"①

请看此回中,闺中儿女,能作此等豪情韵事,且笔下各能自尽其性情,毫不乖舛,作者之锦心绣口,无庸赘渎。其用意之深,奖劝之勤,读此文者,亦不得轻忽戒之。②

戚蓼生人物性格论关于红楼人物多重文化身份的确认,再次将中国古代小说创作推向写人的新阶段。与戚序本几乎同时的庚辰本在第十九回夹批中借批评贾宝玉,也谈及了人性的模糊性问题:

这皆宝玉意中心中确实之念,非前勉强之词,所以谓今古未(见)之一人耳。听其囫囵不解之言,察其幽微感触之心,审其痴妄委婉之意,皆今古未见之人,亦是未见之文字。说不得贤,说不得愚,说不得不肖;说不得善,说不得恶;说不得正大光明,说不得混账恶赖;说不得聪明才俊,说不得庸俗平(凡);说不得好色好淫,说不得情痴情种。恰恰只有一颦儿可对,令他人徒加评论,总未摸着他二人是何等脱胎,何等骨肉。③

人性善恶区间模糊性的传达虽被戚蓼生礼赞为"未见之文字",但《红楼梦》的伟大恰恰在于创新之中又有对文学遗产的嬗变式继承。《红楼梦》不仅继承了史传文学的实录精神,如第一回的"实录其事","故将真事隐去,而借通灵之说,撰此《石头记》一书也","追踪蹑迹,不敢稍加穿凿,徒为哄人之目,而反失其真传者"④,而且对于史传文学惯用的春秋笔法也广有吸纳,如从妒中写情,从痴中写悟。小说回目之中已然透出红楼一众女子为情而生,然亦终生为情所困的人生悲剧情由,如第二十一回《贤袭人娇嗔箴宝玉 俏平儿软语救贾琏》,第二十六回《蜂腰桥设言传心事 潇湘馆春困发幽情》,第三十一回《撕扇子作千金一笑 因麒麟伏白首双星》,第四十六回《尴尬人难免尴尬事 鸳鸯女誓绝鸳鸯侣》,第六十二回《憨湘云醉眠芍药裀 呆香菱情解石榴裙》,第六十八回《苦尤娘赚入大观园 酸凤姐闹翻宁国

---

① 曹雪芹:《脂砚斋甲戌抄阅再评石头记》,上海:上海古籍出版社,1985年,第124页。
② 曹雪芹:《戚蓼生序本石头记》,北京:人民文学出版社,1975年,第1425页。
③ 曹雪芹:《脂砚斋重评石头记》,北京:人民文学出版社,1975年,第417页。
④ 曹雪芹:《戚蓼生序本石头记》,北京:人民文学出版社,1975年,第9页,第1页,第10页。

府》,第六十九回《弄小巧用借剑杀人 觉大限吞生金自逝》等。一众小女子身美心俏,如平儿,之所以名为平儿,恰因为其处事公平,然一旦心系贾琏,软语之下尽失公平。又如林黛玉,至慧至明,然一旦身陷爱情罗网,明知如飞蛾扑火,也绝不瞻顾。虽然癞头和尚的话语听起来似乎是莫名其妙,但是细思起来,林黛玉一生心累神疲,恰缘于其慧性灵根,生发无限烦恼。"无论海角与天涯,大抵心安即是家":"那一年,我才三岁时,听得说来了一个癞头和尚,奇奇怪怪,一至于此。通部中假癞僧跛道二人点明情痴幻海,说要化我去出家。我父母因不从他,又说,既舍不得他,只怕他的病一生也不能好的。若要好时,除非从此以后,总不许见哭声,爱哭的偏写出有人不教哭。除父母之外,凡有外姓亲友之人,概不见,方可平安了此一世。"①林黛玉临死之前嘱咐紫鹃,自己的身子是清白的,务必尸骸还乡。可是,如果林黛玉心也清白,能一生不为情所困,能作到不为外物所役使,何至于身丧异乡?故而,戚序本第十二回回后总评云:

> 儒家正心,道者炼心,释辈戒心,可见此心无有不到,无不能入者。独畏其入于邪而不反,故用心炼戒以缚之。请看贾瑞一起念,及至于死,专诚不二,虽经两次警教,毫无翻悔,可谓痴子,可谓愚情。相乃可思,不能相而独欲思,岂逃倾颓?作者以此作一新样情种,以助解者生笑,以为痴者设一棒喝耳!②

"情之所钟,正在我辈",但如果因爱生痴,又因爱生妒,那么众生又怎能达到肉体和神魂安妥的境地?"可谓痴子,可谓愚情",不仅骂倒贾瑞,天下苍生又有几人能逃脱这八个字的牢笼?

戚蓼生的人物性格论更注重作家的个体生命经验对于小说创作的重大影响。"第观其蕴于心而抒于手也,注彼而写此,目送而手挥",曹家两次被抄家的命运偶然性引发了曹雪芹对于命运悲剧必然性的思考,作为自我精神救赎的《红楼梦》,其背后隐藏的是曹雪芹多年来所承受的生命苦难及对生活本质的探求,而其固守的观念决定着他的情感和心态,也制约着他的创作。贾宝玉悲剧的人生有历史的宿命,更多的还是时代与人生的偶然性,就在这诸多因素的共同作用下,有着曹雪芹心灵印记的贾宝玉独自品

---

① 曹雪芹:《戚蓼生序本石头记》,北京:人民文学出版社,1975 年,第 86 页。
② 曹雪芹:《戚蓼生序本石头记》,北京:人民文学出版社,1975 年,第 430 页。

尝着这一杯"千红一窟""万艳同杯"。

> 至外篇《胠箧》一则,其文曰:"故绝圣弃知……"看至此,意趣洋洋,趁着酒兴,不禁提笔续曰:"焚花散麝,而闺阁始人含其劝矣;戕宝钗之仙姿,灰黛玉之灵窍,丧灭情意,而闺阁之美恶始相类矣。彼含其劝,则无参商之虞矣;戕其仙姿,无恋爱之心矣;灰其灵窍,无才思之情矣。彼钗、玉、花、麝者,皆张其罗而穴其隧,所以迷眩缠陷天下者也。"①

贾宝玉"焚花散麝""戕其仙姿""灰其灵窍"的奇想与庄子"绝圣弃知""殚残天下之圣法""毁绝钩绳而弃规矩"的思想一脉相承,一言以蔽之,就是要"回归自然""保全真性"。庚辰本第二十一回双行夹批脂砚斋评论道:"宝玉之情,今古无人可比,固矣。然宝玉有情极之毒,亦世人莫忍为者。"②贾宝玉的性格中本就充满着"非责任非使命非献身的自我中心的个人主义,非文化非社会非进取的性灵主义,天真的审美喜悦式的泛爱论与唯情论,充满了对死亡、分离、衰老等的预感、恐惧与逃避的颓废主义,善良、软弱,又对一切无能为力的消极人生态度"③,再加上经历了由富贵到贫贱的转变和太多的美好的灭亡,人生龃龉,万事全违,人生充满着变幻莫测,大观园成了贾宝玉最后的精神乐园和心灵栖息之地,然而大观园花果飘零的结局则意味着最后坚守的毁灭。在开悟之后,贾宝玉终于认识到了人生的真相——一切都是空的。一切的存在对于自己而言都不过是迷障,是应该舍弃的,警悟到一切的国家、社会、家庭都是空虚的躯壳,伦理、名教根本就是可疑的,故而第二十一回的眉批评论道:"宝玉续《庄》一段文字,真陷于情也,不可解也。至后三十二回因仕途经济之论,宝玉则于情陷中跃然而出矣。至后部宝玉悬崖撒手,则更脱然离尘矣。故此续虽以一时游戏笔墨,实先种其因也,实直贯结尾之文也。"④

戚蓼生人物性格论的第三板块是人物性格塑造过程中深婉幽峭的叙事风格。脂砚斋在第十八回行间批中议论道:"追魂摄魄,《石头记》传神摸

---

① 曹雪芹、高鹗著,王蒙评点:《红楼梦》,上海:上海文艺出版社,2005年,第195页。
② 曹雪芹:《脂砚斋重评石头记》,北京:人民文学出版社,1975年,第468页。
③ 王蒙:《红楼启示录》,北京:生活·新知·读书三联书店,1991年,第117页。
④ 曹雪芹著,冯其庸重校评批:《瓜饭楼重校评批红楼梦》,沈阳:辽宁人民出版社,2005年,第327页。

影,全在此等地方,他书中不得有此见识。"①戚蓼生在其《石头记序》中也说:"注彼而写此,目送而手挥,似谲而正,似则而淫,如《春秋》之有微词,史家之多曲笔。""写宝玉之淫而痴也,而多情善悟不减历下琅琊;写黛玉之妒而尖也,而笃爱深怜不啻桑娥石女。"

> 将一部全盘,点出几个,以陪衬宝玉,使宝玉从此倍偏倍痴,倍聪明,倍潇洒,亦非突如其来。作者真妙心妙口,妙笔妙人!②
> 此文线索在斗篷。宝琴翠羽斗篷,贾母所赐,言其亲也。宝玉红猩猩毡斗篷,为后雪披一衬也。黛玉白狐皮斗篷,明其弱也。李宫裁斗篷是哆啰呢,昭其质也。宝钗斗篷是莲青斗纹锦,致其文也。贾母是大斗篷,尊之词也。凤姐是披着斗篷,恰似掌家人也。湘云有斗篷不穿,著其异样行动也。岫烟无斗篷,叙其穷也。只一斗篷,写得前后照耀生色。③
> 写宝玉写不尽,却于仆从上描写一番,于管家见时描写一番,于园工诸人上描写一番。园中马是慢慢行,出门后又是一阵烟,大家气象,公子局度如画。④
> 写凤姐写不尽,却从上下左右写。写秋桐极淫邪,正写凤姐极淫邪。写平儿极义气,正写凤姐极不义气。写使女欺压二姐,正写凤姐欺压二姐。写下人感戴二姐,正写下人不感戴凤姐。史公用意,非念死书子之所知。⑤

《红楼梦》既诛心,对于欲望的放纵持有批判的态度,同时又对于放纵的心不加以约束,如贾宝玉对林黛玉、晴雯、平儿、金钏、龄官等一干女子的爱怜与多情。"放心"与"求放心"的两极文化追求对立而又统一地存在于《红楼梦》的尘俗世界里。

第四节 清代小说序跋与文学功能论

作为时代的风向标,清代小说序跋者有意透露了作者追问人生的文学

---

① 曹雪芹:《脂砚斋重评石头记》,北京:人民文学出版社,1975年,第386页。
② 曹雪芹:《戚蓼生序本石头记》,北京:人民文学出版社,1975年,第200页。
③ 曹雪芹:《戚蓼生序本石头记》,北京:人民文学出版社,1975年,第1839页。
④ 曹雪芹:《戚蓼生序本石头记》,北京:人民文学出版社,1975年,第1965页。
⑤ 曹雪芹:《戚蓼生序本石头记》,北京:人民文学出版社,1975年,第2659页。

立场、小说文本的社会功能。序跋依附着其评说的小说,间接地折射出那个时代最具本质意义的文化内蕴和文学精神,成为折射时代精神和文学追求的多棱镜。

一、史鉴功能与清代历史演义小说序跋

历史演义小说的史鉴传统肇始于史传文学。历史演义小说在人物刻画、结构安排、语言描写等方面深受史传文学的沾溉,更何况部分史学家如干宝、沈约等涉猎小说创作。关于史传文学的特点,章学诚说:"余尝论史笔与文士异趣,文士务去陈言,而史笔点窜涂改,全贵陶铸群言,不可私矜一家机巧也。"①史传文学的作者只能为他人立言,"陶铸群言",而不可能有更多的个人语汇。但作为"信史"的史传文学却一直存在着诸如采众说、创新说、有虚有实等不同的撰写方式,史传文学创作过程中的合理的想象虚构对后世小说创作产生了重大的影响。司马迁的《史记》虽然被鲁迅先生誉为"史家之绝唱,无韵之离骚",但恰恰因为充斥其中的太多的个性化的言语表达而被讥为"赝史",如据《史记》所载,秦始皇二十八年(公元前219年)南巡至湘江,为狂风所阻,秦始皇震怒,命三千刑徒尽砍湘山上的树木,"赭其土",作为阻止过江的惩罚,但青铜和铁器混用的秦朝很难凭借三千刑徒,在短时间内将湘山砍伐一空,所以"秦始皇赭山"是不折不扣的污蔑之辞。从《琐语》到《吴越春秋》,由史传文学演化成历史小说的轨迹很明晰,同是东汉人的赵晔,其《吴越春秋》却全为虚构;《晋书·干宝传》批评干宝的《搜神记》为"遂混虚实"。②

历史演义小说的史传传统又源于讲史,讲史中关于神异的叙写带给人们的是神异故事的奇谲诡怪。讲史善于敷演铺陈的特点为历史演义小说所继承,虽然清代的历史演义小说一直纠结于真实与虚构的矛盾之中,但是永远没有绝对的真实,也没有绝对的虚构。

历史演义小说的史鉴功能不仅体现在对历史的实录,还表现为对一代人的历史思辨的忠实记载。中国古代两千多年来政治制度最大的特色在于选拔德才兼备的精英来治理国家,而在选人制度上曾先后出现过汉代的察举制、魏晋南北朝的九品中正制、从隋朝到清代长达千年的科举制等。

---

① 章学诚著,仓修良编:《跋〈湖北通志〉检存稿》,见《文史通义新编》,上海:上海古籍出版社,1993年,第884页。
② 房玄龄等撰:《晋书》卷八十二,北京:中华书局,1974年,第2150页。

对于选人制度,《儒林外史》第二十五回回末的卧评作出了如此评价:"自科举之法行,天下人无不锐意求取科名。其实千百人求之,其得手者不过一二人。不得手者,不稂不莠,既不能力田,又不能商贾,坐食山空,不至于卖儿鬻女者几希矣!倪霜峰云:'可恨当年误读了几句死书。''死书'二字,奇妙得未曾有,不但可为救时之良药,亦可为醒世之晨钟也。"①毛宗岗认为,以权臣而兼国戚是国家政治之大忌,他在《三国演义》第六十六回的回前评中议论道:"王莽以国戚而为权臣,操与丕则又以权臣而为国戚矣。国戚不足惧,以权臣为之则可惧;权臣已足惧,权臣而又使之为国戚,则更可惧。"②张竹坡则对卖官鬻爵所造成的小人得志的弊政深恶而痛绝之,他在《金瓶梅》第三十四回的回前评里大发议论:"提刑所,朝廷设此以平天下之不平,所以重民命也。看他朝廷以之为人事送太师,太师又以之为人事送百千奔走之市井小人,而百千市井小人之中,有一市井小人之西门庆,实太师特以一提刑送之者也。今看到任以来,未行一事,先以伯爵一帮闲之情,道国一伙计之分,将直作曲,妄入人罪,后即于我所欲入之人,又因一龙阳之情,混入内室之面,随出人罪,是西门庆又以所提之刑为帮闲、淫妇、幸童之人事。天下事至此,尚忍言哉?作者提笔著此回时,必放声大哭也。"③由此可见,在清人的眼中,作为稗官野史的小说,不仅可以作为正史之支流,补充和羽翼正史,还能戳穿历史的真实面目。

"羽翼信史说"最早见于明代张尚德《三国志通俗演义引》的"羽翼信史而不违"。张尚德强调历史演义小说创作不仅要严格按照历史实录,而且要具有辅助经史的作用。后来的陈继儒、袁于令、余象斗、毛宗岗等继承并发展了这一观点,形成"羽翼信史派"。"以史证事说"最早见于王黉的《开辟衍绎叙》,后来的余邵鱼和可观道人继承了这一观点。

和明代的"羽翼信史说"遥相呼应的是,清代历史演义小说序跋最常用的批评话语就是实录,如《岭南逸史凡例》:"是编悉依《霍山老人杂录》《圣山外记》《广东新语》及《赤雅外志》、永安、罗定省府诸志考定。"④蔡元放在《东周列国志序》中亦云:"顾人多不能读史,而无人不能读稗官。稗官固亦

---

① 吴敬梓著,李汉秋辑校:《儒林外史会校会评本》,上海:上海古籍出版社,1984年,第350页。
② 罗贯中著,毛宗岗批评:《毛宗岗批评本三国演义》,长沙:岳麓书社,2006年,第961页。
③ 刘辉、吴敢辑校:《会评会校金瓶梅》,香港:天地图书有限公司,1998年,第691页。
④ 花溪逸士:《岭南逸史凡例》,见《古本小说集成》第二辑第一百零五册,上海:上海古籍出版社,1992年,第1页。

史之支派,特更演绎其词耳。善读稗官者,亦可进于读史,故古人不废。"①《四库全书总目提要》中更是认为小说最有价值的非纪实派莫属,而"诬漫失真""猥鄙荒诞"的小说是难以登上大雅之堂的。以虚构著称的唐传奇、宋元话本和明清通俗小说在《四库全书总目提要》中更是踪迹难觅,甚至于康熙年间著名的文言小说《聊斋志异》也因沾染上唐传奇的气息而被《四库全书》编纂者们摒弃。实录派主张历史演义小说依傍正史,使得这一派作家所创作的历史演义小说几乎成为正史的笺注或历史通俗读物。

作为最易被大众所接受的文学样式,历史演义小说只有置身于它所处的时代中,调动最充盈的语言积极拓展书写空间,承载直击时代灵魂的真情实感,引入对生命进程和生命质量的纵深思考,才可能有深切的现实影响力。清代的历史演义小说以《隋唐演义》和《说岳全传》为代表,但清代刊刻历史演义小说版本最多的当然还是《三国演义》。《三国演义》以其远超一般道德准则的奇人奇行,唤起了大众对于历史原型人物的热爱,以至于关羽的封号由宋代的"忠惠公"飙升至清末的"忠义神武灵佑仁勇威显护国保民精诚绥靖翊赞宣德关圣大帝"。《三国演义》情节在清代的被熟悉程度大大超出了我们的想象,以至于取代了陈寿的《三国志》,成为清人了解三国历史的重要文本依据。

> "既生瑜,何生亮"二语,出《三国演义》,实正史所无也。而王阮亭《古诗选凡例》、尤悔庵《沧浪亭诗序》并袭用之。以二公之博雅且犹不免此误,今之临文者,可不慎欤?②

虽然明清两朝的历史演义小说序跋强调征实补史,但是由于清代历史演义小说作者明晰的文体意识、强化了的主观意识和灵动的文笔,使得小说的史鉴功能被严重弱化。历史演义小说必须善于将史传文学的写实转换为小说中的虚实结合的世界,而小说明确的主旨、精心营造的冲突又赋予了文本以既源于历史、又超越历史的审美品格。

二、清代小说序跋与小说的政教功能

小说作为清代城市创意文化中最精致、时尚和充满活力的消费品,不

---

① 蔡元放:《东周列国志序》,见丁锡根编著:《中国历代小说序跋集》,北京:人民文学出版社,1996年,第88页。
② 王应奎:《柳南续笔》卷一,北京:中华书局,1983年,第137~138页。

断地通过审美元素的增减,进而对时代审美加以更新换代,并借以招徕和诱惑接受者。但任何时代的审美都需要道德的约束,顺康年间的小说序跋者在时代文化的废墟中砥砺前行,不仅短时间内集体抛弃了明末的"我手写我心"等沉溺于个人情感抒发的狭仄的文学格局,而且确立了清代近三百年文以载道的文学批评路线,从小说的政教功能的角度对小说创作加以约束,使清代小说创作在理性自觉层面上走出了明末"为文以戏"①的泥淖,短短几十年的时间内奠立了有清一代小说之新气象。

(一)随心之所欲的社会现实与失范的小说

在八股文考试的锤炼下,清代的文人士大夫对于儒家经典和整个社会应遵守的道德是熟稔的,但又恰是文人士大夫破坏了整个社会凛遵的道德规范价值体系,进而造成整个社会道德水准的滑坡。扬州缙绅和盐商们观看魏长生的《葡萄架》《销金帐》,"演戏一出,赠以千金"。② 北京的士大夫对魏长生也是青眼有加,其"以《滚楼》一出奔走,豪儿士大夫亦为心醉。其他杂剧子曰无非科诨、秽淫之状,使京腔旧本置之高阁。一时歌楼,观者如堵。而六大班几无人过问,或至散去"。③ 清代舞台的剧目多淫靡,最典型的就是《浪史》。《浪史》的主人公梅素先淫乱了他遇到的每一个女人,但最终却能结局美满,成仙得道,诚如李梦生所说:"这样的结局,在中国写淫秽性爱的小说中,具有普遍性。"④但颇具讽刺意味的是,《浪史》的序跋不像其他狭邪小说那样,用因果劝诫之类的套话为小说文本开脱,想方设法掩盖小说淫邪的事实,而是赞颂宣淫者梅素先为"千古情人""英雄人也"。"好色淫,知情更淫",按照《红楼梦》所确立的这一认知标准来审查清代的通俗小说,恐怕连《红楼梦》自身都要躺枪,如小说中写到的贾琏、贾蓉父子的聚麀之举,贾珍、贾琏兄弟与尤二姐、尤三姐的群体宣淫,贾琏与鲍二家的绣春囊事件。绣香囊这类小物件本来就充斥整个社会,所以说,明清时人对于性文化总体上来讲还是比较通达的。但任何事情都不要超过一定的"度",正像挑浪月在《痴婆子传序》中所说的:

> 从来情者性之动也。性发为情,情由于性,而性实具于心者

---

① 裴度:《寄李翱书》,见董诰等编:《全唐文》卷五百三十八,北京:中华书局,1983年,第5462页。
② 李斗撰,汪北平、涂雨公点校:《扬州画舫录》,北京:中华书局,1960年,第132页。
③ 张次溪编纂:《清代燕都梨园史料》,北京:中国戏剧出版社,1988年,第32页。
④ 李梦生:《中国禁毁小说百话》,上海:上海书店出版社,2006年,第59页。

也。心不正则偏,偏则无拘无束,随其心之所欲发而为情,未有不流于痴矣。矧闺门衽席间,尤情之易痴者乎?尝观多情女子,当其始也,不过一念之偶偏,迨其继也,遂至欲心之难遏,甚且情有独钟,不论亲疏,不分长幼,不别尊卑,不问僧俗,惟知云雨绸缪,罔顾纲常廉耻,岂非情之痴也乎哉?一旦色衰爱弛,回想当时之谬,未有不深自痛恨耳。嗟嗟!与其悔悟于既后,孰若保守于从前。与其贪众人之欢以玷名节,孰若成夫妇之乐以全家声乎?是在为少艾时先有以制其心,而不使用情之偏,则心正而情不流于痴矣,何自来痴婆子之诮耶?①

挑浪月的序言绝没有对于程朱理学的信仰,关于两性关系,挑浪月只是主张不要"随其心之所欲",要"心正"。当然,挑浪月的"心正"只是"成夫妇之乐"。在挑浪月看来,如果性爱只是限于夫妻之间,不仅可以获得生命的快乐,还可以保全家族的名声,这是挑浪月的底线,这同时也是一个社会的底线。但清代有钱有势的人们每每超越这条底线,像《红楼梦》中的公子爷们。"无相公不欢",有钱或有势的清人游走于异性恋和同性恋之间,并由此带来了社会上的一定程度的性混乱现象。《野叟曝言》大约是乾隆晚期的作品,小说虽然依旧是艳情模式,但是将才子的放荡化为救世的智慧。艳情融入神魔,如第六十九回《男道学遍看花蕊,女状元独占鳌头》和第七十回《白昼压妖狐忽呈玉面,深宵论活宝尽洗尘心》写得极为糜烂淫荡,女性的社会地位荡然无存。当清人混乱的性爱关系出现严重问题的时候,这一问题就成了当时小说和戏曲的重量级题材。

顾人情厌故,得坊间一新剧本,则争相购演,以致时下操觚多出射利之徒。导淫者既流荡而忘返,述怪者又荒诞而不经,愚夫愚妇及小儿女辈且艳称之,将流而为人心风俗之害。②

清代部分作家却在迎合这一丑陋的社会现象,表面上是在说仁道义,

---

① 挑浪月:《痴婆子传序》,见《明清善本小说丛刊初编》第十八辑,台北:天一出版社,1990年,第1页。
② 卢见曾:《〈旗亭记〉序》,见吴毓华编:《中国古代戏曲序跋集》,北京:中国戏剧出版社,1990年,第535页。

而现实却是:"演小说者多矣,或假忠孝以成文,或夸淫靡以取悦"。①

> 历观古来传奇,不外乎佳人才子;总以吟诗为媒,牵引苟合;渐至淫荡荒乱,大坏品行,殊伤风化,余力为洗之。②

> 滥觞入于荒诞不经,以及猥亵鄙俗,如筝琶之悦耳,大雅弗尚也。盖说部虽小品,然未尝不可寓风雅,示劝惩,阐幽隐,方不浪费笔墨,妄灾梨枣,然知此者鲜矣。③

> 邪说淫辞,坏人心术,贻害无穷。此等书若容他存留人间,成何事体!④

"淫荡荒乱""恶俗不堪""淫亵不经"这些定性当年小说的饱含贬斥意味的言语可能还有对小说这一文体鄙夷的成分在,但更到位的理解应该是当年的小说确实存在着淫亵的问题。

> 此书无公子偷情,小姐私定及传书寄柬恶俗不堪之事……卷中无淫亵不经之语,非若《金瓶》等书以色身说法,使闺阁中不堪寓目……凡小说内,才子必遭颠沛,佳人定遇恶魔,花园月夜,香阁红楼,为勾引藏奸之所。再不然,公子逃难,小姐改妆,或遭官刑,或遇强盗,或寄迹尼庵,或羁栖异域。而逃难之才子,有逃必有遇合,所遇者定系佳人才女,极人世艰难困苦,淋漓尽致,夫然后才子必中状元,作巡按,报仇雪恨,娶佳人而团圆。凡小说中舍此数项,无从设想。此书百回,另成格局。⑤

《红楼梦凡例》同样指出了当时小说存在的诸多问题,如模式化问题、淫亵的问题。且不说当年流传至今的、现收录于《思无邪汇宝》的51种艳

---

① 一笑翁:《飞跎全传序》,见《明清善本小说丛刊》第四辑《飞跎全传》卷首,台北:天一出版社,1985年。
② 李春荣:《水石缘后序》,见丁锡根编著《中国历代小说序跋集》,北京:人民文学出版社,1996年,第1294页。
③ 蒋熊昌:《客窗偶笔叙》,见丁锡根编著《中国历代小说序跋集》,北京:人民文学出版社,1996年,第482页。
④ 忽来道人:《结水浒全传引言》,见丁锡根编著《中国历代小说序跋集》,北京:人民文学出版社,1996年,第1516页。
⑤ 《红楼复梦凡例》,见《古本小说集成》第一辑第七十九册,上海:上海古籍出版社,1991年,第4~6页。

情小说(另有存目5种),即使是《聊斋志异》《红楼梦》这样的清代小说巨著,也难逃淫邪的嫌疑。当时确有一部分作家,如曹雪芹,通过对这一话题内容的展示,试图引起人们的警醒,进而为人们指出一条正确的人生道路。

当社会出现了道德体系某一个层面的集体缺失,一个还具理性的社会须借集体呛声来使失序的社会回归正途。纪昀借评价《文心雕龙·原道第一》,强势发声:"文以载道,明其当然,文原于道,明其本然。识其本而不逐其末,首揭文体之尊,所以截断众流。"①众多小说序跋者也不甘人后,直言不讳,"且借小说以醒世诱俗,明善恶有报,天网恢恢,疏而不漏,则凡中国旧日小说,亦莫不自托于此","清之劝诫小说"更是"自始至终本此意","专主劝诫"②,就像"不可使善人无后之心也"③的《粉妆楼全传》,"其间忠奸邪正,亦足以惩劝于兴起,其有裨于治道人心匪浅矣"④的《反唐演义》,"善善恶恶,俾读者有所观感戒惧,而风俗人心,庶以维持不坏也"⑤的《儒林外史》。"感时怀旧,奖善黜恶",把小说和社会的关注紧密地联系在一起,对当时社会风气的改良大有裨益。

在如何处理这一类文学题材的时候,清代小说序跋者给小说创作者开出了切中肯綮的药方:

第一,得事理之正,要有惩戒感发之效,要有功于圣人,羽翼名教。"即书中伦常交至,祸福感召,又能惩创逸志,感发善心,殊有风人之旨寓乎间,此书之有裨于世道人心不少"。⑥ 小说承载着"经夫妇、成孝敬、厚人伦、移风俗"的道德教化的功能,其教化功能的利用和发挥是小说地位得以提高最有效的工具,正是着眼于其教化作用,小说才得以在儒家文化体系中占有一席之地。周辉的《清波杂志》虽然为闲居随笔之作,但是"感时怀旧,奖善黜恶",把文学和社会紧密地联系在一起,对当时的社会风气大有裨益,使小说的实用功利主义发挥到了最大化。

第二,寓教于乐。阅读是一个审美的过程,而且只有在"欢欣鼓舞,赞

---

① 刘勰著,王志彬译注:《文心雕龙》,北京:中华书局,2012年,第1页。
② 孙楷第:《中国通俗小说书目·分类说明》,北京:人民文学出版社,1982年,第2页。
③ 竹溪山人:《粉妆楼全传序》,见丁锡根编著:《中国历代小说序跋集》,北京:人民文学出版社,1996年,第969页。
④ 如莲居士:《反唐演义序》,见丁锡根编著:《中国历代小说序跋集》,北京:人民文学出版社,1996年,第968页。
⑤ 闲斋老人:《儒林外史序》,《古今小说集成》影卧闲草堂本。
⑥ 学憨主人:《世无匹序》,见《古本小说集成》第二辑第一百五十六册,上海:上海古籍出版社,1992年,第6页。

颂称扬"之时,小说劝惩主旨的接受才是一个自然而然的过程。蔡元放在《评刻水浒后传叙》中除了强调小说劝惩的作用之外,还特别提到了小说的欣赏过程中的审美与劝惩并行不悖的观点:"顾言之:所贵者,上之则辅翼经传,而圣道以明;次之则宣布王猷,而国家以治。彰善瘅恶,寓劝惩于纪载褒贬之中,使后人有所劝而乐于为善,有所惩而不敢为恶,务有裨于世道人心,非可苟焉而已也……使后之读是书者,无不欢欣鼓舞,赞颂称扬。有廉顽立懦之风,足以开愚蒙而醒流俗,则作者立言之本趣,庶几乎有当于圣贤彰瘅劝惩之言也夫!"①《儿女英雄传》第三十六回亦云:"天道至进,呼吸可通,善恶祸福,其应如响。你可晓得一念不违天理人情,天地鬼神会暗中阿护;一念背了天理人情,天地鬼神也就会立刻不容。《易》有云:'积善之家,必有余庆;积不善之家,必有余殃。'""这不是'皇天不佑好心人',而是定数所关,天也无从为之"②,虽然主旨酸腐异常,但文康深通寓教于乐的必要性,故而用北京方言写成的《儿女英雄传》充满了戏谑的意味,如秉承了柔弱的小儿女品性的奇男子安骥在救父过程中的几番哭泣和被放了乌里雅苏台参赞时的忧惧交加,其诸多言行与骁勇的英雄根本就是风马牛不相及,安骥尴尬的人生故事和读者的阅读期待之间的巨大落差使得小说充满了滑稽的色彩。

(二)清代小说序跋中的道德宣教

清代的小说与经史一样,本身就是一个经典的话语空间和充满人文关怀的艺术世界,承载着"经夫妇、成孝敬、厚人伦、移风俗"的道德教化的功能,其教化功能的利用和发挥是小说的社会地位得以提高的最有效的工具。正是扎根于教化人心,小说才得以在儒家文化体系中占有一席之地。

1. 民族文化之根与清代小说序跋

小说虽属小道,但微言大义,文化之根不可暂失。序跋者在文学接受和批评实践两个过程中表现出来的主体意识有纯属个人的孤情幽绪和带有鲜明社会化倾向的公德之间的差别,因为中国传统文化的核心是群体意识,所以才会特别讲求"慎独",而这一讲求的背后,清楚地指出了个人的孤情幽绪和群体意识之间的距离。小说和序跋因为面向社会、面向大众,所

---

① 蔡元放:《评刻水浒后传叙》,见丁锡根编著:《中国历代小说序跋集》,北京:人民文学出版社,1996年,第1511~1512页。

② 文康:《儿女英雄传》,见《古本小说集成》第一辑一百零七册,上海:上海古籍出版社,1991年,第1724页。

以才会出现清代小说序跋者对于小说文本教化功能普遍性地肯定的现象,序跋者普遍认为小说可以改进大众的思想,提高整个社会的道德水准,因而小说和经史一样,也是有功于名教的。

> 如入云烟中而为其所烘,如近墨朱处而为其所染……人之读一小说也,不知不觉之间,而眼识为之迷漾,而脑筋为之摇飏,而神经为之营注;今日变一二焉,明日变一二焉,刹那刹那,相断相续;久之而此小说之境界,遂入其灵台而据之,成为一特别之原质之种子。有此种子故,他日又更有所触所受者,旦旦而熏之,种子愈盛,而又以之熏他人,故此种子遂可以遍世界。①

清代小说序跋最伟大之处在于对道统的多元化理解及求同存异的文化包容的气魄。一个民族、一个国家要培育世界级的文学大师,文学要走向世界,就必须允许差异性的存在。但对于一个作家而言,文学创作又必须弘扬自己的民族特色,而特色之根就在于民族文化。清代小说序跋的历史主义意识主要体现为经验的理性和经学文化传统,而强调"有容乃大"的中华文明渗透在小说文化和小说创作上,又体现为小说艺术的多元化和小说多元化的价值取向。

作为民族文化之根和中国传统文化最核心的部分,儒学在经过了明末的中衰之后,在清初的王夫之、顾炎武、黄宗羲、方以智、朱舜水、孙奇逢等大师的努力之下得以重振。但在清代前中期,道统文化一直表现为以宋明理学为指针的主流文化和以原始儒学为皈依的非主流文化之间的争锋,虽然宋明理学获得官方的支持,但原始儒学在非官方背景下多有市场。二者分歧的关键点在于是否认可欲望的合理性。在清代思想家中,对宋明理学中的禁欲主义进行了最猛烈抨击的戴震:"宋以来儒者,尽以理说之。其辨乎理欲,犹之执中无权。举凡饥寒愁怨、饮食男女、常情隐曲之感,则名之曰'人欲',故终其身见欲之难制;其所谓'存理',空有理之名,究不过绝情欲之感耳。"认为这种绝情绝欲的论调不过是满足尊者、长者、贵者一己之私欲,虐杀卑者、幼者、贱者的工具。所以,戴震痛恨地呼喊:"理欲之辨,适成忍而残杀之具。"②而清初学者对于理学经典的批判,则在深层次上触动

---

① 梁启超:《梁启超全集》第四卷《论小说与群治之关系》,北京:北京出版社,1999年,第884页。
② 戴震著,何文光整理:《孟子字义疏证》,北京:中华书局,1982年,第58页。

了程朱理学的权威:"《大学》其言似圣,而其旨实窜于禅。其词游而无根,其趋罔而终困。支离虚诞,此游夏之徒所不道,决非秦以前儒者所作可知。"①"须知所谓'无极''太极',所谓《河图》《洛书》,实组织'宋学'之主要根核。宋儒言理,言气,言数,言命,言心,言性,无不从此衍出。周敦颐自谓'得不传之学于遗经',程朱辈祖述之,谓为道统所攸寄,于是占领思想界五六百年,其权威几与经典相埒……(清儒之考证)以《易》还诸羲、文、周、孔,以《图》还诸陈、邵,并不为过情之抨击,而宋学已受'致命伤'。"②这种对儒家经典的困惑和怀疑的态度传递出对尊经的思想信念的动摇,而这份带有强烈思辨意味的文化终极旨归的考量为《儒林外史》《红楼梦》等旷世经典埋下了一颗大胆怀疑一切权威的种子。

思想界承历史之重,开风气之先,但朝代的陵替和文化的转型并不能迅疾地对文学的创作道路产生终极性影响,清代小说在顺治年间和康熙前期基本上是延续了明末的文学气度和小说格局,大都沉溺在小我的欲望世界里,吟哦着一己人生的失意与伤悲。在大肆宣扬情与欲的同时,偶尔也会借局中人之口或作者的议论,发表几句冠冕堂皇的道学文字,只能增强反讽意味罢了,如《十二楼》,李渔从某种意义上来讲恢复了孔孟儒学"正德厚生"的文化传统,并通过十二个故事,对儒家经句予以个性化解读,进而表达具有经典价值的生命诉求。但在李渔个人命意的改造下,经句被用以解释日常的人情物理,已不复本来面目,如《国风·召南·鹊巢》中的"维鹊有巢,维鸠居之",本意赞叹女子出嫁时的盛况,但在小说中,被用以委婉讽刺财主的贪得无厌。处在明清之际思想文化大变动的背景下,李渔的做法固然表现出对理学家空谈性理的反叛,体现出明清实学的一般特征,但不可据此断定李渔弘扬明清实学及其价值观,因其性格在动荡时局下的转迁与个人意识的滋长,所以他在小说中传达的带有更多的自我主义与功利性的影子。而所谓的伦理诉求,自然也不可避免地打上了自我生存意识沉醉的烙印。儒家经句独断的评判与个性化议论相配合,共同构筑起娱乐调笑的艺术世界。

小说的政教功能在经过了明末短暂的消歇之后,到了康乾年间迅速升温,并成为有清一代的小说特色。清代的小说序跋者敏锐地察觉到时代社会思潮的变化,大多数的小说序跋者刻意地强调着小说的善善恶恶的教化

---

① 陈确撰:《陈确集·大学辨》,北京:中华书局,1979年,第552页。
② 梁启超撰,朱维铮导读:《清代学术概论》,上海:上海古籍出版社,1998年,第15页。

功能,对故事情节中的淫邪的描写大加挞伐,表现出向主流文化靠拢的鲜明倾向,如以忠诚与权诈、爱国与卖国、抗战与投降为全书叙事主线的《说岳全传》突出了"岳武穆之忠,秦桧之奸,兀术之横",其中的"岳飞枪挑小梁王""岳母刺字"等诸多情节,使英雄人物岳飞身上闪耀着理想的光辉和神奇的色彩,其身上所充溢的浩然正气便是屡遭压制却明知不可为而为之的仁人志士以一己之牺牲来唤醒全体民众的集体无意识。这种经过长期积累和沉淀转化而来的以某种象征形式出现的政治态度被伊格尔顿称之为"政治无意识","审美只不过是政治之无意识的代名词:它只不过是社会和谐在我们的感觉上记录自己、在我们的情感里留下印记的方式而已。美只是凭借肉体实施的政治秩序,只是政治秩序刺激眼睛、激荡心灵的方式"。①

经世致用的思潮在清代不仅强势复归,而且更加兴盛。"教化者,朝廷之先务;廉耻者,士人之美节;风俗者,天下之大事。朝廷有教化,则士人有廉耻;士人有廉耻,则天下有风俗"②等观点更是流行于清代士大夫之口乃至整个社会之中。这一时期的文学理论也更加讲求文须"有益于天下","若夫怪力乱神之事,无稽之言,剿袭之说,谀佞之文,若此者,有损于己,无益于人,多一篇,多一篇之损矣"③,"凡文之不关于六经之指、当世之务者,一切不为"。④ 经世致用的思潮体现在小说领域,《儒林外史》《红楼梦》中的实学思想可为明证。清代小说不仅有强调文学娱乐性的才子佳人小说,还有归属于言志体系的世情小说。史家用其春秋笔法来褒贬惩戒,小说则以其写心传神之墨来为世人留下小照。《儒林外史》《红楼梦》都擅长在惨烈的文字狱背景下,借助于化实为虚的艺术手法,表面上摆出一副远离现实政治的态度,实则满纸的空中传恨,肆意涂写着对前景的黯然失望,保持着对封建末世暗黑世道的离心离德。《儒林外史》作为言志派的代表,为士子写心,留下了匡超人、范进、严贡生等一系列形象,鲁迅曾赞其"能烛幽索隐,物无遁形,凡官师,儒者,名士,山人,间亦有市井细民,皆现身纸上,声

---

① [英]特里·伊格尔顿著,王杰、傅德根、麦永雄译,柏敬泽校:《美学意识形态》,桂林:广西师范大学出版社,1997年,第26~27页。
② 顾炎武著,黄汝成集释,栾保群、吕宗力校点:《日知录集释全校本》,上海:上海古籍出版社,2006年,第773页。
③ 顾炎武著,黄汝成集释,栾保群、吕宗力校点:《日知录集释全校本》,上海:上海古籍出版社,2006年,第1079页。
④ 顾炎武著,华忱之点校:《顾亭林诗文集》,北京:中华书局,1983年,第91页。

态并作,使彼世相,如在目前"。① 当作为民族脊梁的士子们在功名利禄面前纷纷倒下的时候,市井四大奇人出场,虽然都只是尘世中的小人物,但追求人格的独立,不媚人,不傲人,品在人自高,世罕其俦。小说最后以荆元的一声变徵的琴声预示着末世的到来,而末世最重要的特征在于文化的凋零。《红楼梦》更以其对宋明理学的反思及对文化自身荒诞性的思考,赢得了五桂山人"固不淫靡烦芜,而整齐严肃也"的赞语,二知道人蔡家琬也给出了"玉茗先生为飞黄腾达者写照,雪芹先生为公子风流者写照,其语颇殊,然其归一也"②的高度评价。

当然,也有部分小说序跋流露出了鲜明的对欲望放纵倾向的理解,甚至是赞赏。

> 至《水浒》《金瓶梅》,诲盗诲淫,久干例禁。乃言者津津夸其章法之奇,用笔之妙,且谓其摹写人物事故,即家常日用米盐琐屑,皆各穷神尽相,画工化工合为一手,从来稗官无有出其右者。③

闲斋老人所说绝非妄言,创作于雍正初年、署名三韩曹去晶的《姑妄言》,其性描写之大胆,说明清初的市井审美趣味和明末并无本质区别。正文约九十万字,其中五分之一是性描写,性爱描写的恣意和泛滥空前绝后,古代色情小说的所有套数、工具均出现了,类型之多,成了艳情小说集大成之作。但其成功地对性心理、性压抑和性幻想作了淋漓尽致的刻画,准确分析了女人们变态性生活的社会、生理、道德等原因。小说对男阳女阴的形象比喻和夸张描绘,与其说是为了惩戒,倒不如说是猎奇,是文人的恶趣。但作者将民间俗语、笑话巧妙地嵌入小说之中,这是其他艳情小说所没有的一个审美领域。又如大约刊刻于清中叶、于道光十八年查禁的《春灯谜史》,提倡婚姻范畴内的淫乱,处女情结成为主要的审美内容,并注重通过人物对话来表现性爱内容,渲染情趣。

一部轰动当时、传之后世的小说,其所传达的必是时代的道德诉求、命

---

① 鲁迅撰,郭豫适导读:《中国小说史略》第二十三篇《清之讽刺小说》,上海:上海古籍出版社,1998年,第156页。
② 二知道人:《红楼梦说梦》,见一粟编:《红楼梦资料汇编》,北京:中华书局,1964年,第83页。
③ 闲斋老人:《儒林外史序》,见丁锡根编著:《中国历代小说序跋集》,北京:人民文学出版社,1996年,第1681页。

运的悲悯和人文的情怀,诚如西方历史主义大师马西勒克认为:"历史的一切的永远价值,皆来自行为的人类的良心决断。"①乾隆年间,小说创作开始向诗界、散文界以才学为诗、为文的理念靠拢,由康熙年间的聚焦于"情""欲"转向对"志""意"的表达,形成了一个时代独有的审美特质——知性美。在自我表现的层面上,乾隆年间三大小说家——吴敬梓、曹雪芹、纪昀,以其丰富的人生经验、渊博的学识及对人类自身生存困境的深度反思,一度扭转了明末清初小说流于趣味性的狭隘和肤浅。

吴敬梓的《儒林外史》"以功名富贵为一篇之骨:有心艳功名富贵而媚人下人者,有倚仗功名富贵而骄人傲人者,有假托无意功名富贵自以为高,被人看破耻笑者,终乃以辞却功名富贵,品地最上一层为中流砥柱。篇中所载之人,不可枚举,而其人之性情心术,一一活现纸上"。② 通过对科举文化的反思,超前地提出了作为时代脊梁的文人更应重视文行出处,而不是仕途经济,并以此来作为拯救时弊的度世金针。在闲斋老人看来,《儒林外史》之所以能够胜出"四大奇书",不仅仅是因为它画工、化工合为一手,穷神尽相,将人物的性情心术一一活现纸上,更在于它的"秉持公心,指擿时弊,机锋所向,尤在士林;其文又戚而能谐,婉而多讽:于是说部中乃始有足称讽刺之书……能烛幽索隐,物无遁形,凡官师,儒者,名士,山人,间亦有市井细民,皆现身纸上,声态并作,使彼世相,如在目前"。③ 不论是吴敬梓的小说,还是闲斋老人的序,都对"士"这一社会阶层既充满了期许,同时又怀有无限的失望。雍乾年间社会的重商思潮使得士子倾心与商贾交接,不耻折节:"曩昔士大夫以清望为重,乡里富人,羞与为伍,有攀附者必峻绝之。今人崇尚财货,见有拥厚赀者,反屈体降志,或订忘形之交,或结婚姻之雅。"④乾隆年间的士子更是"用晚生帖拜当商","而论者不以往拜为非"。⑤ 功名富贵成为拷问士子灵魂的关口,天下的无道已经不再是士子追求功名富贵的心理障碍,"出处"的讲求早已为士子所抛弃。当信奉的道

---

① 转引自徐复观:《两汉思想史》第三卷,上海:华东师范大学出版社,2001年,第203页。
② 闲斋老人:《儒林外史序》,见《明清善本小说丛刊》第九辑《讽喻小说·儒林外史》卷首,台北:天一出版社,1985年。
③ 鲁迅撰,郭豫适导读:《中国小说史略》第二十三篇《清之讽刺小说》,上海:上海古籍出版社,1998年,第155～156页。
④ 董含撰,致之校点:《三吴风俗十六则》,见《三冈识略》卷十,沈阳:辽宁教育出版社,2000年,第225页。
⑤ 姚世锡:《前徽录》,见《笔记小说大观》第十八册,扬州:江苏广陵古籍刻印社,1984年,第340～341页。

统文化不复存在的时候,吴敬梓用小说这一艺术形式传达出了他的千古伤心,而闲斋老人更是把笔锋直指世人面对功名富贵时的猥琐心态。

闲斋老人的序可以看作对明清两代小说的文化批判,鞭挞了金钱和权力阴影下的丑陋心灵,表达了对具有独立人格的人文精神回归的渴望,而序跋的精神核心是"出处"。《儒林外史》"不是一般意义上的社会小说,而是对八股取士的科举制度进行百年沉思,因而充满着世纪悲凉的文化小说",用史传的体式从宏观上对士子的精神世界予以辛辣的讽刺,"爬上去的精神已被蛀空,没有爬上去的精神也塞满了贪婪、势利、吝啬和龌龊"①,并以市井四大奇人为正面的形象,为世人说法。

《红楼梦》则借助于对贵胄子弟有悖道统的荒唐行为的再现,进而揭示大厦将倾的内在原因。曹雪芹以"千红一窟""万艳同杯"的一组组故事,诉说着男权时代一个曾经的贵公子对于挣扎在社会最底层的女性的悲惨命运的悲悯和反思,并以水做骨肉的女儿们的共同的不可逆转的命运悲剧作为投向那个罪恶时代的标枪。

> 噫,事亦难矣哉!探春以姑娘之尊,以贾母之爱,以王夫人之付托,以凤姐之未谢事,暂代数月,而奸奴蜂起,内外欺侮,锱铢小事,突动风波,不亦难乎?以凤姐之聪明,以凤姐之才力,以凤姐之权术,以凤姐之贵宠,以凤姐之日夜焦劳,百般弥缝,犹不免骑虎难下,为移祸东吴之计,不亦难乎?况聪明才力不及凤姐,权术贵宠不及凤姐,焦劳弥缝不及凤姐,又无贾母之爱,姑娘之尊,太太之付托,而欲左支右吾,撑前达后,不更难乎?士方有志作一番事业,每读至此,不禁为之投书以起,三复流连而欲泣也!②

正所谓"物华天宝,人杰地灵",探春也不是凡庸之辈,立志兴利除弊,却落得个虎头蛇尾,有始无终,曹雪芹借此感叹人不得尽展其才而抱恨以终。

纪昀的《阅微草堂笔记》之所以能在蒲松龄的《聊斋志异》之外另辟蹊径,鲁迅先生一语中的:"惟纪昀本长文笔,多见秘书,又襟怀夷旷,故凡测鬼神之情状,发人间之幽微,托狐鬼以抒己见者,隽思妙语,时足解颐;间杂

---

① 杨义:《中国古典小说史论》,北京:中国社会科学出版社,1995年,第412~413页。
② 曹雪芹:《戚蓼生序本石头记》,北京:人民文学出版社,1975年,第2097~2098页。

考辨,亦有灼见。叙述复雍容淡雅,天趣盎然,故后来无人能夺其席,固非仅借位高望重以传者矣。"①

清代后期的小说虽然也讲求道德的内化,但是辞气浮露,竟有干号之嫌疑了。这种依托于经学、"敷赞圣旨""枝条经典"的思维惯性,必然导致所发挥的微言大义与小说文本的脱离。这种说辞固然可以收功于一时,但随着时代文化的变迁,不仅这些被过度阐释出来的微言大义注定会被扫进历史的垃圾堆,甚至于这些评点者不经意之间也成了经学的掘墓人,所以在以所谓的实用主义和科学主义相尚的清代中后期,章学诚提出了"六经皆史"的口号,"六经"被放逐到属于它自己的那个时代,仅作为一段凝固的历史而被人们识记,不再是放之四海而皆准的真理。

2. 才子佳人小说序跋与政教功能

清代的才子佳人小说虽然承认欲望的合理性,肯定个体在一定条件下的自由选择,但是又严格区分情与欲,试图用伦理道德约束情感和欲望,如李渔的《十二楼》。从文化学的角度来讲,这是对晚明纵欲思潮的反动。人欲横流的局面在清代得到了有效管控,弘扬道德教化的文学传统得以回归,故而才子佳人小说序跋大都打出了惩戒、感发的旗号,而天花藏主人的小说序跋特别善于将小说的具体情节与社会现实、历史内涵结合起来,抒发悲愤,指摘时弊,从而使才子佳人小说序跋成为抒发现实感慨、表达政治理想和忧患意识的载体。

> 夫然后能使人歌舞感激,悲恨笑怼错出,而掩卷平怀,有以得其事理之正。斯说之有功于世,而不负作者之心矣。②

> 然其间之小节,人所易知,大义人所不觉……如金乡公主既许赫腾,赫腾战死,虽见江潮之美,不肯改节,是一部中之正旨,一人而已……是畜亦知大义,是或人所未逮也……至于惩戒感发,实可与经史并传,诸君子幸勿以小说视之。③

> 极人情诡变,天道渺微,从巧心慧舌笔笔钩出,使观者于心焰

---

① 鲁迅撰,郭豫适导读:《中国小说史略》,上海:上海古籍出版社,1998年,第151页。
② 谷口生:《生绡剪弁语》,见《古本小说集成》第一辑第五十三册《生绡剪》卷首,上海:上海古籍出版社,1991年。
③ 顾石城:《吴江雪序》,见《明清善本小说丛刊》第十辑《吴江雪》卷首,台北:天一出版社,1985年。

摽腾之时，忽如冷水浃背，不自知好善心生，恶恶念起。①

乃论者犹谓俚谈琐语，文不雅驯；凿空架奇，事无确据。呜呼！则亦未知斯编实有针世砭俗之意矣……殊不知天下有正史，亦必有野史。正史者，纪千古政治之得失；野史者，述一时民风之盛衰。譬之于《诗》，正史为《雅》《颂》，而野史则《国风》也。②

苟且贻闺阁之羞，邪野成夫妻之辱，而名教扫地矣。③

《易》云："积善余庆，积恶余殃。"佛云："果报因缘，梦幻泡影。"如斯教人，人不知悟，视为泛常套语，及一朝败露，悔也无及。故不得已，描写人生幻境之离合悲欢，以及善善恶恶，令阅者触目知警。④

以耳目近习之事，寓劝善惩恶之心，安见小说传奇之不犹愈于艳曲纤词乎？……莫不模拟神情，各有韵致，足以动人观感，起人鉴戒，与唐宋之小说，元人之传奇，借耳目近习之事，为劝善惩恶之具，其意同也。⑤

小说何为而作也？曰：以劝善也，以惩恶也。夫书之足以劝惩者，莫过于经史；而义理艰深，难令家喻而户晓，反不若稗官野乘，福善祸淫之理悉备，忠佞贞邪之报昭然。能使人触目儆心，如听晨钟，如闻因果，其于世道人心，不为无补也……虽不敢称全璧，亦可为劝惩之一助。阅者幸勿以小说而忽之；当反躬自省，见善即兴，见恶思改，庶不负作者一片婆心，则是书为充于《太上感应篇》读也可。⑥

才子佳人小说如何实现自己的教化功能呢？序跋者认为它们可以"借

---

① 杜浚：《连城璧序》，见李渔：《李渔全集》第八卷，杭州：浙江古籍出版社，1991年，第247页。

② 烟水散人：《珍珠舶自序》，见丁锡根编著：《中国历代小说序跋集》，北京：人民文学出版社，1996年，第828~829页。

③ 天花藏主人：《画图缘序》，见丁锡根编著：《中国历代小说序跋集》，北京：人民文学出版社，1996年，第1257页。

④ 天花藏主人：《幻中真序》，见丁锡根编著：《中国历代小说序跋集》，北京：人民文学出版社，1996年，第1262~1263页。

⑤ 弘晓：《平山冷燕序》，见丁锡根编著：《中国历代小说序跋集》，北京：人民文学出版社，1996年，第1246页。

⑥ 静恬主人：《金石缘序》，见《明清善本小说丛刊》第十辑《金石缘》卷首，台北：天一出版社，1985年。

耳目近习之事,为劝善惩恶之具";"描写人生幻境之离合悲欢,以及善善恶恶,令阅者触目知警";"野史者,述一时民风之盛衰。譬之于《诗》,正史为《雅》《颂》,而野史则《国风》也"。应该说,序跋中所提出的创作理论是高明的,既是对过往的创作实践的理论升华,又是对当时小说创作不良倾向的敲打,而且对于以后的小说创作具有巨大的指导价值。但文坛的现实却是悲剧得很,才子佳人小说所指的耳目习近之事离大众的日常生活实在是有点远,因为文人考试一帆风顺的概率不大,考上后就有大官可做更是不现实,实际上从康熙后期开始,官场已然是僧多粥少,即使侥幸考上了,也没有多少像样的差使,大多只是候补,很多时候是一辈子的候补,怎么可能从走出家门开始就艳遇不断,考上进士就做大官,然后迅疾告老还乡,带着自己成群的妻妾,享受艳福,白日飞升,最后成仙。这种的叙事格局可以"令阅者触目知警",恐怕是另一种形式的白日梦。

整个清代的才子佳人小说除了开局的《玉娇梨》《平山冷燕》之外,罕有不涉及"性"话题的,如《金石缘》第七回《助贤夫梅香苦志　逢美女浪子宣淫》:"爱珠在内,安闲快乐,做诗写字之外,将些淫词艳曲,私藏觑看。""将一本浓情快史一看,不觉两朵桃花上脸,满身欲火如焚。""(利图)见书案上几本浓情快史,想道:'主人看这样书,自然是个风流人了。'"①清代中后期创作的部分才子佳人小说甚至还出现了和艳情小说合流的倾向,以至于刘廷玑评论道:"近日之小说,若《平山冷燕》《情梦柝》《风流配》《春柳莺》《玉娇梨》等类,佳人才子,慕色慕才,已出之非正,犹不至于大伤风俗,若《玉楼春》《宫花报》稍近淫佚,与《平妖传》之野,《封神传》之幻,《破梦史》之僻,皆堪捧腹,至《灯月圆》《肉蒲团》《野史》《浪史》《快史》《媚史》《河间传》《痴婆子传》,则流毒无尽。更甚而下者,《宜春香质》《弁而钗》《龙阳逸史》,悉当斧碎枣梨,遍取已印行世者,尽付祖龙一炬,庶快人心。"②

3. 历史演义小说序跋与名教的维持

有清一代,历史演义小说的创作思想受益于《三国演义》甚夥,从政治伦理到社会道德,无不受其沾溉。文人编撰历史演义小说的初衷并非着眼于历史,而在当前;强调的主要不是历史的真伪,而是历史的垂诫作用。清代小说序跋力反明人的趣味化的追求,而回归文学的政教功能,多少反映

---

① 无名氏撰,李中凯校点:《金石缘》,西安:太白文艺出版社,1996年,第54~55页。
② 刘廷玑著,张守谦点校:《在园杂志》卷二《历朝小说》,北京:中华书局,2005年,第84~85页。

出清人对于明末社会思潮的不满。相较于明人的虚实之争,清人序跋在历史演义小说创作理念上出现了集体回归,认为历史演义小说叙事之"奇"不仅在于真实,还在于小说的教化功能,"与经史相表里"。可观道人评《新列国志》:"是故鉴于褒姒、骊姬,而知嬖不可以篡嫡;鉴于子颓、阳生,而知庶不可以奸长;鉴于无极、宰嚭,而知佞不可以参贤……若引为法诫,其利益亦与六经诸史相埒,宁惟区区稗官野史资人口吻而已哉?"①《隋炀帝艳史凡例》的作者也说:"《艳史》虽穷极荒淫奢侈之事,而其中微言冷语,与夫诗词之类,皆寓讥讽规谏之意。使读者一览,知酒色所以丧身,土木所以亡国,则兹编之为殷鉴,有裨于风化者岂鲜哉!"②《五虎平西前传序》也说:"春秋之笔,无非褒善贬恶,而立万世君臣之则。小说传奇,不出悲欢离合,而悦时人鉴阅之心,然必忠君报国为主,兴善惩恶为先。"③

清代《三国演义》版本固多,然影响至大者莫过于毛纶、毛宗岗父子刊定的《毛声山评点三国志》。毛氏版的《三国演义》加强了"尊刘反曹"的思想倾向,儒家观念的叙事性图解将儒家教条置于各种不同的情境,并对故事中人逐一加以检验。以曹操为例,通过陈寿《三国志》、嘉靖版本和毛氏版本的不同刻画加以比对即可一见端倪。

陈寿《三国志》:

> 太祖武皇帝,沛国谯人也,姓曹,讳操,字孟德,汉相国参之后……太祖少机警,有权数,而任侠放荡,不治行业,故世人未之奇也。④

从正反两个方面进行评价,比较客观。

嘉靖版本《三国演义》:

> 见一彪人马,尽行打红旗,当头来到,截住去路。为首闪出一个好英雄,身长七尺,细眼长髯;胆量过人,机谋出众;笑齐桓、晋文无匡扶之才,论赵高、王莽少纵横之策;用兵仿佛孙吴,胸内熟

---

① 可观道人:《新列国志叙》,见《古本小说集成》第二辑第十九册,上海:上海古籍出版社,1992年,第11~19页。
② 笑痴子:《隋炀帝艳史凡例》,见丁锡根编著:《中国历代小说序跋集》,北京:人民文学出版社,1996年,第953页。
③ 无名氏著,尚成、秦克标点:《五虎平西演义》,上海:上海古籍出版社,1995年,第1页。
④ 陈寿:《三国志》卷一《武帝纪第一》,长沙:岳麓书社,2008年,第2页。

谙韬略。官拜骑都尉,沛国谯郡人也。姓曹,名操,字孟德,乃汉相曹参二十四代孙。①

多用褒义词来赞颂曹操,使得曹操的英雄本色跃然纸上。
毛氏版本:
第一回《宴桃园豪杰三结义　斩黄巾英雄首立功》:

> 杀到天明,张梁、张宝引败残军士,夺路而逃。忽见一彪军马,尽打红旗,当头来到,截住去路。为首闪出一将,身长七尺,细眼长髯,官拜骑都尉,沛国谯人也,姓曹,名操,字孟德。②

寥寥数十字就介绍了一代枭雄曹操,并无一字褒颂,毛氏父子对曹操的贬斥态度昭然若揭。作为历史故事的重述者,毛氏父子所要传达的绝不仅仅是一种历史意识,恐怕更多的还是一种政治倾向。

清廷对关羽倍加尊崇,早在关外时,努尔哈赤和皇太极就拜读《三国演义》,并由此而出现了满族人的关羽崇拜,他们向明朝请求赐予关帝神像即为明证。顺治元年(1644),甫一入关的清廷就重修关帝庙,顺治九年(1652),封关羽为"忠义神武关圣大帝",从此,关羽便被称为"武圣",成为清代少数的几个国家级圣人之一而享受正式的祭祀。毛氏版本尊刘抑曹的叙事倾向可能是受清代社会主流文化的影响,甚或是士人文化思潮和社会主流意识形态的趋同,而恐非如学界所谓的每当汉族人政权偏安一隅之时的正统意识的抬头或对汉族人正统政权回归的期盼。

教化观念影响和支配着历史演义小说的创作实践,而最受中国民众喜爱的"历史演义小说包括英雄传奇,往往以儒家伦理道德观念为指导,以佛道教义观念为小说构思的构架布局,丰富着人物内涵,实行着情节转换,并力图解释变化不定的历史现象"。③ 在演"义"观念的指引下,作家免不了要从政治伦理和社会道德的角度去观照丰富、复杂的历史人事,并与道德进行机械的对应。小农经济为主体的中国,使得"治大国如烹小鲜"的执政理念特别有市场,再加上中国广大农村本就是以血缘宗亲为基础而建立起

---

① 罗贯中:《三国演义》(嘉靖本)卷一第二则《刘玄德斩寇立功》,北京:人民文学出版社,1975年。
② 罗贯中:《三国演义》(毛氏版本),长沙:岳麓书社,2009年,第4页。
③ 王平:《古典小说与古代文化讲演录》,桂林:广西师范大学出版社,2008年,第48页。

来的,所以对于名教的维持有着特殊的执着与热情。"治其本在于正心术以立纪纲者,盖天下之纪纲不能以自立,必人主之心术公平正大,无偏党反侧之私,然后纪纲有所系而立。君心不能以自正,必亲贤人,远小人,讲明义理之归,闭塞私邪之路,然后乃可得而正"。①

清代的历史演义小说虽然是以《三国演义》《水浒传》为效仿对象,但是亦步亦趋,每有画虎不成反类犬的况味。如果说明代的历史演义小说由对事的强调衍化为以人物塑造为中心,这是小说创作的一大进步,但是到了清代,人们似乎总是围绕着两大问题在兜圈子:维持名教和真实问题。

> 后之人览中兴全传,识盛衰之始末,其间忠奸邪正,亦足以惩劝于兴起,其有裨于治道人心匪浅矣。前书因坊间失序,以致差讹,且自卢陵王以下,具不例载矣。于是乎搜寻原刻,更正增补,使阅者无憾于胸膈,是为之序。②

> 客取《东汉演义》津津言之,演义通俗者也,汉俗犹为近古,故足资博览,而挽薄俗,恶可捏不经之说,颠倒史事,以惑人心目?因为敷说大端,正其荒谬。③

> 有廉顽立懦之风,足以开愚蒙而醒流俗,则作者立言之本趣,庶几乎有当于圣贤彰瘅劝惩之言也夫。④

> 小说家千态万状,竞秀争奇,何止汗牛充栋。然必有关惩劝扶植纲常者,方可刊而行之。一切偷香窃玉之说,败俗伤风,辞虽工直,当付之祖龙耳。⑤

> 小说传奇,不外悲欢离合,而娱一时观鉴之心。然必以忠臣报国为主,劝善惩恶为先。阅其致身烈士,无不令人起敬起恭;观此误国奸徒,又皆令人可憎可愍。史书必削佞锄奸,褒善贬恶,植

---

① 黄幹:《朝奉大夫文华阁待制赠宝谟阁直学士通议大夫谥文朱先生行状》,见束景南:《朱熹年谱长编》,上海:华东师范大学出版社,2001年,第1470页。
② 如莲居士:《反唐演义序》,见丁锡根编著:《中国历代小说序跋集》,北京:人民文学出版社,1996年,第968页。
③ 清远道人:《东汉演义评序》,见丁锡根编著:《中国历代小说序跋集》,北京:人民文学出版社,1996年,第881页。
④ 蔡元放:《评刻水浒后传叙》,见丁锡根编著:《中国历代小说序跋集》,北京:人民文学出版社,1996年,第1512页。
⑤ 滋林老人:《说呼全传序》,见丁锡根编著:《中国历代小说序跋集》,北京:人民文学出版社,1996年,第993页。

纲常以为劝惩者,方可刊行于世……维持名教之君子,虽饰演传奇,必寓劝善惩恶之旨,俾阅者好善恶恶之念油然而生,是传奇亦足以导善而戒奸也。统阅其情,虽有如鬼如蜮之奸谋,皆付诸横逆之来可耳。①

今日见藏书阁中有《说唐》一书,自五代后起至盛唐而终,历载治乱之条贯,兴亡之错综,忠佞之判分,将相之奇猷。善恶毕具,妍丑无遗,文辞径直,事理分排。使看者若燎火,闻者如听声,说者尽悬河。能兴好善之心,足惩为恶之念,亦大有裨世之良书也。②

人皆为大有功于郑氏,而不知其有功于忠孝节义者为更多哉!故读是编者,可以教孝,可以教忠,可以教义。闺阁闻之,亦莫不油然生节烈之心。有功名教,良非浅鲜。③

清代小说序跋对于名教的维持,从本质上来说,是对官方话语立场的附丽,如清代小说序跋者在评点《水浒传》的思想性时,大多继承金圣叹的观点,对以宋江为首的梁山群雄,从忠义的立场予以批评:"然吾愿天下正气男子,当效群雄下半截,而垂戒前途之难束缚,则此传允为古今一大奇书,可以不朽矣。"④

一个时代的文学过于强调主旨的正当性,追求主旨先行,受到意识形态的束缚太紧,就不容易产生好的作品。"文学是为表现人生而作的。文学家所欲表现的人生,决不是一人一家的人生,乃是一社会一民族的人生。不过描写全社会的病根而欲以文学小说或剧本的形式出之,便不得不请出几个人来做代表。他们描写的虽只是一二人、一二家,而他们在描写之前所研究的一定是全社会、全民族。从这里研究得普遍的弱点,用文字描写

---

① 佚名:《五虎平西前传序》,见丁锡根编著:《中国历代小说序跋集》,北京:人民文学出版社,1996年,第997页。
② 如莲居士:《说唐全传序》,见丁锡根编著:《中国历代小说序跋集》,北京:人民文学出版社,1996年,第963页。
③ 彭一楷:《台湾外志叙》,见丁锡根编著:《中国历代小说序跋集》,北京:人民文学出版社,1996年,第1045页。
④ 陈枚:《水浒传序》,见丁锡根编著:《中国历代小说序跋集》,北京:人民文学出版社,1996年,第1501页。

出来,这才是表现人生的文学"。① 文学必须体现出它对现实的批判,通过对现实荒诞性的揭示,进而引领读者来思考这一现实存在的问题,如《三国演义》回答了君子和小人在历史上的地位问题,《水浒传》试图对官和匪加以区分,《杨家将演义》《说岳全传》书写了小人得志、忠臣遭难的人类永恒悲剧命运。

历史演义小说的劝惩是史传的核心——"道义"衍化而来,其实现维持名教的手段无外乎"以忠臣报国为主,劝善惩恶为先","虽有如鬼如蜮之奸谋,皆付诸横逆之来可耳",通过善恶有报的叙事框架的构架,进而使读者获得阅读的快感,并在潜移默化之中获得教益。如《水浒传》中的宋江,一个卑微小吏,如何坐得稳梁山的第一把交椅?当年鲁国想让乐正子为政,孟子听说后非常高兴,别人问:"乐正子强乎?""有知虑乎?""多闻识乎?"孟子回答说都不是。乐正子的优点只是"好善","好善,则四海之内皆将轻千里而来"。② 宋江就是梁山的乐正子。正是有了他的好善,才有了勇猛的李逵、武松,智慧的吴用、公孙胜这样的好汉"轻千里而来",形成了梁山宋江时代的大局面。

但也有一部分历史演义小说在叙事中也穿插了一些艳情描写,如《隋唐演义》《南北史演义》。明清历史小说中涉及隋炀帝的共有七部:《隋唐两朝志传》《唐书志传通俗演义》《大唐秦王词话》《隋炀帝艳史》《隋史遗文》《隋唐演义》《说唐全传》,其中集大成者是褚人获的《四雪草堂重订通俗隋唐演义》,有康熙乙亥序本、乾隆刻本和嘉庆刻本等。"从明初至乾隆癸卯的长达四百年的时间里,隋炀帝一直被明清小说家作为描写对象,这在明清小说史上称得上是罕见的'隋炀帝现象'"。③ 对于羼杂其中的艳情描写,序跋者从历史兴衰的角度给读者一些提示,进而引起读者在阅读过程中的警醒,"政令之是非,风俗之淳薄,礼乐之举废,宫闱之淑慝,即于此寓焉。其兴也,必有所以兴;其亡也,必有所以亡"。"其间忠奸邪正,亦足以惩劝于兴起",只是这种解释的策略和《金瓶梅序跋》的手法有些相似。

> 施耐庵著《水浒》,申明一百八人之罪状,所以责备徽宗、蔡京之暴政也。然严于论君相而宽以待盗贼,令读之者日生放辟邪侈

---

① 佩韦:《现在文学家的责任是什么》,见黄霖、韩同文选注:《中国历代小说论著选》,南昌:江西人民出版社,2000年,第579~580页。
② 孟子:《孟子·告子下》,见朱熹集注:《四书集注》,长沙:岳麓书社,1985年,第440页。
③ 曾亚:《论明清小说中的隋炀帝形象》,载《明清小说研究》,1994年第2期,第162页。

之乐,且归罪朝廷以为口实,人又何所惮而不为盗?余故深亮其
著书之苦心,而又不能不深憾其读书之流弊。后世续貂之家冠以
忠义,盖痛恶富贵利达之士,敲骨吸髓,索人金钱,发愤而创为此
论,其言益令盗贼作护身符。①

历史演义小说的序跋同时也意识到小说可能产生的负面影响,如《水浒传》,王望如并不反对其批判现实的行为,所谓的"深亮其著书之苦心",但又对其流弊忧心忡忡,"令盗贼作护生符"。应该说,王望如的担忧是很有道理的,最近有人提出,《水浒传》的电影、电视剧要禁止播出,理由和王望如的说法如出一辙。

4. 世情小说序跋与伦常教化

"极摹人情世态之歧,备写悲欢离合之致",从鲁迅的《中国小说史略》开始,学界通常认为《金瓶梅》作为描写世俗人情的长篇,是世情小说的开山之作。

　　天下最真者,莫若伦常;最假者,莫若财色。然而伦常之中,
如君臣、朋友、夫妇可合而成。若夫父子、兄弟,如水同源,如木同
本,流分枝引,莫不天成,乃竟有假父假子、假兄假弟之辈。噫!
此而可假,孰不可假?将富贵而假者可真,贫贱而真者亦假。富
贵,热也,热则无不真;贫贱,冷也,冷则无不假……本以嗜欲故,
遂迷财色,因财色故,遂成冷热,因冷热故,遂乱真假。因彼之假
者欲肆其趋承,使我之真者皆遭其荼毒,所以此书独罪财色也。②
(康熙三十四年湖南刊本)

清代世情小说存在着"文以载道"和"为文以戏"两条截然不同的创作路线,"文以载道"的世情小说固不待言,即使是"为文以戏"的清代世情小说,也与伦常教化有着莫大的关系,具体体现在理想化人物的塑造、浪子回头的叙事模式和最后的大团圆结局等,如李绿园的《歧路灯》等。

　　亡友郑城郭武德曰:"幼学不可阅坊间《三国志》,一为所涸,

---

① 王望如:《评论出像水浒传总论》,见丁锡根编著:《中国历代小说序跋集》,北京:人民文学出版社,1996年,第1496页。
② 张竹坡:《竹坡闲话》,见刘辉、吴敢辑校:《会评会校金瓶梅》附录二,香港:天地图书有限公司,2014年,第2101页。

则再读承祚之所志,鱼目与珠无别矣!"……乡曲间无知恶少,仿而行之,今之"顺刀手"等会是也。流毒草野,祸酿国家。然则三世皆哑之孽报,岂足以蔽其教猱升木之余辜也哉!《金瓶梅》一书,诲淫之书也。亡友张揖东曰:"此不过道其事之所曾经,与其意之所欲试者耳。"而三家村冬烘学究,动曰:"此《左》《国》史迁之文也。"余谓:"不通《左》《史》,何能读此?既通《左》《史》,何必读此……安所得捷如猿猱,痴若豚豕之徒,而消魔扫障耶?惑世诬民,佛法所以肇于汉而沸于唐也。"①

淮南盗宋江三十六人,横行肆虐,张叔夜擒获之,而稗说加以"替天行道"字样……偶阅阙里孔云亭《桃花扇》,丰润董恒岩《芝龛记》,以及近今周韵亭之《悯烈记》,喟然曰:"吾故曰填词家当有是也!借科诨排场间,写出忠孝节烈,而善者自卓千古,丑者难保一身。使人读之为轩然笑,为潸然泪。即樵夫、牧子、厨媪、爨婢,皆感动于不容已。以视王实甫《西厢》、阮圆海《燕子笺》等出,皆桑濮也,讵可暂注目哉!"因仿此意为撰《歧路灯》一册。田父所乐观,闺阁所愿闻。子朱子曰:"善者可以感发人之善心,恶者可以惩创人之逸志。"友人皆谓于纲常彝伦,煞有发明。②(乾隆四十五年传抄本)

一个高明的世情小说作者总是在看穿了世间的一切之后,又带着无限的依恋,深情回眸,审视着这个葬送了他全部理想和追求的世界。在冷静客观的叙事背后,应该是看不出作者强烈的爱憎了,在他的眼中,人物也好,生活也罢,没有完美,只有丰满的人物形象和有意味的生活。

所谓玉者,不过生活之欲之代表而已矣。故携入红尘者,非彼二人之所为?顽石自己而已;引登彼岸者,亦非二人之力,顽石自己而已;此岂独宝玉一人然哉!人类之堕落与解脱,亦视其意志而已……而《红楼梦》一书,实示此生活、此苦痛之由于自造,又

---

① 碧圃老人:《歧路灯序》,见《古本小说集成》第三辑第一百四十九册,上海:上海古籍出版社,1993年,第33~34页。
② 绿园老人:《歧路灯序》,见丁锡根编著:《中国历代小说序跋集》,北京:人民文学出版社,1996年,第1633页。

示其解脱之道不可不由自己求之者也。①

曹雪芹将宝黛的初相见中的色相和情欲心理描写得异常恣肆与风光，以审美的视角将这一段风流公案写得如此有情调，以至于读者记住了初恋的唯美而忽略了爱情背后的性本能。曹雪芹也没有因为宝黛的美好爱情而放弃了对贾宝玉混乱性生活的揭露，前有梦中对秦可卿的淫行，后有对其与丫鬟袭人、碧痕的性行为的一明一暗的剧透，中间更夹杂着见了姐姐就忘了妹妹的种种泛爱，还有对史湘云醉卧芍药榻的睡相的激赏。贾宝玉算不上是一个干净的人，但他又能每每在心旌摇荡之际，回归爱情的大道上来，且称得上是林黛玉的知己，也算得上是千古一人而已。写贾母带刘姥姥听度水而来的音乐，读者记住了诗酒风流和剔除了杂音的贵族奢华的听觉享受，而忽略了贾母身旁的刘姥姥，这样的乐音对于她而言无异于对牛弹琴，毕竟美好的艺术作品也需要知音的欣赏。

> 客有笑于侧者曰："子以《红楼梦》为小说耶？夫福善祸淫，神之司也；劝善惩恶，圣人之教也。《红楼梦》虽小说，而善恶报施，劝惩垂诫，通其说者，且与神圣同功，而子以其言为小，何徇其名而不究其实也？"②（道光十二年双清仙馆刊本）

而一个艺术素养低下的作者，总是把自己的感情倾向裸露在读者的眼中，爱憎太分明，很容易造成作品人物性格的扁形化及缺乏深度与内涵。鲁迅先生在他的《中国小说史略》里曾经就感情的表现分寸的操控程度，以《儒林外史》和《官场现形记》为例，予以区隔："秉持公心，指摘时弊，机锋所向，尤在士林；其文又戚而能谐，婉而多讽：于是说部中乃始有足称讽刺之书……能烛幽索隐，物无遁形，凡官师，儒者，名士，山人，间亦有市井细民，皆现身纸上，声态并作，使彼世相，如在目前。"③"其在小说，则揭发伏藏，显其弊恶，而于时政，严加纠弹，或更扩充，并及风俗。虽命意在于匡世，似与讽刺小说同伦，而辞气浮露，笔无藏锋，甚且过甚其辞，以合时人嗜好，则

---

① 王国维：《〈红楼梦〉评论》，见颜廷亮：《晚清小说理论》，北京：中华书局，1996年，第138页。
② 王希廉：《红楼梦批序》，见丁锡根编著：《中国历代小说序跋集》，北京：人民文学出版社，1996年，第1163页。
③ 鲁迅撰，郭豫适导读：《中国小说史略》第二十三篇《清之讽刺小说》，上海：上海古籍出版社，1998年，第155～156页。

其度量技术之相去亦远矣。"①但无论是讽刺小说还是谴责小说,作者都在试图通过对社会的观察、思考和解读,进而去用作品精心构架的道德体系去影响读者,以至于撼动世界的丑陋。

> 德不在大小,贵乎真诚。真诚则己饱而念人之饥,己暖而念人之寒。不待来求,而先为之心动。纵使无力,亦为之不倦……有此心量,虽对之圣贤而不惭,质之鬼神而无愧……按之人事,无因无依,惊以为奇;揆之天理,皆从风雪中来,信其不爽。嗟嗟,天心甚巧,功名富贵,不能加于无文无武之廉老,乃荣其子以荣其父母,所以谓之《麟儿报》也。处世者,必乐览于兹编。②(康熙十一年)

> 稗官为史之支流,善读稗官者,可进于史,故其为书,亦必善善恶恶,俾读者有所观感戒惧,而风俗人心,庶以维持不坏也……善者,感发人之善心;恶者,惩创人之逸志……有《水浒》《金瓶梅》之笔之才,而非若《水浒》《金瓶梅》之致为风俗人心之害也!则与其读《水浒》《金瓶梅》,无宁读《儒林外史》。③(嘉庆八年)

> 历观编撰古词者,或劝善惩恶,以归祸福;或快志逞才,以著诗文;或明理言性,以喻他物;或好正恶邪,以辨忠奸。④(乾隆四十七年)

> 小说所最著者《好逑传》《玉娇梨》《平山冷燕》之类,然或仅尚其侠,或慕其才,岂若此说之给事精忠,公子纯孝,昭君节烈,书童真义也哉!君子观之,可以助其上达;小人观之,可以止其下流,庶近忠孝。⑤(乾隆四十七年)

《红楼梦》和《金瓶梅》的高明之处在于通过对真假的拷问,揭示出人生

---

① 鲁迅撰,郭豫适导读:《中国小说史略》第二十八篇《清末之谴责小说》,上海:上海古籍出版社,1998年,第205页。
② 天花藏主人:《麟儿报序》,见《古本小说集成》第三辑第三十六册,上海:上海古籍出版社,1993年,第7~14页。
③ 闲斋老人:《儒林外史序》,见丁锡根编著:《中国历代小说序跋集》,北京:人民文学出版社,1996年,第1681页。
④ 佚名:《满文本金瓶梅序》,见丁锡根编著:《中国历代小说序跋集》,北京:人民文学出版社,1996年,第1107页。
⑤ 松林居士:《二度梅奇说序》,见丁锡根编著:《中国历代小说序跋集》,北京:人民文学出版社,1996年,第1327~1328页。

真正的目的在于乐天知命,在于享受朴素的生活,享受纯洁而健全的人生,尤其是家庭生活与和谐的社会关系,正如北宋诗人程灏的《偶成》所言:"云淡风轻近午天,望花随柳过前川。旁人不识余心乐,将谓偷闲学少年。"①人生的理想寄寓在至善至德的情感之中,而社会和他人的善恶则被弃之不顾。而不够高明的世情小说作者只能借助于"好正恶邪"来显示自己的情感倾向,如《麟儿报》《二度梅奇说》,小说宣教的意图过于显露而近于说教。

> 康熙初间,有某邑民家节妇赵氏者,先是,夫亡,以无依受某聘,行有日矣。偶随里母观剧,演《烂柯山·覆水》,所谓买臣妇者,极尽赧悔欲殉之态,节妇即变色起,不俟终剧而归。呼里母亟以某聘返之,且谓之曰:"我今为买臣妇唤醒矣!"遂苦节四十载而终。噫!观剧之能感人乃如是哉!如节妇者,真不可及已。②

在清代的世情小说中,和上述金埴的记载迥异其趣的是由明代茅坤的《纪剿除徐海本末》和清初余怀的《王翠翘传》流变而来的又名《双奇梦》的《金云翘传》,卷首有清初天花藏主人的序:

> 大都身免矣,而心辱焉,贞而淫矣;身辱矣,而心免焉,淫而贞矣。此中名教,惟可告天,只堪尽性,实有难为涂名饰行者道也……因知名教虽严,为一女子游移之,颠倒之,万感万应,而后成全之,不失一线,真千古之遗香也。余感其情而欣慕焉,聊书此以代执鞭云。倘世俗庸情,第见其遭逢,不察其本末,曰此辱人贱行也,则予为之痛哭千古矣。③

时代思潮的改变不仅影响到小说的评论,对于后来的小说创作也有终极性影响。天花藏主人序跋中关于女子"贞"与"淫"的辩证思考,在一定程度上动摇了理学一统天下的地位。天花藏主人明确指出,"名教虽严,为一女子游移之,颠倒之",名教笼罩下的大众已不再固执地抱持理学的旧观念,读者通过"察其本末",对于王翠翘行动的性质认定已由最初的"辱人贱

---

① 程灏:《偶成》,见傅璇琮等主编:《全宋诗》第十一册,北京:北京大学出版社,1991年,第8229页。
② 金埴撰:《巾箱说》,北京:中华书局,1982年,第139页。
③ 天花藏主人:《金云翘传序》,见丁锡根编著:《中国历代小说序跋集》,北京:人民文学出版社,1996年,第1252~1253页。

行"一变而为"千古之遗香"。王翠翘又变而为《红楼梦》中的秦可卿,同样是"辱人贱行",但曹雪芹在"金紫万千谁治国,裙钗一二可齐家"的时代变局面前,没有"以一眚掩大德","秦可卿淫丧天香楼,作者用史笔也。老朽因有魂托凤姐贾家后事二件,嫡是安富尊荣坐享人能想得到处?其事虽未漏其言,其意则令人悲切感服,姑赦之,因命芹溪删去"。① 再变为《好逑传》中的水冰心,与铁中玉"冒嫌疑而不讳……出奇计而不测……任医药而不辞……分内外而不苟……言始终而不负"。②

清末全新的出版方式极大地便捷了小说的面市,小说热的同时,也出现了关于小说社会作用的大讨论。林纾的《〈巴黎茶花女遗事〉小引》(1899)、《〈英孝子火山报仇录〉序》(1905)、《〈鬼山狼侠传〉序》(1905)、《〈孝女耐儿传〉译本序》(1907),梁启超的《论小说与群治之关系》(1902)、《小说丛话》(1903),夏曾佑的《小说原理》(1903),狄平子的《论文学上小说之位置》(1903),王无生的《论小说与改良社会之关系》,徐念慈的《余之小说观》(1908)等,都强调了小说传播新知、开启民智的作用。这一时期比较重要的小说序跋,如夏曾佑《论小说之势力及其影响》(1907)、吴趼人的《〈月月小说〉序》《〈两晋演义〉自序》(1906),都触及了小说的文学地位、社会功用、艺术特质等问题,反映了当时的小说盛况和一般的小说理论。

> 是以不惮辛勤,广为采辑,附纸分送。或译诸大瀛之外,或扶其孤本之微,文章事实,万有不同,不能预拟。而本原之地,宗旨所存,则在乎使民开化。自以为亦愚公之一畚,精卫之一石也。③

与中国两千多年"寓教于乐"的文学传统不同的是,夏曾佑的这段话过分强调了小说的社会作用,而过重的功利色彩可能会削弱小说的文学性。相比较政教功能来讲,小说的娱乐价值和认知价值也不容忽视,然而随着时局的恶化和小说禁毁运动的不断深入,小说的政教功能被反复强化,浸染成俗,故态难拔,这一态势直接影响了近现代和当代对于小说发展路径的选择。

---

① 曹雪芹:《脂砚斋甲戌抄阅再评石头记》,上海:上海古籍出版社,1985年。
② 名教中人:《好逑传》,见《古本小说集成》第四辑第四十三册,上海:上海古籍出版社,1994年,第282页。
③ 夏曾佑:《〈国闻报〉附印说部缘起》,见颜廷亮:《晚清小说理论》,北京:中华书局,1996年,第74页。

5. 神魔小说序跋与放纵心灵的检束

神魔小说"作者不是以宗教式的迷狂和激情匍匐在鬼神脚下,向着非人间异己力量进行自我否定的'原罪'忏悔,而是以冷静的理性审视传统宗教思想资料,为我所用,借幻想形象与幻想世界巧妙地表达他们对现实的关心和对自我价值的肯定"。① 可是,清代小说序跋者对于神魔小说作了道学化的解读。

> 盖将史后之人,见之而知戒,虽遇艳冶当前,不必目迎而送之,以启妖氛之衅,因此而自惩……盖此编,信乎昭垂鉴戒,流传久远,有功于世道人心也。亦几与《情史》并著不朽矣。②(光绪十九年文海楼巾箱本)

> 大要可以一言蔽之,曰不外一心而已……故学者但患放心之难收,不患正果之难就,此书之谆谆觉世,其大旨宁外是哉!③(九如堂刊本)

> 予今批《西游记》一百回,亦一言以蔽之,曰:只是教人诚心为学,不要退悔……正心修身、黾勉警策、克己复礼之至要……迁善改过,以底于至善而后已。④(乾隆十三年)

> 其书阐三教一家之理,传性命双修之道,俗语常言中,暗藏天机;戏谑笑谈处,显露心法。⑤(乾隆二十三年)

> 故抱度世婆心者,或托之风痴,庶有以惊其聋聩而转其愚蒙,示以奇怪而发人深省,其与静处通神,正容说法,盖亦无弗同也。⑥(务本堂刊本)

吴炳文在《雷峰塔序》中认为许仙的遭遇完全是由于内心的放纵,"艳

---

① 刘上生:《中国古代小说艺术史》,长沙:湖南师范大学出版社,1993年,第193页。
② 吴炳文:《雷峰塔序》,见丁锡根编著:《中国历代小说序跋集》,北京:人民文学出版社,1996年,第1435页。
③ 明轩主人:《四游合传序》,见丁锡根编著:《中国历代小说序跋集》,北京:人民文学出版社,1996年,第1398页。
④ 张书绅:《新说西游记总论》,见丁锡根编著:《中国历代小说序跋集》,北京:人民文学出版社,1996年,第1362页。
⑤ 刘一明:《西游原旨序》,见丁锡根编著:《中国历代小说序跋集》,北京:人民文学出版社,1996年,第1364页。
⑥ 桃花庵主人:《醉菩提传序》,见丁锡根编著:《中国历代小说序跋集》,北京:人民文学出版社,1996年,第1420页。

冶当前","目迎而送之,以启妖氛之衅",并希望天下读者从许仙的人生悲境之中吸取人生教训,只有如此解读,方能"有功于世道人心"。而对于《西游记》《醉菩提》,小说中的道家文化气息非常浓厚,而序跋者对此视而不见,只是在宣扬小说中的"诚心为学""正心修身、黾勉警策、克己复礼""抱度世婆心"。

6. 文言小说序跋与羽翼名教

文言小说的知识体系既包括天文地理、禽兽草木等自然知识,又包含旧闻传说、殊方异物等社会知识。博物通人,知今温古,考前代之宪章,参当时之得失,俱以所见,各记旧闻。《四库全书总目》"子部·小说家类"小序云,文言小说"唐宋而后,作者弥繁。中间诬谩失真,妖妄荧听者固为不少,然寓劝戒、广见闻、资考证者亦错出其中"。"迹其流别,凡有三派:其一叙述杂事,其一记录异闻,其一缀辑琐语也"。"今甄录其近雅驯者,以广见闻。惟猥鄙荒诞,徒乱耳目者则黜不载焉"。① 将小说功用界定在教化功能、历史功能和学术功能等三个方面。

《四库全书总目》认可小说对人生大道的揭示,"反对虚构,注重可信性","叙事简括,不以情节取胜","尚质黜华,反对藻饰"。② 一言以蔽之,崇尚"著书者之笔",贬斥"才子之笔"。四库馆臣反对的小说模式有二:其一,情节虚构,铺陈描摹,"诬谩失真,妖妄荧听";其二,渲染情感,尚奇志怪,"猥鄙荒诞,徒乱耳目"。③

《四库全书总目》的编纂者永瑢等言及传奇则带有贬斥的色彩,传奇几乎被边缘化。唐传奇中的《莺莺传》《李娃传》《霍小玉传》《枕中记》等概不著录;元明中篇传奇中的《娇红记》《钟情丽集》《剪灯新话》等被视而不见,仅有《飞燕外传》《大业拾遗记》《海山记》《迷楼记》《开河记》等几种带有史传色彩的二三流作品被著录,且悉数被列入"小说家类存目"。在《四库全书》编纂者的眼中,传奇似乎成了文言小说的末流。

清代文言小说的序跋者多为宦达之士,或为社会名流,他们在羽翼名教这一问题的认识上和四库馆臣是一致的。

> 是编所载,多忠孝廉节之概,经纬权变之宜,其大者实有裨于

---

① 永瑢等:《四库全书总目》,北京:中华书局,1965年,第1182页。
② 宋莉华:《清代笔记小说与乾嘉学派》,载《文学评论》,2001年第4期,第110页。
③ 永瑢等:《四库全书总目》,北京:中华书局,1965年,第1182页。

国家,有功于名教,至于风雅澹词,山林逸事,足以启后学之才思,资艺林之渊薮者,无不表而出之。虽其人之生平不尽此数语,即是编亦不足以尽当世之贤豪,而条疏节取之下,使人人解颐欣赏,如入宝山,如游都市,其为益也……以备一代人文之盛,而后乃知丹麓倡始之功为不可泯也。①

先生之书,微之见性,彰之律躬,内之持心,外之应物,约之律历经史总要之言,博之即先贤一言一行之善,下及稗乘虞初淆诡者,考核是正;为劝则挽近之姓氏必表而出之,为戒则但记其事而不著其人;其体制切而赅,其用心深以厚,其立言皆可为天下后世法,非仅仅先生家庭训诫之书也。②

藏之家塾,示吾子孙,大之可以畜德,小亦可以多识。③

皆有关正学,足以羽翼名教。④

劝戒之意即寓于中,使读者或时解颐抚掌,或时骇目惊心,乃益信此真儒者好事之所为也。⑤

大旨主于维风教、示劝惩,博物洽闻,阐幽探颐,下逮间巷歌谣、闺阁怀思之细,无不取之。⑥

余谓稗家小说,犹得与于公史。劝善惩淫,隐阳秋于皮底;驾空设幻,揣世故于笔端。⑦

晋阳李凤石先生,古君子也,一日以《耳载》示余,且索余言。余读之如读异书,得未曾有其所载,皆可喜、可愕、可感、可叹之事,可以启人之善思焉,可以警人之愿志焉,可以坚人之信心,破人之挛见焉。是书也,其有功于名教不浅,非直为纪闻志怪之书

---

① 严允肇:《今世说序》,见《清代笔记小说大观》(一),上海:上海古籍出版社,2007年,第102~103页。
② 计东:《说铃序》,见丁锡根编著:《中国历代小说序跋集》,北京:人民文学出版社,1996年,第450~451页。
③ 王士禛:《池北偶谈自序》,见丁锡根编著:《中国历代小说序跋集》,北京:人民文学出版社,1996年,第453页。
④ 彭榕:《坚瓠集乙集序》,见褚人获撰:《坚瓠集》,杭州:浙江人民出版社,1986年。
⑤ 毛宗岗:《坚瓠三集序》,见丁锡根编著:《中国历代小说序跋集》,北京:人民文学出版社,1996年,第457~458页。
⑥ 毛际可:《坚瓠四集序》,见丁锡根编著:《中国历代小说序跋集》,北京:人民文学出版社,1996年,第459页。
⑦ 风月盟主:《赛花铃后序》,见丁锡根编著:《中国历代小说序跋集》,北京:人民文学出版社,1996年,第1272页。

而已也。①

清代文言小说吸收了史著的合理内核,以其洗练的叙事,在没有虚构的前提下,一样给人以内心的警醒与震撼,如纪昀的《阅微草堂笔记》。"如果说《聊斋》洋溢着一个中年才士对人间的悲愤和憎爱,那么《阅微草堂笔记》已渗透了一个老年智者对人间的省悟和悲凉。这是一部借幽怪以阅世的书,借狐鬼情状来抒写感慨之时,往往能洞见人间的内情和心计,显得老辣而圆融"。②《阅微草堂笔记》中的狐鬼和蒲松龄《聊斋志异》中的狐鬼迥异其趣,如果说《聊斋志异》中的狐鬼是事件的积极参与者和当事人,而《阅微草堂笔记》中的狐鬼只是作为旁观者,悠哉地注视着人类的各种不磊落。作为真相的揭秘者和主流文化的捍卫者,纪昀以理来驾驭和诠释各类怪异故事中的人和事,以引起读者快意的大笑为收结,并在读者的笑声中完成了对丑陋的否定和对正义、道德的弘扬。

纪昀认为小说虽"不入儒家",但也具备劝惩功能:"小说稗官,知无关于著述;街谈巷议,或有益于劝惩。"(《滦阳消夏录自序》)"诚不敢妄拟前修,然大旨期不乖于风教。"(《姑妄听之自序》)清代的序跋者如强望泰也明确指出《阅微草堂笔记》惩恶而劝善的艺术特征:"即此一编,反观内镜,可以为孝子悌弟,可以为义夫节妇,可以为仁人端士,可以为忠臣良吏,下之亦不失为谨身寡过,无灾无害之幸民。"③如《槐西杂志(三)》记载了太湖一渔户嫁女,船至江心,风浪陡作,即将船毁人亡。新娘果断破帘而出,"一手把舵,一手牵篷索,折戗飞行,直抵婿家",最后,既保住了一船人的性命,又没有耽误良辰。对此,世俗颇有争议,认为新娘越礼,要受到谴责。对此,徐时栋则认为:"如此责语,粪土之言耳!何足记述,何足辩难?即非渔户女而苟能济此危急,虽圣女亦必破羞。而岂将以区区之礼与一船人命较轻重哉!柳。"④

《今世说》等笔记体小说,则如《世说新语》,寥寥数语勾勒出人物的风神,在隽永的笔触之中完成对人物的褒贬,同时也明示了作者的感情倾向,

---

① 孙闳达:《原李耳载序》,见丁锡根编著:《中国历代小说序跋集》,北京:人民文学出版社,1996年,第433页。
② 杨义:《中国古典小说史论》,北京:中国社会科学出版社,1995年,第501页。
③ 强望泰:《阅微草堂笔记五种撷抄序》,见丁锡根编著:《中国历代小说序跋集》,北京:人民文学出版社,1996年,第185页。
④ 徐时栋评点并跋:《阅微草堂笔记》,中国国家图书馆藏清嘉庆二十一年刻本,转引自吴波:《徐时栋评点〈阅微草堂笔记〉探析》,载《中国文学研究》,2012年第2期,第136页。

借以提倡忠孝节义的儒家道德,表彰高于世俗的才华、人格、风度。

> 今朝廷右文,名贤辈出,阀阅才华,远胜江左,其嘉言懿行,史不胜载,特未有如临川裒聚而表著之。天下后世亦谁知此日风流,更有度越前人者乎……稿凡数易,历久乃成。或疑名贤生平大节固多,岂独借此一端而传?不知就此一端,乃如颊上之毫,睛中之点,传神正在阿堵。①

匈牙利学者特凯伊·费伦茨说:"这是一部引人入胜的作品……展现在我们面前的完全是一个鬼神的世界。在这个世界上,人们受摆布,被束缚,不能真正站立起来。各种各样的危险在窥视着他们。但是所有的故事都贯穿着一个信念,即真正的人道主义的信念。"②特凯伊·费伦茨进而指出,在人道主义之后,使得这种道德规范无法实现的正是宣传它们的社会制度本身。《聊斋志异》通过对颠倒了礼教道德规范的旧中国的描写,表现出了社会的内在矛盾,即借助于较完美的旧礼教,却颠倒错乱成了非人道的官僚社会。

(三)清末小说序跋的新变与新民说

中国古代的小说家们大都将文本当作个人发抒情怀和载道的工具,而从1840年鸦片战争到1911年,中国被强行拖入民族国家争斗的旋涡之中,在面对外来文化的冲击和坚船利炮的打击之后,清末的小说家们已然认识到唤醒民众的必要,而向民众灌输新思想最便捷的形式莫过于小说,因而自觉地将小说创作与思想宣传联结在一起。

> 新理繁赜,非尽人能知也;哲理幽渺者,非尽人能喻也。中国文言俗语,分为二途,百人中识字者无十人,识字中能文义者亦然。译文言之书读者百人,译一粗俗小说读者千人矣。故文言不如小说之普及也。抑吾闻之,喻人以庄论危言,不如以谐语曲譬,以其感人深耐寻绎也。③

---

① 王晫:《今世说序》,见《清代笔记小说大观》(一),上海:上海古籍出版社,2007年,第104页。
② [匈牙利]特凯伊·费伦茨著,罗素冬译:《匈牙利文〈聊斋志异选〉译后记和目录》,载《蒲松龄研究》,2000年第Z1期,第485页。
③ 延陵公子:《月月小说出版祝词》,载《月月小说》创刊号卷首(1906年11月1日)。

内忧外患是中国古代小说由古典向现代过渡的现实动因，与救亡图存的基调相一致，文学观念上，"开民智""新民说"成为近代文学功能的新要求和价值标准，政教功利主义占据了统治地位："吾于是欲持此小说窃分教员一席焉。他日吾穷十年累百月而幸得杀青也，读者不终岁而可以毕业；即吾今日之月出如干页也，读者亦收月有记忆之功，是则吾不敢以雕虫小技妄自菲薄者也……则不敢不慎审以出之。"①这一时期，无论是改良派还是革命派，清末的小说作家们在创作诉求上出现了惊人的一致：其一，坦露对于时局的看法，如梁启超在《新中国未来记绪言》中所说的："兹编之作，专欲发表区区政见，以就正于爱国达识之君子。"②羽衣女士在《东欧女豪杰》第一回中便云："普告国中有权有势的人，叫他知道水愈激之愈逆行，火愈煽则愈炽烈，到那横流祸起、燎原势成的时候，便救也救不来了。不若趁早看真时势，改换心肠，天下为公，与民同乐，免致两败俱伤，落得后来小说家又拿来当作前车之鉴、后事之师罢！"③清末小说中用频最高的"新""时代""未来""历史""世界潮流"等正是植根于民族自强的文化图景中。其二，清末的小说家大都认识到，要促进社会进步，就必须破除劣习和旧俗，如壮者在《扫帚迷》第一回中说："阻碍中国进化的大害，莫若迷信。你们试想，黄种智慧不下白种，何以到了今日，相形见绌？其间必定有个缘故。乃因数千年人心风俗习惯而成，也不是一朝一夕的事……虽今日地球大通，科学发达，而亿万黄人，依然灵魂薄弱，罗网重重，造魔自迷，作茧自缚，虽学士大夫，往往与愚夫愚妇同一见识……故欲救中国，必自改革习俗入手。"④其三，宣传新知识，以期振厉末俗，激发国耻，更借欧美小说的翻译以推动社会的变革和进步。梁启超的《论小说与群治之关系》《译印政治小说序》《小说丛话》等为诸种文体的革新和翻译文学的输入提供了思想武器和理论根据。吴趼人曾感慨地说："吾感夫饮冰子《小说与群治之关系》之说出，提倡改良小说，不数年而吾国之新著新译之小说，几于汗万牛充万栋，犹复日出不已而未有穷期也。"⑤翻译小说的出现扩大了国人的生活视野和艺术视野，对于激发国人团结御侮、奋发图强的爱国精神，促进中国文

---

① 吴趼人：《月月小说序》，载《月月小说》创刊号卷首（1906 年 11 月 1 日）。
② 转引自陈大康：《中国近代小说编年》，上海：华东师范大学出版社，2002 年，第 92 页。
③ 羽衣女士：《东欧女豪杰》，见阿英编：《晚清文学丛钞》"小说一卷"上册，北京：中华书局，1960 年，第 84 页。
④ 壮者：《扫帚迷》，见阿英编：《晚清文学丛钞》，北京：中华书局，1960 年，第 390～391 页。
⑤ 吴趼人：《月月小说序》，载《月月小说》创刊号卷首（1906 年 11 月 1 日）。

学的近代化和艺术形式的革新起着积极的促进作用。据阿英《晚清戏曲小说书目》,这一时期共翻译小说608种,其中出版于1905年之前的有154种,重要的有英国笛福的《绝岛漂流记》(即《鲁滨孙漂流记》)、斯威夫特的《汗漫游》(即《格列佛游记》)、斯蒂文生的《金银岛》,法国嚣俄(雨果)的《悲惨世界》(原名《惨社会》),俄国普希金的《俄国情史》等。

到了戊戌变法期间,小说的功利主义倾向进一步抬头。戊戌变法失败后,梁启超于1902年发表了《新民说》,文学的功能作用夸大到了无以复加的地步。这种文学观念一方面导致文学审美功能的削弱,另一方面小说的社会地位却得到了很大的提升。1902年(光绪二十八年),梁启超在日本创刊《新小说》,连载了吴趼人的《二十年目睹之怪现状》。在他的倡导和带动下,《绣像小说》《新新小说》《月月小说》《小说林》相继问世,大量的社会小说被连载,有力地促进了清末小说创作的繁荣。清末小说也从过去的"文以载道"的桎梏中跳脱出来,由劝善惩恶一变而为开启民智、传播西方文化、宣传维新变法的一种艺术形式。

晚清小说理论家们对于小说社会地位的提振在很大程度上促进了晚清小说的勃兴,同时也出现了以梁启超为首的以"致用"为核心的功利主义文学观和以王国维为代表、以审美为中心的非功利主义文学观的尖锐对立。黄人(黄摩西)在光绪三十三年正月(1907年2月)的《小说林发刊词》中予以纠偏:"昔之视小说也太轻,而今之视小说又太重也。""国家之法典,宗教之圣经,学校之科本,家庭社会之标准方式,无一不赐于小说者。其然,岂其然乎?"[①]黄人认为小说并不直接具有群治的作用,而是首先给人以美的感受,在潜移默化之中影响读者的思想和感情。黄人从理论上对于小说作用的重估,从根本上否定了任意夸大小说作用的观点,是颇有见地的。

> 小说之影响于社会固矣,而社会风尚实先有构成小说性质之力,二者盖互为因果也。吾国南北两部,风气犁然而异,北方各行省,地斥卤而民强悍,南人生长膏沃,体质荏弱,而习为淫靡,故南北文学亦因之而分,而小说尤显著。北人小说,动言侠义;而出于南人者,则才子佳人之幽期密约,千篇一律,儿女英雄,各据其所

---

① 黄人著,江庆柏、曹培根整理:《黄人集一五·小说林发刊词》,上海:上海文化出版社,2001年,第288~289页。

融冶于社会者为影本。原其宗旨，未始非厌数千年专制政体之束缚，而欲一写其理想中之自由。①

在1907年的《小说小话》中，黄人继续阐发其对于社会与小说互为因果、互相作用的辩证关系，纠正了梁启超忽视社会对于小说的作用、夸大小说对社会的反作用的错误，弥补了侠人忽略小说对于社会的反作用的片面认识。

三、小说的娱乐功能与清代小说序跋

和宗教、科学类书籍不同的是，小说的存在价值之一就是其与生俱来的娱乐功能。胡怀琛先生在《中国小说概论》中对小说作了这样的界定："'小'就是不重要的意思，'说'字，在那时候和'悦'字是不分的，所以有时候'说'字就等于'悦'字。用在此处，'说'字至少涵有'悦'字的意思。'小说'就是讲些无关紧要的话，或是讲些笑话，供给听者的娱乐，给听者消遣无聊的光阴，或者讨听者的欢喜，这就叫做小说。当时不称为'小语'，不称为'小言'，不称为'小记'，而称为'小说'，就是这个意思……凡是一切不重要，不庄重，供人娱乐，给人消遣的话称为小说。"②萧相恺先生在其《中国通俗小说的本质特征》中总结的明清通俗小说的三大特征中也提到了小说的"娱乐性品格"，"表现在作品的内容和形式上，则是它比一般的雅小说更多地强调故事的新奇刺激，情节的离奇曲折……给人娱乐、让人消遣"。③而从大众阅读小说的心理诉求来分析，大多数读者的小说阅读行为意在消遣，而为了汲取知识、解决疑难的应用型读者和探索未知、创造新知识的研究型读者相对较少。

小说的娱乐功能越来越引起序跋者的极大关注，因为"读者读小说，不像读经史那样，是为了求取'经义'，作为进身之阶，而仅仅是为了消愁解闷，遣情寄兴，追求的是新奇有趣……重要的是迎合读者的兴味，博得他们的欢迎"。④ 如《红楼梦》第二十三回，茗烟因贾宝玉终日不快，"因想与他

---

① 黄人著，江庆柏、曹培根整理：《黄人集一六·小说小话》，上海：上海文化出版社，2001年，第319页。
② 胡怀琛：《中国小说概论》，见刘麟生主编：《中国文学八论》，郑州：中州古籍出版社，1991年，第3页。
③ 萧相恺、张虹：《中国古典通俗小说史论》，南京：南京出版社，1994年，第6页。
④ 欧阳健：《古代小说版本漫话》，沈阳：辽宁教育出版社，1992年，第14～15页。

开心,左思右想,皆是宝玉顽烦了的,不能开心,惟有这件,宝玉不曾看见过。想毕,便走去到书坊内,把那古今小说并那飞燕、合德、武则天、杨贵妃的外传与那传奇角本买了许多来,引宝玉看"。

> 此书直与《水浒》《西游》《平妖》《逸史》一般诡异,但觉新奇可喜,怪变不穷,以之消长夏、祛睡魔而已,又何必究其事之有无哉? 又何必论其文之优劣哉?①
> 观此者可以消白昼,可以娱暇日。②
> 予今年四十有四矣,未尝遇怪,而每喜与二三友朋于酒场茶榻间,灭烛谈鬼,坐月说狐,稍涉匪夷,辄为记载,日久成帙,聊以自娱。③

清代最能体现通俗小说娱乐功能的当是李渔的《十二楼》,虽然小说多处引用儒家经典名句,以标举普世性的道德立场,但李渔的诗酒风流的特性不仅没有因为其所表达的伦理诉求而有所减色,反而因儒家经句而赋予了叙事视角以戏剧化,尤其是一系列的误会和因果的设置,使得小说情节更加奇巧。儒家经句与小说中的议论互为调侃,构成李渔小说自娱娱人的艺术个性。

> 觉道人将以是编偕一世人结欢喜缘,相与携手,徐步而登此十二楼也,使人忽忽忘为善之难而贺登天之易,厥功伟矣! 道人尝语余云:"吾于诗文非不究心,而得志愉快,终不敢以稗史为末技。"④

《连城璧》中的《贞女守贞来异谤 朋侪相谑致奇冤》,三段限知限能叙事模式下的情节的组合,使得故事中人只能各见其所能见,并且都根据自己良好的意愿,而不是对他人负责的态度,从而不自觉地误入歧途,最终组

---

① 褚人获:《封神演义序》,见丁锡根编著:《中国历代小说序跋集》,北京:人民文学出版社,1996年,第1404页。
② 汪逢尧:《真君全传序》,见丁锡根编著:《中国历代小说序跋集》,北京:人民文学出版社,1996年,第1397页。
③ 和邦额:《夜谭随录序》,见丁锡根编著:《中国历代小说序跋集》,北京:人民文学出版社,1996年,第167页。
④ 钟离浚水:《十二楼序》,见《古本小说集成》第二辑第五册《十二楼》(下),上海:上海古籍出版社,1992年,第5~6页。

成综合视角,读者在恍然大悟中感受到了阅读的快乐。《鹤归楼》以段玉初、郁子昌、绕翠、围珠四人不同的生活态度及生存状态的组合,"启发人们在动荡时世,应以名士的洒脱面对生死离别,善于在逆境中进行心理调适"。① 李渔以近俗的语言打造了大俗大雅的艺术境界,近乎庸俗的情节却散发着高雅的理趣。"机者,传奇之精神;趣者,传奇之风致"。② 段玉初和郁子昌的一番似是而非的高论妙就妙在从名教翻转而来,二人生活情境的对立充满着立德立功和居家纳福的悖谬。"自任适意","再现大动荡背景下情色的欲的汹涌,而无论是涉及道德,抑或人生、情色欲,李渔的笔调均或多或少地带有自我沉醉的意识"。③ 然而,李渔的娱乐化的创作倾向自然招致了正统文人的攻讦:"沈宫詹绎堂先生评曰'聪明过于学问',洵知言也。但所至携红牙一部,尽选秦女吴娃,未免放诞风流。"④

但也有个别的例外,如袁枚在为其《子不语》作序时就特别强调了小说的自娱倾向。

> 余生平嗜好,凡饮酒、度曲、樗蒱,可以接群居之欢者,一无能焉,文史外无以自娱。乃广采游心骇耳之事,妄言妄听,记而存之,非有所惑也。⑤
>
> 初读河间纪氏之《阅微草堂笔记》,辄怦怦于中。嗣读长洲彭氏所辑《二十一史感应录》,尤服其用心之善,可以雅俗共赏。惟是纪氏所录,已经众著于人,彭氏所录,则其事益古,似不若见闻,近接者尤足以震悚而昭信,遂于肄业之暇,诠次成编,随时以稿呈家大人点定。其间有得自家大人口授者……期以为寡过迁善之助。⑥

序跋中值得特别注意的是"自娱"和"非有所惑"。所谓"非有所惑",袁枚明白无误地将他创作这部书的动机区别于干宝和王琰等人。干宝创作

---

① 杨义:《中国古典小说史论》,北京:中国社会科学出版社,1995年,第381页。
② 李渔著,江巨荣、卢寿荣校注:《闲情偶寄》,上海:上海古籍出版社,2000年,第36页。
③ 王军明:《儒家经句与〈十二楼〉叙事伦理学阐释》,载《三峡大学学报》,2017年第3期,第48页。
④ 刘廷玑著,张守谦点校:《在园杂志》,北京:中华书局,2005年,第40页。
⑤ 袁枚:《子不语自序》,见《笔记小说大观》第二十册,扬州:江苏广陵古籍刻印社,1983年,第1页。
⑥ 梁恭辰:《池上草堂笔记自序》,光绪庚寅刊本。

《搜神记》是"明神道之不诬",王琰作《冥祥记》是为"释氏辅教"。袁枚不喜释道二教,又写志怪小说,只是"自娱",以文为戏,但个别篇章流于恶谑,成为败笔。《子不语》异于明末志怪的荒怪,诞而不情的地方在于这些鬼怪都有着世俗的算计、世俗的情态、世俗的愚蠢或聪慧。当然,这种人化并没有鲜明的象征或影射意味,而是在表面上的漫不经心描绘的同时,不露斧凿痕迹地完成对世俗和人性的冷嘲热讽。因此,《子不语》的最大美感特征在于以浓郁的情趣娱人,而不是以深沉的命意动人,这一点与纪昀的《阅微草堂笔记》迥异其趣。

近代以来,报章杂志相继问世,"艺术作品能否为社会上的观赏者所接受,观赏者在接受过程中能否获得精神上收益和愉悦,是艺术成规的奖惩性发挥作用之所在"。① 梁启超的《新小说》(1902),李伯元的《绣像小说》(1903),吴趼人等的《月月小说》(1906),曾朴、徐念慈及黄人的《小说林》(1907)直接带动了近代小说在运作方式上的变化,如《海上花列传》《官场现形记》《文明小史》《活地狱》《老残游记》《孽海花》《中国现在记》《邻女语》《负曝闲谈》《东欧女豪杰》《新中国未来记》《黄绣球》等,大都是先在报刊上发表,尔后再由出版社刊刻。但报章杂志的主编首先考虑的不是小说的艺术品质,而是读者的阅读需求,即小说的趣味性、娱乐性和消费性。小说的商业价值成为小说创作的隐形操盘手,但读者的多元化需求也为不同类型的小说的传播提供了丰富的可能性,如《申报》在刊登外国译介小说的同时,也刊登近代小说和明清旧小说,如王韬的《遁窟谰言》(1875)、宣鼎的《夜雨秋灯录》(1877)、张南山的《何典》(1878)、西冷野樵的《绘芳录》(1878)、慕真山人(俞达)的《青楼梦》(1878)、许秋垞的《闻见异辞》(1878)、邗上蒙人的《风月梦》(1883)。

清代通俗小说以其鲜明的娱乐化特征赢得了读者的青睐和广大的图书市场,虽说读者和作家之间借助于小说文本实现着精神的交流,但读者从来就不是完全被动地接受既有的精神产品,读者通过对文本的选择宣示着个人的喜好。德国曼弗烈德·纳乌曼在《从历史、社会角度看文学接受》一文中曾说:"某一时代产生的文学不仅仅体现着作家们的创作个性,同时也体现了读者们的需求、趣味和接受能力。因此,这一时期创作的作品或作品集合所显示的不同的特性总是内含了文学接受中的读者或读者群体

---

① 王小舒、凌晨光:《审美艺术教育论》,郑州:河南人民出版社,2005年,第118页。

的某些特性。"①同样,接受美学的奠基人姚斯也明确指出:"一部文学作品,并不是一个自身独立、向每一时代的每一读者均提供同样的观点的客体。它不是一尊纪念碑,形而上学地展示其超时代的本质。它更多地像一部管弦乐谱,在其演奏中不断获得读者新的反响,使本文从词的物质形态中解放出来,成为一种当代的存在。"②所以说,作家创作不仅是根据自己的好尚,市场的导向绝不可以忽视,一个指望能获得现世成功的作家必须敏锐地捕捉图书市场细微的波动。

清代小说读者的重口味不仅见于清代的笔记,清代小说序跋留下的大量的关于艳情小说的评论文字可以作为那个时代欣赏口味之重的另一有力证据,而清人的重口味的欣赏趣味又直接拉动了通俗小说在追求小说娱乐性的道路上愈走愈远,或者说,性欲的满足已经成为清代通俗小说的一个重要的叙事元素。读者喜闻乐见故事中人在无度的纵欲求欢中实现并毁灭生命的价值,没有了理想的指引和道德的约束,人们感受到了生命价值的虚妄。徐念慈就注意到了在市场化大背景下商业机制所起到的作用,在其《余之小说观》(连载于《小说林》第九期、第十期)一文中,徐念慈就公布了其对于当时图书出版市场与读者品味的调查结果,并通过与日本图书市场的对比,得出了"不得不为社会之前途危矣"③的先见。庞春梅就曾劝过潘金莲:人生在世,且风流了一日是一日。而序跋者在小说的传播过程中大多扮演着一个粉饰者的角色,将本是不可重复的个体生理体验硬生生地拉进社会普遍接受的普世价值体系之中。虽也有部分序跋在对小说的淫邪做派加以口诛笔伐,但由于自身的分量(包括序跋者自身的社会影响和作品在社会上的接受度)不够,往往影响不大。

通俗小说序跋更多的是从小说的积极面来加以评点,对其社会影响加以正面的预期,并在同类小说的比较之中找到自己的位置,虽然有的序跋者的所作比较令人发笑,如尤凤真的《瑶华传序》:"于每回之后,妄加评语,其灰蛇伏线处犹恐难明者,特为拈出之,盖由得其情而爱其文也。若《红楼

---

① [德]曼弗烈德·纳乌曼:《从历史、社会角度看文学接受》,见张廷琛编:《接受理论》,成都:四川文艺出版社,1989年,第71页。
② [德]H·R·姚斯:《文学史作为向文学理论的挑战》,见周宁、金元浦译:《接受美学与接受理论》,沈阳:辽宁人民出版社,1987年,第26页。
③ 靳大成:《建立中国现代小说学知识体系的艰难尝试——重析〈余之小说观〉〈说小说〉及〈小说丛话〉》,载《美育学刊》,2012年第3期,第16页。

梦》,但嫌其繁,不觉其有情,致其生出枝节,未见一一收罗。"①序跋者的这一系列行为对于通俗小说的传播产生了影响:短期内通过序跋的推介,完成作者和读者之间有效的双向互动,进而激励作者按照市场的规律和读者的需求进行创作,同时引领读者通过正确的阅读,从而提升审美趣味。序跋者多为小说作者的师友故旧,或者本人,能够比较到位地将作者的创作意图、创作动机和创作过程向读者作一明晰的揭示,而序跋者同时又是读者,清楚自己的阅读需求,作为作者和读者之间的中介,扩大了小说的传播;但从长期的发展来看,序跋可能会给作者制造一种误导,从而出现了捧杀的恶果;给读者造成误导,使读者陷于恶趣中而不能自拔。

---

① 尤夙真:《瑶华传序》,见丁锡根编著:《中国历代小说序跋集》,北京:人民文学出版社,1996年,第1432～1433页。

表 13　见于清代小说序跋的艳情小说

被提及的艳情小说	出处	作序者	作序时间	版本	关于被引艳情小说的评论
《金瓶梅》	《古本三国志序》	李渔	康熙己未，1679年		冯犹龙亦有四大奇书之目：曰《三国》也，《水浒》也，《西游》与《金瓶梅》也。
	《第九才子书平鬼传序》	黄越	康熙庚子，1720年	积庆堂抄本	无者造之而使有，有者化之而使无。不惟不必有其事，亦竟不必有其人……令阅者惊风云之变态而已耳。
	《绿野仙踪序》	陶家鹤	乾隆甲申，1764年		谎到家之文字也，谓之为大山，大水，大奇观书，不亦宜乎？
	《歧路灯序》	绿园老人	乾隆丁酉，1777年	乾隆四十五年传抄本	不通《左》《史》，何能读此；既通《左》《史》，何必读此？
	《儒林外史序》	闲斋老人	嘉庆癸亥，1803年	卧闲草堂刊本	诲盗诲淫……为风俗人心之害。
	《白圭志序》	晴川居士	嘉庆丙寅，1806年	补余轩刊本	无影而生端，虚妄而成文，则无其事而亦有其文矣，但其事无益于世道。
	《清风闸序》	梅溪主人	嘉庆己卯，1819年		凭虚结撰，隐其人，伏其事。
	《绮楼重梦楔子》	兰皋居士		嘉庆刊本	其事则琐屑家常，其文则俚俗小说，其义则空诸一切。
	《载阳堂意外缘序》	龚晋	道光辛巳，1821年		淫者见之谓之淫，文者见之谓之文。
	《林兰香叙》	瞵嵝子		道光十八年刊本	有《金瓶》之粉腻，而未及于妖淫。《金瓶》以乱奇而人奇之。
	《儿女英雄传序》	观鉴我斋	光绪戊寅，1878年	北京聚珍堂活字本	其旨少远，词近微，文可观，事足鉴
《玉妃媚史》	《昭阳趣史序》	白眉老人			

续表

被提及的艳情小说	出处	作序者	作序时间	版本	关于被引艳情小说的评论
《艳史》	《隋唐演义序》	褚人获	康熙乙亥，1695年		合之《遗文》《艳史》，而始广其事；极之穷幽仙证，而已竟其局。其间阙略者补之，零星者删之，更采当时奇趣雅韵之事点染之，汇成一集，颇改旧观。
《玉楼春》	《金石缘序》	静恬主人	乾隆己巳，1749年		作者先须立定主见，有起有收，回环照应，一点清眼目，做得锦簇花团，方使阅者称奇，听者忘倦。

以两性为表现对象的艳情小说在明清两朝获得了长足的发展，性真正成为小说的第一大类题材被加以表现。清代的艳情小说序跋虽然没有表现出太多的迥异于明代小说序跋的时代新思想、新观念，但从序跋者对所征引的艳情小说的评论中可以看出清人对于《金瓶梅》的推崇。张竹坡评点本为清代传播《金瓶梅》的定本，刘辉评价道："张竹坡评本在康熙末年虽已'传者甚少'，原板又被付之一炬，但此后二百年间，在《金瓶梅》屡遭禁毁、其他几种版本流传日稀的情况下，陆续出现了几种张评本的翻刻本，包括所谓《古本金瓶梅》，其实仍是据张评本删改而成。"[1]

在明代小说序跋中，《金瓶梅》被提及的次数只是比《西游记》略多，比《三国演义》和《水浒传》则少之又少。这一情况似乎暗示，虽然并称"四大奇书"（清初李渔最早提出），《金瓶梅》在明朝人心目中的地位并不高。"《金瓶梅》在明代的这种尴尬地位，与其既写人情世态又写床笫性事有关。前者因为纵欲空气的淹没，少有人重视，后者又因为有大量过无不及的艳情小说的存在，使其这一方面难以被突出。因此，在一般明人那里，《金瓶梅》既是一部秽书，同时艺术价值也往往被忽视"。[2] 而在清代小说序跋中，提及艳情小说的共有16处，而提及《金瓶梅》的则占到了11处，第一次超过通俗小说序跋提及《水浒传》的9次和《三国演义》的5次；被提及的艳情小说共6篇，而《梵林艳史》《金瓶梅弹词》《玉妃媚史》等没有被评价，上述数字凸显了《金瓶梅》在清人心目中较高的文学地位。

---

[1] 刘辉：《〈金瓶梅〉成书与版本研究》，沈阳：辽宁人民出版社，1986年，第121页。
[2] 王猛：《明代小说序跋研究》，四川大学博士学位论文，2009年，第109页。

在清代小说序跋对《金瓶梅》的众多评论中，清人关注的焦点在于其"奇"的审美特征和艺术虚构的特点，而对于造成西门大院家反宅乱的淫行则避而不谈，如兰皋居士在《绮楼重梦楔子》中评论《金瓶梅》"其事则琐屑家常，其文则俚俗小说，其义则空诸一切"，对《金瓶梅》中近两万字的性描写则以淡淡的"琐屑家常"一笔带过，从而消解了儒家传统文化对于性放纵的指摘。或者如如如居士《肉蒲团序》，借力于佛道文化的教旨，进而逃避了社会的谴责："一笑千金，便是三乘七宝；香闺绣阁，可通慈室空门。"①有的序跋者甚至将所有的过失都归结为读者的文化缺失，如佚名在《跋金瓶梅后》中也说："胸中无五千卷书，断不可读稗官小说，虽贯华才子诸书，徒坏人心术耳，何暇论其行文之妙、发始之端哉！市井细人，往往以假托之词，据为典故，其不令人喷饭者鲜矣。"②观鉴我斋在《儿女英雄传序》中说："托微词伸庄论，假风月寓雷霆，其有裨世道人心，良非鲜浅。"③

相对于上述对于《金瓶梅》的赞许，批判《金瓶梅》的声音就小了很多，因为清代小说序跋评论《金瓶梅》内容妖淫和为害人心的仅见于《儒林外史序》《白圭志序》《林兰香叙》三处，更何况三书在当时的社会影响力有限。

但不可否认的是，不论是清代的笔记、小说文本，还是小说序跋，对于小说中的色情文字及其所可能产生的社会效果大都进行了口诛笔伐。佩蘅子在《吴江雪》第九回中说："原来小说有三等。其一，贤人怀着匡君济世之才，其所作都是惊天动地，流传天下，垂训千古。其次，英雄失志，狂歌当泣，嬉笑怒骂，不过借来舒写自己这一腔块磊不平之气。这时中等的了。还有一等的，无非说牝说牡，动人春兴的。这样小说世间极多，买者亦复不少。书贾借以觅利，观者借以破愁。"④吴趼人在《九命奇冤》第二十回中也说："我前回从家乡（注：江西）带来的一部大板《金瓶梅》，你又拿来烧了，说是甚么'银（淫）书'。"⑤类似的文字虽然并不少见，但是对性快乐的追逐使

---

① 如如居士：《肉蒲团序》，见丁锡根编著：《中国历代小说序跋集》，北京：人民文学出版社，1996年，第1343页。
② 佚名：《跋金瓶梅后》，见丁锡根编著：《中国历代小说序跋集》，北京：人民文学出版社，1996年，第1109页。
③ 观鉴我斋：《儿女英雄传序》，见《古本小说集成》第一辑第一百零四册，上海：上海古籍出版社，1991年，第5页。
④ 佩蘅子：《吴江雪》，见《古本小说集成》第四辑第三十六册，上海：上海古籍出版社，1994年，第128页。
⑤ 吴趼人：《九命奇冤》，见《吴趼人小说四种》（下），长春：吉林文史出版社，1986年，第104页。

得整个社会对性放纵的谴责是那么的软弱无力。

作为清代小说创作动机最主流的论调,"小说何为而作也?曰:以劝善也,以惩恶也"。但作为清代最著名的小说如《红楼梦》《聊斋志异》,都离不开对两性题材的渲染,性已经演变为对人性美恶的最直接的呈现和取悦读者的不二法门。

表14 清代出版的艳情小说

小说名	现存版本	刊刻时间	其他
《一片情》	好德堂刊本	顺治年间	同治七年丁日昌禁书目著录
《三妙传》	竹轩刊本		同治七年丁日昌禁书目著录
《株林野史》			嘉庆十五年、同治七年被查禁
《梧桐影》	啸花轩刊本	顺康年间	同治七年丁日昌禁书目著录
《十二笑》	墨憨主人序本	清初	不见于同治七年丁日昌禁书目
《弁而钗》		清初	同治七年丁日昌禁书目著录
《载花船》	顺治刊本	清初	同治七年丁日昌禁书目著录
《空空幻》(《鹦鹉唤》《醒世奇言》)	梧岗主人序本	清初	同治七年丁日昌禁书目著录
《醉春风》	啸花轩刊本	康熙年间	不见于同治七年丁日昌禁书目
《杏花天》	啸花轩刊本	康熙年间	抄袭《天缘奇遇》,同治七年丁日昌禁书目著录
	本衙藏版		
	佛云阁刊本		
《巫山艳史》(《意中情》)	啸花轩刊本	康熙年间	同治七年丁日昌禁书目著录
	残本	乾嘉年间	
《欢喜冤家》	梦闲子序本	康熙乙卯,1675年	不见于同治七年丁日昌禁书目
《肉蒲团》(后改名为《循环报》)	西陵如如居士序本	康熙癸酉,1693年	嘉庆十五年被查禁,同治七年丁日昌禁书目只提及《循环报》,而无《肉蒲团》
	木活字本	道光年间	
《金瓶梅》	湖南刊本(张竹坡序本)	康熙乙亥,1695	康熙二十六年、康熙四十七年、雍正三年被查禁,且不见于同治七年丁日昌禁书目
《春灯迷史》	紫宙轩刊本	康熙年间	同治七年丁日昌禁书目著录

续表

小说名	现存版本	刊刻时间	其他
《灯草和尚》(后改名为《灯花梦全传》)	清和轩刊本	康熙甲寅,1674年	嘉庆十五年被查禁,同治七年丁日昌禁书目只有《灯草和尚》
《姑妄言》	抄本	雍正年间	不见于同治七年丁日昌禁书目
《金石缘》	静恬主人序本	乾隆己巳,1749年	同治七年丁日昌禁书目著录
《闹花丛》	痴情士自跋本	乾隆二十七年	同治七年丁日昌禁书目著录
《痴婆子传》	红豆书屋刊本	乾隆甲申,1764年	同治七年丁日昌禁书目著录
《浓情快史》	聚古堂藏版	明末清初	嘉庆十五年、同治七年被查禁。被康熙年间的《金石缘》提及,似应有更早的刊本,未见。
	醉月轩刊本		
	啸花轩刊本	乾嘉年间	
	有思堂藏版		
《蜃楼志》	罗浮居士序本	嘉庆甲子,1804年	同治七年丁日昌禁书目著录
《欢喜浪史》(后改名为《梅梦缘》)	又玄子序本		同治七年丁日昌禁书目只有《浪史》条
《碧玉楼》	积善堂刊本	清末	不见于同治七年丁日昌禁书目
《如意君传》	青霞室刊本		嘉庆十五年被查禁
《换夫妻》	冰雪轩藏版		不见于同治七年丁日昌禁书目
《桃花艳史》	合影楼刊本		同治七年丁日昌禁书目著录
《浓情秘史》			不见于同治七年丁日昌禁书目
《两肉缘》			不见于同治七年丁日昌禁书目
《桃花影》(又名《牡丹奇缘》)	畹香斋		同治七年丁日昌禁书目著录
《艳婚野史》	醒醉轩刊本		不见于同治七年丁日昌禁书目
《巧缘浪史》	醒醉轩刊本		不见于同治七年丁日昌禁书目
《妖狐艳史》	松竹轩编		不见于同治七年丁日昌禁书目

续表

小说名	现存版本	刊刻时间	其他
《风流和尚》(又名《谐佳丽》)	抄本		不见于同治七年丁日昌禁书目
《怡情阵》			同治七年丁日昌禁书目著录

而在明清两朝,宋明理学跃升至统治思想的高度以后,中国古代文化迎来了拐点,社会由此被分裂成两大群体:一方面是以王艮为代表的对于人欲的充分肯定的泰州学派,另一方面是以存天理遏人欲的学说为核心要义的程朱理学。程朱理学"万恶淫为首"的观念使得人们对于正常的两性关系充满了原罪感,而"严酷的道德通常是对于情欲的反动,因此一个表现出这种反动的人通常充满着猥亵的思想——这些思想之所以猥亵,并不是因为它们含有性的成分,而是因为道德使得那个思想者不能对于这个问题产生纯洁而健康的思想"①,所以在清代出版的艳情小说序跋中,每每充斥着道德的说教。

> 本以嗜欲故,遂迷财色,因财色故,遂成冷热,因冷热故,遂乱真假。因彼之假者欲肆其趋承,使我之真者皆遭其荼毒,所以此书独罪财色也。②

> 尝观淫词诸书,多浮泛而不切当,平常而不惊奇。惟有碧玉楼一书,切实发挥,不但词藻绚烂,而且笔致新鲜,真足令阅者游目骋怀,解其倦而豁其心。其尤有可取者,劝人终归于正,弗纳于邪,殆警半之奇文也。是为序。③

> 余观小说多矣,类皆妆饰淫词为佳,陈说风月为上,使少年子弟易入邪思梦想耳。惟兹演说十二回,名曰《谐佳丽》,其中善恶相报,丝毫不紊。足令人晨钟警醒,暮鼓唤回,亦好善之一端云。④

---

① [英]伯特兰·罗素著,靳建国译:《婚姻革命》,北京:东方出版社,1988年,第187~188页。
② 张竹坡:《竹坡闲话》,见刘辉、吴敢辑校:《会评会校金瓶梅》附录二,香港:天地图书有限公司,2014年,第2101页。
③ 佚名:《碧玉楼序》,见《明清善本小说丛刊》,台北:天一出版社,1990年。
④ 佚名:《欢喜浪史叙》,见陈庆浩、王秋桂主编:《思无邪汇宝》,台北:台湾大英百科股份有限公司,1995年。

从来情者性之动也。性发为情,情由于性,而性实具于心者也。心不正则偏,偏则无拘无束,随其心之所欲发而为情,未有不流于痴矣。矧闺门衽席间,尤情之易痴者乎?尝观多情女子,当其始也,不过一念之偶偏,迨其继也,遂至欲心之难遏。甚且情有独钟,不论亲疏,不分长幼,不别尊卑,不问僧俗,惟知云雨绸缪,罔顾纲常廉耻,岂非情之痴也乎哉?一旦色衰爱弛,回想当时之谬,未有不深自痛恨耳。嗟嗟!与其悔悟于既后,孰若保守于从前。与其贪众人之欢以玷名节,孰若成夫妇之乐以全家声乎?是在为少艾时先有以制其心,而不使用情之偏,则心正而情不流于痴矣,何自来痴婆子之诮耶?①

　　清代社会对于艳情小说的两极态度昭示着社会思潮的混杂和人格的分裂,艳情小说在禁毁令下被出版,在指责声中被欣赏,在艳羡的目光下被批判,艳情小说由此而成为审视清人人文世界的一个绝佳窗口。

　　清代艳情小说的创作和出版呈现出顺康年间和嘉道年间两个阶段性高潮,但大多缺少《金瓶梅》对社会黑暗的观照和对自然的生存方式的期盼,而将过多的笔墨投放到对性爱的描写之中,清代小说序跋对此始终保持着清醒的理性和犀利的批判。清代艳情小说虽然艺术价值不高,但是作为清代文学的一个重要支派,在清代小说序跋中留下了它的浮光与掠影,为艳情小说在清代的广泛传播发酵助力,勾起读者的阅读欲望和购买冲动。虽然太多雷同的性爱情节令人生厌,但是在对异性的性关怀中也彰显了男性叙述视角背后的题材转型,从而赋予了艳情小说以全新的生命意义的终极思考。

---

① 挑浪月:《痴婆子传序》,见《明清善本小说丛刊初编》第十八辑,台北:天一出版社,1990年,第1页。

参考文献

一、文献史料类：

[1]《清实录》,中华书局 1985 年版。

[2]赵尔巽等:《清史稿》,中华书局 1977 年版。

[3]中国第一历史档案馆整理:《康熙起居注》,中华书局 1984 年版。

[4]中国第一历史档案馆编:《乾隆朝上谕档》,档案出版社 1991 年版。

[5]《高宗纯皇帝实录》,中华书局 1985 年版。

[6]脱脱等撰:《宋史》,中华书局 1977 年版。

[7]素尔讷等纂修:《钦定学政全书》,文海出版社 1966 年版。

[8]永瑢等:《四库全书总目》,中华书局 1965 年版。

[9]潘喆、孙方明、李鸿彬编:《清入关前史料选辑》,中国人民大学出版社 1989 年版。

[10]《明清史料》,商务印书馆 1936 年版。

[11]《中国地方志集成》,上海书店出版社 1991 年版。

[12]《中国方志丛书》,据咸丰十一年刊本影印,成文出版社 1976 年版。

[13]中国戏曲研究院编:《中国古典戏曲论著集成》,中国戏剧出版社 1960 年版。

[14]张次溪编纂:《清代燕都梨园史料》,中国戏剧出版社 1988 年版。

[15]《清朝野史大观》,江苏广陵古籍刻印社 1998 年版。

[16]鄂尔泰等修:《八旗通志》,东北师范大学出版社 1985 年版。

[17]鄂尔泰、张廷玉等编纂:《国朝宫史》,北京古籍出版社 1994 年版。

二、诗文类：

[1]《清代诗文集汇编》编纂委员会编:《清代诗文集汇编》,上海古籍出版社 2010 年版。

[2]贺长龄编:《皇朝经世文编》,道光七年刊本。

［3］故宫博物院编：《故宫珍本丛刊》，海南出版社2000年版。

［4］袁宏道著，钱伯城笺校：《袁宏道集笺校》，上海古籍出版社1981年版。

［5］张岱：《娜嬛文集》，岳麓书社1985年版。

［6］李贽：《焚书·续焚书》，岳麓书社1990年版。

［7］孙承泽著，王剑英点校：《春明梦余录》，北京古籍出版社1992年版。

［8］董浩等编：《全唐文》，中华书局1983年版。

［9］王夫之撰：《船山全书》，岳麓书社2011年版。

［10］顾炎武著，黄汝成集释，栾保群、吕宗力校点：《日知录集释》，上海古籍出版社2006年版。

［11］顾炎武著，沈善洪主编：《黄宗羲全集》，浙江古籍出版社2004年版。

［12］顾炎武著，华忱之点校：《顾亭林诗文集》，中华书局1983年版。

［13］钱谦益：《列朝诗集小传》，古典文学出版社1957年版。

［14］金圣叹著，陆林辑校整理：《金圣叹全集》，凤凰出版社2008年版。

［15］李渔：《笠翁一家言文集》，浙江古籍出版社1991年版。

［16］钱大昕著，陈文和主编：《潜研堂文集》，江苏古籍出版社1997年版。

［17］蒲松龄著，路大荒整理：《蒲松龄集》，上海古籍出版社1986年版。

［18］孔尚任、刘廷玑：《长留集》，中国书店1991年版。

［19］爱新觉罗·永忠：《延芬室集》，上海古籍出版社1990年版。

［20］敦诚：《四松堂集》，上海古籍出版社2010年版。

［21］高凤翰：《南阜山人诗集类稿》，上海古籍出版社2010年版。

［22］纪晓岚著，堵军编校：《纪晓岚文集》，民族出版社2004年版。

［23］吴敬梓著，李汉秋辑校：《吴敬梓诗文集》，人民文学出版社2002年版。

［24］鲍廷博：《花韵轩咏物诗存》，上海古籍出版社2010年版。

［25］姚莹：《东溟文集》，上海古籍出版社2002年版。

［26］王芑孙：《渊雅堂编年诗稿》，见《渊雅堂全集》，清刊本。

［27］叶昌炽著，王锷、伏亚鹏点校：《藏书记事诗》，上海古籍出版社1999年版。

[28]陈确撰:《陈确集》,中华书局1979年版。

[29]沈廷芳:《隐拙轩集》,乾隆二十二年刻本。

[30]吴汝纶撰,施培毅、徐寿凯校点:《吴汝纶全集》,黄山书社2002年版。

三、著述类:

[1]欧阳健等:《中国通俗小说总目提要》,中国文联出版公司1991年版。

[2]刘世德编:《中国古代小说百科全书》,中国大百科全书出版社1993年版。

[3]编译馆主编:《清代文学批评资料汇编》,成文出版社1978年版。

[4]孙楷第:《中国通俗小说书目》,人民文学出版社1982年版。

[5]孙楷第:《日本东京所见小说书目》,人民文学出版社1958年版。

[6]孙楷第:《戏曲小说书录解题》,人民文学出版社1990年版。

[7]柳存仁:《伦敦所见中国小说书目提要》,书目文献出版社1982年版。

[8][日]樽本照雄:《新编增补清末民初小说书目》,齐鲁书社2002年版。

[9]姚鼐编,徐树铮集评:《古文辞类纂》,吉林人民出版社1998年版。

[10]曾国藩:《经史百家简编》,新文丰出版公司1989年版。

[11]李渔著,江巨荣、卢寿荣校注:《闲情偶寄》,上海古籍出版社2000年版。

[12]袁枚著,顾学颉校点:《随园诗话》,人民文学出版社1982年版。

[13]刘熙载撰:《艺概》,上海古籍出版社1978年版。

[14]石昌渝主编:《中国古代小说总目》,山西教育出版社2004年版。

[15]王利器辑录:《元明清三代禁毁小说戏曲史料》,上海古籍出版社1981年版。

[16]朱传誉:《历代禁毁小说史料》,天一出版社1982年版。

[17]原北平故宫博物院文献馆编:《清代文字狱档》,上海书店1986年版。

[18]梁启超:《中国近三百年学术史》,东方出版社1996年版。

[19]梁启超:《论小说与群治之关系》,见《新小说》第1号。

[20]梁启超撰,朱维铮导读:《清代学术概论》,上海古籍出版社1998年版。

[21]王国维撰,黄霖等导读:《人间词话》,上海古籍出版社1998年版。

[22]黄人:《小说小话》,上海文化出版社2001年版。

[23]胡适:《胡适文集》,北京大学出版社1998年版。

[24]孔另境编辑:《中国小说史料》,上海古籍出版社1982年版。

[25]阿英编:《晚清文学丛钞》,中华书局1960年版。

[26]阿英:《晚清小说史》,东方出版社1996年版。

[27]阿英:《小说二谈》,上海古籍出版社1985年版。

[28]郑振铎:《西谛书话》,生活·读书·新知三联书店1998年版。

[29]郑振铎:《郑振铎古典文学论文集》,上海古籍出版社1984年版。

[30]郑振铎:《中国文学论集》,岳麓书社2011年版。

[31]鲁迅:《小说旧闻钞》,人民文学出版社1953年版。

[32]鲁迅撰,郭豫适导读:《中国小说史略》,上海古籍出版社1998年版。

[33]马幼垣:《中国小说史集稿》,台湾时报文化出版事业有限公司1987年版。

[34]赵景深:《中国小说丛考》,齐鲁书社1980年版。

[35]孙楷第:《日本东京所见中国小说书目》,人民文学出版社1981年版。

[36]戴不凡:《小说闻见录》,浙江人民出版社1980年版。

[37]陈寅恪:《柳如是别传》,生活·读书·新知三联书店2001年版。

[38]钱钟书:《管锥编》,中华书局1979年版。

[39]袁世硕:《文学史学的明清小说研究》,齐鲁书社1999年版。

[40]袁世硕:《蒲松龄事迹著述新考》,齐鲁书社1988年版。

[41]胡士莹:《话本小说概论》,中华书局1980年版。

[42]胡适:《中国章回小说考证》,上海书店1980年版。

[43]马廉著,刘倩编:《马隅卿小说戏曲论集》,中华书局2006年版。

[44]徐朔方:《小说考信编》,上海古籍出版社1997年版。

[45]吴毓华编:《中国古代戏曲序跋集》,中国戏剧出版社1990年版。

[46]孙殿起:《贩书偶记》,上海古籍出版社1982年版。

[47]国家图书馆编:《国家图书馆藏古籍题跋丛刊》,北京图书馆出版

社2002年版。

[48]蔡铁鹰编:《西游记资料汇编》,中华书局2010年版。

[49]刘荫柏编:《西游记研究资料》,上海古籍出版社1990年版。

[50]朱一玄、刘毓忱编:《〈西游记〉资料汇编》,南开大学出版社2002年版。

[51]朱一玄、刘毓忱编:《三国演义资料汇编》,百花文艺出版社1983年版。

[52]朱一玄、刘毓忱编:《儒林外史资料汇编》,南开大学出版社1998年版。

[53]朱一玄:《古典小说版本资料选编》,山西人民出版社1986年版。

[54]朱一玄编,朱天吉校:《明清小说资料选编》,南开大学出版社2006年版。

[55]一粟编:《红楼梦资料汇编》,中华书局1964年版。

[56]李泽厚:《中国古代思想史论》,安徽文艺出版社1994年版。

[57]葛兆光:《中国思想史》,复旦大学出版社2001年版。

[58]王蒙:《红楼启示录》,生活·读书·新知三联书店1991年版。

[59]谢国桢编著:《明清笔记谈丛》,上海古籍出版社1981年版。

[60]钱静芳:《小说考证》,古典文学出版社1957年版。

[61]郭预衡、郭英德总主编:《中国散文通史·清代卷》,安徽教育出版社2012年版。

[62]郭绍虞、罗根泽主编:《中国近代文论选》,人民文学出版社1981年版。

[63]郭延礼:《中国近代文学发展史》,高等教育出版社2001年版。

[64]杨义:《中国古典小说史论》,中国社会科学出版社1995年版。

[65]杨义:《中国叙事学》,人民出版社1997年版。

[66]陈大康、胡小伟:《说红楼》,上海辞书出版社2007年版。

[67]陈大康:《中国近代小说编年史》,人民文学出版社2014年版。

[68]萧相恺:《珍本禁毁小说大观——稗海访书录》,中州古籍出版社1998年版。

[69]黄裳:《笔祸史谈丛》,北京出版社2004年版。

[70]孟森:《明清史讲义》,中华书局1981年版。

[71]叶树声、余敏辉:《明清江南私人刻书史略》,安徽大学出版社

2000年版。

[72]谢水顺、李珽:《福建古代刻书》,福建人民出版社1997年版。

[73]王清原、牟仁隆、韩锡铎编纂:《小说书坊录》,北京图书馆出版社2002年版。

[74]李梦生:《中国禁毁小说百话》,上海古籍出版社1994年版。

[75]王海明、彭卫国:《古代小说书目漫话》,辽宁教育出版社1992年版。

[76]何满子:《古代小说艺术漫话》,辽宁教育出版社1992年版。

[77]程毅中:《古代小说史料漫话》,辽宁教育出版社1992年版。

[78]王先霈:《古代小说序跋漫话》,辽宁教育出版社1992年版。

[79]杜云编:《明清小说序跋选》,广西人民出版社1989年版。

[80]丁锡根编著:《中国历代小说序跋集》,人民文学出版社1996年版。

[81]黄霖、韩同文选注:《中国历代小说论著选》,江西人民出版社1982年版。

[82]黄霖、万君宝:《古代小说评点漫话》,辽宁教育出版社1992年版。

[83]欧阳健:《古代小说作家漫话》,辽宁教育出版社1992年版。

[84]欧阳健:《古代小说禁书漫话》,辽宁教育出版社1992年版。

[85]欧阳健:《古代小说版本漫话》,辽宁教育出版社1992年版。

[86]欧阳健:《历史小说史》,浙江古籍出版社2003年版。

[87]欧阳健:《古代小说与历史》,辽宁教育出版社1992年版。

[88]林辰:《神怪小说史话》,辽宁教育出版社1992年版。

[89]刘辉:《〈金瓶梅〉成书与版本研究》,辽宁人民出版社1986年版。

[90]郑云波主编:《中国古代小说辞典》,南京大学出版社1992年版。

[91]吴敢:《张竹坡与〈金瓶梅〉研究》,文物出版社2009年版。

[92]沈伯俊:《三国演义新探》,四川人民出版社2002年版。

[93]王平:《聊斋创作心理研究》,山东文艺出版社1991年版。

[94]王平:《古典小说与古代文化讲演录》,广西师范大学出版社2008年版。

[95]王平:《中国古代小说叙事研究》,河北人民出版社2001年版。

[96]王小舒、凌晨光:《审美艺术教育论》,河南人民出版社2005年版。

[97]张锦池:《中国古典小说心解》,黑龙江人民出版社2000年版。

[98]李剑国、陈洪主编:《中国小说通史》,高等教育出版社2007年版。

[99]陈洪:《中国小说理论史》,天津教育出版社2005年版。

[100]陈洪:《浅俗之下的厚重——小说·宗教·文化》,南开大学出版社2001年版。

[101]赵兴勤:《古代小说与传统伦理》,山西人民出版社2005年版。

[102]陈祖武:《清儒学术拾零》,湖南人民出版社2002年版。

[103]胡从经:《中国小说史学史长编》,上海文艺出版社1998年版。

[104]张俊:《清代小说史》,浙江古籍出版社1997年版。

[105]林辰:《古代小说概论》,春风文艺出版社2006年版。

[106]叶朗:《中国小说美学》,北京大学出版社1982年版。

[107]陈美林、冯保善、李忠明:《章回小说史》,浙江古籍出版社1998年版。

[108]陈文新、鲁小俊、王同舟:《明清章回小说流派研究》,武汉大学出版社2003年版。

[109]萧相恺、张虹:《中国古典通俗小说史论》,南京出版社1994年版。

[110]纪德君:《明清历史演义小说艺术论》,北京师范大学出版社2000年版。

[111]纪德君:《中国历史小说的艺术流变》,中国社会科学出版社2002年版。

[112]吴希贤辑汇:《历代珍稀版本经眼图录》,中国书店2003年版。

[113]王齐洲:《四大奇书与中国大众文化》,湖北教育出版社1991年版。

[114]孙逊:《明清小说论稿》,上海古籍出版社1986年版。

[115]周钧韬主编:《中国通俗小说家评传》,中州古籍出版社1993年版。

[116]谭帆:《中国小说评点研究》,华东师范大学出版社2001年版。

[117]陈伯海主编:《近四百年中国文学思潮史》,东方出版中心1997年版。

[118]乐黛云、陈珏编选:《北美中国古典文学研究名家十年文选》,江苏人民出版社1996年版。

[119]王立:《中国古代文学十大主题——原型与流变》,辽宁教育出版

社 1990 年版。

[120]董国炎:《明清小说思潮》,山西人民出版社 2003 年版。

[121]刘上生:《中国古代小说艺术史》,湖南师范大学出版社 1993 年版。

[122]左东岭:《李贽与晚明文学思想》,天津人民出版社 1997 年版。

[123]胡益民、周月亮:《儒林外史与中国士文化》,安徽大学出版社 2005 年版。

[124]韩经太:《理学文化与文学思潮》,中华书局 1997 年版。

[125]邱江宁:《清初才子佳人小说叙事模式研究》,上海三联书店 2005 年版。

[126]苗壮:《笔记小说史》,浙江古籍出版社 1998 年版。

[127]谢国桢:《明末清初的学风》,人民出版社 1982 年版。

[128]赵园:《明清之际士大夫研究》,北京大学出版社 1999 年版。

[129]陈维昭:《带血的挽歌——清代文人心态史》,河北教育出版社 2001 年版。

[130]王星琦:《讲史小说史话》,辽宁教育出版社 1992 年版。

[131]黄岩柏:《公案小说史话》,辽宁教育出版社 1992 年版。

[132]孙之梅:《中国文学精神(明清卷)》,山东教育出版社 2003 年版。

[133]刘麟生主编:《中国文学八论》,中州古籍出版社 1991 年版。

[134]潘建国:《中国古代小说书目研究》,上海古籍出版社 2005 年版。

[135]崔子恩:《李渔小说论稿》,中国社会科学出版社 1989 年版。

[136][美]孙康宜、[美]宇文所安主编,刘倩等译:《剑桥中国文学史》,生活·读书·新知三联书店 2013 年版。

[137][美]夏志清著,胡益民等译:《中国古典小说导论》,安徽文艺出版社 1988 年版。

[138][美]浦安迪:《中国叙事学》,北京大学出版社 1996 年版。

[139][美]浦安迪著,沈亨寿译:《明代小说四大奇书》,中国和平出版社 1993 年版。

[140][美]威尔伯·施拉姆、[美]威廉·波特著,陈亮等译:《传播学概论》,新华出版社 1984 年版。

[141][美]苏珊·朗格著,滕守尧译:《艺术问题》,中国社会科学出版社 1983 年版。

[142][法]罗丹述,[法]葛赛尔记,傅雷译:《罗丹艺术论》,天津社会科学院出版社2009年版。

[143][日]大冢秀高:《增补中国通俗小说书目》,汲古书院1987年版。

[144][加]阿尔维托·曼古埃尔著,吴昌杰译:《阅读史》,商务印书馆2002年版。

四、小说类:

[1]刘世德、陈庆浩、石昌渝主编:《古本小说丛刊》,中华书局1987年版、中华书局1990年版、中华书局1991年版。

[2]《古本小说集成》编委会编:《古本小说集成》,上海古籍出版社1991年版、上海古籍出版社1992年版、上海古籍出版社1993年版、上海古籍出版社1994年版、上海古籍出版社1995年版。

[3]《明清善本小说丛刊》,天一出版社1985年版。

[4]侯忠义、安平秋编:《中国古代珍稀本小说》,春风文艺出版社1994年版。

[5]《才子佳人小说集成》,辽宁古籍出版社1997年版。

[6]《说海》,人民日报出版社1997年版。

[7]《香艳丛书》,人民文学出版社1992年版。

[8]《全唐五代小说》,中华书局2014年版。

[9]陈庆浩、壬秋桂主编:《思无邪汇宝》,台湾大英百科股份有限公司1995年版。

[10]罗贯中著,毛宗岗批评:《毛宗岗批评本三国演义》,岳麓书社2015年版。

[11]毛宗岗:《三国志演义》,乾隆三十四年新镌世德堂本。

[12]陈曦钟、宋祥瑞、鲁玉川辑校:《三国演义会评本》,北京大学出版社1986年版。

[13]施耐庵、罗贯中著,凌赓、恒鹤、刁宁校点:《容与堂本水浒传》,上海古籍出版社1988年版。

[14]施耐庵著,金圣叹批评:《金圣叹批评本水浒传》,岳麓书社2006年版。

[15]金圣叹评点,文子生校点:《第五才子书施耐庵水浒传》,中州古籍出版社1985年版。

[16]刘一明:《西游原旨》,天一出版社 1985 年版。

[17]黄周星:《新镌出像古本西游记证道书》,天一出版社 1985 年版。

[18]吴承恩著,黄周星点评:《西游记》,中华书局 2009 年版。

[19]刘辉、吴敢辑校:《会评会校金瓶梅》,天地图书有限公司 1998 年版。

[20]凌濛初编著:《拍案惊奇·二刻拍案惊奇》,齐鲁书社 1993 年版。

[21]褚人获:《隋唐演义》,上海古籍出版社 1994 年版。

[22]吴敬梓:《儒林外史》,江苏古籍出版社 1998 年版。

[23]吴敬梓著,李汉秋辑校:《儒林外史会校会评本》,上海古籍出版社 1984 年版。

[24]蒲松龄著,任笃行辑校:《全校会注集评聊斋志异》,齐鲁书社 2000 年版。

[25]蒲松龄著,扎克丹译,永志坚校注:《满汉合璧:聊斋志异选译》,新疆人民出版社 1994 年版。

[26]张友鹤辑校:《聊斋志异会校会注会评本》,中华书局 1962 年版。

[27]蒲松龄著,但明伦评:《聊斋志异》,齐鲁书社 1994 年版。

[28]曹雪芹:《脂砚斋甲戌抄阅再评石头记》,上海古籍出版社 1985 年版。

[29]曹雪芹:《甲辰本红楼梦》,沈阳出版社 2006 年版。

[30]曹雪芹:《蒙古王府本石头记》,人民文学出版社 2010 年版。

[31]曹雪芹:《戚蓼生序本石头记》,人民文学出版社 1975 年版。

[32]曹雪芹、高鹗著,护花主人、大某山民、太平闲人评:《三家评本红楼梦》,上海古籍出版社 1988 年版。

[33]曹雪芹著,冯其庸重校评批:《瓜饭楼重校评批红楼梦》,辽宁人民出版社 2005 年版。

[34]曹雪芹、高鹗著,俞平伯校,启功注:《红楼梦》,人民文学出版社 2000 年版。

[35]曹雪芹、高鹗著,王蒙评点:《红楼梦》,上海文艺出版社 2005 年版。

[36]曹雪芹著,脂砚斋评,吴铭恩汇校:《红楼梦脂评汇校本》,北方联合出版传媒集团 万卷出版公司 2013 年版。

[37]佚名:《施公案》,江苏古籍出版社 1994 年版。

[38]佚名:《五虎平西演义》,上海古籍出版社1995年版。

[39]《春柳莺》,春风文艺出版社1983年版。

[40]无名氏:《金石缘》,太白文艺出版社1996年版。

[41]佚名:《金石缘》,北京师范大学出版社1993年版。

[42]云间嗤嗤道人编著,李中凯校点:《五凤吟》,太白文艺出版社1996年版。

[43]吴航野客:《驻春园》,春风文艺出版社1985年版。

[44]天花才子编辑:《快心编》,人民文学出版社1992年版。

[45]云封山人编次,陈廷榔、贾利亚点校:《铁花仙史》,北京师范大学出版社1993年版。

[46]西周生:《醒世姻缘传》,中华书局2005年版。

五、笔记类:

[1]《清代笔记小说大观》,上海古籍出版社2007年版。

[2]《笔记小说大观》,江苏广陵古籍刻印社1983年版。

[3]《清代史料笔记丛刊》,中华书局1989年版。

[4]徐珂编撰:《清稗类钞》,中华书局1986年版。

[5]赵翼著,王树民校证:《廿二史札记》,中华书局1984年版。

[6]纪昀:《阅微草堂笔记》,浙江古籍出版社1997年版。

[7]爱新觉罗·裕瑞:《枣窗闲笔》,上海古籍出版社1984年版。

[8]李慈铭著,由云龙辑:《越缦堂读书记》,上海书店出版社2000年版。

[9]刘贵曾:《余生纪略》,中国社会科学院近代史研究所藏刘寿曾辑抄本。

[10]昭梿撰,何英芳点校:《啸亭杂录》,中华书局1980年版。

[11]张德坚:《贼情汇纂》,咸丰五年序本。

[12]何焯:《义门读书记》,乾隆十六年原本,光绪苕溪吴氏藏版。

[13]俞正燮:《癸巳存稿》,辽宁教育出版社2003年版。

[14]梁恭辰:《池上草堂笔记》,台北中研院傅斯年图书馆藏同治九年刊本。

[15]刘廷玑撰,张守谦点校:《在园杂志》,中华书局2005年版。

[16]王培荀著,蒲泽校点:《乡园忆旧录》,齐鲁书社1993年版。

[17]龚炜著,钱炳寰整理:《巢林笔谈》,中华书局1981年版。

[18]王应奎撰,王彬、严英俊点校:《柳南续笔》,中华书局1983年版。

[19]李斗撰,汪北平、涂雨公点校:《扬州画舫录》,中华书局1960年版。

[20]李孟符著,张继红点校:《春冰室野乘》,山西古籍出版社1995年版。

[21]徐时栋:《烟屿楼笔记》,宁波钧和聚珍版。

[22]金埴撰:《巾箱说》,中华书局1982年版。

[23]董含撰,致之校点:《三冈识略》,辽宁教育出版社2000年版。

[24]姚世锡:《前徽录》,江苏广陵古籍刻印社1984年版。

[25]吴庆坻撰:《蕉廊脞录》,中华书局1990年版。

[26]叶梦珠撰,来新夏点校:《阅世编》,中华书局2007年版。

[27]俞樾:《春在堂随笔》,江苏广陵古籍刻印社1983年版。

[28]陆以湉撰,崔凡芝点校:《冷庐杂识》,中华书局1984年版。

[29]周中孚撰:《郑堂读书记》,商务印书馆1959年版。

[30]章炳麟著,徐复注:《訄书详注》,上海古籍出版社2000年版。

[31]叶德辉撰,紫石点校:《书林清话》,北京燕山出版社1999年版。

六、论文类:

[1]李汉秋:《〈儒林外史〉版本源流考》,载《文学遗产》,1982年第4期。

[2]严迪昌:《往事惊心叫断鸿——扬州马氏小玲珑山馆与雍、乾之际广陵文学集群》,载《文学遗产》,2002年第4期。

[3]欧阳健:《〈隋唐演义〉"缀集成帙"考》,载《文献》,1988年第2期。

[4]欧阳健:《〈聊斋志异〉序跋涉及的小说理论》,载《蒲松龄研究》,2000年第Z1期。

[5]王平:《儒释道互补与新旧文化的冲突——论明清小说的文化心理特征》,载《山东青年政治学院学报》,2011年第1期。

[6][韩]崔溶澈:《中国禁毁小说在韩国》,载《东方丛刊》第三辑,1998年。

[7]黄润华、王小虹译辑:《满文译本〈唐人小说〉〈聊斋志异〉等序言及译印〈三国演义〉谕旨》,见《文献》第十六辑,书目文献出版社1983年版。

[8]黄润华、屈六生主编:《全国满文图书资料联合目录》,书目文献出版社1991年版。

[9]黄润华:《满文翻译小说述略》,见《文献》第十六辑,书目文献出版社1983年版。

[10]北京市民族古籍整理出版规划小组办公室满文编辑部编:《北京地区满文图书总目》,辽宁民族出版社2008年版。

[11]富丽:《世界满文文献目录》,中国民族古文字研究会1983年版。

[12][日]大木康:《关于明末白话小说的作者和读者》,载《明清小说研究》,1988年第2期。

[13]竺青:《〈红楼梦〉百廿回本钞评者徐臻寿父子考述》,载《明清小说研究》,2020年第3期。

[14]赵毅衡:《演示叙述:一个符号学分析》,载《文学评论》,2013年第1期。

[15][美]何谷理:《明清白话文学的读者层辨识——个案研究》,见乐黛云、陈珏编选:《北美中国古典文学研究名家十年文选》,江苏人民出版社1996年版。

[16]宋莉华:《清代笔记小说与乾嘉学派》,载《文学评论》,2001年第4期。

[17]邱江宁:《天花藏主人为女性考》,载《复旦大学学报》,2006年第1期。

[18]杜鹃、于鹏飞:《关公崇拜在清代的发展研究》,载《中北大学学报》,2018年第3期。

[19]傅承洲:《文人雅趣与大众审美的脱节——从接受的角度看〈儒林外史〉》,载《文艺研究》,2015年第2期。

[20]谭帆:《论〈儒林外史〉评点的源流与价值》,载《社会科学战线》,1996年第6期。

[21]周兴陆:《"小说改良会"考探》,载《文学遗产》,2016年第2期。

[22]姜荣刚:《从〈儒林外史〉传播接受看近代小说的演变》,载《文学遗产》,2018年第1期。

[23]宗振举:《浅析〈阅微草堂笔记〉的叙事模式》,载《天津职业院校联合学报》,2007年第4期。

[24]妥建清:《论晚明士人的颓废生活审美风格——以晚明士人任侈

生活为中心》,载《人文杂志》,2013年第5期。

[25]曾亚:《论明清小说中的隋炀帝形象》,载《明清小说研究》,1994年第2期。

[26]吴波:《徐时栋评点〈阅微草堂笔记〉探析》,载《中国文学研究》,2012年第2期。

[27]纪德君:《明清小说编创与评点的互动及其影响——以明清时期世情小说为例》,载《文艺研究》,2010年第10期。

[28]朱海燕:《明清易代与话本小说的变迁》,中国社会科学院博士学位论文,2002年。

[29]刘敏:《道教与中国古代通俗小说研究》,四川大学博士学位论文,2006年。